福王牛皋传

文华 著

加拿大国际出版社

Canada International Press

书名：福王牛皋传
作者：文华
出版：加拿大国际出版社
ISBN 国际书号：978-1-989763-66-7

电子书 ISBN: 978-1-989763-67-4

Name of Book: The Biograph of Niu Gao, King of Fortune
Written by: Hua Wen
Published by: Canada International Press
ISBN: 978-1-989763-66-7
EBook ISBN: 978-1-989763-67-4

本书简介

　　宋徽宗年间，岳飞、牛皋等有志青年，参加武举会考，由于有贪官枉法，致使会试取消，无功而返。后金兵入侵，岳飞、牛皋即投入到抗金的战斗中。由于作战勇敢，屡立战功，岳飞做了元帅，牛皋做了先锋。牛皋性情憨直，不怕苦，不怕死，打了不少胜仗，在藕塘关醉斩金番元帅，并且招亲，抱得美人归。尤其是岳飞被奸臣害死后，牛皋扛起了岳家军的大旗，继续与金番作战，并一路北进，直捣金邦的老巢黄龙府，活捉金番元帅四太子金兀术和军师哈密嗤，并将其斩首。牛皋则骑在金兀术背上大笑而终，被后人称为福将，御赐福王。本书作者读过岳飞传记，深感牛皋至今未能有专门传记，因此专门作此书以纪念福王牛皋。

福王牛皋传

目录

第一回 牛皋出世 周侗收徒

牛家的房子建在土坡上，院里的枣树上挂满了红枣。小桌旁，光着膀子的老牛正坐在板凳上喝茶。小风吹过，一枚红枣落下砸在桌子上弹起，老牛伸手抓住。

初秋的傍晚有些凉了，后背被风一吹，他咳嗽了几声。

牛夫人端碗筷从屋里走出来说："瞧你，也不知添件衣服，这天儿都入秋儿了，早晚凉，你的肺病要是犯了，一冬天就难熬了。"老牛摸了一下肩说："知道了，注意着呢。"

牛夫人把碗筷放桌上说："明天和儿子去趟镇里，看看郎中，抓点儿药，等天冷了就出不去门儿了。""行，明天就去，我也有好长时间没出门儿了"。

远处传来羊的叫声。

儿子牛皋身上背着一捆草，手里拿根木棍，赶着几只羊，蹦蹦跳跳的跟着羊一起跑。上了土坡，进了栅栏门就喊："我回来了。"他扔掉背上的草，然后摆个姿势，做了几个空翻后，坐在桌旁，端起一碗水就喝。羊去了羊圈。

老牛把那枚枣放在儿子跟前说："看你这些日子，功夫也没有长劲呀，是不是偷懒来着？"

"怎么没长劲？看我这翻子翻的，多溜啊！再说了，您得教点新的了，老是那几趟拳，练着都腻了。"牛皋说着，把枣扔进嘴里。

老牛扒拉一下儿子的脑袋说："臭小子，练武就是这样，一个动作就是要千遍万遍的练，要练到精熟，熟中才能生巧，一定要打好基础，基本功是最重要的。只有底子打好了，才能出功夫。"

牛夫人把放着菜和馒头的托盘放桌上说："皋儿，赶紧洗洗，该吃饭了。"放下托盘后也坐在板凳上。

石台上铜脸盆已经放了水。牛皋走过去，在盆里抄了几把水往脸上撩了几下，甩了甩手，过来坐下，拿起馒头就吃。

"慢点吃。皋儿，明天起来不用去放羊了。，跟你爹去镇上看郎中。"牛母说。牛皋边吃边点头："行。娘，我爹又犯病啦？"

老牛用筷子往牛皋胁上一杵："臭小子，怎么说你爹呢？没大没小的。"

"您别打我，打我就不去了。"牛皋说着咬了一口馒头。老牛没了脾气："嘿，长行势了！小兔崽子。""兔崽子就兔崽子，反正是您儿子。"牛皋笑着说。

十三岁的牛皋，每天除了放羊割草，提水拾柴以外，就是练武了。他很喜欢练武，所学的套路都是老爸教的。老爸以前是个军官，武艺很高，只是由于受过伤，有些招式不能亲自示范，所以他学着些吃力。不过，住在山沟里，天黑以后就没得干了，练武成了唯一选择。而且经常会练到很晚。小孩子不知道累。

这是一个无名小镇，准确的说应该是个集市。一条主要街道的两旁，有商户门脸，但多数是摆地摊的小贩，今天是大集，摊位很多，吆喝声此起彼伏。

牛皋平时很少出门赶集，对集市上的一切都觉得新鲜，他没同父亲一起进诊所，而是自己一人开始闲逛，边走边看。

郎中给老牛诊完脉，拿开脉枕说："您这是老毛病了。肺属火，秋天风干气燥，好人都受不了，平时自己要注意保养，少干力气活儿，早晚要添衣服。由其后背不要着凉。"

"是，谢谢大夫。你给多配两副药，备着冬天用。"老牛说。

郎中拿过笔纸说："行，给您开六副，一次吃两副，回去就吃，入冬了再吃一次。最后一次等到腊月服了就行了。"

老牛点头说："记住了，大夫辛苦了。"

集市中的商品种类不少。牛皋边走边看，没有他不看的。小贩中，有卖布的，卖筐的，卖针头线脑儿的，各种鲜菜，肉食的。

在一摊位旁，中年商贩正在推销自己的货物。他的案子上放着两条一尺多长的大鱼。牛皋有生以来第一次见到这么大的鱼，觉得很新鲜。

突然，市面上一阵骚动，有人喊了一声："收税的来啦……"

摆摊儿的小贩们均面露惊恐状。这时，一群家丁出现在市面上，他们来到各摊位前，向小贩们收钱。有的小贩不情愿的把铜板放在家丁手里，也有的小贩跟收税的讨价还价。卖鱼的小贩赶紧把案上的大鱼装进竹篓，放在案子下面后，继续卖菜。

一家丁走过来，向鱼贩伸出一只手要钱，鱼贩赶紧掏个铜板，交给家丁。家丁颠了一下铜板，依旧伸着手，鱼贩不情愿的又递上一个铜板。家丁伸着的手还没收回去。

鱼贩为难的求道："大爷，您高抬贵手，我还没开张呢。"

家丁用另一只手指着放着铜板板的手，示意鱼贩交钱。

"大爷，我已经多交了，实在拿不出来了。"鱼贩说。家丁怒道：："给脸不要脸是吧？""我哪儿敢呀，我真的没开张呢。"鱼贩肯求着。

家丁大怒，抬脚踢飞菜案，又一脚踢翻竹篓，两条大鱼滚落地上。家丁哈腰捡起鱼，回身扔进另一家丁提着的篮子里。小贩急着说："大爷，您不能啊，我一家老小都指着这两条鱼呢。"冲过去抢夺装鱼的篮子。家丁过来，抓住鱼贩的脖领，挥拳就打，鱼贩忍痛，死抓篮子不放手。这时，又过来几个家丁，对鱼贩拳打脚踢。

已经走过去的牛皋，回头看见鱼贩被打，转身跑了过来，伸手揪住一个家丁，照面门上就是一拳，家丁被打得捂脸躺地上打滚。众家丁见状，一齐过来围住牛皋。一家丁指着牛皋骂道："小兔崽子，找死呀你？"挥拳照牛皋兜头就打，牛皋搪开，上步出拳将其击倒。众家丁蜂拥而上，围住牛皋。牛皋不惧，以一敌十。众家丁渐落下风。这时，在一旁观阵的家丁头目被惹怒了，他就是本镇的霸主，人称独角龙，他来到牛皋身后站定。家丁一起展开攻击，牛皋后撤几步，准备反击。站在牛皋身后的独角龙趁机飞起一脚，踹在牛皋的后背上，牛皋向前扑倒在地，他正想爬起来时，被两个家丁按住，众家丁上前踩踹，拳打脚踢……

"住手。"随着一声吼，有一位老者站了出来挡横。此人姓周名侗。

有个家丁看了一眼说："老头儿，躲远点儿，别多管闲事。"周侗指着家丁说："这么多人打一个孩子，还算是人吗？你们欺行霸市，鱼肉百姓，难到就没有王法？"

"王法？我们龙爷就是王法。老头儿你哪来的？少管闲事吧，回头连你一块打，打死了没人埋，这里从来不送棺材板儿。"一家丁说。

周侗愤怒道："事不平，有人管。。朗朗乾坤，不能让你们这些鬼魅横行。我今天就找你要棺材板了，怕你拿不出来。"

"嘿，老东西，不见棺材不掉泪。兄弟们，给我成全了这个老不死的。"家丁说完一挥手，众家丁围住周侗，摆出架式，轮番上前，与周侗打在一起。

郎中把药方交给老牛说："您去抓药吧。"

老牛拿着药方点头："谢谢大夫"。到柜台前抓药。伙计接过药方，照方抓药。这时，一位看病的病人走了进来说："那边打起来了。""谁跟谁打起来了？"郎中问。

病人告诉郎中说："收费的打一个小孩。刚开始是收费的打一个卖鱼的，有一个小孩路见不平，打了收费的，但是收费了的人多，又把小孩子给打了。"

老牛赶紧问："小孩长什么样？""十二三岁，黑黑的，高高的……"老牛一听，赶紧跑了出去。

家丁们被打得纷纷倒地哀嚎。周侗越战越勇，把所有的家丁都打倒在地后收手，向后退了几步，正好退到独角龙的前面。独角龙看准时机，举起双手，双掌用力向周侗双肩切下……

老牛跑过来，见状欲喊已来不及了。只听"喀嚓"一声响……老牛惊住了。

周侗扭过身，遗憾的说："唉，多行不义必自毙。背后偷袭不是总能得手的。你手断了，武功废了，这辈子不用再欺负人了。要饭去吧。"

独角龙双手折断，瘫倒在地。众家丁也多骨断筋折。周侗走到牛皋身边，将牛皋拉起。

老牛如梦初醒，赶忙过来说："多谢老英雄，多谢老英雄出手相救。""见义勇为乃份内之事，举手之劳罢了。不值一提。"周侗说。

"老英雄，可否借步说话？"老牛说完，搀牛皋来到僻静处。"老英雄，敢问一句，您可是姓周？天下人称铁臂周侗的周大侠？"老牛问。

周侗点头道："嗯，正是周侗。你是？"老牛抱拳说："本人姓牛，是这个孩子的爹。有个鲁达鲁提辖，周大侠不陌生吧？"周侗点头说："鲁达，鲁智深？哦，是朋友，兄弟，拜把子的兄弟。"

"早年间，在小种经略公手下，与鲁大哥是好友，在一间屋子睡过头蹬头，鲁大哥经常对我说起周大侠的人品武功，金钟罩，铁布衫，今天见了，果然名不虚传。"老牛说。

周侗笑道："牛兄弟既然是鲁达的朋友，那也就是周侗的朋友。噢，这是你儿子，小子挺虎实！"

老牛点点头："是，他叫牛皋。周大侠，相请不如偶遇。前面有个酒店，不如坐下聊。""那就恭敬不如从命了。"周侗爽快的答应了。

三人来到酒馆内坐定。小二跑过来张啰："来了客官，您几位？"

老牛伸出手指说："三位，你给弄几个菜，来壶酒。""好嘞，您稍等。"小二去传菜了。

"周大侠，刚才看了周大侠的铁臂功，真是开眼了。原来大侠是故意往后退，这小子该着倒霉。"老牛赞道。

周侗摆摆手说："都是自己人，就不要老是大侠大侠的了。既然是鲁达的朋友，不是外人，就兄弟相称吧。"

老牛抱拳起身行礼："那就高攀了。周大哥，小弟有礼了。""客气，客气。"周侗回礼道。

"周大哥，从鲁大哥这论，您不是外人，兄弟有一事相求，望周大哥不要推辞。"老牛说。

周侗爽快的说："牛老弟，不要客气，有话请讲。""周大哥，我儿子从小喜欢练武，练了七八年了，主要是兄弟教他，你看我这身子板儿，教他也是嘴上的功夫。所以想给他找个师父，今天也是天意，让他碰上了周大哥，所以小弟想让孩子拜大哥为师，给您做个徒弟。"老牛认真的说。

周侗高兴的谈道："好啊，我也正有此意。这小子侠肝义胆，将来应该有出息。我收了。"

小二端着酒菜过来，放桌上说：："客官，酒菜齐了，你先吃着喝着，不够再添。"

老牛一拍儿子肩膀说："好，皋儿，起来拜师父。"

牛皋纳闷儿的门口："拜师父，怎么拜？""给你师父磕头。小孩子不懂事。"老牛说。牛皋起身跪下给周侗磕头。周侗伸手扶起。

老牛告诉儿子说："给你师父敬酒。"牛皋倒了一杯酒对师父说："师父，给你敬酒。"扬脖把酒喝了。

老牛生气的说："这孩子，给师父敬酒，你怎么给喝了？""爹，不是说先干为敬吗？"牛皋反问道。老牛教儿子说："傻孩子，让你倒杯酒是敬师父的，师父喝了，就算收你这个徒弟了。你怎么给喝了？""没人教过呀。师父，徒弟给您敬酒，您得喝了，喝了就是我师父了。"牛皋重新敬酒。

周侗一摸牛皋的头说："这小子，师父收你这个徒弟了……"接过酒一口喝干了。牛皋坐下，自己倒酒自己喝起来。

周侗招手把小二叫过来说："帮忙请个郎中，给这孩子上点儿药。"

小二点点头说："好嘞，小人马上去请。"小二出去了。

"周大哥，今天怎么来到小镇啊，是路过吗？偏巧让小弟[illegible]上了？"老牛向。

周侗叹道："嗐，别提了。前些年，都是因为我的两个徒弟林冲和卢俊义上了梁山，做了土匪，我也跟着吃了瓜落儿，所以回陕西隐居了许多年。近年来传说梁山受了招安，并且为朝廷立了大功，我这才出来溜溜。有个河北的朋友，邀我去玩儿，我也是没事，所以去河北走走。。也是机缘，上帝赐给我一个徒弟。"

小二带着郎中过来，指着牛皋说："就是这位小爷。"郎中往旁边一指说："小爷，这边请。"牛皋跟着郎中，来到另一张桌子旁，郎中给他治伤。

周侗与老牛干了一杯后说："牛贤弟，你既然是小种经略公手下，怎么会住在这么荒凉偏僻的地方呀？"

"小弟也是命运不济，当年鲁大哥打死屠夫郑关西，远遁它乡，小弟被提拔为提辖，谁知道没当几天，就赶上剿匪，打仗倒没受伤，只是回来的时候，不小心掉下了悬潢，摔折了几根胁骨，半年多都没治好，落下了残疾。所以辞官。到这里来住。主要还是当年得罪了黑道儿，在这里住着踏实，而且可以专门培养孩子，也是天意，要不然怎么能遇到周大哥呢。"老牛说。

周侗认同道："是，还真是缘分，不过呢，我虽然收了孩子为徒弟，暂时却教不了他，我现在要赶去河北，日后住哪儿还不一定，等我安顿好了，可以让孩子去找我。我给他留锭银子。"掏出一锭银子放桌上。

老牛忙拦道："不用，周大哥，哪儿能要您的银子呢。生活上我们没问题。""甭客气了，这是给孩子的。收起来。"周侗说。老牛端起酒杯说："得，谢谢周大哥。兄弟敬大哥一杯。"

郎中已给牛皋治完伤，牛皋正在穿衣裳。老牛朝柜台说道："小二，大夫的诊费先给垫上，完事一块儿给你结。"

郎中赶忙摆手说："不用，不要诊费，这位小爷英雄仗义，刚才的事我全看见了，感谢还来不及呢。您喝着。"

老牛起身说："谢谢大夫。"伸手招呼牛皋过来坐下继续喝酒。

周侗放下酒杯说："牛贤弟，就这么定了，我还要赶路，先走一步了。"站起来往外走去。

老牛对儿子说："你吃饭吧，我去送你师父。""周大哥，千里迢迢的，您怎么走啊？"老牛追上周侗问。

"有马。前边儿拴着呢，你别送了，回去跟孩子把饭吃了，告诉孩子，一定要练好基本功，一定要练扎实，基础打好了，练什么就都容易了。请回吧。"周侗叮嘱道。

老牛抱拳说："是，周大哥后会有期。"

周侗在马桩处上马，回身与老牛挥手告别，拍马而去。

　　黄土坡在晚霞的映衬下，呈现出灿烂的金黄色。牛皋练完一趟拳，看了看太阳的位置，该收了。他抄起地上的一捆草背在身上，学了一声羊叫后大喊一声："到点儿回家喽。"撒腿就跑。几只羊好象早就等不及了，争先恐后的跑到牛皋前面狂奔。

　　老牛在院里走溜儿。牛母在一侧小土灶上煎药，坡下传来羊的叫声。牛皋背着草赶着羊上坡进院，草扔到草垛上，把羊赶进羊圈后关上栅栏门，摆个架势，"叭。"的打了一个旋风脚。站稳后，自觉得很满意。他来到脸盆前，弯腰洗了把脸，来到桌前坐下，端碗喝水。。

　　"爹，我师父走了好几天的了吧，我什么时候能跟他学武啊？"牛皋问父亲。

　　老牛数了数手指说："可不是，掐指一算，得有七八天了。你师父说，等有了落脚的地方，就找人送信过来，等到明年开春儿，爹，你娘和你一块去。"

　　牛母把药锅从火上端下来说："我不跟你们去，我在这儿住惯了，不爱去生地方。""你爱去不去吧，反正我得跟儿子去。男子汉大丈夫要建功立业，不能在这窝死。我现在都后悔了，前些年鲁大哥来信，邀我去梁山入伙儿，我没去。听说梁山上有个神医安道全，我这病，搁梁山上，早就治好了。"

　　牛母一撇嘴说："病治好了，人也死了。你看那梁山上，本事大的人多了去了，现在还有几个活着的？幸亏你没去。"

　　"女人家懂个屁，人过留名，雁过留声。人活一世，不在活得长短，能轰轰烈烈的干事，落他个千古留名，那才叫汉子，才没白活。"

　　牛皋一拍手说："娘，我爹说得对，我就想象我师兄们那样，闹出个名堂来。"老牛不解的问："你师兄？你哪来的师兄？谁是你师兄？"

"爹，笨。豹子头林冲，玉麒麟卢俊义，不都是我师兄啊。"牛皋得意的说。

老牛也大笑道："还真是。我儿子是林冲，卢俊义的师弟。哈……原来你还通匪呀。"

与牛家父子分手后，打马向东，过黄河进入山西地界。秋天的景色很美，老英雄周侗却无心欣赏。人到暮年，总觉得还有很多事情要做。作为一代武学宗师，如果没有几个拿得出手的徒弟，岂不是徒有其名吗。林冲，卢俊义是他的得意门生，武艺不能说不高，但也只是绿林草莽，算不得大英雄。

周侗已年过七旬，但精气神不输年青人，能在有生之年培养出几个栋梁之材，是他最大的愿望。此次出山，虽是受故人邀请，寻找徒弟才是他的最终目的。

前面是个村庄，村口有棵大树，树下立着两捆柴。有一少年挥舞扁担，拉开架式正在练武。周侗牵马来到树下，坐在石头上看少年练武。地上，有用树枝写的唐人诗句：但使龙城飞将在，不教胡马渡阴山。

少年练了一会儿，回到树下，向周侗作揖后，将扁担插进两捆柴里。

"小伙子，每天练武吗？跟谁学的？"周侗对少年很欣赏，他问。少年扶着扁担说："瞎练，每天出去砍柴，临村那头有一帮练武的，我就偷着学，回来就练几下，让您见笑了。"

周侗指着地上的字问："这字是你写的？字不错。上过学？"少年摇头说："没上过，每天跟母亲认几个字。"

周侗称赞道："嗯，有出息。叫什么名字？""晚辈姓岳名飞字鹏举。您歇着，晚辈该回家了。"岳飞挑起柴禾进村去了。

看着岳飞的背影，周侗若有所思的站起来，他往前走到村口，村口有一石碑，上书"麒麟村。"三个大字。周侗牵马进村。

老英雄来到一高台阶前。见朱红大门虚掩。便将马匹拴在马桩上，走上台阶敲了几下门环。门内跑出一个下人问："您找哪位？这是王家大院。"

周侗看了一眼门楼说："劳烦报一下王员外，就说陕西周侗求见。"

下人答应后，转身进院通报。不大功夫，院子里走出几个人，宅子的主人，四十多岁的王员外笑脸相迎。"哎呀，周老英雄，周大师，王某未曾远迎，罪过罪过。周大师，请。"王员热情的打招呼。

周侗指着门楼说："王员外家的大门又从新盖了，越来越气派了！"

王员外大笑道："周大师过奖了，这些年收成好，改换门庭了。"

王家的院内很宽畅，房屋很高很大，客厅象个衙门，王员外引周侗分宾主坐定，下人上茶。

王员外抱拳问道："周大师别来无恙？""挺好的，什么毛病也没有，让你惦记了。我是闲散之人，无烦无恼身体好。"

王员外感叹道："时间过得真快，上次一别，一晃儿都十几年了。大师居然容颜末改，时光象是倒流啊。""精神确实没变，但毕竟人还是老啦！"周侗无奈的说。"周大师这一走十多年，您也没个消息？"王员外说。

周侗叹息道："是呀，皆因我徒弟林冲，卢俊义上了梁山，官府老找我麻烦，不躲不行啊。"

：王员外笑着说："现在好啦，梁山好汉受了招安，又为朝廷立了大功，您也正名了，不用躲藏了。""林冲，卢俊义虽然受了招安，立了功，但必竟只能算是草莽英雄，不是周某的志向，很是可惜。此番老夫复出，就是想再收几个徒弟，做为关门弟子，培养一些人才。"周侗说。

王员外面露惊喜的说："周大师若有此意，王某将鼎力相助。不过，近水楼台，我有一个儿子，今年十三岁了，不爱学文，整天舞刀弄棒的，我为他操碎了心了。现在好了，周大师既然是收徒传武，那我儿子算一个。还有，本村还有个张员外，汤员外，都有一个儿子，也好练武，正好，三个一起收了吧。我呢，在村里腾块地儿，给您盖几间房当武馆，吃住都包了。"

周侗站起来谢道："这样好，多谢王员外了。"

王员外朝外喊："管家，去把张员外，汤员外请过来，让他们把公子带过来。"管家答应一声出去了。

第二回 岳飞拜义父 周侗开武馆

"王员外，我刚才进村的时候，看见一个孩子，体格挺不错的，适合练武，我想收他做徒弟。希望能帮着引见一下。"周侗说。

王员外挺意外的问："呦，是吗？您问他叫什么了吗？"

周侗点头说："问了，叫岳飞。"

王员外："噢，岳飞，是个好孩子。这孩子命苦，刚出生时就发大水，父亲被淹死了。他和他母亲，坐着一个木盆漂到我们这来的。我见他们可怜，就给了他们两间房住，孩子挺规矩，又孝顺，一会儿让孩子们把他叫来过来。"

管家进院报："老爷，张员外，汤员外来了。"

王员外站起来说："快请，快请。"

张员外，汤员外进院打招呼："王大哥，王大哥，什么喜事呀，招唤我们兄弟来？"

王员外伸手一让说道："二位兄弟，来来，我给你们介绍一下，这位就是当今大宋朝的第一武术大师，周侗，周大师。"

张，汤二员外抱拳施礼："周大师。"

"周大师，这二位是我们村的张员外，汤员外。"王员外介绍说。

周侗拱手与两位员外见礼。

王员外招呼二人落座："大家坐。二位兄弟，周大师的武功天下第一，梁山上豹子头林冲，玉麒麟卢俊义，就是周大师的徒弟。"

张，汤二员外齐道："久仰，久仰。久闻周大师威名，今日得见，三生有幸。"

王员外介绍说："周大师此次出山，意在传武育材，我想，二位贤弟的孩子也都老大不小的了，正好，和我家王贵一起，拜周大师为师，习学武艺，将来也能搏个功名，光宗耀祖。二位兄弟意下如何？"

张员外兴奋的说："这是天上掉馅饼的好事呀！周大师，那就有劳您了。"

周侗谦道："张员外客气了。"

王员外一拍脑袋谈："对了，还有个岳飞。王贵，王贵。"

王员外的儿子王贵过来问："爸，什么事？"

王员外往外一指谈："去，找一下岳飞，看他在家没有，在家就让他过来，就说我叫他有事。"

王贵跑出门。见到张显，汤怀两个小兄弟说："张显汤怀，跟我走一趟。"汤显问道："王贵哥哥，干嘛去？"

"去找岳飞。"王贵说。

"岳飞，那个砍柴的，叫他干嘛？"张显问。

王贵边走边说："我家来了个武术大师，要收咱们当徒弟。也要收岳飞当徒弟。"

说话间，三兄弟来到一小院前。王贵朝院里喊："岳飞，岳飞出来。"

小院内，岳母正坐在凳子上教岳飞识字，听到喊声，即对岳飞说："是王贵叫你呢，去玩儿吧，别惹事。"

岳飞站起来说："是娘，飞儿知道。"跑出院子。

王贵一招手说："岳飞，跟我走，我爹找你。"

几个小兄弟跑进院里。王贵喊一声："爸，岳飞来了。"

岳飞抱拳上前："见过王老爷。"

王员外招手叫："岳飞，过来，我问问你，这位老前辈是武术大师，说刚才在村口见你练武，挺喜欢你的，老前辈要收你做为徒，传你武艺，你可愿意？"

　　岳飞回道："老爷，岳飞喜欢练武，苦无人教。有师父当然好，但岳飞也不是随随便便就拜什么人为师的。若非名师，宁可不学。"

　　王员外笑道："你小子口气好大！那我问你，梁山泊好汉豹子头林冲，玉麒麟卢俊义，可曾听说过？""听说过，都是顶尖的高手儿。不是那样的武功，岳飞是不学的。"岳飞回道。

　　王员外一拍大腿说："好。林冲，卢俊义的师父，就是这位前辈老英雄，周侗，周大师，你可愿拜？"

　　岳飞忙跪下说："岳飞愿意，师父在上，徒儿岳飞给您磕头了。""嘿，你倒抢了先了，你这不是成大师兄了吗？王贵，张显，汤怀，都过来拜见师父。"王员外招呼着几个孩子过来磕头拜师。

　　周侗哈哈大笑："好，好，今天一下收了四个徒弟，好！唉，我来的时候，在半路上还收了一个徒弟，叫牛皋，他应该是大师兄。孩子们，都起来吧。"四兄弟起身，一边站立。

　　周侗继续说道："王员外，我有个想法，不知是否合适？""周大师请讲。"王员外说。

　　周侗看着大家说："诸位员外，想周某一生漂泊，早年丧妻，身边无有子女，现在已是垂暮之年，所以我想收岳飞这孩子做义子，不知道行不行？"

　　王员外："行，我看行。本来师徒就如父子，收为义子，关系就更亲了。而且，您收了他，也是他的造化。岳飞，过来。你师父有意收你当干儿子，你可愿意？"

　　岳飞抱拳："王老爷，岳飞虽家境贫寒，但是家中独子，又有母亲在堂，不易过继与人为子。"

　　周侗解释道："岳飞，师父收你做义子，你不用改名换姓，我和你只是父子相称，等师父百年后，有个捧土扶棺的，师父就知足了。况且，学武期间，你的一应费用都由师父承担，也就不会有人说闲话啦"

岳飞探身说道："如此说来，徒儿愿意。爹爹在上，受孩儿一拜。"跪下磕头。

王员外大喜："呀，恭喜周大师！"众员外齐贺："恭喜周大侠，贺喜周大师。"

王员外叫儿子说："贵儿，找你母亲，去岳飞家，给岳大娘报个喜去。"

周侗抱拳说道："王员外，张员外，汤员外，既然收了几位令郎为徒，咱们就是一家人了，以后都是兄弟相称，显得近呼。就不要大侠大师的叫了。"

王员外表示同意："说得是，周大哥，以后兄弟们就不恭了。"张，汤二员外站起来叫："周大哥。"

周侗思考一下后说："王兄弟，我有件事要麻烦你。我还有个徒弟叫牛皋，家在陕西，我想求你帮着给买几亩地，让他家能迁过来，你看如何？"

王员外摆手说："嘻，vl 么大事，那还不容易，不叫事。地有的是。您放心，回头我就叫人办。"

周侗高兴的说："王老弟爽快，周侗谢了。另外还有，我看这几个孩子都挺好的，又是发小儿，只是我已经收了岳飞做义子，难免有人会说我偏心眼儿，所以我想让这几个孩子结为异姓兄弟。几位意下如何呀？"

王员外拍手说："太好了，我赞成。""就照周大哥说得办。"张员外也说。

王员外立马儿吩咐："管家，摆香案。""是，老爷。"管家应道。

院子里，管家指挥着家人备条案，并在条案上摆了香炉供果。

王员外站在院子里喊："岳飞，王贵，张显，汤怀，过来跪下，你们以后就是把兄弟了，拿着香，每人发个誓。"

几个小兄弟每人拿着一柱香，跪在案前。

岳飞对天说道："我岳飞，今天与王贵，张显，汤怀结为异姓兄弟，我等不求同年同月同日生，但愿同年同月同日死。"

王贵，张显，汤怀齐声道："不求同年同月同日生，但愿同年同月同日死。"然后磕头。

王员外看着孩子们的生辰八字说："按年纪论，大哥岳飞，二哥王贵，三哥张显，四弟汤怀。起来吧，以后你们就是兄弟了。"

几位小爷爬起来，跑出去玩儿了。

冬天的院子里很冷。牛皋从屋里出来，踢了几下腿，在草垛上揪了几把草，放在羊圈里后，跑回屋了。

老牛坐在桌子办上磕瓜子。屋子是一明两暗格局。牛皋进屋就坐在了爹的对面。

"羊喂啦？"老牛问。

牛皋挫着手说："喂了，今天可真冷。"

"冬练三九，夏练三伏。天越冷越要练。冬天练，每次都要把身体练热了才行，每天都要练，功夫就是时间。"老牛对儿子说。

牛皋喝口热茶说："知道，练是必须的，大冬天的这么冷，躺着挨冻，还不如练练功舒服呢。"

"牛提辖……牛提辖在家吗？"外面传来喊声。

老牛自语道："这是谁呀？方圆几十里没有人认识呀？我去看看。"

牛皋站起说："我去吧爹。"

老牛一拦说："你不认识，管爹叫牛提辖的，肯定不是本地人。"提上鞋就往外走，来到栅栏门处往坡下看。坡下站着一个牵马的军士。

老牛招手问："小兄弟，找老牛有事吗？"

军士大声说：“我找牛提辖，小人是延安府的信差，有一封张提辖让转给牛提辖的书信。”

老牛“噢”了一一声说：“我就是，我这就下去。”他打开了栅栏门，顺坡往下走。边走边道：“你辛苦了。你瞧瞧，大冷天儿的，让你跑这么远的路。谢谢……”来到坡下。

军士取出信件，交给老牛：“牛提辖，是您的信件，您签收。”

“好，辛苦了。怎么着小爷们儿，回屋喝碗热茶暖和暖和？”

军士摆手说：“不啦，牛提辖，我还要赶到贺兰山，时间紧，不敢歇着，得，前辈保重，小人告辞了。”

老牛赶紧掏出一小块碎银，往军士手里塞：“小兄弟，路上打壶酒喝。”

军士忙推道：“不行不行，前辈，都是白己人，您别客气。我这是办公事，哪能收您的银子，这要是让张提辖知道了可不得了。不行，不行。”上马挥鞭跑走了。

老牛回到屋里，坐下拆开信件。“谁给您来的信呀？”牛皋问。

老牛抖着信说：“你师父，从河北托人捎来人的。”

牛皋惊问：“河北，离咱这儿得多远啊？”

“远着呢。两千多里地呢。这封信是先送到延安经略府，由张提辖转来的。这封信在路上走了一个多月”

老牛拿着信纸仔细着。“牛老弟，我现在已有落脚地，在河北麒麟村。我在这里收了四个徒弟，每天教授武艺，这里的王员外，张员外，汤员外都挺好，我已经托王员外给你家买了几亩地，盖几间房，等春天暖和了，你们就搬过来吧。”周侗在信中说。

牛夫人从里屋走出来问：“谁的信？”

老牛放下信纸说：“孩子他师父。现在在河北麒麟村，收了几个徒弟，让我们搬过去住，还给咱们买了几亩地，盖了几间房。看看，多好的人呐！”

“河北是哪？那地方怎么样？”牛夫人问

老牛站起来在屋里溜着说：“河北麒麟村。河北当然好啦，都是大平原。不象咱家这儿似的，都是沟沟坎坎。”

牛夫人不解的问：“什么叫大平原？你的老家是不是就在那边？”

老牛一指夫人说：“平原都不懂。平原就是说，地都是平的，闭着眼走也不会摔跟头。那边的人吃白面馍，吃大米饭，人也都长得白胖儿白胖儿的”

牛夫人高兴的说：“那就太好了，这不是一步登天了吗。”

“我们要提前准备，破家值万贯。用不着的，带不走的，都给处理了，能换点儿银子最好。河北离咱这儿两千多里地呢，弄不好要走好几个月，等明年开春儿，天一暖和了就动身，最好买条驴，要带行李。”老牛说。

牛夫人不屑的说：“这刚入冬，还早着呢。”

“时间一晃就过去，抓点儿紧，孩子的事不能耽误。”老牛说。

牛皋从屋里走出：“爹，我练功去啦。”

老牛告诉儿子：“去吧。皋儿，你这些日子主要练单刀，出门儿在外，单刀拿着方便。”

牛皋不解问：“去河北还要带家伙呀？”

老牛认真的说：“当然了，带着防身。这道儿上不太平，”

周侗武馆有五间北房，院子很大。兵器架放在院子东侧，石锁，石杠棱放在院子的西侧。王贵，张显，汤怀几个兄弟由岳飞带着练拳。小哥几个练得很卖力气。

周侗从屋里走出来叫道：“张显，过来。”张显做了个收式，走过来问：“师父，我有长劲吧？”“还行。不过练功的时候不可以投机取巧，只有实打实的付出，才能出真功夫。给，这是你要的钩镰枪的样式图，让你爹找铁匠铺，照图打造。"师父把图纸交给张显。

张显接过图纸惊叫："哇，这就叫钩镰枪啊？正是我要的。谢谢师父。"

王贵过来问："师父，也给我画一张呀。"周侗摆手说："你要的大刀不用画。有现成的，挑好的买就行了。"

"不是呀师父，我不要那种普通的刀，我要的是关老爷用的那种青龙偃月刀。"王贵说。

周侗笑赞道："行小子，想做武圣人啊。好，有志气。看，这是师父给你画的图样。"将图纸交与王贵后接着道："拿回去，让你爹去找铁匠铺吧。""正是我要的。谢谢师父。"王贵接过图纸说。

周侗看着汤怀又叫："汤怀，你想练什么兵器？"汤怀走过来说："我和岳大哥练一样的。他用什么兵器，我也用什么。""鹏举，你用什么兵器？"周侗问。

岳飞走过来说："爹，孩儿想把所有的兵器都练熟了以后，再看用什么合适，然后再选。"

周侗认同道："对，先博学，再专一。武术的境界就好比行军打仗，知己知彼，方能取胜。真正的武者，达到一定的高度，万物皆可做兵器。比如一枝柳条，一把草，关键时都能派上用场。""孩儿记住了。"岳飞说。

"带着弟弟们练吧，冬天正是出功的时节。冬天练一遍，等于夏天练五遍。要从实战出发，多练对打。"周侗嘱咐岳飞。

岳飞点头说："是，爹您进屋去吧。王贵，汤怀，你们俩练对打。张显，咱俩今儿个见个输赢。"

王贵和汤怀两个人拉二开架式，对打起来。

　　冬天终于过去了。老牛一家走出家门，来到土坡下。此时的牛皋已经不是去年的放羊娃了。只见他紧衣阔裤，腰缠包裹，背上插着单刀，黝黑的脸上满是严肃，他一手牵着毛驴的缰绳，一手托母亲骑上毛驴。父亲老牛手拄一根树枝做拐杖，一看就是个病秧子。

　　牛夫人不舍的看了看自己的家说："在这儿住了十多年了，这冷不丁的一走，还真有点儿舍不得。"

　　老牛安慰道："穷家破业的，有什么舍不得的。皋儿，牵着驴，出发。"

　　绵绵不断的黄土坡，慢慢的向后移动，毛驴脖子上挂的铃珰，发出悦耳的声音。一天又一天，日出又日落……

　　一家人晓行夜宿，起早不贪黑，连续半个月，已经人困驴乏了。

　　前面不远处的山脚下有几棵树，树下搭了一个白布棚，棚下有柴炉，一个厨子正在炒菜。棚子前面放着三张桌子。一张桌子旁有一个军士在喝酒。另一张桌旁，坐着两个商贩模样的人在聊天，桌下放着包裹。还有一张桌子空着。不远处，有几匹马在吃草。

　　老牛一家三口已经筋疲力尽了。牛皋叫了一声："爹，咱也吃点东西吧，这几天太累了。"

　　老牛仔细观查了一下周边说："皋儿，这地方太慌僻了，还是到前面的镇上再吃吧。"

　　炒菜的厨子说道："客官，坐下歇会儿吧，前面的镇子还有三十多里地呢。"

　　老牛停住脚问："你这儿都有什么吃的？"

　　厨子用勺子一指说："街边摆摊比较简单，有酒有菜能下饭，能吃饱，包子面条。包您满意。"

　　老牛调侃道："包子，不是人肉的吧？"

　　厨子答着说："客官，您真会开玩笑，我们用的肉，都是牛羊肉。人肉，上哪儿找去呀？"

　　这时，一旁吃饭的军士叫："老板，吃完了，银子放桌上了。"

　　厨子过来点着头哈着腰说："您吃好了？您慢走。"将银子收了起来。军士起身，过去解了牲口，上马加鞭去了。

　　另一桌上，两个商人推杯换盏，似乎酒劲上来，聊得兴致正浓："王掌柜，请。""李掌柜，干。"两人干杯。一商人说道："在西北大漠走了一个多月，这罪受的。"另一商人认同道："可不是么，这年头，挣点银子真不容易，这一个多月，连个人影都没看见。"

　　老牛让牛皋扶母亲下驴，三口人围一张桌子坐下。"老板，切盘牛肉，来一斤酒，三碗面条。"老牛对厨子说。

　　"好的客官，您稍等片刻。"厨子说完，麻利幻切了一盘肉端过来放在桌上，回身又从棚里拿出一壶酒，几副碗筷，放在桌子上。

　　"酒到，菜到，您先喝着，我给您煮面条去。"厨子说完，返回棚子里。

　　牛皋拿起酒壶，倒了三碗酒，对娘道："娘，您也喝点儿吧？解解乏。爹，给您一碗。"

　　牛夫人端碗喝了一口酒，牛皋端起一碗，一口气喝干。老牛也端碗送到嘴边。

　　牛皋给母亲夹了一块牛肉谈："娘，您吃肉。""娘吃，你也吃。"牛夫人说着，把牛肉夹起放在嘴里。

　　牛皋喝干一碗酒后，觉得不舒服。"爹，今天这酒劲儿有点大，我有点儿醉了。"说完趴在桌子上。

　　牛夫人摸着头说："是，我也醉了。"

　　老牛指着他们说："你们都喝得有点儿急了……"自己也坐不稳了，三个人都趴在桌子上了。

　　厨子走出棚子拍手大笑说："哈……拿下。"

第三回　老牛巧破案 醉酒引内贼

坐在一边喝酒的商人也站起来鼓掌说道："大哥，今天的买卖做得顺。不过就是看他们这一家人，好象油水儿不大。"

另一商人附和说："嗯，是，好象也就是几十两银子。"

厨子用手一指说："再加一头毛驴，也行了。老二，你和老三，把这两个老的扔山沟里喂狼。"说完，他把手放嘴里，吹一声哨。刚才骑马走的军士又转了回来。"大哥，得手啦？"军士下马问。

厨子得意的说："你哥哥我是谁呀？我说老五，你小子装得还挺象，长出息了。"

老五把马拴上说："大哥过奖了。"

厨子招手叫："老五，来，把这个大个子搬到里边，剥衣服捆起来，捡几块好肉剔下来。"

老五乐呵呵的应道："好嘞哥。"

老三帮着把老牛抬到老二背上，回头拉着牛夫人的双手，倒拖着往布棚后面拖，老二扛着老牛来到布棚后面的土坡边缘，看准距离，哈腰把老牛往坡下扔……不曾想，扔了一下没有扔动，再想扔时，已被老牛来个锁喉，老牛双脚着地，从袖中抖出一枝峨眉刺，一探身，捅进老二后腰，老二倒地。老牛迅速回身出手，又将峨嵋刺插进老三的后背，老三也倒地死了。

老牛来到布棚下，仔细观瞧，见军士老五正在扒牛皋衣服……老牛轻挪几步，找好距离，一个箭步上前，峨嵋刺结果了老五。然后转身，峨眉刺顶在了厨子的腰眼儿上。

老牛大声喝道："别动，动就扎死你。""爷爷饶命，爷爷饶命。"厨子吓得不住求饶。

老牛一掌将厨子打晕，用绳子将其捆上后，端一瓢水，往儿子脸上一泼，牛皋被激醒。"爹，这是怎么了？我喝多了。"牛皋问。

　　"这酒谁喝都多，赶紧起来，去到棚子后面，把你娘背回来。"老牛对儿子说。

　　牛皋纳闷儿的问："我娘怎么了？"

　　老牛往后一指说："你娘在后面的沟边儿躺着呢。"

　　牛皋爬起来，赶忙来到棚后，见娘躺在地上，赶紧蹲下问："娘，娘，您怎么了？你醒醒。娘。"他观查一下左右，见旁边有两具尸体，正是刚才喝酒的两个商人。不容他想，牛皋抱起母亲来到棚下。

　　"用水泼她脸。"老牛说。

　　牛皋舀一瓢水，泼在娘脸上，娘醒了问儿子："这是怎么了？脑袋晕得慌。""晕算是好的，你差点让他们喂了狼。"老牛说。

　　牛皋指着军士尸体问："爹，这到底是怎么回事呀？"

　　老牛气愤的说："这些人都是强盗，专门打劫来往行人。你们着了道儿了。""着了道儿了，着什么道儿？"牛皋不解。"他们在酒里下了蒙汗药。你差点被剁肉馅做了人肉包子。"

　　"什么叫蒙汗药？"牛夫人问。

　　"蒙汗药是一种迷药，他们把药下在酒里，人喝了以后浑身瘫软，人事不知，抢走钱财，把你扔山沟里喂狼，或者剥皮剁馅卖人肉包子。"老牛说。

　　"爹，这些事您是怎么知道的？我怎么不知道？"牛皋问爹。

　　老牛走了几步说："你爹在江湖上混了这么多年，这点儿都看不出来，早死八回了。你看那两人个扮商人的，是他们的老二老三。这个军士是老五，厨子是老大。"

　　牛皋还是不太明白："他们干嘛要扮成商人和军士呀？"

　　老牛戳着儿子的脑袋告诉他："对付你这样的，当然用不着，直接抢就行了，他们扮成商贩军士，是当饭托儿，在这里假装喝酒吃肉，就是为了骗路过的行人，让人放松警惕，你只要喝了他一口酒，小命就玩儿完了。但凡使蒙汗药的，都是最狠毒的，一般不留活口儿。今天遇见你爹了，活该他们倒霉。这几个人，干这行快二十年了，以前我们还出兵抓过呢，可是从来都没见过他们的真面目。"

牛皋佩服的说："爹，您真有本事！您怎么不提前告诉我一声呀，我也好有个准备。"

"爹不告诉你，是想让你见识见识，吃一堑，长一智。出门在外，江湖极其险恶，一定要牢记在心里，凡事要多一份警惕，留个心眼儿，才能走得更远。而且这些歹人也都有武艺在身，硬拼我们也不见得就能赢。出其不意，打他个措手不及，才是取胜之道。以后学着点儿。"老牛教着儿子。

牛夫人缓了一口气："好险呐，要知道这样，打死我也不出门儿了。那你说，咱这顿饭还吃不吃了？

老牛指着案子说："这有面，弄碗面条吃吧，吃完了把这个贼老大送官。"

吃完了面条儿，牛皋将贼老大拴在马后。贼老大不停的求饶："爷爷，求爷爷饶命，放了小人吧。小人家里有八十岁老母要奉养，放了小人吧。"

老牛用刀尖指着他说："闭嘴，放你？你差点要了老子一家人的命。老子要拿你去官府领赏。你知道官府给多少银子吗？一千两，一千两啊。哈……这下发大财啦。以后吃香的，喝辣的，不用为银子发愁了。"

"大爷大爷，若是这样，跟您商量商量，只要能放了我，您的大恩大德小人没齿不忘，这一千两银子小人出。您看怎么样？"贼老大提出条件。

老牛大笑："你出？笑话，银子你出，爷还想升官呢。老子可是当了十多年的提辖了，抓了你就是立了大功，破了你这个十几年许多命案，怎么也该做个将军了吧？实话告诉你，买个副将做，也要五千两银子。"

牛皋牵着驴，牵着马，回头看了看父亲，有些不解。牛夫人骑在驴上也纳闷儿。

贼老大马上恳求道："大爷，您就直说，您要多少银子才能放了我？甭管什么条件，您只要饶了我这条命，银子多少不重要，您说个数。"

老牛思考了一下说："想活命，不光是钱，老实交待我问的问题，我弄明白了，你也就有希望。"

"您说，我一定如实交代。让您立功。"贼老大配合着老牛说。

老牛点点头："好，我问你，这三个同伙姓甚名谁？这十几年来一共做过多少起案子？还有一个同伙老四，是内线吧？"

贼老大犹豫道："这个么大爷，我们是结义兄弟，我们发过誓，不求同年同月……"

老牛一挥手："扯蛋，那你现在就死，不是同年同月同日死吗？他们仨已经死了。我可以放宽条件，把他们仨抵出来就行了，同伙老四可以不说。"

贼老大："好吧，我说，他们仨，老二是……"

老牛一边听，一边点头："好，记下了。那银子的问题呢？"

"这您放心，我给您个地址，您去取，，绝对如数奉上。您有了这些情报，又抄他们的家，而且都能抄出黄货来。您肯定就立大功，升大官，发大财了。"

老牛高兴的说："兄弟，你交代的东西，出的钱，确实值你的命，但你说的是真是假，我还要回去验证。这样，我先把你带回军营，不交给衙门，等我看见银子以后，我会通知你的兄弟，让他来把你救走，这样两全其美。怎么样，妙计吧？"

贼老大高兴的点头道："太谢谢您了。您的大恩大德，小人永远不忘。不过，您知道我四弟是谁呀？"

老牛稍愣下说："我不想知道是谁。不过，你可以提个醒儿，我去给他透个风。我想他不会很傻吧？你放心，我若不讲信义，到时候在公堂之上，你可以咬我，我不是就连一文钱也得不到了吗。"

贼老大狡猾的说："名字我不能说，您只要在某个场合点一下，他就知道了。"

老牛一拍巴掌说："成交。可是，他救不救你，我可管不了。""这你放心，他肯定要来的，他有把柄在我手里。这么说吧，只要您让小人躲过这一劫，我让老四拿十两金子孝敬您。"

老牛大笑："就这么着。皋儿，牵着驴牵着马，咱们走着。"

到了关西，老牛把贼老大押进军营藏好，然后与夫人和儿子进了一家酒楼。坐下后，老牛对夫人道："你和儿子随便找个座位吃饭，我要在这里请几个朋友过来聚聚。"

牛皋与母亲离开了坐位，另外找座坐了。

有小二过来，点头哈腰的问："客官，您几位，是请客还是吃便餐？"

"我问你，前面军营有个张提辖知道吗？"老牛问。

小二笑道："张提辖，熟着呢。""刘提辖呢？"老牛又问。

"也熟，张提辖，刘提辖，王教头，都熟着呢，他们几位长官经常来小店喝酒。"小二说。

"王教头，哪个王教头？"老牛问。

小二手指向上一指说："王教头呀，就是东京八十万禁军教头王进，王教头啊。"

老牛高兴的说："噢，都请过来，你就说有个牛提辖请他们喝酒。"

小二惊道："呦，牛提辖，我说怎么看您面熟呢，您可有日子没过来了。您稍等一下，小的跑着去。但是您不能坐这儿，楼上有雅座，您上二楼，（朝楼上喊）二楼开个单间儿。牛提辖，您请，我给您请人去。"小二出门去了。

老牛迈步上楼，有跑堂的过来迎接，引入雅间坐下，有小二端来茶壶茶盏，瓜子花生。老牛喝茶磕瓜子。也就两盏茶的功夫，门帘挑起，有小二让道："几位长官里面请。"

老牛刚站赶来，张提辖已经张开双臂，兴奋的抱住他说："真是牛哥，牛哥你好啊？"

老牛激动的与张提辖拥抱："好，好，张兄弟，刘兄弟，这位是王兄弟吧？"

张提辖："是，我给你们介绍一下，这位就是东京八十万禁军教头，王进王教头。"

王进抱拳见礼道："牛哥。久闻大名，幸会幸会。"

"王教头，久仰久仰。张兄弟，刘兄弟，一向可好啊？"老牛问。

张提辖轻锤老牛一下说："好，还是老样子。牛哥，这么多年，也不回来看看，真想啊。""是啊牛哥，十多年了，身体挺好的吧？"刘提辖问。

老牛赶忙张啰说："让兄弟们惦记了。来，来兄弟们，坐坐，快坐。"

小二进来招呼："几位官爷，都坐下聊。水给您沏上了，菜就不用点了，您几位吃什么小的门儿清。"

老牛点头说："好，你掂量着来，但酒要上好的。几位兄弟，今天要好好喝喝，好好聊聊。"

刘提辖坐下说："牛哥还是老样子，一点儿都没变。不过牛哥，今天可不能让你破费，兄弟请，啊哈……算我的。"

老牛笑道："既然是刘兄弟要张喽，那就不客气了。当然了，吃你也是应该的，多少年的兄弟了。"

张提辖感慨道："可不是，想当年，跟着牛哥出生入死，牛哥总照顾着兄弟们，一直没请牛哥喝过酒，今天给机会了，啊，机会难得。所以小弟得表示表示。"

这时，有小二端着酒壶，酒杯，碗筷，过来摆放好，又有小二进来上菜。尔后，为每位客人倒满一杯酒后出去了。

刘提辖首先端起杯说："各位，不用客套，今天为牛哥接风，干了。"一饮而尽。大家也都干了一杯。

张提辖摸着老牛的肩问："牛哥，你这一走就是十多年，今天怎么想起兄弟们来了？"

老牛喝口酒说："嗨，养伤就养了两三年。以前当兵，总是紧紧张张的，这一闲下来，就不爱动窝儿了。加上孩子现在大了，还要培养孩子不是，所以哪都不想去。去年呀，孩子拜了一位师父学武，现在是带孩子去河北投他师父去。所以，今天就顺便过来，跟兄弟们聚聚，道个别。"

"嫂子和孩子呢？"刘提辖问。"他们在楼下吃呢。"老牛说。"请上来一块吃吧，多热闹啊。"张提辖说。

老牛摆手说："不用了，还是咱们哥儿个喝着痛快。无拘无束。"

"孩子多大了？"王进问。"十三了。"老牛用手指比划个三。张提辖指着王进说："就拜王教头为师多好，咱王兄弟可是高手啊！""去年拜的师父，那时候还不认识王教头呢。"老牛说。

王进点头悟道："令郎既然是去河北投师，？那一定拜的是高人了，否则牛大哥也不会抛家舍业的千里去投了。"

老牛认同道："是，也是有缘，遇到了周侗周大侠，周大侠就收了小儿为徒了。"

"周大侠人称铁臂周侗。当今武林第一人。我有一个朋友，人称豹子头林冲，就是周大侠的徒弟。可以说，周大侠教出来的没有怂主儿。能拜在周大师门下，令郎将来肯定不是凡人。恭喜牛兄了。"王进抱拳说。

老牛干了一杯酒后说："谢谢王老弟。刘兄弟，张兄弟，今天请哥几个一起喝酒，不光是想兄弟们了，实在是还有一件公事要通报一下。本来呢，愚兄想暂时保密，一想哥儿几个又不是外人，也就不想瞒着了。"

"都不是外人，牛哥请讲。"张提辖说。

"兄弟们，还记得十几年前走失人口的案子吗，十几年前？"老牛问。

张提辖一摆手："嗨，别提啦。牛哥走了以后，这种案子每年都有发生，一直没消停。本省，外省报案的失踪人口已经上百人了。我们也经常出去查访，一直没有线索。很挠头。"

刘提辖认同道："是呀，关键是那些失踪人口，多数是有头有脸的商人。前几天，上边还催着出去查呢。可上哪儿查去呀？"

老牛得意的说："是这样，不是常说踏破铁鞋无觅处吗，那后面就是得来全不费功夫。这帮人啊，今天让牛哥碰上了。案子破啦。"

张提辖兴奋的："真的呀，太好了，牛兄立了大功了。"

老牛晃晃脑袋说："也不算什么，咱现在是个老百姓，按说不该管这事，但是让我赶上了。关键这帮孙子想要我一家三口的命，没办法，只好顺手牵羊了。"

刘提辖追问道："都是些什么人呀，怎么做案，是抢劫杀人吗？"

"他们呀，一共五个人，专门下蒙汗药，做人肉包子。哥哥今天杀了仨，抓了一个，抓的这个我先藏起来了，为的是别让地方衙门插手，由咱们审。这里油水很大呀。对了，杀的那三个人，可能有一个还没死，可以去人把他弄回来，张提辖，你看……"

刘提辖自告奋勇的说："还是兄弟跑一趟吧，正好堪查一下现场，那我就不喝了……"起身出去了。

张提辖不解的问："牛哥，抓了一个，杀了仨，四个人呀，怎么会说是五个呢？"

老牛补充道："是这样，他们在酒里下药，把孩子和他妈给蒙翻了，：我听那个大哥喊老二老三和老五，没喊老四，所以我判断他们是五个人。"

张提辖"嗯"了一声说："这么说，肯定是五个人。"

"张老弟，我是这么想的，既然这个案子咱们要管，就应该先上报经略公，万一被地方衙门知道了，找经略公理论，经略公应该先有个准备才是。"老牛说。

张提辖也认同："有道理，那我马上去经略府汇报，你们二位先喝着，我去去就来。"

王进欠身道："张提辖你忙，我陪牛兄喝。"

张提辖起身出去了。

老牛与王进干了一杯酒后说："王教头，今晚有件事，只能你办。"

王进放下酒杯问："什么事？牛兄请讲。"

老牛小声的说："这个团伙的老四，就是我们内部的人，因为有内线，所以每次官府出去搜剿都无功而返，今天要拿这个内奸，非王教头出面不可。"

王进摇一摇头："牛兄，王进也可能是内奸，你怎么就能相信呢？"

老牛笑道："不会的，王教头若是内奸，就不在这喝酒了。"

王进也笑道："看来牛兄唱的是出连环计呀！"

"连环计，怎么讲？"老牛问。王进哈哈大笑。老牛也笑了。

老牛叫伙计："小二，过来。"小二过来问："牛提辖，您有什么吩咐？。老牛拿起酒杯说："上坛酒。""好嘞，马上就到。"小二出去了片刻，抱着一坛酒进来说："爷，您要的酒。"

老牛指着酒坛说："小二，今天有兄弟请客，我多要一坛酒，留着明天喝。今天做东的兄弟出去了，等他回来结帐的时候，你可别给我说漏了嘴。"

小二赶紧应道："爷您放心，我们这里有很多吃公款的，都顺酒。保证看不出来。这样，我把您这坛酒收起来，然后在桌上放个空坛子，不就结了。"

老牛大笑："好，好，好，就这样，会办事。"

桌上已经杯盘狼藉。老牛，王进都有些醉了。

王进放下酒杯说："牛哥，别喝了，你醉了，兄弟送你回客栈。"

老牛摆手说："王兄弟，你还不如我呢，还是让牛哥送你回军营吧。"

王进站起来，打个晃儿叫："小二，小二，牛提辖喝多了，你能帮忙，送他回客栈吗？"

小二满应满许的："行，行行，王教头，我送牛提辖回去。"小二搀老牛起身出屋下楼往外走。出了门后，老牛对小二道："小二，你呀，你，你呀，扶我从军营的后墙走一圈吧。我以前老在这营外巡逻，现在都快不认识了，谢谢啊。"

小二殷勤的说："瞧您说的，太客气了，小人伺候您绕一圈。"

小二扶着老牛在军营处绕了一圈。在一胡同内，老牛停下脚步对小二说："小二，这就是军营的后墙，以前我就住那间。"伸手往上指了指。

这是军营的院墙，墙上有房，房子的后窗离地面有三丈多高，窗外封有铁栏。

"牛提辖，该回客栈了。"小二说。

老牛拉着舌头说："回客栈。"

这时，胡同口儿有个人影一闪。老牛被跟踪了。

刘提辖出现场后回到酒楼已经很晚了。他来到柜台对伙计说："把楼上那桌的酒菜账单拿出来，我买单。"

伙计从柜台内拿出账单说："刘提辖，你回来啦？您瞧，这是酒菜明细。"

刘提辖看着账单问："怎么喝这么多酒？"

"是，牛提辖和王教头两个人又要了一坛酒，喝了一下午，都醉了，是让我们伙计送回去的。"伙计说。

刘提辖掏出一锭银子放桌上说："别找了，明天还来喝。"

伙计拿起银子说："是刘提辖，明儿见了您。"

夜深了，军营后面的胡同里有人影一闪，迅速隐没在墙下的黑暗中。夜行人来到老牛住过的房屋下面，从身上解下飞抓抖手向上抛出，飞抓挂在窗户的铁栏上，黑影顺索而上，来到窗前，腰中抽出撬棍，撬下窗栏，飞身跃进屋内。并摸到床边，床上有人。夜行人掏出火源，点燃腊烛，将腊烛放在桌子上。仔细观瞧，是老大正在昏睡。黑衣人推两下，老大没醒。遂腰中解下水袋，用水喷其脸，老大被激醒了。

"你是谁？"老大小声问。

"大哥，我是四弟，赶紧起来活动活动，跟我走。"夜行人说。

老大情绪激动的说："老四，你果然来了，我没看错你。唉，你二哥，三哥，五弟都死了，大哥对不起他们呀。"

老四急道："大哥，现在不是伤心的时候，我先救你出去，君子报仇，十年不晚。"

"怎么出去呀？"老大问。

老四一指窗户说："这是临街房，我带了绳索，下去就没事了。大哥身体行吗？"

贼老大急着说："行，没问题，赶紧走。"

"好，我先下去，在底下接应大哥。"老四说完，即钻出窗户顺绳而下。老大随后溜了下来。

胡同里趋黑一片。两人先后落地。"大哥，跟着走，我送你出城。"老四说。

两人顺墙根儿轻走了几步，然后想撒腿欲跑，却被一人横大棍拦住去路。"刘提辖，这是去哪呀？"挡路的人问。

是王进。只见他手提大棍，横在路中间。

老四刘提辖撕下面罩，亮出单刀说道："王教头，你我无怨无仇，请放开一条路，日后有你的好处。"王进冷笑道："刘提辖，原来你就是内奸。"

"你是怎么知道的是我？"刘提辖问。王进大笑道："牛提辖说打死了两个，打伤了一个，想想，是不是你最着急呀，赶紧去现场，在那仔细看了吧，有活的吗？牛提辖有那么笨吗？留个活的扔那儿。"

刘提辖懊悔道："我中计了？"王进用棍一指说道："你着急出现场，是不是想救人呀？还是想灭口啊？刘提辖，你这个内奸勾结匪类，抢夺金银，害死多条人命，真是死有余辜。你的报应来了。"

"就凭你，也能挡得住我？大哥，你顺路往回跑，见口儿左转，再见口儿再左转，照直跑就见到城门了。给你家伙。"刘提辖说着，递给老大一口单刀。老大接过刀，转身就跑。

老四从背后又抽出一口单刀，照王进就砍。王进略闪，亮出大棍，两人打在一起。

贼老大顺胡同照直飞跑，见口儿拐弯儿时，却被牛家父子挡住去路。“老大，你这是去哪儿呀？跑了以后是不是想赖账啊？”老牛调侃道。

贼老大收脚抱拳求道：“好汉，好汉，绝不赖账。我的所有身家都是你的。请放条生路吧。”

老牛气愤的说道：“包括你的命吗？爷爷今天放了你，老天爷能让吗？我儿子能放你吗？他长这么大，还没见过血呢。今天正好拿你练练手儿。儿子，显摆显摆，他要是活着，早晚咱就得变肉包子。”

贼老大大怒：“你不讲诚信，说好的事，怎么变卦了？我跟你拼了。”上前挥刀就砍，牛皋接招，举刀相迎，两刀相蹤，溅出火花……

第四回　牛皋过黄河　岳飞进仙洞

另一边，王进与老四棍刀相见，双方你来找往，杀得难解难分。

牛皋力猛，磕飞贼老大单刀，飞一脚将其踹倒，上前来个虎扑，单刀捅进老大腹中。

可怜了，若论武功，这个老大应该在牛皋之上，只是两只手被捆了一天，又被老牛灌了超量的迷魂药，此时与个生猛的后生交手，不死才怪呢。

王进与老四打了几十个照面，老四越战越通，似乎占上风。他心中暗喜，什么八十万禁军教头，徒有虚名罢了。于是，他放开手脚，抢开架式，开始主动进攻。而王进却防守有余，攻力不足。

近前观战的老牛见此情景，心里知道，一定是王进有顾虑，不敢下杀手，于是大喊道："王教头，打蛇不死，反被蛇咬。当年令尊打了那高俅，本应把那个泼皮打死，手一软，结果酿成大祸。王教头，斩草锄根，别留后患。"

老四近似玩命，单刀使得神出鬼没，刀刀都是要命狠招。王进被老牛点醒，他后撤几步，猛回身大喝一声："引线穿针"，一棍捅在老四前胸，老四一捂胸口，王进撤棍，跃起下砸地面，棍弹起，插拨老四两腿间，并大喊："拨草寻蛇"，撤棍抢起下砸老四头顶，又大叫一声："力劈华山……"

这一棍，老四被打得脑浆迸裂……王进来个怀中抱月收式……

老牛鼓掌叫道："好棍法！王教头名不需传，八十万禁军教头实至名归，今天杀了内奸为民除害，奇功，奇功啊！"

牛皋伸出大姆指赞道："王叔儿，真的好身手儿啊！"

王进笑夸道："小爷们儿也是侠肝义胆，小小年纪，就有如此英雄气概，日后不可限量！"

次日上午，老牛，王进，张提辖和牛皋来到酒楼雅间，坐定后开始喝酒。张提辖起身，为众人倒酒后说："真没想到刘提辖是内奸。不过兄弟想不明白，又没有口供，牛哥怎么就知道刘提辖是内奸呢？"

王进精神大好，主动解释道："牛哥下的是连环套，先说一个同伙受伤没死，结果刘提辖急了，一下就暴露了，为了救老大，刘提辖肯定会跟踪牛哥，牛哥在军营边上绕了一圈，特意往小楼上看了一眼，目的是告诉刘提辖，他老大藏押的地方，为了探清牛哥真醉假醉，刘提辖还来酒店结账，证实了牛提辖和兄弟都喝醉了，所以才敢放心去救人，结果呢？就结果了。"

老牛笑道："结果是刘提辖送了命，临了儿临了儿还给咱留了一坛庆功酒。"

众人大笑。

张提辖干了一杯说："牛哥，这几天您还不能走，这个案子虽然了了，但是还有后续的事没完，要抄劫匪的家，没收财产。尔后才能结案，结了案还要论功请赏。那时候才能放牛哥走啊。"

老牛大笑道："抓紧办，哥哥我还要赶路呢。张兄弟，王兄弟，今天这桌饭牛哥请了。"

小二正好进来上菜："牛提辖，您也不用请了，有人请了。"小二说。

老牛纳闷："谁请啊？"

小二兴奋的说："昨天晚上，刘提辖放柜上一锭银子，说今天这桌饭他买单，您几位放心吃，随便点，那锭银子用不了。"

老牛看看张提辖，王教头，不好意思的："啊！啊，哈……"

张提辖大笑，王进也笑了。

几天以后，案子终于结了，虽有张提辖，王教头极力挽留，老牛一家还是坚持要走。

来到十里长亭，老牛，王进，张提辖英雄相惜，不忍离别。牛夫人骑上驴背，牛皋牵驴站在一旁等候。

张提辖再劝道："牛哥，经略公再三嘱咐小弟，一定请牛哥留下，牛哥考虑考虑？"

老牛无奈的解释道："谢谢经略公，张提辖，此番去河北，是陪孩子投师学艺，牛某当年负伤之后，多蒙经略公和兄弟们接济，感激不尽。只是伤后留下残疾，难堪大用，只好一心培养孩子了。噢，王教头，多谢王教头，让牛某见到了真正的棍法。"

王进谦道："牛兄过奖了，以后有用得着兄弟的地方，言语一声儿。"

老牛拱手抱拳："一定一定。二位兄弟，愚兄告辞了。"

"牛兄且慢。这是经略公命小弟转交牛兄的纹银一百两。为了路上花着方便，小弟已将银子换成碎银了。"

老牛接过银子说："谢谢经略公。功不用记了，银子还是可以拿的，手头确实有点紧。那就这样，愚兄告辞了。有劳兄弟们相送，后会有期。"

张提辖抱拳相送："嫂夫人，牛兄慢走，到了以后报个平安。"

老牛依就拄着那根树枝，携妻儿上路……望着一家人的背影，王进叹道："牛兄真是好人，不计功名利禄，一心扑在孩子身上，为了孩子的前途，不惜背景离乡，千里迢迢，尽为人之父之责也！"

张提辖亦有同感："是，有人品，有武艺，有责任，让人佩服。不过，他这个儿子么……我看不是很机灵，总觉得缺根弦儿……"

王进晃晃头说："好象不是缺点什么，而是比我们多点儿什么。人不可貌相，也可能是大智若愚吧！"

　　周侗武馆。周侗在指导徒弟们练武。张显，汤怀正在练对打。周侗上前纠正动作后，两个人继续练。一旁的王贵正在练提拉石锁。岳飞在举杠楼。师父端起茶杯喝了口水，频频点头。

　　黄河。波涛汹涌，浪花飞瀑。老牛一家来到河边。"这就是黄河，果然不同凡响。"老牛叹道。

　　牛夫人吃惊："原来黄河这么大，这么宽，水这么黄，这么猛啊！"

　　老牛指着夫人说道："看见河就这么乍呼，外面还有江，还有海，还不把你吓死呀。"

　　牛皋看着黄河也眼晕："爹，这么宽的河，这么急的水，人要是掉下去，还不象蚂蚁似的，一下子就没了。咱能过去吗？"

　　老牛："可不是么，甭说人，就是一棵大树掉下去，一冲也就没影儿了。这黄河呀，每年都要淹死好多人呢。那边有渡口，咱们坐船过去。""太可怕了！"牛夫人骑在驴上说

　　黄河的水翻滚着浪花，好象听懂了几个人说的话，流的更猛了，声音也更大了……

　　船靠岸，老牛牵驴，牛皋扶母亲，登岸付了船资。"终于过了黄河了。"老牛说。"爹，您不是说，咱老家是在这边吗？"牛皋问。老牛点头："是，爹也是很小就出来了，在河西长大成人，做事，后来娶了你娘，生了你，一晃都三十年了。"

　　牛皋望着远方问："这离河北还有多远啊？什么时候才能到啊？""都出来一个月了，也不知道东南西北的整天走，我真有点儿烦了。"牛夫人说。

　　老牛观查着四周的地形说："人活着，哪能不吃点儿苦，受点儿罪呢。吃得苦中苦，方能做人上人。"

牛夫人疲惫的说："什么人上人，踏踏实实的就好。凡是登途者，都是福薄人。""我只是想投师学艺，没想到要走这么远，还不如在家练呢。再说，我的武功也挺历害了，那个贼老大还不是被我一个照面就给结果了。"牛皋自吹着说。

老牛摆着手："你那点儿三脚猫的功夫，离爹的期望值差远了。就是象刘提辖那么高的武功，和王教头比起来，也就是几个照面的事。不过，这都不是爹想要的，爹想要的是让你成为在战场上斩将夺旗，所向无敌，于百万军中，取上将首级的那种大英雄，而不是一般绿林手段，所以爹让你投名师，日后才有可能有功名，爹也能沾光。所谓读万卷书，行万里路，才有可能有大智慧。他娘，天儿不早了，咱们就在黄河边上过夜吧。皋儿，去捡点儿柴禾，生火做饭。"

牛皋"嗯"了一声去捡柴了。

夜色去，天渐亮，晨光将河水映红。牛皋坐起看着河水喊："爹，娘，快看这河水，多红啊！"

牛夫人已经把早餐做得了，正在往碗里盛粥。她看着河说："啊，真是太美了！比咱那土沟沟里好看多了。他爹，粥熬得了，开饭。"

牛皋从娘手里接过一碗粥说："空气也好多了，没那么多土了。""是，你一出生，就没出过黄土沟，今天总算来到河东了。这就应了那句话了，十年河西，十年河东。"牛夫人说。

老牛也认同的说："是，熬出来了。现在孩子大了，今后可以想往哪儿走，就往哪儿走了。""那就去东京汴梁，皇上住的地方，肯定是最好的。"牛夫人说。

老牛喝完粥放下碗："去哪儿都行，只要能把孩子培养出来就好。"

牛夫人把三只碗放在锅里："皋儿，河里舀瓢水，娘把碗洗喽。"

老牛站起来说："不用了，看我的。"把锅端到一边，抄起一块石头，把锅碗都砸碎了。"你这是干什么？不过啦？没有锅用什么做饭呀？"牛夫人急着问。

老牛坐地上叫："皋儿，过来。"牛皋屁股蹭着地过来。"皋儿，如果我们是坐船过来的，想回去时，船沉了，你怎么办？"老牛问。"那就过不了河，回不了家了。"牛皋说。

老牛接着问："是，那如果锅也砸了，吃不了饭了，你怎么办？""饿死呗。"牛皋说。老牛又问："为什么要饿死？""既然回不了家，又没饭吃，还不是等死啊？但是我干嘛要砸锅？我傻呀。"牛皋说。

老牛继续说道："当你认准了一件事，要去做的时候，又犹豫不决，这时候船没了，锅砸了，没有退路了，你只有一条路可走。""往哪走？"牛皋问。"往前走。一无反顾的往前走。只有往前走不用船，才有饭吃。"老牛说。牛皋无奈的说："只能往前走了。"

老牛提起精神说："这就叫破釜沉舟。不留后路。话说当年，西楚霸王项羽，带领三千子弟兵，渡过乌江，砸锅沉船……"

牛夫人张嘴拦道："嗨嗨，收拾收拾，走着吧嗨。""得，又一天开始了。扶你娘上驴。"老牛站起来说。

青山青翠，绿水泛蓝。牛夫人骑在驴背上，眼睛不住闲儿的住四周看。牛皋牵缰在前面走，老牛树枝做杖在后面跟。

老牛边走边对夫人说："你还说你跟我受苦了，出来一个多月了，你骑驴，我拄棍儿，你多享福啊。""赖谁呀，你打的那帮土匪，不是有好几匹马吗？你要一匹马，不就有的骑了。还用地下走？"牛夫人说得在理。

　　老牛驳道："老娘们儿懂个屁，那几匹马是脏物，都要上缴的。"

　　周侗武馆门内。岳飞兄弟儿个正在练武。打拳，劈刀，举石锁。师父从屋里出来叫："鹏举。"岳飞放下石锁："爹，什么事？"

　　周侗拍着岳飞的肩说："爹今天出去串个门儿，上午你带兄弟们练武，不准偷懒。下午放半天假，晚上回自己家吃饭。""爹，您干嘛去？上哪儿串门儿呀？"岳飞问。

　　周侗说道："爹有个师弟，在附近的沥泉寺出家，好多年没见了，今天天儿好，爹去看看他。"岳飞高兴的说："爹去看师叔，让孩儿跟您去吧。正好去烧烧香，拜拜佛。"

　　周侗同意道："行，小孩子知道烧香拜佛，难得，去吧。王贵，你们哥几个练会儿就回家吧，师父和你大哥出去一天。"

　　王贵调皮的说："师父，干嘛去，下馆子去呀？怎么不带我们哥仨去呀？您这是偏心眼儿。"张显也嫁秧子说："可不是么。""我也去，咱都去。"汤怀也说。王贵上前说："要不然我也给您当干儿子？"

　　周侗笑道："带你们大哥出去，不是吃馆子，而是去沥泉寺拜佛。沥泉寺离这儿不近呢，让你们回家是照顾你们。你们这帮小子，怎么不懂好歹呀？""我也去拜佛烧香，不就是二十多里地吗，小时候常去那儿玩儿。"王贵说。

　　周侗同意："那好，既然都想去，就都去好了。张显，告诉大厨，中午不用做饭了，你们几个，把家伙收拾收拾，现在就走。"

　　岳飞等把兵器上架，石锁，杠棱提到墙角处，此时张显也回来了。师父说一声："小子们，走着。"

小路通幽，树木丛翠，青草鲜花艳，黄鹂麻雀鸣……师徒五人，顺小路爬山至半山腰，有很大一块平地，穿过松柏，走过竹林，见一座寺院，院门匾书沥泉寺。进寺院看，有人正在炉前烧香。

周侗停下脚嘱咐："鹏举，你们先在寺里转转，我去后院看看师叔在不在。你们拜完佛，我若没出来，你们就去后院。""知道了"，徒弟们向佛殿跑去。

周侗转过墙角，走到后院，在角门处被一个小和尚拦住："上香拜佛请到前院。"

周侗客气的："小师父，我找人，烦你通报一下志明长老，就说周侗前来拜访。"小和尚摆手："师父在本地没有朋友。从来不见客，请回吧。"

周侗解释道："智明长老是我的师弟，我是他师兄，十多年没见了。烦你通报一下。"小和尚不耐烦的说："什么师兄师弟的，师父一律不见。"

周侗面带怒色："你这个小和尚，怎么不通情达理，多余跟你说。"硬往里走。小和尚手一拦："施主，若要硬闯禁地，小僧可要动手了。"

周侗笑道："好啊，来吧，让你打。"

"吵什么，什么人在这里大声嚷嚷？"智明长老从禅房撩帘出来。小和尚回："师父，惊动您老人家了，是这个老头非要……"

智明长老"嗯"了一声，小和尚改嘴道："这个老施主非要进后院见师父，还说是您师兄。"

周侗笑道："师弟的禁戒好严呀！"智明大喜："哎呀师兄，是你呀。哈……我说今天怎么一大早儿，就有一群喜鹊叫呢？原来是师兄到了。快请……"

二人进了禅房，分宾主坐定，小和尚端上茶杯说："施主请用茶。"

周侗叹道："师弟隐居深山古刹，幽静清闲，闻钟鸣磬乐，罗汉椅打坐品铭，真乃神仙。"

智明大笑："师兄啊，小弟不象师兄传武育人，不辞辛劳，浑身满是正能量。是带着使命来到世间，命中注定要劳神费体，但功德回报，也是无人能及。着实只有羡慕了。而小弟呢，早年从军，浴血沙场，枪下无数人丧生，故时常夜不能寐，修佛，也算是孰罪吧。"

周侗心有所触："师弟的文质武功，天下无人能及。看破红尘，激流勇退，在此修行，耐得住寂寞，静得下心神，算得上是一世神佛了。"

智明摇头道："师兄取笑了。还得说师兄，事业有成。培养的徒弟各顶个的历害。"

周侗兴奋的说："愚兄这回又收了几个徒弟，整整忙活了一冬天。前几天听说师弟在沥泉寺修行，所以趁现在天还不热，出来走走，进了你的神仙洞府。这地儿真不错，竹林青翠，树木奇伟，鸟儿鸣风清的，真是好！"

智明站起："看来师兄很有雅兴，今天就别走了，师弟陪师兄走走看看，看看这沥泉山。"

智明长老与师兄走出角门，来到前院。见岳飞等小兄弟弟们手里攥着香，正在转悠。

"鹏举，王贵，你们过来。"周侗喊道。岳飞兄弟们跑过来叫："师父。""爹。"

周侗指着长老说："这是智明师叔。沥泉寺的长老。"岳飞众兄弟抱拳见礼："拜见师叔。"

智明高兴的："哎呦瞧瞧。师兄一下子收这么多徒弟，好，好！将来你们几个，就能顶千军万马，好。"

岳飞告诉义父："爹爹，刚才我们都拜了佛了，也许了愿了，听说这里的菩萨挺灵的。""肯定灵，你师叔就是活佛呀！"周侗说。

智明指着岳飞："师兄，这孩子管你叫爹，是儿子？"周侗叹道："师弟，为兄一生漂泊，内人早逝未续，孤身一人，所幸遇到了岳飞，收为义子，这孩子无论资质还是德性人品，都是我喜欢的，这几个都是本村镇乡绅大户人家的子弟，他们都是师兄弟，又是把兄弟，也都算是干儿子。所以，现在我不但传武，也是在享受天伦之乐呀！"

智明赞道："羡慕师兄，老有所为，老有所享。强似出家做和尚。师兄，走着。"

周侗招呼道："走，孩子们，山上玩儿玩儿。不过，佛门圣地，要爱护这里的草木苍生。不能祸害水中鱼，树上鸟。蛾，蚁，蝼，蝇都是生命，不要伤害。""是，师父。"众徒弟应道。

溪流水净，小草悠闲，喜鹊叫，野兔跑，处处鸟语花香。白云祥瑞，松柏挺拔，好一座仙山……

前方有一片水潭，潭中有岛，岛上有一洞，洞楣上书三个字：沥泉洞。

智明长老介绍："这是沥泉洞，洞中有一泉，水质极佳，乃水之极品。以前喝茶，都是在此洞中取水，用此泉水沏茶，喝了以后，总觉得身清气爽，妙不可言。"

王贵在水边看了看问："师叔，去洞里取水，怎么过去呀？"

智明指着水面说："以前这里有座小桥，可以过去，师叔经常和茶友在洞中品茶斗茶，洞中有石桌石櫈，石床石椅。千奇百怪，胜似神仙洞府。只可惜，前几年，小桥木头腐朽塌了，从此以后，就再也没进去过。也不知道那股泉水还有没有了。"

岳飞看着小岛问："师叔，洞楣上的沥泉洞三个字，好象是苏大学士的手笔吧？"

智明点头："贤侄小小年纪，居然知道苏轼？没错，正是东坡居士的墨宝。""师叔，侄儿想进洞去看看，可以吗？"岳飞问。

智明点头："可以呀。只是没有桥，水面又宽又深，贤侄如何过去？"岳飞左右看了看："只要有个木桩就可以。""木桩有，以前桥拆了，木头都放在了前面那块大石头后边了，可以去搬。"长老指着说。

"好的。"岳飞说着，来到大石头后面，扛起一根木桩回来，将木桩扔在水中，稍退几步，向前加速跑，至水边，张开双臂凌空一跃，脚点木桩，复跃起，稳落在对岸。

智明大赞："师兄，贤侄这手大鹏展翅，你我恐怕是来不得的。"周侗赞道："是，这孩子简直就是大鹏鸟下凡了。"

岳飞回头，向众人做了个鬼脸儿，走进沥泉洞。

洞内很宽畅，光线也很好。石桌，石櫈，石床俱全。石桌上放着茶碗，茶壶，均是磁州窑的，上面已布满是灰尘。岳飞坐在石櫈上，拿起茶壶，做了个倒水的动作，端茶碗假装喝水。又见有一股清泉从石缝流出，过去伸脖喝了一口，自语道："好水，真好喝！"又转身，见石床上，被尘土盖有一长物，伸手拿起，原来是一柄长枪。岳飞一见大喜，舞了几个枪花，蹦出洞外，前三后四的耍了起来。

智明惊讶道："啊，我倒忘了，这是我当年用的枪啊！原来放在洞里。瞧我这记性。"

岳飞正练得起劲儿，突然，一条大蟒蛇从洞中蹿了出来，张开大口，向岳飞扑来……王贵眼尖，大叫一声："大哥小心，背后有……"

第五回　遇劫喜得乌骓马　迷路误入麒麟村

　　王贵大叫一声："大哥小心背后。"

　　岳飞闻声健步旁移，转身躲过，举枪刺向蟒蛇。大蟒躲闪，与岳飞战在一起……

　　几十个照面以后，不分胜败。此时，岳飞卖个破绽，将枪高举，身体上前，顺势一转，让蟒蛇缠住，蟒蛇张大嘴欲咬岳飞脑袋，岳飞迅速将枪尖插进蛇口，用力几下，整条枪都进了蟒蛇体内，蟒蛇僵直倒地。汤怀鼓掌："岳大哥历害呀！"

　　岳飞向师叔一摊手："师叔，蟒蛇吃了我的枪，拿不出来了？"王贵指着蟒蛇说："用手掏，不会呀？"

　　汤怀赶忙阻止："千万别，万一蛇没死，把手咬掉了呢？""是呀，听说蛇死了，脑袋不死。"岳飞无奈的说。

　　智明念声佛："阿弥陀佛。贤侄，把蛇头转过来，朝着师叔这里，你躲开点儿。"坐地运功出掌，枪身慢慢的从蛇口中退出。智明收功对岳飞说道："贤侄，将蟒蛇拖进洞去吧。"

　　岳飞应"是。"过去拉着蛇尾，拖进沥泉洞，放在石床上，念声："阿弥陀佛，"出洞拾起枪，助跑几步，用枪杆点地，飞身跃过潭水，轻落岸上后，大喊："爹，好枪，好枪，真是好枪！"周侗大笑："当然是好枪。这是你师叔当年的神物，绝对的稀品！"

　　岳飞失望道："哟，是师叔的呀？师叔，您看这枪……"

　　智明拿过枪说："自打跟我入了空门，吃了许多年的素，今天又开荤了，留不住你了。你现在又有了新主人，他比我强，去吧。贤侄，此枪闲置多年，实已老化，也是与贤侄有缘，经刚才蟒蛇体液浸泡，又恢复了当年的模样。记住了，枪不离手，手不离枪。我给它取个名字。"长老运功，用手指在枪柄上刻写了几个字：沥泉蛇矛。周侗赞道："师弟内功，不减当年啊。"

　　智明解释道："此枪所以称蛇矛，并不是因蟒蛇之故，而是在枪的设计及制作上，此枪的枪尖可以象蛇头一样抖动，让人琢磨不定。你看。"长老一抖大枪，枪尖就抖了起来。

　　岳飞大悟："噢，明白了。"接过蛇矛枪。周侗大喜："鹏举，你师叔把枪的招式写在枪杆上了，回去慢慢的悟吧。""是爹，谢谢师叔。"岳飞高兴的说。

　　周侗与徒弟们在寺中禅房歇宿一夜，第二天一早起身告别，智明长老送周侗师徒至寺门前。周侗停下脚步说："谢师弟款待，愚兄告辞。""谢谢师叔送的蛇矛枪。"岳飞抱拳恭身。

　　"等等。"长老从小和尚手中的托盘里拿起一个锦盒对岳飞说："贤侄，师叔一生研究兵法，写成此书，今已出家多年，无用武之地了。送你吧。贤侄记住，练武不学兵，到老一场空。"

　　岳飞跪地拜谢："谢谢师叔，侄儿记住了。"智明伸手搀扶："贤侄起来。"

　　岳飞接过兵书，流出激动的泪花。

　　"鹏举，一次出游，竟然是有这么大的收获。不要辜负了师叔的希望啊！师弟，告辞了。"周侗说完向山下走去。

　　牛皋牵缰走在前面，牛夫人骑驴居中，老牛驼背挂棍儿，吃力的走在后面。

　　牛皋边走边看着四周问："爹，咱们在山里转了有些日子了，什么时候才能走出去呀？您不是说咱去的地方是平原吗？"

　　"咱们去的是平原，这是山西，山西的山也多。走山路不能着急，越着急走着越累。山西也有平原，走出这片山，就好走多了。"老牛说。

　　牛皋对娘说："真够累的，娘，您累不累？下来活动活动腿再走。""行，腿真麻了。"母亲说。

　　"不行。"老牛拦道："皋儿，已经晌午了，离前边的镇子还有三十多里呢，不能歇，抓紧时间赶路。"牛皋无奈的说："娘，还是在驴背上伸腿吧，爹不让歇。""听你爹的。"母亲说。

　　老牛提醒儿子："皋儿，你看这个地方，山高路险，树林子也密了。这是容易出入强人的地方。要小心，注意两侧的风声。""不会吧，这里也有卖人肉包子的？"牛皋半疑的说。

　　老牛告诫道："傻儿子，小心驶得万年船，你初出江湖，不知道江湖险恶，危机四伏……"

　　林中传来布谷鸟的叫。

　　老牛小声的说："说来就来了，小心。"牛皋不以为然道："没看见呀？您怎么知道的？""你没听见布谷鸟的叫声吗？"老牛提醒说。"爹你真是，鸟儿叫不是很正常吗？"牛皋说。

　　老牛严肃的说："这是山贼联络的信号。记住了，你是陕西人，是送你娘回娘家的。尽量用话搪塞，能不动手就不动手。前边走，装作什么也不知道。"

　　牛皋牵驴在前面走，驴尾巴不时抽打几下。老牛拄棍儿步履蹒跚的跟随。

　　"咣"的一声锣响，七八个强人从树林里走出来。为首的骑一匹乌骓马，手持双锏。几个偻啰步行跟随。

　　匪首大喝道："草是我种，山是我开，路是我垫，树是我栽。想从此路过，留下买路财。"

　　牛皋惊慌："大王，小人是回老家的，没什么钱财，放小人过去吧。"

　　匪首用锏指牛皋问："你是哪里的人，老家在何处？"

　　牛皋假装害怕的说："大王，小人一家久居陕西，母亲老家在河南，小人是陪老娘回家看姥姥的。小人没钱，老父常年有病，您看，病都没钱看。"

一偻啰喝道："少费话，装什么装。瞧你小子就是吃肉长大的。把包袱和毛驴留下，放你们过去。今天大爷心情好，劫财不劫命。"

老牛上前求着："各位好汉，我们真的是普通百姓，出门只带干粮。有两张大饼，不行给大王留下？""装，不掏银子，爷们儿要动手了。"偻喽说。

老牛轻声对儿子道："看来今天必须打了。爹看上那匹马了。""怎么打？"牛皋问。"激那几个偻啰上来，先解决了他们。"牛父说。

牛皋大声说道："大王，我们真是回老家探亲的，你让这帮偻啰放了我们吧。"偻啰大怒："孙子，管谁叫偻啰呢？哥几个，怎么着？""剁馅。"偻啰一拥而上，围住牛皋砍杀。牛皋抽刀，与偻兵交手，一边打，一边说："各位大爷，小人说走了嘴了，饶命吧。"一边喊，一边打，偻啰一个一个被砍倒了。

匪首大怒，拍马举锏来战牛皋，牛皋应战。匪首非常凶猛，又骑在马上，打得牛皋力怯后退。匪首一招不让紧着追杆，已占上风。牛皋且战且退退到老牛身前，无路可退时，只得又战，一个回合后，匪首在老牛身前转马，老牛看准时机，抽出峨嵋刺，上步出手，刺中匪首大腿，匪首落马。老牛再刺，被儿子拉住。

"慢着爹，我看上他这身盔甲了。别沾上血。"说罢，膝盖下砸匪首胸口，匪首死了。

老牛夸道："儿子有眼光，这身儿盔甲着实不错。哈哈哈。空手套白狼，该他倒霉。你看啊，盔甲，马匹，兵器，武将的装备，一站购齐了。"牛夫人捂着胸口说："你们说得轻松，吓死我了。我可不想往前走了。"

老牛指着夫人得意的说："你这个老娘们儿，以前老挤兑我，今天看见了吧，你爷们不是怂主儿。曾经也是牛提辖呢。皋儿，好样的。"

牛皋笑道：“爹装得还挺象。我还以为爹真的病得不轻呢。”

“这就叫出奇不意。永远记住，出奇不意，是咱牛家的传家宝。”老牛说

牛皋领悟道：“明白了，装傻，要装得跟真事儿似的。突然一下，至敌于死地。”

牛夫人哼了一声说：“你爹呀，这辈子尽装傻了。忽弄了你娘这么多年，今天倒还真是出其不意了。”

老牛指着匪首尸体：“皋儿，创个坑儿，把他埋了吧。”“爹，他是强盗，拦路打劫，死了活该。放这儿喂狼吧。”牛皋说。

老牛告诉儿子：“他不是强盗，他是特意给你送盔甲马匹的，也算是对咱们有恩。人送一滴水，反敬一壶茶。这样，你穿上他的盔甲，骑着他的马，心里也安生。他死了也瞑目了。”

听了父亲的话，牛皋将匪首尸体拖到路边，扒下盔甲，用单刀挖了个坑，将尸首放进去，用土盖上后，合掌念叨了几句，提着盔甲回来问：“爹，埋完了，这几个也埋吗？”

老牛摆手说：“没时间了，咱还得赶路。扔山沟儿吧。别给地方上找麻烦。”牛皋又将几具偻喽的尸体拖至路边草从里。

牛父告诉儿子“皋儿，把这身盔甲捆上，拴马背上。你骑马，你娘骑驴，咱们走。”“爹，我不会骑马。还是您骑吧。”牛皋跟爹说。

老牛摸着马的脖子说：“不碍事，爹教你。爹以前是步将，从来都是两条腿。习惯了。”

牛皋将盔甲拴在马上，捡起双锏，挥了两下，也挂在马鞍上，然后扶娘上驴，自己上马，好几下才上去。“抓住缰绳，走起。”老牛发话。

　　一家三口，不辞辛苦的赶路，这一天来到一个三叉路口。一手牵马，一手牵驴的牛皋站住问："爹，这是个三叉路口，往哪头走啊？"

　　老牛看了看说："是啊，往哪头走？那边有个牌子，过去看看。"

　　牛皋放下驴的缰绳，牵着马走过去，看着木牌说："爹，牌子上写的是鹿村。往右走，三十里地。还有一个字，不认识。"

　　老牛走过来说："我看看，噢，这个字念麒，麒麟的麒。怎么会出来一个麒鹿村呢？让你娘看看，她比爹多认识一个字。"

　　牛皋回头叫："娘，您给看看这牌子，是不是麒鹿村，还是麒麟村。"

　　牛夫人骑着驴慢慢的走到木牌前仔佃看。"你们这爷儿俩，一对睁眼瞎。连个路牌都不会看。这不是写的是麒鹿村，还有三十里。"牛夫人说。

　　老牛不屑的说："我还不知道是麒鹿村，咱不去麒鹿村，是去麒麟村。""这个么……明白了，所谓的麒麟其实就是鹿，所以麒鹿也可以当麒麟讲。不过也没准这牌子风吹日晒，时间长了掉色儿了，麒麟变麒鹿也有可能，当然，最好找个人问问。"夫人说。

　　老牛训斥道："净说费话。这地方一天也见不到一个人，找谁问？既使有人，也是一辈子没出过大山，见了生人都躲着走的。算了吧，就照麒鹿村走吧。好怠三十里地有村子，可以歇歇脚。皋儿，你上马，靠右走。"

　　牛皋对骑马突然开了窍："爹，今天的马好象听话了。感觉也好了，不紧张了，腿也放松了。""天地之间，物各有主。该是你的，它就让你骑。知道这匹马叫什么马吗？"老牛问。

　　牛皋晃晃脑袋："不知道，就知道它是黑马。""这匹马是一种名马，叫乌骓马。当年楚霸王项羽骑的就是乌骓马。此马身高体长，胸肌宽阔，铃耳圆蹄。跑起来四平八稳，并且速度快，就象飞一样。"老牛很得意。

牛皋问爹："速度快，有多快？""日行千里。""什么叫日行千里？"牛皋问。"日行千里，就是一天能跑一千里地。"牛父告诉儿子说。

牛皋乐道："一天能跑一千里？那要是骑上它，从咱家走，两天就能见到师父了。那么快？"

老牛解释道："所说的日行千里，并不见得一天就能跑一千里。只是形容而已。比如说，一个时辰能跑二百里，五个时辰就是一千里吧？"

牛皋点头："这么说，还真能跑一千里。"老牛又说："可是呢，跑得快，一个时辰二百里，可它还要吃草料，饮水，还要休息，和人一样。这么算下来，一天能跑个五六百里，也就不错了。"

牛皋乐得合不拢嘴："好马，今天抄上了。""那当然，这么好的马，有钱都没地方买去，而且这匹马的岁数还不大，还没训出来呢。""马还要训呐？"牛皋不解。

老牛告诉儿子："再好的马也要训。这就和人练武一样，都是人，练过的和没练过的，背定不一样。自己的马，自己训，人熟悉马，马熟悉人，你做一个动，发一个口令，马就知道是走是停，是快是慢是转弯。这就训出来了。"

牛皋"噢"道："爹，您骑吧，我地下走会儿。"

老牛摆手："不行，这匹马将来是你的，尽量不要让别人蹭，你对它好，它也知道感恩，日久天长就认你一个人了。"

"马还懂得人情世故？还知道感恩！"牛皋问。

老牛点头："古语说，马有垂缰之义，狗有湿草之恩。要善待马匹，尽量不要用鞭子。""您说的马有什么什么意？狗有什么恩？"

老牛讲道："从前呀，有一个人骑马，不小心从马上摔下来，身体挂在悬崖俏壁上，眼看就要坚持不住了，心想肯定会被摔死了，正当他绝望的时候，他的马从悬崖上边把缰绳垂下来，这个人抓住缰绳，被马拉了上来。是马救了主人一命，故此，古人称马有垂缰之义。""那个狗呢，有什么来着？"老牛笑道："狗有湿草之恩。""什么叫湿草之恩？"牛皋问。

老牛讲道："说得是，有一个人喝醉了躺在草地上，突然，草地着火了，他家的狗使劲叫，他也不醒。眼看火就要烧过来了，他的狗就跑到小河里，弄湿了身体跑回来，在主人四周抖水打滚儿，然后又去河里弄湿皮毛，又跑到主人身边抖水打滚儿。如此返复多次，主人周围的草都湿了。火烧过去，主人毛发未伤。主人醒了以后，才知道自己是让自家的狗给救了。这就是狗有湿草之恩。"

牛夫人骑在驴上说："狗比人都强啊！"牛皋附和着："娘说得对！要不然人怎么养狗呢。常言道，儿不嫌母丑，狗不嫌家贫。"

牛夫人怒道："放你娘的屁。你娘我丑吗？看你爹那模样。嫌不嫌的也应该是你爹。"

牛皋忙改嘴："是……有些老话儿净瞎说，明明是爹丑，娘漂亮，怎么会说是儿不嫌母丑呢？"

牛夫人一撇嘴说："嫌也没用了，你爹那模样，耽误下一代了。长他这样的，就不该让他娶媳妇。""那就让你儿子打光棍儿吧。"老牛说。

牛夫人自我安慰的说："儿子比你强，就是不随娘。不过他是我儿子，长什么样，我都觉着好。""那是，自己掐花自己戴，谁的孩子谁都爱。"老牛也乐了。

牛皋骑马向前跑了一程，又掉头跑回问："爹，您说这马还要训，马怎么训呀？"

"牲口和人一样，出生以后，在与人的接触中，能逐渐听懂人的语言。所以才能按照人的指令进行跑，转，停的动作。听懂主人的语言，理解主人的意图，时间长了就熟悉了主人的肢体动作，主人就可以以肢体动作代替语言指挥马匹，马就训出来了。"老牛讲道。"那训马时说什么呀？"

老牛伸出巴掌说："一般说，是五个字，嘚儿，驾，喔，迂，秒。这是训马的五种口令。一般的牲口都听的懂。"

牛皋不明白："嘚儿，驾，喔，吁，秒，什么意思？""嘚儿，让马向右转，喔，让马向左转，驾，让马往前走，迂，让马停止，秒是往后退。"老牛说、牛皋又问："所有的马都是吗？"

老牛晃头说："那也不一定。如果你想让你的马和别人的马不一样，可以改变训练方法，喊驾，让他左转也行。但要反复的练，日久天长，它就会形成条件反射，就听懂了。""明白了，您骑会儿吧，给孩儿做个示范。您走着够累的。"

老牛摆手说："让爹骑马，爹才累呢。走惯了。一天百八十里的不算什么。爹的肋叉子上受过伤，骑马不舒服。"

牛皋上马说："我按您说的试试。驾，驾……"跑了一段儿又喊："迂。喔……"掉头又喊："驾……"

老牛："慢慢的练，别着急，要让它知道，一声驾是走，两声是小跑，三声是快跑。先不要快跑，等在马上坐稳了，腰腿力量有了，再练跑。"

牛皋跑向前跑了一会儿，又转马头跑回夹喊道："爹，前边有个村子，好象到了。"谢天谢地，总算到了。"牛夫人舒了口气。

路边立着一砄大石，石上刻着俩字：李村。

牛皋回头说："爹，错了吧，怎么是李村？"

老牛也纳闷了："李村？不会错呀。这一路上就这一条路啊。进村儿找个人问问。"三人进村。

　　进了村，有一家门前坐着几个老少男女。

　　老牛对其中一老年男性村民问道：“老哥，请问一下，这个村子叫什么名字？”李村。”村民答。

　　老牛继续：“您听说过麒鹿村吗？”“我们村就叫麒鹿村。”村民答。

　　老牛不解：“怪了，大哥，既然叫李村，为什么还叫麒鹿村呢？那您听说过有个麒麟村吗？”“我们这就是麒麟村。”村民又答。“噢，大哥，能给口水喝么？”

　　村民应道：“能，去，拿几个碗去。”一小孩跑进院，拿出仨碗，放在小茶桌上。村民给倒了水：“几位请，甭客气。”

　　牛皋扶娘下驴，端一碗水给娘，自己也端起一碗。“大哥，我一家三口是从陕西过来的，去麒麟村投亲戚。走了两三个月了，您这个村儿到底是不是麒麟村呀？”老牛问。

　　“陕西，够远的。我们这个村叫李村，几百年了。前些年有路过的，说那个山头形状象头鹿，就管我们村儿叫鹿村。后来又有人说，鹿就是麒麟，又改叫麒麟村。写马路牌的时候，写牌子的人不会写麒麟的麟，所以就写成了麒鹿村。叫乱了。麒麟村也好，麒鹿村也好，反正都是鹿。路人瞎叫，我们村的人也无所谓，怎么好听就怎么叫吧。”村民说。

　　“您听说过麒麟村吗？”老牛问。“没听过，我们这个村的人，大数人一辈子没出过山，山外边的事没人知道。唯一知道的就是东京汴梁，谁也没去过。你要是打听道儿，只有去镇里，那里来往的人多，或许知道。”村民告诉老牛。“镇里还有多远？”：“三十多里地，天黑之前怕是赶不到了。”村民说。

　　老牛往院里看了看问：“大哥，能在您家借个宿吗？”

　　村民摆头说："我家不行，房少人多。村里面有一家开店搞旅游的，管吃管住，让我孙子带你们去。蛋子，带他们去李婶儿家，就说有人住宿。"

　　蛋子过来问："爷爷，李婶儿给馍吃吗？""给就吃，不给也别要，""知道了爷爷。你们跟我走。"蛋子带他们向李婶儿家走去。

第六回　牛皋喝好酒　岳飞骑板凳

小蛋子走进一农家院，进门就喊："婶儿，婶儿，来人啦。"

李婶儿从屋里出来，用围裙擦着手招呼："哎，来了。呦，大哥，大嫂，您三位住宿呀？里边请。牲口牵进来，那边有草料。蛋子，婶儿给你个馍吃。"

"李婶儿，多给拿俩，给他爷爷带回去。算我的。"老牛说。

李婶儿忙说道："谢谢大哥。蛋子，去厨房，再拿俩馍，给爷爷带回去吃。大哥大嫂，请进屋。"

进屋后李婶儿介绍："大哥您看，一明两暗，正适合一家三口儿人住。您要吃饭吗？我们是包吃包住，家常饭菜，没什么大鱼大肉，管您吃饱不贵。"

老牛点头："不用太讲究，随便弄点儿就行。馍多要几个。孩子饭量大，水有吗？一会洗洗脸，洗洗脚。""有，晚上给您送壶开水，凉水在院子里，就是那口大缸。""知道了。"

李婶儿转身说："我去给您做饭了。我们这里的客人不多，不敢请人。不过您放心，我的手艺也是很可以的，手脚也麻利，很快就好。"李婶儿出去，来到伙房一通忙活。

老牛父子在客厅喝茶。牛夫在里屋整理行理。牛皋放下茶碗问："爹，咱是不是走错方向了？几个月了，还见不到平原呢？我都烦了。"

老牛安慰道："儿子，千万别烦。小孩子从小要不怕吃苦，不怕累。这几个月虽然辛苦，但你也学到不少东西呀？经历的事，见到的人，远比你活的这十几年要多。咬咬牙，再坚持一下，所有的苦都会过去的。"

李婶儿端着一个大托盘进屋，往桌上一放，盘中有几个菜和馒头。"大哥大嫂，饭做得了趁热吃。馍要是不够，伙房还有，您喊一声就行。"李婶很热情的张啰。

"有酒吗？"牛皋问。李婶儿一拍脑门儿说："酒？瞧我这记性，有，有酒。有两种，一种是我们自己酿的，一种就是好酒了，杏花村的。您喝哪种？""要好的。""要杏花村的，我去拿。"李婶出去了。

老牛指着儿子："你小子，天天喝酒啊？快成酒鬼了。""有其父，必有其子。那酒叫杏什么来着？"牛皋琢磨着。"杏花村。是个地名，这个村儿出好酒。有名。"老牛刚说完，李婶儿已经双手托着一坛酒走进来："大哥真是见多识广，不是吹，您看我们这个山沟沟里头，吃的不是太高档，但是酒好。这是专门去杏花村拉来的。"

牛夫人问道："记得有一首诗说，借问酒家何处有，牧童遥指杏花村。指的就是这个杏花村吧？"

李婶儿惊呼："大嫂，有材呀！就这首诗，酒坛上写着呢。您看，清明时节雨纷纷，路上行人欲断魂。借问酒家何处有，牧童遥指杏花村。正是这首诗。写诗的姓杜。"

"这酒一定好，皋儿，给娘也倒一碗。"她对儿子说。"大哥大嫂，您慢用。"李婶儿出去了。

牛皋倒了三杯酒，自己先喝了一杯。牛夫人端杯喝了一口："嗯，不错。"老牛也喝了一口："好酒！"牛皋赞道："是比咱家镇上的酒好喝多了。"

"皋儿，明天走的时候，带上两坛，送你师父。"牛父说。牛夫人也应和着："应该，不能空着手去。""孩儿也是这么想的。"牛皋开始喝酒

　　武馆内。张显正骑在一条大板櫈上耍钩镰枪，师父在一旁給他指导："把身子探出去，再探，停。别动。"周侗走到张显身旁，用手轻推张显上身。"就是这样，你看，又多出去半尺，要把动作做到极致，不能玩花架子。"他说。

　　张显缓了口气："师父，这怎么比骑真马还累呀？浑身疼。"

　　周侗笑道："可不是，假马比真马累，这就如同打拳和站桩，站桩就比打拳累。我们用板櫈当马，练的就是基本功，象刚才你做的动作，在马上很容易，在板櫈上难度就大多了。偷懒了，做不到位，劲儿过了，就得挨摔。行了，你下去。叫王贵。"

　　王贵牛哄哄的过来骑上板櫈，挥舞大刀，前撩后砸，左劈右砍……周侗脸上露出满意笑容。

　　老牛一家来到一个小镇。牛皋左手牵马，右手牵驴走在街道上。老牛走在后边跟着。

　　牛皋看了前后左右以后问："爹，是不是先找个喂脑袋的地方，今天真是饿了。"

　　老牛"呵呵"道："不单喂脑袋，今天咱还不走了。在镇上住一宿。"

　　"真的，太好了，真想好好的睡一觉了。好好的吃一顿，喝一顿。"牛皋兴奋的说。

　　老牛指着儿子说："你小子，自从让你沾上酒以后，你就天天喝。小孩子家，哪能天天喝呀？爹挣这点银子，都快让你喝光了。现在这麒麟村还没个影呢，还不知道要走多远呢。这年月，没银子寸步难行，花没了，爹也没地儿挣去了。"

　　牛皋不屑的说："您没地儿挣，我有地儿挣。有就先花着，别舍不得。"老牛纳闷儿："你有地儿挣？你会干什么？"

牛皋学着山贼的口气说："嗨，此山是我开，此树是我栽，想从此路过，留下买路财。钱不就来啦。"

老牛忙拦着："哎呦儿子，可不敢胡说，咱是正经人，可不能胡来。就是饿死，也别打那个主意。"

牛夫人也说："是，别净胡咧咧。这要是让街上的公差听见，非把你当土匪抓了。""说着玩呢，还当真了。"牛皋说，

老牛告诫儿子："这地方人生地不熟的，千万少说话，别惹事。瞧，前面有个酒店，先去吃饭问路。你可要少说话。"

一听说吃饭，牛皋高兴的说："这您放心，您儿子就这点好，喝酒不说话，闷头喝。喝完了啊，天塌下来都不管。"老牛笑了："臭小子。"

进了酒店，三口人捡桌坐下。老牛招手叫："小二。"小二跑过来："客官，您几位？"

老牛指外面问："牲口拴在外面桩上可以吗？"小二应道："可以，您放心，安全着呢。不过，您要是呆得时间长了，店后面有驴棚。有草料。""有驴棚？好，牵后面去。给喂点好料。"老牛嘱咐着。"你放心，错不了。掌柜的，这里有客人，我去后面喂牲口。"小二说完出去了。

掌柜的过来："三位，您是请客，还是吃便饭。本店一层是散座，二层有雅间儿。自家用餐在一层经济实惠。吃饱喝好没问题。要是请客聚会，楼上包间儿不错，面子排场都有。本店不强制消费，点多点少随意，丰俭由您。"

老牛点头说："我们是一家三口，随便吃点儿。吃饱了就行，就在楼下吧。掌柜的，附近有客栈吗？"

掌柜的往里面一指说："有，本店内就有客栈。我家店占两条胡同，后面胡同门脸儿就是客栈。房子是通的。单人间，双人间儿，混合间儿，应有尽有。给您留两间？""一个混合间儿就行了。"

老牛说。"明白了，您是一家子。"掌柜的说着，把菜单递给老牛，老牛随便点了几个菜。掌柜的下单子去了。

牛夫人埋怨道："过黄河的时候，你把锅砸了，自己不能做饭吃，天天吃饭馆，银子花花的出，真不习惯。咱家不是豪绅呀。"

"头发长，见识短，你以为这是在家呀'？一碗棒子面粥就是一顿饭。出门在外，吃饭不能老凑合，该花的就得花。好歹你也是提辖夫人，别老装那穷酸样儿。"老牛用嘴堵夫人，牛夫人叹口气："唉，提辖，官真大。"

小二喂马回来问："不好意思，让您久等了，点菜了吗您？""点完了。上壶酒。"牛皋说。"好嘞，您稍等，马上就到。"小二去厨房了。

小二挺麻利，不大功夫就端着托盘过来。碗筷酒菜，大米饭一盆全放桌上。牛皋提起酒壶倒酒，先让爹，然后自己喝。

牛皋喝了一口酒说："这酒什么味儿呀？不好喝。土豆酒吧？"

老牛用筷子指着酒杯说："有什么喝什么，人要学会知足。再说了，象你这么能喝，爹也快管不起你了。"

牛皋笑道："您儿子也是受害者，从小就跟着您喝酒，您老用筷子头儿往我嘴里抹，现在好，子承父业，您张嘴说管不起……"

牛夫人也向着儿子："可不是，你一岁多的时候，你爹就教你喝酒，喝了十几年了，你这肚子呀，装了多少酒了。"

"喝酒也有好处，饭吃的少，就是菜吃得多，不过，只要是喝酒别闹事，别撒酒风儿就行。"老牛说的也是实情。"现在花您的，等我长大了，挣了钱，给爹开个酒坊，让您用酒洗脚。管够。"牛皋哄着父亲说。

"掌柜的。"老牛招手叫。掌柜的过来："客官，您有什么事？""麻烦你帮打听一下，有个叫麒麟村的村子怎么走。找们去那儿找个朋友。"老牛说。掌柜的不加思索的："麒麟村？有啊，你们来的路上，就有一个麒麟村呀。。"

老牛摆手说："那个不是麒麟村，是李村。我问的不是李村，也不是鹿村，那个村儿本来就叫麒麟村。官方在册的名字。""您这么一说，我还真不清楚了。不过您别着急，我们镇里有一个摆摊的瞎子，人称五省八方地理图。这方圆几百里的地界儿，他都门儿清。呆会儿我去给您问问他，您尽管放心喝酒。不过，他是要收费的。"掌柜的说。老牛点头："那麻烦您了。"

牛皋觉得刚喝的酒不过瘾。"爹，把咱带来的杏花村，开一坛喝吧？"他说。"不行，那是孝敬你师父的。"

"师父，师父还不知道在哪儿呢？再说了，背着酒走，多沉呀！万一磕了碰了，还不如提前喝了呢。孝敬师父应该，爹也应该孝敬啊。这样，师父一坛，爹一坛，都孝敬。"牛皋说着，哈腰从放在地上的绳筐里拿出一坛酒，打开后，给自己倒上一杯，扬脖喝干了自语："好酒，真是好酒。不怕不识货，就怕货比货。爹，你不爱喝，儿子就不让了。能省就省。""你个小兔崽子，给爹满上。"

牛皋向小二招手："小二，切盘牛肉来。""这位小爷，对不住，本店没有牛肉。"

牛皋纳闷了："没有牛肉，开酒店的没有牛肉？谁信啊。""小爷，本朝官府明令禁止宰杀耕牛，就是老死病死的牛，也要上报才能屠宰剔肉，私自屠食耕牛要坐牢的。"

牛皋不信的问："那别的店怎么有牛肉卖？""小爷，很多店卖牛肉，但都不是真牛肉，多数都是死马死驴肉冒充的。小店不敢骗人。"听小二这么一说，牛举摆手说："算了吧，我家有驴，就别吃驴肉了。"扬脖干了一杯。"对不起了您呐，您慢慢喝着。"小二下去了。

周侗武馆内很热闹，来了不少人。"王老弟，张老弟，汤老弟，请坐。"周侗热情的招呼着。

王员外抱拳问道："周大哥，今天叫兄弟们过来，有什么大喜事呀？还真热闹。"

周侗很兴奋："请大家过来，当然是值得高兴的事了。细算起来，这些孩子跟着愚兄习武，已经一年了，已经算是刀马娴熟了。请兄弟们过来，主要是让各位家长看看，他们的武艺练的如何，就算是汇报吧。"

"全都倚仗着周大哥，大哥辛苦。"王员外道谢。"是呀，把孩子交给周大哥，我们放心，准没错。"张员外也说。

"愚兄肯定会倾力传授，孩子们练得也辛苦，只是人的天赋各异，所以诸位看完孩子们的表演，回到家以后，家长要给他们施压。要让他们知道，要想出人头地，师父只是一方面，主要还是自己努力。"周侗说。"那是一定的。大哥放心。"王员外说。

周侗指挥着徒弟说："鹏举，你们排个顺序，先练拳，再练器械。""是爹。孩儿先来。"岳飞拉开架式，练了一套拳。众人叫好。王贵也打了一趟拳。众人叫好。张显，汤怀，各打一趟拳。众人叫好。

岳飞在板凳上练了一套枪法。张显练了钩镰枪，王贵练大刀，汤怀练枪。大家鼓掌欢呼。

王员外拍着手说："太好了，我都产生错觉了，这还是我儿子吗？哈哈，张贤弟，汤贤弟，你们的儿子也历害呀！"

张员外奉承着说："王哥，你家王贵太历害，太生猛了，给人的感觉就是古代的一个武将，叫什么来着？""关公。"汤员外说："关公，关公再世了。"

王员外仔细看了看儿子笑了："还甭说，真有点象。"

岳飞给众人倒茶："王叔儿，喝茶。张叔儿，汤叔儿……"

王员外向周侗竖起大姆指："周大哥，我看鹏举的武艺真是不同凡响啊。潇洒，飘逸，大气，脱俗。有大将风范，将来不可限量。"张，汤二员外跟道："是是，不可限量。"

"周大哥，小弟想问一下，刚才看孩子们骑板凳上练兵器，这是为什么？没看明白。"王员外问。

周侗笑道："这是我想出来的一种练习马上功夫的方法。你们看，他们现在在板凳上练兵器，已经练的很自如了，接下来就要骑真马练了。""真马，我家有，好几匹呢。"张员外说。"我家也有，马都是现成的。"汤员外也说。

周侗摆手说："贤弟，你们家的马，只能驾辕拉套，是上不了战场的。孩子们练武骑的马，一定是经过训练的战马。要好马，所以贤弟们还要给孩子们投点儿资，买一匹好马。"

张员外不太明白："好战马？兄弟也不懂啊？""汤老弟，张老弟，你们都别着急，我认识一个人，让他帮咱买。"王员外说。"什么人？"汤员外问

王员外说道："我有个亲戚，以前是专门给军队训马的，经常跑西北贩马。求他帮忙，每个孩子买一匹。"

汤员外谢道："王大哥费心了，那这事就不用求别人了。要好的，钱不是问题。""对，要好的。"张员外也说。

"周大哥，给岳贤侄也买一匹，钱兄弟出。"王员外说。周侗拱手谢道："多谢王贤弟，不用了，鹏举骑我那匹马就行了。""周大哥别客气，都是自己人，不要见外。""不不，真不是见外。"周侗说。

大家正在聊天儿，本村里正走进院子打招呼

："呦，大家都在，正好，省得挨家挨户的跑了。您是周大师吧？久仰久仰。王老爷，张老爷，汤老爷，县里传下文书来了，本

科武考时间定了。下个月十五，在县里会考，今天就要把名单报上去造册。这是报名表，几位公子把表填上，来，每人一张。"

周侗忙谢道："里正辛苦了！"里正一摆手："辛苦应该的，咱们村的孩子们能参加科考，那得是多光荣的事呀，在我印象中，这好像还是头一次。今年县里还下指标儿了呢，每个村必须要有一名武生报考，您猜怎么着？有的村子，还真找不出一个练武的来。这下咱们村风光了。"

周侗关心的问："请问一下里正，今年的乡试，有没有硬性规定的必考项目和选项项目？"

里正有些糊涂："这个么，我也不太懂什么叫选项，什么叫必考，我听说乡试很简单，就是练练自己用的兵器，然后就是射箭。对了，您瞧我还忘了，人家还给抄了一份关于射箭的要求。我给念念。射箭要求，八十步，三箭中一箭直接晋级。六十步三箭中两箭者晋级。试射三十步三箭三中者，需再考六十步。""听着乱，听不懂。"王员外说。

里正笑道："是，念着听是糊涂，说着听就明白了。参加考试，可以先试射三十步远的箭靶，三箭有一箭没射中，就淘汰了。三箭三中，可以再射六十步远的箭靶，只需两中，就晋级了。也可以不试三十步，直接射六十步，或八十步，明白了吗？"

王员外点头："明白了。里正率苦了！请坐下喝茶。""不啦，忙着呢。还要赶去县里，把考生名单递上去。都填好啦？好，齐活了。员外爷，周大师，回见。"里正说完，拿着表格走了。

"哎呦喂，这不是参加科举考试吗！咱家的孩子？想不到啊！二位老弟，这是考武状元呀，不是做梦吧？"王员外大喜道。

众人哈哈大笑。"当然不是做梦了，这真是去考武举呀。"张员外说。"周大哥，凭咱的孩子现在的水平，您估摸着能考到哪一级？乡试能过吧？"王员外关心的问。

周侗思考后说："按乡试的科目，对孩子们来说，应该是手拿把攥吧的。就拿射箭来说，八十步靶，都是百发百中，不算什么。各位贤弟，这几天就要给孩子们准备准备了，但不要给他们增加压力了。成绩是次要的，重在参与。要有信心，相信自己，一定能去东京参加会试。"

第七回　牛皋受伤 岳飞试考

一家人出了客栈，牛皋将行李拴在马上，然后扶娘上驴。掌柜的出来送客。"客官，没拉下东西吧？"掌柜的问。"没有，都带齐了。""得，欢迎您再来。对了，那张图带好喽，可别丢了。"掌柜的嘱咐着

"带着呢，已经背下来了。回见了。"老牛说。

牛皋不放心的问："爹，您说昨天掌柜的给您的那张图，是真的吗？"牛夫人也说："是呀，要是假的又要走冤枉路了。""呆会儿一问便知真假。"老牛说。

在前面不远处，路边摆着一张桌子，桌子后面坐着一个有眼疾的中年男子，在桌子旁边，竖着一块木牌，上面写着：五省八方地理图。

老牛走过去，看了看牌子问："请问，您就是江湖人称五省八方地理图的那位高人吧？""不敢当，您什么事？"盲人问。"这么个事，昨天下午我托人到您这儿来问过路，他给画了一张图，只是这图上有的字比较模糊，想跟您核实一下。"老牛说。

"噢，明白了，您这是不放心呀，怕我信口胡编骗人。您放心，我这个五省八方地理图可不是吹出来的。您那张图，肯定是问麒麟村吧？听着，总距离是六百里，从这里往东，见叉口往东北，再见叉口往北，尔后上官道往西再往北，可是否？"盲人如数家珍。老牛点头赞道："真神人也！""凭良心吃饭，不挣造孽钱。"盲人说。"谢谢先生……"老牛连声道谢。盲人摆摆手说："不客气，拿人钱财，与人消灾。份内之事。您慢走。"

绿柳成荫，杨槐吐蕊，溪水潺潺，蒿草青翠茂盛……真是一个好他方。老牛看看日头，已近晌午，走出来有二十里地了。"皋儿，歇会吧，吃点东西，牲口也该喂了。"老牛说。

牛皋应了一声，扶娘下驴，把驴和马牵分开拴在树下。牲口开始吃草。老牛和夫人坐在地上休息，牛皋来到河边活动身体。

"他爸，我们走出大山了，这就是平原了吧？"牛夫人问。老牛指着地说："是，我们现在脚下就是平原了。你看，大山离我们越来越远了。"

牛皋走过来："不远呀，看着也就几里地。""看着好象几里地，其实少说也有二十里了。常言道，望山跑死马，就是这个道理。"老牛说。

周侗回到桌前坐，端杯喝了口水，继续看徒弟们练武。今天风大，而他给徒弟们布置的科目是拉弓。岳飞，王贵，张显，汤怀，四兄弟每人练拉弓一百次，全都完成后，周侗站起来吩咐："好了，每个人扛一个箭靶子，到村外去练射箭。"

王贵看了看天儿说："师父，今天风大，去村外能练吗？""就是因为今天有风，才到村外去练。扛着靶走。"周侗说

来到村外。周侗让他们把箭垛子立在前面六十步远的地方，发给每人一根红布条，让他们系在手腕上。

"师父，系哪个手上？"王贵问。"系在握弓的手腕上。""师父，系根布条干嘛？"张显问。

见徒弟们系了布条，周侗告诉他们："这个红布条一会儿就用上了。这些日子练弓箭，你们掌握得很快。不过，以前练弓箭，都是捡好天儿练，今天有风，我要看看你们的准头儿。来，一人一箭。"

　　四兄弟站成一排，对着靶子一人射了一箭，全没射中，都跑偏了。"今天风大，射不准了。"汤怀说。周侗笑着问："为什么射不准？""风大跑偏。"汤怀又说。

　　"徒儿们，今天练弓箭，就是要解决在有风的情况下跑偏的问题。现在看看你们胳膊上系的红布条，好，着见了吧，布条飘起来了，都吹平了，证明风还真不小。汤怀，你去，把四个箭靶码放在一起，挨紧点儿，不许留缝。"周侗吩咐。

　　汤怀跑过去，把四个箭靶子并排靠在一起，跑回来说"师父，摆好了。""好，现在，你举手看看布条，对，知道风向和风力大小了吧？"

　　王贵举手看了看说："知道了，从左往右吹。""好，你射一箭。瞄最左边的靶子。"

　　王贵出列，拉弓瞄靶放箭，箭若流星般飞出，却射中最右边的箭靶。王贵很纳闷儿："师父，我明明射的是最左边的靶，怎么会中了最左边的靶呢？"

　　周侗哈哈笑着："这没什么奇怪的，这就是风力的作用。证明是风力让箭跑偏了。想想，要想中左边的第一靶，怎么射？"

　　岳飞大悟道："爹，我明白了，让我来。"上前走两步，举弓搭箭，只是略瞄一下撒把，箭飞出正中左侧头靶。众兄弟叫起好来。"爹，风大的时候，往上风头瞄，根据风的大小，选择提前量。如果打活动目标，也是这个道理。"岳飞颇有心德的说。

　　周侗对王贵等说："你们几个懂了吧？如果一个人骑着马横着跑，你瞄人，肯定打不着。你必须瞄马头的前面，才能打到人，要领记住了吗？""记住了。""每人练一百箭。"周侗说有了地理图，就可以放心的走了。牛皋左手牵马，右手牵着驴只顾往前走，不时的看看周边的景色。出了大山，也不是完全没有山，还是有些类似于山的高坡，但脚下的路的确平坦多了。

"爹，还有几百里呀？"牛皋回头问。"还有三百多里。估计再走个五六天，就能见到你师父了。"老牛说。"哎呦，还要五六天呢？这脚都磨出茧子来了。"牛皋抱怨说。

再坚持几天儿子，三十六拜都拜了，就差这一哆嗦了。古人说得好，欲成大事者，必先饿其体肤，劳其筋骨，收紧肚囊，减肥缩肚儿。"老牛鼓励说。

牛皋摸着肚子说："这几个月可是真瘦了不少，瘦了有五六斤。"

老牛提醒儿子："皋儿，注意前边路径，这里草深林密，需防歹人出没。""爹老是一惊一乍的。哪儿那么多歹人，天这么热，谁不在家躺着呀。"牛皋笑着说。

老牛严肃的提醒说："小心驶得万年船。""真要有十个八个的劫匪到好了，我还正想开开荤呢。这些日子光走了，手都痒痒了。"牛皋满不在乎的说。

"是吗？口气不小啊？"话音落处，从树林中窜出七八个强人挡住去路。

见有强人挡道，牛皋心中一惊，停下脚步问："你们是什么人？把路让开。"

强人首领手提一柄钩镰枪，往路中间一横："路是我家的，草也是我家的。想过去吗？，把马留下，驴留下，包袱留下。""命也留下。哈……"偻啰们大声笑着。

牛皋扶娘下了毛驴说："娘，您靠后，离远点儿。""皋儿，说点儿好话，求求几位好汉，尽量别动手。"牛夫人说。

“是”。牛皋上前一步对头领说：“这位好汉，我们一家三口，是去投亲靠友的，身上没有什么值钱的东西。银子有几两，大王可以拿去，但牲口不能给，我们还有好几百里地呢。我爹有病，走不动的时候得骑马。”

一偻喽上前，用单刀指着说：“小子，实话告诉你，我家大王就是看上这匹马了。兄弟们，把马牵过来。”

牛皋伸手一拦：“慢着，我在和你们大王说话，你们这些小偻喽别插嘴。大王……”

偻啰怒道：“嘿，兄弟们，他骂咱们。”“骂什么来着？”“他骂咱们是小偻啰。你这个小兔崽子，兄弟们，收拾他。”几个偻喽向牛皋围了过来。

牛皋解下身上的包袱，扔在地上，马鞍处抽出单刀，玩了一个花架子。很笨拙的耍了几个刀花，偻啰见状，指着牛章发出一阵嘲笑，上前围住牛皋。

一偻啰挥手大喊：“兄弟们，一块上啊。”偻兵一拥而上围打牛皋。牛皋装了几下以后开始发威，他一通砍杀，偻兵纷纷倒地，非死既伤。这时，首领大王大怒，大喝一声冲了上来，举钩镰枪就刺。牛皋第一次见到钩镰枪，不懂其中套路，虽能接招战有十几回合，但很免强，加上自己单刀是短兵器，所以没有优势，逐渐有些敌不住了，一不小心，被钩镰枪刮到右臂，单刀撒把落地。

首领大王飞起一脚把牛皋踹倒，用枪指着他说：“小子，看你傻呵呵的，还真会玩儿啊，你怕我人多，先激怒我手下与你交手，打完了他们再打我，行啊你。不过就你这两下子，跟我打你差远了。今天本大王本来不想杀你，但是你杀了我的手下，我若不杀你，我这些兄弟们也不干，你投胎去吧。”举枪就扎。此时，站在大王身后的老牛看准机会，一个箭步上前，将峨眉刺扎向贼大王后背……但没想到是，竟然没扎进去。老牛也愣住了。这时，大王枪柄往后一杵，正中老牛前胸，老牛后退倒地，口吐鲜血。峨嵋刺落地，人也倒在地上。牛夫人赶紧过来，抱住老牛喊："他爹……"

贼大王走过来："呵老头，装得挺象啊，看着病歪歪的，身手好快呀。幸亏老子身上有这件锁子甲，要不然我今儿个就折你手里了。你既然作死，那我就送你一程。"说着举起了钩镰枪……"好汉且慢，"老牛伸手一挡说道："稍等片刻，将死之人有一事相求。"

大王用枪指着老牛："老家伙，死到临头，还能弄出什么花样儿来？讲。"

老牛咳嗽一声说："我大小也是当过提辖的人，以前听说过锁子甲，刀枪不入，但只是听说过，没见过，今天既然是遇上了，临死前开开眼，看看此物，死也无憾了。"

大王嘲笑道："原来你还当过军官，失敬了，那就成全你吧。"说着，一只手解衣扣，撩起上衣，露出贴身的锁子甲。"这是梁山泊好汉，金枪将徐宁的传家宝，包括这钩镰枪，他死了，都归我了。哈……我送你上……"

常言说，兔子急了也咬人，就在这千均一发之际，在一旁的牛夫人，抓起地上的峨嵋刺，向前一冲，将峨嵋刺插进大王锁子甲下面的肚子里。大王受到重创，没明白是怎么回事，端着钩镰枪的手定住了。

这时，坐在地上的老牛对夫人大声喊："拔出来，拔出来。"

牛夫人双手松开，瘫坐在地上，她已经吓傻了。老牛见状，猛然跃起，伸手抓住峨嵋刺，身体摔倒的同时，把峨嵋刺拔了出来。首领肚子涌出一股血来，倒地死了。

老牛手捂胸口，嘴里喷出一口鲜血。牛夫人爬了几步，抱住老牛的头大哭："他爹……"

老牛含血笑道："他娘，你也会用峨嵋刺了。"牛夫人使劲摇头，说不出话来。只是落泪。"把孩子叫过来。"老牛说。

牛夫人站起来，走过去扶起儿子，来到老牛身边，牛皋跪下，他身上也流了不少血。"爹，你怎么了？"他哭着问。老牛吐了口血，喘着粗气："皋儿，把这个人身上的锁子甲扒下来，洗干净，让你娘给做个面儿，要贴身穿，不要对任何人讲，把这具尸首拖到低洼处，用草盖住。""是爹。"牛皋起身去拖尸首。

老牛用带血的手摸着夫人的手说："他娘，我的阳寿尽了，你这辈子跟着我吃了好多苦，下辈子再还了！我死后，就埋这儿吧，以后如果有机会，再把我送回关西，我关西有朋友。你要赶紧带皋儿去治伤，地图要拿好，我……""他爹……""爹……"牛皋扑过来，跪下大哭。

哭了一阵，牛母收了泪水站起来说："皋儿，找个地方，把你爹埋了。"

牛皋来到路边的一棵树下，用钩镰枪把土创松，再用单刀推出一个长形的坑，把父亲的遗体抱进去，再用单刀推土，把父亲掩埋。他从树上砍了几根枝条插在坟的周围，又把树朝坟地的一面用刀砍出一个小平面，用刀尖在上面刻了一个"牛"字。

牛皋跪地磕了几个头说："爹……皋儿走了，您放心吧，孩儿一定孝敬我娘，不让他受苦受累。爹……"

牛夫人过去牵着驴说："皋儿，咱们走。"

牛皋扶娘上驴，地上捡起钩镰枪挂在马鞍上，牵着驴牵着马向前走去。

父亲走了，这一变故对牛皋打击很大。现实是残酷的，而他已经没有了退路，这个时候，只有破釜沉舟了时近傍晚，母子俩终于来到一个小镇，找到一家医馆。郎中让牛皋脱下衣服查看后，用清水清洗伤口上的血渍。牛皋肩上的伤是被钩镰枪上的钩所伤，因为对钩镰枪不太了解，交手时躲过了扎来的枪尖，没提防枪上的钩，所以被带到了肩膀，刮伤了皮肉。

郎中一边处理伤口一边问：“小兄弟，你这是用什么打的？肉都撕开了一块。怎么不早来治呀？”“路上遇到劫匪了，这是被钩镰枪的钩挂的。那个地方离这儿有二十多里地，走了半天儿才到。”

郎中点头说：“嗯，是有点远。你这个伤口比较深，肉有撕裂，又有点儿耽误了，我给你处理完了以后，千万不要沾水。”

牛皋点头说：“记住了。大夫，您看着怎么好的快，就怎么治。我不怕疼。”

郎中赞着：“好样的，你忍着点，肯定会疼的，我要把伤口处坏了的皮清理掉。这样保险。小伙子你真棒。好，我给你上了药了，现在包扎，得，齐活了。三天以后来换药，记住了，不要着水，要少喝酒，少吃荤腥发物，不要做巨烈活动，一定要静养。”

牛夫人拿出一块儿银子说：“谢谢大夫。让您受累了。”把银子放桌上。又从包袱里拿出一件衣服，给牛皋穿上。

母子俩出了医馆，牵了牲口，沿着街道往前走，前面有一个客栈，叫来回客栈。“娘，就住这家客栈吧？这离医馆近。”牛皋说。牛夫人看了一眼说：“行，儿子，你做主吧。皋儿，现在你爹没了，你是咱家唯一的男人，以后娘就听你的了。”“店家……”牛皋走过去喊。

内黄县的校场里人山人海，全县的武生，以及他们的家长，都象过节一样提前进场了。麒麟村武生岳飞兄弟，在师父的带领下．，也在场内找地方站定。王，张，汤三位员外更是喜笑颜开，有家丁小斯搬着桌椅入场，摆放后，几个员外坐下喝茶神聊。

王员外高兴的说："张贤弟，汤贤弟，愚兄有生以来，这可是第一次进考场看比武。还真热闹啊。""可不是吗，咱们孩子要不是参加科考，谁来这地方凑热闹。"张员外附和着。汤员外也美滋滋的说："以前呀，咱是关心地里的收成，真不知道人还有这么一种活法。要知道早让孩子来呀。哈……"王贵回头"哼"了一声。

王员外搭着话茬说："汤老弟说得不对，幸亏没早来，就咱那几个孩子，练的都是花拳绣腿，早来了还不是早挨揍啊。""是，要没有周大哥，咱的孩子也不会有什么出息，哥几个这辈子都别想到这儿来。""汤兄弟，这才哪儿到哪儿呀。等到去京城会考的时候，才算是有本事呢。我看好我儿子。"张员外说。

周侗从一边走过来说："王贵，你和张显，汤怀先过去准备，点到名字的时候，你们三个先上，监考若问岳飞，你就说拉肚子，一会儿过来。"王贵不解的问："师父，干嘛不让我们一块儿上啊？""是啊，师父，岳大哥不上，我心里没底。"张显也说。

周侗笑道："傻小子，你岳大哥的本事你也不是不知道，一起上，还不是把你们几个比没喽！你们先上，没有你大哥比着，才显出你们几个历害呀。放心吧，前边考生考的我看了，还真没有比你们强的。把心放肚子里吧。"

"麒麟村，麒麟村的武生出列……"考官查看名册喊。王贵，张显，汤怀站出来报："来了。"

监考官看了一眼问："你们是麒麟村的？""是。"王贵应道。"名册上是四个人，怎么少一个？"考官接着问。"报考官，还有一个叫岳飞的，刚才闹肚子，一会儿就过来。"王贵举手答道。

考官一挥名册说："那好，你们三个先考，每人练一趟器械，再射箭。""是。"王贵三人进场去了。

王贵的一趟大刀，使得"呼呼"带风，有如关公再世。引得场内一片叫好。张显舞动钩镰枪，左一右二，前五后六的上下翻飞，有横扫千钧之威，也是满场喝彩。汤怀的枪龙飞凤舞，如出水银蛇吐信，令人胆寒。把校场搅沸腾了。

几兄弟练完器械，站在一边。监考官不禁拍手叫好："真好，真不错！太好了。下面是射箭，步数自己选，我建议你们选六十步三箭两中就能直接过关晋级。"

王贵连想都没想就说："我要一百步。""我们也是一百步。"张显，汤怀也说。监考官大惊："没开玩笑吧？""军中无戏言。一百步。"王贵豪不含呼的说。"箭靶一百步。"监考官大喊。

王，张，汤，三位小爷气定神闲的来到靶场，拉开距离站好，左手开弓，右手搭箭，"嗖……"每人三箭，全中靶心。校场瞬间沸腾了，助威鼓响起……

场内的震天的助威鼓声，惊动了县主爷李春，李春坐在校场观察台上。扭头问站在一旁的师爷："师爷，现在怎么这么热闹？"师爷禀告："大老爷，一定是考生出成绩了。这欢呼声是助威的。我去看看。"

师爷下台，来到武场问监考官："刚才是什么人参考，成绩如何？""师爷，是麒麟村的考生，射箭要了一百步，三箭全中，是今天的最好成绩。""噢"，师爷回到台上。

"禀告老爷，刚才是麒麟村的考生，射了一百步的靶，三箭三中，是今天的最好成绩。看来，咱们县出人才啦！"师爷报告说。

李春大喜道："是吗？传上来。""传麒麟村的考生进见大老爷。"师爷喊道。

王贵，张显，汤怀三人上台，跪下磕头："见过大老爷"

李县令："起来回话。""谢大老爷。"三人起身站立一旁。

"嗯，麒麟村不鸣则已，一鸣惊人，你们是谁教的？"李县主问

王贵上前说："回大老爷，我师父姓周名侗，陕西人士。"李春惊问："你师父叫什么？周侗？""是，陕西周侗。"王贵答。"周侗，周大师？原来是周大师的徒弟。你师父现在在哪儿？"县主问。王贵手一指："师父在那边树下看比武呢。"

听说周侗也在场内，李春心中大喜。他和周侗是老朋友，忘年之交。周侗是上排行榜的武师，能够来到内黄县授业，真是天大的喜事，不出意外，他这几个徒弟去京城参考，弄个武进士应该是手拿把攥，若在出个武状元，那内黄县也就响了。"师爷，快，跟他去，把周师傅请过来。"李春赶忙吩咐师爷去请。

师爷跟着王贵三人，来到树下问："令师是哪位？"王贵用眼一瞄："那个，岁数最大的那个。"

师爷过去见礼："周大师，在下是本县的师爷，李县令请大师过去一叙，大师请。""哦，周侗见过师爷。鹏举，随父过去。"周侗叫岳飞一起过去。

"儿子，哈哈哈，一定能考个武状元，你们都行。"王员外兴奋的说。王贵，张显，汤怀，都很得意，眉飞色舞的向大人们讲着比武的经过。

周侗随师爷上了观查台。李春起身抱拳："周大侠，大侠辛苦。周大侠光临本县，本县真是棚壁生辉啊。"周侗还礼："县太爷，李大人，小民周侗，见过李大人。""哈……周大哥，还是老样子。这一晃十年没见了，大哥请坐。上茶。"

周侗落座："李贤弟，你在这内黄县坐了十多年，把境内整理的夜不闭户，路不拾遗，也不见升迁啊？可称得上是老县主了。""周兄见笑了，小弟久坐内黄，只图个安稳，没什么大的志向。加上岁数关系，没什么机会了。"李春自嘲的说。

周侗赞道："贤弟为官，能做到四平八稳，百姓拥戴，也是很难得了。"

李春点头认同："随遇而安吧。周兄在本县设馆，怎么也不知会一下小弟，若不是令徒等参考，小弟还真是一点信儿都没听到。"

"贤弟莫怪，愚兄没过来聚，是不想让人知道愚兄和贤弟的关系。如果大家都知道了你我有交情，那托人情弄世故的就多了，愚兄岁数大了，有生之年只想多教几个徒弟，为国培养几个良才。"

李春认同道："是。现在风气不正，世俗之风日盛，只得洁身自好吧。周兄，这十年来，去哪儿隐居了，怎么一点消息都没有啊？"

"在关西山里住了一段时间，最近出来走动，碰巧收了几个徒弟。闲不住啊，就这命，这身功夫总不能带棺材里去吧。"周侗感慨的说。

"能者多劳，有一分热，发一分光，周兄此次出山，能为国家培养人材，也是功德一件，周兄，现在可有儿女呀？"李春关心的问。

第八回　李春招快婿　岳飞得良驹

周侗叹口气说："嗨，别提了，为兄发妻早亡，一直也没再续，到处漂泊，无儿无女。不过天怜周侗，在麒麟村收了个义子叫岳飞。鹏举，见过李大人。"

岳飞上台跪下："拜见大人。"

李春探身托手说道："贤侄平身。周兄，瞧这孩子长的，这模样，这身板，这个儿，这言谈举止，哪都好。周兄，刚才那几个徒弟已经很历害了，这岳飞既然是义子，肯定是更胜一筹了。"

周侗大笑："是的，要不然怎么让他后上呢。"

李春点头："压轴。好，他能射多远？"

周侗平静的说："二百步吧。"

李春有些吃惊："二百步？来人，箭靶子摆二百步。"

监考官在台下报："大人，考场没那么大，只能码一百五十步。"

李春考虑了一下说："就码一百五十步，让人闪开点儿，从桌子这儿射，有一百七十步。今天本县要让全县的武生开开眼。"

"是，箭靶摆到头。这的人都闪开一条路，闪开，说你呢，闪开，往后，回头射偏了，把你鼻子射穿喽。现在，麒麟村考生岳飞试考弓箭，一百七十步。"监考官大声喊。

岳飞在台下拉弓搭箭，略瞄一瞄，弓弦连响三下，三箭全中靶心。全场欢呼，得胜鼓敲得震天响。李春兴奋的站起来叫好。"恭喜周兄，贺喜周兄。这么好的徒弟，一定前途无量啊！好，今天中午别走，到兄弟家中，与周兄把盏，感谢周兄为我内黄县培养了一批人材，这回本县该风光一把了。师爷，赶紧去订桌酒饭，送到家中，本县要与周大师，岳贤侄喝个一醉方休。”李春高兴的说。
“是，老爷。”师爷下台去了。

“周兄，回家喝酒。”李春发出邀请。“好。兄弟，我先跟几位员外说一声儿。”周侗下了台子，来到王员外坐的地方，对几位员外说：“各位贤弟，内黄县是愚兄的老熟人，他要留我吃饭，你们完事就先回去吧，不要等我了。”

王员外惊讶道：“周大哥跟县主爷是老熟人，怎么没听大哥念叨过？”“周大哥名气大，肯定朋友多。”汤员外说。“看看人家周大哥，县太爷请吃饭。周兄，您赶紧去，我们一会儿完事，也在县里找个名菜馆儿，犒赏犒赏孩子们，那就不叫大哥了。晚上，晚上回家接着喝。”张员外说。

周侗拱手道：“就不要等我了。你们几家聚聚，乐呵乐呵，这些日子当家长的操心，孩子们也确实辛苦，但总算争气了。兄弟们，那我就先过去了。”

李春，周侗和岳飞来到县衙，走角门进到内院。院子不是很大，一棵枣树种在院子的东南侧，树上已经挂枣，按李春的说法，东南方向种枣树是为了时时提醒自己，做父母官就要起得早，要早人一步，借的是谐意，而西南方向种了一棵柳树，纯粹就是为了遮阴。在正房屋门的左侧，有一小片竹林，竹子长得碧绿青翠，代表了主人宁折不弯的性格。院中间摆了一张圆桌上，几把椅子，酒楼订的饭菜已经摆上。李春伸手让坐，周侗并不客气，坐下后让岳飞也坐。岳飞犹豫一下，坐在周侗左侧。岳飞出身贫寒，没见过大场面，所以显得很拘谨。

李县主尽地主之宜，给周侗和岳飞倒酒，给自己也倒满后，放下酒壶，端起酒杯说：“周大哥，岳贤侄今天辛苦了，话不多说，先干一杯。”

周侗干了一杯后说："李贤弟，愚兄来内黄县一年多了，道听途说，贤弟口碑不错，是个称职的父母官。兄弟，弟妹好象过世好多年了，你没再续一房？"

李春摆摆手说："没有，没那心思了。主要是怕万一娶不好，再弄个母夜叉回来，后半生就不安生了。所以一直与女儿相依为命。"

"对了，你是女儿，小时候见过。聪明伶俐又漂亮，还能背诗呢！"周侗说。

李春干了一杯："是，现在长大了，诗词歌赋都喜欢。""那一定是个材女呀。"周侗说。

李春大笑："哈……别人也都这么说。""她今年应该有十四五了吧？"周侗向。"是，十五岁了。""许配人家了吗？"周侗又问。

李春摇头说："没有，这丫头，心气儿高啊，太挑剔了。女孩子就这样，字认多了，知道的事就多，不象小时候那么顺了。说什么都要跟你讲理，你还讲不过她。周兄，岳公子今年多大了？""也是十五。""订过亲了吗？""还没有。"周侗说。

李春大笑："妙呀，这可真是天作之合呀，周大哥，不如咱俩家结亲，大哥不会推辞吧？"周侗大喜道："听老弟这么一说，愚兄也觉着挺合适。机缘巧合，怎么能错过呢？鹏举，你走运了，李大人把千金许配给你，你可愿意？"

岳飞低着头说："孩儿当然愿意。只不过，孩儿出身贫寒，家道中落，恐怕配不上小姐。"

周侗手一撩说："谁说的，这可是你李叔儿亲自张嘴提的亲，没什么配得上配不上的。来，快拜老丈人。"

岳飞起身下跪："岳父大人在上，受小婿一拜。""贤婿请起。"李春大喜，伸手扶起岳飞。

周侗指着李春说："李贤弟，没想到啊，今天的相聚变成喝喜酒了。你可是利用职务之便，为自己谋私啊？"

李春大笑道："要不然怎么都想当官呢。我也是平生第一次假公济私。没办法，赶上了。这叫肥水不流外人田。周老兄，既然说定了，我们明天就换帖，走个正规的程序。你就可以随时接人了。来，周兄，贤婿，满饮此杯。"

周侗干了杯中酒说："贤弟，今天时候不早了，我们也该回去了。""行，来日方长，我明天派人去给你送帖子，你得想着回哟。"李春叮嘱说。"那当然了。"

李春略带醉意的说："以前还真没见过周兄象今天这样喝酒，酒量长了。"

周侗："孩子长大成人，即将洞房花烛，当爹的肯定要多喝几杯呀，如果日后再金榜题名，就更得醉一回了。今天高兴。高兴。鹏举，去牵马。李老弟，噢，亲家，告辞了。"晃着走出大门。

来到衙外，岳飞牵过马，整理了一下马鞍道："爹您上马。"李春诧异的问："周兄，你们爷俩儿就一匹马？贤婿没有？""一匹马就够了，将来孩子可以继承我的马。"周侗说着，扶鞍子欲上。"周兄开玩笑了，鹏举是我女婿了，明年还要省考，没有马怎么行。师爷。"李春喊。

师爷跑出来问："老爷，您有什么吩咐？""上回县里进的那批马，运走了没有？"李春问。"运走了一部分，还剩二十几匹，让咱县自己处理。"师爷说。

"知道了。"李春点头后转身："贤婿，周大哥，我这儿有马，跟我去挑一匹。这边走。"

来到马厩，有马夫过来问："老爷，您看马？""厩里边哪匹马好啊？"李春问。"都差不多，相比较，那匹最高的算好点了，骑着有面儿。"马夫说。李春"嗯"了一声："你去牵出来。"

马夫进马棚，解下一匹马牵出。请李春看："大人，就是这匹，看着不错。"

李春对岳飞说："贤婿，这匹马看着挺高挺大的，你看呢？这匹马怎么样？"

岳飞过去用手按了一下马背："这匹马中看不中用。""那好，厩里还有二十多匹呢，你自己看，看中那匹拉哪匹。"李春大方的说。

岳飞顺着马厩走了一遍，回来摇着头说："有很一般，没有好马，好马得踅，也要讲缘分。""行，贤婿，我派人出去访，有好的给你留着。"李春答应着说。周侗忙插嘴说："鹏举记住，老丈人该你一匹马。"

岳飞也笑了。正欲往外走，无意中看了一眼一间马房，便问马夫："那间里也有马？"马夫忙说："有一匹，这匹马性子烈，太闹腾。跟这些马不合群儿。所以单关着。一般人不敢碰。""能不能拉出来看看？"岳飞挺感兴趣。"可以，但是要小心，它可踢人。"马夫提醒说。"不碍事，拉出来看看。"

马夫进马厩，拉出来一匹马来。马很高大，但很脏，看不出是什么色。马夫将缰绳交给岳飞，赶紧跑开了。李春也提醒说："贤婿小心。这马太烈。""岳丈大人放心，小婿看过训马的书，懂得一些训马之道，不妨事。"岳飞说完，用手一按马背，马受了惊，前腿抬起用蹄踢人，尔后转过来用嘴咬，都被岳飞躲过。马更怒了，撩起后腿飞踹，岳飞一闪身，突然用了一记鞭腿，踢在马耳朵后面，马重重的倒地。岳飞扑上前，照着马的耳根子又是一拳，打得马趴在地上发抖，不敢动弹。岳飞直起腰，拍了拍马头。"好马，好马！今后你就跟着我吧。起来，瞧你这身泥，都看不出色来了。我给你洗洗，一托马脖子，马站了起来。"

岳飞对马夫说："帮忙弄桶水，把马刷刷。""别让它踢着。"马夫胆怯的说。岳飞很自信："不会的，它老实了。"

马夫提来一桶水，与岳飞一起刷马。刷一遍以后，用清水一泼，"啊！"众人大惊，原来是一匹雪白雪白的白龙马。

周侗大喜，称赞道："好一匹白龙马呀，天物，天物，真是天物！""千里驹，可遇不可求的千里驹。天意啊！"李春又对马夫说道："去把我收藏山那副马鞍拿来，一并送给姑爷。"

马夫跑出去一会儿，扛一副鞍子回来，搭在马背上，勒扎好后说："真是好马配好鞍呀！"

周侗大笑："鹏举，着见沒有，老丈人疼姑爷，实打实呀，快谢谢你岳父。""谢岳父大人。"周侗牵着自己的马说："鹏举，试试你的马，回家。"

周侗喝得有点多，骑在马上有些打晃。他很兴奋。作为武术大师，在他这个年纪，还能够培养一众徒弟，已经很欣慰了。由其是象岳飞这样悟性很高，先天条件又很好的人，真是可遇不可求，将来一定能成为栋梁之才。

岳飞在周侗身后牵马步行，并没有骑马。周调回身问："鹏举，有马怎不骑呀，别舍不得，马是跑出来的。""不是呀爹，这匹马现在是生马，听不懂人话，必须得先训几天，等它熟悉了口令才能骑。"岳飞解释说。

周侗认同道："那就找个训马师来训吧。""不用，孩儿看过训马的书，知道怎么训马，我现在正训它呢。"岳飞说。

周侗认同的说："是，训马是个细活儿。喝儿，驾，哦，迁，秒。先让它听懂人的话，结合人的肢体动作，做到人马合一，基本就没有问题了。"岳飞很得意的说："白龙马挺聪明的，它已经知道走和停了，已经服我了。"

　　"鹏举，爹今天高兴，喝的多了点儿，爹高兴，爹都十年没这么高兴了。爹高兴，是因为你们几个都过了乡试，州里也不会有什么问题了，由其是你，在沥泉寺得了沥泉蛇矛枪，师叔又送了兵法，今天在县里又认了知县岳父，岳父又送了你宝马雕鞍，这可真是好事连连啊！记住爹的话，永远记住，一定要努力，加倍努力，你的目标就是东京的武状元。这样才能对得起你身边所有的人。你看看，你身边有多少人，都是好人，王员外，张员外，汤员外。智明师叔，还有你岳父。还有，你们几个，你是大哥，你一定要做个榜样，帮着兄弟们提高技艺。"周侗说话时舌头都有点短了。"爹，孩儿明白了。"岳飞说。

　　天近傍晚，几位员外聚在王家院内，讨论的热题肯定是今天的校场比武，所有的人都很兴奋，都抢话说。

　　王员外的心情很亢奋，不时的在院子里走溜儿，口中念叨："这个周大哥，怎么还不回来呀？都这钟点了，今天孩子们都过了初试，得好的庆祝庆祝。"张员外担忧道："是啊，应该给周大哥庆功。怎么偏偏让县太爷叫去了。这不会有什么事吧？""张二哥，能有什么事，你没见县太爷和咱周大哥是老交情了吗？"汤员外说。

　　"周大师问来了。"看门人喊。只见岳飞扶着义父走进院子。"各位叔伯，回来晚了。刚才县里请我爹吃饭，我爹稍喝多了点儿，让叔伯们久等了。"岳飞报歉的说。

　　周侗翻着眼皮看了一眼众人："什么多喝了点儿，我喝多了吗？多了吗？""不多，一点都不多。"大家笑着说

　　周侗迈着蒜步说："各位贤弟，飞儿说的不对，噢，是鹏举，鹏举说得不对，不是县里头请我吃饭，你们猜是谁？""应该就是县太爷呀，那还有谁呀？"王员外不解的问。"是呀，不是县太爷就猜不着了。"大家都猜下着。

周桐大笑道："是亲家。飞儿，不，鹏举他岳父，请我吃饭。"

"他岳父？县主爷？李大人？"

周侗推开岳飞的手说："是县太爷，现而今是咱的亲家。是鹏举的岳父啦。"

王员外拍手大叫："哎呀，喜上加喜呀！更应该好好的庆祝一下了。伙房，开席。"

院子里开始摆桌子拉椅子，桌上放碗筷。

周侗摇着手说："我就不喝了，我躺会儿去。"好好，您躺会儿。来人，扶周大师进屋躺着，把茶沏好晾着。"王员外指挥下人伺候周侗进屋休息。有家丁扶周侗进屋去了。

岳飞，王贵，张显，汤怀四位小爷坐在一桌，开始侃了起来。

"岳大哥，合着让我们先回来，你跑去相亲了，这么好的事也不叫着兄弟呀？""是呀，我们也都老大不小的了，大哥这是吃独食儿。"张显也说。

"赖师父，师父偏心眼儿，向着他儿子。"王贵不满的说。汤怀认同道："我看也是，徒弟和儿子就是不一样，""按说师徒如父子呀，我们也算是儿子呀。"张显也起着哄说。

"就是。"王贵接着说："看来呀，以后，咱仨也不管他老人家叫师父了……""叫爹，叫亲爹。"张显汤怀都说。

三天后，牛皋来到医馆内换药，郎中给他检查了伤口说："小伙子，你的伤口愈合的不大好。今天要好了好的清理一下。你稍等。"说完进里屋去了。

牛皋抬起胳膊看了看伤口，还有些红肿。没怎么见好。

郎中端着一大碗水出来说："你的伤口今天必须彻底清洗干净。你忍着，有点儿疼。"

　　牛皋忍痛问："请问下，你用的洗伤口的水，是什么水呀？还真杀疼啊。"

　　"肯定杀，这是浓盐水。有这么一句话，往伤口上撒盐，指的就是这个盐。虽说疼，确实管用。你这个伤口，必须用盐水来处理了，要不然就很难好了。这个盐水是非常浓的。洗完伤口后要晾着，晾干以后，伤口处会有一层盐粉，盐粉有吸潮的功能，它会吸出伤口里的浓水，而且盐的渗透力也强，它能渗到肉的里面。现在晾一会儿。一会儿还要再洗一遍。""真麻烦。"牛皋摇着头说。

　　郎中认真的说："这几天千万不要喝酒，要多吃菜，伤口才能好得快。""记住了，大夫。"

　　郎中指着伤多说："你看，盐水干了，又变成盐了。我再给你洗一遍。你看盐又化了。好了，这回彻底洗干净了，等干了以后晾一会儿，再给你上药。"

　　郎中进屋片刻，端出一个碗来，碗里放着白色的粉面儿。郎中故下碗，用手轻轻的弹着牛皋的伤口处，干盐粉掉了下去。郎中抓一把碗里的白粉，糊在伤口上捂著。"大夫，这是什么？"牛皋好奇的问。

　　郎中告诉他说："这叫草木灰，是化脓止血的药。""草木灰？能治枪伤啊，头一回听说。""可以呀。你看，伤口上的草木灰已经湿了，证明它吸出来了一部分脓水，你现在伤口已经舒服多了。别着急，我把这些吸了脓水的灰剥下来，忍着点，看看，掉下来的灰已经不是灰面了，是湿的。我现在再给你糊一把。"

　　郎中抓一把灰，又捂在牛皋的伤口上说："我给包扎上……好的，没问题了。保证没问题了。"

　　牛皋："还真舒服多了。大夫，照您这么说，要是手上磕了碰了的，没有药，撒点儿草木灰就行啊？"

　　郎中点头说："是啊，草木灰是最好的止血药，是最干净的药。""谢谢大夫。""不过呀，伤口太深的话，不要直接往伤口上里撒。""噢。"

　　王家大院内，几家人酒都喝的差不多了，但是聊得却很热烈。几个小兄弟们还在喝酒。王贵喝得似已过量，见别人不倒酒了，只好自斟自饮。又干了一杯后问岳飞："哥呀，岳大哥，兄弟问个事。""什么事？"

　　王贵小声的："你家老丈杆子有几个闺女呀？""呦，还真没仔细问，好象是四个，五个吧？也可能三个，四五个，管他几个，他有八个也不能全给我呀。"岳飞说。

　　王贵一拍大腿说："哎哟哎，我的哥呀，别光顾你一人儿呀？兄弟呢？兄弟如手足啊。赶紧的，跟你岳父，我那亲爹说说，我也想做小婿。把他的闺女全留下，我们哥几个一人一个。那咱以后亲上加亲，就不光是兄弟了，还是那个什么扁担？一根扁担一块担什么的？""担挑儿。"汤怀说。"对，担挑儿。一担挑儿。"张显也说。

　　岳飞笑着指看兄弟们："瞧你们这几个人，傻样。人家就一个女儿，说八个你也信？他老人家要真有好几个女儿，哥哥能不想着你们呀？再说了，象你们几个，要颜值有颜值，要本事有本事，家里又有钱，一般的女孩子还真配不上。所以呀，你们的丈母娘肯定会生一个最漂亮的闺女给你们的。就别着急了。大哥就不一样了，只能听爹的，爹说行，不行也行，大哥只能凑合吧。"

　　王贵点头说："照哥这么说，咱就别着急了，丈母娘给咱生完孩子，还得看漂亮不漂亮，漂亮的给咱留着，不漂亮的给别人，等着吧。"

张显好象明白了："按大哥的意思，现在还不知道谁是丈母娘呢，因为咱丈母娘现在还没怀上，还要等她怀上，生了以后再养大，咱不都成老光棍儿了。""合着丈母娘还没生呢。不行，这不是成心气咱吗？罚三杯。""对，罚大哥三杯。"王贵给岳飞倒酒。

岳飞干了杯说："你们呀，知道好事加好事叫什么？那是又娶媳妇儿又过年，还有件好事想知道不？今天大哥就叫你们开开眼，走。"

兄弟几个起身来到院外，看到了马桩上拴着的白龙马。汤怀跑过去赞道："太漂亮了！好一匹白龙马呀！""好马，好马，千里马。"

张显摸着白龙马说："岳大哥，兄弟跟你商量个事？""什么事？"

张显往自己家的方向一指说："换马，拿我那匹跟你换，怎么样？"

岳飞摊手说："为难哥了。都是自己兄弟，谁跟谁呀。说换就见外了？只是这是岳父送的，要经他同意才行，而且我那个未过门儿的媳妇儿也得同意，才能送给你。因为这是嫁妆，嫁谁给谁。"

"瞧瞧，张嘴就是岳父，媳妇儿的，这是咱兄弟的事，这匹马既然送你了，就是你的了，你就能做主了。"张显说

岳飞笑了："马是送我了，可这是人家的陪嫁，这要是给你，那你是姑爷，我是姑爷呀？""得，这么说没戏了，你说，这好事怎么都让大哥给赶上了。还是回去接着喝酒吧。"张显说。

兄弟几个回到院内，坐下继续喝酒。

另一桌上，几位员外爷酒足饭饱之后开始喝茶，聊得还真带劲儿。

　　“哥几个，咱这麒麟村，从来没有这么热闹过，过年又该当如何？我看咱们这些孩子，各个都能当武状元，我打心眼儿里蹦着乐。”张员外乐得合不上嘴儿了。

　　汤员外笑指张员外说：“张二哥，你呀，有钱没文化。状元只有一个，哪能都能当武状元啊？”

　　王员外认真的说：“汤老弟说得对，状元只有一个，我昨天做梦就梦见了，你们猜怎么着？我梦见皇上了，皇上说：本科状元岳飞，榜眼王贵，探花……由张显和汤怀猜钉壳产生，钦此。哈……”

　　张员外不服：“凭什么呀？岳飞当状元我不反对，榜眼应该是我儿子张显呀，王贵只能是探花。”

　　汤员外也道：“王哥的梦跟我的梦不一样，我梦见的是皇上说，武状元岳飞，榜眼汤怀，探花待选。钦此。哈……”

　　王员外摆着手说：“别瞎编了。从兵器上看，我们家王贵用的是大刀，人称活关公，刀枪剑戟，刀排第一。就凭这口大刀，谁敢不服？”

　　张员外一扭身说：“吹吧，刀有什么了不起，大路货。我们家张显用的是钩镰枪，懂吗？钩镰枪，多个钩，钩子，镰刀，枪，三合一的。多功能的。”

　　王员外大笑：“兄弟们，各吃个家饭，各拴个的羊，媳妇是人家的好，儿子还是自家的强。我们这样争来争去的，哥哥好有一比，就是小鸡子争的那是无米的糠。把心都搁肚子里，什么榜眼啊探花呀，能得个进士，我就天天在家烧高香。”“哈……”

　　岁数大了不胜酒力。昨天确实喝多了，而且现在恢复的也慢了。周侗从昨天下午一直睡到今天早上天亮方醒。岳飞不放心，所以也没回家，就睡在武馆里。见义父醒下，忙服侍着老人家洗漱。

吃完早餐，周侗把徒弟们叫过来训话："昨天表现的都不错，你们所有的付出，现在都有了回报了。不过，你们这两下子师父心里清楚，在乡里，或者到了州里都都不会有问题，但是到京城会考，也就算是平常水平，不能保证准能得到功名。常言道，师父领进门，修行在个人。以后能不能出人头地，就看每各人的努力了。""是师父。"

王贵调皮的说："师父，师徒如父子，我们当徒弟的也就等同于是您儿子，所以呢，以后好事也想着我们几个点儿。"

"什么叫好事？"见几个徒弟在笑就又问："说呀，什么叫好事？"

汤怀一扭脖子："找媳妇儿呗。"

周侗笑道："臭小子，你现在最要紧的是练功。武功高，做英雄，媳妇儿还不好找。自古美人儿爱英雄。都给我好好练，以后每人给你们找个漂亮媳妇儿。"几个徒弟互相挤眼儿："是，爹。"岳飞笑了，周侗也笑了。

这时，一庄丁进院报："周大师，有内黄县师爷拜访。""快请进来。王贵，带着兄弟们练功。不准偷懒。"周侗说。

内黄县师爷进院："周大师，周大师早啊。""师爷早。师爷请坐。"

师爷掏出一张贴子说："周大师，今天一大早儿，李大人就派下属来送帖子。您瞧，这是我们小姐的生辰八字，您收好。"

周侗接过贴子说："师爷辛苦了，请坐下喝杯茶。""不啦，这几天乡试，事太多了，我还要赶回去写个材料报送府衙备案。帖子您收了，我赶紧走，您留步。"师爷出了武馆大门。抓缰上马，一溜烟儿的去了。

第九回牛皋欠账周侗升天

　　周侗看了帖子说："鹏举，这是李小姐的生辰八字，你收好。相亲的事跟你娘说了吗？"岳飞点头说："昨晚回去说了，娘可高兴了。娘说让孩儿好好孝敬爹爹和岳丈。""你也写个回帖，爹和你送过去，换了贴就算定亲了。"周侗说。

　　岳飞应道："是爹，我马上写。唉爹，您看，李小姐居然与孩儿是同年同月同日生。这么巧！"周侗也乐了："看来这是命中注定的。鹏举，你赶紧写个帖子。""是，马上写。"岳飞进屋来到桌前，取纸笔书写，写完的贴子叠两折装在信封里，出屋说："爹，写好了。"

　　"那好，现在就送过去。王贵。"周侗叫。王贵跑过来："王贵在。师父，什么事？"周侗告诉王贵："我和你大哥去趟县里，你带兄弟们再练会儿。晌午就回家吃饭吧。"王贵一抱拳："得令。""这小子。鹏举，咱们走。"周侗走出武馆。

　　按理说，年近八旬的周侗，应该早就到了颐养天年的时候了。每天教徒弟们练武，已经非常辛苦，不光大事小事都要操着心，甚至要亲历亲为，作为徒弟和义子的岳飞、把这一切都看在眼里，虽多次提醒义父要注意身体，可是有些事情还真离不了他老人家，做为晚辈，唯一能做的就是努力使自己做到最好，给他老人家争光。

　　来到内黄县衙。周侗，岳飞下马。门前的衙役认出周大师和岳飞，上前接过马缰，挣马拴在旁边的马桩上。两个人往里走。有衙役喊："周大师和姑爷到。"

牛皋到医馆复查，郎中给牛皋检查了伤口问："怎么样，还疼不疼了？""不疼了，就是有点儿痒。"牛皋说。郎中点头说："痒就好了，我看看，不错，消肿了。""痒的时候想挠。"牛章说。

郎中告诉他说："痒说明是在长肉。千万别挠。再有两三天就没事了。""是呀？那好，我们还急着赶路呢。"牛皋说。

郎中耐心的说："千万别急，虽然好多了，但是你尽量不要做剧烈活动。尽量别出汗。不用包扎了，等这块灰疙巴掉下去，就彻底好了。再忍几天。顶多三五天。""那就再等几天吧。谢谢大夫。大夫，我今天没带银子，您看我……"

郎中摆手说："不碍事，没有就不用给了。给你治好了，替我扬扬名就行了。""谢谢了大夫。"

换了贴就是亲家了。亲家见面免不了又喝一顿。乡考以后，就要准备州考，对于州考，徒弟们肯定不在话下，但这不是周侗所要的目标，要想让徒弟们成为栋梁之材，他还有很多事要做。既然岳飞的亲事已定，也就了却老人家的一件心事。酒过三巡之后便起身告辞。

来到门外，周侗抱拳说："李贤弟，两天喝你两顿酒，不好意思。""哪的话，巴不得周大哥天天来呢。"李春说

岳飞上前告辞："岳父大人，小婿告辞了。""鹏举，看着点儿你爹。"李春嘱咐着。"小婿知道。爹，咱回去吧。""回去。亲家，哪天接着……"周侗上马告辞。

出了县城，周侗与岳飞缓马而行，边走边聊。

"爹，您又喝了那么多酒，骑马注意点儿。"岳飞关心的说

周侗笑道："爹在马背上几十年了，经常就在马上睡，从来没摔下来过。鹏举，跑起来，让爹看看你的白龙马。"

　　岳飞应了一声，策马小跑起来，跑着跑着，开始放缰撒欢儿，白龙马四啼带起尘土狂奔。瞬间跑出很远，岳飞调转马头，很快又跑了回来。

　　岳飞得意的问："爹，您看怎么样？""好！真是好马。这匹马慢跑的时候，姿态优美轻盈，快跑的时候洒脱骄健，速度如风，且又平稳。真是好马。"周侗夸着。"确实是。"岳飞也说。

　　练武的就是这样，看着别人伸胳膊踢腿，自己就也想活动活动。由于长年练武，脑子里并没有一个岁数的概念，他的大脑思维总停在年青的那个年代。有些人说这叫不服老，其实在老人的心里，从来都没认为自己老了

　　"鹏举，咱爷俩比比。跑起来。"周侗加一鞭，率先向前跑去。岳飞一看，也夹马从后面追了上来。这爷儿俩.一前一后，放马狂奔。

　　周侗这几天连续喝酒过量，身体有些虚，与岳飞赛马时出了许多汗，回到武馆，身上感觉有些发紧。他坐在炕上，岳飞为他擦汗换衣服。

　　"鹏举，刚才骑马的时候，出了好多汗，可能受了点儿风，感觉不是很舒服，我先躺会儿，你也歇会儿吧。""您先躺着，我找王叔儿帮助找个郎中过来给您看看。开副药。"岳飞说。

　　周侗摆手说："不用了，就是受了点儿风，躺会儿就好了。爹这辈子，还真没吃过药。""是，您以前年青，有个小病儿小灾儿的一扛就过去了，现在可该注意保养了。孩儿去找王叔儿。"岳飞出去了。

　　周侗很欣慰："鹏举说的也对，毕竟老啦，今天不应该赛马，给孩子找事了。"

岳飞撩帘进屋："爹，王叔儿，张叔儿，汤叔儿来看您了。"
"师父，您怎么了，哪不舒服？"王贵几兄弟也进了屋。

王员外关心的问："周大哥，哪不舒服？郎中马上就来。"
"也没什么大不了的，今天高兴，乘着酒劲儿骑着马跑了会儿，出
了点儿汗，可能着了点儿凉，脑门儿发热，桑子不大好受，沒大
事。"周侗说。

有家丁掀开门帘，一郎中走了进来。王员外起身迎接："郎中
辛苦，您费心给瞧瞧。"

郎中坐在炕沿上，给周侗把脉："您这是受风了，脑袋受风，
脑门儿疼，肺也着凉了。老爷子，不要太劳累了，干什么事都要悠
着点。要注意保养。我给开个方子，抓两副药，吃了就没事了。"
周侗欠了欠身："知道了，谢谢大夫。"

郎中站起身在桌子旁边坐下，拿出纸笔开完了药方说："药方
开好了，哪位跟我去抓药？""贵儿，跟大夫去抓药。"王员外吩
咐。

王员外将一块银子交与郎中："大夫辛苦，不成敬意。您慢
走。"郎中和王贵出去了。大家也都回去了。

王贵取回药交给岳飞，岳飞把药倒入砂锅，加水后放火上，然
后坐在旁边看着。

爹的年纪大了，这些日子为了乡考的事起早贪黑的操碎了心。
由其是为了自己的亲事，不辞辛苦的来回奔波，对于自己的一切，
义父应该已经做的面面俱到了。今天去岳丈家换贴，真不应信再让
老人家喝了，而且在回来的路上，还与老人赛马，太不应该了。乡
考完了就要应对省考，省考的难度要比乡考大许多，这个时候老人
若卧床，会耽误师兄弟们的进步的。

周侗靠在枕头上，有岳飞伺候着把药喝了。"爹，看您的脸色
儿好多了。头还疼吗？"岳飞问。

周侗摸着头："轻松多了。鹏举，这几天辛苦你了。今天没事了，抽空回去看看你娘吧。""爹，我娘没事，她老人家老说，您是我的大恩人，大贵人，让我一定要好好的伺侯您。"岳飞深情的说。

周侗摸着炕边说："好孩子。鹏举，你坐下，爹跟你说个事儿。"岳飞坐在炕边："爹，什么事？""鹏举呀，爹老了，记性不好了，原本以为，把你们培养出来，爹这心里就落停了。这两天这一病，又想起一件事来，你说爹这记性。""爹您说。"

周侗回忆着说："爹记着跟你说过，爹在陕西收了一个徒弟，叫牛皋。他喜欢练双锏。爹在几十年前，创造了一套锏法，由于这么多年没练过，所以就记不住了。昨天夜里，爹的脑袋清醒以后，突然想起来了，这牛皋说不定哪天就过来，我怕再忘了，.所以，爹打算先把这套锏法传给你，这样就永远忘不了，爹也就不用担心了。你今天中午回去陪你娘在家吃颊饭，吃完饭到外边找两根木棍儿回来，我传你锏法。"

岳飞站起身说："行，水给您沏好了，您刚吃完药，晾晾再喝。我去啦。""去吧。"周侗说完，开始用手比划着武术的动作。

岳飞回到家，跟母亲一起吃了午饭，聊了一会儿天，就出门来到村外，用柴刀砍了几根木棍儿，削整齐了比划着试了几下。还行，挺合手的。

人老了很容易忘事，又没有用笔记的习惯，因为当你想起一件事的时候，没有会想到一会儿就会忘。要想不忘，就要在做事之前反复的念叨。周侗也不例外。几十年熟记于心的武术招式，突然忘了，想了好长时间也记不得了，而今天突然想起来，又唯恐忘记，就在炕上一遍一遍的练，一招一式练得还很认真，不单练，嘴里还要念背着心法。作为真正的武师，传授技艺时，不单要传授技法，也要传授心法，真的很不容易。

周侗穿鞋下地，来到桌边喝水。"爹，您下地啦？"岳飞进屋问。周侗做了个扩胸动作说："到院里去，爹教你锏法。"

来到院子里，岳飞从墙边拿起四根木棍，交给爹两根。周侗接过木棍说："这套锏法，叫天地乾坤阴阳锏，天地既天罡地煞，天罡三十六，地煞七十二。此锏法，不是先学打人，而是先学不被打。所以三十六路天罡锏，主要是以防为主。练到精熟以后，可以保得性命。在防的基础上，再寻机打人。这是天罡锏的妙处所在。地煞七十二式是在天罡三十六式的套路中，生出来的锏法，一生二，二生三，天罡地煞一共一百零八式。三十六路主防，七十二式主打，防打结合，出奇不意，令敌难防。"

岳飞点头问："爹，我们先学三十六式，还是先学七十二式？"

周侗以棍儿代锏开始示范："先练三十六路天罡锏。若先练七十二式地煞，虽然凶猛有余，却忽视了防守，久必招险。来，鹏举，站爹后边，先传你三十六路天罡锏。猿猱坠枝，摔个屁墩，兔子蹬腿儿，敲敲肚脐儿……"

"嘛呢师父？"王贵提着食盒进院："又给岳大哥开小灶呐？师父，该吃饭了。您怎么下地了？岳太哥也吃。"

岳飞收了棍说："我刚吃完了。爹，您先吃饭。"

王贵调侃着说："师父，还是给您当儿子好，我也给您当儿子吧。我要是您儿子，肯定天下第一，稳拿武状元了。""你呀，整天贫嘴，手上的功夫不见长，嘴上的功夫到练出来了。"周侗说话的时候咳嗽了几声，开始吃饭。"爹，您嗓子还没好？"岳飞关心的问。"没事。""爹，您刚好点儿，吃完饭先躺炕上歇会儿，"岳飞说。

周侗边吃边问："刚学的天罡三十六式都记住啦？""记住了，爹，您太累了，必须得休息，而且您教我的东西也得消化消化。"

"我吃饭，你先消化着，吃完饭就传你地煞七十二式。唉，王贵，没给师父带酒来？"周侗问。"啊师父，不是没带，是岳大哥不让……"王贵说。

"爹，人家大夫说了，最近先不让您喝酒。您这次得病是因为身子虚，跟这几天连续过量饮酒有关。您先别喝了，我们也不喝了。等您病好了，我们哥几个陪您喝个够。"岳飞认真的说。

周侗每天中午都要喝口酒，已经成了习惯，但是从不过量饮酒。这几天徒弟乡考晋级，岳飞又订了亲，为此心情大爽，心里压着担子终于放下来了，所以连续几天过量饮酒，尔后又着了风寒，导至身子发虚，虽有好转，但并没完全恢复。刚传授天罡三十六路铜法，演示了三四遍，的确很辛苦了。

周侗沉思着说："鹏举，贵儿，为师，为父，这一辈子，论武艺，名气，在武林中也算有一号，但是没人知道，光鲜的背后，大名鼎鼎的天下第一武师，这一生，坎坎坷坷，颠沛流离，早年丧妻，中年丧子，晚年丧徒。如果现在，没有你们这几个人在我身边，爹，师父，也就一无所有，一事无成啊。有了你们，我又看到了希望，有了你们，师父母的手艺又有了传承。我最大的希望，就是能把你们培养成国家的有用人材，国之栋樑啊。真有那么一天的话，这一生就值了。转过年儿，我就八十了，但是每一天，我都不敢懈怠，唯恐哪天突然痴呆了，或者是走了，就这么去了？对不起你们，也对不起祖宗啊！"

岳飞坐在老人身边："爹，您已经做得很好了。""是呀，师父。"王贵也说。

周侗轻声的："乡试那天，你们给我挣了脸了，这棵心，终于放下了，释然了，酒喝多了？多了。人生难得几回醉，喝酒之前没体会。放松身心畅开喝，此生活得心不愧………"

周侗端坐着，一只手做着端杯的动，目视着前方……寿终正寝了。

岳飞急切的喊着："爹，爹，爹………""师父，师父，师父……"王贵哭着喊。"爹，爹…"岳飞搂着义父大声呼喊。"师父……王贵，快去叫王叔儿，请大夫。"岳飞急着说。王贵跑了出去。

周侗如同一尊雕像，面带微笑……

张显，汤怀闻讯跑来，抱着师父哭喊："师父……"

王员外，张员外，汤员外引着郎中赶过来。郎中抓住周侗的手把脉，片刻，郎中跪下磕头。"老神仙，恭喜老神仙，恭喜老神仙……"郎中爬起来对王员外道："老爷子大喜，位列仙班了。要好好办，大办。"

人活七十古来稀。人们常说的红白喜事中的白事，就是指能够长寿的老人无病而终，长寿的老人去世被称为归天，更有说法是位列仙班了，所以外人见了面还要道喜，而老人的家人也会大操大办，热热闹闹送老人上天。

闻听此言，王员外马上吩咐："管家，赶紧去定口棺材，要上好的。""不可，老神仙已经跳出三界外，不在五行中了。棺属木，不能用。"郎中插话说。"那用何盛敛？""用缸。缸者，含金，含木，含水，含火，含土，但又非金非木非水非火非土，乃五行合一之物，且永不腐朽，又能让老神仙保持这个姿势。"郎中说。

王员外一拍手："好，管家，赶紧去办，再请个画匠来，画影图形，留作纪念。"管家去了。

郎中提起药箱，向周侗说道："老神仙走好，草民告退。奇哉，奇哉。"出院去了。

王员外对张员外说："张贤弟，我在沥泉山下有块地，那里山青水秀，风水很好，你帮忙找几个瓦匠，砌一座砖坟。"

张员外不同意的说："王大哥，我家也有块地，跟你的挨着，你忘了？周大哥生前你照顾的多，现在应该小弟尽力了。所以应该埋我家的地里才是呀。"

王员外解释说："你那块地我知道，但我的地在上风头，你那块地在下风头，如果现在埋你地里了，将来我埋哪儿，不能埋的周大哥前面吧？所以就别争了。周大哥成仙了，埋哪儿都不重要，大家伙只要都出点儿力，尽点儿心就是了。"

汤员外很赞同："大哥说得是，周大哥成仙，是喜事，一定要大办，连办七天，大哥你牵头，我们出银子，和尚，老道，文场武场的多请点儿。吹拉弹唱，作法诵经，高高兴兴的送周大哥。"

张员外点赞："汤兄弟说得对，周大哥归仙位，是咱全村儿的福气，一定要大办，我先出一百两份子。"

王员外拍手说："二位贤弟真是仗义，那就设个帐房，两位兄弟，你们一人出一百两，愚兄年长，理应多出，我出二百两。"

"跟二百两。"张员外说。"嘿，挤兑我？我加一百两。"

王员外拍拍岳飞的肩膀："鹏举，别难过了，你爹是成仙了，是喜事。孩子们，你们师父位列仙班了，都不许哭了，高高兴兴的发送他老人家。"

岳飞愧疚的说："吃饭的时候，爹想喝酒，是侄儿没让他老人家喝，孩儿不孝啊！爹，都怪岳飞，您要是喝了酒，兴许就没事了。"

王员外安慰说："鹏举，仙界的事就是这样，时辰一到，必须归位，天命难违呀。一个人，当他走完这一生，能够做到安祥，无虑，没有一点痛苦和遗憾，心满意足的坐化升天，那得有多高的道行啊！鹏举，不要自责了。"

"是，王叔儿。爹的后事就仗您几位长辈操持了，岳飞真的是无能为力了。张叔儿，汤叔儿……岳飞磕头了。"岳飞跪地磕头。张，汤二员外把他扶了起来。"鹏举，不要客气，都是一家人，放心好了。"张员外说。

管家去得快，回来的也快，跟他一起进院的有画师，雕匠。管家报告说："老爷，画工请来了，还有一位石雕匠人。画师听说老神仙的事后，建议雕个石像，供后人瞻仰。"

王员外冲来人拱手："师傅辛苦了。您请过来看，就照这个姿式，给老神仙留下图像，这个姿势，这个神态越象越好。"又对石匠说："雕像要雕得比真人高大一些，活儿要细。""东家放心，保证让您满意。"画工，石匠开始打稿。

一会儿功夫，石匠拿图纸给王员外看："东家，设计好了。是这样，整个雕像的比例与真人一样，尺寸放了一些，给人的感觉比较高大，老爷子左手举杯状，一定是喝酒，所以设计了一个茶几或石桌，另一侧放一个石墩石椅，这样就完美了。"

王员外认同的说："有道理，关键必须要象本人，石材要好，雕工要细。"

石匠满应满许的说："东家放心。看老爷子这气势，肯定不是凡人，能为老人家做雕像，是我的荣幸，我会用心去做的。"

画工的画稿也完了，大家都看了，很满意。王员外问石匠："对了，雕像需要多长时间，六天能完吗？"

　　石匠想了想说："赶赶吧，回去就开料。应该没问题。第六天上午应该能到位，只是有一点儿，您得自己出车去拉，石料重，我们没有那么大的大车。"

　　王员外应道："行，没问题，价钱你和管家谈。"

　　管家送画工，石匠出去了。

　　王员外把张，汤二员外叫到一起说："二位贤弟，我看等一会儿大缸送来了就入敛。还要马上去县里酒店请几个厨子，杀猪宰羊，吃流水席，还要请文场，武场，闹通宵连办七天。""就这么着。再请和尚，老道施法诵经唱对台。"张员外说。

　　牛皋从医馆出来回到酒店，一进门就有伙计迎着说："客官，您回来了？我们掌柜的请您过来一下。""什么事？""小的也不清楚。"

　　牛皋来到柜台，见了掌柜的就问："掌柜的，什么事？"

　　掌柜的满脸堆笑："小爷，您回来了，您坐，有个事和您商量一下。""说。""是这样，您和令堂在小店住了十天了，入住时交了一两订银，就一直没续费，本店的规矩是十天清回账，小爷您看，手头上是不是宽裕，先把前边哟账结了？"

　　牛皋一愣："结账？啊，我当什么事呢，差多少啊？"掌柜的扒拉几下算盘珠子："您看，您和令堂两个人，加上两匹牲口，每天的吃住要六钱银子，一共是六两。减去一两订金，还差五两。""行，五两是吧？我去跟我娘要，回头结。"牛皋说。

　　掌柜的一拨拉算盘说："好嘞，打扰您了，您想着。"

　　上了二楼，牛皋推门进屋。见娘正在做针线。牛皋坐下说："娘，我回来了。"

　　牛母拿件衣服比着说："皋儿，试试这个背心，看看合适不。""娘，您真闲不住，又做上针线了。"牛皋说。

牛母小声的说：“这是那件锁子甲，我给它加了里儿面了。看着就是一件背心，来，穿上。大夫说你的伤怎么样了？”“伤没事了。娘，您的手艺真好，这件背心还真看不出里边的门道儿。”牛皋说。“大夫怎么说的？”“大夫说，等嘎巴儿掉了，就彻底好了。就是别用手抠。真没想到，炉灰也能治伤。”牛皋对娘说。“各村都有各村的招儿。”

牛皋告诉娘说：“娘，刚才我回来的时候，在门口让掌柜的叫住了，说咱欠账了，您给拿五两银子，给他结了吧。”“你不说娘到忘了，媳这也没银子了。以前都是你爹拿着，娘从来都没装过钱，欠五两？”娘问。“是，欠五两。”

牛母搓着手说：“那么多，这可怎么办呢？住客栈开销就是大，这地方又没熟人，借都没地儿借去。”“您别着急，我跟掌柜的说说，宽容几天，我去想办法。”牛皋安慰母亲。“能有什么办法，又不能偷，又不能抢。”牛母说。牛皋满不在乎的说：“不偷不抢，那就赖。”

牛母突然想到：“唉，皋儿，有办法，把那条驴卖了吧。那条驴也值些银子。你去，把驴抵给他。”“好吧，我去说。”

牛皋出了屋. 顺楼梯下楼，来到柜台前叫：“掌柜的。”“小爷。”掌柜的笑脸相迎。“掌柜的，刚才你说欠五两银子，回去跟我娘要了，您猜怎么着？没有。”牛皋愣愣的说。

掌柜的慌了：“呦小爷，您吓唬我。您可别介，我前几天看小爷伤重，没跟您提银子的事，这两天眼见您伤好了，万一您这一溜，小店就亏大了。”

牛皋指着掌柜的笑着说：“瞧你吓的，小爷什么时候说不给了。小爷我什么都能赖，就是不赖账。银子没有，驴有一条，把驴抵给你吧，怎么也有富余吧？”

第十回　周侗雕像揭幕　牛皋蹭饭醉酒

　　"用驴抵账，在我这儿还是头一回，可是我不知道驴的行情啊，我怎么知道它值多少钱。"掌柜的说。牛皋告诉掌柜的说："这条驴，我们从家里买来的时候花了三十两。""还真不懂，没这么干过。"掌柜的两手一摊说。

　　正当两个人对用驴抵账的事说不拢的时候，一位正在吃饭的顾客问道："掌柜的，什么驴呀？买呀卖呀？"掌柜的走过去说："不买也不卖。是这么回事，这位小爷在店里住了十天，欠账了，想用毛驴抵账，我不知道驴的行情没法作价。""哦，明白了。是你后院拴着那条驴吗？"顾客问。"是。""他欠你多少？""五两。"顾客说："五两，那好，我出七两、驴归我。"顾客很爽快。掌柜的高兴的说，："哟，那谢谢您了，我跟那位小爷商量商量。"

　　他回到柜台告诉牛皋："小爷您看，这位爷是个好心肠，他替您结账，出七两买您的驴，您觉得怎么样，是多是少？"牛皋思考一会儿，从柜台上拿个碗走到顾客桌前坐下，拿酒壶倒了一碗酒说："大叔儿，七两有点儿少，我们出门买的时候花了三十两呢，您才给七两？太少了。"说完把酒干了。客人给牛搞倒了酒说："小爷们儿你是陕西人吧，这条驴在陕西的确值十几二十两、好一点的，甚至值个二三十两，但那是在陕西，在陕西驴比骡子值钱，陕西的路不是上坡。就是下坡，只能骑驴。驴比马车都好使，而在这边就不一样了，坐马车的多，骑驴的少，有钱人不骑驴，没钱的骑不起。所以驴不吃香，我们做贩马生意的往西贩驴，回来时贩马，我这也是看你小小年纪有了难处想帮你一把，看爷们儿挺能喝酒的，再给你加壶酒。"

　　牛皋的伤彻底好了，母子俩整理好行李，走出店门儿。掌柜的出来送行

　　"掌柜的，对不起了，多住了几天，倒底还是欠账了，真丢人。"牛母不好意思的说。掌柜的摆下手说："小意思。人在路上难免有个小病儿小灾儿的，都会有难处，就算和小爷交个朋友吧。小爷，夫人，给你们准备了几天的干粮，路上饿了填补填补。"
　　"谢谢掌柜的，那就不客气了。"牛皋接过来，把布袋儿挂在马鞍上，扶娘上马。

　　"时间不早了，赶紧上路吧。"掌柜的挥手告别。牛皋牵着马、别了店家上路。

　　人的一生中，都有三灾六难，父亲过早离世。使牛皋失去了主心骨，母亲需要照顾，兜里又没钱，前面的路还有多远，或许永远没有尽头，每天早上一睁眼就是走，几天过去，掌柜的送的干粮吃完了。遇到刮风下雨，也没处藏没处躲。他现在唯一的念想就是过黄河时，父亲讲的破釜沉舟，往前走就有饭吃，只能往前走了。

　　今天送雕像，几个员外及岳飞兄弟都来到墓地。一挂大车，把周侗的雕像接来，七八个大小伙子过去卸车，雕塑师指挥大家把塑像挪抬到坟前左侧，端详一下，又垫了垫底，把雕像摆正，齐活了。
　　"东家您上眼。"雕塑师说。王员外仔细看了看说："嗯好，师傅辛苦了。管家，带师傅去结账。"
　　雕像雕的是一位慈祥的老人，老人脸上带着心满意足的微笑，一只手做举杯状，眼望着远方，端坐在石椅上，左侧有石桌石凳，可供人对坐。"太好了，真象。"跟真人一模一样。"众人一阵赞叹。
　　"鹏举，你看呢？"王员外问，"确实雕得很好很象。"岳飞点头表示满意。"鹏举呀，今天你爹的雕像已经归位了，明天是头

七，王叔有个想法，想跟你商量商量。"王员外说。"王叔儿，岳飞没经过事，一切全凭王叔儿操持，您和张叔儿，汤叔儿觉得该怎么办，我就怎么办。

王员外认真的说，周大师是武林泰斗，在武术界享有盛誉，他这一走啊，总觉得有些匆忙，今天大师的雕像已经归位了，王叔突然有了个想法，明天是头七，王叔儿准备在这里搞个流水席，宴请八方。而且咱们要搞个揭像仪式，方显隆重。所以王叔儿希望你能去县里把你岳父请来，如果县太爷能参加揭幕仪式，那档次就高了，所以这事还真得你去办。"岳飞点头说："岳父我去请、就是这个流水席，我不知道怎么弄。""这你不用管，这个容易，还是那些厨子，在这里盘俩灶就行了，这些人常年跑大棚，一切都包，咱只负责结账就行了。放心、"王员外说。"谢谢王叔儿，那我就去县里了。"岳飞说。"去吧，快去快回。王员外催促着说。

几个员外各有分工，张员外去请寺里的和尚，算是佛家的道场，汤员外请了庙里的老道，算是道家的道场，佛家和道家分左右诵经论道。佛，道两家互相叫劲，仙乐声此起彼伏，甚是热闹。文场，武场占据了道边开场、文场的鼓点打得很花哨，武场的练家也很卖力气。也有不请自来的会团如莲花落，小车会什么的、让人眼花缭乱，

周侗雕像的两边摆了两排大圆桌，桌上已经摆了碗筷，餐具。临时搭起的两个土炉灶窜着火苗，排场真是不小。

在路边，三位员外，岳飞及几个兄弟，下人，家丁，还有一些武生打扮的人在聊天等候。开道锣响，一顶大轿由远而近，到眼前停下，县主李春下轿、岳飞忙过去搀扶，王员外率众人跪迎并喊："拜见大老爷。"李春扶起王员外并安慰众人。岳飞为李春介绍："岳父大人，这是王员外，张员外，汤员外。他们都是小婿的贵人。义父的后事都是他们老几位出钱出力操持的。"李春抱拳说道：

“各位都费心受累了，李某谢了。”“县太爷光临本村，我等草民荣幸之至。大老爷，请。”王员外说。

李春说：“王员外见外了，周老先生是鹏举的义父，又是李某的至交．，于情于礼，都是要来的。鹏举，这是我出的份子、交给账房。”掏出一锭银子交给岳飞。“让大老爷破费了．”王员外说。“大家都不要客客套了，我知道鹏举与令公子都是把兄弟，论起来，我们都是亲家呀。”李春说。

王员外伸手一让说：“现在人都到齐了，就请您揭幕啊、引李春来到雕像前，李春双手合十，祈祷一番，将盖在上面的蓝布揭下。捣完墓又倒一杯酒，把酒杯放在雕像的手上。王，张。汤三位员外也各倒一杯酒。摆放在供桌上、佛道两家奏响了仙乐、文武场开始表演，岳飞率众兄弟跪拜。来宾祭拜。

岳飞扶岳父到主桌就坐，众员外坐陪，酒杯倒满了酒后．王员外端酒起身说：“李大人，草民敬大人一杯。”张，汤二员外也端杯敬酒：“敬大老爷一杯。”喝干又满上。李春说道：“各位亲家，今天李某过来，一是参加周大师的雕像揭幕仪式，二是要与诸位员外攀亲，都是自己人，少一些礼数，随便些，以后还要常来常往。”“我等高攀了。”众员外说。

李春笑道：“可不能这么说，要说高攀是李某高攀了诸位，且不说您几位本来就是内黄县的大户，就凭几位公子现在的能耐，将来都不是池中之物，早晚都要超过李某的，那个时候，老哥几个还不都是老太爷呀？”王员外抱拳说：这些孩子，今后还要仰仗李大人多多提携，我等敬大人一杯。”李春摆手说：“诸位亲家，李某不要一杯，我要连干三杯，喝完马上撤，县里的事太多，离不开呀。”说着站起来连干三杯，放下杯后拱手抱拳说：“三杯干了，马上走。不要告诉鹏举，让他忙。”众员外起身说：“送大人，大人慢走。”

　　昨天一天没吃东西，今天又走了一上午，牛家母子已经身重力疲。现在是秋天了，天凉了，掐指算算，自打家里出来已经有半年了，牛母虽然骑在马上，但是肚中无食两腿没劲，左晃右晃的总有往下掉的那种感觉，牛高牵着马连迈腿的劲都没了，只是一个男子汉是不能怂的，尤其是在母亲跟前必须要挺住。

　　前面的庄稼地里，已经有人开始掰棒子了。"有了棒子就有希望，皋儿，你到地里问问道儿，别再走错了。找岁数大的问啊。"母亲有气无力的说。"嗯，您拉着僵绳别动。"牛皋把马缰交给母亲，来到田里，见一老汉正在掰玉米，就过去问："大爷您忙呢，向您问个路。""不忙，自家的活。有事你说。"大爷说话时手还在干着活。牛皋帮着掰了几个玉米，问大爷："我想去麒麟村，不知走的对不对，您给指指还有多远。""麒麟村呀，不远了，还有二十几里地，顺大路直着走，拐个弯就到了"大爷说。"谢大爷，谢谢大爷。"牛皋问完路来了精神，跑出庄稼地抓过缰绳说："快到了，还有 20 多里地，。""谢天谢地，可有盼头了，再不到，娘都想让你给找个地儿刨个坑儿，把娘给埋了呢。"娘说。"瞧您说的，哪能那样呢，再到不了，从我腿上割块肉让您吃，也不能把您活埋了，不是有句老话吗？只有享不了的福，没有受不了的罪，不过娘，人一饿，这前心贴后心的滋味还真是不好受。"牛皋的精神有些振作起来了。"这十来天哪，就没吃过一顿饱饭，真是的，有什么别有病，没什么别没钱。"母亲叹口气说。"可不是，手里没钱只能攥拳，手心里攥的全是汗，饭没得吃，酒也没得喝。倒是有一坛杏花村，那是给师傅留的，真想给喝了，就是不知道师傅戒没戒酒。"牛皋话开始多了，母亲朝天祈祷佛祖保佑："今天一定能到。"

牛皋兴奋的说："还有二十里地，半天肯定到了，见到了师傅就有饭吃，也有酒喝了，我今天要吃一大盆饭，喝一大坛酒，不行，喝两大坛，我要把这些日子亏肚子的找补回来。我还要睡上三天三夜，唉娘，您听这是什么声音呀？"远处传来音乐的声音，还夹杂着鼓点。

母亲仔细听了会儿说："这是吹鼓手在演奏，有笙，有喇叭，是佛家音乐，还有道家音乐，还有念经的，前面应该有个寺庙，要不就是谁家办事。管他呢，到了人多的地方就饿不死了。""破釜沉舟，只要往前走就有饭吃，还是爹说的。"牛皋说。母亲在马上能坐稳了，牛皋也敢放开了走了。拐过一大片玉米地，看见前面不远处有一片开阔地，很多人在那聚集，道路的右侧摆着许多桌子，路边的灶台上有厨子在炒菜，还有和尚老道各居一头在吹奏，你方收吹我敲打，确实是在办事。

牛皋牵马走到近前，见路边有家丁，就过去问："大哥，这里离麒麟村还有多远？"家丁点头哈腰的说："小爷不用去村里了，就在这吃，您看有刚开始吃的桌子找个地儿坐下就行，您要不着急等会儿坐也行。"

听家丁这么一说，牛皋也愣了，他看了看母亲，不知道如何是好。"扶娘下来。"母亲说。

牛皋把母亲从马背上扶下来，家丁接过马将马拴在道边的木桩上，抱来了几个棒子喂马，并提着一桶水饮马。"皋儿你看，这可能是哪家大户人家死了老太爷，在这里办白事，咱娘儿俩两天水米没打牙了，既然人家张啰，那就过去吃吧。"母亲说。

娘，你看咱跟人家不沾亲不带故的，坐下吃白食合适吗？"牛皋说。"没有什么不合适的，有的财主办红白喜事。讲的就是排场，路过的人都可以坐下就吃，吃完就走，这叫流水席。吃饭的人谁都不认识谁，还有的碰巧从这里过，赶上人家办事。人家请的张啰人还以为你是来出份子的，所以呀，走过不能错过，别的都是假的，填饱肚子是真的，你看左边是男桌，右边是女桌，你到男桌去吃，但是只管吃，不要与别人说话。""是娘。"牛母去了女桌。牛皋来到男桌，有个家丁过来张啰说："您坐这桌，这桌刚开始吃，菜还没上齐呢，你坐。"

牛皋也不客气，坐下先抓俩馒头，狼吞虎咽的吃了，然后抓酒壶倒酒，连着喝了两碗以后，开始吃肉。坐对过儿的一个中年人笑着说："这孩子饿疯了。"

同桌的人吃完以后都离席了，一家丁过来对牛皋说："小爷，这桌儿该翻台了，您要是没吃完可以到旁边这桌，这桌刚开席，您可以慢慢吃。"牛皋"嗯"了一声，换了桌子继续吃。有同桌人笑道："这孩子，整个一个饿死鬼托生的。"牛皋假装听不见，觉得哪个菜好吃，端起盘子往自己跟前一放就吃独食，同桌的人吃完了纷纷离席。一家丁过来问："小爷，您还没吃完呢，我们该撤台了。""没吃完，酒也没喝完，先别撤呢。"牛皋头也不抬只顾吃。家丁无奈地说："要不你再换个桌子继续吃，吃饱为止。今天我们这里吃流水席，来宾比较多，桌子有限，您一人占一桌不能翻桌，让很多人等着，这不合适吧？""嘁，轰我呢，小爷我今天就在这儿吃了，我就喜欢吃独食儿喝闷酒，你能把我怎么地？信不信把桌子给你掀了？"牛皋声音很大，惊动了正在接待来宾的王贵，他把家丁叫了过来问："怎么回事？""公子是这么回事儿，那位小爷可能是饿疯了，吃完一桌又吃一桌，让他换个地儿还不乐意，还说要把桌子给掀了，像个吃白食碰瓷的。"家丁不满的说。"是吗？还有敢来咱家闹事的，我去看看去。"王贵站了起来。"公子小心点，这小爷可是个暴脾气，看样子是个练家子。"家丁说。

王贵来到牛皋身边拍着他的肩说："这位哥哥好酒量，兄弟陪你喝几杯。来，到这桌子坐。"伸手搀牛皋，牛皋只得起身，跟着王贵换了桌子。王贵倒了两碗酒，端给牛皋一碗说："咱哥儿俩干一杯。"先喝了。牛皋也干了。

"哥哥请坐，坐下喝。"王贵让坐。牛皋拉凳子就坐，不想被王贵伸脚把凳子勾开。牛高坐空，摔个大屁墩儿，引得众人一片大笑。牛皋爬起来，把凳子往前挪了挪又坐，王贵又伸脚勾凳子。牛皋已经有了防备。一个骑马蹲裆式站住，转身用手去抓王贵的脚，王贵收脚又踢出，正踹在牛皋胸部，牛皋跌倒后迅速爬起来，跑到路边，从乌骓马上摘下钩连枪，见母亲正坐在地上打盹，也没惊动母亲。他来到桌前，指着王贵说："小子跟我玩阴的，看枪。"出钩连枪就刺，王贵闪开。牛高抽回枪，顺势来个劈头盖脸，王贵又闪，钩连枪的钩砸进桌面，他往回一收枪，枪把桌面带起，他把桌面转圈抡了起来，来宾纷纷躲闪，王贵不知道他玩的这是什么枪法，也不敢贸然上前。牛皋不懂钩镰枪法，只是有一膀子力气，他把桌子抡得呼呼带风，看着倒是很威风，吓得旁人躲到老远。"嘿，还会武术，把张显的钩镰枪也偷来了，看来得跟你动真格的了。去拿我青龙刀来。"王贵喊道。

这边一动手，惊动了正在张啰来宾的张显，他跑过来，见有一大汉正手持钩镰枪抡桌面儿，忙问王贵："二哥，这是谁呀？撒什么疯儿呢？"，王贵手一摊说："谁知道哪来的吃白食的，喝多了。"

张显看准时机，躲过抡过来的桌面，向前跨一大步，举手往桌面上一劈，桌面脱落，飞出两丈多远被汤怀接住。趁牛皋一愣的功夫，张显抓住钩镰枪说："好汉，且慢动手，有话好好说，别打烂了我家的家伙，都是钱买的。

牛皋看着张显说："你这个小白脸，这是你家的？""是我家的，今天是小弟家里办事，好坏都冲小弟了，哟，好汉，你这柄钩镰枪真不错，能让小弟看看吗？""你还认识钩镰枪，看样子也会两下子。”“小弟就喜欢钩镰枪，嘿、真是一杆好枪。”张显说着、借机把钩镰枪拿在手里。“当然是好枪了，这可是名人用过的。”牛皋说着伸手要往回抓枪。张显一档牛皋的手说：“好汉，小弟刚才看你拿枪的架势，不像是玩钩镰枪的，与其让它闲着，不如卖给我，你出个价。”

牛皋坐下说：“你会练钩镰枪？”“小弟手使的家伙就是钩镰枪。”张显说。“这桌子上的酒真是你家的？”“没错，是我家的，好汉可以随便吃随便喝。”牛皋又问：“我不是吃白食的？”“怎么会呢，四海之内皆兄弟也，好汉就是我的亲哥，咱家的酒，咱家的肉，随便喝，随便吃，没人敢拦着。”牛皋乐呵呵的说：“你这个小白脸儿说话痛快。我今天喝了你的酒，吃了你的肉，但我不是吃白食的，这个钩镰枪是好枪，为了这杆枪我家付出了很大的代价，我和我娘差点饿死都没舍得拿它换钱、得，你请我喝酒。我就把钩镰枪送给你了。”“真的吗？哎呦。”张显喜出望外。“慢着，我的枪给你，但不是白给的，我这是名枪，是梁山好汉金枪将徐宁手使的兵器，我也是想给它找个好主。”牛皋端起碗喝酒。

彰显大喜：“这是真的呀，唉呦好东西，得来全不费功夫啊。”牛高继续喝着酒说：“但是，枪送你是有条件的，我要看你会不会使，不会使不给。”“好，那小弟就趁着酒性卖弄卖弄，给你练一套枪法，献丑了。”张显提枪起身，掖了掖衣角儿，先要了几下把围观的人吓退，腾出一块场地后，“呼呼”的耍了起来。“好。”围观的人鼓掌喝彩，好声不断。

听到喝彩声，岳飞与众员外也离席，过来观看。牛皋打着晃儿站起来说：“好，好，出神入化，眼花缭乱，高手。钩镰枪的确使得好，好。”坐下继续喝酒。

张显练完一套枪法收式，大枪往地上一戳，由下往上仔细看，那个得意劲儿就甭提了。

岳飞见张显收式，立即拍手叫好，他走过来拿起钩镰枪仔细看，连声称赞："好枪，好枪。上等镔铁打造的好枪。"

牛皋起身，把手里提着的半坛酒喝干，扔掉酒坛说："当然是好枪。酒没白喝，枪送你了，我得赶路了，还有十几里地呢。"牛皋说。

"大哥，小弟也是麒麟村的，你去那儿干嘛？"张显问。"干嘛，找人，找师父。"牛皋脚下拌蒜，又差点儿摔倒。"你师父是哪位？我带你去，麒麟村的人我都认识。"张显托着牛皋问。"我师父，我师父，说出名字吓死你。吓死你。"牛皋身体往下出溜儿，

张显把牛皋放地下说："你现在去村里也没有人，我们都都是麒麟村的，今天在这里办事，所有的人都在这。""那就好，终于找到了，净走冤枉路了，走了半年多，要是有人带路，早就到了。唉，师父，怎么没见师父啊？师父……"牛皋低头欲睡。张显蹲下，拍着他的脸问："醒醒，大哥别睡。你师傅到底是谁呀？得有名有姓啊？""我师傅，吓死你。""谁呀，还有人能吓着我？张显又拍了牛皋的脸几下。"我师父姓周，周侗，陕西的。……""大师兄，你是牛皋？"岳飞蹲下问。"躺不更名，睡也不改姓，我就姓牛……"睡着了。

"大师兄，哪来的大师兄？"张显问。"呵呵，大水冲了龙王庙。他叫牛皋，这个牛皋，是师父在陕西收的徒弟。二弟你看，你把大师兄给打了，赶紧弄盆水给他擦擦脸。他就一个人来的？"

第十一回　岳飞求岳父　牛皋补名额

　　家丁指着路边说："还有一个大婶儿，在道边地上睡着了。"

　　看着牛皋坐在地上打呼噜，岳飞告诉家丁："过去把老人家请过来。"家丁跑过去，扶着牛母过来。见儿子坐地下睡觉，牛母赶紧叫："皋儿，皋儿。瞧这孩子，又喝多了，给你们添麻烦了。""大娘，这是您儿子？"岳飞问。"是，是我儿子，叫牛皋，他可能是这几天没吃饭，空肚喝酒容易醉。""您是牛婶？"岳飞问。牛母一愣："是，你怎么知道的？"

　　岳飞撩衣跪地："拜见牛婶。小侄岳飞，是周先生的义子，这几位是我师弟。"磕头。王贵，张显，汤怀也跪下磕头："拜见牛婶儿。"

　　牛母不知所惜："快起，快起来。"激动的流出眼泪。"我义父说过，他有一个徒弟叫牛皋，所以，您儿子是我们的大师兄。"岳飞说着扶起牛皋坐在椅子上，有家丁端来一盆水，牛母给儿子擦脸，牛皋醒了。"娘，他们都是谁呀？""皋儿，这几位都是你师父的徒弟。"

　　岳飞抱拳报名说："大师兄，我是岳飞，是你师弟，这是王贵，张显，汤怀，我们都是师兄弟。"牛皋也愣了："师兄，师弟，糊涂了。你们都是周侗的徒弟？谁是我师兄？""你是大师兄，你最大，我们都是师弟。"岳飞说。

　　牛皋："你们都是我师弟？师父怎么收了这么多徒弟，也不通知牛皋一声儿。哎，师父，师父呢？我得给师父磕头啊。""大师兄，师父他去了。"张显说。"师父去了，去哪了？""就是死了，我们这不是给师父办事呢吗么。"王贵说得很直接。

　　牛皋大哭："师父呀，你怎么死了，我这不是白来了吗，我爹也白死了。你死了，也没人教我练武了，我怎么这么背呀……"

"大师兄节哀，师父的墓就在那头，你去给他老人家磕个头，烧柱香吧。""在哪儿，我磕头，我烧香，一日为师，终身为文。师弟，带师兄过去。"

岳飞搀牛皋来到师父墓前，给师父雕像跪下磕了几下，抬头看雕像，牛皋自语道："师父，您不是活着吗，他们怎么说您死了？师父，牛皋来了，牛皋拜见师父。"又磕了几个头，趴地上睡着了。岳飞蹲下叫："大师兄……"

牛母叹口气说："他这几天又饿又累，可能是太乏了。"

王员外上前："见过牛嫂。鹏举，先把你师兄送回村去吧，挨着你家隔壁那两间房，就是给他们准备的。"

岳飞介绍说："牛婶儿，这是王员外，我义父的至交。也是二我师弟王贵的父亲。"牛母见礼："见过王员外。给您添麻烦了。""自己人，不用见外，您先和孩子回村休息，等我们办完事，送走了客人才能回去。王贵，带你大师兄和牛大娘先回村儿，坐大车走。"王员外吩咐。"我也回去。"张显也要回去。"行，搀着大师兄。"王贵说。

王贵，张显，扶牛皋躺在马车上，牛母也上了车。乌骓马拴在车后。车夫扬鞭赶马。王贵，张显骑马跟在后面。回村去了。

玉员外招呼人落座："鹏举，你也忙了大半天儿了，也坐下吃点喝点儿吧。""王叔儿，我不饿。您也坐下吃几口吧。"

"管家。看看还有多少人没坐，包括下人，全坐下一块吃。""老爷，这回都是自己人了，全能坐下了。您放心吧，我张喽。"

岳飞扶王员外落座，请张汤二员外也坐。"王叔儿，张叔儿，汤叔儿，我爹的事，全凭你老几位张啰，出钱出力，岳飞给您几位长辈磕头了。"岳飞跪下磕头。

王员外搀扶："鹏举贤侄，快起来。""贤侄，虽然说你是义子，但是你对你义父尽的孝心，我们都看在眼里了。你对你爹的照顾，很多亲儿子也做不到，比不了，你是个大孝子。"张员外说。"鹏举呀，你爹走了，你们小哥几个，以后就看你了。汤叔儿有个要求，就是要你担起责任来，带着你这帮兄弟干大事，永远不分开，做好兄弟。"汤员外深情的的说。"汤叔儿，我记住了，您放心吧，我一定会的。"

回到村里，王贵，张显扶牛皋进院，开门进屋，把他放倒在炕上继续睡，牛母谢道："谢谢，谢谢二位公子，辛苦了，你们也歇歇吧。""牛婶儿，您也累了，好好歇歇，我们还要去外面跟着忙活忙活去。"张显说着，和王贵往外走。"你们忙。"

吃了一天酒席，终于散场了，岳飞，汤怀骑马，王，张，汤三员外坐着大车往回走，今天都没少喝。

事办完了，王员外很满意："张贤弟，汤贤弟，今天的事办得可以吧？"

张员外大姆指一伸说："看怎么了，真地道。有面子，有排场，来的人可不少。"

汤员外附和着说："是，由其是鹏举的老丈人，咱们的县太爷来了，给咱村儿提面儿了。"

王员外得意的说："你得说，那周大哥在武林什么身份，泰山北斗，十里八乡的练家子，能来的都来了。还有鹏举，在咱们内黄县可成了名人了。还有，张贤弟，你儿子张显，今天也风光了，那钩镰枪抡的，看得我眼都花了。"

岳飞来到车前，对几位员外说道："三位叔叔，岳飞有件事，以后还要几位叔叔帮忙。牛师兄来了，爹曾经嘱咐过，要善待牛师兄，小侄家庭条件有限，所以，接济不上的时候，还求几位叔叔帮他一把。"

张员外一挥手说：“什么大事，回头我叫人先送袋儿面过去。”

“谢谢张叔，我和大师兄挨着住，我娘和牛婶正好做个伴儿，今后您几位家里有缝缝补补的活儿，就叫我娘和牛婶做吧。”岳飞说。

王员外稍带醉意的说：“鹏举呀，远了不是，你师父，义父刚走，怎么就见外了，把心搁肚子里，跟你爹活着的时候一样，吃的，喝的，一如既往，你只管一件事，就是带着几个兄弟好好的练武，争取明年把州考一举拿下，然后去京城，就是你的功劳。”

岳飞抱拳：“谢谢王叔儿，张叔，汤叔儿。岳飞一定尽心尽力，带着兄弟们去挣个前程。”

王员外满意的说：“我爱听。鹏举呀，练武的场地，还是你爹住的那个院子，州考之前，你们小哥几个都住那儿。吃饭的问题呢，还是请个厨子，这样你们就不用分心了。也节省时间。”“王叔儿，那就不用请厨子了，现在牛婶儿也来了，加上我娘两个人，做饭的事就应她们干吧。”“依着你，就这么定了。”

吃了几天饱饭，睡足了觉，牛皋跟兄弟几个也熟了。每天在武馆，除了聊天儿还是聊天儿。师父走了十几天，大家也歇了十几天，每天光吃喝不活动，筋都抽抽了。

岳飞已经从悲痛中恢复过来了，他知道不能老这么呆着，再呆下去武功就荒废了。必须要振作起来。他把只弟们叫到一起说：“王贵，张显，汤怀，从今天开始练功。大师兄，我跟你说点儿事。”

王贵懒洋洋的说：“什么事呀，神神密密的。唉，师父这一走，什么都不想练了，没劲。”几个人拿器械开始活动。

“大师兄，义父临走的时候，想到的就是你，你拜了师却没有跟师父学艺，义父很是自责。义父说，师兄喜欢双锏，正好早年他老人家独创了一套锏法，只是时间长了，把招式给忘了。师父临走那天，他又突然想起来了，说要先传给我，省得以后再忘了。如果我先学会了，他老人家就放心了。那天，义父教了我一上午，我学了天地阳锏的前三十六式，叫天罡锏。下午准备学七十二式地煞锏，没想到，中午义父就去世了。所以没学全。不知师兄以前练的什么锏法，可以与天罡三十六式结合着练，因为天罡三十六路重在防守，地煞七十二式侧重进攻，光练天罡三十六式，恐怕攻守不平衡。"

"我以前没练过双锏，只是崇拜随唐好汉秦琼，所以喜欢双锏。"

"秦家锏我也会，只是义父说，双锏自秦琼以后，很多人练，如果大家都熟悉了，也就算不上是上乘武功了。当然师兄若确实喜欢双锏，小弟可以代师父把天罡三十六式传授给师兄，以后还可以学一些别的锏法。"岳飞说。

牛皋满不在乎的说："三十六就三十六，师父创造的东西准没错，我先学着，没准儿好使呢。"

岳飞也认同："是，经过这些日子揣摸，我觉着这三十六路天罡锏，有很多绝妙之处，它的主要特点是防，可以做到了淋漓尽致，滴水不漏。师兄练肯定有益处，只是以击杀为主的技法在七十二式地煞里，可惜了。"

牛皋想了想说："没什么可惜不可惜的，这就是天意。就这么着吧，我先练着，而且你也别管我叫师兄了，让人听着肯定问，这是怎么回事呀，这么着，还是论岁数吧，这样我跟你学武也心甘情愿。"

岳飞摆手说："这样不好吧，毕竟你是先入门的，总该有先来后到的吧，这也是规矩。""你是师父的儿子，可以不论进门早晚排，论岁数你大，以后我们就兄弟相称，你当老大，往后都按岁数。"

岳飞点头说："你没来的时候，师父让我们几个结拜为兄弟了，所以我们都是兄弟相称，要不然我们哥几个再拜一回？"

牛皋高兴的说："那好，我正是这个意思。"

岳飞痛快的说："行，这样的话，你还真是排行第二，王贵老三了。王贵，张显，汤怀，你们过来。今天，咱哥几个到齐了，再拜一回，现在就拜，摆香案。"

八仙桌当香案，上面放个香炉，每人手里拿着三根香，点着了插在香炉里，互相一磕头，结拜就算完了。

岳飞是大哥，牛皋是二哥，王贵三哥，张显四哥，汤怀是五弟。

几个人从地上爬起来，牛皋高兴手舞足蹈。非常兴奋："岳大哥，从今以后，你就是我大哥了，永远是。三弟，四弟，五弟，我们永远是兄弟。"

王贵一摊手说："二哥，你这一来，王贵老二变老三了。以后再来几个，还不知道变老几呢。""是，我也降了。"张显说。"哈……我无所谓，反正也是最小，不怕降。"汤怀也说。

牛皋一拱手说："得，对不住了，二哥这一来，让你们都往后排了，不好意思。兄弟们，今天喝酒，二哥请，二哥有坛杏花村。""肯定要喝，就算给二哥接风。"王贵高兴的说。

岳飞指着几个小弟："你们呀，成天就知道喝。把喝酒的劲头放在习武上，武状元都能拿了。"

王贵无奈的说："没办法，我怎么练，也超不过大哥去，状元只有一个.，大哥拿，我得个榜眼探花的就行了。顶不济的，也能得个进士吧。啊，哈……"

岳飞认真的说："你就是整天说嘴，回头我去告诉王叔儿，让他老人家管你。""别介呀，我爹这几天身体不好，师父这一走，他老人家脾气也变了，我都不敢回家了。"王贵装得很可怜。

也是，义父一去世，大人们心里都不是滋味儿，唯恐孩子们没人管，将来耽误了前程。所以说担子就落在了岳飞身上，为了师父，为了长辈，也为兄弟们的将来，一定要担起责任来，要抓紧时间练武。目标，一定是东京。"

蛐蛐鸣，蝈蝈叫，树上蝉声噪。柳条弯弯，杯中起酒泡，秋天到。人在途中，却走不完漫漫长道。应珍惜，时光流逝找不到，需努力，前程与美酒都要。

天黑了，月亮摸到了柳梢，兄弟们推杯换盏，好不痛快。岳飞乘着酒兴，手持两根木棍给大家演示了三十六路天罡铜法。

深夜了，小兄弟们已经东倒西歪了，岳飞一个一个的把他们扶进屋。而牛皋却非常兴奋，不想睡觉，按照刚才大哥比划的招式，开始练习，练到狠时，树叶都打落了。

岳飞很理解牛皋现在的心情，所以没有回屋，站在一边陪着牛皋练武。

牛皋从小生长在山坡里，没有小伙伴一起玩耍，天黑以后练武成了习惯。他练武属门里出身，自身又不惜力，虽悟性差，但底子打得好。父亲去世，由其是自己受伤以后，使他对人的生死有了一定的认知，他认为，两个人打仗，只要不让你打死我，我就能打死你。所以，三十六路天罡铜还真对他的路，在接下来一年的时间里，他每天都不走神儿的反复练习，这半套裥法竟让他练的风雨不透，那叫一个精熟。

冬天过了，夏天也过了，离省考的时间越来越近了，岳飞对师弟们管得也更严了。这几天小兄弟们好象变得自觉了，不用多费话，起来就练，除了吃饭，天黑了也要加点了。

　　秋天的太阳比夏天还毒，加上空气干噪，却实够受的。岳飞收式，放下蛇矛花枪对大家道："兄弟们，歇歇吧，今天练得够猛的，再不歇就晕了。"

　　王贵放下大刀说："真是快晕了。师父不在了，岳大哥比师父还狠。这一夏天，至少掉下去十斤肉。这倒好，人轻了，马乐了。"

　　牛皋傻笑着说："牛皋倒不知道累，就是觉得练的有些不那么顺畅了，这些日子反而没有长劲。""二弟，不能着急，你这是练得过猛，进入疲劳期了。稍微缓缓，歇过劲儿来就好了。据愚兄观察，你这三十六路天罡铜，已经很娴熟了，就是王贵的大刀，也不见得能伤的了你。练的时候用点儿心，还有提升空间。"岳飞说。"是，这几天倒是悟出点儿门道儿来了。"牛皋琢磨着说。

　　岳飞也分析："义父临走时教了三十六路天罡铜，没来得及教七十二路地煞铜，也可能是天意。"

　　王贵放下大刀："千招会，不如一招鲜，防守好，谁也伤不着你。咱们不是老说前程吗，什么是前程？前程就是活着，别让人打死，所以，活着才有前程。""有道理。"牛皋点头。

　　岳飞自叹说："义父的三十六路天罡铜，我也练了一段时间，就是练不出二弟这样的效果来。真是怪了。"

　　"岳公子，几位小爷，都在啊？"里正走了进来。"见过里正。"岳飞一抱拳见礼。

　　里正把一纸通知交给岳飞说："岳公子，昨天相州府衙门行文到县，叫你们四位武生到州里报到，这次是相州节度使刘光世大人亲监考，公子们收拾收拾，抓紧时间去，赶早不赶晚，早完早踏实。""谢谢里正。"里正摆摆手，笑着走了。

　　王贵坐在椅子上说："终于该着了，真难熬阿。"

张显也道："是，练着比考着累。大哥，咱们四个去州里参考，那二哥怎么办？这一耽误就是三年啊。"

牛皋满不在乎："我没事，你们去，我下次考。"

"干嘛下次？有句话说得好，朝里有人好做官。咱亲家爹是县太爷，多一个少一个，还不是一句话的事。"王贵说得有理。

岳飞笑道："我也琢磨过这个事。不能把二弟拉下，这样，咱五个一块去，先去县里，找我岳父，求他帮忙补个缺，应该问题不大。""就是，有后门儿干嘛不走。"汤怀直着说。"这么说我也能去？"牛皋问。

岳飞点头说："考不考你都去，重在参与。出去见见世面总是好的。我们明天去县里见岳父，就说去告别，探探他老人家的口气。""那我就赶紧回家准备东西去了。"王贵说完，小兄弟们各自回去了。

一大早儿，众兄弟在武馆聚齐准备出发，王员外等前来送行，千叮咛万嘱咐，八十六个不放心。可不是，儿行千里父母担忧，不是谁的孩子谁不愁。王贵，张显，汤怀都是富家子弟，自然穿得与众不同，十足的武生打扮，不是大侠也是小侠那种，令人羡慕。

岳飞枪尖向前一指发令："开拔。"策马蹿了出去，众兄弟告别家长，拍马出村，村路上扬起一溜尘埃。

众小爷来到内黄县衙门门前下马，将马拴在马桩上。岳飞抱拳对看门的衙役说："劳烦通报一声，麒麟村武生前来辞行。"

衙役认识岳飞，赶忙说道："是姑爷，您稍等，小人马上通报。"衙役跑进去，片刻又跑出来："姑爷，老爷请您进去。"

岳飞率兄弟进了县衙，见到李春，岳飞磕头："小婿拜见岳丈大人。"牛皋等也磕头："小侄拜见亲（庆）爹。"

李春大喜道："平身平身。"

牛皋上前一步说："大老爷，岳大哥管您叫岳丈，我是兄弟，是不是也应该叫您岳丈啊？"

王贵拦道："嗨，二哥，叫岳丈也轮不上你呀？亲爹要是还有女儿，怎么说也该先招我王贵呀。这叫先来后到，是吧亲爹？"

李春也笑了："今天你们是要去相州府啊？这位贤侄是……"指牛皋？

岳飞赶忙介绍说："这是义父的大徒弟，姓牛名皋，是我们的大师兄。现在我们已经结义为兄弟了。所以他是小婿的二弟。小婿昨天接到相州府的通知，去参加今年的省考，过来向您告辞。牛二弟没参加初试，没有他的名，这次是带他去走走，见见世面。"

李春"呦"了一声说："是这样。不过今年不上，又要等三年，这可难办了。朝廷律制，不能枉法呀。""是，岳父不用为难，牛兄弟下科再考也就是了。"岳飞说。

李春思考后说："这样吧，我写封信，汤阴县的县主与岳父是故交，他与相州府刘总兵是好友，请他帮个忙，补个名上去，应该不是难事。你等会儿。"

李春来到书案前，写了一封信交与岳飞："汤阴县主叫徐仁，为人正直，他要给办，就有十成把握。"

岳飞接过书信说："谢谢岳丈大人。小婿等告辞了。"

李春点头说："去吧，路上别贪玩儿。""小婿记住了。"

出了县衙，五兄弟上马加鞭，你追我赶的跑了一阵后，坐在树下休息片刻，又起身上马。一路上，众小爷时而聊天儿，时而嬉闹，时而开怀畅饮，时而又你追我逐，停停走走，跑跑颠颠……不一日，进了汤阴县城。

在县城内沿街而走、见一家客栈，大家下马。店内走出一个中年男子道："各位小爷，小人叫江振子，您几位是来参加州考的武生吧？本店这几日是专门接待各县参考的武生的。本店条件好，设备好，营养配餐，吃好喝好能洗澡，本店还有马厩，草料也是上好的。"

"此地离县衙有多远？"岳飞问。"近，本店是离县衙最近的客栈，您看，前边向左一拐，走上三四百步就是县衙，近的很。"举柜的说。

岳飞点头说："很好，就住这儿吧。我姓岳名飞，这几位都是我兄弟，找一间大房，我们一起住。床铺要分开的。"

江老板满应满许："行，没问题，您请里边坐，马匹交给伙计。"有伙计接过马缰。

几位小爷进店。江振子引路，上楼梯左转，来到一间房前，掀开门帘，把几位小爷让进屋。"小爷们请看，屋子够大，床也有富余，可以放行李，屋内桌椅齐全，几位吃饭，喝酒不用出屋，吃什么喝什么喊一嗓子，就都送让来。对了小爷，说话晌午了，几位想吃点儿什么？""有酒有肉就行。"牛皋说。""炒几个青菜，两壶酒。"岳飞说。"好的，您稍候。马上就到。"江老板出去了。

张显把行李扔在一个空床上说："我看这个汤阴县挺不错的呀。""可不是，听说汤阴的徐县令抓经济有一手儿。"汤怀说。

伙计将酒菜端进屋，放社桌上说："客官，酒菜来了，您先吃着喝着，需要加什么您就喊一声。"说完就出去了。小爷们坐下开始喝酒。

岳飞嘱咐兄弟们说："二弟三弟，酒可以喝，但是要少喝，吃完饭还要去县衙办事。要是喝得醉醺醺约，非出乱子不可。事就别办了。"

牛皋乐呵着说："大哥也大小心了。能出什么乱子，又不是去打架。"

岳飞一本正经的说："说的就是你和王贵，你们俩平时说话就不贴谱，今天去县里，就是为你的名额的事，你要是喝多了，让徐大人不待见，能办都不给你办。"

牛皋点头称是："那好吧，我不喝就是了，别招县主爷不待见，办完事回来再喝，不就早一会儿晚一会吗。"

吃完饭，小爷们各自捡张床铺坐下，岳飞一边整理床铺一边说："都别歇着了，把东西放好，该去县衙了。"

兄弟们起身出屋，关门下楼，连跑带颠儿的出了店门，来到街上看街景，看摊儿货，有说有笑。不一会儿，来到县衙门前。岳飞上前与衙役打招呼："大哥，内黄县武生岳飞求见徐大老爷，有内黄县李大老爷手书一封，要当面投递。请烦通报一声。"

"列位稍等。"衙役跑着进去，跑着出来说："徐大人有请几位公子。"

岳飞率兄弟进了衙门，来到大厅跪下："内黄县武生岳飞等拜见大老爷。"

徐县令端坐公案内，抬手说："各位起来说话，"

"谢大老爷。学生岳飞，带来内黄县李大人手书一封，请大老爷过目。"岳飞将书信呈上。退后立在一旁。徐仁拆信看信问："谁是牛皋？

牛皋上前一步说："小人是牛皋。"

徐仁看了一眼说："他们在内黄县参加了乡试，你没参加，所以没有名册。这样吧，本县就把你记在汤阴吧。你就算是汤阴县的考生，这件事本县去和主考刘总兵沟通一下，通融通融，刘总兵爱惜人才，只要你有本事，一切都不叫事。"

岳飞忙跪拜说："谢徐大老爷。"兄弟们也跪下："谢徐大老爷，"

徐仁欠身说："贤契们请起，"岳飞站起来说："谢恩师。"

徐仁看着李春的书信问："岳公子，你祖上是汤阴人？"

岳飞回道："启禀恩师，学生祖上是汤阴县孝弟里永和乡人氏，只因出生时黄河发大水，父亲被水冲走，是母亲抱着学生坐在木盆里，被水冲到内黄县麒麟村，有好心人王员外，张员外，汤员外，和众乡亲资助，吃着百家饭长大，后被恩师周侗老大人收为义子，传授武艺，才有今天。"

徐仁指着王贵问："你们几个，也是周大师的徒弟？""是"王贵答

徐县主鼓掌道："太好了。各位贤契，明天上午，你们先去总兵衙门，我这里处理完公文，就去与你们会合。""是，学生告退。"岳飞等退出县衙。

小爷们开心的在街上有说有笑的走着，岳飞得意的说："瞧瞧，大哥这件事办得怎么样，痛快吧？徐大人讲话，一句话的事，二弟，踏实了吧？"

牛皋很兴奋："是，踏实了。谢谢大哥。谢谢咱岳父。"

岳飞一揪牛皋耳朵："岳父是你叫的？找抽呐？"牛皋傻笑："叫错了，大哥，事办完了，酒能喝了吧？"

岳飞大笑：："回去喝……"撒腿就往回跑。

第十二回　刘总兵拨款 岳公子完婚

　　吃完了早餐，岳飞与兄弟们出了客栈，牵着马步行，来到相州总兵府衙门门前，岳飞过去向卫兵抱拳施礼："烦军爷，我等是内黄县的武生，前来武考，请您帮着通报一声。"话音刚落，旁边走过来一个军官，是相州府的洪中军，洪中军问："你们是州考的武生？""是，内黄县的考生，麻烦军爷您给通报一下。"岳飞说。"惯例带了吗？"洪中军问。"什么叫惯例？"岳飞不懂，反问了一句。

　　"噢，今天这拨儿考完了，总兵大人已经休息了，等下拨吧。"洪中军说。"下拨什么时候？""三天以后。回去吧。"洪中军挥挥手说。"哎哟，三天呐，点儿够背的。"王贵说。

　　没办法，错过这拨了。五兄弟只得往回走，正好，与汤阴县徐大人的官轿走个碰头。徐大人在轿子里探身问："贤契，见到刘大人了吗？"

　　岳飞摇头说："没见着，有个军官说这拨考完了，刘总兵已经休息了，让三天以后再来。"

　　徐仁大怒："胡说，怎么回事？"

　　岳飞实话实说："我们到了总兵府衙，让军士帮忙传报，这时从旁边过来一个军官，问学生带没带常例，学生问什么叫常例？军官就说今天考过了，刘总兵休息了。学生问他下拨什么时候考，他说三天以后。学生就回来了。"

　　徐仁一拍轿子说："这个混蛋，分明是索贿不成，故意刁难。三天以后州考就结束了，再考就得等三年，贤契，跟着本县。"

　　轿子来到总兵府衙门，徐大人命令轿夫："抬进去。"官轿进了衙门落轿，岳飞兄弟跟着进了总兵府。徐大人下轿后大呼小叫："刘总兵，刘节度使，刘大人。"

　　刘总兵从案头站起来.见是徐县主到了，忙打招呼："原来是父母官儿徐大人，没有通报就敢闯总兵府？得，强龙不惹地头蛇。"

　　徐仁讽刺说："刘节度的门坎高，不闯怎么进得来。"刘总兵诧异的问："哟，谁敢拦呀？""今有内黄县武生前来试考，只因为不懂什么叫常例，就被拒之门外，让三天以后再来，三天以后，不就是三年以后吗？岂有此理。"徐仁气愤的说。"有这事，谁当值？"刘总兵也怒了。

　　洪中军跑进禀报："大人，是属下当值。这几个武生，属下已经看过了，武艺实在一般，故此让他们回去再练，等下科再来。"

　　岳飞上前一步说："大老爷，晚生因不曾打赏这位军爷常例，故而不让进门，还骗我们说这拨考完了，大人休息了，让三天以后再来。"

　　徐仁坐下端起茶杯说："刘总兵，想这些举子，哪一个不是自幼寒暑不分，没日没夜的勤习苦练，终于盼到科考之日，实指望科举夺魁，光宗耀祖，成为国家有用之材。现实中，这些吃官粮，拿俸禄的，却因一点惯例，将举子挡在门外，这些鼠辈，死不足惜。"

　　洪中军辩道："大人，这几个人武艺确实很一般，若不信，属下可以与他们比试比试。""也行。内黄县的武生，谁敢与中军过过招？"刘总兵问。

　　岳飞抱拳报说："内黄县武生岳飞，愿与这位官爷切磋技艺。学生自幼习武，早晚都要用，今天就试试身手儿。验证一下所学。也好自知深浅。"

　　刘总兵拍手说："好，就在演武厅上比。你若赢不了中军，也就没有必要去京城会试了。"

来到演武厅上。洪中军手持托天叉，岳飞托定沥泉枪，分两边站定，洪中军挥叉上来分心就刺，岳飞沥泉枪拨打接招，几个照面，岳飞飞起一脚，将洪中军踹出一丈多远，他扔叉摔倒在地，手捂胸口做痛苦状……瞬间胜负已分。

刘总兵怒骂洪中军："你个狗材，就这两下子，也配在总兵衙门做中军。左右，与我乱棍打出营去。"两边军士应声上前，用军棍乱打洪中军，洪中军抱头嚎叫，被打跑了。

刘总兵转而对岳飞说："好武艺！好武艺，贤契武艺超群，定有名师？""学生岳飞，这几位是学生的师兄弟，我们的师父是陕西周侗。"

刘总兵大喜道："名师出高徒，周大师可是文韬武略，天下皆知。贤契必定是国之栋梁啊。"

徐仁站起来说："周大师为国育才，居功至伟，可歌可泣呀。"

刘总兵回到坐位上："岳飞，你报名是在内黄县，祖籍却是汤阴县，怎么回事？""大人，草民出生在汤阴，出生三天时，黄河发大水，父亲溺水身亡，草民与母亲坐在木盆里，被水冲到内黄，所以在内黄县长大，报名也自然是内黄县了。"岳飞说。

刘总兵转过身对徐仁说："徐大人，帮着查一下岳飞家的祖屋房产，本总兵出资，为其翻盖房舍，迁回汤阴吧。""谢大人，下官也有此意，既然刘大人出资，小县照办就是了。"徐仁乐着说。

刘总兵笑道："你有此意为何不先说，你个油条。岳飞，带你的兄弟去校场，每人射几箭。填个成绩单，就可以回去了。回去以后，捡个日子迁回老宅吧。"

岳飞跪下磕头："谢大人，谢恩师。"牛皋等也磕头："谢大人，谢恩师。"岳飞与兄弟们出了总兵衙门。

"驾……"五匹马在官道上狂奔，五弟兄各个眉开眼笑。通过省考，就等于上了去京城的直通车。有了东京会试的入场券，还有谁会说所付出辛苦不值呢，真是太值了。

吃水不忘挖井人，没有义父恩师，就没有兄弟们的今天。好消息要告诉的第一个人就是师父。

来到墓地，五位小爷给师父雕像磕头。岳飞泪流满面深情的说："义父，孩儿和兄弟们完成了省考，可以去东京参加会试了，孩儿们永远记住您的大恩大德，给您老人家争光。"

小爷们给师父上香烧纸。牛皋举酒壶，向师父雕像上手握的酒杯里倒酒，酒满溢出，牛皋忙张嘴去接洒出的酒。"师父，沾您点儿仙气儿"。

祭奠完师父，众小爷打马回村，在村口处岳飞勒马对大家说："兄弟们，先各回个家，晚上在王贵家聚齐儿。"

牛皋举手问："哦，在王贵家？大哥，是吃饭前，还是吃饭后啊？要是有酒喝，我就不在家吃了。"

王贵得意的说："二哥，当然是饭前了。今天是哥几个大喜的日子，不庆祝庆祝怎么行。我宣布，肉随便吃，酒随便喝。"

牛皋乐道："够意思，那我就不在家吃饭了，也不喝洒了，去你家给你长长脸。今天要喝个够，来个不醉不归。"

王贵笑着率先打马进村。兄弟们各回个家。

兄弟们都回家去了，想都想得到，几位员外爷，还有牛婶估计嘴都乐歪了。此时岳飞很是欣慰，这一年太辛苦了，武馆吃武馆睡，督着兄弟们每天练武，尽心尽责，终于把他们带到了省里，又可以剑指东京了。由其是牛皋的名册间题解决了，去了他的一块心病。这一年呀，不说十全十美吧，应该可以心安里得了。

进了院，将白龙马拴在棚子下面，去缸里舀了一桶水饮马，又抱一抱草料放进马槽。见马开始吃草，岳飞用手摸了摸马的脸，对它表示感谢。他来到屋门前，轻轻的推开门，掂脚进屋，把蛇矛枪立在墙角，然后来到西侧母亲的房门前，轻撩帘儿往里看，见母亲正盘坐在炕头上做着针线。母亲的脸上永远都是那么的慈祥，那么的认真，那么的满足，和发自内心的微笑。

"娘，我回来了。"岳飞轻声说。

"飞儿，怎么跟做贼似的，一点响声儿都没有。"母亲平静的说。

"以为您睡觉呢，怕吵着您。您又做活呢？"岳飞说。"不做点活儿哪行啊，总得有点事干。这次去州考过了吗？"母亲问。

岳飞坐在炕沿上说："过了。娘，这次去相州，多亏了汤阴县徐大人帮忙，给牛兄弟上了名册，我们都可以去京城参加会试了。而且，汤阴县徐大人还查到了咱家的祖屋宅基，相州节度使大人，答应拨银两给重建房屋，盖好后让咱家搬回汤阴祖宅。"

岳母显然有些激动了："飞儿，打你一出生，咱家就遭了大难，顺水漂流来到这里，在这里，我们遇到了很多的好人。王员外，张员外，汤员外，你义父，岳丈，还有一帮侠肝义胆的小兄弟。所以飞儿，你要永远记住，以后无论你走到哪儿，能不能出人头第，都不要忘记他们，他们都是我们家的恩人，贵人。吃水不忘挖井人，要懂得感恩呀！"

岳飞深有感触："是娘，还有徐大人，刘总兵，都是咱家的贵人。""飞儿，咱家回迁的事，要跟你岳父和王叔儿他们打招呼，不能抬屁股就走，不能让人指脊梁骨。""娘放心，孩儿不是白眼儿狼。会跟王叔儿他们解释清楚的。"

"娘，这次多亏了岳大哥的老丈人，他托了汤阴县的徐大人，给孩儿报上了名册，孩儿可以去京城参加会考了。说不定还能中状元呢。"牛皋坐在炕头上跟娘说。

牛母笑指儿子："你呀，做梦吧，愿望是美好的，状元就一个，怎么也应该是你岳大哥的，还能轮到你呀？儿呀，你要跟着人家岳飞好好干，娘就放心了。""是，娘，岳大哥家要搬迁了。"牛皋告诉母亲。"搬迁，往哪搬？"娘问。

牛皋告诉母亲："汤阴县令要岳大哥家搬回汤阴祖宅，房子也给翻盖了。您说，咱娘俩是不是也搬到汤阴去呀？""搬，必须搬，岳飞去哪儿，咱家就去哪儿。经过娘这些日子的观察，娘发现了，你岳大哥还真不是凡人，他命中有贵人扶持，跟着他不会错。"牛母肯定的说。"那好，咱家也去汤阴。"

傍晚，几位小爷在王贵家聚齐儿，院子里摆桌，庆祝顺利晋级。免不了的就是喝酒吃肉，一阵狂撮暴饮之后，就开始煽侃。

王员外与张，汤二位员也聚在一起，桌子摆在屋里，除了吃喝外，也要痛快痛快嘴，在几位员外看来，自己的儿子金榜题名，肯定是板上钉钉的事。当然，岳飞回迁汤阴也是必须要讨论的话题。

岳飞在院里与小兄弟们干了几杯后，起身来到屋里，坐下后说："王叔儿，张叔儿，汤叔儿，小侄回迁当阴，是刘总兵安排的，能够回归租藉，对小侄来说也是好事。所以等那边房子盖得了，小侄就搬回老家了。"

王员外喝了一口酒说："鹏举，你们小哥儿几个，是一师之徒，又是把兄弟，绝对不能分开，但是你搬回老家，的确是大好事，王叔儿打心眼儿里替你高兴。这样吧，我让王贵跟你去汤阴，我去给他盖房。"

张员外站起来："不用，依我看，咱老哥几个也搬过去。大家还是在一起住，岂不是更好。"

汤员外附和道："这样好，我也去。咱们活着，不就是为了孩子吗。只是要去汤阴，需要有地盖房，这个事可不是轻而易举就能办到的。"

岳飞："既然三位长辈同去汤阴，小辈就去找找徐大人，我想徐大人肯定是支持的。您想啊，您几位都是富裕的大户，财力雄厚，到哪儿都能带动地方经济。那汤阴突然来了几个财主，谁当县令谁不高兴啊？况且，我这几个兄弟已经过了省考，京城会试已是板上钉钉的了，如果落了汤阴户籍，徐大人还不乐得背过气儿去。只是我岳父肯定不高兴了，内黄县的人才流失了，他老人家要说小侄吃里扒外了。"

"哈……"员外们大笑。

王员外也认同："有道理，鹏举，你操持吧，这件事要快。"

"您放心吧，明天我就去和我岳父打招呼，然后去汤阴找徐大人。"

"好的鹏举，听你的信儿了。"王员外高兴的说。

岳飞来内黄县县衙内，见岳父跪拜行礼。家人上茶。李春关心的问："鹏举，此番相州武考还顺利吗？""顺利。有徐大人帮忙，我二弟的名册也补上了。也都过了。就等着上京城会考了。"

李春点头说："嗯，不错。""岳父，这次在相州，得到了相州节度使刘光世大人的垂爱，已着汤阴县查阅了小婿的祖籍房产，并拨款翻盖房屋，要小婿迁回汤阴，今天小婿特来告知岳父，过几日小婿就要回迁了。"

　　"刘总兵惜才。鹏举，你现在是抢手货，既然你要回迁，以后来往就不方便了，这样吧，明天给你完婚，你回去准备一下，明天我亲自把女儿送到麒麟村去，成亲后，你们就一起走吧。"李春说。

　　岳飞不好意思的说："岳父，小婿家中一点儿准备都没有，也没下聘礼，大仓促了，对不起小姐。""'财礼不财礼的不重要，就新事新办吧。成亲之后，将来京城会考，你娘在家，也好有人照应。现在住得还近，若你搬走了，路就太远了，来回要好几天，所以赶早不赶晚。你现在赶紧回去，跟你娘说一声。"李春催促着说。岳飞起身告辞："是岳父，小婿告退了。"

　　岳飞飞马回到麒麟村，来到王员外家，见几位员外都在："王叔儿，张叔汤叔儿。我回来了。"

　　王员外忙招呼："鹏举，坐。上茶。怎么这么快就回来了？跟你岳父打招呼了？""嗯，招呼倒是打了，可是又有变化了。""什么变化？"王员外问。

　　岳飞喝口水说："见了岳父，我把搬迁的事说了，岳父说是好事，只是说搬家以后，汤阴和内黄县相距太远，来往就不方便了，说让我办完婚事以后再搬，明天就办，而且岳父要亲自来送亲。可小侄这儿一点儿准备都没有，拿什么办呢？人家姑娘可是县太爷的大小姐，太凑合了说不过去呀。"

　　王员外一拍大腿："鹏举，大好事呀，这有什么为难的。好办，你甭管了，包王叔儿身上。房子咱有现成的，布置布置当新房。床上用品屋内摆设，按风俗是女方家带，咱们这儿主要是办事，只要热闹，酒席丰盛就体面。管家，赶紧布置，院里院外张灯结彩，贴红挂绿，把过年用的都挂出来，从这个客厅，一直到院子大门口，都铺上红毯，点亮红烛，杀他几头猪，搬出陈年酒，这事还不是说办就办。张兄弟，汤兄弟，今晚就在这个院子里，闹个通宵。把家里人都叫过来，摆桌开席。"张员外兴奋的说："就这么着。但有一样儿，酒喝我的，陈年老酒，畅开了喝。""活鸡，活鱼，我包了。"汤员外也不甘落后。

王，张，汤三位员外，在内黄县算得上是富甲一方的土豪，一年到头的总想找些由头弄出点动静来，可是这年头儿，除了娶媳妇生孩子，还能有什么大事，正好，借着岳飞的喜事，又可以热闹热闹了，而且，岳飞娶得还是县太爷的女儿，县太爷还要亲自送亲，多大的面子。遗憾的是张，汤二员外反应有点慢，让王员的抢了先了。在他家办事摆席，那县太爷的千金不就得往他家送吗，关钱是县太爷亲自来，进他家的门，在他家喝酒，这得多风光啊。

王家院子里摆了八张桌子，从昨天下午开席，一直到今天早上，这人就没断过。今天上午更得和了，你看这王家门口儿，人头攒动，鼓乐齐鸣，鞭炮声噼里啪啦的就没断过。张，汤二员外在本县也排得上前三甲了，可是有鞭炮还得上王家门口来放，有好酒还得拿到王家院子里来喝。有活鸡活鱼都得交给王员外请来的厨子。得，让王哥占便宜了，但张员外，汤员外心里还是乐的。

洞房花烛，乃人生一大快事。岳飞身上披红挂彩，骑白龙马站在村口，有牛皋，王贵，张显，汤怀，簇拥两旁，牛皋手搭凉棚，往远处瞧。

喇叭笙响，送亲的队伍出现在视野中中，一顶鲜红的大轿格外显眼，吹鼓手走在队伍前面，李春骑马跟在后面，来到村口，岳飞上前迎亲，然后掉转马头，来到王家大门前下马。李春亦下马。王员外等上前欲拜，被李春扶住，大家大笑。众人拥向花轿，王贵伸手撩起轿帘说："先睹为快，听说嫂子特漂亮。"岳飞搪住王贵的手说："去一边去，我还没见过长什么样呢，哪能先让你看呀。"

丫环掀起轿帘，扶小姐下轿，帮小姐整理一下盖头，把一根红绳的一头让小姐抓住，另一头交到岳飞手里，岳飞拉着小如走进院子。

进到院内，李春对岳飞说："鹏举，闺女交给你了，婚礼开始吧。"

司仪挥手示意："大家安静了，大家安静。麒麟村岳飞，与李大小姐婚礼现在开始。新郎，新娘一拜天地。"岳飞与李小姐朝前磕头。

司仪又喊："二拜高堂。"岳飞与李小姐给岳母磕头。

司仪再喊："夫妻对拜。"岳飞与李小姐互拜，这时，站在岳飞身后的王贵被汤怀一推，王贵顺势前扑。趴在岳飞身上，岳飞和李小姐来个头蹦头。王贵大呼："谁呀，这么坏，推我干嘛？看看，正是磕头的时候，磕脑袋了。岳大哥没事吧？嫂子呢？得，还得从磕，没事，多磕一个以后日子过得更瓷实。"来宾们大笑。王贵也笑着往后退。

司仪重新喊："夫妻对拜。送入洞房。"

对拜以后，丫环扶小姐起来，岳飞也站起来，用红绳牵着李小姐欲进洞房。

背后王贵又犯坏："张显伴郎，送入洞房。"

张显赶忙上前，抓住岳飞胳膊往新房走去。这时，听见王贵又喊："张显伴郎，跟入洞房。"

张显放开岳飞，回过身来指着王贵笑着说："跟入洞房，我可不敢。再把我踹出来。"

"好，新郎新娘，已经上床。倒酒开席，有鸡（吉）有鱼（余），大枣栗子，花生一堆。"

李春与三位员外坐在一桌，互相道喜。他今天是来送亲的，按规矩姑娘出嫁，父母是不能送亲的，婚礼中二拜高堂指的是拜男方的父母，所以李春作为送亲的坐在来宾席上。

　　牛皋，汤怀，王贵，张显兄弟们一桌，生下后互相倒酒。宾客们开始大吃大喝，猜拳行令，好不热闹。

　　岳飞牵李小姐进入洞房后，丫环出去在把门关上。

　　岳飞将李小姐抱起放在床上，对小姐说："李小姐，送入洞房了，我是不是可以出去了？我去招呼客人。"

　　"站住。"李小姐问："干嘛去？把我一个人撂屋里，你去喝酒？我连东西南北都不知道。"李小姐说。也是，和媳妇进了洞房，第一件事就应该揭盖头。不知道岳飞是不懂啊还是装不懂。

　　岳飞笑着说："小姐脑袋上盖块布，可不是什么都看不到，你把它摘了，不就看到了。""傻呀你，不知道这是干嘛的呀？"李小姐说。

　　岳飞转个圈说："岳飞第一次结婚，以前也没参加过婚礼，我哪知道这是怎么回事。""这叫盖头，结婚时女孩子盖脸的，入洞房前必须戴的。"李小姐告诉他。

　　岳飞抖看手："你说说，盖个盖头，我就什么都看不见了，也不知道你长什么样？""笨，你入洞房以后第一件事，就是揭你媳妇的盖头。不懂啊？"李小姐指着岳飞说。"我哪知道啊，也没人告诉我。"

　　李小姐有些火了："接盖头啊，你倒是接呀？""可是我不敢呀。""这就是你的活儿。"李小姐怒道。

　　岳飞自言自语说："我揭。我的活儿。那要是揭下来，不就是看见你了吗。我害怕。""我是你媳妇，人都是你的了，你怕什么。要说怕，我才害怕呢"岳飞觉得奇怪："你怕什么？"

　　"我怕你长得太难看，长得丑，五短身材，大胖子。瘦竿狼……"李小姐说。"我也想知道小姐长什么样，是丑啊，是俊呀，这个盖头真的我能揭？"岳飞犹豫着说。

　　李小姐叹道："哎呦，算了吧，哪儿那么磨叽，你看吧。"一把拉下盖头。

　　岳飞惊呆了，小姐真的很漂亮，柳眉，杏眼，朱唇一点……

　　李小姐往床头上一靠，跷起二郎腿说："瞧你吓的那样儿，没见过美女呀？本小姐的模样比你想的如何呀？"岳飞缓过神来："小姐美若天仙，你，真的是我媳妇儿了？"

　　李小姐含羞的说："从今以后，就是你媳妇了。岳公子，你比我想象的更帅。""哈……"岳飞得意的说："是吗？我也是这么认为的。李小姐，该喝交杯酒了。"

　　李小姐飞了他一眼说："你还懂喝交杯酒？盖头都不知道揭？"岳飞小声说："昨晚上王贵告诉我的，""嗯，喝了交杯酒，你就是我的夫君，我就是你的妻子了。夫君，来。"

　　李小姐递给岳飞一杯酒，自己端起一杯，两个人四目相对，喝了交杯酒。

　　两个人还没放下酒杯，门忽然开了，王贵，张显在门口嘻道："夫君，来，喝个交杯酒吧？。"然后哈哈哈哈大笑。"你们几个……"岳飞手指着王贵。

　　李小姐镇定的坐在椅子上问："是王贵，张显，汤怀吧？你们是来给嫂子磕头的吧？"

　　岳飞顺势说："是。你们这些小光棍儿，捣蛋鬼，还不赶紧拜见你们大嫂。"

　　王贵三人扑腾跪倒："拜见大嫂。"

　　李小姐："赏。""赏，赏什么？"岳飞问。

　　李小姐从桌上拿起把扇子："你们以后，就是我兄弟了，我呢，就是你们的嫂子，俗话说，老嫂比母，当然也能管教你们了。你们扒窗偷听，擅闯洞房，当然赏，赏打。""叭叭叭。"每人脑袋打了一下，王贵等捂着脑袋跑出去了。

　　岳飞大笑赞道："不愧是县太爷的千金大小姐，这气势，这派头，还真不是装出来的。夫人，敬你一杯。"

　　李小姐放下扇子说："夫君，做大事的人，不要围着媳妇儿转，出去陪陪我娘家人，别叫我爹喝酒。我今天出嫁，爹哭了好几回呢。他老人家心里不好受。"

　　岳飞哄着说："爹是高兴，你想，老人家辛苦苦把你养大，又当爹，又当娘，现如今，终于长大嫁人了，而且是嫁给了一个风流倜傥，文武双全，高大威武，前途无量的英雄少年，能不激动吗？"

　　李小姐一撇嘴说："臭美，快去陪爹。"

第十三回　全村搬迁　兄弟杀贼

"得令。"岳飞抱拳躬身行礼

"今天喝的是喜酒，喜酒不醉人。"牛皋与王贵三兄弟推杯换盏，乍乍呼呼的喝得不亦乐乎。岳飞从洞房出来走到桌前，拿起酒壶，倒了一杯酒。端起来说道："兄弟们，今天是哥大喜的日子。这杯酒先跟兄弟们干。"王贵起身："还行。不过喜酒不能用杯，杯不好，用碗，用大碗，这叫大器碗成。"汤怀倒了一大碗酒给岳飞，岳飞笑道："大器晚成，兄弟有长劲，那就来个大器晚成，喝啦。"干了一大碗酒，放下碗说："兄弟们，哥得陪老丈人了。"

岳飞来到丈人身边坐下，端酒杯对李春说："爹，小婿敬您一杯。"扬脖喝干后，又倒上酒说："王叔儿，张叔儿，汤叔儿，小侄今天洞房花烛，打心眼儿里感谢您几位，小侄敬各位叔叔一杯。"又干了。

王员外大笑道："鹏举，别老是客气，我们能够坐在一起，那是缘分，是天意。啊，天意。"

这时，牛皋，王贵，张显，汤怀过来给李春敬酒。"亲爹大人大喜，晚辈敬您一杯。"王贵先干了。"各位贤侄，同喜同喜。干杯。"李春也干了一杯。

李春放下酒杯坐下说："哎呀，后生可畏。自古英雄出少年，看到你们这些年青人，真后悔早生了二十年。"

岳飞给李春倒满酒后说："爹，有件事，还得您老人家帮着办一下。""什么事？"李春问。

　　"孩儿回迁汤阴，几个兄弟也要去，他们都是独子，若跟小婿走，几位老人家就没人照顾了。我跟王叔儿商量过了，几位长辈也都要去汤阴，可问题来了，这三家上上下下百十口人，住房是个问题，既使盖房，也要有地方，所以爹，您能不能托托徐大人，批几块宅地。"岳飞说。

　　李春不加思索的说："噢，这事呀，你不用托我了，你完全可以自己去，真接去找徐大人，一准给你办。""哪那么简单？"岳飞不解的说。"鹏举，相信自己，你现在的面子，可比我都大啦。"李春说。"怎么可能呢？"

　　李春看着几位员外说："你们知道，当县官的最怕什么？""怕什么？"王员外问。

　　李春抹了下嘴说："怕穷。怕灾民。那你们知道县官喜欢什么？""喜欢什么？"王员外问。

　　李春笑道："就喜欢你们这些大户。你们有能力，有资金，到哪儿都是香饽饽。鹏举，你去说，你的后台就是这些乡绅，还能讲条件呢。"

　　岳飞站起来说："谢谢爹指点迷津。小婿明天就去汤阴，找徐大人。王叔儿，您几位也去。""去，去。肯定去。亲家说得对，咱的身份不是搬迁户，咱是客商，是去投资，咱有资金。"王员外高兴的说。

　　岳飞与三位员外快马来到汤阴县，至县衙门前对衙役说："烦请通报一声，内黄县岳飞求见大老爷。"

　　衙役进县衙内报："大人，有内黄县岳飞求见。""请，快请。"

　　岳飞，王，张，汤三员外进衙内施礼："拜见徐大人。"

徐仁忙打招呼："鹏举，各位请坐。鹏举，刚回去几天，这么快又转回来，是不是看房子？房子已经施工了。估计要半个多月。"

岳飞坐下说："谢谢大人，学生回家后，把回迁的事告知了岳父和乡亲们，岳父已命学生完婚了。而这几位叔父都不愿与学生分开，所以要与学生一起搬到汤阴同住。这是乡绅王员外，张员外，汤员外，都是内黄县的大户人家。学生想，这些叔伯若来汤阴，住处肯定是个大问题，所以学生特意领着几位长辈过来考查一下。"

徐仁起身抱拳施礼："噢，失敬，失敬。几位员外来本县考查，本县荣幸之至，本县自从到任以来，一直以民生为己任，欢迎各位来本县定居。但不知各位乡绅主要经常什么项目啊？"

"大人，草民等主要是以农业为主，兼营一些土特产生意。并养殖一些猪羊。"王员外说。

徐仁一拍案子说："好，如果诸位能在本县长期居住，就可以为诸位每家批一亩宅基地。""谢大人。"三位员外说。

徐仁一亮掌说："慢，宅基地可以免费一家一亩，但我还有个条件，你们每家每户必须在本县开荒不少于一百亩地，各位可愿意？""开荒，一百亩？"王员外不解的问。

"是这样，自从十几年前的洪水以后，人员流失，土地荒废，形成了许多坑洼地，但土是好的，只需要将高处的土，移到低洼处，地就能种了。种子播种后出了苗，就算完成开荒，以长出庄稼开始算，三年不纳粮。几位乡绅以为如何？"

王员外点头："听大人的条件还是挺优惠的。但不知道地在什么地方。"

徐仁指着墙上的图说："你们看，这是永和乡地貌图。这里是岳飞的家，正在施工。噢，鹏举，在你家院子的东侧，多盖了几间房，圈了一个小院，是给你那个牛二弟的。你们两家墙挨墙，又在院墙上开了个小门，这样互成捇院，几位员外若建房，可以在岳飞家的南，西，北三个位置盖房，你们几家的房子盖完后，肯定会有以前流失的灾民重新返回，所以预留充足的宅地后，就可以往外开荒种地了。"

王员外拍手道："就这么着。我们保证多开荒，多打粮，造福一方。""若无异议，本县就与各位乡绅签文书。"徐仁高兴的说。

要搬家了，岳母和媳妇李氏这几天一直整理东西，能带的东西尽量带着，打包装箱。这种活岳飞插不上手，所以每天照旧去武馆带着兄弟们练功。

王员外家也是，所有的人都在整理物品，打包装箱。王家是大户，家丁丫环有几十口儿，人多东西多，院子里摆的箱子就有几十个。该带的不该带的，有用的没用的都要王员外过目。

管家从汤阴回来了，他手拿马鞭走进来向王员外汇报："老爷，我回来了。""那边进展如何？"王员外问。

管家报告说："岳公子家的房已经盖完，可以入住了。咱们家的房子和张员外，汤员外的房子，正房都盖完了，正在进行内装修。正房完工后，盖东西厢房，最后盖南房。估计还要半个月，但正房这几天就能入住了。"

王员外点头说："这么说，这几天就可以搬了。""是，您看，骑马都要两天，要是搬家的话，估计要走三四天。到那了也就装修完了。"管家说。

"在这里留守的人都安排好了吗？"王员外问。"安排好了。一共二十个人，主要是管理庄稼地，管理房产。人都可靠。"

王员外点头：那好，你歇着吧，我找鹏举商量一下，选个黄道吉日搬迁。"

此次搬迁，声势真是不小，从村里到村外，马车驴车排成长队。岳飞身穿战袍，持枪骑在白龙马上。牛皋，张显，王贵，汤怀，身着铠甲，手持兵刃，各个威风凛凛。岳母，岳飞夫人李氏，牛母，坐在一辆马车上。女眷，丫环坐了就有十辆大车。加上装载货物的，足有四十余辆大小车辆。几十个家丁排列车队两侧，王，张，汤三位员外骑马立候。

见一切准备就绪后，岳飞大声说道：“各位叔伯，今天我们搬家，大家要尊守秩序，不要乱跑，以防走失。由于路途遥远，路上可能不太安全，但是，无论遇到什么事，都不要慌，一切听我的指挥。王贵，你带三个庄丁，保护队伍的左侧。张显，你带三个庄丁，保护队伍的右侧。牛皋，你带十个庄丁断后。汤怀，你带两人个庄丁在前面探路。有情况即刻返回。其余男丁俱在两侧监视，任何人不许私自下车，不许私自离队。”

几位小爷带人各就个位。

岳飞发令道：“时辰到，出发。”

“叭，叭……”驭手挥鞭打马，车队开拔，出村上了官道后，车与车之间的距离拉开，显得浩浩荡荡的很是壮观。

岳母坐在车上，看着车队，看着田地里忙碌的人，看着自己的儿子，不由得一阵心酸。十六年了，用寒心如苦来形容，一点都不为过。虽然有王员外及乡亲们帮衬，但那种寄人篱下的感觉总是不舒服。现在儿子长大了，学了武艺，娶了媳妇，还有一班兄弟，今天又可以荣归故里，他爸爸在九泉之下也可以冥目了。

“李姑娘，看你家鹏举这派头，真象个大将军。”牛母对李氏说。

李氏笑着说：“牛婶儿，您老夸他，这才哪到哪儿呀。又不是真打仗，他还装得真事是的。”“这可不是装的，你看他那作派，不是谁都能学的来的。”牛母说。

岳飞骑在马上，既要瞻前，又要顾后，他深感责任重大，不敢有丝毫懈怠。他抬头看看天，已经近午，队伍行进了估计有四十里了，该打歇儿了。

"停止前进。"岳飞一声令下，队伍站住了。前哨汤怀从前方跑回问："大哥，不走啦？""不走了，快中午了，让大家休息休息。现在休息，大家吃点东西喝点水，但一定要呆在原地，不要乱跑。不要大声喧哗"

汤怀调转马头向队伍前面跑去，他边跑边喊："原地休息了，吃饭喝水。"

车队停下了。驭手抓紧时间给牲口饮水喂料。

岳飞飞马往车队前后跑了一趟，嘱咐兄弟们原地休息，不可擅离职守。他回到队伍的中间位置下马，坐在草地上。让马在一旁吃草。这时，汤怀跑回来下马坐下问："大哥，咱们怎么跟打仗似的呀？"

岳飞笑道："是，小心驶得万年船，咱们这些人里，有很多老弱妇儒，都没出过远门儿，又带了许多的财物，万一蹿上事，队伍一乱，后果不堪设想。所以这次搬家，安全是最重要的。我相信，只要是咱哥几个齐心协力，就是路上碰上几十几百的贼人强盗，也不在话下。"

汤怀认同说："大哥说得是。兄弟同心，其力断金。"

"五弟，这一上午，走了有三十多里地吧，下午要加快点速度，天黑之前，一定要赶到有村镇，或人口多的地方歇脚。"岳飞说。"明白了。"汤怀说："上次咱们走的时候，我记得第一站应该有七十多里地，现在走了三十多里，离目标还有三十多里。"

岳飞点头："所以说下午要抓紧赶路，你留意点儿，两侧是否有村庄，庙宇，确保在赶不到宿头的情况下，不露营在野外。""知道了。""上马开拔。"

汤怀上马向队伍的后面跑去，他边跑边喊："起来了，出发啦，出发啦。"

坐在地上休息的人站起来，活动一下四肢，生车的上车，骑马的上马。步行的列队，汤怀转马又向前方喊着跑去。

第一次出行，很多人不习惯，既使坐在大车上，也是很累的。所以第一站的距离是七十里地，天黑之前是可以到的。

"大哥，前方小镇到了，在镇里歇么？"汤怀跑回来问。"穿过镇去，在镇边露营，生几堆火。"岳飞告诉汤怀。

天黑了，篝火点燃了。走了一天的人们，或坐或卧在地上休息。牲口在吃草，月影在飘移，岳飞与几位小爷互靠着休息，虽然一天行军很累，但小爷们都很兴奋。

一夜相安无事，天亮了，队伍继续前进。

今天行军的速度比昨天快了不少，走了有八十里地，但还是赶不到预定的露营地了。

晚霞西映后，路边的树林渐渐的暗下来。岳飞边走边瞧，心里有些着急。

这时，前哨汤怀飞马跑回来问："大哥，天不早了，我们今天恐怕错过宿头了。怎么办？"

岳飞点头说："五弟，你押阵，我去前边看看。"拍马向前跑去。

　　太阳已转到山后，天快黑了。岳飞勒住马，见路边有条小道，沿小道远看，远处好象房屋。他打马过去，原来是一座破败寺庙。他即刻掉头回转，见到汤怀说道："五弟，前边三里处有一条小路，路的尽头有一座破庙，庙挺大的，足可容纳百人，去那里过夜。"

　　汤怀回身招呼："大家加快速度，前面庙里宿营。"喊罢，自己拍马向前跑去。

　　队伍上了小路，来到庙前。汤怀下马去推寺门，门掉了下来。牵马进庙。岳飞也下马进庙。

　　岳飞在庙内前后巡视了一遍，对汤怀道："这是一座三清殿，所有的人都进进庙，货物也都搬进来。"

　　众人抬箱搬柜，赶马车进庙。

　　岳飞大声说："后院有一个老君堂，老幼妇儒都去后院老君堂，青壮男丁在前院休息，那头的厢房也能歇着，饿了的就吃点干粮。"又叫牛皋，王贵，"二弟，三弟，跟我到后院来。"

　　后院显得很荒凉，有鸟被惊飞了。妇儒进入老律堂，只能席地而坐，也有人躺在地上。

　　岳飞指着一处破旧的院墙，对王贵："三弟，你带两个人，守住这个豁口儿，可以准备些砖头，有人进来就砖头伺候。"又叫牛皋："二弟，你来，你看这堵墙，已经晃了，一推就倒，如果被贼人发现，这就是个突破口儿，二弟一定要仔细把守，千万不能睡觉。"

　　牛皋认真说："放心吧，我一点儿都不困。"

　　岳飞回到前院叫："张显，汤怀。""大哥。"二人过来。

　　"你二人在前院，四弟在东，五弟在西，重点监视墙头，大哥守庙门。""干嘛不让小弟守大门呀？我的手都痒了。"汤怀说。

　　岳飞笑道："守哪都一样，强人若来得多，还怕你杀不完呢。你们看那庙墙，不算高，稍聪明点儿的强盗都会把主攻方向放在院墙上。如果有人扒墙头，你二人可以互相支援，用弓箭。五弟负责四弟这头，四弟负责五弟这头，这样互相保护，万无一失，""大哥真聪明。"汤怀乐着说。

岳飞出大门看了看，进来把倒下的大门扶起来立住，院内搬一铁鼎，将门顶住。退起步，纵身上了门楼，躺在瓦棱上。

在后院的豁口处，两个庄丁每人找了一些砖头，堆成一堆。

天黑了，庙内很静。王贵朝牛皋边看看。"二哥，二哥，睡觉啦？怎不吱声呀？"王贵轻声叫着。"没有，盯着墙头呢，哪能睡觉啊。"牛皋说。

王贵走到牛皋这边，闻到有酒味儿，他蹲下说："哎呦，喝酒呢？真不的道，独闷儿上了。"

牛皋笑道："没敢让你，怕你误事。""哪来的酒啊？"王贵往前凑了凑问。"家带来的。"王贵夸道："还是二哥有心机，兄弟出门从来都不带酒，都在酒店里喝。""比不了你，你是有钱人，揣银子就行了，二哥没那条件，出远门都是自己带。总是这样，出门路上走，怀里揣着酒。"牛皋说。"那你当哥的，也应该让让兄弟呀？"

牛皋不好意的说："应该，可是酒少，一个人喝将将够。"

王贵伸手抓过酒壶："得了吧你，见面分一半。"往嘴里就倒。牛皋着急的伸手去抢："三弟，三弟，给哥留点儿，我也是刚喝。"

王贵喝了几口，把壶还给牛皋道："大晚上的，没点儿酒，这一宿怎么熬啊。""是，喝酒能熬功夫，我倒希望劫匪真来，也好杀个痛快。"

王贵神密的问："二哥，听说你杀过人，不害怕呀？""瞧你吓那德行。怎不害怕呀？只是开始的时候有我爹给戳着，就好的多，后来就不怕了。因为人要杀你，你下手也就狠了。你再喝口儿，酒壮怂人胆。"牛喝把酒壶送给王贵。

王贵喝了一口酒说：“是，喝酒能壮胆。二哥你真历害，我今儿晚上心里老是呼呼的跳。”“不用怕，怕也没用，你死我活的事。经多了，就习以为常了。还喝吗？放心吧，有哥哥撑着呢。不过，这江湖上真正能打的也没多少，大多数都是偻啰。象咱那几个庄丁，你让他们打，纯粹就是填陷，砍砖头还行，别让上前儿。没杀过人的人，人家伸着脑袋让你砍，你也不敢砍。”

王贵伸出大姆指：“佩服，二哥真是见过大世面的。”

庙外。有五六十个人，打着几支火把来到庙前十几丈远的地方，一个骑马的首领示意手下停止前进。黑影里闪出一个偻啰报告：“头领，查过了，这些人都进庙了，庙分前后两个院，院墙不算高，可以翻进去，后院东侧院墙有个豁子。”

头领领思考一下：“嗯，看来可以分兵四路，一路在庙门前呐喊佯攻。两路分左右翻前院墙头。第四路直接进入后院破墙。告诉兄弟们，杀男留女，行动。”

侧卧在门楼上的岳飞，抖手将一片瓦片抛到后院，瓦块落地发出响声。

王贵吓了一跳：“什么东西？”牛皋笑道：“大哥说，找死的来了。”“那我赶紧守着去。”王贵爬起来跑回豁口处说：“来了，准备砖头，记住了，只许砍砖头，谁也别出去。”家丁点点头，手握着半头砖，藏在黑影里。

这时，庙外的火把多了起来。有二三十个偻啰乍呼着砸门。

负责守前院儿的张显，汤怀已将箭搭在弓上，做好了准备。东墙头上有人影出现，西侧的张显拉弓一箭，黑影中箭落下。西侧墙头上来的人，被汤怀射中。两人互相掩护，偻喽纷纷中箭摔下。不过，已经有十数个倭兵跳进院内。张显，汤怀放下弓，抄起兵器，与倭啰杀了起来。

后院王贵镇守的豁口处，已有倭兵露头欲往里冲，庄丁用板砖一通乱砸，倭喽哭喊着退了出去。王贵上前，脚踹手扒，把墙上的口平了平，上马提刀出了院墙，开始砍杀倭兵。

后院的另一侧，牛皋也站起身，收起酒壶自语道："别闲着，杀俩过过瘾。"他抬脚一踹，院墙"轰"的一声倒了。他出院上马，摘下双铜往前去了。

庙门外，倭兵们奋力把大门撞倒，喊叫着杀进庙内，与张显，汤怀打在一起。

庙门外的另一侧，牛皋从墙角处拐过来大喊："此山是我开，此树是我栽，想在此庙住，留下所有的财。"

"干什么的？哪条道儿上的？抢饭碗来啦？有没有先来后到啊？"首领大声问。

牛皋大笑道："噢，你先来的，让你先上。给我剩点儿，你吃上肉了，让我也喝口汤，用不用我帮你打？"

头领一摆火把说："我人多，不用麻烦了。"

牛皋走到近前说："人手够？不用算了。"冷不丁挥手一铜，将头领打死，又将倭兵杀尽。

"二弟威武……"岳飞坐在门楼上喝彩点赞。

第十四回 五义赴东京 宗帅赠雕弓

牛皋调转马头，立在门前。岳飞在门楼下向院内观战。

王贵出了庙墙，跃马挥刀追杀偻啰，七八个偻喽几乎没有还手之力，被杀的一个不剩。

庙墙内，张显，汤怀，两条枪使得神出鬼没，几乎不用什么招式，十几个偻兵一个一个的被屠杀，剩下几个跑出大门，被牛皋等个正着，三弟王贵从院墙拐角处纵马过来大喊："二哥，留几个给我。"牛皋哈哈大笑："酒你喝了，还想吃菜呀。"

张显，汤怀追出庙来，调转马头兜个圈儿问："二哥，三哥，没啦？"牛皋："小菜儿，还不够塞牙缝的呢。"岳飞从门楼上跳下，拾起两个火把问："兄弟们，没伤着吧？""没有。""大家辛苦了。"岳飞说。

战斗结来了，管家站在大殿门前说："呵，你看看，这几个小爷，各个武艺高强，杀这些强盗，就好象是切西瓜，刚开始我还真不敢看，后来是越看越过瘾。"

岳飞等走进庙内，见到王，张，汤三位员问安后，指着那些偻喽的尸体说："杀痛快了，麻烦也来了，这七八十具尸体怎么办？要不然报官，让官府来处理。""不行。大哥，官府一来事就多了。三天五天都处理不完。处理不完咱就别想走，弄不好再招一身臊。"牛皋很在行。

岳飞为难的问："那怎么办？""兄弟有办法。管家，派人出去找点柴禾，树枝，堆在后院，王贵兄弟，叫咱的人都到庙外等着，四弟，五弟，叫庄丁把尸体都抬到后院屋子里，堆上柴，一把火烧得干干净净就结了。"

王贵伸姆指赞道："今天二哥长脑子了。主意好！不愧老江湖。"

所有的人都到了庙外，庄丁打起火把，驭手套上马车，管家清点人数，大家都有说有笑的很开心。

偻喽的尸体都放到大殿内，岳飞兄弟每人手持一个火把。岳飞对天祷告："上仙，对不起，恕弟子冒犯了。"火把扔向柴堆，柴堆火起……

火渐大。火渐远……

车队上官道继续前进。张显打头儿，依归跑前跑后。牛皋断后，威风凛凛，马车，驴车，车轮滚滚……

岳母，牛母，李氏，坐在马车上，脸上的表情都很兴奋。天亮了，行进速度也加快了。…

永和乡。岳飞家新宅已经完工了，几位员外家的宅子正房也都建成了，有厢房，院墙还在建。几家大户的入住，引回了以前逃难的村民，很多人回来开始重建家园。

来到自家门前，岳飞对几位员外说："王叔儿，张叔儿，汤叔儿，这几天走的太累了，您几位回家歇歇吧，等大家把家里都收拾利索了，再好好聚聚，庆祝乔迁之喜。"

"大哥二哥，我们回去了。"王贵，张显，汤怀各回个家了。岳飞抱拳示意后，对牛皋，牛母说："二弟，牛婶，东边这个院子是给您盖的，院子里有个小门，我们两家是通的，您和二弟也回去歇着吧。"牛母捶着腰说："嗯，我回去歇会儿。""大哥，是累了，我也回去躺会儿，你喝酒的时候别忘了叫我啊。"岳飞笑道："忘了谁，也不能忘了你。"

岳母，牛母笑了。李氏也笑了。

岳母，牛母，李氏都下了车。牛母与儿子回自家院。岳母，李氏进了大门。院子不小，正房五间，两间耳房，还有东西厢房，南房，马厩。

李氏往四下看了看问："娘，这就是咱的家呀？"

见景生情，岳母的眼里含着泪说："是呀，咱们的老宅子就是这样，终于回来了。媳妇儿呀，咱家是托了你爹的福了。没有你爹，这一辈子呀，都甭想回来住自己的房了。"

李氏哄着婆婆说："娘，我爹，徐大人，刘总兵，他们都爱惜人才，您儿子这是有本事。""应该感谢你和您爹。"岳母说。

岳母和媳妇进了屋。岳飞手里提着两个大包袱跟着进屋，把包袱扔在炕上。媳妇儿打开包袱，抖开铺盖开始铺炕。牛母看着屋子四周说："挺好的，在自己家里怎么都行，睡着踏实。你们不用管我，赶紧回屋去歇会儿，都挺累的了。"

李氏直起腰说："娘，您先凑合一天，我明天再拆洗晾晒。"说完和岳飞出屋去了。

来到院内，岳飞抄起地上的大包袱，拍了拍底下的土，提着和媳妇进了自己的房间。他坐在炕上。帮助媳妇儿一起解包袱。无意中，他的手和她的手蹭了一下，李氏看着岳飞，岳飞握着媳妇儿的手，二人相拥，斜靠在包袱上。

秋风起处，树叶黄了，转眼就是冬天。枪上的红缨在雪花中抖动，大刀上下翻飞，双锏抡打得下降的雪片改变了方向。五兄弟练武正忙……

家搬完以后，生活安定了，兄弟五人每天要做的事就是练武。村外的小河边是个不错的地方。器械每天都要练。天冷了，但身上是热的。王贵挥舞着的大刀，发出"嗯嗯"的风声，与张显的钩镰枪相碰后，两人开始对打。岳飞与汤怀在一边点评，牛皋自己在一边练双锏。

王贵与张显打了十几个回合，收刀收枪，口中呼出白色的气体，还真卖力气了。见二人收了家伙，岳飞点头点赞。站在他旁边的汤怀喊道："收了，收工了。"

几个小兄弟捡起地下的衣服穿上，有说有笑往家走。

王贵显得很兴奋："今天天儿真冷，是不是去岳大哥家喝酒啊？"岳飞笑道："喝酒应该去你家。你爹是大土豪啊。""去二哥家，二哥这些日子净蹭酒了，也该让他出点血了。二哥，听说牛婶今天宰了两只鸡？现在该炖熟了。"张显说。牛皋用手一推张显："得了吧，那是我娘给我补身子的，你家又不缺肉吃，你个狗鼻子。"

张显往前紧走几步，回过头说："不白吃你的，酒我出。一坛好酒已经搬你家去了。估计已经让牛婶给温上了。哈……不管狗鼻子，猫鼻子，怎么也得吃根儿鸡大腿儿呀。""嘿，一坛酒，让你吃个鸡腿儿，不亏。"牛皋笑着说。

王贵一听有鸡腿儿，撒腿就往前跑，边跑边说："不行，我得先去择根儿鸡大腿儿去。""先下手为强。"张显也往前跑去。

岳飞笑着说："一群馋猫。"牛皋也说："我就纳闷儿了，按说你们这些富二代都不缺嘴呀？干嘛还上穷人家割韭菜来。"

夏天比冬天好过，至少院子里的绿植让人觉的就舒服。葡萄架开始爬高了，小枣树也绿油油的还挂枣了，靠墙角的一片菜地里，种了好几种蔬菜，下完蛋的母鸡发出："咯咯嗒"的叫声。牛母从屋里出来直奔鸡窝，捡出鸡蛋，小心奕奕的捧着拿到屋里去了。

牛皋从屋里出来，伸个懒腰，到菜地里哈腰拔出来一根萝卜，搓了搓泥，在水缸里舀一舀子水，冲了冲泥后咬了一口，开始吃萝卜。

角门开了，岳飞走过来问："二弟，吃什么呢？"

牛皋把手一举："萝卜，给你也拔一根？"菜地里拔了一根萝卜递给岳飞。岳飞接过后说："二弟，今天不出去了，我计算着会试的时间快到了，准备准备，这两天就出发。"牛皋点头："行，我倒是没什么可准备的，说走拍屁股就走。""那好，我去通知王贵他们。"岳飞从小门回去了。

牛皋来到院子东北角的一间棚子里，拍了拍乌骓马的头说："伙计，该出门儿了，这回上东京。"

五位小爷身背包裹出村，一路上有说有笑，打打闹闹的来到相州府总兵衙门，与恩师刘总兵大人辞行。见到五个即将进京赶考的举子，刘大人不由得从内心里滋生出一股爱才之心，于是他伏案书写了一封举荐信交给岳飞："鹏举，我给宗泽宗大帅写了一封推荐信，你拿着去东京留守府宗元帅处投递。宗大帅爱惜人才，我想他一定会关照你们的。你们也要尽量展示自己的本事，争取好名次。此去京城，路途不近，不要贪玩，另外，总兵衙门资助你们每人二十两银子，希望你们五个都能金榜题名。"

岳飞等起身："谢大人，谢恩师。"跪拜告辞。刘总兵满意的笑了。

岳飞兄弟都是第一次来到东京，牵马走在繁华的街道。看着一个接一个的店铺，各种货摊，数不清的物品，食物非常丰富。他们左瞧瞧右看看。什么都新鲜。

一个门脸很大的客栈吸引了岳飞的注意，他看着门匾上的大字，口中念道："文魁武圣客栈。兄弟们，这有一家客栈，名字好听，过去问问。"几个人来到门前，有伙计迎了出来。

岳飞不解的问："这个店为什么叫文魁武圣啊？大了吧？"

伙计点头哈腰的说："客官，您听小的说，本店叫这个名字是有来历的。小店自先祖创店以来，一共有三个文状元，两个武状元和许多的进士住过小店。所以是实至名归。而凡是住本客栈的举子，中状元的，一切费用全免，还有礼物相送。"

岳飞："这么说，住你家的店，金榜提各的概率还是很高的，兄弟们，要不然就住这儿了。"

牛皋举手同意："行，住哪儿都行。大哥说了算。"

岳飞问伙计："伙计，我们的马……""小爷放心，本店有马棚，遮风避雨，草料都是上好的。而且，离校场也近，来回方便，怎么样，几位爷？"伙计问。

岳飞："就住你家了。先把马牵过去喂料饮水，找个大的房间，我们五个住一屋。""好的客官。您把马给小的，好，您里边请。"伙计牵马往后院去了。

五位小爷进了客栈，又有一个店小二迎过来向岳飞兄弟们抱拳行礼说："几位小爷，楼上请。"转身带路上楼，推开一间客房的门，身往旁边一闪道："几位小爷，里边请。这是一间大客房，您五位住完全可以，床铺都是独立的，床上都有睡帐，屋内有圆桌，大爷们用餐不用下楼，桌上有三种菜的配餐菜单，丰简由您。""好的知道了，你先下去吧。"岳飞说。小二退出去了。

王贵，牛皋坐在桌前看菜单。"大哥，看看，吃哪张？"王贵问。"随便。哪张都行。实惠就好。"岳飞说着，把屋子四面检查了一遍。

　　王贵拿着一张菜单说："行，就这张吧。五菜一汤，白馍，米饭，面条任选。五弟，把这张菜单给小二。"汤怀接过菜单看了看问："这上边没写酒啊？"王贵很内行的解释："高档酒店的酒都单算账。"汤怀点头出去了，

　　王贵站起来在屋里转了一圈说："大哥，你看这东京，就是跟咱那的小县城不一样。街也宽，人也多，吃的穿的更甭提。就连摆摊的小贩，都显得那么有坐派。""那当然了，你想啊，有本事的，谁还在小县城里窝着呀。"张显说。

　　王贵往一张床上一靠说："咱们在东京人的眼里，还不就是个乡巴佬啊。""兄弟们，今天初来乍到，两眼一摸黑，吃饱喝足以后睡觉，谁都别单独出去。明天上午去留守处宗大帅那里投递书信。"

　　汤怀推门进来说："菜要了，正炒呢，马上就来。"

　　"呵呵，有酒喝，傻子才出去呢。"牛皋说。

　　门响了两下，小二端着个大托盘走到桌前，将酒，菜，碗，碟，逐一放桌上。小二哈腰说道："客官，酒菜齐了，您先喝着，喝差不多了，再给您上主食。您请……"小二出去了。兄弟们开始吃饭。

　　第二天，岳飞兄弟来到留守处衙门驻足观望，一军官过来喝问："什么人，闲杂人等往前走，不准停留。"

　　岳飞上前拱手道："将爷，小人是相州的举子岳飞，现有相州节度使刘大人手书一封，需面呈宗元帅，劳烦将爷通报一下。"

　　"你等着，我去通报。"军官进去了。

　　大帅府内，宗元帅正伏案翻阅文件。军官进报："禀大元帅，门外有相州武生岳飞求见，说有相州节度使刘大人的书信要面呈大帅。"

宗泽放下文件说："让他进来。""是。"军官出府喊："相州举子岳飞进见。"

岳飞手持书信，低着头走进府内，下跪磕头："给宗元帅请安。草民是相州汤阴县武生岳飞，现有相州节度使刘大老爷手书一封，嘱交大帅。""呈上来。"

岳飞起身，躬身上把书信放在帅案上，退回一边站立。

宗泽拆信看信，边看边问："你叫岳飞？""是，草民岳飞。"

宗泽接着问："考生一共五人？""是，一共五个人。"

宗泽把信放在案子上说："岳飞，这封举荐信花了多少银子啊？"岳飞一愣："银子，小人不明白？"

宗泽一拍帅案："大胆岳飞，相州节度使为你写荐书，你不花钱，怎么可能？"

岳飞镇定答道："大人容禀，小人姓岳名飞字鹏举，出生三天，黄河发大水，冲走了我爹，我娘抱着我坐在大木盆里，被水洪冲到河北内黄县麒麟村，被村内几位好心的员外救助，吃百家饭长大成人，幸遇恩师传武，又收为义子，经乡试，省考，方来到京城。小人家境贫寒，无钱无势，临来京时，还是刘总兵大人，赠送小人银两做盘缠，还写了这封荐书与小人。请大老爷祥查。"

宗泽思索后问："你说你师父，也是你义父，是哪一位？""大老爷，小人的义父姓周名侗，是陕西人。"岳飞说。

宗泽大喜："是周侗？那可是武术名家呀，本帅久闻周侗大名，也曾邀请过他来为朝廷效力，只是周大师不愿为官，所以无缘相见。你既然是周侗的义子，武艺想必不错，看来刘总兵是伯乐，你是千里马了。""小人不敢。"

宗泽起身说："跟我来箭厅一试。"

来到箭厅，岳飞扫了一眼暗想："宗大帅练弓箭的地方都如此讲究，小百姓想都想象不到啊。"

宗泽指着兵器架说："取弓射几箭让本帅看。"岳飞过去摘下一张弓，拉了一下说："软。"又摘一张弓，又拉一下，又道："软。""你能开多重的弓？"宗帅问。

岳飞躬身道："禀元帅，小人没有太硬的弓，所以没试过。三百斤应该没问题。"

宗泽朝外喊："中军，取太祖皇帝的铁臂弓来。"一会儿功夫，帅府中军扛出一张大弓，交给宗帅。

宗泽手托着弓说："这是我朝太祖皇帝的铜缠铁臂弓，拉力有三百多斤，现今无人能开，你试试。"

岳飞接过铁臂弓，试弹了一下，叫道："好弓，好弓。开。"将弓拉开。"你能射多远？"宗帅问。

岳飞回禀："最远没试过，要看弓的好坏。用这张弓，三百步不成问题。"

宗帅惊道："啊，三百步？本帅的箭厅没那么大。也就一百多步，你射几箭。"

岳飞上前两步，气定神闲的抖了下肩，搭箭开弓略瞄，弓弦连响后，三箭全中靶心。

宗泽大喜："好箭法！岳飞，岳鹏举，太祖皇帝的这张铁臂弓归你了。你要记住，这不是一张普通的弓，你要用这张弓，保我大宋江山永固，民乐君安。"岳飞忙跪拜："谢大帅，小人愿肝脑涂地，不负君恩。"

宗泽搀起岳飞问："鹏举，你用什么兵器呀？""大人，小人十八般兵器均可用，擅长的是枪。"岳飞说。

宗泽兴奋的说："好，取本帅枪来。鹏举，让本帅开开眼。"

岳飞接过枪，拉开架式，练了一套抢法，收式后面不红，心不跳，显得很轻松。

回到帅府大堂，宗泽夸道："鹏举，好枪法。贤契，来，坐，坐。""小人不敢。"

宗泽试探着说："可以坐。贤契呀，排兵布阵可通晓啊？"

岳飞起身："禀大人，晚生看过几本兵书，研习过行兵步阵之法，""哦，都是哪些兵法？坐下说"

岳飞坐下说："太公，孙武，韩信的用兵之法总汇。是义父的师弟智明长老所传。"

宗泽一拍大腿："好，刘总兵真是慧眼识珠啊，没看错人。好吧贤契，回去准备吧，好好考，争取拿个状元。"

岳飞跪拜道："谢谢恩师，学生告退。"起身走出帅府。

牛皋迎上问："大哥，怎么这么长时间？是不是在里边喝上了？你沒跟宗大人说，外面还有几个饿肚子的呢。"王贵也跟着说："是呀，大哥再不出来，我就打进去了。""呦，这张弓是谁的？"张显问。

岳飞神气的说："这张弓，太祖爷的。宗帅赏的。"

牛皋吸溜着嘴说："好家伙，元帅府，没见过这么大的衙门，看门脸儿挺吓人的。"

岳飞笑道："可不是，你想啊，大元帅，什么派头啊？大哥进去以后，把刘总兵的信呈上，宗大帅一看刘大人的信，当时就怒了，说，你这封信花了多少银子买来的？我说没花钱，宗元帅不信，我说我是穷人，家里拿不出钱来，刘大人写这封信，还给我们每人二十两银子呢。宗元帅只好说，射几箭，看看你的箭法。我说您这里的弓都软，没法用，宗元帅就命人拿出了这张弓。"

众兄弟们传递着把这张弓瞧了一遍。

岳飞边走为边说："我当时一试这张弓，嘿，正合手，嗖嗖嗖几箭，一百多步的靶子全中靶心。就是宗元帅的箭厅有点小，要是在个大校场，四百步也不在话下。宗大帅非常兴奋，就把这张弓送我了。"

　　王贵拿过弓来看着说："这张弓够硬，不是凡间之物。"

　　牛皋不耐烦的："那它到底是什么来头啊？说得神忽其神的。"

　　岳飞讲道："我朝开国太祖皇帝，打下八百座郡州，几百年基业，凭的就是一条悍棒一张弓。弓，就是这张弓，又称铜缠铁臂弓。"

第十五回 三畏送剑铜 牛皋听评书

岳飞兄弟们有说有笑的回到了客栈，小二迎上前问候："小爷回来了？估摸着就该回来了。酒菜都准备好了，给您摆桌上了。水也打好了，洗洗手，擦把脸，踏踏实实的喝着。"

"小二辛苦了。"岳飞与兄弟们上楼，进了屋一看，在客房中间的桌子上，碗筷杯碟已经备齐了，酒菜也摆上了。小爷们洗手擦脸，倒酒就喝上。

岳飞为边喝边说："抓紧时间吃，吃完喝完出去逛街，看看有没有兵器店，愚兄想买把佩剑。你们都有佩剑，就愚兄没有，出个门没有个防身的家伙，总不能天天扛着大枪出去。"

王贵点头："是，我说怎么觉得大哥身上少点儿什么，原来是把佩剑。这话说的。喝，喝完逛街。"

酒足饭饱，兄弟们出了客栈，在街上边走边聊。岳飞找个路人问路，路人摆手。又找人问路，那人手向前指了一下。

汤怀惊叹着说："还得说是京城，真繁华呀，这要是没人带路，还不走丢喽。""可不是，咱的县城跟东京真是没法比。你看大街上，还有澡堂子呢。"张显说。

汤怀感慨的说："幸亏咱们学了武艺，参加武举科考，才来到京城，要不然，一辈子也别想来这个地方。象我爹，现在想想，一辈子没出过门，就一土财主。张显笑道："我爹也是。"

王贵手往前指说："大哥，你们看，兵器一条街。全是卖兵器的。""过去看看。"岳飞挥手说。

　　兵器一条街，以前听也没听说过。街不算宽，两侧开的都是兵器铺。岳飞等人进了一家店看宝剑，店里的宝剑都很一般。走出来后，又进店出店，出店进店的看了几家店铺。都没有能看得上眼的。

　　兄弟们在街上走几家儿铺子后，又见一个不大的小门脸儿，门是开着的。几个人进去观看，店内的墙上零乱的挂着各种兵器。伙计在接送进出的客人。兵器店老板是个年青人，正坐在窗边的桌子旁喝茶。茶具是一套建盏。伙计迎着几位小爷问：“几位爷，想看什么？本店是专业的兵器店，前店后厂，可来料加工，也可选式样定做，十八般兵器样样齐全，您可以随便选。”

　　牛皋摆手说：“别的不要。佩剑，只看佩剑。有没有好的，拿几把出来。”

　　伙计哈腰点头：“有，您稍等。”回身从墙上摘下来几把剑，放在柜上介绍：“您看，都是好铁打造，新式样，您随便挑。”

　　岳飞拿起一把剑，拉出来后又推回去，再拿一把看了看，也拉出又推回。问伙计：“有没有好的，这几把都是样子货。”

　　伙计殷勤的说：“噢，这位爷眼高，小人去后面屋里给您拿把好的。”伙计进屋。一会儿的功夫就拿出一把剑：“公子请看，这把是折铁剑，硬度高，包您满意。”

　　岳飞接过剑，拉出来看了看道：“比刚才那几把强点儿，但手头不行。太轻，有钱人家孩子抢着玩儿的。收起来吧，麻烦你了。”

　　王贵看了一眼：“大哥，这把剑不错了，拿着玩吧，我出银子。”“三弟，不是钱的事。咱们走。”岳飞往外就走。

　　“公子留步。”坐在窗前茶的店主站起叫住岳飞。店主叫周三畏。“公子。本人姓周，名三畏，是本店的店主。公子请坐。”周三伸手一让。“周老板，失敬失敬。”岳飞施礼说。

周三畏请岳飞坐下，自己也坐下说："刚才看公子挑剑，怎么，没有中意的？"岳飞欠身说："不是，只能说没有合适的。""何为合适？"店主问。

"若摆酷充样子，或只用于防身，这些剑已无可挑剔了。但是兄弟要的是那种能在战场上杀敌，如砍瓜切菜的那种。"岳飞说。"敢问公子高姓大名？"店主问。

岳飞抱拳报名说："小弟相州汤阴人士，姓岳名飞字鹏举，这几位是我的结义兄弟。王贵，张显，汤怀，牛皋。"

周三畏起身说："公子稍等。"进屋去片刻，出来时手托一剑盒，将盒放在桌上打开，取出一把剑，周三畏托着宝剑说：岳公子，这是个家中祖传的一口剑，至今已经数代，因家中没有习武之人，所以一直闲置收藏。不知公子看得上否？"

岳飞接过剑，轻抽半段后，马上又插回剑鞘，将剑还给周三畏。"店主祖上传承的宝贝，岳飞不敢要。""怎么，剑不好？"周三畏问。

岳飞摇下头说："不是，这是店主祖传之物，剑中极品，必定是价值连城，岳飞想买也买不起。"周三畏笑道："岳公子可给个价？""不敢，不敢，告辞了。"

周三畏伸手一挡："岳公子不要着急走。此剑虽是祖传，但周某也不知道它的来历，到底好在哪儿？今天正好要请教岳公子了。"

"岳飞常听义父论剑，故知古代著名的宝剑有龙泉，大阿，白虹，紫电，鱼肠，巨阙等。据说这些名剑都是春秋时一个叫欧阳至善的人所造。这把剑，出鞘即寒光透骨，令人毛悚，定是把名剑。据其特征，它与文字记载的一把名叫湛卢的宝剑相似，若能削金剁玉，必真无疑，相传大唐时为薛仁贵所得，后失传，此剑不是凡间之物。不过，传说只是传说，没见过。"岳飞说。

周三畏拍掌说："不错，岳公子博学，此剑确'实名曰湛卢，但是是否削铁如泥，还真没试过。今日不妨一试。这位兄台，请借铁锏一用。"

牛皋将一只锏递与周三畏，周三畏退了几步，一手端锏，一手举剑，手起剑落，铁锏断成两截。周三畏喜道："岳公子说得不错，果然是断铁如泥。"

旁边的牛皋见自己的铁锏被砍断，顿时脸色如铁，极大的不爽。

周三畏将剑入鞘，用手托起说："岳公子，家有祖训，日后若有识得此剑者，就是它的主人，岳公子，宝剑归你了。"岳飞推辞说："不合适吧，我怎么能……""世上宝物，都有所属，此剑前朝薛元帅用过，希望岳公子能做一个大宋朝的岳元帅。"周三畏说。

岳飞抱拳致谢，接过宝剑。一旁的牛皋不乐意了："嗨，嗨嗨，什么大宋啊，大唐啊，岳元帅的，你这一剑，把我吃饭的家伙给断了，他当元帅，我怎么也是个先锋啊？我还指望着这对铁锏夺状元呢。"

周三畏不以为然说："牛公子，锏断了，你应该谢谢周某才对呀。""谢你，凭什么？"牛皋说。

周三畏笑道：："牛兄你想，你的锏断了，只是在家断的，你人没事，倘若战场上，两军交战时你的锏折了，那牛兄就有性命之忧了。你想想，是不是周某救了牛兄一命啊？"

牛皋悟道："噢，还真是。周兄是说我这对锏不中用，倒也是。算了，我就买一对好点儿的吧。可是，哪家铺子里有啊？""牛兄勿噪，小弟家开了几十年的兵器店，什么兵器都有，我去拿对锏来，请牛兄过目。"周三畏进屋，打开柜子，从里面拿出一对铁锏，手托着走出来说道："牛兄，小弟家有锏一对儿，上眼看看可对心思？"

牛皋接过锏，掂了掂，双手试了试说：“倒是挺可手的。握着舒服。”“牛兄能否说出锏的来历？”周三畏问。牛皋摇头说：“不知道，什么来历？”

岳飞伸手拿过一把锏看后惊呼：“好锏，好锏。周兄家中真有好东西！”周三畏笑道：“岳兄识得此锏，说来听听。若说得上来，就送与牛兄了。”

岳飞仔细看后说：“此锏形状为四棱，镔铁打造，柄上纹路是卢国公三个字。看老旧划痕及包浆的成色，已经有几百年了，所以小弟认为，这是一对镔铁四棱锏，由于有卢国公字款，那一定是大唐开国大将军卢国公的手使兵刃。此锏手重，皆因锏里灌有黄金，所以又称金装锏。太贵重了！周兄还是收回去吧。”岳飞说。“卢国公是谁？”王贵问。“卢国公就是大名鼎鼎的秦琼秦叔宝。”

牛皋伸手抓过双锏，乐着说：“拿来吧，周兄说送我的，哪儿能拿回去呀。”

周三畏笑道：“送与牛兄了。此等物件，为英雄所得，就是神兵，放在家里，就是废铁一块。搁在牛兄手里，保不其大宋也多个护国公，一切都有可能。”“二弟，谢谢周兄。”岳飞说。

牛皋赶忙的抱拳哈腰说：“谢谢周兄，小弟请你喝酒。”

周三畏伸个懒腰说：“小弟本来就不是买卖人，为了给这两个物件找主儿，几年都不能出门儿，这下好了，剑锏都有主儿了，也该出去走走了。第一站，去杏花村，喝他三天三夜。哈哈哈…”笑着出门去了。

小爷们接着逛街，岳飞感慨不已。前面有一店，门前立块招牌，上写“书馆”二字。

牛皋不懂什么叫书馆：“大哥，书馆是干嘛的？”“卖书的。”王贵说。

　　岳飞笑道："卖书的？瞎说。听义父说过，书馆是说书的，就是把古代的人物故事，编成书来说，所以叫说书。""我想进去听听。""你不逛街啦？"岳飞问。"我没听过说书，想进去听听。"

　　岳飞问王贵等："你们谁还想听书啊？"哥几个都摇头表示不听。岳飞对牛皋说："你一个人听吧，听完了直接回客栈。对了，你手上有没有散银？"

　　牛皋摇头说："没有。干嘛使？""听完书要给钱的。给你点儿。"岳飞掏出几块碎银给了牛皋。

　　牛皋接过碎银，进了书馆。书馆里有桌子，椅子，桌子旁边的人坐着喝茶听书。台上，有一老艺人在说书。老艺人坐在桌子后面，手里拿着一把折扇，肩子折上可以做刀做枪的比划，扇子一甩打开，"唿唿"的煽几下风。

　　牛皋捡张桌子坐下，小二端来茶碗，沏上水，又回去端来一盘瓜子，一盘花生。牛皋喝了口茶，开始磕瓜子并四处张望。"好……"旁边的人发出一阵喝彩声。

　　说书先生喝了几口茶，又开始说书："上文书，咱们说到……"

　　这时，两个少年走进书馆，与牛皋邻桌而坐。这两人，一人穿白衣白袍，一人穿红衣红袄。白衣者姓杨，名再兴。是本朝杨家将的后代。红袍者姓罗，名延庆，是唐朝罗成的子孙。

　　台上，说书人继续说书："这三关二十四员上将，排名第一的上将军孟良，身背金刀令公杨继业的尸首往回走，这一天，天己经黑了，孟良心想，过了山口，就是大宋的地界儿了，在坚持一下，进了宋界就安全了。这孟良，唯恐有人追来，所以时不时的往后瞧。突然，身后不远处，有个人影一闪，马上就不见了，孟良心想，坏了，是不是被跟踪了？此时，孟良心生一计。只见他加快速度，头也不回，来到一处山角，这里有几棵树和几块巨石，孟良拐过山角，放下老令公，抽出单刀，隐藏在石后，果然，一人身手敏捷，尾随而来，就在此人拐过山角露出身子的刹那间，孟良出手一刀捅去，此人应声倒地，孟良收刀，扛起令公尸首，撒腿就跑，进了宋朝地界，遇到三关大帅杨延昭派来的接应人马，成功回到了宋营。"

"好……"听众喝彩。

说书人继续："话说上将军孟良，盗回了老令公的尸首，杨元帅六郎延昭设宴感谢孟良，酒到浓处，杨六郎突然问道："孟贤弟，你回来了，怎么没见焦赞兄弟回来？"孟良一愣："焦兄弟，不知道啊。没见着啊。他去哪儿了？"六郎道：你此去辽邦盗取父亲的尸首，焦赞兄弟不放心，就去追你了。他说焦不离孟，孟不离焦，他要暗中保护你。现在你回来了，焦兄弟也该回来了，怎么没见着啊？杨六郎说到这儿，孟良突然从椅子上摔在地上，放声大哭。孟良一边哭，一边念叨："焦赞兄弟呀，二哥对不起你呀，我去辽国，你在暗中保护，没想到，二哥以为你是辽国的奸细，把你给杀了，兄弟呀，二哥对不起你呀，焦兄弟……"

说书人喝了口水："大家清楚了吧？原来孟良盗尸，跟在后边的，正是他的把兄弟，三弟焦赞。他是在暗中保护孟良的，却让二哥孟良给杀了。从此以后，孟良天天自责，天天哭。所以，民间就流传了这样一句话，孟良哭焦赞，嘻扯蛋……"

台下一阵惊呼，掌声雷动。说书人一摔醒木，端起茶杯……

这时，台下的白衣少年杨再兴站起来："说得什么破玩意，来段大破天门阵。"

说书人拱手说："公子，对不起，小人说的是连本的书，不能跳着说。这些客人每天来听，都是爷，得罪不得。"

杨再兴掏出一锭银子："包你场子了，大破天门阵。"

说书人忙站起来道谢，并对其他观众道："各位大爷，今天这位公子包场，要听大破天门阵，诸位，今天的茶钱免了，报歉，报歉了。"

　　说书人坐好，一拍醒木：“话说杨老夫人佘赛花佘太君，携儿子，三关大帅六郎杨延昭，五郎杨延辉，孙儿杨宗宝，孙媳穆桂英，来到三关之上，放眼望去，关外面的辽兵是层层叠叠，无边无沿，兵虽多，但秩序井然，大营中，帅旗高耸，被风一吹，忽啦啦啦的山响，真是瘆人，这就是辽国布下的大阵，叫做天门阵……”

　　说书人眉飞色舞，杨再兴与罗延庆也在互相挤兑聊侃。牛皋看着两个少年，又看看说书人，脸上很茫然。

　　“这就是，杨六郎镇守三关，辽兵丧胆，穆桂英挂帅大破天门阵。”说书人一摔醒木谢场。“好……”满堂彩声。

　　杨再兴起身，将银子扔在台上，大笑着走了出去。罗延庆起身，也跟了出去。牛皋起身，掏出一块碎银放桌上欲走，忽想起有人包场，又将银子装了起来，跟了出去。

　　往前走了不远，又有一家书馆。杨再兴，罗延庆走了进去，牛皋也跟了进去。杨，罗二人坐下，牛皋也挨桌子坐下。小二端茶上干果。

　　坐下以后，喝了几口茶，罗延庆喊：“嗨，说得什么书啊？”

　　说书人在台回答：“回公子，本节说得是隋唐英雄传。”“说的哪儿了？”罗延庆问。“秦琼卖马。”“给本公子说段儿枪挑杨林。”罗延庆说。

　　说书人抱欠道：“不行啊公子，小人说的是连本书，不能跳着说，这些听书的人，都是老主顾，天天来，不能说乱了。”

　　罗延庆掏出一锭银子：“今天本公子包场子，所有茶钱我出。枪挑杨林。”将银子扔上台。

　　说书人起身捡起钱子放在书桌上，向罗延庆致谢：“谢谢公子。各位爷，今天这位公子包场，要听回马枪枪挑杨林。不好意思，对不住各位，今天在座的各位茶钱全免了，免了。”观众的目光投向罗延庆，并报以掌声。

说书人气定神闲坐定，醒木一拍："话说，这靠山王杨林，在隋唐英雄谱中，排名第八，自然不会把小罗成放在眼里……"

罗延庆对杨再兴道："姓杨的，让你听听，罗家枪，排名第一的是罗家枪。枪挑杨林，由其是那回马一枪，是祖传的绝招，当然，书上说的和实际应用的枪法肯定不一样。回马枪的招式，就连罗家枪的枪谱里都没有，不会轻易让人知道，任何绝招，公开了，就不是绝招了。"

杨再兴不以为然："罗家枪，一般般。你祖宗罗成在隋唐英雄传中，只排第七，而我家祖上杨延昭位居三关大帅，手下二十四员上将，一杆枪天下无敌。"

罗延庆不服的说："得了吧你，杨家的兵器就是个杂货铺，使刀的，使棍的，使斧的，对了，还有使暗器的。只有杨六郎使枪。可是呢，连穆桂英都打不过，这大破天门阵也不是杨家破的，那是你祖奶奶穆桂英挂帅破的天门阵。你再回家问问，你祖宗用什么兵器，那金刀令公是谁？"

杨再兴手一抡说："甭管怎么说，这次武状员一定是我的了。你没戏。"

罗延庆不服气的说："你的？你得问问我这杆枪愿不愿意，要不然咱俩先比试比试，赢了当武状元，输了的回家。"

杨再兴一握拳："比就比，状元只能一个人当，早晚都要比。"

听到这儿，牛皋明了，这两个少年一个是杨家将的后代，一个是唐朝罗成的后代，都是名将之后。这两个人也是参加武举会考的。他坐不住了，起身来到二位桌边坐下，双锏靠在椅背上。"小弟姓牛名皋，刚才听二位哥哥说，状元是你们俩的了，不是还没有比呢吗？"牛皋抱拳问。杨再兴一愣："怎么，你也想争一争？"

这时，罗延庆惊道："呦，仁兄这对双锏不错呀，能否让小弟看看？"

　　牛皋拿一把给罗延庆。罗延庆看后更是惊赞："啊，这是前朝卢国公的物件，失传几百年了。牛兄，失敬失敬。"牛皋抱拳问："哥哥高姓大名？""小弟姓罗名延庆。仁兄这对锏是我祖奶奶娘家的东西。"

　　"论起来应该是。请问这位哥哥高姓大名？"牛皋问。"小弟姓杨名再兴。"

　　牛皋明白了："二位哥哥包场听罗家将，杨家将，那罗兄应该是罗成之后，杨兄是杨家将的传人了？""愧对祖宗，不值一提。"罗延庆说。

　　牛皋伸出姆指说："二位兄长都是名门之后，肯定是武艺高强啊。兄弟今天高攀一下，请二位兄长出去喝一杯。""好啊，正好中午了，也该吃饭了，出去喝口儿。"杨再兴说。

　　罗延庆站起来："巧遇知己，出去喝一杯。"

第十六回　牛皋餐桌听奸　岳飞郊外射匪

　　杨再兴往外一指说："书馆对过儿就是酒馆，昨天就在那喝的。走。"

　　三个人起身走出书饭进酒馆，坐下后点了酒菜。酒菜上齐后开喝。牛皋也不客气，与杨再兴，罗延庆推杯换盏。

　　酒过三巡，聊得热闹。杨再兴指着牛皋的兵器问道："牛兄，秦家的金装锏，不是凡人之物，牛兄既然持有，祖上肯定历害。"

　　牛皋哂笑道："杨兄，不好意思，小弟的父亲只是个普通军官，没有名气，师父是陕西人，叫周侗。"

　　杨再兴惊道："周侗？大师呀，那梁山上的卢俊义，林冲，都是他徒弟，是顶尖的高手儿啊，那哪天有功夫的时候，可得和牛兄切磋切磋。兄弟愿意和高手过招。"

　　罗延庆遗憾的说："牛兄是周大师的徒弟，那这次武状元肯定手拿把儿攥了。再兴啊咱哥俩没戏了，白来了。"牛皋听后大喜："二位兄长，别自弃呀，状元拿不上，拿个榜眼探花的也不错呀。"

　　"牛兄，相逢是缘，以后咱就兄弟相称如何？"杨再兴问。

　　罗延庆附和着说："应该，以后就是兄弟了。我十五零三个月。比再兴大点儿。""我十六，差一个月。"牛皋说。"大哥。"罗延庆和扬再兴同时拱手叫了一声。

　　牛皋笑道："愚兄貪大了。罗二弟，杨三弟。""是不是应该磕个头啊？"罗延庆说。

　　杨再兴摆摆手："不用，既然是真心相交，就不用搞那些个虚头巴脑的形式，碰个头就行了。大哥二哥。"站起来用头撞了一下牛皋和罗延庆的头。牛皋，罗延庆也互顶一下。

　　牛皋拿起酒杯说："好，磕过头了，大哥先干一杯。"罗延庆也举杯说："二弟跟着。""三弟也干了。"

　　罗延庆放下酒杯说："大哥，刚才你听我和再兴兄弟争竞，谁当状元什么的，其实都是瞎掰，今年咱来的不是时候，状元已经内定了，谁也拿不到。"牛皋大惊："内定，为什么呢？"

　　杨再兴说："今年有一个西南王，是大周柴世宗的后代，叫柴桂。他也来考武状元了。你想啊，就算是天下的武生，有再高的武艺，谁敢跟王爷比呀？朝廷的考官，他挨着个儿送礼，所以说状元已经内定了，谁都没份儿了。"

　　罗延庆："是的大哥。所以，我和再兴明天就回去了。不考了。"

　　牛皋愤愤的说："有这事？考场上我打死他。""打死他，咱也活不了。这世道太黑了。"罗延庆说。

　　杨再兴无奈的说："你说他一个王爷，武状元见了也得给他跪的主儿，放着王爷不当，来争什么武状元，这不是与民抢食儿吗。""嗨，不定憋什么屁呢。"延庆喝了一口酒。

　　杨再兴摆手说："算了，管他憋什么屁，咱不凑这热闹儿了。耽误功夫。"

　　"大哥，明天我们回去了，你不走啊？"罗延庆问。"赶上了，就凑个热闹儿。我还有几个兄弟，都是第一次来京城，多玩儿几天。"牛皋很随意的说。

　　罗延庆举杯："那好大哥，干了这杯，我和杨兄弟就回去了。明天一大早儿就走，就不再拜别了，走晚了，怕晚上赶不上宿头。"

　　牛皋也举杯："二弟，三弟，干了这杯，后会有期。""后会有期。"

　　回到客栈，有伙计过来问："小爷回来啦？""嗯。我大哥他们回来了吗？"牛皋问。

　　"啊，回来又走了。就睡了会儿觉，又出去了。"伙计说。"去哪儿了？""往西了，岳爷说上午逛东街，下午逛西街。"牛皋转身说："嗯，我也往西逛，去找他们。"

　　出门顺客栈往西溜达，。西街挺热闹，有很多小吃摊点儿。不知不觉，已经走到尽头，没有蹾到大哥他们。牛皋自言自语道："大哥他们去哪儿了？"掉头又往回走。用手摸摸肚子，觉着饿了，刚才喝酒了，没吃饭。他来到一个支着锅的摊位前坐下，看看菜牌，叫一声："老板，给我来一碗张飞板面。"

　　正在溜面的摊主答道："好嘞，客官您稍等。"摊主很熟练的擀面，押面。摔面，出条下锅。锅开片刻，捞到大碗里，洗上浇头，端过来放在牛皋面前。牛皋未吃先看，见面上有肉片，蔬菜，味儿很香。"客官，面好了。"

　　牛皋夸道："嘿，挺麻利的。老板，问问你，你这一碗汤面，凭什么叫张飞板面呀？"

　　摊主答答道："客官，这张飞板面，据祖上说，这面的做法是张飞发明的，因为制作前，面要在案板上摔，所以叫张飞板面。"

　　牛皋噔了摊主一眼："胡扯，一碗面也搞名人效应。还不把张飞气死。"

　　摊主傻笑着说："祖宗就是这么传下来的。刚开始可能没人信，叫时间长了，也就是真的了。"

　　牛皋想起刚才说书的说的一句话，就对摊主儿说："你这个张飞板面啊，那就真是孟良哭焦赞了！""怎么讲？"摊主儿问。"瞎扯蛋。"牛皋也笑了。

　　摊主点头称是："其实也都无所谓，这叫饮食文化。一边吃，一边讲故事，大家爱听就好，关键是这碗面，好吃不好吃，好吃的话，说张飞他妈发明的，也有人信。"

　　牛皋点头说："照你这么说，还有点意思，我还真是看了你这个张飞板面四个字，才觉得肚子饿了。"

　　"老板，来两碗面。"有两个人坐在了牛皋后面的桌子。"您稍候。"摊主赶紧揉摔抻面煮面……

　　牛皋吃着面，无意由听到后面的顾客说："柴管家，久仰久仰。"另一顾客："田兄客气。彼此彼此。""柴管家，梁王爷可好？我们大当家的可是天天念叨啊。""喔，小点声。王爷挺好的，一切都很顺利。"

　　牛皋慢慢的吃面，一边竖耳细听，一边心里琢磨，那个柴管家一定是柴王爷的人。听那个叫田兄的口气，象是道上的人。

　　"哪天考状元呀？""三天以后开始。四位考官都已经定了。""柴管家，我家大哥说，为了王爷能拿状元，要钱，我们出钱，要人，我们出人。"这个说话的田兄，没跑儿了，肯定是哪个寨子里的人。

　　"谢谢你大哥：这些都不用，钱不是问题。四个考官都摆平了，你找好客栈了吗？"这是柴管家。"柴管家，我大哥嘱咐我，不准住客栈，不能在城中过夜，兄弟要马上回太行山。""好吧，田兄辛苦，就不留了，这里有王爷的亲笔书信一封，请田兄收好。"

　　牛皋将一小块银子放桌上，起身将双锏抱在胸前，对摊主说道："好吃，好吃。叫什么来着？""张飞板面。"摊主说。牛皋点头："张飞板面，晚上还来吃。""客官慢走。"

　　牛皋抱着双锏晃晃攸攸的往回走，来到客栈门口叫："小二，小二，快去给爷牵马，乌骓马。"小二应声跑向后院，解下马缰绳，牵马出来来到前边，牛皋一把抓过缰绳，对小二道："快去告我大哥，就说我去太行山了。"飞身上马，急驰而去。

小二在门前张望，老远见岳飞及兄弟们回来，赶紧跑过去报："岳大爷，您家二爷让小人告诉您一声，说他去大行山了。"

"去太行山，什么事？"岳爷问。"二爷没说，小人也不敢问，走的挺急的，好象是去追什么人了。"

岳飞闻言忙道："小二，给我牵马，三弟，四弟，五弟，你们回去，不要离开客栈。赶紧上楼，把傢伙给我扔下来。"

牛皋拍马出城，急奔了有三十多里地，终于看见那个田兄在前面抽马快跑，牛皋紧紧追赶。

客栈门前，岳飞上马，接住汤显从楼上窗户里扔出来弓箭和沥泉枪，拍马追出城去。

牛皋马快，紧追一阵后大喊："田兄，田兄留步。"田兄勒住马转身，手提大斧问："来者何人？"

牛皋追到近前："我是王府的人。""胡说，噢，你是刚才那个吃面的黑子。这么说，我们刚才说得话，你都听见了，那你就死定了。"抢斧子向牛皋砍来。牛皋亮铜相接，两人战在一起。三十余合，牛皋有些吃力，只好主动防守，而田兄越战越勇。

"岳飞来也。"岳飞大喝一声："看枪。"一连几枪，田兄招架不住，遂拨马就跑。岳飞也不追赶，将蛇矛枪收枪，摘下铜缠铁臂弓，开弓搭箭，手一松，正中田兄后背。田兄落马。

岳飞转身问牛皋：："二弟，为何在此与人撕杀。"牛皋气喘嘘嘘的说："他，他是……"催马来到贼人尸首旁下马，扒开田兄上衣，掏出一封书信交给岳飞。"大哥，他们买通了四大考官，把状元内定给了小梁王柴桂了。这是太行山的土匪头，姓田，他们官匪一家呀。"牛皋说。

岳飞拆开信看，脸色大变。"二弟，先回客栈，明天去见宗元帅。""大哥，信里说什么？""回去再说吧，这里不安全。"岳飞纵马来到匪首田兄尸体旁，用枪尖一挑，将尸体扔进山涧。掉转马头，与牛皋快马回到客栈。小二迎着："二位爷回来啦？""回来了。把马牵回去。"岳爷与牛皋上楼进了客房。王贵起身叫："大哥二哥。"

岳飞放下沥泉枪，摘下弓箭，坐下喝了口水。用拳砸了一下桌子。"大哥，怎么了，生什么气呀？"张显问。

岳飞用手指著门示意："四弟。"张显开门向外看了看，把门关了。

岳飞叹看气说："兄弟们，这次武举科考，我们没希望了，有个小梁王紫桂，是大周柴世宗的后代，当年柴世宗陈桥让位有功，被太祖皇帝封王，世袭永授。他来考状元，必定能中，平常百姓的武艺再高，也争不过他。"

王贵不满的说："这叫什么事呀？都当王爷了，还争什么状元？"

岳飞提醒说："小声点儿。这几天，我们做事要小心，每天早上起来，一定要把行李收拾好，随时准备走人。明天我去留守处，去见宗元帅问个明白。"

吃了早饭，岳飞嘱咐王贵说："你和四弟五弟守在店中，不许出门，我们去帅府。"随即和牛皋出了店门，来到留守衙门，见了宗帅跪拜："拜见元帅。"

"贤契平身。"宗帅指着牛皋问："你就是牛皋？"牛皋又跪："牛皋拜见大元帅。"

"贤契平身。听说贤契从陕西千里寻师学艺，很是辛苦，精神可嘉呀。"宗泽赞道。

牛皋起身回："小人拜师学艺，以图将来有所长进，说辛苦也不辛苦。就是心太苦。"

宗泽有些纳闷儿："贤契说得有点绕，何为心太苦？""大帅，学生等来京赴考，实指望功成名就，不负所学，只是道听途说，有个小梁王柴桂，也来考武举，而且四位主考大人，都同意把武状元给了小梁王，故此我二弟说心太苦。"

宗泽用手一让："贤契们请坐。""小人不敢。"岳飞说。

宗泽伸手说："可以坐，上茶。"岳飞，牛皋分两边对坐。

"贤契："本次科考，的确有个小梁王柴桂来考状元，此人是柴世宗的后代，世袭的番王。此人来京后，到处送礼，确实给四位考官送了厚礼。本帅也是其中一个，但是本帅没收，已将礼物原样退回，据本帅所知，另三位考官已收了柴桂的礼物，并且把状元许给了他，此事是很让本帅有些头疼。"宗帅摇着头说。

岳飞站起来说："大帅既如此说，那学生有一件事，要向大帅禀告。""说。"

岳飞朝牛皋做个手势，牛皋站起上前一步："大帅，昨日小人与考生朋友喝酒，听朋友们说本科状元给了柴桂，又说柴桂是番王，一人之下，万人之上，根本就不该来考这个状元，有的武生已经放弃了武考回家了。小人听了以后，也不想考了，但是小人在无意中发现，原来这个小梁王柴桂，与太行山贼寇有来往，并有书信传递。小人快马追上传信之人，与其交战，此人武艺高强，小人战他不过，恰好我岳大哥赶到，杀了贼人，抢了书信回来。这是柴桂写给太行山贼人的书信，请大帅过目。"

宗泽接信细看，脸色大变："贤契，这小梁王参加本期科考，本来就不正常，朝中大臣也有议论，但怀疑总是怀疑，没有证据。

有了这封信，传言就落实了，若按信上说，则我大宋危矣。"又看了看信接着道："一旦让他拿到武状元，太行山贼人就起兵造反，朝廷肯定会选帅出兵，此时梁王自荐挂帅，执掌兵权，与贼人里应外合，后果不堪设想。"

岳飞进言道："大帅，可以取消他的考试资格。""不行，他这次前来武考，是皇上批准的，朝中又有不少大臣收了他的礼物，由其是主考官张邦昌，王铎，张俊，他们把状元卖给梁王了。"宗泽说。

岳飞又道："小梁王造反，完全可以把他抓起来，""那就更不行了。没有真凭实据，只凭一封信，是不够的。而且，当年柴世宗让位有功，太祖爷不单封了他王位，还御赐了丹书铁券免死牌，没人能动的了他。"宗泽无奈的说。

岳飞发狠道："实在不行，学生考场比武，将他打败，他就当不成武状元了。"

宗泽摆手说："贤契初行世道，不知这里边的事，不是你想的那么简单，这个小梁王，人脉很广，又舍得花钱，你把他打败，你也得不到状元，而且可能还有性命之忧。"

牛皋不耐烦的："这也不行，那也不行，把他打死总行了吧。打死他，永绝后患。"

宗泽还是摆摆手说："贤契不可鲁莽行事。这样吧，尔等还是正常参考，本帅想办法处理这件事。""大帅如何处理？"岳飞问。

宗泽想了想："本帅可以秦请皇上，取消本期科考，为了大宋，只能委屈天下的举子了。"

岳飞不服的说："这样的话，宗帅岂不是背负骂名，而且，若科考取消，小梁王就逍遥法外，放虎归山了。"

"好了，本帅不能让你们冒此风险。来呀，取二百两银子。贤契，此次武考，若有意外，尔等可回去耐心等待机会，朝廷早晚有用人之时，银子拿着，不要荒废了身上的技艺，"宗泽把银子交给岳飞。

岳飞坚定的说："谢大帅，银子学生拿了，但岳飞必定为国除害，给大宋安宁。学生告退。"

看着岳飞，牛皋出了帅府。宗泽心情很沉重，身为本次科举的主考官之一，虽然拒绝了柴桂的厚礼，但却阻止不了柴桂夺魁，大宋江山危在旦夕，的确需要象岳飞牛皋这样有血性的青年。如果上奏圣上取消此次科考，圣上也未必恩准，而且对天下的举子实在是不公平。怎么办呢？唉，但愿柴桂能够醒悟，如果他一意孤行，举兵造反，本帅为保大宋，也会挺身而出将其斩首，再向圣上谢罪吧。

会考开始了。考场内聚集着上千的举子，场中间竖着大旗，上书一个"魁"字。

考官席有四张桌子，桌子上有考官的名牌。依次为王铎，宗泽，张邦昌，张俊。

张邦昌，王铎，张俊三位考官走上台，分位置坐定。

张邦昌坐下后问："王大人，张大人，比武什么时间开始？""等宗元帅到了以后，随时可以开始。"王铎说。

有旗牌官喊："主考官宗大人到。"

宗泽上台走到坐位前坐下，与张邦昌等点了点头。

王铎把一张名单递过来说："宗大帅，这是本期武举考生的名单，请您过目。"

张邦昌提醒说："宗大帅，这里面有几个是你的门生，据说武艺超群，我看就不用考了全都给个进士。？"

宗泽不解的问："我的门生，谁是本帅的门生？""我等都知道，岳飞，牛皋，不就是宗帅的门生啊？"张邦昌说。

宗泽严肃的说：“武举科考是国家大事，本帅拿着国家的俸禄，就要出以公心的为国选材，来不得半点儿私情。当然，既然张大人说出来，那我们几个考官就要发个誓。以告天下举子。来人，设香案。”

军士搬来条案，摆上香炉，点上腊烛。宗泽走到香案前，取香点燃，跪下说道：“苍天在上，主考官宗泽，若有半点儿营私舞弊，定遭天打雷劈。”誓毕，把香插在香炉里。

张邦昌起身，来到案前跪下：“考官张邦昌，一定效忠皇上，秉公选材，不做不利大宋之事，如有徇私，愿去外邦做猪做羊，任人宰杀，”宣誓完，将香插入炉内。

王铎燃香跪下发誓：“考官王铎，与张太师发的誓一样，如有违背，也在外帮变猪变羊，任人宰杀。香插炉内。”

张俊起身燃香下跪起誓：“考官张俊，若背良知，愿死于万人之口。”起身把香插进香炉里。

坐考官席的宗泽表情非常严肃。而张邦昌，王铎，张俊在相互窃笑。

宗泽站起来发令：“旗牌官，时辰已到，武考开始。传南宁州举子柴桂上场。”“是。大帅有令，会试开始，传南宁州举子柴桂上场。”

柴桂是世袭的王爷，可谓一人之下，万人之上，二十岁的年龄，正是狂的时候，何况银子还使到了，若在平常，这几个考官也得下跪称臣。第一个出场就对了，比划几下，带来的人一叫好，状元就拿下了。他拿着王爷的派头，迈着傲步来到考官面前，抱拳行礼：“梁王柴桂见过各位考官。”柴桂报上名字。

“大胆柴桂，见了本帅及各位考官大人，竟敢不跪？”宗泽怒道。

柴桂傲慢的说：“吾乃一国番王，人称千岁，为何要下跪？”

宗泽用手一指说：“既来科考，你就是举子，就要尊守法度，若要称王，回你的南宁州。”

柴桂犹豫后只得跪下：“考生柴桂拜见各位考官大人。”张邦昌忙探身说：“平身。”“谢大人。”柴桂起身。

坐在左边的考官张俊贴耳对张邦昌说：“太师，可传岳飞来。”

张邦昌点头叫：“传汤阴县岳飞进场。”“汤阴县举子岳飞上场。”旗牌向外喊。

岳飞来到台前下跪磕头：“汤阴县举子岳飞拜见主考大人。”“岳飞，你来考状元，都练过什么武艺呀？”

岳飞答道：“回大人，武生十八般武艺都练过，但不敢说精，此次前来参加会试，也没想过能当状元，但人总要有志向，中个进士，求个出身，能为国效力，才不愧是个男儿，如果侥幸能中状元，也是祖宗积德，小人也不会拒绝。能得第一，就不争第二。”

张邦昌大怒：“大胆岳飞，竟竟如此狂妄，你敢与梁王比试武艺吗？”岳飞一愣：“谁是梁王？”

张邦昌一指：“你旁边站着的，就是小梁王。”

宗泽插话道：“柴桂，张太师说让你和岳飞比武，你敢比吗？”“当然敢，比什么项目？”柴桂不屑的说。

“为免双方受伤，比弓箭如何？”宗泽问。“弓箭是习武之人必练的技艺，当然可以。”柴桂同意了。

“起来说话。那就比射箭，”宗泽说完，扭头看张邦昌。“行，比射箭。”

宗泽问道：“柴桂，你能射多远？”“六十步，不八十步。”柴桂显然没有底气。

宗泽命令：“将箭靶摆放八十步远。”“箭靶摆好，八十步。”司靶官喊。

张邦昌一拱手说：“柴王爷，请。”

　　旗牌官向场内大声喊："南宁州举子柴桂先射，八十步。"

　　柴桂站定，搭箭拉弓，连放三箭，三箭全中。"柴桂八十步，三射全中。"司靶官报靶。张邦昌竖起大姆指点赞，柴桂很得意。

　　"王爷好箭法。岳飞，你能射多远？"张帮昌问。"大人，一百二十步吧。"岳飞报。

　　张邦昌喊道："靶官，箭靶摆放一百二十步。"又回头对岳飞说："岳飞，你自己要的一百二十步，如果射不中，就只能等下期了。如果你能知难而退，主动放弃，还可以给你个进士，你自己掂量着办？""武生不放弃。"岳飞说。

　　宗泽突然伸手一拦说："慢，传司靶官。"

　　司靶官跑过来跪下磕头："拜见各位大人。宗元帅有何吩咐？"

　　"箭靶有多远？"大帅问。"启禀大帅，箭靶一百二十步，是考生自己要的。"

　　宗帅拍案大怒："胡说，此校场可摆箭靶二百四十步，现在已经摆到头儿了，如何才一百二十步？你一定吃了贿赂，陷害考生。来人，把他扔进大牢严加铐问。"

　　有军士过来，抓肩拢背把司靶官抓走了。

第十七回　岳飞挑梁王 宗泽送铠甲

　　宗元帅发令："重新摆放箭靶。""禀大帅，箭靶不用重摆了，二百四十步考生也能射。"岳飞说。"好，就射二百四十步。旗牌官，报实际步数。""汤阴县举子岳飞射二百四十步。"旗牌官报了步数。引起场内一阵躁动。

　　岳飞持弓进场，镇定自若向场内举子施礼。箭壶中抽出三支箭，搭一支在弓上，开弓略瞄撒把，"嗖"的一声，飞箭正中靶心。"嗖嗖"又连射两箭皆中靶心。顿时场内一片欢呼，助威鼓也响了。

　　考官张邦昌高兴的站起来喊："我宣布，梁王柴桂，汤阴县举子岳飞射箭比赛结束，二人皆三箭全中，双方打成平手，不相上下。掌声祝贺。"带头鼓掌。场内响起一片嘲声。

　　宗泽闻听张帮昌宣布成绩，颇为不满。"张大人，八十步和二百四十步算打平吗？执法不公，你就不怕场内上千举子的唾沫喷你。"宗泽说。

　　张邦昌解释说："宗元帅，射箭是这样，以射中为准，两个人都是三箭三中，当然是打平了。假如说，刚才岳飞要是射了一百二十步，梁王完全可以再射一百四十步，现在岳飞射了二百四十步，梁王再想射三百步，可校场没那么大，难道去城外的菜地里去比吗？这样吧，不是常说武无第二吗？让他们比文字，比文字分胜负。宗帅以为如何？"

　　"比文字，怎么个比法？"宗泽问。

　　张邦昌用手比划着说："宗帅，不是说文无第一，武无第二吗？但是如果把两者加起来，还是能分出来一二的。当然今天是武举会考，比文字也不能离开武学。这样，梁王爷用的兵器是刀，岳飞用的是枪，让他们每人以自己的兵器做为开头儿写四个字，夸一夸自己，当然，书法好坏也要加减分哟。不知诸位大人以为如何？"

"太师的考题出的高，真是太高了。"王锋抢先赞同。

宗帅想了一下说："我看可以。柴桂，你写刀如何如何。岳飞，你写枪如何如何。注意，你们写的文字一定要包含兵器当中的技法，书写一定要工整，词儿好字好的为胜。""遵命。"

有军士搬来两张子摆在台下，桌子上放着纸墨笔砚。岳飞拿起笔，醮了墨，看了一眼梁王柴桂，满怀激情的写了四个字："枪挑南番。"他放下笔，将试卷交给宗帅。

梁王柴桂不知如何写，见岳飞已交卷，心中就发出狠来，岳飞姓岳，何不来个刀劈五岳，定能将岳飞吓退。想到这儿，心里很得意，提笔写时却用力过猛，手一抖，把刀字写出了头，变成了力劈五岳。没办法，每人仅有一张纸，只得交卷。

张邦昌接券后大赞道："写得好，太好了。字也好。力，力劈……"不敢念了。

宗泽从张邦昌手中拿过试卷看了一眼说："柴桂，考试题是以手使兵器的字打头，你用的是刀，怎么写成力了？不及格。下去吧。"

张邦昌从宗帅手里拿过试卷说："不会吧，刀和力王爷还分不清，宗帅，是刀，刀劈五岳。好词，有气魄。"说着，他用指甲把试卷上的刀字出了头的那块纸抠掉，再把试券交给宗泽。

宗泽把试券放桌上说："力劈五岳，刀劈五岳都不好，五岳乃我中华的象征，怎么能劈呢？你刀劈五岳，难不成你想……"

张帮昌起紧拦话说："宗帅宗帅，想多了。刀也好，力也好，就出一点头儿的事。这个字你认为是力就是力，你认为是刀就是刀。力劈五岳，无非是想证明他力气大。而岳飞的答券我到觉得有问题，岳飞用的是枪，枪是扎，枪扎一条线。而他写的是挑，书法也一般，算不上好。这样，就算平，两个人又打平了。不过，比武一定要分个高下，既然岳飞想枪挑南番，梁王写的又是刀劈五岳，那就比武见高下吧。诸位大人觉得呢？""同意，必须比。"王锋抢先举手赞同，张俊也同意了。

要说张邦昌可算是卖力气了，收人钱财，帮人说话。由于对武术方面是外行，所以他认为他出的主意都是为柴桂好。比如射箭，他认为射准了就算赢，不知还要比谁射的远。他认为岳飞是穷人家的孩子，文化肯定不高，所以又让双方比文字。现在他又认为，让平民出身的岳飞跟番王柴桂比武，吓死了岳飞也不敢，这样他就会知难而退。柴桂就会不战而胜。

"岳飞，考官大人让你与柴桂比武论高低，你可敢比？"宗泽问。

"大人，岳飞不敢，岳飞只是个平民百姓，柴桂是一国番王，身份不对等，万一草民失手伤了柴王，把他打出个好歹来，草民担不起这个责任。"

见岳飞有退却之意，张邦昌赶紧说："不打就是放弃，你若放弃，也会得个榜眼探花。不过我倒是建议你还是比一下，你可以跟柴王爷签个生死文书，然后走个过场，这样可以服众。"

"岳飞，主考大人要你跟柴桂比武见高低，你可敢签生死文书？"宗帅问。"草民愿签生死文书。"岳飞同意了。

张邦昌见岳飞同意答生死文书，马上说道："柴王爷，岳飞，你们双方自原比武论输赢，因刀枪无眼，谁伤谁都很正常，死活认命，与对方无关。但比武前需签生死文书，立字为据。但比武也要有规则，岳飞用枪，只能用挑，不许用其它技法。柴桂用刀，只能用劈，不许用其它技法，违规算输。"

"张大人，这样不妥吧，比武还限制技法？"宗泽问。"大帅，没什么不妥，岳飞既然能枪挑南番，就证明挑是他的绝活。使出绝活儿比武，大家都能开开眼不是。好，文书一式两份，现在双方签字。两位举子请签文书。"张邦昌说。

岳飞拿起笔，显得很紧张，他看了一眼梁王柴桂，手开始发抖。梁王开始也有些犹豫，字一旦签了，就可能有性命之忧，做为一国番王，与一个穷举子比武，真是有失身份，而且，若要签生死状比武得状元，还花那么多银子干嘛？他知道岳飞在瞧他，也就扭头瞧了一眼岳飞，当他看见岳飞神情紧张手直哆嗦时，他笑了，马上签了文书。

岳飞见柴桂签了生死状，也就不装了，签了字，把文书交给宗泽。柴桂把文书交给张邦昌。

宗泽看了岳飞的文书后念道："今岳飞因武举科考，与柴桂比武。刀枪无眼，生死有命，责任自负，死而无憾，与他人无关。特签生死状以证。立状人汤阴县举子岳飞。

念为岳飞的生死状，宗泽示意张邦昌念柴桂的文书。张邦昌念道："今南宁州武举柴栓与岳飞比武夺状元，为示公平，不以大欺小，特与岳飞签生死文书，若伤若死，与岳飞无关。签约人，南宁州举子柴桂。

宗泽将岳飞的生死状交给张邦昌，张邦昌将柴桂的生死状交给宗泽。宗泽宣布，柴桂与岳飞的生死状即时生效，现在双方做准备，比武马上开始。

岳飞来到场边，与兄弟们说："柴桂谋反，大哥准备为国除奸。五弟，你要做好随时走的准备，场内一有动静，你马上回客栈取行理结账。三弟，场中那杆旗杆由你负责，砍倒旗杆，场内必乱，我等才能走脱。二弟四弟，监考台左侧的板房前面站的人都是柴桂的亲兵护卫，一旦事发，你二人负责拦住他们。注意，到时候越乱越好。"四兄弟点头。

嘱咐完，岳飞披挂上马，来到校场中央。梁王柴桂已经进场等候，见岳飞过来便劝说："岳飞，你只是个普通的举子，孤家乃是一国番王，为个武状元，本不想与你撕争，你若识趣，可以做个榜眠探花，你的兄弟也都能中个进士，都不失高官厚禄，骏马任骑。你也可以到我的南番国做个元帅。你要想清楚。"

岳飞冷笑道："岳飞已经想清楚了，没见刚才写的枪挑南番吗？奉劝王爷，不要执迷不.悟。一意孤行了，与匪类为伍，谋我大宋江山，那可是满门抄斩的大罪。"

柴桂大怒道："孤王的事被你知道了，那就不能放过你了。"说罢，拍马过来举刀就砍，被岳飞躲过。柴桂发狠，一连砍了三刀，都岳飞闪过。

岳飞勒转马头喝道："柴桂，念你是一国番王，让你三招，实指望你能回心转意，没想到你得过进尺。今天我既便是杀不了你，也要把你的阴谋公知于众，皇上也会把你满门抄斩。"

"呸。"柴桂骂道："你个穷酸草民懂个屁，孤家有太祖皇帝的丹书铁券免死牌，这满大宋没人敢杀我，别看与你签了生死状，你若敢伤孤王，就是死罪。看刀。"说罢抡口就劈，刀刀凶很。他认为岳飞没有胆量杀他。

岳飞哈腰低头的左躲右闪，任凭柴桂发招，只是不还手。柴桂以为岳飞胆怯，更是得寸进尺，只管照岳飞身上乱砍。岳飞看准时机，一个虚闪之后，迅速出枪，枪尖插进柴桂铠甲的衣领内，手腕一翻，将柴桂挑起，头朝下往地上一摔，柴桂顿时脑浆迸裂，眼珠突出，用手指了一下岳飞，没说出话来。死了。

"小梁王死啦。""小梁王让岳飞给挑啦。"校场内顿时大乱，有叫好的，有害怕的。

监考台上，张邦昌大惊失色的大喊："大胆岳飞，你敢以下犯上，杀死梁王，该当何罪？来人，抓住岳飞。"

　　王贵见场内已乱，即拍马跑到校场中央，挥刀砍断"魁"字大旗旗杆。汤怀夹马向场外跑去，边跑边喊："快关大门，抓住所有举子……"张显也在场内边跑边喊："快跑啊，不跑就没命啦……"

　　见主子被打死，梁王的侍卫拔刀欲向岳飞冲来，早有牛皋拍马上前挡住，挥铜乱打一气并大喊："小梁王的侍卫杀人啦……"

　　场内彻底乱了，上千的举子开始往外跑。

　　考官席上，张邦昌，王锋，张俊吓得面如土色，赶紧往桌子底下躲藏。宗元帅不动声色的端起茶杯喝了一口茶。这时，牛皋冲过来，挥铜打断一根台柱，监考台晃了一下。他又跑到另一端猛砸立柱……宗帅叫声不好，扔了茶杯，鱼跃翻下监考台。监考台塌了，把三位考官埋在下面。

　　岳飞，牛皋，王贵，张显飞马出了校场，来到客栈门前，有汤怀已经将行李取出，拿上行李，五兄弟马下停蹄的出城去了。

　　校场里的举子都跑光了，只有十几个侍卫守着柴桂的尸首。

　　张邦昌从废墟里爬出来说："宗元帅，岳飞是你的门生，他竟敢当着上千举子的面儿杀了梁王，以下犯上，现负罪在逃，你怎么向皇上交待？""张太师，应该立即通缉岳飞。"王铎解着气的说。"对，将他捉拿归案，碎尸万段。"张俊也说。

　　宗泽指着他们说："都是一派胡言，那柴桂和岳飞比武是签了生死文书的，而且签生死状还是张大人的主意，有上千举子作证，诸位大人画押，怎么能翻脸不认账呢？这是柴桂死了，反过来呢，如果死的是岳飞，三位大人还这么急吗？"

　　"岳飞是平民举子，柴桂是一国番王，能一样吗？"张邦昌狡辩着。

　　宗帅冷笑道："恐怕不是草民与番王身份的差异，而是那满箱的金银珠宝在左右着三位大人吧？哈……"

张邦昌假装镇定的问："宗元帅，什么意思，什么珠宝？"

"什么珠宝，就不用明说了吧？这满场的上千举子，谁不知道柴桂抬着四箱珠宝给几位考官挨家送？只有本帅没收啊。"宗帅笑着说。

张邦昌心虚了："栽脏，陷害。"

见张邦昌怂了，宗帅转身问柴王的侍卫："梁王府的胡总管在吗？"

柴总管上前磕头："小人在。大人，我家王爷被岳飞挑死，望各位大做主，缉拿凶手，给王爷报仇。"

宗帅反问道："你家王爷在比武前与岳飞签了生死状，死生认命，何来报仇一说？"

"禀大人，当年柴家祖宗陈桥让位有功，太祖皇帝赐了丹书铁券免死牌，本朝无人能杀王爷。今天岳飞以下犯上，违抗太祖皇帝遗训，实属罪大恶极，望各位大人给王爷做主。"胡总管辩说。

宗泽冷笑道："你家王爷本是一国番王，富贵至极，而今却弃大攀小，自障为举子来考状元，也是自寻死路，怨不得人。"

"大人此言差矣，我家王爷自降身价，参加武考，也是为了体量民情，图凡人之乐。大宋律条也没说不许王爷参加科考，大人如比推托，分明是不想负责任。"胡管家巧嘴如簧的说。

宗泽大怒道："大胆胡总管，什么体量民情，图凡人之乐，若他果然夺得状元，封了元帅有了兵权，难道就不会造反吗？"

"大人怎么能如此揣测？按您的说法，我家王爷就是在九泉之下也不能瞑目的。"胡总管说。

宗帅手指着胡总管："好你个胡总管，你手下是不是还有个柴管家呀？柴管家和太行山贼人互递信件，你别说你不知道。是不是等柴桂中了状元就起兵啊？好你个伶牙利齿的胡总管，死到临头了还敢胡搅蛮缠。来人，把胡总管绑了。"

有军士上前把胡总管绑了。

"大人饶命，不关小人的事，小人只管王爷的吃喝拉撒，其于的一切事情都不知道啊。"

宗泽转身对张邦昌等说："几位大人进屋说话。

几位大人进了一间屋后坐下，从脸色看，张邦昌，王铎，张俊都很不自然。

"几位大人都看到了，柴桂舍大取小来考状元，就是想夺取兵权，与太行山贼寇里应外合谋取宋室江山。幸有岳飞截获了柴桂密信，且以身犯险为国除奸，此乃是义举。几位大人以为如何？"

王锋马上说道："宗帅慧眼识珠收得岳飞，为国立功了。"

"应该嘉奖。"张俊也说。

"是这样。"宗泽说："事虽败露，但柴桂已死，我想还是到此为止，不要张扬了。如果如实上奏，圣上震怒，一定要查个水落石出，现又有胡总管，柴管家等活口儿，严刑拷打肯定会招。只是三位大人都收了柴桂的珠宝，若受到牵连，多少也有点冤枉。但是若让胡总管咬起来，确实与三位大人不利。所以本帅想问问三位大人什么意思？"宗泽说。

张邦昌赶紧说，一切听宗帅的，。"

岳飞挑死小梁王，有生死文书在。怨不得人，如时上报。张大人你去上奏章吧。此次武考取消，择日再考。至于胡总管，我看还是放了他吧，让他把柴桂的尸首运回去，这样也算对对得起柴家的祖宗了。宗泽说。

张邦昌竖起大拇指说："宗帅英明。王锋也说："听宗帅的。"

宗泽命令："带胡总管。"军士押胡总管进屋跪倒，宗泽命令给他松绑。军士给胡总管松了绑绳

宗泽对胡总管说："你家王爷勾结叛匪，某我宋室江山，死有余辜，但考虑到柴家的祖宗对大宋有功，还是不张扬了为好。我们

几位大人商量，对外就说王爷比武从马上摔下来，头部撞地而亡，由你负责把你家王爷的尸首运回去吧，另外你手下的那个柴管家的嘴也要封严点儿，胡总管忙说："小人明白，谢谢大老爷。"爬起来出屋去了。

出了东京汴梁，岳飞几兄弟打马急跑，一口气出去了几十里地，见没人追来，才放慢了速度。

汤怀在后面叫："大哥歇会儿吧，这一口气跑了五六十里地了，已经远离京城了，前面有条河，可以饮马。"

岳飞往四周看了看说："好，河边歇会儿。"几兄弟来到河边儿下马，让马饮水吃草。张显躺倒在草地上说："大哥今天威风了，把小梁王给挑了，我都没看清楚小梁王是怎么死的。"牛皋也说："我也没看见，大哥真厉害。"岳飞心情沉重的说："那个小梁王是大周柴世宗的后代，只是他家有太祖皇帝发的丹书铁券免死牌。不单是咱们这些举子，就是皇上也不能杀他，所以小梁王勾结反贼，即使事情败露也没有死罪，但此人又不能留，只能由大哥来为国除奸了。其实在考文笔的时候，我写了枪挑南番，等于就点了他了，只是他不省攒儿，死催的。"

牛皋惋惜的说："活该，要不然现在大哥已经是状元了，我牛皋也是榜眼了，你们仁再出个探花儿。

岳飞叹气说："要不然怎么说人的命天注定啊，不想了。该找地方吃饭了，上马。"

岳飞等人上马，刚跑了几步，就听见后面有人喊："岳公子，各位小爷请留步，五位小爷勒马回身，见留守衙门的中军飞马而来。岳飞立马横枪问："将军追赶吾等所谓何事？中军抱拳说："公子，帅爷回府，让在下赶来，请各位留步，帅爷稍后就到。"远处，有几匹马飞奔而来，是宗元帅到了。

宗泽下马喘气说："贤契们跑得太快了。"岳飞兄弟下马拜见大帅。宗泽说："贤契们坐下。"自己先坐在地上。

岳飞坐地下说："大帅，今今学生给大帅找麻烦了。"唉，鹏举你做得对，为国除奸，乃大功一件，只是朝中有许多奸臣，误了举子们的仕途，本帅也有责任。不过挑了小梁王的事，本帅已经摆平了。"

岳飞跪地说："谢谢大帅，谢谢恩师。"贤契，坐。本帅今天来追你们，可与古人好有一比呀。"岳飞问："大帅指的是哪位古人？""大汉萧何，萧何月下追韩信，本帅宗泽，快马追岳飞呀。哈哈……""岳飞怎敢比韩信。"宗泽笑着说："比得。唉，对了，把箱子抬过来。"侍卫抬过一个大皮箱，放地下打开。宗泽说："鹏举，这是本帅收藏的一副铠甲，送给你了。今天不能登台拜将，先送你一副铠甲，穿上就有将军范儿了。"谢恩师。"

这时一匹马飞奔而来，马上一军勒马下马，下跪禀报："大帅，张太师传话说，皇上说，令柴王府人员运尸首回番邦安葬，并说免了岳飞扰乱考场之罪，只是太师说，为了堵住大臣们的口舌，皇上说叫大帅这些日子就不用上朝了。"

"知道了，下去吧，这些日子可以放松放松，不问国事了，好正好能和你们痛饮一回。"宗帅说。

岳飞愧疚的说："是岳飞连累大帅了。""鹏举，不能这么说，你是为国除奸，早晚皇上会明白的。为将者能做到鸟尽弓藏，就是最好的结果了，来呀，摆酒。宗泽说。

有军士抖开一块军毯，铺在地上，摆上酒肉碗筷，牛皋单膝跪在地上，拿起酒壶说："谢大帅。"倒了一杯先喝干了，再倒一杯，嘴里又说："先干为敬，刚才是敬大帅，现在敬大哥一杯，扬脖又干了一杯。岳飞不好意思的说："大帅，我二弟就是这样，平时是老实巴交的，一见了酒就不知道自己是谁了，第一碗酒总是他先喝，大帅莫怪。"宗泽笑看说："嗯，爽快之人，如今已很难得了。贤契，本科武考黄了，耽误了贤契们的前程，本帅心里真是过意不去，自罚一杯吧。"牛皋陪干一杯说："大帅也真爽快，我大哥枪挑了小梁王，捅了天大的窟窿，功名没了，但有酒啊，只要有酒，功名算个屁啊。您是大帅，我们都是您的门生，以后只要您有事，您言语一声，我们随叫随到。"

宗帅对牛皋说："你们都是本帅的门生，更是本帅的朋友，本帅有句肺腑之言，虽然本科的科举取消了，使你们的人生受到了挫折，但是不要灰心，不要放弃，除了武举，还会有很多的机会，一定要坚持信念。本帅相信你们哥几个，一定会有好前程的。"岳飞点头说："学生一定记住恩师的教诲。"

夕阳在山角处放着红光，宗泽与门生们都很兴奋，酒喝够了，他们随地而卧，看着这些年青人，宗大帅似乎忘了自己的年龄和身份，笑得的很开心。

第十八回　宗泽踹贼营　王贵得金刀

宗泽手托着腮卧在地上说："鹏举，本帅戎马生涯二十余载，这样放松，这样无拘无束的豪饮，还真是头一次啊。"

"大帅，天不早了，请回府吧。"帅府的中军过来说。

宗泽意犹未尽的继续说："知道了，鹏举，今天是本帅最高兴的一天，喝了不少酒，但是高兴。高兴啊！左手锄奸，右手举贤，高兴啊……"

中军再次催促：："大帅，时间不早了，该回府了。来人，扶大帅上车。"岳飞兄弟们站起来说："恩师请回。"

军士扶宗帅上了马车，宗帅挥手告别。车夫挥鞭，马车向远处跑去。

"呦……我的肚子，疼。"王贵捂肚子叫唤。"三弟，怎么了这是？"牛皋赶忙问。"肚子疼。哎呦，受不了了。"王贵躺地上打滚。看来不是装的。

岳飞分析说："弄不好坐地上着凉了，前面有个镇子，叫昭丰镇，离这里不远，天要黑了，赶紧扶他上马，去镇上找郎中看看。"

张显，汤怀扶王贵上马，自己也上马，在王贵左右两侧并马而行。岳飞与牛皋也上马，急往昭丰镇而来。

来到昭丰镇，在一家客栈门前下马，客栈掌柜的迎出来问："几位客官，本人姓李，是客栈的掌柜，请问下，您是打尖，还是住店呢？"

"老板，我们是武考的举子，路过此地，有一个兄弟不舒服，烦劳掌柜的给请个郎中，我们今天在你家住宿。"汤怀对掌柜的说。

“您快进去，把牲口交给伙计。我去请郎中。”有伙计出来，接过岳飞和王贵的马缰，汤怀牵着三匹马跟在伙计后面，到后院喂马去了。

进了客栈。牛皋，张显扶着王贵上到二楼，伙计推开一间房门，把几位让到客房里。岳飞四下查看一番，张显扶王贵躺在床上。

牛皋关心的问：“三弟，好点儿没有？”王贵痛苦的：“还是疼，转着疼。”

掌柜的带着郎中走进来，郎中放下药箱，给王贵把脉。“是不是做了巨烈的活动？出了大汗了？”郎中问。

“是，骑马跑了五十多里地沒歇脚儿，又吃了凉食儿。”王贵说。“嗯，又受了凉，肚中积郁的寒气较多排不出来，在肚子里打转儿。不碍事，贴两贴膏药就没事了。”郎中打开药匣，取出两贴膏药，对张显说：“小爷你把他翻过去，上衣撩开。”张显一掀，王贵翻身趴下，掀起衣服露出后腰，郎中撕开膏药，叭的一拍，贴在王贵腰上，然后又撕一贴，又贴王贵腰上。“好啦。”郎中说。

张显半信半疑的问：“大夫，肚子疼，贴一贴膏药就管用吗？他可是肚子了疼，贴也应该贴肚子上，怎么贴腰上了？”

郎中笑道：“肚子疼，有很多原因，比如说，吃了凉食，喝了凉水，喝了风进了凉气，但是这些原因都不至于如此疼痛，他这个病，是因为运动后身上发热，脱衣服纳凉，或蹲于墙边，坐于地下，给了外邪进入的机会，人的腰部有个穴位叫命门，命门与肚脐是通的，凉气从命门进入，欲从肚脐出去，此时你可能正好压住肚脐，或腰带过紧，进入肚中的凉气出不去，就会在肚子里打转，肚子就会疼得要死要活的，这种病一旦得了，以后就会经常闹肚子疼。但是病因没有几个人知道，吃几副药好了，但不去根儿，我这种方法是独门研制，治标治本，见效也快，以后记住了，万一再犯此毛病，附近又没有郎中，可以自治。”

"怎么自治？"张显问。"腰对着火烤，躺火炕，用布带缠腰均可。还有，命门进冷气肚子疼，相反呢，肚脐儿进凉气，就有可能腰疼，是一个道理。"郎中说。

王贵摸着肚子说："还真别说，真管用，舒服多了。"

岳飞掏出一快碎银给郎中，郎中接过，提药匣下楼去了。

牛皋自言自语的说："看来还不是吃坏了。不理解，肚子疼，怎么会是腰着凉呢？""郎中说得有道理，我这肚子一年闹几回，可能就是这个原因，每次疼完了都虚两天。但愿象郎中说的，能去了根儿。"王贵说。"准能去根儿。三哥没事了，就踏实了，我也困了，都快半夜了。"张显找张空床躺下了。

"大家睡吧。"岳飞也躺下了。

天亮了，伙计将早餐送进屋说："各位爷，早餐好了，请慢用。那位身体不舒服的小爷，灶上专门给您做了碗热汤面，我给您端去。"出去了。

牛皋笑着说："病的好，吃上病号饭了。"

"吃饭。三弟，今天好点了了吗？"岳飞问。

王贵伸了伸腰说："好了，没问题了。就是觉得身上没劲儿，发虚。""沒事，就是饿的。昨天一着凉，肚子里全是气，现在气排出去了，肚子瘪了，吃饱了就有劲了。"牛皋分析的有道理。王贵伸着胳膊说："就是混身犯绉。"牛皋用筷子一指："我看你是欠揍。""二哥，吃饭还堵不住嘴呀。"汤怀笑着说。

小二端着大海碗进屋，把碗放在桌上说："小爷，您的鸡丝汤面做好了。您看，卧了仁鸡蛋，放了半斤的鸡丝。这口味儿，营养俱佳，醋，胡椒粉都放了，酸辣口儿。保您吃完了出一身透汗。您趁热儿吃。"小二出去了。

王贵从床上爬起来，懒洋洋的走到桌前说：“真是的，多不好意思呀，又是鸡丝，又是鸡蛋的，真不想得病。”坐在拿起筷子……

牛皋站起来说：“鸡肉吃多了，不好消化，你肚子不好，二哥帮你吃点儿。”伸筷子夹鸡丝到自己碗里。

张显也跟看说：“是，三哥从小就不爱吃鸡蛋，兄弟豁出去了，帮你吃一个。你肚子刚好，还真别累着。”伸筷子来出一个鸡蛋，放自己碗里。

汤怀也伸筷子：“哥哥们都做了好人，老兄弟也应该……”

王贵双手一捧大海碗，离开桌子坐床边上吃去了。

兄弟们正在嘻嘻逗闹，突听楼下一片混乱，听掌柜的喊：“快关门，快关门。把门顶上。大家都藏起来，别出来。”

岳飞从房间走出来，往楼下着了看。楼下的人都东躲西藏的。岳飞问：“掌柜的，发生什么事了？”掌柜的抬头一看，马上跑到楼上来说：“呦，岳爷，快回屋，”与岳飞进了屋。掌柜的惊慌的说：“外面过队伍呢。”

岳飞镇定的问：“过队伍有什么好怕的？吓成这样？”“今天过的队伍可不是咱大宋的官军，是太行山的好汉下山了。”掌柜的说。

岳飞随口说：“太行山的反贼？下山干嘛？”

掌柜的担心的：“谁知道干嘛，奔京城去了。噢，这是要去打京城啊。肯定是。”“打京城，就一群草寇？”岳飞有些不屑。

“这可不是一般的草寇，听说有五，六万人马呢。为首的头领使一口大刀，自称天下无敌赛关公金刀大王王善。武艺高强，有万夫不挡之勇。而且手下能征惯战的大小头目不下百人。号称第二个梁山。小爷们千万别出来。”掌柜的嘱咐着。

岳飞点头："放心吧掌柜的，我们不会惹事的。""吓死我了，头一回见这么多兵。"掌柜的说完出去了。

岳飞在屋里度着步："人上千，一望无边，人上万，无边无沿。果然不假。难道这些贼兵，真的是去打京城？"

牛皋满不在乎的说："打就打去，一个昏庸皇帝，一群脏官，趁早儿给他灭了。""二弟，不许胡讲。"岳飞喝斥道。"本来就是。""按说，太行山反贼与小梁王勾结，若小梁王夺了状元，这个时候去打东京，里应外合，易如反掌。但如今小梁王已死，他怎么敢……"岳飞分析着。

牛皋一挥手："有什么不敢的，虽然没有柴桂做接应，那这个时候起兵也是正当时呀。""为什么呢？二哥。"张显问。"你想啊，朝中无大将，就一个宗元帅，还下岗了，朝中奸臣弄权，宋朝该亡了。"牛皋说。

岳飞点头称是："二弟说得有道理。这就叫乘虚而入，"转身对王贵："三弟，身体怎么样？"

"有点虚，吃了一大碗热汤鸡丝面，正出汗呢。"王贵说。

岳飞果断的说："二弟，你陪三弟在客栈休息，四弟五弟，跟我去东京看看。""去东京？咱不是刚跑出来吗？"张显问。"四弟，那太行山贼寇，本来与柴桂约好，等柴桂得了状元以后，里应外合，夺取宋室江山，现今柴桂死了，事情败露，所以狗急跳墙。他们可能听说了，为兄枪挑梁王，连累了宗帅被免，朝中无大将，所以趁此机会来攻打京城。"

张显不以为然："打更好，连那些贪官都打死，才大快人心呢。""你以为张邦昌，王铎他们会出来打仗呀，他们肯定早就吓尿了。肯定还得把宗帅推出来。我们几个人过去看看，要真是恩师带兵出战，我们就帮一把。"岳飞开始整理装备。"好，听大哥的。

我们去杀个痛快。"汤怀也整理装备。"我去牵马。"张显说着出门去了。

"不对呀大哥，你们去打仗杀敌，凭什么我看王贵呀？再说了，他也不用看呀。不行，我也去。我说怎么早起手心痒痒呢。"牛皋也要去床边穿战袍。王贵捂肚子又叫："哟哟哟，又疼上了。二哥，你可别走，哎呦……又疼了，疼，二哥呀……"牛皋很无奈："好，你们去吧，去吧。三弟你也是，早不疼晚不疼，偏偏这时候疼？倒霉。"

岳飞，张显收拾行囊，穿好盔甲，挂上佩剑，拿起兵刃，连同汤怀的枪剑一起拿着，在门前听了听外面的动静，拉门出去，来到后院，汤怀已将马匹备好。他接过张显扔过来的枪剑，翻身上马，向镇外跑去。

穿上宗帅送的这身铠甲，手提沥泉神枪，坐下白龙马，此时的岳飞，真的好威武啊。

大哥他们出去后，王贵趴门口听了听动静说："二哥，咱哥儿俩也扮上，走着。""呦，你没事呀？会装。"牛皋乐了。王贵笑道"你看，说好就好了。一听说要打要杀，把病吓跑了。今天是正式的打仗，一定要正规，铠甲，绦带，护心镜，护手，一样不能少。"王贵认真的说。牛皋大笑："你这个王贵，我差点儿让你给忽弄了。"

王贵很是得意："二哥，东西都带上，门口儿我把帐结喽，今天咱就玩个痛快。比比谁宰的多。""好，今天要试试这对金装锏好使不好使。给它开开荤。三弟别着急，先要壶酒，喝完了，大哥他们也走远了，咱俩再出去。"牛皋说。"二哥说得是。小二，上来下。"王贵喊。

小二跑上来问："二位爷，有什么吩咐？""给送两壶酒上来，顺便结一下账，我们今天出门，没准儿就不回来了。"王贵坐下说。

"是。"小二跑下楼，拿了两壶酒和账单上来。酒放桌上，递上账单。王贵看了看账单，掏出一锭银子放桌上说："银子不用找了，再准备两坛酒放柜上，出门时带着。""谢谢小爷。"小二出去了。

王贵乐着说："二哥，听说上阵杀敌，要喝壮行酒，今天哥俩也要上阵了，壮行壮行？

"可以，"牛皋端起酒杯说："三弟，二哥祝你旗开得胜赛关公，天下无敌。""祝二哥，双锏灭太行，武功盖秦琼。""干。"

客栈门前，马匹已有伙计给收拾好了。牛皋，王贵接过缰绳，上马疾驰而去。

岳飞，张显，汤怀顺大路而行，在距离东京还有五里路时，被一个横向的大营盘挡住去路。三人来到一个坡上观察，营盘是太行山金刀大王王善的旗号。张显手指远处："大哥，那边土坡上的营寨好象是宋军。"汤怀仔细看后也说："是宋军。是宗元帅的帅旗。"

岳飞点头说："不错，是宗元帅的旗号。奇怪，大帅怎么把营寨扎在坡上，这可是犯了兵家大忌了。兄弟们，贼兵势大，我们从左边绕过去与恩师会合。注意不要被贼兵发现。""是大哥。"

宋军营中，领兵迎敌的正是大元帅宗泽。宗泽认真观察了敌军布营之后，嘱咐儿子宗方："方儿，为父将兵马扎在高坡上，是兵家大忌，但是爹没办法。我军只有五千，而贼兵有六，七万，若与之对垒，不用打，贼兵只要一冲，这五千人就完了。所以爹才屯兵坡上等勤王兵马。能多拖一会儿是一会儿。现在为父要去闯敌营盘，若能将敌营搅乱，今天基本上就安全了。但愿勤王的兵马早点到，如果爹战死，你就遣散这些士兵，不要让他们去送死。你也逃出去避祸吧。你不是军人，不用担责。爹去也。"拍马持枪向坡下冲去。至敌营时，宗帅大声喝道："挡吾者死……"

牛皋，王贵一路飞马而来，遇太行山大营挡道，即到土坡上观瞧。

太行山金刀大王王善正在指挥布阵，有偻兵报："大王，宋军元帅宗泽单骑闯阵。""什么，他敢一个人闯阵，这是找死啊，兄弟们，天助我也，抓住元帅宗泽，东京就唾手可得了。一定要活捉宗泽。"王善挥刀指挥围住宗泽。阵中偻喽呐喊："活捉宗泽……"
宗泽施展浑身解数，挥舞大枪，扎，挑，砸，扫……敌兵一片片倒下后，又有更多的偻兵涌上来。

牛皋，王贵看了一会儿动静，发现阵中正在打杀。牛皋对王贵说："兄弟，没路了，前面全是贼兵。"王贵惊呼道："啊哈，这么多，没路就杀一条路，王贵来也。"挥刀冲入贼营。牛皋在后大喊："王贵，你眼里没谁了。牛皋来也。"舞双锏杀向敌营。
王贵挥舞大刀，一刀砍倒一片。牛皋双锏专打偻兵脑壳。元帅宗泽，在敌阵中奋力冲杀，而偻兵越来越多。有一贼将上前大叫："宗泽下马投降，保你不死。"大斧一顿猛砍。宗泽举枪招架。
王贵杀得痛快，大刀如雪片飞舞，劈，砍，削，剁，所向无敌。牛皋双锏，杀得偻兵胆寒。砸，扫，敲，捅，已忘呼所以。牛皋正杀得起劲，忽见一贼将正与人撕杀，正好来到眼前，牛皋锏扫其背，将贼将打于马下。"贤契。宗泽喊了一声。"牛皋方才看清，原来是宗泽。"大帅，您怎么在这儿？"马上与宗泽背靠背，边斩杀贼兵边大喊："王贵，王贵，三弟……"

王贵跃马舞刀而来："二哥叫什么，有的是，且杀不完呢。"

牛皋大喊："三弟，快过来，宗帅在此，保护宗帅。"王贵杀过来说："啊，宗帅？大帅呀，您这不是耽误我的事吗？快出去。"牛皋开路，宗泽在中，王贵在后……贼兵势大，又渐围拢过来。

岳飞兄弟上了土坡，来到宋营见到宗方。岳飞自报说："小弟岳飞，求见宗帅。""岳兄，小弟宗方。""宗兄，大帅怎么把营盘扎在土坡上了，太危险了。"岳飞急着说。

"岳兄，父帅这是与贼人拼命了。他老人家已经匹马单枪闯营去了。现在不知生死。"宗方说。

岳飞大惊道："不好，贼兵势大，太危险了。张显，你从左侧杀入敌营，呈左勾拳走势，往中心打。我居中。汤怀，你从右侧杀入，呈右勾拳走势，往中心打。谁若先见到宗帅，就保着宗帅往回杀。杀……"张显，汤怀，分两边杀入敌营。岳飞从中路杀向贼阵。

贼阵中，牛皋，宗泽，王贵，被偻兵团团围住，贼首大喊："不要放走宗泽。给我杀。"

岳飞一路枪挑剑砍，冲入阵中，猛见牛皋杀来。岳飞大叫："二弟，你怎么在这儿？"

牛皋听见喊声，马上回道："岳大哥，思师在此，保护恩师。"话音刚落，张显，汤怀已经杀到。岳飞立即招呼："岳飞在此，兄弟们保护大帅，跟我来。"返身在前开路，牛皋，张显，汤怀保护着宗泽且战且走。

营寨高处，金刀大王王善还在大喊："不要放走宗泽，给我杀。"

已经杀红了眼的王贵，扭头看见正在叫喊的王善，便朝土坡上杀来，乘其不备，一刀斩王善于马下。王贵正欲往前再杀，低头看见了王善的金刀，又看了下自己的刀，即在马背上探身捡了起来，与自己的刀比较后叫道："好刀，好刀。"扔掉自己的刀，用王善的金刀砍杀起来，边杀边喊："吾乃赛关公金刀大王王贵是也，挡吾者死。"

岳飞杀条血路，众兄弟保护宗帅杀出敌阵，回到宋营寨门前。宗方迎接。

宗方对父言道："父帅，您今天太冒险了，幸亏岳兄和几位兄长来得及时，否则后果不堪设想了。"

牛皋左右看了一下，没看见王贵："嗯，怎么不见王贵？坏了。王贵兄弟……"举双锏杀入敌阵。

汤怀指着敌营说："三哥好象又杀回去了。"

"兄弟们，杀回去。"岳飞，张显，汤怀兄弟返身转马，又杀了回去。

见此情此景，宗泽叹道："方儿，你看岳飞的这些兄弟，真是义气。""是，堪比管鲍分金。"宗方说。宗泽告诉儿子："以后要和这样的人交往。""是，爹爹。"

这时，宗泽看了一眼敌营后突然叫道："好，岳飞他们这么一冲，贼兵阵脚已乱，方儿，打开寨门，全力出击，擂战鼓。"

"咚……"战鼓擂响，宋军奋勇冲出，敌兵大乱。岳飞等大杀四方。

宗元帅下令："投降免死，抵抗者杀。宋军大喊："元帅有令，投降免死，抵抗者杀……"偻兵开始跪地投降。

王贵缴了王善的金刀，如获至宝，已经杀得性起，他不停的杀，不停的砍，不停的大叫："吾乃赛关公，活关羽，无敌金刀大王王贵是也。挡吾者死……"岳飞马到，大叫一声："王贵住手。"
"哈哈，不杀白不杀，吾乃赛关公活关羽……"王贵还在杀。

　　岳飞飞马上前，出枪架住王贵大刀说："三弟，投降免死，这是规矩。""什么规矩，我还没杀够呢。"王贵不高兴的说。跟我回宋营，去见宗元帅。牛皋，收兵回营。"岳飞下令道。

　　兄弟五人来到宋营跪拜宗泽。岳飞上报说："大帅，反贼大败，我军完胜，贼首金刀王善被王贵所斩，大小头目无一漏网，只有少数偻兵逃窜。"

　　宗帅扶起岳飞，叫牛皋等人平身。宗方进报："父帅，据统计，此役斩杀贼兵两万余人，俘获三万余人，逃跑九千人。我军大胜。"

　　宗泽大喜："好，报捷。鹏举，你们兄弟五人，随本帅上朝面圣。"

第十九回 岳飞得儿子 吉青认干娘

徽宗皇帝坐在龙椅上，朝中的大臣两侧站立，有太监报："启禀皇上，宗大帅得胜归来了，正在殿外候旨。""宣。""皇上有旨，宣宗泽上殿。"

宗泽进殿跪下磕头："臣宗泽参见皇上。""宗爱卿平身。"宗泽站起来说："谢皇上。""宗爱卿，战况如何？"徽宗问。"皇上，臣率兵5000与贼兵六万对决，绝无生还可能，所以臣决定以死报国。只身杀入敌阵，臣以为此战臣必死无疑，关键时刻，有那前日武举岳飞，牛皋五兄弟前来助阵，不但将臣救出，还助臣大败反贼。此役，反贼首领金刀大王王善被斩杀，并斩敌兵敌将 2 万余人，俘获 3 万余人，粮草军器无数，现在正在清点入库，臣先行回来向皇上报捷。"

微宗高兴地说："宗爱卿，岳飞兄弟现在何处？""现在宫外候旨。""传。"有太监喊："皇上有旨，岳飞，牛皋，五兄弟上朝见驾。"

岳飞率众兄弟入朝，跪下磕头："草民岳飞等，叩见皇上。""平身。岳飞，尔等杀敌立功，赏每人绸缎一匹，白银二百两。"徽宗说。岳飞跪拜："谢皇上。""平身。"岳飞兄弟起身立在一旁。

徽宗叫张邦昌："张爱卿，岳飞等为国立功，该封什么官职？"

张邦昌出班奏道："皇上，臣以为暂不宜封官职。"徽宗不解的问："为什么。"张邦昌说："皇上，武官现在是虚职多，人数也多，宜减不宜增，况且岳飞前几日刚挑了梁王柴桂，扰了考场，现在马上封官恐有人议论。""嗯"徽宗点头说："有道理，那就功过相抵，以后有功再封吧。"太监喊："退朝。"

宗泽欲言又止，随众大臣出殿。此时岳飞等退至宫外，等候宗泽。大臣们出来后散去，宗泽和张邦昌走出大殿，宗泽气愤的问："张大人，岳飞兄弟出生入死，立下天大的功劳，你却劝皇帝不封赏，还弄得功过相抵，就是封个一官半职的，论功劳，谁还能说出闲话来，如果有人有非议，那一定是奸臣。""宗元帅别生气，我知道岳飞兄弟是宗帅的门生，给他们个一官半职的也容易，不过这样有可能招来大麻烦。

"有什么麻烦？"宗帅问。张邦昌说："宗帅，你想啊，那岳飞挑死了小梁王，是我在皇上面前美言以后，才把这事儿摆平的，那小梁王是什么人啊？他家有太祖皇帝发的的丹书铁券免死牌。这事刚过去几天，你这时候封了岳飞的官职，惹恼了柴王府，他家人若来找皇上让岳飞抵命，皇上能保得了岳飞吗？你好好想想吧。"

宗泽把岳飞等送出留守府，在门前话别，宗帅安慰说："鹏举，尔等不要恢心，耐心等待时机，一定要珍惜时光，机会总是有的。你们还年轻，年轻就是本钱，"谢大帅，学生记住了。"岳飞说。

宗泽叫过儿子宗方："方儿儿记住，这是你岳大哥。"宗方施礼叫："岳大哥，各位哥哥。"岳飞抱拳回礼说："高攀了兄弟。愧领了。"

宗泽眼睛湿润了："鹏举，你们兄弟上马吧……"

岳飞兄弟上了马告辞："恩师保重，学生告辞了。宗方兄弟，我们后会有期。"五匹马飞驰而去，宗泽老泪纵横。

岳飞等飞马狂奔一阵后，收拢缰绳放慢了速度，边走边聊。

王贵骂道："张邦昌这个王八蛋，真不是个东西，咱哥们儿剿灭了贼寇，立了大功，连皇上都说给个官职，他倒拦着，真是个奸臣。我都想掐死他。""别胡说，咱也不是为了他。没听宗帅说吗？等机会，机会有的是。"岳飞说。

牛皋满不在乎的说："大哥说的是，什么官不官的，我就没想着是为皇上打，这冲的都是宗帅，甭管怎么说，杀了个痛快。"张显也说："我也是，打得真爽，现在手还痒痒呢。"王贵更是得意的说："这时候看出来了吧，还是使大刀痛快，我'呼'的一下，就砍了五六个，再'呼'的一下，又砍了十来个。"汤怀看着王贵的大刀羡慕的说：这刀真不错，三哥赚大发儿了，王贵得意的托着金刀说："好吧？得来全不费功夫，这趟没白来。我一直觉得我那口刀使着不顺手，你看这把刀一上手，怎么使怎么有了。这可是金刀大王用的金刀啊，真是宝刀。""确实是好刀。"汤怀说。

小哥几个边走边聊，有几个乡民从前边跑过来，边跑边喊："快跑啊，打劫啦。"汤怀截住一个人问："哪有打劫的？"乡民慌慌张张的说："前面，有的人包袱都给抢了，别过去了，绕着走吧。"

汤怀闻听，打马向前跑去。兄弟们指着汤怀的背影说笑。

汤怀跑到前面，见有一个人骑马横刀站在路中央喊："把银子留下，放你过去，若说半个不字，将你剁成肉泥。"汤怀也不收马，马到枪到并说："给你买路钱，吃我一枪。"那人大怒，挥刀招架砍杀，两人打在一起。这时山坡上又下来几个人，见两人打得难解难分，一个使狼牙棒的大汉欲上前助阵，被一人叫住："吉兄弟，且慢。"

这一侧，岳飞等也骑马赶到，见双方打得不可开交，牛皋提双锏也想上前助阵，被岳飞喊住。

对面的头领中有一个人看着岳飞说："对面的那位公子，骑白马的，好像在那儿见过，挺面熟的。

牛皋用锏一指说："谁跟你认识，打家劫舍的土匪。"岳飞向前走了几步问："是吗？不记得见过。""请问公子高姓大名？"对面问。岳飞抱拳道："吾乃相州府汤阴县人氏，姓岳名飞字鹏举，请问仁兄大名？"对面又问："莫非是枪挑小梁王的岳飞吗？我说怎么看着脸熟呢？小弟姓施名全，这几个是我的结义兄弟，我们也是进京赶考的举子，由于闹了校场，跑到这里想去汤阴县，与岳兄会面共谋前程，只是走到这里没了盘缠，正好遇上打劫的，被我们打败了，就在这儿住下了。"这时，汤怀与赵兄弟收起了兵器。

施全向岳飞介绍说："这几个是我的兄弟，吉青，周青，赵云，梁兴。"岳飞也介绍说："施兄，这几个是我的兄弟牛皋，王贵，张显，汤怀。施全相请道："请岳大哥山上一叙。"周青等人也见礼说："岳大哥请。"

众人上山下马，进了聚义厅，施全命拿出酒肉款待岳飞兄弟。大家聊得高兴，英雄相惜，即设香案，结拜为兄弟。

在山上住了一天，岳飞等回家心切，并劝施全不要再做这种抢劫的营生。正好，施全兄弟也欲回家，想顺路先到岳大哥家走一趟。兄弟们高高兴兴的下山，纵马向汤阴而来。

大家在岳飞家门前下马，岳飞对王贵说："王贵兄弟，你嫂子有孕待产，所以不太方便，在你家安排住处吧，王贵说："好吧大哥，施兄弟，到我家去住。"张显催岳飞说，大哥快回家看嫂子吧，兄弟们等着喝喜酒呢。""我们先回家，大哥二哥明儿见。"张显，汤怀各回个家了。王贵带着施全等去自己家。牛皋对岳飞说："大哥我也回去了，快一个月没见过娘了。"

岳飞催促说："快回去吧，问牛婶儿好，就说岳飞给她老人家请安了。"牛皋点头进了自家的院子，马拴桩上，从马背上取下一匹绸缎，喊着就进了屋："娘，我回来了。"跪地下给娘磕头。"你这孩子，吓了娘一跳，你可回来了。"

岳飞进了自家的院子，把马拴好，取下布匹，卸下马鞍，抱了一捆草，放在马槽里，又提了一桶水饮马，然后夹着布匹来到窗前。

屋里传出了李氏的声音："娘，您快看，您孙子会乐了。""唉哟这孙子，你刚多大呀就会乐了。你瞧瞧乐得多开心呢，这是睡婆婆教呢。孙子，想你爸爸了吧，你爸爸也不知道什么时候回来，不但你想，奶奶也想了，你妈妈也想啊。"

岳飞激动的流出了眼泪。他来到门前，轻轻推门进屋，摘下佩剑立在墙边，到里屋门外，猛一推门叫："娘，我回来了。"蹦进屋。岳母惊叫："飞儿。"

李氏见丈夫回来，就对孩子说："儿子，快看看，你爸爸回来了。好好瞧瞧，你爸爸像不像个大元帅，鹏举，看看你的大儿子。"岳飞大喜："我儿子？媳妇儿你真棒，取名了吗，叫什么？""没取呢？我们都叫他岳小飞。妈妈说等着你回来取呢，小飞啊，小飞醒醒，看你爸爸回来了，爸爷回来该给你取名字了。"岳飞伸手要摸儿子，被母亲拦住说："不能摸，你刚回来不能摸孩子，以后记住，每次从外面回来，进屋前先拍拍扫扫掸掉身上那些不干净的东西，不要把脏东西带进屋。"

岳飞咧着嘴说："还那么多的讲究。"出了屋，在院子里拍了拍身上的土，又进来坐在炕上。儿子醒了。李氏哄着孩子说："儿子快看，你爸爸穿上盔甲，象不象个大元帅？"岳母也说："飞儿穿上这身盔甲，还真是威武多了。"岳飞告诉娘："这是京城留守处兵马大元帅，孩儿的恩师，宗泽大元帅送给孩儿的。"

"你认识宗大元帅？"李氏问。岳飞感到意外："娘子也听说过宗元帅？"李氏点头说："听我爸爸说的，宗帅不单武艺高强，人也正直，是个大忠臣。"岳飞认同的说："娘子说的是，宗帅是个大忠臣，为人行事光明磊落，是我的榜样。娘，这孩子是哪天生的？""正好明天就十二天了，"娘说。"这么说我没走几天就生了，臭小子，爸爸给你取个名字，爸爸叫飞，你要比爸爸更高，就叫云，岳云。"岳母欣欣喜的说："云好听，我孙子叫岳云了，哈哈……臭孙子，瞧给你美的。"

自然界所有的雌性都会做母亲，母亲对于自己的孩子总是无私的。做为女人，常被人津津乐道的是贤妻良母。牛母是一个普通的女人，儿子牛皋也不是那种聪明绝顶的孩子，为了儿子将来的前程，一家人舍弃了他们的全部，包括生命。今后怎么样，只有天知道。她每天都在忙碌着，就是看到风尘扑扑回到家中的儿子，她的手也没有停下来的意思，可能是心里有些激动，被针扎丁手一下。

牛皋心疼的说："娘，以后不要老干活儿了，咱又没孩子没爪儿的，您也该享享福了。对了，您看我给您带什么来了？"牛皋把身后的那匹缎子搬到娘的跟前说："这是锦缎，给您的。"牛母摸着锦缎问："这么好的东西哪儿来的，抢来的？"牛皋傻呵呵的说："瞧您说的，这么好的东西，抢都没地儿抢去，这是皇上赏的。还有，"打开包裹，取出银子摆在炕上说："您看，这二百两银子也是皇上赏的，您收起来慢慢花。"牛母乐呵呵的问："你们干什么了，让皇帝这么破费，你给娘说说。""干的事多了，一时半会儿的说不完，反正是立了功了，这些都是赏的，现在儿子挣钱了，能养您了。""谢天谢地谢菩萨。"母亲双手合十对着天说。"娘啊，我饿了。"牛皋摸着肚子说。

岳母和儿子聊了会儿天，起身说："飞儿，和你媳妇儿聊会儿，我去做饭了。"说完出去了。

岳云在妈妈的怀里睡着了，岳飞看看儿子又看看媳妇儿，探头在媳妇儿脸上亲了一口。媳妇儿把儿子放炕上说："你晒黑了，也瘦了。"

岳飞捶着胸脯说：“也更结实了啊，瞧我媳妇儿，生完孩子更漂亮了。这些日子我不在家辛苦你了。”李氏低声说：“生儿育女是女人的本分，应该应份的，谈不上辛苦。倒是你去京城会考让人不放心。听从京城回来的人说，考场上出事儿了，到处杀人，让人提心吊胆的。”

岳飞笑了笑说：“没那么邪乎，只不过就是取消了会考，今年考不成了。不过以后还有机会。对了你看，我给你带什么好东西来了。”从外屋把那匹布抱进屋来，放在炕上。

媳妇儿用手摸着说：“呀，好东西，市面上根本看不到，这得多少钱呀，太贵重了。”岳飞不以为然的说：“不贵，但市面上确实看不到。”“那你从哪儿弄来的？”“这是万岁爷，当今的皇帝赏的，我们五个兄弟一人一匹，厉害吧？”

李氏惊讶的问：“你见到皇上了，我怎么听京城回来的人说。会考的举子们反了考场都跑了吗？”岳飞告诉李氏：“是都跑了，那是因为我与那小梁王柴桂比武，将那小梁王挑死，也算是为国除奸了。所以我们也跑了，只是跑了没多远，正赶上太行山的反贼攻打京城，宗元帅被困，我们几个又杀了回去，帮助宗元帅消灭了贼寇，所以立了大功，后来宗元帅带我们进宫面圣，皇帝就赏了我们绸缎银两。本来皇帝还想给我们封官职呢，只是有奸臣反对，弄个功过相抵就回来了。”“噢，回来好，正好你有儿子了，在家看孩子，伺候媳妇儿。”李氏说完向前一扑，抱住岳飞就亲，岳飞把媳妇儿抱在怀里。

今天是儿子岳云出生的第十二天，俗称小满月，兄弟们肯定会在一起乐呵乐呵。岳飞在院子里摆了一张大圆桌，刚支上，牛皋，王贵，施全等兄弟手里提着礼物就进了院子。张显还拉来了一只羊。

　　牛皋一进院子就大声喊："大哥大嫂，我有大侄子了？怎么也不给报个喜啊，怕喝你酒啊。来，把东西放桌子上。吉青兄弟，咱俩对脾气挨着坐，今天是大侄子12天小满月，正日子。

　　岳飞笑着说："二弟，就你嗓门儿大能嚷嚷。兄弟们干嘛还破费呀？娘，牛婶，菜准备的怎么样了？"岳母在厨房里说："马上就好，把桌子腾出来。""嗯，知道了。"岳飞指挥着说："张显把礼物放窗台儿上去，王贵你拿碗拿筷子。"

　　桌面儿上腾空了，王贵抱着一摞碗放在桌子上，一把儿筷子也放桌上。吉青开了一大坛酒往碗里倒，牛皋拿碗接着。牛皋说吉青："慢着点倒，酒不能糟蹋，糟蹋什么都不能糟蹋酒。"他一边接酒一边先喝了一碗。王贵指着牛皋说："二哥，瞧你这点儿出息。得了，我也别闲着了，"也端一碗酒喝干了。张显，汤怀从厨房端着菜出来，把菜摆在桌子上，菜上齐了，俩人也坐下了。

　　菜上齐了，酒倒满了，大家开始推杯换盏的喝了起来。众兄弟向岳飞道喜。岳飞表示感谢。几杯酒下肚后，大家开始聊武艺，聊行军布阵，聊东京会试，甚至聊水泊梁山。

　　酒过三巡，天已过午。施全看了看天儿说："哥几个，中午了，喝的差不多该撤了吧？"梁兴说："是，日头已经过正午了，咱们该赶路了。""不多住几天啦，大家聊儿的挺投机，玩儿的挺开心的。"王贵不舍的说。施全站起来："不了，岳大哥这些日子事儿多，老陪着兄弟们，那哪儿行啊，再说我们出来一个月了，让家里惦记着心里不踏实。"赵云，梁兴，周青也站起来告别，只有吉青坐着不动，只顾喝酒。施全问他："吉青兄弟，你不走啊？""全哥。"吉青说："你们走吧，我不走了，我家里没人了，就我一个人了，在哪儿都一样。"施全说："那好，我们几个走了，你在岳大哥这里别给岳大哥找事儿。"

岳飞兄弟几个站起来，送施全他们走出大门，岳飞掏出一定银子给施全说："施兄弟，带着兄弟们直接回家，银子拿着。""谢谢大哥。"众兄弟说："谢谢大哥。"施全，赵云，周青，梁兴上马向远处跑去。

兄弟们回到院内坐下，岳飞对吉青说："吉兄弟，你若不走了，就先和你二哥一屋住几天，哥几个给你买点砖，盖间房。可有一样，我们今后都要干农活，开荒地，自食其力，不可以走歪门邪道。""大哥放心，兄弟也也是苦出身，干力气活完全没有问题。"

王贵喝了一口酒说："大哥，依我看呀，吉青家里也没人了，他又和二哥对脾气，干脆给牛婶当干儿子吧。"

吉青大喜："好啊，我就认牛婶当干妈了，我这就拜。"他放下酒碗叫："牛婶儿牛婶儿。"。

牛母从厨房里走出来问："菜不够啊，还是饭不够啊？"吉青过去跪下就磕头："干娘在上，受孩儿一拜。"牛母觉得突然："哟，这是怎么回子事啊？"王贵站起来说："牛婶儿，吉青兄弟打小就没爹没娘，今天认您当干娘了。瞧您这造化，白捡个大儿子。"牛母大喜："真是啊，要是我儿子感情好了。快起来快起来，娘认你了。"吉青爬起来说："谢干娘"。"牛婶儿，明天给他一把锄头，让他干活儿，家里有活儿别舍不得使，他要是干少了，不管他饭。"王贵说。

第二十回 金兀术挂帅 张邦昌卖主

北方女贞黄龙府的金殿内，总狼主完颜乌骨达坐殿与各位王子，大臣，番国王爷，元帅，一起喝酒议事。有门官进报："报狼主，哈军师回来了。"

老狼主放下酒杯："宣。""哈军师进见，"

军师哈密嗤进殿跪拜："臣，哈密嗤拜见老狼主。"

老狼主手得上一托说："哈军师平身，赐座。哈军师，你此番去南朝考察，可有收获？"

哈密嗤坐下说："启禀狼主，收获很大，臣此番去宋朝考察，开阔了眼界，见了世面，这宋朝真是个好地方。那里不单风景如画，物产丰富，而且大街上有很多美女，特漂亮。"

老狼主瞪了一眼军师："你去考察美女啦？"

哈密嗤赶紧解释："也不是光看美女，他们那里的气候也好。您看，我们这是冰天雪地，还要穿皮袄，大宋那里却是温暖如春。单衣单褂都不冷。好地方，真是好地方。狼主，我们应该派兵，夺取宋室江山。臣这次考察，还重点考察了宋朝的军事防务，和宋朝的朝廷人员构成。并进行了细密的侦查和仔细的分斩，臣以为，现在攻取大宋，正是好时机。""何为好时机？"老狼主问。

哈密嗤继续报："臣查到，近期宋朝的老皇帝徽宗退位，新皇帝钦宗继位，可喜的是，两个皇帝都有一个爱好，就是全都信奸臣，远忠臣。宋朝中，有很多奸臣，是可以为我们所利用的，此时若出兵南下，可一举消灭宋朝。那时候，就可以在南国享福了。"

老狼主大喜："好，就依军师，出兵夺取大宋。诸位王爷，元帅，你们谁愿领兵挂帅出征啊？"

"儿臣愿往。"四太子完颜兀术站出："儿臣愿挂帅出征伐宋，夺取宋室江山。"

老狼主摇头说："不行，四皇儿武功不行。""行不行可让儿臣一试便知。可谓真人不露相，露相不真人。"兀术说。"你打算怎么试呀？"老狼主问。

兀术来到殿中央，做了一个骑马蹲裆式说："儿臣可力驮十人。上十个人。"说着伸开双臂。

老狼主朝外喊："进来十个人。"外面进来十个士兵。兀术叫："都上来。"十个人从四面爬在兀术身上，脚离地后。兀术向前走了几步，又退了几步，身猛一抖，士兵全都摔了下去。"好……"满堂喝彩。

老狼主大喜："封四太子完颜兀术为昌平王，扫南灭宋大元帅。领三川六国兵马，择良时出征。"

四太子兀术挂帅出征，五十万大军浩浩荡荡，人挨人，马挤马，年青气盛的兀术骑在马上，众番将，平章，各番国元帅前后簇拥，好不得意。

金兵入宋的第一战是在潞安州，几十万大军将潞安城围得水泄不通。城内宋军将士奋勇抵抗，城外金兵冒死攻城。在城外金兵搭起的将台上，兀术手持令旗指挥士卒全力攻城，宋军终于抵挡不住，金兵如潮水般涌进城来。在城中双方展开巷战，兀术下将台飞马入城，抡大斧砍杀宋军……潞安州失陷。金兵欢呼雀跃庆祝首战告捷。

拿下潞安州，等于打开了进入宋朝的大门，兀术满脸的得意劲儿，还真是难拿。"哈军师，我们打下了潞安州，可谓是旗开得胜。下一站该打哪里？"兀术问。

哈密嗤不加思索的说："两狼关。守两狼关的是一对夫妇，男的叫韩世忠，是元帅。女的叫梁红玉，也不是个善茬儿。"

兀术一握拳说："好，攻打两狼关。"

　　金兵连破潞安州和两狼关后，一路上势如破竹，长驱直入，渡过黄河，包围了东京汴梁。

　　京城被围，宋朝钦宗皇帝只得派人到城外与金兵求和。使臣张邦昌出城已经有一个多时辰了，诸大臣都在焦虑的等待。"报皇上，张太师与金人谈判回来了。"有太监进殿禀告。

　　钦宗有气无力的说："宣。""皇上有旨，宣张邦昌进殿。"太监喊。

　　张邦昌进殿磕头奏报："万岁，按皇上的旨意，臣与金人进行了谈判。""平身。""谢万岁。但是，他们四太子还有个要求。""什么要求？"钦宗向。

　　张邦昌奏道："皇上，除了让九殿下康王去北国外，那金番四太子还要与皇上太上皇签盟约，承诺永结友好。"

　　钦宗点头说："可以签约，在哪里签？"

　　"在城外。刚开始臣不同意，说要签也应该在城里签，但四太子兀术不同意，臣不敢做主，回来请皇上定夺。""好吧，摆驾。"钦宗同意了。

　　城门打开了，徽宗，钦宗，康王赵构，在几个大臣的簇拥下走出城门。张邦昌对钦宗说："万岁，那个坐在谈判桌边上的就是四太子殿下。"说完，张邦昌又跑到金兀术这边向兀术报："四太子，那边的两位就是徽宗皇上和钦宗皇上，年纪小的是九殿下康王赵构。"

　　兀术有些不相信的问："他们是皇上？不机灵啊。"张邦昌："是。"

　　兀术笑着问："你们俩个就是皇上和太上皇？""正是孤家。"钦宗背着手说。

兀术点着桌子大笑："哈……大傻，大傻子。拿下。"金兵蜂拥而上，将徽宗，钦宗和康王绑上押走了。

兀术招手叫张邦昌过来："张爱卿，本王封你为楚王，由你掌管宋朝这里的大小事物。你现在带人去皇宫，把所有的女人和珠宝都装车……"

独眼军师哈密嗤大笑着说："四太子，发财啦……"金番的将帅们也都乐得眉开眼笑。

秋天了，庄稼熟了。岳飞，牛皋，王贵，汤怀，吉青，正在收玉米。张显火急火燎跑来喊："岳大哥，大哥。"

岳飞掰着棒子问："什么事呀，这么急？"

张显喘着气说："听过路的人说，邻县那边过金兵呢。大队的金兵前不见头儿，后不见尾。说有五六十万人呢。""听谁说的，邪呼了。"岳飞不太信。

张显急着说："真是，没骗人，他说前边的队伍都进山西了，后边的还在汴梁呢。我听说，皇上也被抓了。""皇上被抓了？"岳飞问。"是被抓了。听说是让张邦昌出卖的。"张显说。"他活该。"牛皋笑了。

张显接着说："是张邦昌用的计，把两位皇上和康王赵构骗出城，所以才被抓了。张邦昌这次是彻底当汉奸了。金国四太子还封张邦昌做了楚王，替金邦镇守汴梁。"

岳飞非常愤怒，摔下手中的棒子跑回家中，拉出白龙马，上马向村外跑去。

果然是，北去的大路上，金兵的队伍前不见头，后不见尾。队伍中有很多带囚笼的马车，车里蹲坐着皇上，太上皇和康王赵构。

宫中的嫔妃宫女也尽数被掳。还有更多的妇女被绳拴着在地下走，被押往金番……

岳飞骑在马上看着金兵北去，他的心都碎了，但又无能为力。牛皋，王贵几个兄弟的马也到了，看着浩浩荡荡的金兵，谁也没说话。

"大哥，回去吧，这事咱管不了。"牛皋说。"是呀大哥，别看了。"王贵也说。"唉，看着憋屈，回去。"岳飞说完，掉转马头往回跑去。"驾……几位"爷也往家的方向跑去。

皇帝被掳，张邦昌被兀术封为楚王，做起了儿皇帝，没多久，天灾，人祸，接连不断，瘟疫，疾病，干旱，灾荒，真是民不聊生。而有更多的人是死于瘟疫。王员外，张员外，汤员外和许多人相继去世。野外每天都会增加新坟，其中一座墓碑上刻有"先父王明之墓"。王贵披蔴戴孝正跪地上烧纸。岳飞，牛皋，吉青，在王贵后面磕头。磕完头也过来烧纸，烧完纸，岳飞扶起王贵说："兄弟，节哀顺变，不要太难过了。天灾，不是人力所能为，这场瘟疫，死了许多人，张叔儿，汤叔儿，唉，都走了。张显，汤怀两个人整天哭。你比他俩大，互相劝劝，毕竟最要紧的还是话人。张叔儿，汤叔儿已经过了三七了，我跟他俩说了，等你几天，你们一起回汤阴吧。"

王贵点头说："嗯，知道了大哥。等我爹头七一过，我们就一起回汤阴。"

岳飞伤心的说："我从小在麒麟村长大，遇义父习武，对这里还是挺留恋的，也想多住几天，可是家里牛姊儿也病着呢，我和你二哥还要赶回去，不能耽搁了，马上就得走。回头你告诉张显，汤怀一声，大哥就不去打招呼了。"

"那就不留大哥二哥了。回头我告他俩一声，自家兄弟都知根知底，没人挑眼，大哥二哥，吉兄弟，请上马吧。"王贵说。

岳飞冲王员外坟墓抱拳后，攀鞍上马，牛皋，吉青亦上马，加鞭跑上大路。

牛母躺在炕上，头上搭着湿巾降温。牛皋端着碗给娘喂药。娘吃了几口，摆了摆头，表示不吃了。岳飞，吉青坐在椅子干搓手，什么忙也帮不上。

"干妈，您把药吃了，您能好的。很多人吃了药都好了。"吉青说。

牛母吃力的说："皋儿，让你岳大哥回去歇着吧，让他俩都回去歇吧，这些日子，都太辛苦了。"

岳飞探着身说："牛婶儿，不辛苦，都是应该的，您和王叔儿，张叔儿，汤叔儿都是岳飞的亲人，岳飞理应尽力尽孝。""鹏举呀，你是好人。牛婶和你牛叔儿，我们一家三口，从家里出来，历尽千辛万苦，来寻你义父学艺，为了这个，你牛叔儿丢了性命。好不容易来到麒麟村，你义父也去世了。多亏了几位员外，还有你，对婶和皋儿给予很多的帮助，婶儿打心里头想说声……唉，到了这份儿上，说什么也没用了。牛婶儿有一件事，以后还要麻烦你。"

岳飞起身坐到炕沿上："牛婶儿，您说。"

牛母抓着牛皋的手说："鹏举，婶儿，把皋儿就交给你了，以后，让他跟着你，婶儿也就放心了。皋儿，替娘，给你岳大哥磕个头……""娘。"牛皋流泪了。岳飞摇手说："牛婶，不用……"

"皋儿，你岳大哥是咱牛家的贵人，以后你不管遇到什么事，都要跟着岳大哥，那样……娘也就……"牛母归天了。"干妈……"吉青伤心的跪下喊着。

牛皋悲痛的："娘……"

　　岳飞伤心的："牛婶儿……"

　　牛皋，岳飞，王贵，吉青，张显，汤怀，几兄弟在牛婶儿的坟前跪拜，烧纸，吉青把一摞纸钱扔向空中……

　　母亲去世了，牛皋身心受到了很大的打击。自打离开家乡千里投师，这才几年的光景，父母都没了，就剩牛皋一个人了。武考时闹了校场，想凭科举寻个出头的机会肯定不会有了，况且皇帝都被抓了，往后这一辈子只能做个庄稼人了。

　　岳飞放下锄头，叫牛皋，王贵过来坐地头上休息。"大哥，咱们天天干农活，什么时候是个头儿呀？"牛皋不耐烦的问。"是呀大哥，这年头到处都是灾民，咱种得粮食既使长出来，也不够灾民抢的。"王贵也烦了。

　　牛皋往远处扔了个石子儿："可不是吗，还要整天的提心吊胆，预防着金兵过来抢。""听说金兵不单抢粮，还抢人呢。据说已经抢走了十多万人了。"张显说。

　　牛皋用手指着京城的方向说："你看现在，大宋连皇上都没有，张邦昌这个龟儿子倒代理起皇上来了。依我看，咱们也立个山头儿，大哥当皇上，我们做大臣，招兵买马，轰轰烈烈的干一场。"

　　岳飞心情沉重的说："兄弟，国家正值多难之秋，我等男儿，不能救百姓于水火，挡强盗于门外，实在是惭愧。习武之人，出身前程固然重要，但是，驱除强虏，保家卫国，也是做为大宋人的本份。所以愚兄发誓，此生绝不做对不起大宋的事。各位兄弟们，好自为之吧。"说完了抄起锄头干活去了。

　　牛皋依然坐在地上说："兄弟们，咱大哥这人太皱，皇帝都没了，难道让我们给张邦昌卖命啊？""老子才不干呢。"王贵说。

牛皋小声说："最近我想了好几天了，咱们上太行山。""太行山？"张显一愣。

牛皋点头说："对，太行山，那里条件不错，当年金刀大王王善，留下了不少房子，而且太行山地势险要，易守难攻。咱占山为王，不知几个兄弟怎么想？"

王贵举手说："那咱不就是做了梁山好汉了吗？我去。"

张显悟道："噢，我说这几天吉青干嘛去了，原来是淌道儿去啦。"

牛皋神秘的说："不瞒你们，吉青兄弟已经联络了施全他们一起去太行山，现在可能已经在山上了。"

"咱大哥要是不愿意去，那可怎么办呀？"汤怀问。

牛皋果断的："咱们走，再不走就晚了。一旦太行山被别人先占上，这么好的地方就难找了。"

王贵一拍大腿："那就赶紧的吧，我一天都不想在这儿种地了。"

牛皋低着头捂着嘴说："中午回家吃完饭，多带点干粮，水酒盘缠，在村西头儿聚齐。""行，就这么着。"王贵说。

牛皋回到家中，把收拾好的行李拴在马上，又回屋点了三拄香，插在父母牌位前的香炉里，跪下磕头："爹，娘，儿子要去太行山了，孩儿不孝……"

小麦已经返青，岳飞一个人拿着锄头锄地。村头传来马的嘶鸣声，蹄声渐渐远去。兄弟们走了………岳飞很痛苦，脸上挂满了英雄泪……

太行山山寨的门前已经有偻兵在把守了，滚木，擂石堆放很整齐。牛皋与兄弟下马观看，山寨的规模非常大，校场的中间立有旗杆，周围有许多房屋。这时，从聚义厅中走出一伙人来，正是施全，吉青，赵云，梁兴，周青。施全抱拳施礼：“二哥，久违了。施全拜见二哥。”

牛皋笑道：“施兄弟来得好快呀，二哥来迟了，各位兄弟，二哥有礼了。”

施全依次见礼：“王贵兄弟，张显兄弟，汤怀兄弟。”

王，张，汤：“施全哥哥。”

施全手一让说：“二哥，各位兄弟，请进聚义厅。二哥，接到你的通知，兄弟们都挺兴奋，这不是，着急麻哄的就跑来了。你看，这是聚义厅，已经收拾好了。怎么，岳大哥没来？”

牛皋叹道：“岳大哥家有老娘，妻儿，不象咱们无家无业，一人吃饱全家不饿。施兄弟，咱不学梁山弄聚义厅，咱直接叫王府，叫宫殿，玩就玩大的。趁天下大乱，咱哥们儿也干出一番事业来。”

施全哈哈大笑：“有道理，还是二哥有气魄。就叫皇宫，叫金銮殿。二哥称王，兄弟们都是大将军，怎么大就怎么叫。只是大哥不来，太可惜了，要是大哥在，他振臂一呼，肯定是天下英雄一齐响应。”

“大哥这个人不愿做草寇，和我们不一样，不过，无论哥几个做成什么样，岳大哥永远是咱老大。”牛皋说。

聚义厅改叫金銮殿，当然是简易的。殿的正中间放着一把太师椅，两侧各一排椅子，众兄弟走进殿来，施全伸手一让说：“二哥，请上坐。”

牛皋满不在乎的：“咱们兄弟还分什么上座下座，坐哪儿不一样？”

施全认真的说："不是呀二哥，若说兄弟们一起喝酒找乐子，肯定是不分你我，可今天不一样，今天是我们做得第一件大事，就是大王登基，登基以后，二哥就是太祖太宗太行山大皇帝了。"

牛皋自嘲道："施兄弟，二哥我无德无能无文化，若说冲锋陷阵，打仗撕杀还行，你让我当皇帝，这不是赶鸭子上架吗？"

"不会。依我看，二哥比那徽宗，钦宗强多了，就不用推辞了。所谓家有千口儿，主事一人。国有大小，都有国君。二哥以后就是皇上，大王爷。"施全说。

牛皋哈哈哈大笑："那，那二哥就不客气了。""客气就假了。二哥请坐。"施全按着牛皋的肩说。

施全对众兄弟说："二哥做了大王，我们就不分大小了，所有的人都是元帅。随便坐。"

众兄弟谦让一番，各自坐了。

牛皋对施全说："大家都是元帅，施兄弟就做个军师吧。"

施全一拍胸脯："可以，那兄弟就不客气了。不过，兄弟这个军师，也是梁山上的军师，无用啊。"

兄弟们大笑。

见大家都落坐了，施全站起来说："各位兄弟，从现在开始，都要称呼元帅了。啊，王元帅。"

王贵也抱拳转身："施军师。张元帅。吉元帅……"

牛皋哈哈大笑，兄弟们也都大笑。

牛皋往后一仰，又往前探身说："各位元帅，当了元帅，就俩字？舒服。"

施全手一挥接着说："兄弟们，都是元帅，但是，还应该有个大元帅，那就是岳大哥，岳飞大元帅。"

牛皋竖姆指赞同："不错，岳大哥是大元帅，挂起岳大哥的帅旗，咱招兵买马。"

施全郑重的说：“各位兄弟，帅旗一旦挂起，大王登了基，我们就没退路了，所以众兄弟要团结一心，干一番大事业。”

牛皋手一挥说：“摆宴。”“摆国宴。”施全说。

麦子已经吐穗了。忙了一上午的岳飞从田间走到地头儿喝水，他用手摸着麦穗，脸上很茫然。他现在已经是彻头彻尾的庄稼汉了。

喝完水，他把锄手扛在肩上，一只手去提水桶准备回家，突然，有无数的灾民跑到麦田里，揪下麦穗就往嘴里塞……麦穗被揪光，表秧被踩倒……

岳飞提起水桶往村口走去。

太行山大王爷竖起岳字帅旗，开始招兵买马。皇宫门前的校场上，很多的人前来入伙，登记的队伍越来越长，从山上排到了山下……

下午，岳飞按时来到田间，现在的庄稼已经不是庄稼了。他要做的就是用手拔起那些没有麦穗的麦杆儿，把麦杆捆成捆，晾干了当柴烧。

远处，有一匹马飞奔而来。马上的人老远就喊：“鹏举……”是汤阴县县主徐仁。

徐仁下马后哈着腰喘气，看来跑得够急的。

岳飞跪下磕头：“拜见恩师。”起身后上前搀扶徐大人。徐仁缓过气来急促的说：“贤契，快，快回家摆香案。”“摆香案，什么意思？”岳飞不懂。

徐仁着急的说：“摆香案接圣旨。”“接圣旨？皇上都没了，接什么圣旨，恩师取笑岳飞了。”岳飞说。

徐仁拉着岳飞的手就往村口走，他边走边说："自从金兵进犯，掳走徽，钦二帝，大宋无主，无主则天下大乱。幸亏九殿下康王赵构从金番逃回，得到朝中大臣李纲，宗泽等一班忠臣力扶，在金陵登基，号高宗皇帝。现在新皇上已经开始整理国事了。前几天宗元帅在高宗皇帝面前举荐了贤契，所以皇上传旨，请贤契入朝，帮助宗大人，整合军队，抗击金兵，保我大宋江山。"

岳飞与徐大人回到家中见过母亲，说明接圣旨一事，媳妇李氏忙把香案摆设完毕。岳飞，岳母，李氏，岳云，小岳雷，站在院内候旨。

徐仁拿出圣旨："岳飞接旨。""岳飞接旨。"岳飞率全家跪下。

徐仁宣读："奉天承运，皇帝诏曰。今国之有难，金人猖獗，国家用人之际，尔岳飞文武双全，正堪大用，赐黄金彩缎，羊酒花红，即刻来京，领兵讨贼，迎二帝于沙漠，救黎民于水火，以慰朕心。钦哉特旨。""吾皇万岁万万岁。"岳飞接过圣旨站了起来。

第二十一回 岳飞出征 牛皋抢粮

岳飞对徐仁说："大人，容学生与家人道别。"徐仁点头说："贤契请便，但需抓紧，皇上的差本县可不敢延误。"

李氏已将酒杯摆好，酒倒满。岳老夫人端起一杯酒说："鹏举，学得文武艺，卖与帝王家。国家有难，好男儿义不容辞。永远记住你背上刺的四个字，精忠报国。为娘送你出征。"干了一杯。

岳飞也把酒喝干了说："娘，儿子记住了。宁可人负我，儿决不负国。"

岳飞端起一杯酒递给娘子说："夫人是千金才女，下嫁岳飞，为飞生儿育女，飞无以为报，夫人满饮此杯。岳飞此去，定搏个封妻荫子，取得功名，不负夫人大恩。"

李氏泪流满面，饮干杯中酒。

岳飞蹲下，拉住一岁多的小岳雷说："雷儿，不要惹娘生气，要听奶奶的话。"岳雷靠在娘腿上，李氏抱起岳雷。岳飞又对岳云叮嘱："云儿，你是大孩子了，要帮助娘看好弟弟。"岳云点头。

岳飞站起来，看了一下自家的院子说："徐大人，我们走。"

听着马蹄声渐渐远去，岳母坐在院中，双目低垂。李氏拉着岳云抱着岳雷站在门外，泪眼模糊的什么也看不见，只能用耳朵听着白龙马的嘶鸣声……

牛皋大王上朝，坐在太师椅上说："各位元帅，近日招兵买马，日夜操劳，大家辛苦了。"

坐在左侧的王贵奏道："本帅再辛苦，也比不上大王爷辛苦。只不过，就是本国的酒业不发达。酒不够喝，让人受不了。"

牛皋点点头："嗯，王元帅的问题提的对，也是本孤王想到的问题。"

张显笑奏说："大王，不应该说本孤王，说孤王就行了。"

"说本孤王不对吗？"牛皋问。

张显又笑了："大王爷，说孤王，就是本王，说本孤王，就等于是脱了裤子放屁，多费了一道手。"牛皋笑道："准奏。赏。"

"赏什么？"吉青问。"赏个屁。"牛皋大笑，大家也笑了。

施全站起来说："大王爷，本军师有本。"奏上来。"

施全奏道："现在每天都有许多人投到本国，总数已超五万人。几万人马，每天的的粮草不是个小数目。大王爷要赶紧想办法解决。不能让兄弟们饿肚子。"

牛皋点头问："军师有何良策？"

施全奏道："据探子报，河北内黄县有一批军粮，由于战事来得快，完得快，没有运到前线，大宋朝就完了。而金番撤退时，也没发现内黄县的粮草。有人说县主投了金帮，所以现在谁也不知道内黄县归谁管。本军师认为，我国可以趁此机会，出兵内黄县，把粮草弄过来以充军用。"

牛皋想了片刻说："今天的两个奏折都很好，王元帅讲酒业的问题，是个大问题，王元帅，命你在山外开个酒坊，就象梁山好汉朱贵开的酒店那样，找几个酿酒的高手，既酿酒以充国宴之用，又卖酒为本国赚银子，两全齐美。施军师的本章也是当务之急。但要侦查清楚了再动手。想个好办法。这内黄县的县太爷，是岳大哥的老丈竿子，咱们的亲（庆）爹，弄他的粮食，又不能给他找麻烦。既不能让他得罪金番，也不能让他得罪大宋国。"

张显站起来说："启禀大王爷，本帅有本奏。""张元帅请讲。

张显奏道："本帅认为，这内黄县是大嫂的娘家，若粮草丢失，朝廷问责，轻则免职，重则丧命。若是借，则大宋不答应，金邦也不会答应。为了让亲（庆）爹两头都不得罪，本帅认为可以绑架县太爷，顺手牵羊运粮。"

施全举手赞成："你还甭说，张元帅说得不无道理。把县太爷绑上山来，顺便抢粮，这样两头都不得罪。"

牛皋对施全说："对于张元帅的奏本，还需再议。"

施全又奏道："大王爷，现在本国已兵强马壮了，应该派个人去跟岳大哥说一声，顺便劝劝他赶紧来。大哥来了，把他立为皇上，带着咱们攻打汴梁，然后招安天下。哪位兄弟下山去一趟？"

吉青挺身而出说："本帅愿往，大王爷，施军师，本帅对太行山去汤阴的路很熟，愿走一遭。"

施全同意吉青下山："好吧，就派吉元帅去看大哥。吉元帅，带几个人，带上点儿山货，代我们向岳大娘请安。记住，一定要见到岳大哥，把我们这里的情况原原本本的告诉他。""记住了军师。大王爷，各位元帅，本帅告辞了。"吉青出宫去了。

来到皇宫进了午门，徐仁引岳飞进宫见驾。

徐仁近前拜奏："汤阴县徐仁交旨，给皇上请安。""徐爱卿平身。"徐仁站起来说："启禀皇上，汤阴县岳飞殿外候旨。""宣。"高宗调整了一下坐姿。太监喊："皇上有旨，岳飞进见。"

岳飞进殿跪下："草民岳飞拜见皇上。皇上万岁。""平身。""吾皇万岁万岁万万岁。"岳飞站了起来。

高宗看了一眼岳飞后问宗泽："宗爱卿，封岳飞什么官？"

宗泽上前奏道："万岁，可暂封统制之职，日后立功再行封赏。""准奏。岳爱卿，前方现在由张所大元帅主持军务，你去张元帅军中，做个先锋官。"岳飞跪拜："谢万岁。""退朝。"

大臣走出殿外，各自散去。宗泽告诉岳飞："贤契，你到营中挑选一千精壮士兵，自己训练，向前方开拔。"

　　吉青带着两个偻兵跑了两天，在岳飞家门前下马，正欲敲门时，岳云正好开门出来。"吉叔儿。"又跑进院子叫："娘，奶奶，吉叔儿来了。"

　　听见喊声，岳母，李氏从屋里走出来。吉青上前给老夫人磕了头，岳母让吉青在院子里的桌子前坐下。

　　"他吉叔儿，你从哪里来呀？"老夫人问。

　　吉青马上回道："大娘，大嫂，我是从老家过来，来看您老人家的。您身体好吧？"

　　岳母高兴的说："好，好着呢。你现在干什么呢，好象出息了？""是，大娘，我现在跑点儿小买卖。倒腾点儿山货。这不是，给您也带来一些。"将一个口袋放在桌子上。

　　岳母夸赞道："好，做买卖好，自食其力，别象他们似的，去做强盗。""是是。哟，岳云长个了，岳雷也会跑啦。嫂子，我大哥呢？"吉青问。

　　"去金陵了。"李氏说。"去那儿干嘛？""朝廷立了新皇上，由九殿下康王继位，称高宗皇上。高宗皇帝发了圣旨，把你大哥叫去了。八成是要打仗。"李氏说。

　　吉青大惊道："要打仗啦？不行，我得去找我大哥。他得有个帮手儿啊。大娘，大嫂，吉青不能呆了，我赶紧走，去找大哥，您多保重。"他起身出门，对两个偻啰说："你们俩回山，告诉大王爷和军师，就说我去金陵找岳大哥了。"偻兵应声上马走了。

　　吉青上马，急往金陵去了。

　　内黄县县衙门前，突然涌来大批偻兵，将县衙包围。大王爷牛皋门前下马，伸手将衙役推倒在地，与施全，王贵进到大堂坐下。县内的师爷跑出来打招呼。

　　师爷点头哈腰的说："各位好汉，有话好说，有话好说。"
"师爷。"牛皋叫了一声。"呦，这不是牛二爷吗？您怎么来了？
您等着，我去给您叫李大人去。师爷向里边跑去，不大功夫，县主
李春走了出来。

　　见了牛皋，李春忙打招呼："牛贤侄，这是怎么了，带这么多
人，你现在发迹啦？"

　　牛皋抱拳见礼说："小侄现在已经在太行山建国，做了大王爷，
今天是来贵县抢粮的。"

　　李春摆手说："抢粮？那可不行。本县是有粮草，但不能动。
我这个地方，左手是大宋，右手是金番，谁也不会与本县善罢甘休
的。""哈哈……所以要抢啊。我不但抢粮，我还要抢人呢。来人，
把李大人绑了，押回山寨，粮仓打开，粮食全都拉走。"

　　李春急着请求说："牛大王，粮食你拉走，我的后院儿有几屋
子兵器，就不要动了。"

　　牛皋大喜："啊？王元帅，去后院看看，能用的全拉走。"王
贵应了一声，来到李春跟前道："谢谢亲爹。"带人去了。

　　回山的路上，大队人马押着上百辆装满粮食，草料，酒坛，兵
器的大车。李春双手被绑，骑在马上不停的骂着。

　　回到皇宫，牛皋坐在皇椅上，众元帅分左右坐定，李春坐在左
手靠前的椅子上。大王爷牛皋抱拳向李春致歉："亲（庆）爹，让
您受惊了。"

　　"瞧你说的，牛贤侄，其实本县心里清楚，你们明是绑架，暗
是保护。"李春说。

　　施全谢道："李大人是明白人，不单送了粮食，还送了那么多
兵器。我等兄弟万分感谢。"

李春摆手说：“要说感谢，是本县最应该说感谢，真心的感谢你们这些好汉。这些粮草军器存在本县，就是本县的一块心病，你想啊，这万一要是让金番给弄走了，我就是有一千张嘴，也说不清了。”

施全笑着说：“所以大人就故意放风给我们，让我们取过来。”

“是抢的。”李春郑重的说。

“亲爹，我看这内黄县，您暂时是回不去了，要不然您也入伙得了。您当皇上，我们做大臣。您看您，这个知县当了多少年了，老实人总是吃亏。这样，明天我找人给您做身龙袍，就登基当皇上。”牛皋说。

李春播头说：“贤侄，年青人要轰轰烈烈的做一番事业，才不枉此生。做人不要图一时的虚名，而这些虚名又能风骚几年，很快就会烟消云散的，而能让后人记住名字的，让后人景仰的，一定是那些大英雄，只有那些为国为民做了大事的英雄才称得上是英雄。才能留芳千古。现在，我大宋正处多事之秋，生死存亡之际，正需要你们挺身而出，匡扶社稷，拒敌于国门之外，救百姓于倒悬。这才是真男儿。”

施全附和说：“大人说的是，二哥，兄弟们，今天有酒了，可以醉饮一回了。兄弟们，摆国宴给李大人接风。”

宫殿内摆桌，开坛倒酒，众兄弟边喝酒边神聊。晚辈敬长辈，几兄弟轮番敬酒，很快就把亲爹灌醉了。

喝了一下午的酒，大家都累了，各自歇着去了。

牛皋和施全继续留在殿内，把脚搭在椅子上商讨国事。“军师，听说金兵大举进攻了。不知宋军能不能扛得住？”牛皋问。“探子前几天已经派出去了。”施全告诉牛皋。

王贵晃悠着走进来说：“吉青去找大哥，也不知道找到没有？要知道现在打起来了，我也去了。有仗打，天天杀人，多得劲儿呀。

我听说兵马大元帅叫张所，也不知道是忠是奸？要是奸臣，岳大哥就倒霉了。”“这年头，拼死拼活的，还要防着奸臣，活着累。”牛皋说。

“吉元帅到。”殿外有偻兵喊。

“吉兄弟。”牛皋站起来。吉青惊慌的进来，坐在椅子上大叫：“渴了渴了。”王贵递过酒壶说：“有酒。”吉青抓过酒壶，一气喝干，又抓一壶，又喝干了。他放下酒壶说：“二哥，出事了。出大事了。”

牛皋急问：“怎么了？什么大事，？”“是呀，什么大事？”王贵问。吉青坐下挠着脑袋：“大哥完了。”

李春从外面跑进来问：“怎么了，鹏举怎么了？贤侄，别着急，慢慢讲。”

吉青叹口气：“那天，我从岳大哥家出来，连夜赶到军营，见到了岳大哥，岳大哥被皇上封了官，做了统制先行官。我就做了副先锋。我们打了几个胜仗，岳大哥把战况写成文书，报张所大元帅，由二路先锋刘豫转交，刘豫这个孙子冒功，说这些胜仗都是他打的，后来，冒功的事被张大帅查出来了，刘豫就投降了金兵，张大帅把大哥的功劳报给朝廷后，朝廷传来圣旨，要大哥去面圣领赏，大哥赶到南京午门，进宫时遇到个张邦昌，张邦昌说皇帝正等着接见，这时天已黑了，大哥又不认识宫中的路，就跟着张邦昌进宫了。”

李春伸手拦了一下问：“等等，吉贤侄，拦你一句，张邦昌不是投金了吗？怎么会在宫中？”

吉青继续说：“是投降金番了。只是他在东京的皇宫里，找到了玉玺，就跑到金陵献给了高宗皇帝，皇帝说张邦昌献玉玺有功，给他官复原职了。”李春点头：“噢，继续讲。”

“张邦昌把大哥带进宫以后，他却溜了，把岳大哥一个人儿晒了，御林军就把岳大哥当刺客抓了。在皇上面前，张邦昌说岳大哥是擅离职守，无诏进京，该当死罪。朝中有丞相李纲，元帅宗泽力保大哥，而张邦昌，王铎要皇上将大哥斩首，形势对大哥很不利。哥几个，你们说怎么办呀？得救大哥呀。"吉青着急的说。

牛皋蹦起来叫喊："救大哥，出兵。踏平南京，杀死赵构狗皇帝。"

施全拦了一下牛皋："二哥莫急，我们分析一下，大哥打了胜仗，圣上召见，也合情合理。但在午门外偏巧遇见了张邦昌，张邦昌带大哥进宫，大哥是带着宝剑的，此时张邦昌跑了，把大哥一个人儿留在那儿，大哥又不认识宫里的路径，天又黑，确实象做贼的。这肯定是张邦昌的圈套，而皇上又不承认下过圣旨，这事就不好办了。那个进京领赏的圣旨肯定是假的。"

牛皋不屑的说："管他真的假的，咱有八万人马，还怕他什么赵构不成。"

施全问李春："李大人怎么看？"

"牛贤侄说发兵，我赞成，要发兵就要声势浩大，这样皇上才会有所忌惮。你们这几万人马，是你们的资本，出兵也可以解释为出山。你们会得到重用。"

牛皋点头说："有道理。那我的大王就当不成了。军师，你指挥，兵发金陵。"

施全站起来发令："王贵，张显，汤怀，吉青，周青，赵云，梁兴，每人各领一万人马，依次而行，兵行午门列砟。""遵命。"

来到山下，牛皋与施全并马而行。八万大军开拔，动静真是不小。看着浩浩荡荡的队伍中立着的那杆写着"牛"字的帅旗，牛皋哈哈的笑了。

岳下被押到宫殿内，跪在地上。控辩双方展开了激烈的辩论。有丞相李纲出班上奏："启禀皇上，老臣以为，一定是有人假传圣旨，骗得岳飞无诏进京，陷岳飞于死地。由于岳飞打败了金兵，金兵必欲除掉岳飞，这一定是金人的阴谋。"

宗泽接着说道："万岁，李丞相说得有道理。金兵出师不利，皆因我大宋有了岳飞，如果借皇上之手杀了岳飞，金兵就可以长驱直入了。"

张邦昌阴险的上奏："万岁，金人阴谋之说不能成立，金兵怎么会知道什么叫圣旨？岳飞是宗元帅的门生，肯定会护着岳飞，臣也爱材惜材，知道岳飞是个将材，但是，律条就是律条，只有依律行事，方可服众。"

王铎帮腔说："万岁，张丞相说得有道理，为了长治久安，令行禁止，律法是将就不得的。"

这时，有个太监进殿奏报："启禀万岁，守备将军有紧急军情禀报。""宣。"

守城将军进殿跪奏："启禀万岁，有太行山反贼八万人，围住皇城，为守的叫牛皋，施全，他们叫皇上放了岳飞。"

高宗挥挥手："下去吧。"将军出宫。

张邦昌手指岳飞："岳飞反贼，还有何话说，你勾结叛逆，阴谋造反，夺我大宋江山，还不认罪。"

岳飞答道："皇上，牛皋等是臣在内黄县武考时的伙伴，现在臣与他们没任何关系了。若皇上不信，臣可与他们交战，解皇城之围。""狡猾岳飞，放你出去，让你跑啊？想得美。皇上，可以让宗元帅退敌，那牛皋是宗元帅的门生，当年大闹考场的也有他。"张邦昌说。"准奏。"

宗泽接旨，气愤的走出宫殿来到午门下，攀鞍上马，手提钢枪来到阵前叫："牛皋，你要造反吗？"

牛皋在马上见礼："拜见恩师，牛皋怎敢造反，我是来看岳大哥的。恩师，甲胄在身，不下马跪拜了。兄弟们，见过大帅。"

"拜见大帅。"众好汉在马上行礼。

"牛皋，岳飞无诏进京，持械入宫，犯的是死罪，大臣们为保岳飞已经争得不可开交。尔等此时前来，岂不是会激怒皇上，那岳飞就定死无疑了。"宗泽急着说。

"大帅，我等是岳大哥的结义兄弟，不求同年同月同日生，但求同年同月同日死，我大哥今天若有个好歹，我今天就屠城，把皇宫烧干净。"牛皋赌着气的说。

宗泽大怒道："好你个牛皋，太狂妄了。"

"宗大人，宗大帅。"李春下马，上前磕头道："内黄县李春给大帅请安。"

宗泽一愣："李春，你怎么也掺和进来了？也要造反？"

李春解释说："宗大人，那岳飞是小县的女婿，女婿有难，岳父总是要出头的。""岳飞犯的是死罪，你就不怕受连累？"宗泽说。

李春笑着说："宗大人，岳飞的案子事出奇巧，其中必定有阴谋，下官任知县二十余年，破过无数的案子，谅这岳飞的案子，对下官来说，也不算计么难事。""李县主果真能解此案？""这有何难。"

宗泽大喜："好，李大人平身，与本帅入宫面圣。"

回到宫中见驾。高宗马上问："宗爱卿，退敌之事办得如何？"

宗泽奏道："万岁，城外贼兵俱是为岳飞而来，他们只要岳飞，不想攻城。其中，有内黄县县令李春同来，李县令说能解岳飞之案，故此臣已经将李春带来面圣，现正在宫外候旨。""宣。"

第二十二回 李春巧破案 岳飞又升职

太监大喊："内黄县李春上殿。"

李春上殿跪拜："臣，内黄县李春拜见皇上，吾皇万岁。"

高宗手微上托："平身。"

李春忙谢恩："谢皇上。"

高宗看着李春问："李春，听宗爱卿说，你能解岳飞之案？"

李春奏道："皇上，岳飞是臣的女婿，按理臣应该回避，但这件事牵扯到了国家社稷的安危，微臣不得不出面解案。""准你问案。"

李春问岳飞："岳飞，你说有圣旨宣你入宫，圣旨现在何处？"

岳飞报道："现在岳飞营中供案上。""你可记得圣旨上写的内容？"李春问。

岳飞背圣旨："奉天承运。皇帝诏曰，岳飞接旨速回京面圣。""圣旨是用什么写的？"李春问。岳飞："公文信纸。""纸是什么纸？"

"红格。"岳飞答。

李春点点头："除了圣旨书写的内容外，是否还有别的字？"

岳飞稍愣道："别的字？对了，好象还有什么府专用字样。"李春追问："什么府专用？"

岳飞想了想："五个字吧，还是四个字，噢，是相府专用，在右下角。"

李春点头："明白了。皇上，是有圣旨，岳飞的确接到了圣旨。他手下副将吉青可以作证。但是，这是一道假圣旨。"

张邦昌指着李春："你这么快就断案了？你这是诱供。象你这样问法，没圣旨也说成有圣旨了。你明摆着是替岳飞喊冤。"

李春上奏："皇上，各位大人，岳飞是个武将，根本不认识皇宫的路，他半夜来行刺，能找到皇上的住处吗？岳飞最近打了胜仗，想让他死的一定是金番，所以买通内奸，假传圣旨，欲害死岳飞。"

李纲点头认同："有道理。"

李春继续分析："根据岳飞描述的圣旨用纸，可以认定是出在相府。是左相府呢，李大人？还是右相府呢，张大人？"

张邦昌指着李春道："李春，你怎么敢怀疑李丞相？吃了豹子胆了？"

李春摆摆手说："张太师，小县是奉旨查案。好的，出自丞相府的信纸，只有李丞相和张丞相有，这就不用怀疑别人了。其实，是左丞相，还是右丞相？那都不重要，重要的是什么呢？是什么？宗大人？"宗泽摇摇头。

李春又问："是什么呢？李相爷？张相爷？"两位丞相摇头。

李春肯定的说："最重要的是那枚章，衔玺。圣旨上面盖的御玺。"大臣们点头认同。

李春接着问："皇上，您保证没人动过御玺吗？""没人动过。"高宗说

李春胸有成竹的说："皇上既然保证没人动过玉玺，那这个假传圣旨的只有一个人。不会有别人。""谁？"众大臣问。

李春指着张邦昌说："你，张邦昌，张太师，张大人。"张邦昌急道："你胡说，我这几天都没进过宫。"

李春进一步分析："张太师，你那份圣旨，不用进宫来用衔玺，而是写圣旨的那张纸，是已经盖过御玺的白张。而圣旨的内容是后填上去的。各位大人了以为如何呀？"

宗泽一拍脑门儿说："李相，有道理。"

李春指着张邦昌问："那谁又能把空白纸盖上御玺呢？只有你，张太师。"

张邦昌气急败坏的说："李春，你信口雌黄，为你姑爷开脱，陷害朝廷重臣，该当何罪？"

李春怒道："呸，你投靠金番，陷了二帝，在东京找到御玺，献给皇上，使自己官复原职，却继续当汉奸。你完全有机会在空白的纸上先盖上御玺，然后根据需要传假圣旨，陷害岳飞，充当金番的走狗，不是吗？"

高宗点头说："李爱卿推断的有理，但没有证据证明，张丞相印的假圣旨呀？"

李春胸有成竹的："皇上，既然印空白的圣旨，不可能就印一张。印了许多的空白圣旨，放在哪里呢？放在家里，他不敢，家里那么多下人，被发现了就会招来杀身之祸。而且，做为内奸，就要随时准备跑，所以微臣推断，如果还有空白的圣旨的话，最好的地方是……（对张邦昌）张太师，空白圣旨的纸在怀里揣了一个月了吧？"

宗泽上前一步问："张邦昌，你倒底印了多少？"

张邦昌惊慌的叫："皇上，他这是陷害大臣。"

李春大喊："张邦昌，你这个汉奸，把空白圣旨交出来。"上前抓张邦昌的衣服，张邦昌拼命抵挡，捂着胸口大叫："万岁，万岁。"

宗泽上前，用手一勾张邦昌腰间的绦带，张邦昌衣服散开，一打子信纸掉了出来，散落一地。张邦昌蹲下去捂，宗泽用脚在张邦昌的小腿上一踩，稍用力，将其小腿踩碎。张邦昌大声豪叫。

宗泽拾起信纸，数了一下道："万岁，三十多张。"

高宗大怒："大胆张邦昌，你竟敢私印圣旨，假传圣旨，陷害忠良，推出午门，斩首。"

宗泽拦道："万岁，张邦昌罪当凌迟，但是这次可以饶他一命，老臣已用内功将他打残。记得当年武举科考时他发过誓，若做了违背道义的事，他愿在异国他乡为猪为羊，任人宰杀，臣想验证一下因果。是不是天网恢恢，终有报应。"

高宗准奏："就依宗爱卿。将张邦昌贬为庶民，赶出京城，永不录用。"

有军士进殿，将张邦昌拖出去了。

高宗欠身道："岳爱卿平身。委屈你了。"

岳飞谢恩："谢万岁。"艰难的爬起来。

高宗对李春说："李爱卿，朕，第一次听推理破案，大开眼界。二十年的知县，真是有亏于卿，李丞相，内黄县解案有功，当有何封赏？"

李纲上奏："启禀万岁，内黄县二十年来未升职，也不全是天恩未到，只因李县令持政有方，深受百姓爱戴，所以百姓们不愿放李县令离开。故此耽误了仕途。老臣建议，可将内黄县李春升入五品册录，后见缺补缺。""准奏。"

李春转身说："万岁，臣有本奏。"高宗："讲。"

李春奏道："万岁，臣感临天恩，诚慌诚恐，本当积极进取，怎耐年事已高，身体常现疲态。臣就一个女儿，嫁与岳飞，今岳飞为国争战，家中无人帮持，所以不愿远离，臣愿再做几年知县，就告老不还乡了。"

高宗赞叹：""李爱卿不争名利，真贤士也。准奏。内黄县李春，赐五品官服，享五品俸禄。"

李春跪下谢恩："吾皇万岁万万岁。"磕头谢恩。

高宗转头问宗泽："宗爱卿，岳飞冤案已结，可加封何职？"

　　宗泽上奏："万岁，岳飞年青有为，文韬武略，更有抱国之心，应该重用。臣认为，可封为兵马副元帅之职。其手下兄弟招安后，可封统制之职。"

　　高宗点头："准奏。李丞相，与宗元帅拟旨，共同宣读。"李纲出列："臣尊旨。"

　　午门外。岳飞牵马来到阵前，牛皋城等下马，与岳飞见礼。

　　岳飞嘱道："兄弟们，一会儿宗元帅与李丞相出来宣旨，大家都不要乱，下马跪接，等听到念钦此两个字时，就说吾皇万岁万岁万万岁。"

　　牛皋烦道："哪那么多事？我当大王时，怎么没人跪我？"

　　"不得胡说，小心斩了你的头。"岳飞唬道。牛皋吐出舌头。

　　午门下，宗泽，李纲，每人捧一道圣旨，李春手捧五品官服跟在后面。三人来了近前。"岳飞接旨"岳飞及众兄弟跪接。李纲宣读："奉天承运，皇帝诏曰。封岳飞天下兵马副元帅。钦此。"众将："吾皇万岁万岁万万岁。"

　　岳飞接过圣旨，众兄弟起身。

　　宗泽捧圣旨叫："牛皋接旨。"牛皋等又跪。

　　宗泽宣读："奉天承运，皇帝诏曰。封牛皋，王贵，张显，汤怀，施全，吉青，周青，赵云，梁兴，统制之职，钦此。"众人："吾皇万岁万岁万万岁。"

　　岳飞帅帐。岳飞坐在帅案前，众兄弟分开坐在两侧。岳飞端起酒杯："兄弟们，过去的已经过去，一切从今天开始。我们兄弟有福同享，有难同当。驱除鞑虏，保我大宋。来，干。"

　　"报—"探子报："报大帅，张大帅通报，金兵已过黄河，望大帅早做准备。"

岳飞点头说："知道了。各位将军，要打仗了。希望兄弟们各司职守，不可懈怠。开拔。"

宋军出征，旌旗招展，锣鼓喧天。百姓夹道欢送。岳飞，牛皋兄弟们在马上向人群招手示意。

王贵与牛皋并行。王贵叹道："二哥，你瞧这气氛，真感觉自己好象是个大英雄了。"

牛皋："可不就是大英雄，咱这是为国出征，为百姓打仗，就是百姓心中的英雄。"

众将来的一个山坡上。岳飞问："这是什么地方？""大哥，这是爱华山。"施全说。

岳飞看着地形说："这可是个打伏击的好地方。""确实是，由其吴那个山口。从外面看不出窄来，进来以后才觉着不宽。"施全分析道。

岳飞认同："是，有这个感觉。而且四周可以埋伏大队人马。如果能把金兵引到多这里来，就插翅难逃了。""如果能够全歼，那金兵就永远不敢再犯中原了。"施全说。

岳飞发号施令："牛皋，王贵听令，你二人带两万人马，东面埋伏，号炮为令，堵住山口，不准放走一兵一足。""得令。"二人领兵去了。

"张显，汤怀听令，你二人领两万人马，北面埋伏，号炮一响，斩杀金兵。"岳飞命令。"得令。"二人领兵去了。

岳飞继续发令："施全，赵云听令："你二人领两万人马，于西面埋伏，号炮为令，全力出击。周青，梁兴，令你二人领两万人马，于南面埋伏，炮响杀出，不得有误。""得令。"四人领兵去了。

山坡上，只剩下岳飞和吉青两个人了。吉青问："大元帅，我呢？我开嘛？"

岳飞说道："吉青兄弟，命你带一千人马，山外二十里下寨，遇金帮四太子兀术，可与其交手，许败不许胜。一定要把兀术引到这里来。"

"遵命"。吉青带兵出发，向北行军十里，命令士兵当道扎营布阵，营未扎稳，金兵大队人马已到阵前。金国四太子兀术手提大斧出阵，吉青持狼牙棒出马，与兀术对阵。

兀术上前："吉南蛮，你是本王手下败将，难道宋军没人了吗？本王不想和你打。把路让开，饶你不死。"

吉青大怒："少废话，今天我要打死你。"抡狼牙棒就打。兀术举斧相迎，两人打在一起。吉青左右横扫，打得兀术不耐烦了，大斧一招紧似一招，吉青招架不住，掉头就跑。宋军士兵见状，也撒腿就跑。

兀术催马追赶并大喊："吉南蛮，拿命来……"

吉青跑了一段，回身又战，嘴里骂道："我跟你他妈的拼了。"抡打几棒，明显力量不足，回马又跑。兀术后面追来，看看追上，吉青突然转马，大喊一声："兄弟们杀死兀术。"上前就是一棒，兀术吓了一跳，躲开后，勒马转了一圈，见吉青逃跑，大吼大叫："吉南蛮，本王要将你碎尸万段。"招呼金兵追杀。自己一马当先，追吉青进入山谷内。

吉青掉转马头对兀术挑逗着说："龟孙子，过来，追我呀，杀我呀，我弄死。"

兀术愣了愣神，观看了一下四周，大叫："不好，三军快撒……"

"咚，咚咚。"三声炮响。牛皋，王贵，率兵堵住山口。张显，汤怀领兵杀出。施全，赵云指挥军士冲锋，周青，梁兴亦率兵杀出。兀术惊慌失措。只见岳飞跃马持枪杀来，大喝道："兀术休走，岳飞在此……"

兀术手持大斧，敌住岳飞。众将捉对撕杀。

谷口外。哈密嗤指挥队伍前进。有探子报："军师，大事不好，四太子在爱华山中了埋伏了。"哈密嗤："爱华山？离此地多远？""五里。"哈密嗤急令："快，加快速度，驰援四太子。"

山谷内。牛皋，王贵，把住山口，谷内杀声减弱。

谷口外，大批金兵冲过来，二王贵对牛皋道："二哥，金兵援兵来了，谷内的金兵已经杀得差不多了，咱哥俩还没开张呢。这里边的用不着咱了，这谷外面的可不能便宜了别人。"

牛皋认同道："也是，饺子没吃着，面条也要来一碗。呆会儿锅里都捞干净了，就剩汤了。而且，你光叮着饺子锅，没准儿连面条儿都吃不上了。三弟，杀鞑子。"

王贵刀一挥："士兵们，冲出山口，杀鞑子。"宋军以排山倒海之势杀出山口，金兵溃败，任由宋军砍杀。宋军人人奋勇，金兵尸横遍野，血流成河。

山谷内。金兵渐少，兀术奋力杀出，马踏尸体，一路狂奔。

岳飞指挥大军，铺天盖地般的围剿金兵。

黄河边。走头无路的金兵拼死抵抗，黄河水渐渐变红，此时，有几十条大船靠岸，哈密嗤喊："四太子，船，是鲁王刘豫的船，快上船。"兀术跑向河边，纵身上船，马缰拴船上，军师哈密嗤也上了船。船驶向河心。

岳飞与众将杀到河边，望着远去的大船问："接应金兵的是哪里的船？"

探马报："报大帅，是山东总兵刘豫，投了金邦，被封鲁王，是他的船。"

岳飞怒道："汉奸，便宜他了。"

牛皋上前报道："大哥，刚才我军追杀金兵，半路上有几个好汉助阵，截堵金兵，助我军取得太胜。""几位英雄何在？"岳爷问。

牛皋手一指说："正在江边候令。""有请。"牛皋大喊："有请三位英雄。"

三位好汉上前跪拜："草民拜见元帅。。"岳飞下马搀扶说："诸位好汉请起，请问各位高姓？"一将手握双枪上前："小人等三兄弟都是梁山的后代，小人是双枪将董平之子董芳。"又一将上前："小人是阮小五之子阮良。"最后一将上前："菜园子张青之子张国祥。"

岳飞大喜："各位好汉，都是名门之后。既然同抗金兵，吾等就是兄弟，本帅会将各位兄弟的功劳上报，请朝封赏。"董，阮，张三将抱拳："谢元帅。"

岳飞传令："传令，杀猪宰羊，犒赏三军。"

帅帐内，众将围坐长桌聚餐。岳帅坐顶头主席位。

岳飞站起身悦："诸位兄弟，爱华山一战，打出了大宋的国威，岳飞身为副帅，非常感谢在坐的各位兄弟，愚兄还是那句话，众兄弟要有福同享，今天的酒肉，是大家应得的，全军将士，每人都有肉，都有酒，来，谁先带头，干一个？"众人推道："二哥，二哥先来。"

牛皋大笑："喝酒还用让啊？"举杯干了。

施全举着杯说："岳大哥，今天兄弟们开怀畅饮，无忧无虑。皆因这一仗把金兵打残了，所以，岳大哥，应该赋诗一首助兴。""对呀，好长时间没听大哥吟诗了。"张显附和。

岳飞兴奋的："吟诗助兴，好啊！为兄先起个头。一人一句，必须是与这次大战爱华山的战斗有关的句子。有人敢接吗？""大哥起头。"

岳飞稍想后说："好，有了，爱华山上正中间，谁来接？""太深奥了，施兄有墨水。接。"王贵说。"十万大军伏四边。"施全接道。

岳飞点头赞道："押韵。"汤怀马上跟着施全说："兄弟有啦，牛皋王贵看山口。""好，汤兄弟这句接近实战。"施全伸出姆指。

牛皋喝了一杯酒说："原来这就叫诗呀？那我也会。"施全笑问："哥，没喝多吧？"

牛皋一瞪眼说："屁话，还没喝就多啦？不就是七个字吗？听着，吉青兀术往里钻。""好……"大家鼓掌。岳飞点赞。举杯与兄弟们共饮。

岳飞大悦："干了一杯酒后说："爱华山上正中间，十万大军伏四边。牛皋王贵守山口，吉青兀术往里钻。""是看山口，不是守山口。"王贵纠正道。

岳飞赞道："好，看山口。看字是平声，守字是仄声，这个字平声比仄声念着上口，好诗。诗句虽略显粗浅，确也贴切，不舞文弄墨，读起来让人心爽舒服。由其是经历了这场大战的亲历者，更是有体会。"

吉青不服："二哥都会作诗了，兄弟怎么也比二哥强吧。"汤怀拱火："那你也来几句呀。"王贵也说："是呀，是骡子是马拉出来溜溜。"

吉青干杯酒说："作诗有什么难的，不就是拿着劲儿说话吗？听好喽，接着刚才的上句，我给加两句。金兵跑的比兔快，我一直追到黄河边。哈……好诗，好诗。"

众将指着吉青哈哈哈大笑。

"圣旨下。"宗泽，圣旨进帐。众人起身跪接。

宗泽宣读："奉天承运，皇帝诏曰，封岳飞五省兵马大元帅。今太湖，鄱阳湖匪患严重，命率兵剿灭。另，封阮良，董芳，张国祥为统制。钦此。"吾皇万岁万岁万万岁。

岳飞接旨起不身后，又复跪拜宗泽："岳飞拜见恩师。"

第二十三回　大战爱华山　小酌饮酒令

　　宗泽将岳飞扶起："鹏举免礼。鹏举，哎，大家坐。这一仗打得好，打的痛快。大涨了国人的威风。伤了金番的元气。"

　　岳飞谢道："全仗恩师的提携，众只弟的帮衬。"

　　宗泽点头："是呀，一个好汉三个帮。各位将军，为国杀敌，不畏生死，国人敬之，本帅借花献佛，敬诸位将军。"一饮而尽。众将："谢元帅。"

　　岳飞举起酒杯太声喊道："兄弟们，杯中酒，喝完了开始干活儿。兵发太湖。""遵命。"

　　宋军出征，斗志昂扬，帅旗在空中格外显眼。斗大的一个"岳"字。

　　太湖水面，密布官船。牛皋，王贵，吉青等众将严阵以待。大船上，岳飞挥舞令旗，船箭齐发。弓箭手开弓射箭，偻兵中箭，纷纷落入水中。枪剑翻飞，血溅旗幡。双锏，烂银枪，狼牙棒，钩镰枪……尽情的砍杀抢砸……官军如潮水般冲到岸上，贼将落马，偻兵投降。

　　岳飞骑马上岸，牛皋兴冲冲的跑过来，勒住马叫："大哥，痛快呀，这伙贼人简直就是一群乌合之众，不禁打。"

　　岳飞惋惜的说："是啊，所谓贼兵，其实很多人都是平民百姓。二弟，做为一军统帅，真不忍心看这样的杀戮。""大哥说得是，我们这些兵将，也有很多当年太行山的兄弟，幸亏跟了岳大哥，要不然，下场跟他们一样。"牛皋说。

　　岳飞叹道："一将功成万骨枯啊！他们中间很多人，也和咱们一样，从出生的那天起，就被父母寄与无限的期望，很多人，从小就为了前程而努力，多少个日日夜夜，多少个美奂的梦想，一切的努力，就在今天，都灰飞烟灭了。"

牛皋安慰大哥说："大哥也不要太过自责，我们不也是自幼练功，长大了四处奔波，多少次钻死人堆，才有的今天吗。""是呀，命运使然。但对于他们中的大多数人来说，真是不公平啊。"岳爷说。

牛皋无奈的点头又摇头："不要过意不去了，我夜里烧点纸，超度超度，让他们早日托生个好人家就是了。"

岳飞点点头："感慨是感慨，仗还是要打。二弟，由你做先锋，点五千人马，打愚兄帅旗，兵发鄱阳湖。""遵命。"岳飞又说："对了，我的那些亲兵，一共八百人，你也带去。""是，大哥。"

牛皋当先锋，率人马向鄱阳湖进发。

帅帐内，众将领纷纷向元帅报功。

岳飞大喜："各位将军辛苦了，休整两日，后天开拔。新加入的几位将军，暂居统制之职，待报朝廷后正式任命。以后我等皆兄弟相称。""谢大帅。"杨虎等几位新人谢过大哥。

牛皋率队前进。帅旗，先锋旗迎风招展。队伍行进的前方，出现了营盘。牛皋勒住马问："前方什么人的营盘？"探马报："报先锋，是湖口总兵谢昆的营盘。"

这时，营寨门开，四十岁的谢总兵出来迎接，谢总兵抬头看了一眼帅旗，忙跪下磕头："湖口总兵谢昆拜见岳元帅。"牛皋马上欠身："谢总兵免礼平身。"谢总兵起身："谢元帅。"

牛皋笑道："谢总兵，不要一口一个元帅的叫，我不是岳元帅，岳元帅是我大哥，我是他二弟，元帅还在后头呢。我是大宋朝，南方五省兵马大元帅岳飞岳元帅麾下先锋官，官居统制姓牛名皋。”

谢总兵太怒："啊，你是个统制，让总兵给你下跪？来人，把报事的绑了，拉出去砍头。""是。"有士卫上前绑了探马官。探马官急辩："大人，小人无罪。"

谢总兵怒道："他只是个统制先锋，你报是岳元帅驾到，让我给他磕头，还说无罪？"探马官申诉说："大人明查，这先锋确实打的是岳元帅的帅旗，与小人何干？"

谢总兵转身对牛先锋喊："大胆牛皋，一个统制，竟敢打帅旗，该当何罪？"

牛皋得意的说："我没让你磕头，是你自愿的。而且我也让你平身了。打帅旗，是元帅的命令，是为了震慑贼兵，你这个总兵官确实不小，那你怎么不去剿匪，请我来干嘛？你若丢了城池，你还能当总兵吗？得，匪你自己剿，兄弟们，转队。"

谢总兵见势不妙，赶紧认怂："牛先锋别急，本官只是教训一下下属，让他以后仔细点儿。您大老远的来这里，也是为国为民，为百姓。本官也是为国为民为百姓，就是磕个头，也不为过。只要是先锋平了匪患，给一方带来平安，本总兵可以再给你磕一个。把他放了吧。""谢大人不杀之恩。"探马官磕头谢过。

牛皋下马说："总兵大人，大人有大量，皆因本先锋打着帅旗，所以不能轻易下马。大人海涵。总兵大人，此地离鄱阳湖匪巢还有多远？""匪巢在康郎山，还有二十里，"谢总兵说。

牛皋点头说："好，谢总兵，这里交给本先锋了，你的人撒走。传令，就地安营扎寨，开锅造饭。"

谢昆巴不得赶紧走，赶忙说："有劳牛先锋了。湖口百姓捐了猪羊，牛先锋笑纳。还有十坛酒。"牛皋双手抱拳施礼："谢谢谢总兵。""牛先锋，告辞了。"谢总兵上马，拔寨而去。

第二天，宋军拔寨进发，走到一处，牛皋问道："此地离康郎山还有多远？""还有五里。"探官报。牛皋示意队伍停下后发令："布阵。"队伍一阵跑动，布阵完毕。山上寨门大开，一彪人马下山，来到阵前，一骑白马的少年首领，来到阵前，此人叫余化龙。

宋军士兵喊："牛先锋，贼兵下山了。""退后，看牛先锋擒贼。擂鼓。"牛皋拍马上前。此时助威鼓响，放眼瞧，对面偻兵约有千人。为首大将，白盔白甲，甚是威风。

："牛皋用铜一指喝问："反贼，通个姓名？"

余化龙举了举手中枪说："黑炭头听好，你爷爷是扫宋平赵九州无敌大元帅余化龙是也，你是何人，本帅枪下不死无名鬼。"

牛皋满脸不懈的说："幸亏你姓余不姓龟，啰啰嗦嗦的，一个名字弄出那么多佐料。你要是姓龟，光通报姓名就得耽误我喝两坛酒。你问爷爷是谁？坐稳了，别吓趴下。吾乃大宋朝，相州府，孝弟里永和乡，武林第一大师周侗周大师的徒弟，当今大宋朝五省兵马大元帅，姓岳名飞字鹏举……麾下的第一正印先锋官，威震华厦的牛皋牛先锋。本先锋不以大欺小。以提携小辈为荣，从来都是先礼后兵。你若懂礼，下马交枪投降，有酒先让你。若执迷不悟，本先锋定将你碎尸万段，你家人恐难找到坟头。"

余化龙嘲笑道："原来是个侃爷，耍嘴皮子的，真懒的打你，看你是岳飞派来的份上，本帅扎你几枪。"说罢，上前出枪就扎。牛皋出铜招架两人打在一起。两阵中响起助威声。双方你来我往，战到十余合，牛皋支架不住，喊一声"我撤了"，虚晃一招，拨马就跑。余化龙大喝道："哪里跑"，摧马就追。牛皋一跑，宋军阵乱，随牛皋一起跑。跑了几里路，见余化龙没追来，牛皋停下，掉转马头尚惊魂未定。喝住队伍后清点人数，少了岳元帅的那八百侍卫。

牛爷问身边军士："怎么不见了元帅的那八百侍卫，都死啦？"军士报："先锋，那些人有点傻，不知道跑，八成是给灭了。"

牛皋惊大道："唉哟，这些傻孩子，怎么不跑啊，你们都死了，我可怎么向元帅交代呀，余化龙，二爷我跟你拼了。"拍马往回跑。士兵从后面跟来。当跑到两军交战处时，牛皋愣了，收住马仔细观看，八百侍卫正在路中央，排列整齐，人人手持弓箭，前方，有些士兵正在地上捡箭，地上还有几十具倭兵尸体。

牛皋傻笑："你们没事呀？没死呀？"队中站出一人："牛先锋，没有啊，谁说我们死了？"

牛皋忙问："余化龙呢，倭兵呢？"侍卫报："跑了，上山了。"侍卫们偷着乐。

牛皋不解的问："怎么回事？他们怎么不追了？"侍卫报说："牛将军，我们八百侍卫的任务，就是在我军后撤，敌兵来追时，用弓箭抵挡敌军，我们要射三轮方可后撤，刚才倭兵来袭时，我们只射了一轮箭，倭兵就撤了。所以我们就没撤。而且把刚射出的箭又捡回来了。"

牛皋赞道："这么历害，好，以后就这么干。但有一点，既使敌方撤退了，你们也要回到安全的地方较稳妥。""是，先锋。我会事先估计敌人的数量和战斗的规模，采用相应的阵法。这些都是岳元帅教的。这八百人射箭方面，射速，准头都没问题。八百人每人五十支箭，就是四万支，可以抵挡上万敌兵。"侍卫长说。

牛皋大笑："好啊，以后有肉先给你们吃，有酒紧着你们喝。""谢先锋。"

牛皋问道：“对了，忘了问你叫什么了？”“跟先锋同姓，姓牛。没有大名。”

牛皋又问：“你们是什么编制？”牛侍卫告诉先锋：“我们以前是岳元帅刚来的时候，从兵部选来的，属岳元帅本部。现在岳元帅做了元帅，我们就自然成了岳元帅的侍卫了。但是我们现在都是弓箭手，元帅现在有了正式的侍卫，我们的隶属就说不清了，是属岳元帅，还是属兵部，我们也不清楚。还希望先锋能帮忙解决一下。”

牛皋大喜：“本先锋出面。你姓牛，就叫你大牛吧。大牛，以后就跟着我，我去找元帅说，把你们要过来，给你们个名份。”“谢牛先锋。”

牛皋又问：“你是什么职位？”“职位？没有正式的职位，有人叫队长，也有叫我侍卫长的，还有人叫管事，但都不是职称。”大牛说。

牛皋想了想：“那就先做个统领吧，等见了元帅，给你报上。”“谢谢牛先锋。大帅把我们拨给牛先锋，也是想让我们立些边功，也好有提升的机会。”

牛皋一拍大腿说：“好，以后你们就叫弓弩队，你在队中任统领，你把弓弩队分成四个队，提拔四个队长。”“遵命。”

岳飞，施全，带领队伍行军。帅旗迎风飘动，探马报：“报元帅，离牛先锋营寨还有五里路。”施全挥挥手，探子向前跑了。

施全向前望了望：“大哥，先锋离康郎山十里下寨，且又摆成一字长蛇，看来已和贼兵交过手了。好象没占到便宜。”岳飞笑道：“有可能。”

牛皋牵着马，见岳飞过来，双手一抱：“牛皋迎接元帅。”

　　岳爷与众将下马后问："牛先锋，昨天和贼兵交过手了？"
"是，那贼兵自称是什么元帅。叫余化龙。他领兵下山叫战，本先锋设耐住性子，跟他试了试身手。不在输赢，主要还是想探探底细。"牛先锋说。

　　王贵追问："试了试，你跟他试，还是他跟你试呀？谁输啦？谁赢啦？余化龙的武艺怎么样啊？""让你审犯人呐？"牛皋不高兴的说。汤怀过来肯定的说："没占便宜，吃亏了吧？"吉青也起着哄说："大哥，以后有先锋的差事，还是让小弟当吧。"

　　牛皋瞪着眼推了吉青一下说："凭什么让你当啊？"不对汤怀道："你怎么就知道是吃了亏了？数数人，一个不少，还杀了四十多个倭兵呢。"用手指大牛："牛统领，过来。大哥，这是我手下的步弓队牛统领，昨天一战，射死了四五十个倭兵。"

　　岳飞假装不满："啊，你手下，官都封了，本帅的人你也敢抢？"

　　牛皋傻笑道："大哥，这步弓队跟着你肯定摊不上仗打，不打仗就立不了功，立不了劝就不能升迁，是不是牛统领？"大牛低头，吐了吐舌头不言语。

　　岳飞大笑："准了，做个统领吧。以后就跟着二爷。"大牛忙磕头："谢元帅。"

　　岳飞对众将说："众兄弟，进帐议事。"

　　兄弟们走进帅帐，分位坐定，岳飞立在帅案前说："诸位将军，地图显示，康郎山前临鄱阳湖，山势险峻，易守难攻。贼将余化龙武艺高强，有万夫不当之勇。本帅认为，只有收伏余化龙，才能破得此山。所以，明天来帅亲自出战，各位兄弟不要插手，观敌瞭阵既可。"

　　都统制杨虎提醒岳爷说："元帅，要小心余化龙的暗器。此人会使金飞镖，人称金镖余化龙。"岳飞点头："本帅晓得。"

两军阵前。余化龙跨马驰骋。众将随岳飞来到阵前，岳元帅指着余化龙对大家说："好一个余化龙，果然名不虚传。待本帅擒他。"

余化龙来到阵前喊叫："岳飞，敢与本帅单挑（三音）吗？"

岳飞指问："吾乃大宋五省兵马大元帅岳飞，来者何人？报上名来。"

余化龙："岳飞，坐稳了，吾乃是扫宋平赵九州无敌大元帅余化龙是也。你若有本事，与本帅大战三百合。不行就及早归降。"

岳飞劝道："吾闻将军武艺高强，有万夫之勇，为何屈身于强盗？凭将军的本事，若归降于朝廷，定能建功立业，耀祖光宗，史册留名。而今，将军堕入草莽，枉称什么元帅，岂不成人笑柄。"

"不管怎么说，凭本事吃饭，有本事你打赢我，就归降于你，否则费话少说。吃吾一枪。"余化龙说罢拍马上前，举枪就刺。岳飞出枪接招，战在一起。两人大战一百余合，不分胜负。各自鸣金收兵。

回到帅帐。众将两旁站立，岳飞入帐站在帅案前对众兄弟说道"今天，与余化龙交手，大战一百余合，未分胜负。果然是好武艺，明天再战，定要擒他。"

施全提醒岳帅说："大哥，明天出战，一定要防余化龙伤使镖，小弟阵前观看，这斯已显急噪，若战下去，必出暗器。""本帅小心就是了。"

宋军列陈。众将来到阵前。往山上观看。余化龙从山上飞马而下。大队偻啰随后。到阵前，余化龙指着岳飞道："岳飞，早来等死啦？吃吾一枪。"上前就打。岳飞不慌不忙应战。只见枪缨飞舞，马蹄狂奔，战鼓震天响。两人大战五十余合，不觉天已过午，二马换位后，余化龙勒住马道："岳飞，念你等宋军远道而来，又战两日，已是疲惫至极，今日早收，明天必决胜负。"说罢，转马上山去了。岳飞下令收兵。

岳飞帅帐。岳帅在帅案前渡步，众将站立。施全出列说："大哥，这余化龙骁勇善战，与大哥可谓是棋逢对手，这样打下去，恐怕十天半月的也分不出胜负来。"

王贵出列说："大哥，明天歇着，让小弟上，咱们天天换人，车轮战，我就不信他老能打。"张显献计说："其实，我们既使不跟他打，围他俩月，也能困死他。""张兄弟说得有道理。"施全说。

岳飞若有所思的说："几位兄弟提醒了愚兄，今天与余化龙交战时，总觉得他有点儿心不在焉，似有心事。下午又草草收兵，约明日见胜负，难道他……""劫寨。"施全接着说："夜里劫寨。"

岳飞问施全："施兄弟，若换了你，今晚会来吗？""余化龙收兵的时机掌握的挺好，由于我军长途跋涉，又连日作战，肯定疲劳，今天他提前收兵，约明天决胜负，意思是说，明天之前就不打了，让我踏踏实实的歇一天。这是障眼法。"施全说。

岳飞认同，发令道："既来之，则安之。中军，传令各营马上睡觉。天黑后吃饭。各位将军，今天都不要回营，就在帅帐休息。天黑点卯。"众将应声各自找地儿，或躺或坐的休息了。

牛皋在角落里躺了一会儿，坐起，自语道："这肚子咕噜咕噜的叫唤，怎么睡得着啊。""睡吧嗨。"施全说。

玉兔东升，柳条摇曳。帅帐中，将军们被中军一个一个的叫醒，起来吃饭。牛皋一碗接一碗，口边吃边道："多吃点儿，不知道打到什么时候呢。"

吃完饭，碗被收走。中军喊："元帅升帐。"

将军们两边站定抱拳："参见元帅。"

岳飞来到帅案前："各位将军，打起精神来，周青听令，命你领一万人马，埋伏大营左侧，闻炮响杀出。赵云听令，命你带一万人马，埋伏在大营右侧，闻炮响杀出。施全，吉青，你二人各带一万人马，埋伏在大营前方左右侧，闻炮响，堵杀贼兵。"

周青，赵云，施全，吉青："遵命。"出帐去了。

王贵上前问："大哥，我们这些人干嘛，闲着呀？"

岳飞笑道："兄弟，你我是一起长大的师兄弟，好活老给你，别的兄弟会说大哥偏心眼儿。阮良兄弟，耿氏兄弟擅长水上功夫，我们没有水军，所以今天就作壁上观了。而牛皋兄弟是先锋，先锋随时都可能开拔，这啃骨头的小活儿，也就别争了。"

牛皋埋怨说："早说呀，早说我就回去喝口儿去了。这话说的，今天少了这壶酒，明天一天都没精神。那我去后营歇着去吧？"

岳飞挥手说："歇去吧。际兄弟，耿兄弟，你们三个也跟二哥去后营歇着吧。"又对王贵："你们这些兄弟也歇着吧。""我不歇，别人打仗，我怎么睡得着。我就在边儿上看着，说不定也能捞个小鱼小虾的。"王贵不高兴的说。"是，我们也看热闹儿。"张显，汤怀也说。

后营，牛皋帐内。牛皋对阮良，耿氏兄弟道："兄弟，打仗没你们的份，酒还是要喝的吧。你们喝不喝酒？"阮良高兴的说：

“喝，能和二哥坐一快喝杯酒。那才叫真喝酒呢。”耿氏兄弟附和：“是。”

兄弟们围桌而坐，开始喝酒。喝着喝着，阮良道：“二哥，你说康郎山能打下来吗？”

牛皋咧着嘴说：“哪有打不下来这一说呀。要是真打不下来，你二哥我，就得上了。二哥双锏一抢，拿下。”

耿明初分析说：“不过，要想打下康郎山，还真有难度，关键是它的地势好，而且，他们的山寨与上山的路之间，有一条山涧，上面有吊桥，吊桥一拉起来，你就是有千军万马，也沒用。”“那不是一辈子也打不上去了吗。”阮良说。

耿明达胸有成竹的说道：“上去也能上去，要是大帅给我一支人马，就能上去。”“怎么上？”牛爷问。

耿明达告诉牛爷：“从湖边到下山的路的半山腰，有一条小道儿，我以前打鱼的时候，给山寨送鱼，都是从小道儿上去。”“等于没说。你过不去天桥，上不了山，有什么用？”阮良说。

耿明达继续说：“阮兄听我说，康郎山，其实就是余化龙有本事，那两个大王基本上什么都不会。就是钱多，只要我上了山，这康郎山就拿下了。”“我问你怎么上山？急死我了。”阮良有些急

耿明达不慌不忙的说：“混进去呀。跟着偻兵混进去呀。”“喝了酒，说话啰嗦。”阮良不奈烦了。

牛皋一拍脑袋：“明白了，耿兄弟，给你一枝人马，你带着去，来人，传牛统领。呵呵，三个臭皮匠，顶个诸葛亮。这么说，这个康郎山也就是有今儿没明儿了。”

阮良懵了：“二哥，什么就有今儿没明儿了，我越听越糊涂啊？”

大牛进帐叫：“二爷。参见各位将军。”

　　牛皋站起来，指着耿明达："牛统领，这是耿统制。带上你的人，跟着耿统制出发，要多带火箭等放火之物。"

　　大牛："遵命。"

第二十四回　牛皋送锦囊 岳飞收化龙

耿明达大喜："二哥，够了。瞧好儿吧你。"出去了。

耿明初还在纳闷："二哥，我也不明白我兄弟的想法？"

牛皋指着他说："这还不明白？你俩真是弱智。他是带着人顺着小路上山，在半山腰埋伏，等劫寨的偻兵退回来的时候，混进偻兵队伍里，一起跟着上山。夜里天黑，谁也看不清谁。唉，不对呀，夜里谁也看不清谁，怎么指挥呀？"

耿明初大悟道："明白了，二哥放心，我们本地人走夜路，会用一节芦苇做个哨，叼在嘴里，用声音联络。"

牛皋喜道："好办法，嗯，万一贼兵败了，匪首跑了呢？""这好办，我和阮兄弄条小船，封锁水面，准叫匪首插翅难逃。"

牛皋指着他俩说："呵呵，你们喝了我多少酒了，再不走，我都没得喝了。"二人起身笑着走了。牛皋自语："对了，还得写个条子给大哥。"拿笔纸写了几个字，折叠后叫："来人。"一士兵进帐。

牛皋把纸条交给士兵说："把这张纸交给元帅，就说这是牛先锋的锦囊妙计，叫他等敌兵撤退了以后拆开看。"军士接信去了。

康郎山上校场。余化龙牵马等待。上万的偻啰整装待发，探子来报："元帅，据探报，宋军回营后就休息了。没有操演练兵，晚饭后又睡了。到现在没有异常。巡逻，更鼓正常。"

余化龙发令："大队保持静默，不准出声，违令者斩。出发。"

在岳飞的帅帐里。王贵，张显，汤怀等众将正在饮酒等候消息。中军进来报告："大帅，牛先锋差人送来一封信，说是锦囊妙计。先锋说等贼兵劫寨失败后再拆看。"岳帅接过放在桌上。

王贵嘲笑着说："二哥他搞什么搞？""准喝多了，又弄吆娥子呢。"张显说。岳飞摇了摇头笑了。

在山间小路旁的草丛里，耿明达带领队伍悄悄的潜伏着。牛统领跟在他身后，耿明达示意："隐蔽。"牛统领朝后摆手小声说："注意隐蔽。"

山路上，大队的偻兵悄悄的向山下行进，余化龙亦牵着马步行。到了山下，余化龙上马大喊一声："杀宋军。"偻兵也喊："杀宋军……"以势不可挡之势冲向宋营。

余化龙跃马持枪，直扑宋军寨中，却不见宋军身影，方觉中计，他大声呼喊："中计了，快撤。"

"咚咚咚。"三声炮响，左有周青，右有赵云各带兵杀出。余化龙大喊："后队变前队，快撤……"偻兵转队逃跑，又有施全，吉青从左右杀出截杀，余化龙奋力抵抗，杀条血路，带队后撤。吉青，施全，周青，赵云四将围杀余化龙。余化龙一边抵抗，一边喊："快上山，本帅断后……"偻兵拼命往山上跑。

隐蔽在草中的耿明达将一节芦苇叼在口中，一挥手，士兵们趁夜色混入偻兵队中，跟着上了山。

宋军帅帐。中军进报："报大帅，贼兵大败，向山上逃窜。只有余化龙断后，阻挡我军追击。""知道了。"岳帅说。

王贵提醒道："大哥，该打开二哥的锦囊看看了。"

　　岳帅将锦囊交给王贵。王贵拆开念："酒后一梦，康郎山着火了。这二哥，说的是梦话呀还是酒话呀？肯定又喝多了。"纸条扔地上。众将笑了。

　　康郎山上校场。耿明达吹响口中芦笛，四处马上响起一片芦笛声。声音向耿明达靠拢，耿明达大喊："兄弟们，着伙着。"话音刚落，马上有士兵点燃火把，紧接着火把点火把，火把点箭簇，火箭如流星一样飞舞，射向了草垛，房屋，木桩，树木，旗杆……倾刻间，山寨大火熊熊……

　　中军官跑进帅帐报："大帅，探马来报，康郎山着起大火，情况不明。"

　　岳飞马上站起来命令："兄弟们，快上马。命令，所有将士，全线出击。"率先跑出帅帐，绰枪上马奔出大营。王贵等众将上马追了出去。

　　在山脚下，余化龙力敌四将，筋疲力尽，不能脱身。岳飞飞马来到近前大喊："余化龙乃本帅兄弟，不要伤他。兄弟们，杀上山去。"一马当先，率众将齐冲上山。余化龙看看山上的大火，无奈的下马，扔了手中枪，坐在一棵树下。落下几滴泪水。

　　康郎山越烧越大，偻兵哭爹喊娘的乱窜，耿明达指挥弓箭手射杀贼兵。宋军大队上山，岳元帅大喊："偻兵听好，我是大宋兵马大元帅岳飞，我命令你们投降，投降免死。抵抗者杀。"宋军士兵齐声大喊："投降免死，抵抗者杀。……"

　　康郎山的大王，二大王慌慌张张的逃出宫殿，跟着待卫顺小路逃到水边，上了芦苇中的一条大船向湖心驶去。

　　这时，远处的水面有一条小船飞速驶来，站在船头的阮良喝道："哪里跑？老爷等你多时了。"

　　大船上的弓箭手开弓射箭，阮良，耿明初跳入水中，来到船底，由阮良用斧凿船。船上偻兵用枪往船下乱扎。耿明初则潜到船的另一侧，飞身跃上船，将几个弓箭手踹下水，抽出单刀，与侍卫打了起来。

　　船底，已被阮良敲漏，船停了，阮良浮出水面，也窜上船帮，将船上偻兵尽打下水。船仓中的两个大王急欲出仓逃跑，被阮良堵住，掉头往后跑，又被耿明初堵住。耿明初手起刀落杀死一个。阮良出手，掐住了另一个人的脖子……

　　天渐渐亮了，火渐渐熄了，康郎山战斗结束了。位将领们互相报功，兴高采烈。

　　"可惜了。"王贵在岳飞身边叹了口气，嘬了下牙花子说："可惜让贼大王跑了。"

　　"报大帅。"阮良，耿明初浑身精湿的，提着人头来报："大帅，康郎山两个大王已经伏法了。"岳帅大喜："嘿，二位贤弟，首功，首功啊。"

　　这时，一个军士跑上山来报："报元帅，贼元帅余化龙在山下，坐在地上哭呢。"

　　岳飞闻报，飞马下山，果见余化龙坐在地上。岳飞下马，来到他身边，也坐在地下。他拍了拍余化龙说："贤弟，尽力了就得了，你已经做到最好了。天意不可违，兄弟。"余化龙抽泣着叫："岳大哥……"

　　岳飞安慰说："好啦，过来就好了，打今儿起我们就是兄弟了。来，起来，见见弟兄们。"

余化龙站起来，看看围在身边的宋军将领，双手一抱："拜见各位兄长。"大家都笑了。

众兄弟来到牛皋帐中，岳飞一下愣住了。见牛皋正醉仰在椅子上，双脚交叉放在桌上，桌上放着酒坛……

岳爷眼睛湿润了，他示意大家不要出声，解下身上的英雄氅，轻轻的盖在牛皋身上。他心里说："二弟，你真是大智若愚啊，好兄弟。"众兄弟们退了出来。

回到帅帐，帐内已摆上长桌，桌上碗筷放好，菜也上齐了。岳飞招呼大家："随便坐，兄弟们，随便坐。"

大家坐下，岳帅拉余化龙一起坐下。并拿起酒壶给余化龙倒酒。边倒酒边喊："中军，通知下去，发酒发肉，犒赏三军。"中军通知去了。

岳帅端起酒杯说："兄弟们，今天给化龙兄弟接风。化龙兄弟，大哥虽当元帅，但与各位将军都是兄弟相称，所以以后就不要见外了。"余化龙点点头。

牛皋睡醒了，见身上盖着大氅，自语道："睡着了，这个披风是大哥的，怎么盖我身上了。大哥怎么不叫醒我呀。噢，夜里打仗来着，输了赢了？"他赶紧起身，手里抓着大氅，迷迷糊糊往外走，来到帅帐，进帐后见到众人说："不好意思，睡着了。嗨，你们喝上了，有酒喝怎么不叫我呀？呦，余化龙，那什么来着，扫宋平赵震九州无敌大元帅。余元帅，怎么跑到宋营喝酒来了？"

余化龙不好意思的："来投二哥。"众将笑了。

岳帅拉把椅子，让牛皋坐下。岳飞伸出姆指说："二弟，深不可测，深不可测呀！"

施全也赞道："二哥，见识了。大智若愚啊。"

牛皋听不懂，他问："施兄弟，什么叫大智若愚呀？"

王贵笑着说："就是说你跟个大傻子似的。"

牛皋也笑了："噢，傻就傻吧，知道喝酒，知道吃肉就行了。不是说傻人有傻福吗。"

大家正在开心饮酒畅聊，有中军进帐，来到岳帅身边报："大帅，据探马报，金番兀术纠集人马，又犯宋境，前锋金国驸马张从龙，领兵五万，已逼近汜水关，来势凶猛。形势危急，请元帅定夺。"

岳飞思索一会儿说："二弟，觉睡足了，你还得做先锋。"牛皋喝了一大碗酒说："大哥吩咐。"

岳飞发令："牛先锋，令你率兵五千，星夜轻装驰援汜水关。粮草随后即发。""遵命。"牛皋起身，边往外走边从桌上端起酒杯喝酒，干了几杯酒，出帐去了。

王贵不满的说："大哥，偏心眼儿，先锋的差事怎么老是二哥的？"

岳飞笑了："各位兄弟，最后一杯，干了议事。"众将喝了杯中酒，有军士进来撤走了桌上的杯盘碗筷。

牛皋出了帅帐，进了自己的大帐拿了兵器，出帐上马来到营外。五千人马已列队完毕，大牛的步弓队也在其中。牛皋下令："开拔，汜水关。"

帅帐中。岳帅起身发令："诸位，金兵兀术集结了四十万人马，犯我宋境，牛先锋已先行驰援汜水关。大家不能歇了，队伍马上开拔。杨虎将军。"杨虎站起出列："杨虎在。""命你押解粮草，急送军前，不得有误。"杨虎："得令。"出帐去了。

"各位将军，休整半天，明日大队开拔。""遵命。"众将出帐个回本营。

牛先锋率五千人马快速行进。有探马来报："报牛先锋，汜水关已被金兵占领了。"

牛皋大声呼喊："孩儿们，汜水关已被金兵占了，我们不能歇了，先把汜水关拿回来再休息。""加快速度。"大牛喊。

牛皋转头问探马官："金兵领兵的是什么人，武艺如何？"

探马报："报牛先锋，金将名叫张从龙，是金国老郎主的女婿，此人武艺高强，已连斩两员宋将。"

"清楚了，再探。"牛皋心里琢磨："武艺高强，这么说，我要是跟他打也够呛啊？这可不是闹着玩的。你要说不打吧，我是个先锋，不能让他吓死。你说打吧，这万一要打不过他，弄不好要吃亏，小命儿再交待在这儿……"

这时大牛跑过来问："二爷，用何阵型抢关？"看见大牛，牛皋眼前一亮："大牛，带你的人站好队型，藏于队伍中，挑一百个箭法好的……"附耳说了几句。"好，二爷您就放心瞧好儿吧。"大牛说完，向后跑去。

宋军在汜水关前列阵完毕。牛皋到关前叫阵："关上的鞑子听着，今有你爷爷，大宋国岳元帅帐下正印先锋牛皋前来抢关，有喘气儿的下来受死。"

汜水关城门打开，一番将手持双锤领兵出关。牛皋用铜指着他问："来将通名？牛爷爷专斩无名鼠辈。"

金将大声喝道："吾乃金邦老郎主女婿，驸马张从龙是也。牛南蛮，前来受死。"

牛皋满不在呼的说："孙子听好喽，牛爷爷杀的金兵金将成千上万了，不在乎多你一个少你一个，想死就上来，不想死就滚回你的老家放马去。"

张从龙大怒："你个牛南蛮，我要把你砸成肉酱。"上前抡大锤就打。牛皋不怯，举锏相迎，"珰的一声，震得牛皋直咧嘴。抽回锏，横扫张从龙腰部，张从龙也不躲闪，直接用锤磕，牛皋不敢蹾锤，撤锏再打。两人战在一起。……"

张从龙力大锤猛，只几个回合，牛皋就顶不住了，不得不边打边撤。张从龙见牛皋不支想跑，不想放过，一锤紧似一锤打来。牛皋回身用锏接了一锤，又被震了一下，叫声："不好。"不敢再战，拖锏就跑。张从龙大喝一声："牛南蛮，哪里跑……"

牛皋回逃至本阵前，大喊一声："孩儿们，下笊篱"。自己伏在马背上。宋阵中，前排的士兵一让，身后现出百名弓箭手，瞄准待发。张从龙一见，急勒马欲转身，可惜已来不及了，百箭齐发，张从龙身中数十箭，落马而死。

牛皋回马，锏一挥喊道："抢关。"率先冲过去，宋军呐喊着向金兵杀去。金兵大乱，拼命往关里跑，牛皋冲入汜水关，锏打金兵。宋军士兵各个奋勇斩杀金兵，夺回汜水关，在城楼上竖起了宋军的帅旗和先锋旗。大牛与士兵们欢呼雀跃庆祝胜利。

在大路上，余化龙率领的第二队人马急速奔袭。探马来报："报余将军，离汜水关还有二十里。"

余化龙命令："快马通报牛将军，我军马上就到。""是。"

汜水关上，牛皋正与将士们欢呼胜利，有探马来报："报牛将军，金兵元帅斩着摩利之率兵五万，正在攻打藕塘关。藕塘关总兵金节发来求救文书，请求支援。"

牛皋发令：“关下列队，准备开拔。”队伍在关下列队。牛皋向远处张望。有探马急奔而来报告：“报牛先锋，大军先头部队，由余化龙将军率领，离汜水关还有二十里。”

牛皋大喜道：“通知余将军，已经夺回汜水关，让他急速过来接防。本将军去驰援藕塘关。大牛，开拔，目标藕塘关。”拍马向前跑去。大牛率士兵们在后面追上，队伍向藕塘关进发。。

牛皋手里拿着个馒头走在队伍的前面，边走边吃。士兵们也在行军中吃干粮。探马来报：“报先锋，离藕塘关还有二十里。”

牛皋吃着馒头发令：“再探。扯起帅旗，加速前进。”“岳”字帅旗竖起，迎风招展。牛皋把半个馒头塞进嘴里，正欲放马加快速度，见有士兵迎面来报：“报大老爷，藕塘关总兵金节，在关外迎候大老爷，派小人前来告知。”

牛皋大喊：“孩儿们，藕塘关就快到了，加快速度，今天每人都有酒喝。”队伍中发出欢呼，士气大振。

藕塘关外。金总兵率所有官员们出来迎接。见牛皋队伍到来，总兵金节上前跪下磕头自报：“藕塘关总兵金节，率本镇官员，迎接岳元帅。”

牛皋欠身说：“金总兵兔礼平身。岳元帅人马在后面，也很快就到。本将军是岳元帅麾下统制，先锋官牛皋。”

金节一听是牛皋，马上爬起来怒道：“来人，把报事的拉去砍了。”军士应声，把探马官按倒，五花大绑捆了起来。探马官急问：“总兵大人，小人何罪？”金节指着探马：“你谎称岳元帅驾到，让本总兵给一个统制下跪，不斩你斩谁？”探马辩道：“大人，岳元帅长什么样，小人也没见过，牛先锋打的是岳元帅的旗号，小人怎么能知道是元帅还是先锋啊？”

牛皋下马问："你是总兵？嗯，是比我官大，那金兵来了，你怎么不顶啊，请我来干嘛？好，你有本事砍士兵，也有本事砍几个金兵让我看看。我是没你职位高，可能也不比你本事大。你嫌我官小，看来你是用不着我了？我走，本先锋回朝见皇上交旨，孩儿们，转队……"

金总兵慌忙拉住道："得，牛先锋，牛将军，你们保家卫国，南征北讨的不辞辛苦，流血牺牲，天下百姓人人敬仰，本总兵，今天代表藕塘关的百姓跪一跪，也是应该的，光荣的。"转对士兵说："把他让放了吧。以后长记性，做事一定要认真，战争时期马唬不得。"探马哈腰点头："谢大人不杀之恩。"

牛皋笑了："金总兵，对不住啊，本先锋打帅旗，也是元帅的将令，为得是壮我军威，唬金兵的，使敌难探我军虚实。当然，自己人也会误会，总兵大人海涵。"

金总兵摆手说："为国效力，心系百姓，一切都不是事。牛先锋关内休息。"

"总兵大人，我的队伍是轻装驰援藕塘关，没有粮草，一路上只啃干粮，已经好几天沒正经吃顿饭了。现在粮草还没跟上来，所以今天这顿饭，金总兵给操持操持？"牛皋说。

金总兵热情的说："牛先锋放心，本官已经命人预备了。很快就会送到营中。将军的人马提前两天到达，着实让本官吃了定心丸。牛先锋，请入关。"

牛皋下令："大牛，关外扎营，等候送饭，不许扰乱地方。金总兵，要是有酒，给这些孩儿们弄些来。"

"牛将军放心，我的人不吃不喝，也要对得起牛先锋的手下。先锋请。"金总兵与牛皋入关，众官员散去。

进了总兵衙门。金总兵与牛皋来到大堂，分宾主坐下。酒席备好，二人入席，牛皋开始喝酒。他边喝边问："金总兵，介绍一下战况。"

金节不无担心的说："金兵来犯藕塘关，共有五万人马，先头部队有两万。已经开始攻城了。我们的将士守了三天了，真的很惨烈。而且据报，大队的金兵正在向藕塘关运动。幸得牛先锋的队伍早到，否则我们真是有些扛不住了。"

牛皋喝着酒说："金总兵放心，牛某是岳元帅的兄弟，又是正印的先锋官，与金兵打过许多的仗。保你藕塘关没事就是了。放心喝酒。"

金节提醒说："牛先锋，这个金兵大将可历害，不可小瞧。"牛皋愣了下问："有多历害？"

"这个金兵大将，名叫斩着摩利之，身高一丈。不骑马，使一条混铁棍，据说是金番一个小国的元帅，曾经斩杀过我大宋三员上将。将军切不可与他交战。只要守关不失，就是功劳，待岳元帅大军来后再说。"金节很谨慎的说

牛皋不以为然："嗨，本先锋也不是吃素的主儿。只是连日急行军，实在是疲惫的很，要不然，立斩之。"

金节不放心的说："牛将军英雄气概，是岳元帅的爱将，不要亲身犯险。"

牛皋喝了一杯酒后问："犯什么险，什么叫犯险？本先锋我经常那叫什么来着？在几万人中，走来走去的，斩贼将那个什么？就象伸手从兜里掏东西，什么物？"

金节纠正说："于百万军中，取上将首级，如探囊取物。""对，就是这么说，探什么取物。金总兵，干着。"牛皋说着，开始左一杯，右一杯，自顾自的狂饮起来。

　　金节不时地摇头叹着气，时而斜眼看着牛皋。心里开始打鼓。按说岳元帅手下猛将如云，派什么人不好，怎么会派个膘子来，而且还是个酒鬼。不过喝醉了倒好，省得出战了，这万一出去，一棍子让人给打死了，跟岳元帅还真没法交待。

　　"报………"探子报："报大人，金兵元帅斩着摩利之关前叫阵，请总兵大人定夺。"

　　金节命道："看紧城门，不准出关，违令者斩。"转身对牛皋说："牛先锋，大敌当前，酒还是少喝，免得误事。"

　　"总兵放心，牛皋自小儿就喝酒，从没误过事。喝酒不打仗，打仗不喝酒。呆会儿喝醉了，就是在总兵衙门唾一觉。"牛皋说罢接着又倒。见酒坛空了，他叫："金总兵，酒没了，再来一坛。"

　　金节有些不耐烦："牛将军，真的不能再喝了。"

第二十五回　藕塘关福将斩番将 牛先锋红衣扮新郎

牛皋瞪了一眼金节："小气，喝你点儿酒，怎么这么吝啬。我去外面酒馆喝去。"站起来要走。

金节很无奈的说："得，牛将军，酒有的是，你随便喝。上大坛酒。"有军士搬一大坛酒放桌上，牛皋独自狂饮。

"报……"探子进来报："报总兵大人，金兵开始攻城。"金节背对牛皋小声说："顶紧大门，用滚木擂石弓箭伺候。""是。"探子出去了。

牛皋喝完一杯酒后问："金，金总兵，刚，才报什么？金兵，攻城了，你当我没听见？本先锋来干什么的？打仗。打金兵。金兵都攻城了，你还跟我喝酒。孩儿们？孩儿们，人都去哪儿了？出关迎敌。"说罢起身，抓起酒坛，晃晃悠悠的就往门外走。

金节急拦道："牛将军，牛爷爷，你可不能出去呀，甭说喝成这样，就是不喝酒的时候，跟这个金兵元帅打，你也是白给呀。你要是在我这儿有个三长两短，我跟岳元帅没法交待。我这个总兵也就当到头儿了。"

牛皋边往外走，边念叨："牛统领呢？大牛去哪儿了？该布阵了，哪儿去了？"走到门外，解下马缰，免强爬上马。一手牵缰，一手提酒坛，向城门走去。

金节两手一摊，突然大叫："中军，快，去城外通知牛统领，就说先锋出关去了。"

城门开了。牛皋在马背上边喝边喊："往后退，离远点儿。懂不懂规矩？"金兵向后退出一箭之地。金阵中，站着手持大棍的金番元帅斩着摩利之，他看见牛皋这模样，有些犯愣。

金总兵慌慌张张上了城墙，观看下面动静。没办法，牛皋醉酒出关，必死无疑，但是金节不能跟出去，因为他的责任是守关，无论如何关不能丢。他眼睁睁的看着牛皋边喝，边向番将走去，一点儿也不防备。心都提到嗓子眼儿了。"黑南蛮，通个姓名？"番将大喝一声。

牛皋摇晃着过去："你问我？你爷爷，是大宋国，兵马大元帅，哈……帐下先锋官牛老爷。鞑子，你，是谁？又端起酒坛喝了一大口酒。""吾乃大金兵马元帅斩着摩利之是也。牛南蛮，下马投降，免你一死。"番将说。

牛皋醉眼难睁："喝酒，喝酒。死了也是个醉神仙，哇……"一口吐了出来，喷在番将脸上。番将赶紧擦脸擦身上。牛皋又一张嘴，侧身要吐，不想没坐稳，身子一歪，直接向左前方歪下去，而右手提着的酒坛，抡过头顶，正好砸在番将的脑袋上，番将脑浆迸裂倒地。牛皋身体挂在马鞍上，被马拖着往城门走。此时，城门大开，大牛率兵冲出，先是一阵乱箭，接着就是宋军冲过去砍杀金兵，金兵失去主帅后大乱。已无力抵抗，被宋军追杀。

城楼上的金总兵揉了揉眼睛，虽然不敢相信番将被牛先锋打死了，但还是下令击鼓助威，关内有大批宋军杀出，猛杀一阵。金兵大败

乌骓马驮着牛皋回到关内。金总兵下城，命军士搀扶牛先锋下马，架着回到总兵衙门放倒在床上，牛先锋呼呼的睡了。金节在床边叹道："真神人也。"

一番兵打马在蜿蜒的山道上狂奔，径直来到金兵大营下马，冲进帐报："报四太子，斩着摩利之元帅在藕塘关阵亡。我军大败。"

兀术大惊问："什么？阵亡了？死于何人之手？"信官报："死于岳飞手下先锋牛皋之手。"

兀术不信："不可能，牛皋的本事平平，仨牛皋也不是摩利之元帅的个儿。""是，是个意外，皆因那牛皋喝醉了，单独出关，吐了斩着摩利之元帅一身，摩利之元帅擦脸，不想那牛皋从马上就掉下来，手中的酒坛子正好砸在摩利之元帅的脑袋上，所以说是个意外。"信官说。"下去吧，"信官出去了。

兀术愤恨的说："有这等事？牛南蛮，本王要将你碎尸万段。"一番将上前说："四太子，吾兄死于牛南蛮之手，真是奇耻大辱。斩着摩利呼愿去藕塘关为兄报仇，立斩牛皋。拿下藕塘关。""准。"

斩着摩利呼领命出帐，攀鞍上马，向藕塘关飞奔。他马不停蹄，由天黑跑到天亮，终于进了金兵大营，至帅帐前下马。刚下马，马就瘫倒在地累死了。

藕塘关上，竖立着宋军的帅旗和先锋旗。牛皋在关上巡视。金总兵从城下上来与牛皋打招呼。"牛将军，真是不辞辛苦啊，没吃早饭就上关了，这怎么行。"金节热情的说。

牛皋认真的说："金总兵，军情要紧。我的人已经完成接防了。总兵大人也可以睡个好觉了。昨天真不好意思，喝多了，总兵大人勿见笑。"

"哪里哪里，昨天本以为牛先锋喝多了，原来是先锋使的计谋，利用醉酒迷惑金兵，然后杀敌于无招。历害，佩服，佩服。"金节赞着。

斩着摩利乎元帅跑了一夜，马累死了，没有战马怎么出战。他问身边的一个将领："营中可有战马？与本帅牵一匹来。""元帅，都是拉车驾辕的马，没有战马。"金将说。"带本帅去看看。"

　　二人来到马圈，饲马官跑过来磕头："拜见元帅。""可有好马？"马官报告："报元帅，没有好马，都是驾辕拉套的牲口。""高点儿，大点儿就行。"马官摇头说："真没有，常年打仗，马匹的消耗大，好马很难找。"

　　麾利乎元帅在马棚外走着看着，忽然他指着一匹马说："就这匹，拉出来。"

　　马官忙解释："元帅，这是好马，是名种马，叫乌骓马，只是不能上阵。"摩利乎纳闷儿："不能上阵，什么意思？"马官说："这是一匹骒马。"摩利乎不在乎的说："什么骒马不骒马的，能骑就行。""骑是能骑，但是不能上阵。常言道，骒马上不了阵。""就骑一会儿，去斩那个牛南蛮，也就几招儿的事。"摩利乎满有把握的说。"那行，那没问题。"马官将马收拾好，缰绳交给摩利乎，嘱咐道："这个季节牲口是发情期，爱撩蹶子，小心别摔下来。"斩着摩利乎一摆手说："本帅三岁就骑马，还能摔下来。"

　　牛皋拿着两个馒头，一边吃，一边在藕塘关上观察城外情况。

　　忽然，城外烟尘滚滚，金番元帅斩着摩利乎率金兵来到关前挑战。

　　牛皋边吃边喊："孩儿们，只要金兵不攻城，就不要理他。近了就用弓箭射，用石头砸。""牛将军真是个久经战阵的大将军呀，临危不乱，以逸待劳。深通战策。"金节在一旁赞道。

　　摩利乎在阵前奔跑，指挥士兵骂阵。

　　金总兵看了看关下的金兵说："这个金兵元帅骑了匹骒马就出来了。真新鲜。""金总兵，摆张桌子，弄壶酒，敬敬这个金元帅。"牛皋说。

　　金总兵拍手说："好主意。古人是城楼饮酒观风景，今天本总兵与牛先锋，就在关上饮酒戏金兵。哈……"

　　桌子摆上，酒倒满。牛皋端起一杯酒说："金总兵，先干啦。"一饮而尽。金总兵也喝了一口。牛皋端起酒杯朝着关下喊："鞑子，喝杯酒啊，嗓子喊的冒烟儿了吧？"自己干了。

　　斩着摩利乎在城外喊："牛南蛮，你下来跟我打，我要为家兄报仇。把你碎尸万段。"

　　牛皋喝了一杯酒："噢，昨天死的是你哥呀？啊哈哈哈，你误会了，本先锋根本没打他，只是因为喝多了，不小心从马上摔下来，把他砸死了，说起来也是活该，不犯我大宋，在家喝酒吃肉多好啊。那也就死不了。你赶紧回去吧，别死在这，死了没人埋。"

　　金总兵笑着说："牛将军，不用跟他磨嘴皮子，喝着。真没想到，牛将军还有如此的定力，不为情绪所惑。"

　　牛皋笑道："瞧总兵说的，打了这些年的仗，兵法还是懂点儿的。兵法上不是说，打仗别着急，着急反而赢不了。有这句话吧？"

　　金总兵稍犹豫后说："打仗别着急？噢，有，有。欲速则不达。通俗，通俗易懂。受教，受教了。"

　　"这是岳大哥讲的。岳元帅经常讲课，讲兵法。他懂得不少。太公，韩信，诸葛亮，孙子。但是也有他不懂的。""也有不懂的，哪方面？"金节问。"岳大哥连孙子兵法都懂，就是不懂爷爷兵法，所以我跟他学了这么多年，爷爷的没学着，只学了孙子的兵法，"金节刚喝的一口酒，一下喷了出来："哈………牛将军，孙子起来了，爷爷就老了，学就学孙子的，别学爷爷的。哈……孙子兵法，牛先锋，为孙子干杯。"

　　牛皋拿着酒杯自语："说不喝了，怎么又喝上了。算了，喝个痛快吧。金总兵，本先锋喝酒，不爱省着喝，我把这坛儿招呼了吧。"端起酒坛就灌。

　　关下的金兵元帅歇了会，指着城上又开始叫骂："牛南蛮……"
　　"

牛皋站起来举着空酒坛子让关外的金兵看，然后扔了下去。

斩着摩利乎手提大棍，纵马来到关前亲自叫阵："牛皋，牛南蛮，你个怂屁，不敢与爷爷交手，你敢下来，用不了三合，就把你打成烂泥。"

牛皋也怒道："孙子，看爷爷喝的酒就是匈奴血，嘴里吃的是胡虏肉。"等爷爷吃饱喝足了，送你去找你哥哥。孩儿们，把他哥哥斩什么之的首级扔给他。"军士把人头扔了下去。

摩力乎见到兄长的人头，下马跪拜，让士兵收走，又上马大骂，并弯弓搭箭，一连好几箭，射在藕塘关的匾上。牛皋见状大怒，叫一声："备马。"怒冲冲下关去了。金总兵拉了两下，没拉住。

牛皋下关上马，提铜出关。金兵后退，让出一箭之地。

牛皋来到阵前。大牛率宋军紧跟其后，列队布阵。弓箭手压住阵角。牛皋骂道："龟孙子，阳光大道你不走，鬼使神差送命来。总念你昨天家门不幸，丧了兄长，放你一马，你今天非要来赶刀儿，陪你大哥去阴曹。我看你是死催的。"

摩利乎大怒："牛南蛮，凭本事你也配。你装醉使诈，不算男人。今天本帅要替兄报仇，拿你头来祭吾兄。"

摩利乎说罢，抡大棍来个横扫千军，牛皋低头躲过，棍梢儿蹭到了头盔，吓了牛皋一跳。摩利乎又使一招劈头盖脸，牛皋铜挡，震得臂痛嘴歪。双铜落地一只。牛皋只得双手握一铜。回过马来，牛皋脸上顿时怂了。而摩利乎回马时，马却不转身，向后撩了几下蹶子后，倒着往后退。摩利乎险些掉下马去，急用持棍的手去抓缰绳。牛皋也愣了。突然，牛皋的乌骓马站立起来，向前走了几步，前蹄踹打金将后背，金将吐血坠马。牛皋也被摔下马来。牛皋身后，大牛一声令下："放箭。"箭如飞蝗，射向金兵。

藕塘关上。金总兵下令："擂鼓助威，全线出击。"宋军擂响战鼓，倾城杀出。金兵大败。

牛皋被士兵扶起。手捂后腰。回头看，两匹乌雅马正在交配……

城上金节下令："鸣金收兵。"关外牛皋自语："这是怎么回子事呀？"大牛过来说："二爷，娶儿媳妇了。"牛皋大悟："噢，骡马上不了阵，原来是这么回事。"直了直腰，对旁边的士兵说："不用扶，我没事。"牛爷走了几步，对大牛说："大牛，留一千人守关，其余的人回营休息。杀猪宰羊，犒赏三军。"

"遵命。不过二爷，猪在哪儿？羊在哪儿？"大牛问。"你傻呀？上街去买。""二爷，买也买不着啊，藕塘关就这点儿地儿，市面上没多少东西可买。"

牛皋只得说："那就别吃了。该着。等大军到了。再给大家补。回营。""是，收队回营。"

牛皋走了两步突然发现马没了："大牛，二爷的马呢？"大牛悄悄的说："二爷的马呀？泡妞儿去了。""泡妞儿，什么意思？""泡妞儿就是找媳妇儿去了。您看那头，跟媳妇儿亲热呢。"大牛笑着说。

牛皋大喜："大牛，把这匹骡马看好，让它生一匹小黑马。"

金总兵回到衙门，摘下腰上的宝剑叫："中军。"中军进。金节吩咐："给牛先锋送十只猪，二十坛酒。太神了，太神了。"他来到后宅屋内，坐在椅子上。总兵夫人戚氏从里屋走出来问："什么事呀，一惊一乍的。"

金节兴奋的说："岳元帅手下有个先锋，太神啦！你说他，啊，明明出去就是送死，怎么就鬼使神差的斩了两个金番元帅呢？这就是福将啊！我刚才想了，我姨妹今年也不小了，你让我给他张罗个主儿，她总是高不成，低不就的，我看，就是他了。这个牛先锋真不错，他肯定是黑虎星下界，将来锦袍玉带的跑不了了。你看行不行？"

戚氏考虑下说："小妹是不小了，老不嫁人也会招闲话，既然这个牛将军这么威武，我看行。就是不知道人家有没有成家？"

金节端起茶杯："我已经派人去打听了，很快就会有信儿了。"

"大人。"中军进报："打听了，牛先锋没有家眷。"

"好。"金节从椅子上站起来："成了。中军，你去趟先锋营，就说本总兵请他喝酒。噢，你带一身文人的衣服给他，让他穿文人服来赴宴。"金夫人拿出一套衣服放在桌子上。中军拿起衣服出去了。

金节对戚氏说："夫人，你快去叫姨妹打扮起来，马上成亲。"

戚氏不放心的说："太急了吧，这合适吗？还不知道牛将军那头什么意思呢？"

金节挥手说："我心里有数，快去吧。管家。"

老管家走进屋问："老爷，您吩咐。""管家，总兵府张灯结彩，挂灯笼，贴喜字。要快。""是老爷。"

牛皋回到营帐，将双锏立在桌旁。案子上有水，喝了一碗后叫："大牛。""二爷。"大牛进帐。"开饭了吗？""二爷，回来以后，收到了金总兵送来的十头猪，二十坛酒，杀猪炖肉耽误了功夫，现在刚吃上。"大牛说。牛皋高兴的说："好，有肉吃了。大牛，跟我去巡营。"

士兵们正围坐在地上吃饭，主食是馒头，有几个菜，中间一盆肉。牛皋每到一营地，都与士兵打招呼。来到步弓营，蹲下与士兵聊天。"吃上肉了？"牛爷问。"吃上了。"士们乐着说。

牛皋拍着士兵的肩说："好，兄弟们，我们打了胜仗，关内的百姓给我们送来了酒肉，没说的，多打胜仗。"士兵们高兴的笑起来。"兄弟们，我们要天天打胜仗。"大牛大声说。

牛皋大笑，笑得象个孩子。他爱兵如子，得到了士兵的拥戴。平时的伙食，除了酒以后，他总是和士兵吃一样的饭菜。吃饭时巡营也是他的习惯，有时候走到哪里，就和哪里的士兵共同进餐，所以，在牛皋的营中，从来没发生过克扣粮饷的事。这时，有信官报："将军，金总兵大人派人来，要见将军。说有要事。现正在大帐等候。"

牛皋回到大帐，总兵府中军迎上前说："牛先锋，我们总兵大人请将军赴宴。""赴什么宴？"牛皋问。"将军打退了金兵，解了藕塘关之围，总兵大人非常高兴，说请将军喝酒。"中军说。"嗨，喝酒就是喝酒，还赴什么宴？弄这虚头八脑儿的。走。"

中军拦下说："将军，总兵大人还送您一套文人服，让您穿上文人服赴宴。请您换上。"

牛皋不解："不就是喝酒吗？还换什么衣服啊。"

中军笑道："将军，总兵大人说，将军连日撕杀，身上难免有血迹，穿上文人的衣服显得将军更斯文，更能显出将军是文武双全的大英雄

啊。"

牛皋嘿嘿一笑："还有这么多讲究。"

中军强调说："不光是总兵和将军两个人喝酒，总兵夫人也要给将军敬酒呢。"

牛皋愣道："呦，是要斯文些，别吓着女眷。"脱下铠甲，穿上文人服，戴上翅帽，系上绦带。自己觉得有些不好意思了："穿

上这身文人服，像什么样子？""象新郎官。""新郎官？新娘还在她妈肚子里呢。"牛皋也笑了。

第二十六回 牛爷逃婚 岳帅做主

　　总兵衙门里张灯结彩，透着喜兴。牛皋进院就喊："金总兵，你这是搞得哪一出儿啊，请我喝酒，怎么搞得跟办喜事似的。"

　　金节迎过来说："牛先锋，嗯，还甭说，穿上这身儿，还真是个新郎官。来，这儿坐。"

　　牛皋坐下："金总兵，牛皋平时穿铠甲，冷不丁的换了这身衣服，还真憋扭。这哪儿还象个武将啊？倒象个书生了。

　　金总兵抱拳："牛先锋，本总兵给你道喜了。""每天行军打仗，死人堆里爬进爬出，喜从何来呀？"牛皋问。

　　金节一招手，丫环扶着一个带盖头的姑娘走了出来。金节说："牛先锋，你为国为民出生入死，岁数也不小了，至今没有家室。正好，金某有个小姨妹，今天本总兵做主，嫁与先锋为妻。所以今天请牛先锋换衣前来吃酒，实则是让姨妹与先锋喜结良缘。牛先锋已经功成名就，今天再洞房花烛，岂不美哉。"

　　牛皋大惊："什么？你是叫我来成亲的？不行。亏你想得出来。"吓得起身出门，上马跑回营去了。金总兵着急的："牛先锋，牛……"

　　新娘一跺脚，扭身回阁了。总兵夫人也怒了："亏你是个总兵，瞧你办得这事。"进屋去了。金总兵手一摊说："办砸了。"

　　"大人，据探官报，岳元帅快到城外了，总兵大人要不要去接？"中军进来问。"去不去接还用问吗？赶紧传令，所有官员都去迎接岳元帅。"金节说。

　　金总兵率所有官员出城，见岳元帅跪下磕头："藕塘关总兵金节，率全体官员迎接岳元帅。"

　　岳飞下马扶起金节说："金总兵请起。"金节起身："岳元帅鞍马劳顿，请入关内休息。"

　　"金总兵抗金守关有功，朝廷已通报给本帅。嗯，怎么不见牛先锋，打了败仗，不敢见人了？"岳飞问。金总兵说："大帅，牛先锋没打败仗，而是打了胜仗了，请元帅入关容属下细报，岳飞命施全："城外扎营。"

　　金总兵前面带路，请岳元帅到了总兵衙门，岳帅大堂就座。下人上茶。岳帅看了一下堂内布置问："金总兵，你家里这是办喜事啊？"金节说："大帅，就是因为办喜事，牛皋才跑了。大帅刚才问牛皋是不是打了败仗，还真不是，牛先锋到了藕塘关，昨天出战，斩了金番的元帅斩着摩利之，今天再战，又斩了金兵元帅斩着摩利乎，下关在城上观看，见牛先锋履立战功，心中喜欢，打听到牛先锋还没有成亲。就有意将妻妹嫁给他，您说这个牛皋，一听说成亲，吓得扭头就跑，真跟战场上判若两人。"

　　岳飞大喜："原来如此，有这等的好事，二弟走了桃花运了。来人，速传牛先锋到总兵衙门。穿便服。金总兵，由本帅做主与他成亲。"金节大喜："谢大帅。"

　　岳帅琢磨着说："金总兵，马踏金兵元帅，听起真是挺逗的，以前还真没听说过。""这个金兵元帅也是死催的，据说他是从金兵大营一夜跑了五百多里来到阵前，马累死了，他居然骑了一匹骒马出战，骒马上不了阵，自古就有这个说法，结果两军阵前金兵的这匹骒马，见了牛先锋的儿马老掉屁股，儿马从后面一看，有人坐在它媳妇背上，它能不急吗？结果儿马上去就是几蹄子，生给斩着摩利乎踢死了。"

　　岳飞笑道："以前总听老人说骒马上不了阵，原来果然如此。"

　　这时，王贵，张显，汤怀拉着牛皋进来。王贵指着牛皋说："大哥，逃兵抓来了。"岳飞示意放手，让三兄弟见过金总兵。王贵等抱拳说："参见金总兵。"金节马上回礼说："各位将军免礼。"王贵走到金节身边说："金总兵，我们营里帅小伙有的是，他不愿意就算了吧，我们这些人可都单着呢。"

金节请几位坐下。岳飞对牛皋说："二弟过来坐这儿。你跑什么呀？冲锋陷阵都不怕，见了女人就跑，我岳家军的脸都让你给丢尽了。张显，婚礼开始。"

丫鬟扶着新人出来，王贵把牛皋推了过去。丫鬟为新娘整理了一下盖头，金总兵携夫人坐在家长的位子上。张显喊道："婚礼开始，二位新人听好，一拜天地。"新人拜天地。张显又喊："二入洞房。"

汤怀过去推开张显说："不懂就别在这瞎嚷嚷，你以为这事谁都能干呢？看我的。一拜天地。"牛皋摆手说："你更不行了，都拜过天地了。"汤怀说："刚才的不算，重新来。一拜天地。"新人拜天地。汤怀又喊："二拜高堂。"王贵拉着牛皋转向磕头。金节与夫人端坐着接受跪拜。牛皋拜完起来问："谁是高堂，我拜谁呢？"金节笑着说："二位新人父母都不在了，姐姐姐夫就代表高堂了，哈哈……找回来了。"牛皋想了想说："对了，你是我姐夫了，占你的便宜让你找补回去了。"王贵过来推开汤怀说："怎么这么乱呀？不是这样的，还是我来吧，重新来。新人听好，一拜天地。"新人拜天地，。"二拜爹娘。"王贵喊。牛皋糊涂了："刚才不是拜姐夫吗？这么一会儿又成了拜爹娘了？瞎胡来。"张显喊："夫妻对拜。"新人互相拜过。张显又喊："牵入洞房。"牛皋急着说："又胡来了，什么叫牵入洞房啊？""哪能牵入洞房啊？张显别闹。"王贵大声喊："背入洞房。"牛皋又说："哪儿有背入洞房的，你以为这是猪八戒背媳妇呢？"汤怀马上说："不愿意背呀？好，骑牛进洞房，王贵，张显将牛皋摁跪在地上，新娘骑上。王贵忙说："二哥快爬，赶紧入洞房，不然又变了。"

牛皋只得向前爬，一直爬到洞房。王贵在屋外喊："二哥，你玩儿骑马打仗吧，我们喝酒去了。"

牛皋趴在地上叫："大姐该下马了。""我不敢下，你爬到床边儿，我扶着床就能下来了。"牛皋爬到床边说："大姐到床边儿了，下去吧。""你这么高我不敢下，怕摔着。"牛皋身子一歪，把新娘扔床上，揪下新娘的盖头，抽了抽身上的土，又擦了一下脸，把盖头扔在椅子上。新娘愣住了，她有些惊恐。

新娘真漂亮，牛皋坐在床上，摸了一下新娘的脸说："大姐，你是我媳妇儿，长得好看。"他把新娘搂了过来。

宴席上，岳帅给金总兵贺喜："金总兵，婚礼已成，本帅给你道喜了。"金节乐着说："牛将军是大帅的先锋，又是结义的兄弟，岳帅大喜，岳帅大喜。""同喜同喜。"岳飞说："金总兵，我这帮兄弟，这些年跟着我南征北讨，多数儿还是单身，战场上，将军百战难免一死，如果连个后代都没留下，那就是本帅的罪过了、王贵，你们也要抓紧，条件不要太高。搞定了就生他个一儿半女的，咱岳家军的将士们不能断了香火。汤怀兄弟，今儿个回营传令，岳家军的军规取消临阵招亲这款，今后什么时候遇到中意的，什么时候就成亲。延续子嗣乃人之大伦，一定要上心。"

看着这个传说中的牛先锋，新娘子蜷缩在床角儿怯怯的问："你就是牛先锋啊，长得这么黑，我怎么嫁给你了？"哭上了。

牛皋解释说："那个不赖我啊，都是你姐夫金总兵，是他骗我让我跟你成亲，我都跑了又给抓回来了，不娶你就得按军令。如果你不愿意我就跟我大哥说一声，让他退婚吧。"

新娘大怒："放屁，你个黑蛋子儿，大傻子，你玩够了，不要了就甩呀，你把本小姐当什么了？信不信我去元帅那告你？"

　　牛皋手足无措的说："你别哭啊，让别人听见还以为我欺负你了呢？""你可不是欺负我了吗，你看你身上这么脏，你闻闻你身上的味儿，都馊了。我的命真苦啊，遇到了你这么一个臭男人。离我远点，一边去。"双脚踹了几下。牛皋被踹到地上。"我闻着都恶心。"新娘又哭了。

　　牛皋也没脾气："大姐，要不喜欢我就出去了。"欲往外爬。"站住。"新娘强硬的说："你敢出这个门儿我就喊，你信不信？""你喊什么？""我我我就喊你是个太监，我喊啦。"牛皋没敢起来："别喊别喊，我不出去还不行吗。""爬过来我问你，你想不想娶媳妇？"牛皋点点头。新娘又问："想不想上这个床？"牛皋又点点头："想。"新娘把腿一跷说："跪在那儿别动，那今天我就给你立个规矩。""什么规矩？"新娘指看他说："想上床就得洗干净了，不能像今天这样，身上多味啊，听懂没？洗干净了再上床。""听懂了，洗干净了才能上床。"新娘又说："如果没洗就上床就要挨罚知道吗？""知道了，怎么罚呀？""罚跪。"新娘子说。牛皋听话的说："是。罚跪不好，还是洗澡好。""知道就好。以后要是没洗就上床，你就要挨罚，从今天开始。今天洗了吗？那就受罚吧。"牛皋点头说："你这不是绕我呢吗？得，跪就跪吧。"

　　酒席宴上，王贵边吃边说："大哥，你说二哥这是哪路神仙附体了？这先锋当的，净捡漏儿立功了，媳妇也娶上了。你说论本事，论颜值，兄弟哪点儿比他差？金总兵，啊，你是姐夫了。姐夫，有那个二姨姐，三姨妹的，也给我们哥儿几个说说，一人一个。谢谢了姐夫。

　　张显指着王贵说："三哥喝多了，但也不是胡说。"王贵放下杯："二哥进洞房这么长时间，也不出来陪哥们儿喝酒，你说这喜酒，想敬他一杯，他倒躲着咱们。这不是重色轻友吗？不行，我得去问问他，为什么不陪大哥喝酒。"张显说："人家二哥和嫂子亲热着呢，哪有心思陪咱们呀。""不行，重色轻友不行，给他闹。闹洞房去，反正三天不论大小，当兄弟的闹闹洞房也是正差儿，端着一杯酒来到洞房门口，用手一推，门开了，见牛皋正跪在床前，新娘躺在床上翘着二郎腿儿。"二哥干嘛跪着呀？你这是跪谁呢？哦，是太后了，那我得回避，太后臣告退。"见王贵走了，新娘用脚踹了一下跪在地上的牛皋说："你个大傻子，有人进来还跪着？你也不赚丢人？"牛皋赶紧爬起来。

王贵回到桌前坐下。汤怀问："三哥去闹洞房，怎么没听见动静儿就回来了？"

王贵放下杯说："我去闹洞房，一推门，见二哥正见驾呢，没敢进去就回来了。"张显问："三哥，二哥见驾，见什么驾？"王贵糊涂着说："可能是公主，也可能是太后。"汤怀问："哪来的公主，哪来的太后？"我，我也不清楚，只看见二哥跪在地上，床上有一个女的翘着腿，还不是见驾吗？王贵说。

岳飞笑了，金总兵也笑了，张显汤怀哈哈大笑，

新娘给牛皋整理衣服并叮嘱："你出去陪陪元帅和兄弟们，别跟他们说是我让你跪的。"牛皋答应："嗯，那怎么说？""你就说摔了一个跟头，在地上坐着来着。""嗯。"牛皋走出屋，来到酒桌前坐下。张显叫一声："二哥，见驾来着？"牛皋一愣："见什么驾？""见什么驾？"张显说："是给太后请安呢。还是给公主磕头啊？"王贵放下酒杯说："甭管是太后还是公主，见驾都得磕头，关键是不喊平身，哈……"

岳飞笑着说："二弟，饿了半天了吧，坐下吃点东西。"牛皋指的王贵说："你瞧瞧大哥，再瞧瞧你们，满脸是光棍蛋子的样儿。""大哥可没像你似的，第一次进洞房就见驾。"大家又笑了。

这时，帅府中军走到岳帅跟前报告说："大帅，有左丞相李纲大人的家丁张保，带着一个叫王横的人，拿着李大人的书信求见元帅，现正在大营等候。

岳帅点头说："好，马上回去。金总兵，本帅军务在身，不能再坐了。王贵，你们也别闹得太晚了。"说完出门上马。金总兵送大帅出城。

牛争与兄弟们开始较劲儿，连喝了两大碗酒后，端起碗吃饭。王贵见状说："二哥慢点儿吃，饭是你家的没人抢。"张显调侃说："二哥不是怕有人抢饭，而是怕有人抢媳妇儿，他要是回去晚了又要见驾了。"

牛搞用筷子指着说："你们这几条小光棍儿，这是羡慕啊还是羡慕啊，有本事也娶一个，就不嚼舌根子了。""今天二哥娶了媳妇以后，立马儿跟换了个人儿似的，啊？"张显说。

牛皋吃饱了放下碗，又端了一碗酒喝干。他对几个兄弟说："兄弟们，不陪了，你们喝，尽情的喝，哥哥该入洞房了。"

岳元帅回到帅帐，中军领着张保，王横，进账给元帅磕头。张保递上书信，岳帅看完后问张保："你是太师的贴身护卫，为什么要来从军？"张保说："禀大帅，张保是奉太师之命来投军的，太师说，现在前线正是用人之计，所以特命小人来投元帅建功立业。小人在来的路上遇到了这位好汉，他叫王横，王横不但武艺高强，更有极强的脚上功力，能挑两百斤的担子跟着马跑，日行两百里，他也想从军追随岳元帅，小人就把他带来了。"

岳飞点头说："起来吧，你二人以后就在帅帐执勤，"谢元帅。"二人出帐。

中军进帐又报："大帅，又有一批好汉前来从军。"

　　岳帅发话："传进来。"中军出去，带进来几个人，向岳帅跪拜。"报上姓名来。"岳帅说。

　　几位好汉自报家名："小人诸葛英，公孙郎，刘国绅，陈君佑，张力，张用，拜见大帅。"

　　岳帅手往上一托说："好汉请起。现国家正在用人之际，尔等既有报国之心，本帅愿与众位好汉一起，报国驱虏，卫我黎民。希望各位好汉多立边功，封妻荫子，成就一番事业。""谢元帅。"

　　牛皋提着两个包袱走出总兵衙门，把一个包袱拴在马鞍上，身上背了一个。媳妇身上也背了一个小包袱。中军官从后院牵出一匹马，正是那匹骒马。他把缰绳交给小姐。牛皋不放心的问："媳妇，你确认你会骑马吗？"媳妇笑着说："当然会骑马了，还能骑牛呢。"总兵夫人走出来，给妹妹递上了一个小包袱，夫人叮嘱说："这是路上吃的，骑马要小心，不行就坐马车。"牛搞媳妇儿说："不碍事，这匹马老实。姐姐姐夫，我们走了。"牛皋将媳妇儿抱上马，自己牵着两匹马步行。与金总兵夫妇挥手告别。

　　牛皋来到军营，走进帅帐问："大哥，兄弟来告假，有书信要捎吗？"岳飞起身说："二弟，真精神。"牛皋乐着说："人逢喜事精神爽，更何况又是带媳妇回家。能不精神嘛。""金榜题名，洞房花烛，今天又是衣锦还乡，让人羡慕。书信就不用带了，回去就说咱这一切都好，打了不少胜仗，向乡亲们问个好，还有这锭银子你拿着。"岳飞拿出一锭银子给牛皋。牛皋用手推说："大哥，这是干嘛？二弟用不着银子。"岳飞说："二弟，以前你是一个人，一人吃饱了全家不饿，现在成家了，要打仗也要养家，以后酒要少喝，银子要省着花，不能月月光了。"

牛皋接过银子说："是大哥，兄弟知道了。""去吧，跟兄弟们打个招呼，记住啊，一个月，就给一个月的假，你可不能乐不思蜀啊。"

牛皋和媳妇并马急行一阵后，速度慢了下来。牛皋惊讶的说："媳妇，你还真会骑呀？""那是。"媳妇说："我正经是练过的，别忘了我姐夫是总兵，他那些手下谁不拍着我呀，我就是跟他们学的。你以后别老媳妇媳妇的叫了，听着憋扭。""那怎么叫啊？""人家也有名字。"牛皋说："我也不敢问呐。"媳妇告诉他："戚赛玉，我姓戚叫赛玉。戚是亲戚的戚，念戚，"牛皋摇着头说："戚赛玉呀，这名字不好。念戚（欺）念戚都不好。""怎么不好？"赛玉说："赛玉说明我美，比玉还美。"牛皋不好意是的说："你这个姓儿没法叫，欺姐姐吧，欺妹妹都不好。要念气也不好，气姑娘啊，气媳妇啊，都是欺负你。""看你傻呵呵的，你还挺坏的，回家我收拾你。"赛玉说。"牛皋傻笑着说："那就叫你戚（七）姐姐吧，我大哥就管大嫂叫李小姐，我也弄个斯文的，就叫戚姐姐。"赛玉得意的说："这还差不多。哎呦，我累了，腰疼腰疼受不了了，快扶着我，快摔下去了。"牛皋见状，伸手把赛玉提到自己的马上，抱在怀里。"赛玉摸着牛皋的脸说："现在不怎么讨厌你了，你挺爷们儿的。行了，嫁鸡随鸡，嫁狗随狗吧，。"牛皋笑着说："哪能让你这么漂亮的媳妇儿，嫁鸡随鸡呀，怎么说也应该嫁牛随牛啊。"赛王用手指夹住他的鼻子说："瞧给你美的。你没想到吧，就你这付德性还能抱个美人归，这回呀，是赛玉我这朵鲜花，就只能插在你这个牛粪堆上了。""哈哈……人的命天注定，认命吧。""唉。"赛玉念道："鲜花插粪堆，无奈无奈，叹惜，叹惜，急了我就抓胡须。"在牛皋的脸上抓了一把。牛皋笑了："这个我也会。叹惜叹惜，媳妇儿白，爷们儿黑，生个崽儿，是白是黑。"赛玉用眼瞄着说："哟，你搂个漂亮媳妇儿，说话的吊门儿都变了。""哈哈哈……塞玉赛玉，吾媳吾媳。""装什么装？"

终于到家了。牛皋在岳飞家门前下马，把赛玉也抱下马。将两匹马拴在马桩上。牛皋告诉赛玉："这是岳大哥的家，咱家在隔壁，两家的墙上有个角门能互相串。先到岳大哥家拜见岳婶儿和大嫂，把你买的山货拿着。这时，已有不少的村民过来打招呼："哟，这不是牛二爷吗？这是你媳妇儿啊？"真俊啊。""真应了那句老话了，赖汉子娶娇妻。"

牛皋上去敲门，门开了，岳云从里面蹦了出来，说："来将通名？"牛皋一看说："岳云，小子长这么高了。"岳云回身冲院里喊："奶奶奶奶，娘，二叔回来啦。"

牛皋带媳妇儿进了院子，岳母和李氏从屋里出来，岳母高兴的说："臭小子，是你回来了，我说今天早上怎么有喜鹊叫呢，轰都轰不走，刚到家呀？"牛皋放下手中的东西，跪在地上，叫赛玉也跪下说："婶儿，牛皋带媳妇儿给你请安了。"岳母大喜："嘿哟哟有媳妇儿了，快起来，姑娘快起来。皋儿出息了，瞧瞧，多漂亮的媳妇儿呀，牛皋媳妇儿，过来坐。"牛皋起身对李氏抱拳行礼："拜见大嫂。"赛玉也跟着起来蹲了一下。李氏忙说："二弟二弟妹过来坐。"赛玉挨大嫂坐下。

李氏关心的问："弟妹，走累了吧？"赛玉说："骑马回来的，不是很累，就是不太习惯。"

李氏指着牛皋说："二弟，真不心疼媳妇儿，哪能上新娘子骑马呀，怎么也得叫辆大车呀。""不碍事嫂子，没那么娇气，她说雇车是高消费，能省就省点。"赛玉说。"你呀二弟，会过啦？有钱你不让媳妇花，都买酒喝了。"李氏说。牛皋委屈的说："嫂子，别揭我短啊，您问您弟妹，兄弟这一路上是不是滴酒没沾呀？""那长出息了。二弟、你大哥还好吧？有信吗？"牛皋摇头说：

"不好，不好。""他怎么不好了？"牛皋接着说："他不写信，净瞎忙。临来时我让他写封信，他就是不写。是不是不好？你说，就算你忙，也要写封信给家，我不回来还好，我这一回来连封信都没带，跟我侄子都没法交代呀。""二弟呀，我就问你他好不好？瞧你这颠三倒四的。我问你，他现在好不好？"牛皋说："大哥呀，就是让他写信他不写，其余的呢，我大哥当元帅了，大宋国南方五省兵马大元帅，"李氏激动的问："你大哥当元帅了？""是啊，看你兄弟傻乎乎的，也做了统制了，还有王贵，张显，汤怀，吉青，他们也都做官了，都是统制了。"老夫人站起来说："当元帅了，飞儿当元帅了……"向屋里走去。牛皋起身："嫂子，我到家还没进家门呢，我先跟媳妇去收拾收拾。"李氏说："嫂子跟你过去，从这儿穿过去。自从二弟走了以后，婆婆经常过来收拾屋子，老念叨你。说你不定哪天就回来，兴许还带个媳妇儿回来呢。"穿过院墙进了牛皋家。

院子扫得很干净。李氏推开门，屋子里面也挺整洁。"弟妹，这屋子长时间没人住，有些寒气，住上人就好了，家里呀吃的方面你不用着急，咱们家男人们走了以后，家里的地都是婆婆找人来种，每年打的粮食也都给你们存着呢，墙外边的菜地是你家的，也有人给种，种什么吃什么，挺好的。等二弟休完假走了以后，嫂子从村里找几个姑娘来陪你，你放心吧。李氏说。赛玉点头说："谢谢大嫂。"

李氏继续说："二弟呀，刚回家来哪都别去，好好陪着弟妹。好了，嫂子还要派人去通知里正，报告你回来了。"

牛皋不明白："我回来通知他干什么？""傻兄弟，你现在是大官了，又是功臣，你的安全很重要，里正他得组织人巡逻。"牛皋笑道："不至于吧，我还用保护？"李氏说："二弟弟妹，嫂子先回去了，想着把马牵进来。""知道了。"

第二十七回 牛爷审奸细 里正请喝酒

赛玉一边收拾东西，一边说："嫂子真是好人，热心肠。""嫂子是内黄县县太爷的千金大小姐，跟我们兄弟一点架子都没有，在家什么活都干，你以后你啊要跟嫂子学着点。"牛皋说。寒玉一瞪眼："嘿，你个牛粪，说我呢，我不学，我就不学。"

里正走进院，给正在择菜的李氏和岳母请安："里正给夫人老夫人请安。"李氏说："里正，请你来是想跟你商量点事，咱村儿的牛皋现在是大宋朝的统制先锋官了，今天他成亲回家度假，有劳里正派些乡民巡逻，加强一下安保。""夫人，这事小人知道了，那个牛二爷一进村小人就看见了，我偷着一打听，啊，牛二爷现在是将军了，这可是咱村的光荣啊，将士们在前方打仗流血，回到家里咱可不能让大英雄们担惊受怕，您说是吧？小人刚才已经派人去县里汇报了，也组织了巡逻队，一共是三十个人，分成三个队，十个人一队，黑白天的巡逻。这些人一听说参加巡逻队，别提多高兴了，还说要跟牛将军去前线呢。"岳母说："李正辛苦了，我这院子里备有茶水和干粮，孩子们渴了饿了就进来吃点儿干粮喝点儿水。""谢谢老夫人。"里正出去了。岳母自己念叨："里正这小子挺会办事儿的。"

"汤阴县徐大人到。"门口有人喊。李氏忙起身要去迎接，徐仁已经进院跪拜，汤阴县徐仁给老夫人请安。"岳母赶忙说："徐大人，这可使不得，老身应该跪大人才是。徐大人请坐。"徐仁起身坐下，："谢老夫人。小县早就该来看望老夫人夫人，只是这段时间较忙，请老夫人夫人恕罪。"岳母说："哪儿的话，徐大人是一县之长，日理万机，老身这里一切都好，还总让大人惦记，实在不安。"徐仁说："老夫人。下官上个月接到了相州府刘节度使的信函，称令公子已经荣升五省大元帅，着本县拨款，将元帅府扩容维修，这些日子一直在与有关人士商讨方案，只是很难定案，今天下官来是想问问老夫人，夫人有什么想法，这是县里设计的方案图，请老夫人夫人过目。岳母接过图纸，看完了后交给李氏。岳母说："不行，太豪华了。"李氏也说："是，婆婆说得对，太豪华了，不合适。""小县也反复的思考过，按说给岳元帅盖房子怎么豪华都不为过，只是资金方面确实有点难，连年的战争和自然灾害，县里的大户大多数都南迁了，税收受到的影响很大，而且照这张图纸施工，工期也会很长，一年半载的都完不了，再有就是安全问题。本县的位置很容易受到偷袭，战争期间保密是很重要的，所以现在令公子做了元帅，州里都不敢来报喜。"岳母说："徐大人担心的有道理，综合考量，能省就省，不要铺张就好。""小县还有一个方案，今天过来与老夫人夫人商量。小县认为，保持原貌，村景原态不变，把南面的王家，西面的张家，北面的汤家，东边的牛家的围墙连起来，这样就成了庄院，院中再盖些房屋让庄丁居住，把夫人的老宅再扩大一些，顺便把牛家的院子也扩大并盖几间房，成为一个正式的合院，这样夫人家和几位将军家的院子就成了一个封闭式的院中院，外人进不来，平时可以训练一些庄丁，让他们一手拿刀一手拿锄，这样安全就有保障了，前方的将士也就无后顾之忧了。"徐仁说。岳母觉得可以："徐大人的创意很好。"

徐仁问老夫人："牛将军休息了？""赶了几天的路，挺累的了。云儿，去看看你二叔休息没有，就说徐大人来了。"老夫人吩咐。小岳云跑进东院，推门往屋里张望说："二叔，二叔，奶奶让你出去一下。"正在地上跪着牛皋起来问：什么事？"岳云说："奶奶说让你去跪拜。"牛皋说："知道了，你个小兔崽子。"他穿好衣服，出屋来到岳家院内，见到徐仁忙下跪磕头说："牛皋拜见恩师。"徐仁赶忙搀扶："不敢不敢，牛将军，你现在的职务已在小县之上了，下官先行见礼才是。"

"徐大人对牛皋有提携之恩，我是那个什么吃水不忘创井人。"牛皋说。徐仁赞道："牛将军的大名，现在已经如闪电雷鸣，响彻云霄，威震华厦了。我大宋朝的正印先锋，从来没打过败仗，了不起，了不起呀！

牛皋笑了："哪呀徐大人，这都是瞎传的，哪有那么厉害？""我听说牛将军喝醉了酒，摔了个跟头，都砸死了一个金番的元帅，太神了。对，黑虎星，一定是黑虎星下凡，有时间，请牛将军回到汤阴，讲讲你们英勇杀敌的故事，以激励后人。"徐仁说。

牛皋摆摆手："恩师，牛皋惭愧了，没有传的那么邪乎，有时候也有运气的成分。"

"牛将军，小县刚刚和岳老夫人商量了一下村庄扩建的事，方案是把南面王家，西面的张家，北面的汤家，和牛家的院子用墙给连起来，形成村中村。就手儿把牛将军的院子也扩建一下，这样房子多了，可以招募一些庄丁进到院子里来住，以保护元帅及将军们家眷的安全，确保后方万无一失。"

牛皋点头说："恩师想得很周到，学生沾光了。"徐仁说："牛将军劳苦功高，地方上也应该出份力。"这时，里正走进来，给徐大磕头后立在一旁。徐仁说："里正，你们要加强巡逻，要做好保密工作。如果有人要问岳飞家住哪儿，你怎么回答？"里正说："大人，小人告诉他，往北七十里有个岳家庄儿，让他找去吧。"徐仁笑着说："好，里正，你村里有瓦工木工吗？"里正说："回大老爷，人手有，各行各业的都有，有活儿您就吩咐，"徐仁说："给你张图，按图施工，所需银两有县上拨发。""谢谢大老爷赏饭。”“这也是肥水不流外人田，把活儿干好了就行了。”是，谢大老爷。”里正出去了。

徐仁对牛皋说：“牛将军大婚，小县来得仓促，没准备什么礼物，一点儿小意思，略表心意。”递过礼盒。牛皋接过礼盒起身说：“徐大人破费了，谢谢恩师。”“按理说，岳元帅，牛将军，以及各位将军在前线打仗立功，本县应该给英雄庆功，给家里发喜报，以弘扬正气激励人民，只不过咱们这里的地理位置不允许。好了牛将军。老夫人，夫人，下官告辞了，以后有什么事跟里正说一下就行，跑腿的事就找他。老夫人夫人起身：“送大人。”牛皋送徐仁出院后返回。李氏说：“二弟，你去歇会儿吧，我和娘准备饭，你和弟妹过来吃吧。”“谢谢嫂子谢谢婶儿。””皋儿娶了媳妇儿就是不一样了，说话都变了，瞧让媳妇儿给管的。”老夫人说。

李氏对婆婆说：“娘，二弟可不是怕老婆的人。”牛皋说：“可不是吗，您侄子能怕老婆吗？”

牛皋提着礼盒回到自家院儿，进屋关门，自言自语说：“这回可别忘了关门了。”边说边进屋，礼盒放在桌子上，进到里屋上炕，被赛王用脚踹了下去。牛皋愣了：“我怎么了？刚才不是请安了吗？”“你刚才跟谁说什么来？”赛玉问。牛皋说：“人家岳婶和大嫂说请咱们吃饭，我说谢谢。”“还有呢？”牛皋说：“还有不就是那么一说嘛，不怕老婆，哪能不怕老婆呀，当着大嫂子呢不是。”赛玉探过头问：“怕吗？”“怕。”怎么证明你是怕呢？还是怕呢？”牛皋下地说：“呵……我怕，我再见一回驾，请一回安。”跪下喊：“给戚姐姐请安。”“嗯，平身吧。”牛搞起来扑上床，嘴里叫着：“戚姐姐……”

赛王在院子里晒衣服，牛皋从马厩牵着两匹马出来，对赛玉说：“戚姐姐，我去遛马。”“嗯，看好喽，让我那匹马吃点好草。”

牛皋说："行，好草让你吃。""说什么呢？"赛玉过去揪着牛皋的耳朵问："让谁吃草？你这个牛粪，三天不打上房揭瓦是吧？"牛皋惊慌的说："我不是那个意思，我是说好草嫩草让戚姐姐的马吃，我不吃嫩草。""嘻，你个牛粪，你还不吃嫩草，你这个臭老牛，本姑娘不是嫩草啊，你吃了还卖乖？"牛皋求饶："呦……撒手撒手，回来请安，回来请安。"赛玉放开手说："这可是你主动申请的，不是我让你请安的。回来可别让我提醒你。"牛哥说："好好，怕你了，你这匹骟马上不了战场，有好吃的还得紧着你吃。"赛玉边晾衣服边说："你是儿马就了不起呀，儿马上战场是天经地义的，不能上战场的儿马，那就不是好儿马。再说了，没有我这匹骟马，说不定啊早就没你这匹儿马了。""还真是。"赛玉说："别忘恩负义。以后记着，我给我的马取的名字叫黑妞，不是有句话吗？不是一家人不进一家门。"牛皋点头："行，黑妞，唉，是黑牛啊，还是黑妞啊？""赛玉指着他说："都一样，你的舌头说的清黑牛跟黑妞吗？"

牛皋对骟马说："也是，走吧姑奶奶，你瞧你妈这个嘴，整个一个黑虎星的老婆。""说什么呢你？"赛玉问。"母老虎"。牛皋拉着马出去了。

　　土木工程已经开始了。挖地基的，锯木头的，量尺寸的……牛皋拉着马边走边看。有认识的与他打招呼："二爷早，您溜马去呀？"牛皋点头回应大家。

　　河堤上长满了青草，牛皋将两匹马带到草地上吃草。不远处，玉米秧子长的比人都高了。牛皋靠在树下，嘴里都叼着根草棍儿，脸朝上看。

　　树上的柳条随风摇动，清澈的河水静静的流淌，麻雀一群群的起飞又落下，蝴蝶偏偏起舞，蜻蜓追逐穿梭……

　　牛皋翘起一条腿，嘴里哼着小调：“家住在汤阴的一个村，小时候是个陕西人，不远万里来投师，不知不觉就做了将军，娶了媳妇儿成了家，难得一次回家散散心。”

　　“大哥。”不远处有一个青年男子在喊。他走到牛皋身边坐下，把身上的搭裢放在地上说：“请问大哥，本地人呀？“是啊。”青年人又问：“大哥，问个路。我是陕西来的，到这边找人办事。想跟大哥打听一下岳家村。”牛皋一愣说：“岳家村不是我们县的吧？”青年说：“不瞒大哥，我小时候来过，住了一年多呢，后来走了，将近二十年没来，都不认识了、大哥真不知道？”牛皋说：“没听说过，好象是西边有个岳家村，离这里有七八十里路呢。”“我就是从西边过来的，那边我打听了，大哥肯定听说过，有一个叫岳飞的，我们是发小，小时候就在一起玩儿。”牛爷说：“没听说过。”突然.，牛皋的鼻子闻到这人身上有股膻味，即喊道：“鞑子。”青年闻听，马上站起来上了河坡，撒腿就跑。

　　牛爷起身跑过去抓住马缰，飞身上马，朝岸上追去，他边追边喊：“抓奸细抓鞑子……牛爷马快，很快就追上了。见牛爷追来，奸细一脑袋就钻进了玉米地。

　　牛爷在玉米地边上调转马头往村里跑，到村口见到正在指挥施工的里正，牛爷大喊：“里正，快抓奸细……，听到喊声，里正忙从地上拿起铜锣，一阵猛敲，村民们放下手中的活儿，全都拿着手使的家伙围了过来。牛皋高声喊：“抓奸细，奸细进玉米地了，抓奸细呀。掉转马头向玉米地跑去，里正带着人追到玉米地，牛皋一指说：“就是这里。”里正喘着气说：“进米地那就好了。“又对着村民说：“你们十个人一队，分四个队。两个队往左，两个队往右，见了口儿，留一个队守住。听锣响就往里搜。抓活的，快去。”四个队的村民向左右两个方向跑去了。

牛皋不解问："里正，奸细进了玉米地，你怎么说那就好了，什么意思？"里正说："牛二爷有所不知，这玉米地当年开荒的时候，是岳爷设计的，沟垄，畦道，是按照八卦图布置的迷阵，只要玉米长到一人来高，人就不能进了，进去就出不来，所以也没人敢来偷粮食，前年有一个邻村的小子来偷玉米，结果是进去就出不来了，在地里呆了七天，差点死在里面，幸亏这是玉米地有的吃，而且我们也开始拔秧了，他才出来。今天量这个奸细也出不来。"

牛爷大喜："啊，这就是孔明的八卦阵啊。"里正说："对，是孔明八卦阵，这个阵厉害，奸细绝对跑不了了"

牛爷担心的问："不过呢，要是咱们的人进去以后，会不会也出不来呀？""牛爷放心，乡亲们这些年在这里种地，对阵型已经熟悉了，进去抓住奸细能出来。"牛爷告诉里正说："抓住奸细由我来审。"

在玉米地里，村民们开始喊叫着往前搜。奸细在玉米地里跑来跑去，大汗淋漓。玉米地里有一个小的空地，间细跑到空地上无路可走，村民包围过来，把他按倒在地捆了起来。

牛爷坐在一块石头上，命令带奸细，奸细被村民推了过来，跪在牛爷面前。

牛爷探身问："出来几天了？"奸细说："老爷，小人不是奸细，误会了，小人是良民。""不是奸细，你跑什么？"奸细说："小人以为老爷是响马要抢东西，害怕才跑的。"

牛爷怒道："呸，狗奴才，就你这一身的羊骚味儿，还敢说不是奸细，搜搜他。"里正与村民从奸细身上搜出一张图交给牛爷，牛爷看着地图说："图都画了，你还敢说不是奸细？"奸细求饶："大老爷，小人也是奉命行事，求大老爷饶小人一命。"

牛皋用棍指着奸细的头说："你刺探我方军情画成地图，就连各州各县的兵力部署粮库存粮情况都探听的很详细呀。你在找岳家庄，找到了吗？"奸细摇头说："还没找到，有人说有岳家庄，有人说没有岳家庄，有人说就在附近，有人说在西边七十里处，小人还没找到。"牛皋问："找岳家庄干嘛？"奸细说："我大金国屡战屡败，全是因为宋朝有了岳飞，所以哈军师命小人前来打探，弄清岳飞家里的位置，过来偷袭，劫走家属做人质，反制岳飞。

你冒充岳飞发小，那你认识牛皋吗？"牛爷问。"不认识，只是听说有个牛皋是从陕西来的，所以冒充陕西人，关键时就冒充牛皋的家人。"奸细说。

牛爷骂道："狗才，睁开你的狗眼看看，本人就是牛皋，今天你是撞枪尖上了。来人，打死他。"

里正忙拦着："二爷，奸细是不是应该押到县上，让县太爷发落？"

牛皋摇头说："不行，这个奸细，已经探得我大宋的很多情报，如果让它跑了，后果不堪设想，况且他能来到我们村，他肯定知道岳帅的家就在附近，回去以后若调金兵来袭，全村都要遭殃。里正放心，二爷的官衔比县太爷高，有权处治奸细。必须打死，不留后患。"

村民们一顿乱棍将奸细打死了。牛二爷吩咐："把他拖远点刨坑埋了。里正，写个情况，上报县里徐大人和刘总兵，让他们提高警惕防范奸细。另外赶辆车去，若徐大人发赏，你就拉几坛酒回来，不发赏也买几坛酒回来，银子二爷出。"里正高兴的说："好嘞，我这就去办。"

牛皋进院将马拴好，来到桌前倒了一碗水喝，推门进屋，嘴里喊着："赛玉姐姐，我回来了。"赛玉正在炕上缝被子。牛皋兴奋的上炕去抱赛玉，赛玉举起手中的针对的牛皋的脸说："记吃不记打是吧？"牛皋下地说："见驾，我见驾。"往下就跪。

　　"罢啦"赛玉放下手中的针说："牛将军今天立了大功，抓了奸细，我们哪敢虐待功臣呢，上来吧。""谢谢公主。"牛皋扑上炕去，把赛玉按在炕上……

　　工地上干得很红火，匠人们有砌砖的，有上桁的，有安门的。这时候，里正赶着一辆毛驴车过来，到工地就喊："老少爷们儿们，把手里的活儿放放，县太爷赏酒了。去把喝水的碗拿过来，今天下午不干活了，喝酒。"匠人们欢呼雀跃，每人端个碗过来，有人负责倒酒，有人已经喝上了，里正突然喊："等等，大伙先别喝，我去喊牛二爷。都听好了，牛二爷爷没来，谁都不许喝。"

　　里正来到牛家门前叫："二爷，牛二爷，我是里正，有点事请您出来一下。"赛玉被牛皋压在身下，正搂着牛皋脖子亲嘴儿，听里正一喊，她说："讨厌。里正啊，什么事？""牛夫人，我刚从县里回来，徐大人发赏了。""里正，二爷有点累了，刚躺下。"赛玉说完，又开始亲嘴。

　　里正还在院外说："牛夫人，是这样，我用县太爷打的赏买了几坛酒，乡亲们说要牛二爷亲自开坛才肯喝。牛二爷是大英雄，乡亲们都想敬二爷一杯呢。"

第二十八回　牛皋马到藕塘关 岳飞兵发栖梧山

　　牛皋爬起来小声说："呦，喝酒。"被赛玉瞪了一眼，又坐下了。赛玉笑了："去吧，庆功酒，哪儿能不喝呀。再说了，这也是你显摆的时候，可是别喝多了。"牛皋顺从的说："是，听媳妇儿的。""和他们聊天儿的时候，别老张嘴媳妇儿媳妇儿的。戚姑娘，戚姐姐。懂吗？"赛玉说。"懂，戚姐姐。"

　　赛玉摸着他的脸说："侃累了，也别忘了帮戚姐姐也吹吹。""吹什么？"赛玉认真的说："就吹戚姐姐是个女中豪杰，花木兰。花木兰不行。穆桂英。穆桂英也不行。唉，梁红玉。你就说戚姐姐堪比梁红玉。"

　　牛皋一撇嘴说："梁红玉？韩元帅的媳妇。你比得了？""吹呗。也不收税。"牛皋说："行，我媳妇儿堪比梁红玉。胜过梁红玉。"赛玉下地，帮牛皋整理衣服。

　　里正引牛皋来到工地上，与大家见面。大伙站起来喊："二爷。"牛皋抬手示意大家坐，自己也坐在砖堆上。里正递过一个碗，有人给倒满了酒，里正说："老少爷们儿，第一碗酒，由咱们的大英雄，牛先锋牛二爷先干。二爷，您请。"

　　牛皋举起碗说："酒就不客气了。"扬脖干了。里正又给满上。牛皋举起酒碗："大家一起来，一起干。""乡亲们，牛二爷是我们大宋的第一先锋官，是岳元帅手下大将，所到之处无人敢挡，身经百战杀敌无数。今天，就请二爷给我们讲讲打金兵的故事。大家欢迎。"

　　乡亲们围拢过来，边喝酒，边听牛皋讲前方杀敌的故事。牛皋精神亢奋，滔滔不绝。从岳飞枪挑小梁王。到王贵刀劈王善。从汜水关射死张从龙。到藕塘关醉酒砸死金元帅……抱得美人还。真是羡煞众人。

　　乡亲们鼓掌叫好。一匠人问："二爷，您打了这么多仗，没受过伤吗？"牛皋哈哈大笑："不瞒你说，没有。打仗呀，你越怕死，你死的就越快。两军交战，兵对兵，将对将，但也都想找怂的打。不是有这么一句话吗？会的怕楞的，楞的怕不要命的。你敢玩儿命，会的楞的肯定都躲着你。"有村民问："二爷，听说您家二奶奶挺厉害的？"

　　牛皋瞪着眼说："你二奶奶。别瞎叫。是夫人。夫人当然厉害了。你想，连二爷都得尊她一声戚姐姐，能不厉害吗。""怎么个厉害法儿。"村民问。

　　牛皋想了想："怎么个厉害法儿？这么说吧，她要是个男的，一定是让大多数男人给她下跪的那种，相当于副元帅吧。""那么厉害。"

　　有村民问："二爷，您夫人要是副元帅，二爷用不用跪呀？""当然耍跪啊。啊屁，你小子有这么比的吗？她是我媳妇儿，她当多大官，二爷也得管着她。"牛皋吹着说。

　　"二爷，村里有人传，说二爷是黑虎星下畀，您吃过了人吗？"村民问。牛皋指着说："我吃你，小兔崽子。"村民们笑了。里正手里托着一锭银子说："二爷，这是刘总兵大人赏二爷的银子。"牛皋摆手："留着吧，拿银子给你们买酒喝。对了，你哪天去县里，找徐大人，领些刀枪兵器，发给村民。"

　　里正躬身说："谢二爷赏。二爷，您让打死那个奸细，徐大人连声说好。大老爷说，幸亏没解到县里，真要是送到县里，让金兵知道了，必然会去劫狱，那麻烦可就大了。"

　　岳母，李氏，岳云，岳雷，牛皋，赛玉，围坐着岳家院子里的圆桌，在一起吃饭。

李氏放下碗说："二弟，今天咱一大家子在一起吃顿饭，就算给你送行了。回去告诉你大哥，家里一切都好，岳云也长大了。岳雷也满地跑了。娘的身体也好着呢。让他放心。"

牛皋点头说："知道了。嫂子。婶儿，我一走，我家戚姐姐就一个人了，闲的时候，到您这院里聊聊天，您可别烦她。"

"放心吧，婶儿会把你媳妇当亲闺女的。你走以后，咱家准备找些下人，以后有活儿都让下人干了。连你家也包了。你就盼着你媳妇儿给你生个大胖小子吧。婶儿给看着。"老夫人说。

赛玉欠身："谢谢婶儿，谢谢嫂子。"

岳云筷子往桌上一戳："二叔，求个事儿？"

牛皋笑着问："啊，小大人儿似的，什么事？还求二叔。"

"我想去找我爹，去打金兵。"牛皋大笑："瞧瞧，大侄子多有志气。等几年，等你长大了，再长高点儿，二叔儿来接你。"

岳云"哎哟"一声说："那得什么时候呀？我已经长大了，是大人了。再说了，再长大点儿，保不其金兵早就打没了。没我什么事儿了。"

牛皋摸着孩子脑袋说："真象你说的似的就好了。哪儿有那么容易。如果有一天，金兵真的打完了，天下太平了，二叔也就解甲归田了。大侄子，好好读书，好好的练武，一定要超过二叔。"

岳云一扬脖儿："那当然了，肯定比二叔武艺高吧！""嗨，说你咳嗽，你就喘上了。好孩子，超过二叔去。"小岳雷摇着肩说："二叔叔，我也去打金兵。""好，打虎亲兄弟，上阵父子兵。我们岳雷也去打金兵，快点长，长大了象你爹似的当元帅。当大元帅。"牛皋说。

李氏摸了一下岳雷的头。

乌骓马已备好雕鞍，牛皋背挂行囊。腰佩剑，手提锏。赛玉为其整理衣服。泪水挂在腮边。

牛皋心疼的说："戚姐姐，你别哭啊。你这一哭，我都不想走了。"赛玉嘱咐："行军打仗，要注意安全。为了戚姐姐，你一定要活着回来。"

牛皋笑着说："放心吧，我会注意的。再说了，我不是还有锁子甲呢吗。"赛玉指着包袱说："你那个锁子甲，我给你多做了几件一样的面儿，穿几天觉得脏了味儿了，就解下来洗洗，随时换上干净的。""知道啦戚姐姐，我该走了。还要赶早儿去相州府衙门见刘总兵。我去跟大嫂和大娘说一声儿去。""你就不想亲一下？"

牛皋抱着赛玉亲了几口。拉马穿过跨院，来到岳家。岳母，岳云，李氏拉着岳雷，正在等着送牛皋。牛皋过去，给岳大娘磕了头，拍了一下岳云，拉马出门。马蹄声起，由近而远……岳母，李氏，赛玉，脸上沾了泪花。

牛皋的马跑了起来。田地里劳作的乡民向他招手……

赛玉把一串珠咽到肚子里，泪水化成了声音："去如疾风，有泪莫弹，血雨腥云天天见，人都有那天。只是难言分手时，娇妻满眼期许，珠泪挂腮边。心中痛，不忍看，沙场战正酣。好男儿，快马一鞭，只愿那天下无征战，百姓合家欢。"

牛爷在相州府衙门前下马，缰绳扔给旗牌官，大步进到府中。总兵大人迎接。牛皋跪下磕头："牛皋拜见恩师。"刘总兵扶起："牛将军请起，请坐。"二人落座。"牛将军休假，未去看望，恕罪恕罪。"

牛皋抱拳说："全凭恩师栽培，无以为报，唯有为国杀敌，建功立业，多给恩师争光。""你们已经做得很好了。我可以大言不惭的说，从我相州府出去的，都是好样的。哈哈哈，唉，贤契呀，现在国人都在传，说你牛先锋是黑虎星下凡，传得有鼻子有眼儿的。好多人都说，黑虎星下界了，在边关上箭射，坛砸，马踹，连斩金番三员上将。朝廷也来了战报。我这几天一直在想，是怎么用酒坛子砸死金国元帅的呢？番将又怎么会被马踹死呢？想不明白。现在传的版本越来越多。有说牛先锋变成了一只老虎，吐出了一股黑烟，罩住了番将，番将不能动弹，趁其不备，将其砸死。还有的说，牛先锋假装请番将喝酒，往过一递酒坛，顺势将番将砸死。呵呵，怎么说的都有。还都可信。你说那个马踹金兵元帅，就更想不明白了。马怎么踹呀？真是古来奇闻。贤契，这事得好好说说，别让我费劲巴拉的瞎琢磨了。"刘总兵说。

牛皋笑了："是吗？传那么邪乎呢。其实呀，都是巧合，我确实喝多了吐了，偏巧吐了金兵元帅斩着摩利之一身一脸。摩利之用手擦脸，我还想吐，一歪身儿没坐稳，从马上掉下来，提拉坛子的手抡了起来，酒坛子正好砸他脑袋上，把他砸死了，我也醉得不省人事了。"

刘总兵大笑："哈……如有神助，如有神助啊！"

牛皋继续说："摩利之元帅有个弟弟，叫斩着摩利乎。听说哥哥死了，连夜跑了四五百里的山路，到藕塘关找我给他哥哥报仇，不想马累死了，他就骑了匹骒马出来了，谁知道这匹骒马，见了我的乌骓马发情了，老调屁股，我的马呢，见骒马有人骑着，上去就踹，生把斩着摩利乎踹死了。踹死了摩利乎，马就配马，原来马跟人一样，公的母的都想那点事。"

刘总兵笑喷了但还有疑问："那贤契就骑在马上让它配马呀？坊间可是传说牛骑马配马的事，挺逗的。"

牛皋也愣了："什么呀，马还能管我，身子一抖，就把我扔下来了。差点儿没摔死我。"

刘总兵捂着肚子笑个不停。

　　"总爷，学生过来，还有一件事，请总爷帮忙。"牛皋说。"贤契请讲。"牛皋说："恩师，学生休假期间，抓了一个金兵奸细，奸细是来打探岳元帅家的住处的，学生认为，兀术是在打元帅家属的主意。这几天，学生已经组建了几百人的庄丁，只是有了人，没有武器和经费，希望恩师能帮助解决一下。："

　　刘总兵同意说："好，支持。回头就叫人调拨一批武器送下去。贤契放心好了。"

　　牛皋站起来说："谢总爷。恩师，学生假期已满，明晚必须归队，就此告辞了。""贤契，告诉鹏举，安心前方战事，本总兵保境安民，义不容辞。"刘总兵说。"谢总爷。"

　　牛皋飞马来到藕塘关总兵衙门前。下马入内，与金节见礼。金节关心的问："妹夫，返乡度假还顺利吧？""挺顺利的，姐姐姐夫好吧？边关没事吧？"

　　金节点头："好，都挺好。关内关外都挺安生的。家里边都安排好了？"

　　牛皋告诉说："安排好了。家里有岳大娘和岳大嫂照看，生活上没问题，安全方面，州，县都很重视，乡里成立了民团，保护帅府的安全。县里还拨了银两，给我们盖房子呢。"

　　"那好，那你姐就放心了。岳元帅的队伍前几天开拔了，沒通知你呀？"金节问。牛皋摇头："没有，我还纳闷了呢，怎么看不见队伍，看不见军营了？"

　　金节告诉他说："皇上下旨，命令岳元帅去平匪患，兵发汝南，去了荼陵关，栖梧山。妹夫不用着急，吃完饭再走。"牛皋起身说："不吃了。队伍奉旨平叛，兄弟也不能多呆了，姐夫，告辞了。"牛皋出门上马，向荼陵关跑去。

　　不一日，牛皋来到茶陵关，守关的宋军向牛皋施礼："见过牛将军。"牛皋问："仗打完啦？"军士报说："回牛将军，茶陵关已经收复，岳元帅带队伍去栖梧山了。"

　　"知道了。"牛皋人未歇脚，马不停蹄的穿关而过，向栖梧山方向而去。

　　长途行军，对于牛皋来说，早就习以为常了。

　　一天多的急行之后，已经离栖梧山不远了。干粮吃没了，肚子饿了，应该找个地方坐下吃顿饭了。他跑着跑着，见前面路边有一个酒幌，遂放慢速度，来到酒铺下马，马拴桩上。酒铺内走出一个三十岁右右的男子招呼道："客官，您里边请。"牛皋进店靠墙坐下。"这里挺干净。"牛爷说。

　　"谢爷夸奖。小人姓钱，是店里的掌柜的。"掌柜的说。

　　"钱掌柜，你这店里好清净啊？"牛爷问。"是，这几天过大军，看来要打仗，伙计都回家了。但厨子还在。我们开店已经有三代了，祖训就是四个字"干净卫生"。过往的客人没有不夸的。客官，您想用点儿什么？"掌柜的说。

　　"给我来壶好酒，有什么肉食随便上一点儿。"牛皋说。"呦，您来着了，我们店里的招牌菜就是肉食。主要经营野味儿，什么野鸡，野兔，野猪的，本店都能吃到。酒也是自家酿的。""来只鸡。"

　　钱掌柜说："您稍等。我们这都是现成的。马上就到。"钱掌柜的来到厨房，让厨子从锅里捞出一只鸡装盘，端出来放在牛爷坐的桌上说："爷，您看，这只鸡又肥又嫩。"又回身，来到柜台，打了一壶酒端过来："客官，这是您要的酒。您慢用，我去给您饮马。"出去喂马了。

　　牛皋扭动着身体，把店内扫视了一遍，他心里明白了。在这家店能吃到野味，说明这家店就不是一般的店，栖悟山上聚集了匪类，平常人不可能上山去打猎，能在这里看到各种野味儿，那这家店肯定跟栖梧山有关系。

　　喝了两口酒后放下杯喊："掌柜的。"掌柜的从外面进来："客官，您吩咐。"牛皋指着酒壶说："我让你上壶好酒，你怎么给打了一壶次酒啊？这酒什么玩艺儿。"

　　钱掌柜笑着说："客官，这就是店里的好酒了。没有再好的了。""胡说，你是自家酿酒，这酒也能拿出来卖，爷从小喝酒，好坏鼻子一闻就能闻出去，你以次充好，骗爷呢？"起身来到柜台里，闻了闻，从柜里顺出一坛酒，回到桌上打开就倒。

　　钱掌柜抱拳说："爷，可怜可怜小人吧，这酒不能喝，这是给别人留的。您给喝了本店可担当不起呀。""这酒不是卖的吗？怎么会我不能喝，给谁留的，不是都给银子吗？"牛皋说。"爷，这不是银子的事。是订这坛酒的人，咱惹不起。"牛皋笑道："那你得讲清楚，爷不难为你。"

　　钱掌柜哈了下腰说："是，小人在这里开酒坊，远近闻名，自产自销。离这里三十里地，有坐山叫栖梧山，栖梧山近来出了几个好汉，占山为王，有上万人马，山上的好汉听说我家酿酒，就把我家的酒全包了。每逢出了好酒，必须给好汉们留着。一滴都不能卖，只能卖次酒。前天这锅酒，就出了这么一坛酒，您要是给喝了，山上的好汉来拉酒，酒若没了，好汉们要是不干了，我可怎么办呀？"

　　牛皋在太行山当过大王爷，山寨也酿酒，故此一进店门就看出门道来了。他对掌柜的说："你这么一说我就明白了。你放心吧，喝了你的酒不会有事的。我和山上的几个好汉是朋友，回头我去和他们说，就说洒是我喝的，与你无关。"倒酒就喝

　　钱掌柜的："您跟山上的大王认识？"

牛皋喝着酒说："认识，我是鄱阳湖的大王，前些日子被宋军给剿了，是逃出来的。来栖梧山入伙。"钱掌柜放心了："那就好了，到时候您帮着递个话儿，宽容几天，下锅肯定出好酒。"

牛皋点头说："好说。钱掌柜，我在路上听人说，官军来剿栖梧山了，是真的吗？"

钱掌柜说："是真的，就是被老百姓称做岳家军的队伍，有十多万人呢。就是从我的门口儿过的，过了一天多，听说岳家军没打过败仗，那个岳元帅武艺高强，手下还有上将千员。了不得。"

牛皋乐着说："上将千员？邪乎了。"钱掌柜认真的说："好汉有所不知，我们这里传得可凶了，说岳飞手下的大将都是神仙下凡，所以历害，好汉要小心。"

牛皋有些瞧不起的说："什么神仙下凡，我和他们交过手，没什么太高的。"钱掌柜不同意牛皋的说法："我听说，岳元帅手下，有一个叫牛皋的先锋官，就是黑虎星下界。这个人，不显山，不露水儿，只要一沾酒，沾酒就醉，醉了就大杀四方。好汉若投栖梧山，蹿到牛皋，你要先观察他喝酒没喝，喝了，就赶紧跑，你要不跑……"牛皋哈哈大笑："谢谢钱掌柜。记住了。"

钱掌柜又说："不过，好汉是小店的客人，那山寨也是小店的主顾，按理说小人不应该向着官军，可是这次，确实是玩儿大了。那岳飞可不是一般的总兵，节度。兵力又比山上多好多，这仗真没法打。好汉还是以观望为好。不要刚出虎穴，又入狼窝。"

牛皋照了钱掌柜一眼："从掌柜的口气，坐派看，可不是一般的店家，看来跟山寨的交情不浅呢？""不瞒好汉，小人在此开店，虽说服务四方，但是有时也应山上的差事，山上的好汉对小店还是挺照顾的。"掌柜的说。

牛皋点头说："你就是梁山上的朱贵，以前我做大王的时候，手下也有十来个店铺，除了做耳目以外，还能给山上挣银子。"

　　钱掌柜提醒："好汉，小点儿声。小店是本分人，只做生意，不分是官是匪。都是客。""明白。掌柜的，大路上有那么多的官军，肯定过不去了。山寨一定有密道，能带我走一趟吗？"牛爷问。

　　"不行。"掌柜的说："好汉，本店与山上有约定，不参与山上的任何事情，你要是非上山不可，我可以告诉你怎么走。"

　　"那好，劳烦讲一下，我自己去找"

第二十九回 匹马上山放火 二将拼命争婚

掌柜的手指着门外说："顺大路走五里路，你能看见右手边有三棵树。在三棵树的位置下大道，一边往前走，一边回头瞧，始终对着中间这棵树走。走大概八里路，突然就看不见这棵树了。这时候就往左侧的高处走。等你又看见这棵树的时候，就上山，上山的时候一定要数着右边的树，数到第三十棵的时候右转。再数三十棵树，然后右转下山。下山后，山下全是蒿草，草丛中一条似路非路的小路，能直达栖梧山的山后，山后有人把守，他们能领你上山。不过，我还是劝好汉，此时不宜上山。我分析，两方实力对比，官兵赢的概率大。"

牛皋点头："掌柜的讲的在理，我过去看看，若官军胜了，我就不上山了，若官军败了，我再上山。好了，吃饱了。别找了。"放桌上一块碎银。然后出店，上马顺大路跑去。

牛爷行约五里，见有三棵很高的树，即下了大路，这是一片荒地，坑洼不平没有路。牛皋时不时的回头看树。三棵树越来越远，忽就看不见了。牛皋嘴里念叨："看不见了，左转。"走了一阵又看到树了，他开始上山数树，一共三十棵……"

牛皋走着走着，数到三十树后右转，又数了三十，右转下山，果然看见低洼处，长着一眼望不到边的蒿草。牛爷顺草边行走，见地上钉一个木桩，象是标记，扒开几层蒿草，里边藏着一条小路，通向山脚处。

岳飞大军驻扎在栖梧山下。岳飞率众将布阵。敌将何元庆，手持双锤下山挑战。宋军中元帅岳飞率先出马。

岳飞问道："来者何人，通个姓名？""姓何名元庆。你是何人？"何元庆报上大名。岳飞道："本帅岳飞。何元庆，闻你武艺高强，为何不思为国效力，甘愿为寇？"

何元庆用锤一指："你就是岳飞，吃吾一锤。"上马抡锤，照岳飞就打。岳飞招架，二人战在一起。何元庆锤大力猛，岳飞枪快如梭，两人大战八十余合，时近中午，双方鸣金，约好下午再战。

岳飞回到帅帐。对众兄弟说道："这个何元庆武艺高强，为兄与其战了半日，未分胜负。兄弟们有什么克敌之策？"施全说："大哥，可用车轮战，累死他。""大哥，咱们这么多兄弟，一拥而上，管他什么鸟庆把他剁成肉酱。"吉青献策："大哥，你跟他打，兄弟带人马攻山，只要挡住何元庆，别让他回山就行。"

岳帅思考了一下："车轮战，死缠乱打，还有狼群战术，都有一定道理。但是，如果被何元庆识破了，他不打了。至于强行攻山，伤亡会很大，毕竟我们不是打金兵，山上的那些个偻啰，也都是老百姓，杀戮过重，双方都不好。"

探马进报："报元帅，何元庆前来叫阵。要元帅出阵。""兄弟们，再会何元庆。"

岳飞率先出了大帐。来到阵前，再战何元庆。

牛皋捡些树枝干叉，在蒿草中堆了几小堆做引火之用，然后坐在地上歇了一会儿。他站起身来，从马背上拿下包袱打开，抖出铠甲穿在身上。一切收拾利索，开始点火，几堆干柴点燃后，引燃了蒿草。牛爷上马，冲进草中小道，快马向前。身后，火势渐大，浓烟卷起，遮天蔽日。

牛皋冲出芦荡，挥铜打散守山的偻兵。冲上山后，来到山寨聚义厅前，双铜打杀偻兵。又寻得火种，点燃草垛，房屋，中央帅旗，聚义厅也被点着。倾刻间大火就烧了起来………

岳飞与何元庆可谓棋逢对手，杀得难解难分。正在观阵的施全突然大喊："山上着火啦，山上着火啦。"

何元庆回头往山上瞧，见山上火起，即回马上山，无奈山上的偻兵往下跑，挡住了上山的路。

牛皋见火以成势，既挥双铜追打偻兵，并将偻兵往山下赶。偻兵哭爹喊娘，乱作一团，开始向山下跑。

岳元帅见此情形，马上下令："射住阵角，不能放走贼兵。何元庆，命令你手下投诚，投诚免死。"

宋军士兵大喊："投诚免死……"

牛皋见贼兵已经无没有了抵抗力，就大声喊："你们听好了，我是大宋的先锋官牛皋，山寨已破，赶紧投降。抵抗者死。投降者活。"

听到牛皋的大名，偻兵忙跪下喊："牛爷爷，我们愿降……"忽啦啦的跪地投降了。

山下，偻啰也都投降了。只有何元庆，夹裹在偻兵中动弹不得，已是天力回天了。

"何元庆，不要抵抗了，本帅劝你归宋，你若归宋，本帅愿与你结为兄弟，何兄弟。"岳飞说。"何兄弟。"众将喊。

何元庆将双锤挂在马上，下马来到岳飞马前下跪，岳飞也下马跪下，与何元庆相拥。

　　山上，无数的倭兵跪地投降。牛皋坐在石头上。从腰间解下酒壶喝了起来。嘴里念叨："黑虎星，黑虎星，谁他妈传的，有鼻子有眼儿的，还挺好使。"喝了几口又道："这些天跟戚姐姐学诗，还甭说，现在还真想哼几句。哼几句：

　　"牛皋是个黑虎星，

　　岳家军里当先锋。

　　放火烧山不用打，

　　稀里糊涂逞了能。

　　呵呵，

　　武艺虽难说行，

　　只要有酒，

　　爷就不怂。"

　　山下，施全指挥倭兵列队。岳飞手搭凉棚往山上瞧。吉青过来问："大哥，山上有内应啊？"岳帅也纳闷儿："没有啊。""那怎么回事？""找个倭啰问问。"岳飞说。

　　吉青拉个倭啰问："山上谁放的火？"倭喽说："谁放的没看见，听说是个神仙下凡。"

　　岳帅问："什么神仙？"倭啰说："听说是黑虎星下界。""黑虎星，什么是黑虎星？"吉青问。"黑虎星牛爷爷是大宋国的正印先锋官，叫牛皋爷爷。"

　　岳飞闻听大笑。吉青却怒了："呸，还正印先锋官，侃得没边儿了。"倭啰说："我们这里有句话，牛爷抱酒坛，不定谁玩儿完。太吓人了。"

　　岳帅忍不住大笑："施兄弟，鸣金收兵。"

　　牛皋下山，嘴里哼着刚编的小曲"牛皋是个黑虎星，岳家军里当先锋。放火烧山不用打，稀里糊涂逞了能。呵呵，武艺虽说难行，只要有酒，爷就不怂。"

岳飞兴奋的叫："二弟。""大哥。""二弟，好一个黑虎星，又给大伙玩儿个出奇不意。记你头功。"

吉青招呼："二哥回来啦？你怎么跑山上去了？"

牛皋装着可怜："二哥从藕塘关一路狂颠，着急赶路，不知怎么的走错道，就上了山了。这也是应了那句话了，来的早，不如来的巧。"

王贵，张显，汤怀等也来打招呼。

岳飞引牛皋："二弟，过来见见新兄弟。元庆兄弟，这是二哥牛皋。二弟，这是新来的兄弟，何元庆兄弟。双锤大将，武艺了得。"

牛皋抱拳说："何元庆，久闻大名，今天我们做兄弟了。"何元庆回礼："小弟见过二哥。"

岳飞介绍说："还有，这些都是新加入的兄弟。张立，张用，董先，诸葛英，公孙郎……还有张公子。张所大元帅的少爷。""晚辈张宪"。张宪与牛皋见礼。"好，英雄出少年。各位兄弟好。""拜见二哥……"

众将散去，岳飞与牛皋对坐。

"大哥，兄弟出门的时候，嫂子和婶儿让代话，说家里一切都好，不用惦记。让你安心带兵打仗。县令徐大人还帮咱们砌墙盖房子，现在咱家已经成了一个大院子。大侄子岳云也在练武，还嚷嚷着要来打金兵呢。这孩子长得真快呀。这才几年的功夫，长成大小伙子了。"牛皋说。

岳飞关心的问："谁教他武艺？"牛皋说："没见有人教，可能是自钻的。他用双锤，挺重的。对，就象何元兄弟的锤那么大，使起来带风。真是虎父无犬子。"

岳飞点头：“明白了，家里有一本李元霸锤谱。八成是照着锤谱练的。”“这小子行，将来有出息。”牛皋说。

这时，帐外中军喊：圣旨到。”“岳飞接旨。”钦差走进大帐。岳飞，牛皋跪下接旨。

钦差宣读：“奉天承运，皇帝诏曰，近期湖广水寇猖獗，兴风作浪，岳飞率兵剿灭之。钦此。”

“臣领旨，吾皇万岁万万岁。”起身接过圣旨。

岳飞把圣旨看了一遍，送走钦差。转身发令：“先锋牛皋听令。命你率五千人马，先行一步，赶往汝南。”“遵命。”牛皋出帐，点五千人马奔汝南去了。

岳帅传令：“中军，传令各位将军，整编队伍，明天发兵。”

牛皋催兵前进。牛统领从后面赶过来，向牛皋道喜：“二爷，向二爷道喜了。”

牛皋大喜：“你小子去哪儿了？出来的时候还找你呢。”“二爷，自从二爷探亲走了以后，我们这些人就没得干了，所以回到了元帅帐下。但是元帅又用不着我们，整天就游手好闲。刚听说二爷回来了，又做了先锋，小人赶紧向元帅请战，元帅把弓箭队又拨给二爷了。”大牛说。”“入列吧。”大牛说：“谢二爷。”向后跑去。

牛皋骑马走在队前面。有探子来报：“报牛先锋，汝南贼兵首领曹成，曹亮得知先锋兵到，吓得逃跑了。”牛皋问：“逃往何处？”探子说：“据报是去了湖南。”牛皋命今部队：“兵发湖南。”队伍继续前进。

牛皋兵到潭州，潭州总兵率官员来迎接。总兵与牛皋见礼后说：“牛先锋辛苦了。潭州总兵携官员迎接先锋。”

　　牛皋施礼："有劳总兵大人。闻听潭州水寇作乱，牛皋奉旨征剿，怎么不见贼兵啊？"

　　总兵分析说："牛将军，近期洞庭湖有水寇聚集，头目叫杨幺。经常出来抢掳。昨日还在乡里横行，今天就踪迹皆无了。想必是听到先锋兵到，害怕藏起来了。"

　　牛皋"嗯"了一声说："既然水寇已经跑了，我且在湖边扎营，静等岳元帅。总兵大人请回吧。"

　　洞庭湖平静的水面，树影微摇。蝉鸣蛙叫，月明星稀。牛皋坐在岸边，捡块石头扔进水中。湖面浅超水花。他有些困了。最近只要一闲下来他就犯困，犯困就打盹，就能看到媳妇。

　　牛皋搂着赛玉道："有了媳妇真好！就等于有了家。来，让粪堆亲亲。赛玉推开，伸脚顶住牛腮："瞧你，脏兮兮的也不洗洗。去，跪着去。"牛皋："行，我跪，我跪个屁，先亲热吧……"

　　牛皋一磕头儿醒了。脸上泛出幸福的笑。他在湖边坐了一夜。

　　岳元帅大军陆续到达。众将下马，伸腰活动腿脚。牛皋与众兄弟打招呼。

　　吉青对牛皋说道："牛先锋，这先锋当的容易呀？"王贵附和："是呀，当先锋是个甜活儿。"

　　吉青说："可不是。你看二哥在藕塘关，蹽见俩比咱还二的金兵元帅，稀里糊涂的都不知怎么死的。""关键是那个总兵的小姨子，真不开眼，那么漂亮的娘们儿，你多忍两天，这么多的高富帅，随便扒拉也扒拉不着牛二哥这样的。居然让他搞到手了。你说说，哪儿说理去？不行，下回有先锋的好差事，我得张啰张啰。"王贵唠叨着。牛皋呵呵傻笑。

吉青争道："当先锋，怎么也该是我呀，你不行。"

王贵不顺："我不行，不就是先人一步吗？怎么不行？哪回打仗，哥哥我不是冲在前，撤在后，所以我当先锋，就好比你们南方人没见过北方的元宵"吉青问："元宵，怎么讲？""白丸儿（玩儿）。"

牛皋不耐烦的说："瞎嘚吧什么呢？瞧你们这俩光棍那得性，让你当先锋就能娶媳妇儿啦，没听大哥说吗？这事讲缘分，好姑娘有的是，但是人家也不是逮谁跟谁。人家也是挑肥捡瘦的。象你们俩，一看就是剩货。光一辈子吧。"

王贵一咧嘴："呦呦，二哥今天屎壳郎变季鸟了，""怎么讲？"吉青问。王贵说："一步登天了。牛粪蛋晾干了……"吉青又问："怎么讲？"王贵说："当柴禾了。而且骑马配马……"吉青更不懂了："什么意思？"

王贵笑道："他是高大上啊！"

大家都笑了。

牛皋指着王贵："行，本来呀，我跟你嫂子说，让她帮你们找个媳妇儿，这是哥哥在想看你们呢。而且她手里还真攥着一个。呵，别提多漂亮了，想着你王贵岁数比吉青大，寻思先给你，这下儿，算了吧，你没戏了。"

吉青赶忙说："二哥，刚才可都是他说你的，我可没说，怎么样，给兄弟说说？"

牛皋思索一下说："你呀？也行吧。反正还没告诉女方男的叫什么呢。但是你跟王贵比嘛，条件差了点儿。"

吉青不服的说："怎么会呢？论个儿，论武艺，论战功，哪点儿差？虽说强不了太多，也略胜一筹吧。"

　　牛皋戳着吉青的胸脯说："可是王贵是本地的呀，你是外地的呀。人家姑娘首选还是本地呀。不过人家姑娘倒沒提这个条件。只要是咱岳家军的抗金英雄就行。"

　　王贵得意的："还是二哥分析的对，你甭跟着逗咳嗽，人家姑娘首选肯定是本地人呀。你外地的就别争了。二哥，给兄弟说说。"

　　牛皋对吉青："论条件，你是比不了王贵，但论武艺就未必了。"

　　吉青不服的说："当然了，你是本地人，家里有钱，有房，有大车，我当然没法比了。那我只能跟你比武了。比武招亲，你敢吗？"

　　王贵得意的说："比就比，我还能输给你。吉青说："好，比武招亲，上马。""上马就上马。"

　　王贵，吉青二人上马，众人让开地方，两人就打了起来。牛皋在一旁哈哈大笑："比武招亲，使劲打，谁输了给谁。"

　　一旁观战的施全说："二哥，错了，是谁赢了给谁。"牛皋又说："使劲打，谁赢了谁排第一。"

　　远处，岳飞正在与部下论事，见这边打了起来就过来问："二弟，他俩怎么打起来了？"

　　牛皋手一摊说："你去问他们吧。争先锋，抢媳妇儿呢。"

　　岳飞站旁边问："王贵，怎么打起来了？你俩住手。"

　　二人不听，继续打。已经大战二十余合。岳飞回身，持枪过来，枪尖往上一挑，将二人分开。

　　岳飞喝问："吉青，王贵，你们这是干什么？"

　　吉青抢先说："大哥，你给评评理，他跟我争媳妇儿，"

　　王贵也不落后："大哥，我比他大，理应我先娶，他跟我抢。"

　　岳飞悟道："为个女孩，比武招亲。谁家的姑娘啊？"

王贵，吉青一愣："是啊，谁家的姑娘啊？不知道。二哥家的二嫂给找的呀。"

岳飞扭头问："弟妹给介绍的？"

"我在家的时候，我媳妇儿说，咱兄弟这么多都单着呢，想帮着找老婆，我是想，要是只有一个姑娘先给谁。他俩都想要，谁也不让，他俩就比条件，王贵呢，本地的，有钱有房有大车。颜值也有，吉青这方面比不了王贵，就说比武招亲。这不是就比上了，二十多个回合，不分胜负。一个姑娘，你说先给谁？"

岳飞点头问："谁家的姑娘啊？""问我呀？我问谁去。"牛皋说。"还没有呢？"

牛皋点头说："是，丈母娘还没揣上呢。先排队。"

"哈……"众将大笑。士兵，元帅也笑了。王贵，吉青，一脸懵。

岳飞传令："沿湖扎营，不许搔扰百姓。"

院子里的桌子上放着剪子，布料和鞋样儿。李氏与两个青年女子，正在比划着鞋样的大小尺寸。牛夫人戚赛玉从角门走过来，叫声："嫂子。"

李氏张啰着："赛玉妹妹，这坐，坐。"赛玉说："嫂子，我这两天不舒服，所以就没过来，总听着这院儿里有说有笑的。这两妹妹哪儿找来的？看着真喜兴。"

李氏告诉赛玉："她俩是我娘家叔伯妹妹，秋兰，秋菊。是爹让她俩来陪我的。妹妹，你哪里不舒服？怎不跟姐说一声？"赛玉说："倒也没什么大事儿，就是总觉得噁心，想吐漾酸水儿。"

李氏："想吃酸的？""嗯。""傻妹妹，你有喜啦！"李氏高兴的说。"有，什么了？"李氏告诉赛玉："有喜。就里你肚子里有小牛皋儿了。"赛玉摸着肚子说："那么快？"

李氏掐着手指说："你算算，你们俩结婚快三个月了。快的话，你肚子里的孩子也差不多快两个月了。这时候就是想吃酸的。你呀，要当妈了。"

赛玉有些吃惊："我要当妈啦！这也太快了吧。我还没做好准备呢。""准备什么？顺其自然就好。妹妹喜欢男孩，还是女孩呀？"

赛玉想了下："还没想好，要是女孩吧，就怕随她爸。又黑又傻的，那就麻烦了。还是男孩好，男孩随妈。其实男孩女孩都一样，多生几个全有了？"

李氏认同说："倒是有这个说法儿。男孩随母，女孩随父。但也不一定。也有两个人都不好看的，生出孩子来漂亮。"

赛玉无谓的说："管他呢，养得起就多生。哎姐，我这几天在家里净琢磨了，你说前方的将士，拼死拼活的打仗，很多人都是单身。要是哪天在战场上挂了，连个后人都没有。我想呢，咱们做家属的，也应该为他们做点儿事。给他们找女人，帮他们成家。对于这些将士来说，传宗接代是必须的。"

李氏说："是。这事以前我也想过，可是姐在这方面不擅长。妹妹若能做这件事，姐一定会全力支持。"

赛玉仔细端祥着两个姑娘："唉，姐，你这两个堂妹，长得多俊啊！多大了？有婆家了吗？"

李氏说："是挺漂亮的。都老大不小了，现在还没有人家呢，也不知道她俩喜欢什么样的。"

赛玉问："都不是外人。小妹妹，你们喜欢什么样的？跟姐说，姐手里有大把的好男人。"李氏告诉赛玉："她是秋兰。"赛玉点头："秋兰，想找什么样的？"

秋兰脸朝天说："当然是我姐夫那样的了。"

赛玉又问秋菊："你是秋菊妹妹了，你要什么样的？"

秋菊不好意是的说："高大威猛的就行，心眼儿别太多，别长太黑，啊说错了，不是太白也行。"

赛玉一拍桌子说："妹妹，包姐身上了，"转对李氏说："嫂子，让你娘家，给她俩准备嫁妆。"

李氏对堂妹说："瞧瞧你们的牛二嫂，天生的媒婆儿"

第三十回　吉青恐后　王贵争先

岳飞在帅案前看文件。中军走进大帐，将两封信放在帅案上说："大帅，相州节度使刘光世大人转来的元帅和牛将军的家书。"

岳帅拿起一封看了看，交给中军："送给牛将军。"中军应声出去了。岳爷把信拆开后说："峰火连三月，家书抵万金呀。"

牛皋斜卧在床上。拆开信件念着："皋，爱夫无恙，已孕，健康。有女二，大哥之姨妹，待嫁。宜贵，青二弟。这是什么玩艺儿？"牛皋怒道："写封信还弄这词儿，不说大白话。你这封信我也看不懂啊？还不如不写呢。"

牛皋拿着信出帐，进帅帐见了元帅说："大哥，我媳妇儿来信了。你说这娘们儿，连封信都不好好写，弄得我看了半天也看不懂。大哥，你给看看写的是什么。"

岳飞摆手说："二弟，弟妹给你的信，一定是有私密话儿，当大哥的不能看，不合规矩。找个兄弟，侄子辈的帮着看。"

牛皋有些难为情的说："大哥，咱们这些兄弟，都是练武出身，文化这方面都差不多，只有大哥水平高。你让我找谁问去？"岳飞一笑："这好办。中军，通知各位将军到帅帐议事。""叫兄弟们干什么？"牛皋问。岳爷笑着说："保不其兄弟们当中有文化高的，能看得明白。"

众兄弟陆续进帐。与岳飞，牛皋打招呼。

岳帅站起来说："兄弟们，随便坐。唐诗有云，烽火连三月，家书抵万金。今天咱们的牛先锋，家里来信了，这等于是来了万两黄金呀。可是，牛先锋看不懂信的内容。哪位兄弟帮忙看看，给他讲讲信里写的是什么。"

　　王贵摆手："这个我不行，冲锋打仗靠前，识文断字后撤。吉兄弟，你来。"吉青说："我更不行。我认的字，比狼牙棒上的牙多不了几个。"

　　张显接过书信说："我来吧。"打开信念道："皋，爱夫无恙？已孕，健康。有女二，大哥之姨妹，待嫁。宜贵，青二弟。"张显抖了抖信："什么意思，信这么写，这不是难为二哥吗？"

　　王贵讽刺说："这些日子没人见驾了，挠着脑袋写出一封天书来，让你看不懂，急死你。"小将张宪过来，拿过信看了着说："二叔，小侄看了，讲讲？""快点儿吧，急死人了。"

　　张宪边念边讲："皋。二叔，这第一个字，是二婶冲您撒娇呢。二婶真温柔啊！"张显点头："撒娇？噢，轻声轻语的叫声"皋"，可不是撒娇呢吗。"

　　张宪又读："爱夫无恙。无恙是问候的意思。就是身体可好，没毛病的意思。这句话表达的是"亲爱的夫君，你身体好吧，没得病吧？"真恩爱呀！""爱夫无恙，第一次听说这个词。"原来媳妇叫爷们儿爱夫，让人听着牙缝里都是酸的。王贵说。

　　吉青不平的说："二哥，你说你家娘们儿搞得这是什么呀？你回家就大嘴巴抽她。"

　　张宪继续："已孕，健康。这个意是说，二婶怀孕了，现在身体很好。二叔，您要当爸爸啦。"

　　牛皋大喜："真的？我要当爸爸啦，哈……"

　　张宪又说："下边是，有女二，待嫁，大哥之姨妹。噢，婶儿说，有两个女子，是元帅夫人娘家的妹妹，还没嫁人，准备找婆家。哟，是让二叔儿娶二房三房吧？"

　　牛皋一愣："大哥还有小姨子，没听说呀？这是让我纳妾呀？"

　　张宪更正说："不是让二叔纳妾，二婶儿说的是，要给军中的两个兄弟做媒。"

牛皋指着张宪说："你个小兔崽子，拿二叔开涮。"

张宪抖着信纸，看着大伙笑："给谁做媒呢？""谁？"

张宪又念："宜贵，青，二弟。所以，中奖的就是王贵，吉青两位叔叔。"

吉青差点儿蹦起来。搂着牛皋叫："二哥耶，我的亲哥耶，你这是积了大德了。"

王贵也奉承："咱嫂子真是好嫂子。女中豪杰，女菩萨。简直就是岳家军中的梁红玉。"

岳帅站起来："王贵，吉青，别拍了，瞧你俩人这点出息。那俩姑娘是你大嫂的堂妹，大哥和你嫂子不点头儿，她们能嫁吗？"

王贵走到岳飞跟前："大哥，大哥就是心疼兄弟，要不怎么说，这辈子跟定大哥了呢。大哥，我成了亲，那可是亲上加亲了。你又是大哥，又是姐夫了。"

吉青笑了："是啊大哥，肥水不流外人田，成了亲，咱哥仨就是一根扁担了。"张显纠正说："那叫担挑儿。"吉青点头说："对，一根扁担挑儿。"

岳飞笑道："看给你俩急的，你们大嫂给大哥也来了信，看看，已经和堂妹订好了，嫁妆也都送来了。王贵，吉青听令，非常时期，一切从简，给你俩一个月的假，回去完婚，快去快回。"

王贵，吉青蹦起来说："谢大哥。兄弟们，不好意思啦。哈……"跑了出去。

岳飞对牛皋道："二弟，你给抻个头儿，给他俩攒点儿份子。"牛皋一翻白眼："嘿，当媒人还出份子，这不是赔了。"

王贵，吉青打马狂奔。无心欣赏的青山绿水，树木白云，都向后面闪去。青吉边跑边喊："三哥，你慢点儿，着什么急呀。"

王贵头也不回："我着急，你不急呀？说好的是两个女人，一人一个，可是，什么事都有个万一，万一有一个变卦了，怎么办？就剩一个了，那就谁先进门儿，就是谁的。"

吉青喊着说："敢情你小子憋着屁呢？你也是，长的白又帅，家里又有钱，找老婆还不容易，兄弟条件不好，跟你没法儿比，你就别跟我抢了。"

王贵头也不回的说："一人一个，当然不用抢了，万一就一个呢？坚决不能让。不行就打。"

吉青在后面应道："打就打。"摘下狼牙棒，叫声"看打"，照王贵就打。王贵摘下大刀回敬一刀。两人马不停蹄，你一刀，找一棒的边打边跑。打着打着，终于累了，在小河边处停下，两人背靠背的坐着喘气。两匹马在河边吃草。

吃了干粮喝了水也歇够了，王贵，吉青重新上马，继续你追我赶，互相打斗……

前面出现路牌，上面写着：孝弟里永和乡，两个人拐上乡路，继续打斗。打着打着，王贵虚砍一刀，收刀拍马就往村里跑，吉青收棒猛追，几乎同时来到岳家新修的大门前，两人同时下马，同时推门……

王贵档住吉青说："我先到的。"吉青一拉王贵说："我先推的门。""明明是我先推的门……"两个人互相撕扯，门被撞开了。

岳母，李氏和赛玉正在聊天。见门被撞开，还真吓了一跳。

吉青抢先说："我先到，大嫂，大娘作证。"王贵不甘示弱的说："嫂子，你说是谁先进来的？姉儿，您说。""同时进门，没先没后。"岳母说。

王贵不服的说："没先没后，那不行，分不清还得打，赢的是第一。""打就打。"

赛玉站起来说："行了，吵什么吵？都老大不小的了。没个大人样儿。"

吉青一拍脑袋："糊涂了，还没给大娘请安呢。"跪下给大娘磕头。王贵也单腿点地："给婶儿请安。见过大嫂二嫂。"

赛玉探身说："吉兄弟，快起来，不用跪姐。"

吉青一愣说："我拜的是大娘。噢，嫂子也得拜，应该拜。嫂子是媒婆，吉青该拜。王贵不拜媒婆，不管他说媳妇。"

李氏笑着说："吉兄弟，你二嫂是媒人，不叫媒婆。你个傻兄弟。"王贵赶紧的瞌头："拜见媒人二嫂。"

赛玉问："你们俩刚才争什么第一第二的，怎么回事呀？"

王贵若无其事的说："没什么，我们闹着玩呢。比赛谁先到家。"

吉青不服气："不是闹着玩儿，岳大哥派我们俩回来成亲，他说要是只有一个媳妇儿怎么办呀？我说比武，谁赢了归谁。他说要是不输不赢，就看谁先到家，明明是我先推的门，他偏说……"王贵着急的："你先推的？说瞎话。"

赛玉笑道："你们俩呀，简直就是一加一等于五百。"王贵问："什么意思，二嫂？""二，俩二百五。不过，还真让你们猜中了，这俩姑娘，有一个已经嫁人了。就剩一个了，两个男人，一个女人，怎么说也要淘汰一个，淘汰谁呢？就着表现了。嫂子我呢，今天要考考你们，你们常说的见驾是什么意思？先不要说，会的留下娶媳妇儿，不会的呢，连夜返回军营。你们谁会？"赛玉问。

王贵忙跪下："我会我会。哈哈哈，我第一。"

吉青也跪下："你第一？我一进门儿就给嫂子磕了。二嫂是吧？"

赛玉认真的说："给二嫂跪有什么用啊？将来要给媳妇见驾，你们谁行？王贵，吉青抢答："我行。"

李氏笑了："好啦，别争啦，一人一个，早给你们说好啦。起来坐吧。以后要好好的待媳妇儿。她俩是我娘家的堂妹，前几天回家准备去了。没想到你们这么快就到家了。我让她们明天回来，回来住我这，就到我家里来接亲。王贵兄弟，你家院子好久没人住了，前几天找人给收拾好了，就在你家办事。吉青呢，就住王贵家的挎院，也收拾好了。绣花枕头锦缎被，满堂傢俱大衣柜，都是女方的陪嫁。。"

赛玉指着他俩说："你们俩呀，别争别挑，王贵大，娶老大秋兰。吉青娶老二秋菊。美吧你们俩。"

岳母点头说："这下儿呀，你们是功名，家庭都有了。唯一的就是……抓紧时间。"王贵，吉青没听懂……"抓紧时间生孩子。"岳母说。

婚礼在王贵家院子里举行。王贵，吉青脱下戎装，穿上文人服，披红挂绿格外的的喜兴。两个新郎官，每个人手里抓根红带，牵着新娘对拜，然后入洞房。有吹鼓手为他们卖力的演奏。

两个新娘都是知书达理的大家闺秀，没让新郎在洞房里过多的起腻，所以婚礼后不久，王贵，吉青就出来招待客人，迎来送往一通忙活，心里肯定是乐开花了。古人说，洞房花烛夜，金榜提名时，乃是人生最大的美事。两个人现在是岳元帅手下大将，名气就不用说了。而今天，又有了美人怀中抱，这对于在外征战多年的王贵，吉青来说，在精神上和生理上都是极大的慰藉。

"汤阴县徐大老爷到。"随着一声报，徐仁走进来与两个人打招呼道喜，送上贺礼。王贵，吉青招呼徐大人落座。

"相州节度使，总兵刘大人到。"

王贵，吉青，除仁起来迎接。所有来宾都站起来迎接。刘总兵与众人打招呼见礼。向新人送上贺礼。与徐仁互相让坐落座。

岳家院内，岳母正在桌前喝茶。岳云在院中练拳。练完拳，去兵器架子上取下一对双锤，对奶奶说："奶奶，看孙儿练一趟锤法，"舞动起来。

王贵，吉青带着新娘走进院，见岳云练武，驻足观看。岳云收锤问："王叔儿，吉叔儿，小侄练得怎么样？"吉青笑道："呵呵，好小子，行，历害。"王贵也叫好："好，锤够重。"

王贵，吉青叫："婶儿。"秋兰，秋菊叫："亲娘。""哎。"岳母大声答应。

"婶儿，过来和你说一声，我们今天带媳妇回门，时间太紧了，要好几天，您跟我嫂子，二嫂打个招呼，我们先走了。"

岳母挥挥手说："去吧，早去早回。给李大人带个好。"王贵应着，与吉青带媳妇出去了。

岳云问奶奶："奶奶，吉叔儿和王叔儿，娶了我的两个姨，我是管他们叫叔儿呢，还是叫姨夫啊？管姨叫姨呀，还是叫婶儿呀？""随你怎么叫都行。"奶奶说。

有了媳妇的牛皋，最近开始喜欢聊家庭，聊生活，聊孩子，只是军营里的兄弟们多是光棍儿，对不上茬口，有时候兄弟们还拿他开涮，唯一能聊的上来的就是岳大哥了。最近军中无战事，闲下来就到帅帐坐会儿。

帅帐里平时不预备酒，以茶代酒牛皋也能接受。

"二弟，弟妹给王贵，吉青说媒，去了我一块心病。咱这队伍上，都是热血青年，为国为民，赴汤蹈火，人人景仰。将军百战难免一死。虽为将名可标青史，但娶妻难也是现实。不孝有三，无后为大。如果娶不上媳妇儿，怎么能有后呢？"岳飞说。

　　牛皋点头认同："大哥说得是。以前没有体会到，脑袋里只知道喝酒，拼杀，没考虑过人还有生有死。这一结了婚，成了家，才知道人还另一种责任和生活。以前就是想我娘，想婶儿，现在呢，想媳妇儿还有肚子里的孩子。"

　　岳飞叹道："这段时间，仗越打越大，越打越多。我们所有的人，不可能总是那么幸运。战死沙场，也是很平常的事情，现在许多的兄弟还单身，哥哥当这个元帅，有时候心里还真不是滋味。"

　　"也不能全赖大哥。"牛皋说："我们这些人，整天的南征北战，不知生死，不象地方上在衙门里做官的，有家有业有府宅。我们是高危职业，当然不太招人待见。不过，天下还是有好女人的，只是他们对我们不大了解。大哥可以以告示的方式，以元帅的名义，晓以各州府，为将士征婚，把部队中的将军和功臣的现状，介绍给人们知晓，这样路就宽了。"

　　岳飞低头往上翻着眼皮说："行啊二弟，了不得啦！这真是阔别三日，当刮目相看了。你这肚子里的墨水儿越来越多了。"

　　牛皋傻笑道："这都是我们家赛玉姐姐说的，我不过是鹦鹉学舌。"

　　岳飞大笑道："呵，成语都用上了。好，你媳妇儿，我弟妹，本帅聘她为岳家军军媒。专门儿负责招亲。要写文章，提高知名度。文章吗……牛将军临阵招亲，藕塘关犯军规，理当斩首。戚姑娘舍身嫁婿，岳家军改条令，情为男儿。好，就这么写。不过，军媒不太好，军嫂，叫军嫂好。"

　　"是，军嫂好听，显得也亲切。哎大哥，王贵，吉青该回来了吧？""就是这一两天了。"

　　牛皋喷着嘴说："也不知道这俩王八蛋媳妇儿娶得怎么样了。是不是搂上媳妇儿，就不想回来了。"

"理解。"岳帅说："新婚燕尔，男欢女爱，一刻千金。人之常情吗。只是现在二帝蒙尘，胡虏未灭，吾等为将，割舍多于常人，的确令人唏嘘。"

牛皋叹道："赶紧把鞑子打完了就能回家了。有老婆，有孩子，有热炕头儿，每天能吃饱饭，冬天能在暖和屋子里躺着，过几天神仙的日子。"

岳飞说："是，这不光是你的愿望，也是所有人的愿望。但愿我们大宋的百姓，人人都能过上你说的那样的生活，享天伦之乐，丰衣足食，盛米用大缸。"！

"大哥，二哥。"王贵，吉青进帐："我们回来了。"

岳飞兴奋的说："兄弟大喜。刚还跟你二哥念叨呢，不对呀，你俩是不是回来早了？"

王贵看着牛皋说："早了不好啊，说明我们不重色轻友。是不是二哥？"

牛皋站起来："过去抓住王贵的脖领子，用力摇晃了几下说："我看看你重色不重色，看看，怂了吧，不怂您能早回来？"

王贵一拍胸脯说："怂，咱能怂吗？再说了，男人不怂就不是好男人。不过不能象二哥似的，天天见驾，兄弟这方面，比二哥强……一点儿。"

"大哥，是姐夫了，姐夫大哥，妹夫回来了，拜见大哥。"吉青说。

岳飞照了一眼说："红光满面，精气神十足。可谓人逢喜事精神爽啊。你俩能成亲，是你二嫂的功劳。但是，没有二哥，哪来的二嫂？记住了，吃水不忘挖井人。好好谢谢你们二哥。"

王贵兴奋的说："肯定的。二哥，今晚上，咱去城里喝喜酒，好好撮一顿儿。你解馋，我补身子。"

牛皋摆手说："不用了，晚上尽量不要出营。"吉青说："不碍事，我们还有一天假呢，明天晚上的期限，今天是特意提前一天归队，为的就是请二哥喝喜酒。"

王贵也说："就是，就咱仨，大哥都不请，大哥是元帅，影响不好，二哥是媒人，单独请出来，别人也没法挑眼。等明天假期结束了，正式归队了，所有的兄弟都要请。"

牛皋看看岳飞？岳爷一挥手："去吧，别喝多了就行。"

牛皋，王贵，吉青三人迈上酒店的台阶。掌柜的迎了出来："三位军爷，里边请。楼上雅座。"

王贵问："掌柜的，有没有能喝酒又能赏月的地方？""有啊。您几位跟我来。"掌柜的边往楼上走边说："在楼上。我们这个酒楼，房顶是平台。喝酒赏月，望水听风，是文人墨客儿的最爱。本朝的苏大学士经常在这里请客会友。"上到顶层，来到一张圆桌前。掌柜的继续说："您看，观山望水，瞧月出日落，不用灯，没有雕饰，至身于天地间，胜游于仙境内。三位爷，您用点儿什么？有套餐，包桌，零点。丰简由您。"

"掌柜的，你给安排几样吧。我是请哥们儿喝喜酒，酒要好的。"王贵说。"没问题，包您满意。"掌柜的下去了。

有小二端来茶壶茶碗，瓜子花生，炒糖蜜栈。小二倒茶，每人递了一碗。下去了。

牛皋左右前后的看了看说："这地方真不错，你小子也知道赏月了，媳妇儿教的吧？这月亮出来了，你怎不赏啊？"

"这还不是赖你这当二哥的，你媳妇儿给介绍的媳妇，我媳妇儿你弟妹，弄不弄就看月亮，还要让我陪着，还甭说，一边喝酒，一边赏月，是挺浪漫的。"

牛皋一摆手说："浪漫，浪催的。纯粹是闲的。每天行军打仗，倒地就睡，爬起来就走，再也沒那心情看那玩意儿。"

酒菜上来，小二摆放好说："几位军爷，菜到，酒到，您先吃着喝着，需要什么您随时添。您请。"给每人倒了一杯酒，下去了。

牛皋端起酒杯说："这杯太小了，你们觉着呢，换碗吧？"

王贵拦道："别介，以后喝酒不许用碗，用杯显得高雅，有层次。以前老用大碗，乃是莽夫的形象，一看就是大老粗，上不了台面。是不是吉兄弟。"吉青附和着说："是，三哥。用杯高雅，是高雅。"

牛皋自责的说："兄弟，二哥怎么有一种感觉，跟犯罪了似的？瞧你们俩那德性，刚结婚几天，就被管成这样了，还装上什么高雅了。"

王贵拿着劲说："二哥，高雅不是装的，知道喝酒赏月，就还是有底蕴的。""那当然，你还别说，三哥，以前老听大哥讲月亮，听不懂。今天在这儿，看会儿月亮，感觉真不一样了。"吉青说。

第三十一回　牛皋牛头山护驾　岳帅岳家军戒酒

　　王贵喝口酒说：“我也是，感觉越看越伤心。不平衡了。”
“觉得自己变成了坏男人，净想和媳妇亲热的事。”吉青说。

　　牛皋拍着吉青的肩说：“兄弟，象我们这种出来干功名的男人，都是好男人。想家的男人，更是好男人。”

　　吉青拍脑门儿说：“这月赏的，揪心。二哥，岳大哥跟兄弟们喝酒的时候，经常作个诗，行个令儿什么的。今天咱哥仨也玩儿把骚。谁输了谁喝，怎么样？”

　　王贵摆手说：“不好，那酒还不全让你喝了。你肯定输啊。”
“不一定，这些年跟岳大哥也学过几首唐诗，在家里还经常跟媳妇对诗呢。现在，对着月亮，一人念一首，不会的喝酒。”吉青说。

　　牛皋笑了：“那还不把你俩喝趴下。”

　　王贵指着牛皋：“你呀？二哥，大宋朝老粗排名，你是第二，没人当第一。兄弟水平不高，可基因好啊，我们家老爷子可是有文化的，这叫遗传。”

　　牛皋嘲笑：“好好，你遗传你先来。”

　　王贵往旁边一指说：“让吉青先来。不是学过唐诗吗？不会作诗的话，背首唐诗也行。”

　　吉青放下杯：“唐朝有个大诗人李白，听说过吗？神仙，是太白金星转世，所以叫李太白。我就喜欢他的诗，但我不背他的诗，我照他的诗作一首。张嘴就来“抓把明月光，隔窗扔进房，丈夫在边塞，媳妇儿守空床。”怎么样？”

　　王贵摇头说：“不好，月亮能抓，我信。月光能抓吗？还扔进房，你抓把月光我看？什么诗呀。喝酒喝酒。”牛皋说：“刚结婚，你媳妇就守空床。有点儿惨，不爽。喝酒。”自己先喝了一杯。

　　王贵拦道：“二哥，没让你喝，你也沒输。”

牛皋抠了抠眼："他媳妇儿守空床，我媳妇儿也守不是。我也输了。三弟你赢了。"

王贵也端起酒杯说："那我也喝吧。"干了一杯。

牛皋干了酒说："三弟，该你了。"

王贵"嗯"道："该我了，今天月刚圆，明天就有缺，加上头和脚，一个大白鳖。"

吉青："什么玩艺儿！月亮还能长头长脚？亏你想的出来。喝酒。"王贵干了一杯。

"瞧你们俩，这哪儿是诗呀？我念一首，让你们听听什么叫诗。二哥前些日子在家里的时候，也玩儿了一把浪漫，赏月赋诗来着。你们嫂子，那才是材女呢。出口成章，诗写得好。不输给那些个翰林。以后要是不打仗了，解甲归田，夫妻自家院赏月对诗，真是美呀。"牛皋陶醉的说，

王贵烦了："哪儿那么多费话，让你在这喝酒行令，你跑家去了。"

见景生情，牛皋的心果然回到家去了。那是一个十五的夜晚，牛皋与赛玉在桌前对坐。赛玉端起一杯酒，酒杯里映着月影，她目视着天空吟道："一轮明月映金樽，夫妻对饮心连心。出口成诗难解渴，带酒连杯和月吞。……"

看着王贵，吉青，牛皋念道："一轮明月映金樽，夫妻对饮心连心。出口成诗难解渴，带酒连杯和月吞。"

"好。"王贵喊："好，这才叫诗。"

吉青摆手："好什么好？就是二嫂作的诗，也不能不好说好。你连杯吞下去我看。吞呀。看你怎么吞。"

牛皋也认同说："对呀兄弟，我怎么就没想到啊。吉兄弟，懂诗。"

王贵大笑："看看，你媳妇儿这是糊弄傻姑爷呢。"

牛皋端杯说："少费话，我喝。"

"又该我了。"吉青说："嗯，月亮挂天实在棒，天黑给咱来照亮。如果有人搭云梯，老子骑在月亮上。哈……好！"

王贵晃脑袋说："不好，给你搭云梯，你爬上去，那月亮是圆的，你能骑吗？坐着倒行。再说了，人家把梯子撤了，你怎么办？摔死你。""我喝。"吉青干了一杯。

王贵挠挠头念道："月亮月亮真叫亮，老高老高挂天上。左看右看没有绳，掉下准砸脑袋上。"

吉青的手乱摆着说："不对呀，长这么大，也没听说月亮能砸脑袋？我倒是知道，月亮要是掉下来，只能掉在井里。湖里。喝酒……"王贵："我喝。二哥，该你了。"

牛皋的思路回到家中，夜晚与赛玉对饮。赛玉吟道："月儿时圆时又弯，圆时象家弯象船。郎君乘船行千里，夫妻远隔万重山……"

牛皋手里捏着酒杯："月儿时圆时又弯，圆时象家弯象船。郎君乘船行千里，夫妻远隔万重山。"

牛皋念罢放下酒杯，不觉落下英雄泪来。王贵，吉青眼里也含着泪花……

吉青的手摸着牛皋的手说："二哥，你作的才真叫诗呢。现在我知道什么叫诗了，就是让人流眼泪，眼湿了才叫诗。"

王贵心情沉重的说："是，眼睛真湿了。唉，吉兄弟，你说，咱哥们儿也是堂堂的八尺男儿，大宋的将军，怎么就轻而易举的让一首诗给湿了。二哥，今天斗酒，你赢了。你不用喝了。吉兄弟，咱俩把这壶酒分了。"

牛皋伸手一拦：“得了吧，还是让赢的喝吧。我还没喝够呢。还是我们家赛玉说得对，酒喝到最后，没有赢家，只有输家。就象打仗，打到最后，也没有赢家，都是输家。”

“是，就象咱们这些人，打了许多的仗，做上了将军，可是每一仗下来，都会死许多人，这些人也都是人生父母养的。”吉青叹道。

“可不是么，小时候我爹老说，一将成名万骨枯。”牛皋说。

王贵亦叹：“要是没有金兵，将军不做也罢，回家搂着媳妇儿过日子，想想都成神仙了。”

牛皋站起来说：“没办法，只盼着早点儿把金兵杀完，回家养儿子，抱孙子……哟，不好，憋泡尿，今天有点儿走肾。这可怎么办呀？”

吉青用手一指：“墙角往下撒。房后面是草地，反正半夜了底下也没人。”

牛皋晃晃悠悠的来到墙角，站在黑影里准备解裤子，忽听脚下有动静。哈腰仔细一看，原来是个人。牛爷一把抓住叫：“王贵，吉青，有奸细。”王贵，吉青跑过来，把奸细按倒在地上。牛皋系上裤子。将奸细拉到亮处，他抽出宝剑，抵在奸细脖子上说：“跟掌柜的要根绳，绑起来。”

吉青下楼，跟掌柜的要了根绳子，跑上来把奸细捆上了。

牛皋让奸细跪下，问：“谁派你来的？敢到我这里探听情报？”

王贵说：“二哥，他要是奸细，直接砍了就.得了。留他干嘛？”

吉青也说：“可不是、留他干嘛，你们接着喝，我拉楼下把他宰了。”伸手就要抓。“别动，我先审审。”牛皋说。奸细吓得直发抖：“牛爷爷饶命，爷爷饶命。”

牛皋一愣："你还认识牛爷爷，知道爷爷姓牛？"奸细点头说："牛爷爷声名远播，人人皆知，牛爷爷打死老狼主的姑爷张从龙，又斩了斩着摩利之元帅兄弟，四太子发誓要活捉牛爷爷报仇。各番国都有画影图形，所以小人也认识牛爷爷。"

"金兀术派你来干什么的？"牛爷问。奸细说："四太子得知了岳元帅的人马驻扎湖广，就趁此机会出兵，黄河口总兵曹荣归降了四太子，帮助过了黄河，所以四太子打下了金陵。打下金陵之后，四太子派我来湖广打听岳飞的动静。"

"打下金陵，那么容易？"牛皋不太相信。奸细说："这是哈军师定的计谋。兵分五路，四虚一实，宋朝大元帅宗泽得到消息后，劝赵构迁都汴梁，赵构不愿意，把宗泽气死了。宗泽一死，宋朝朝中无大将，我们又有曹荣带路，所以不费吹灰之力就占领了金陵。只是让赵构和七个大臣跑了。四太子说赵构可能来湖广，所以派出小人来打探。不想被牛爷爷抓住了。牛爷爷饶命。"

牛皋果断的说："王贵，吉青结账走人。带奸细回营。"吉青应道："是二哥。你说这事？其实我也憋着尿呢。怎么会让你先撒，要知道撒泡尿能抓个奸细，我就先撒去了。"

王贵说吉青："憋死你。你有尿憋着你不撒，还给他出主意去墙角儿。"吉青悔道："是呀，真后悔，撒泡尿抓了个奸细，这功立的也太容易了吧！"王贵摊手说："我才亏呢，饭馆是我找的，饭钱还得我结。看人二哥，白吃白喝，喝完了逮个金兵奸细回去。这顿酒喝的？他赚大了。我亏了。"

审完了金番奸细，岳元帅心情很沉重。宗帅悲愤而死，金兵乘虚攻占了金陵，现皇上落难，群龙无首，他必须作出决断。众将聚集在帅帐，等候元帅将令。

岳元帅分析道："金陵，已被金兵攻破，皇上与大臣逃出城，不知去向。我想一定是奔湖广而来。从金陵到湖广有两条路，一条既王贵，吉青回来的路，没遇到金兵。肯定不是了。另一条路，从东部沿海边走，金兵可能走这条路过来，说明皇上也在这条路上。计算行军速度，金兵很有可能于明天到达这里，牛头山。牛先锋。"牛皋抱拳出列："牛皋在。"

岳帅抽出一枝令箭说："命你带五千人马，星夜赶往牛头山。挡住金兵，查访皇上下落。不得有误。""得令。"牛皋出帐去了。

岳元帅发令："众将官，明日三更造饭，饭后拔寨，北上迎敌。"

牛皋率领士兵快速向牛头山进发。正走着，不想天空中一片乌云飘来，顿时雷声大作，雨点砸下。队伍在雨中行进的速度变缓了。

牛皋手搭雨棚观看后大声喊："孩儿们，不要歇，加快速度，前面就牛头山啦。"

雨是来得快，停得边快，行军速度又开始加快。这时有探马来报："报先锋，牛头山以北发现了金兵，大约五千人。"牛皋急问："有皇上的消息吗？""报先锋，没有皇上的消息。不过，以现状分析，皇上可能就在附近。"探马说。

牛皋分析："金兵追到此地，我们又没遇到皇上，那皇上可能上山了。快探。队伍停止前进。"

探马向前跑了几步，转身又跑回来报："牛先锋，快看，山上有几个人，好象是皇上。"

牛皋仔细观察后问："你是说半小腰上的几个人影吗？""是。而且金兵也在派兵去守上山的路口。"牛皋命探马官说："你，赶紧回大寨报与岳元帅，圣上在牛头山。"探马飞跑去了。

牛皋摘下双锏，用手倒提，高声叫道："牛统领。"大牛闪出："大牛在。"牛皋下令："带你的人，分两翼展开，金兵靠近就射，远就不与理采，队伍上山后守住道口。""遵命。弓箭队，跟我上。"大牛带兵向前跑去。

牛皋锏一挥："孩儿们，冲上山去……"拍马上前，冲到山下，见金兵正在布阵，抡锏就打。身后的士兵也呐喊着冲上前去。夺取了上山的路口，大牛的弓箭队占住要道列阵，掩护队伍上山。这时，金国三太子粘罕领兵赶过来，往山上冲，牛皋挡住问："站住，来将通名，本将军锏下专死无名鬼。"

粘罕大怒："呸，你个牛南蛮，你也配。本王乃大金三太子粘罕，今天本王一定斩你于马下。"牛皋说："好，看看谁斩谁。你先等一下，我跟手下交代交代，马上回来，与你大战三百合。"拨马上山，并对守山的大牛说："大牛上山。不用守山下，咱人少。"弓箭队与牛皋上山去了。

粘罕在山下叫："你个牛南蛮，你不敢打，本王早晚剁了你。来人，封锁上下山的路径。通知后续部队，火速赶到牛头山。"

牛皋带队上山，命令士兵搜索。左丞相李纲从石头后面露出头叫："牛将军，护驾。"牛皋命令大牛："大牛，封住所有通道，任何人都不准靠近。""遵命。"

牛皋下马，来到山石旁跪下："臣，先锋牛皋奉命前来护驾。吾皇万岁万岁万万岁。"

高宗从石后走出说："牛爱卿平身。"

牛皋奏道："万岁，臣观山后有一座庙宇，可遮风挡雨，请移驾前往。"

牛皋引路，来到庙前。原来是座灵官庙。皇上进庙，牛皋命令士兵："生起火来。"士兵在庙里找柴禾，拆了几个破櫈子，在大殿里生了一堆火，大臣们和皇上过来烤衣服。牛皋向士兵要了些干粮，分给皇上和大臣们吃。

牛皋奏道："皇上，臣轻兵速进，没有粮草，只有些干粮，万岁和大人们先将就将就，吃点儿干粮充饥，等元帅大军到了就好了。"

路上，岳飞促军急行。探子来报："报元帅，牛先锋在牛头山护驾，山下已有金兵扎营，另有数十万金兵正在向牛头山集结，先锋望元帅大军尽早到达。"

岳飞大声的命令三军："加速前进，目标牛头山。"

岳飞率兵来至山下，一个冲锋将守在路口的金兵冲散，大部队上了牛头山。来到灵官殿前。岳飞见驾："臣岳飞护驾来迟，罪该万死。"

"岳爱卿平身。赐座。"高宗说"谢万岁。"岳飞站起来坐在左手的椅子上。

岳飞奏道："万岁，臣在洞庭湖剿灭水寇以后侯旨，不知京城失陷，幸得牛先锋夜抓金人奸细，方知金兵进犯。所以连夜派牛先锋前来护驾。让皇上受惊了。臣之过也。"

高宗流泪道："岳爱卿何罪之有，悔不听宗元帅忠言，若迁汴梁，尚有机会招集人马，也不会有此变故了。宗帅过世，朕之过也。可恨那叛徒曹荣，杜充，与金人里应外合，引狼入室，朕一路逃亡，金人紧追不舍，又有梁山好汉，呼延灼老英雄护驾，斩杀了杜充，却死在兀术斧下。尔后，又被奸贼张邦昌，王铎欺骗，引来金兵追杀，这些奸贼。"

岳飞宽慰道："皇上宽心，臣已率十万大军上了牛头山，敢保皇上无忧。臣探得这山上，有一座大庙叫玉虚宫，请皇上移驾玉虚宫。"

高宗点头："准奏。"

高宗一路南逃，受了惊吓，又被暴雨一淋，浑身凉透，坐在炕上直发抖，丞相李纲给他身上披了一床棉被。

高宗问："李爱卿，朕身上犯冷，是不是发烧了？"

李纲宽慰说："放心吧皇上。您是因为这些日子奔波劳累，食不裹腹，再着点儿凉，受到了惊吓，岳元帅已经给皇上做热汤面去了。等您吃完面，身上热乎了就好了。"

高宗询问道："李爱卿，现在有岳爱卿保驾，朕就放心了。可今后该怎么办呢？"李纲躬身抱拳说："启禀万岁，臣有本奏。"

高宗摆手说："李爱卿，这个时候，就别那么多规矩了，有话就说。""万岁，巨敢请皇上拜岳飞为大元帅。"李纲说。高宗不明白："如何拜大元帅？"

李纲说："当年汉高祖刘邦，筑台拜韩信为大将军，总领三军，才有了汉室江山。如今，万岁可效仿汉高祖，筑台拜岳飞为天下兵马大元帅，统领全国兵马，以岳飞的才能肯定能够胜任，一定能够打败金兵，迎请二圣还朝。""准奏。"

玉虚宫院内。临时用桌子拼成了一个将台，有半人多高。李纲与高宗走上台。岳飞率兄弟们在台下站立恭迎。

李纲打开圣旨说："岳飞上台听封。"岳飞走上台，跪下听封。

李纲念道："封岳飞为武昌开国公少保统属，文武兵部尚书都督大元帅。钦此。"

岳飞磕头谢恩："吾皇万岁万岁万万岁。"接旨起身。李纲与高宗走下台，进殿去了。

岳飞对众将："各位将军，大战在即，必须严明军纪，任何人都不许大声喧哗，不准在营中饮酒，违令者斩。""遵命。"

先锋牛皋回到营帐，躺在行军床上，兴奋之余，又觉得哪不对劲儿。岳大哥当了大元帅，自然是令人欣喜，可这第一道军令好象就是冲我这个先锋来的。不让喝酒，不让大声说话，这两条，咱老牛一天不得斩八回呀？嘿。不让喝酒，我要偏喝呢？我偏喝。我不光喝，还要多喝，等大哥一升帐的时候，我嚷，我使劲嚷。我就喊"祝大哥当上文武都督大元帅啦。哈哈哈，我喊着说。

"二哥。"吉青进帐问："干嘛呢，喝上了？牛皋举酒杯说："吉兄弟，来，一块喝。"

吉青忙摆手说："二哥，大哥军令，禁止喝酒，你不要命了？我可不敢。"

牛皋瞪眼："什么军令，这就是给我一人儿定的。还不让大声说话？我说话就是大嗓门儿，怎么了？不会小声儿说。"

"二哥，大哥的军令也不是冲你一人儿的，大哥不怕吵，是皇上怕吵。"吉青说。"对了，有皇上。"

"二哥，吉哥。"汤怀进帐："真喝上了？得，我白来一趟，我走了。"

牛皋叫声："站住，汤怀，你个小白屁股儿，过来，给我坐这儿。你什么事啊，还白来一趟？"

第三十二回 牛先锋解粮 乌骓马回家

　　汤怀坐在椅子上说："二哥，刚才大哥和我聊天，说让我来看看你喝酒没喝。要是喝了，就算了，要是没喝呢，有个美差让你去。"牛皋放下酒杯："刚想喝，还没喝。什么美差？快说。"汤怀摆手说："你都喝上了，就不能说了。不过，吉兄可以去呀。""什么美差？"吉青问。"押粮草。不是美差吗？"汤怀笑着说。

　　吉青不太感冒："押粮草啊，什么美差，费力不讨好，还担责任。还是让二哥去吧。"

　　牛皋端杯把酒干了说："押粮草，我去，反正出去就没人管了，想喝就喝。想嚷就嚷。自由，跟大哥说，开行文，我去。"

　　汤怀一拉牛皋说："快去吧，大哥等你呢。"牛皋起身出帐去了。

　　吉青喝了口酒问："汤兄弟，干嘛派二哥去押粮草啊？""大哥刚定的规矩，禁酒禁喧哗，万一二哥犯了，你说斩不斩？还是把他派出去稳妥。而且这次去解粮草的地方比较特殊，所以让二哥去。兄弟我呢，没成家，没媳妇儿，要是有家有媳妇儿，我就争着去了。当然，大哥还说，让吉青去也行。"汤怀说。吉青指着汤怀说："啰嗦，去哪儿押解粮草啊？""相州，咱家。"汤怀笑着说。

　　吉青一捶大腿说："哎呦，你个老疙瘩，大喘气呀？早说我就去了。顺便回趟家，这好事便宜他了。"

　　牛皋走进帅帐："参见元帅大哥。""二弟，来坐。二弟呀，之所以让你去押解粮草，皆因为是咱家乡，你地儿熟。现在军情紧急，十万大军日耗巨大，二弟的担子不轻啊。"岳飞说。"大哥放心，肯定不会有事。"

　　岳飞嘱咐说："好，二弟，此去相州，见到刘总兵代大哥问好，这有两份公文，一定带好了，亲手交给刘总兵。"牛皋收起公文问：

"大哥，还有要吩咐的吗？""没了。路上注意安全，别贪杯，山上十万将士和皇帝的安危，都系在二弟你一个人的裤腰上了。大哥拜托了。"岳飞认真的说。

牛皋回到营帐，对正在聊天的汤怀，吉青说："兄弟，哥出去一趟。"拿着包袱系腰上。提双锏出帐上马，向山下跑去。吉青追出去喊："二哥等等，兄弟送你一程。提狼牙棒，牵马上马，追下山去。"

牛皋马到山下，纵马冲入敌营，大声高喊："番兵听好喽，大宋先锋牛爷爷来踹营了，想活命的闪开呀……"铁锏上下翻飞，一通乱打。金兵退跑。突然，一员金将拦住去路，金将手提大棍喝道："吾乃大金三太子粘罕，牛南蛮拿命来。"举棍朝牛皋打来。牛皋架住，且战且走。粘罕大叫："活捉牛南蛮，别让他跑了。"这时，吉青冲过来，大叫一声："粘罕，拿命来。"话到手到，一狼牙棒正打粘罕肩上。粘罕负伤逃走，吉青欲追，被弓箭手射回。转马上山去了。

吉青至半山腰，停马转身观看，牛皋已冲出重围，跑远了。吉青上山回营。

牛皋冲出敌营，快马加鞭，渴了在马上喝水。饿了在马上吃干粮。马不停蹄的奔相州而来。

大哥说的很严肃，十万大军被困牛头山，倘若没有粮草，就等于坐以待毙。而且不只是这十万人的性命，整个大宋朝的安危都系在了牛皋的身上。责任重大，酒还是别喝了。

岳家院内，李氏与赛玉边做针线边聊天。现在扩建装修工程已经完工了。院子大了，房子多了，又增加了一些竹林，山石，鱼池……等景观，院墙也长高了，显得气派了很多。几个丫环下人，正在打扫院子卫生。

李氏停下手里的活儿说："这段日子，村子里的男青年天天练武，人越来越多，有二三百人了，咱们这里也没个懂得带兵的人，以前你岳大哥在家的时候，是他组织乡兵训练，他说不组织起来，光练也没用，一团散沙。一打就垮。"

赛玉点头说："是的嫂子。边关上的士兵，每天都要操练，纪律严得很。叫什么令行禁止。有奖励，有惩罚，跟老百姓不一样。""听妹妹讲的挺在行的，要不然由你坐阵指挥，省得他们瞎练。"李氏说。

赛玉摆手说："不行不行，我是女流，哪能管那么多大老爷们儿呀。"

李氏笑道："管大老爷们，你还真行。看看二弟，让你管的服服贴贴的，变了个人儿似的。""嫂子。"

李氏认真的说："妹妹，不开玩笑，嫂子认为你肯定行。咱大宋朝不是有个女英雄梁红玉吗？人称红帅，而妹妹呢，赛玉，赛过梁红玉。"

赛玉心里一蹦说："大嫂，你这么一说呀，妹妹还真动了心了。你说，妹妹我是行啊，还是行啊？""你把啊字去掉，一个字，行。"

赛玉眼睛往上瞧着说："大嫂，我突然来了灵感了，我以前看过的兵书，突然间想起来了。对，先看地形，根据地形部署兵力，还有，看士兵的能力，嗯，这两天我琢磨琢磨。"

说干就干，赛玉这几天跟着了魔似的，上梯子，爬墙头，在墙外看地形，边巡视边作笔记，还画了图。经过几天的研究分析，终于有了主意，经与老夫人和大嫂一说，老夫人拍板，由赛玉负责组织乡兵训练。

　　话说牛皋晓行夜宿，一路风尘，终于到了相州地界。牛爷心喜，马也兴奋，只是不知为什么，乌骓马忽然停了下来。牛皋纳闷儿的问："伙计，怎不走了？"乌骓马调头往回走，见路口拐弯。哦，前面有一个路牌，上面写着几个字"孝弟里永和乡"。

　　牛皋勒马，勒不住。他跳下马，拉紧缰绳，马才停下了。牛爷望着家乡的方向，拍了拍马头。落了一串泪珠……回到大路，重新上马加鞭……

　　在岳飞家院子里，用几张桌子搭成了一个台子，岳母，李氏坐在台上。赛玉在台前讲话。

　　赛玉手指台下说："站好了，弓箭手站在右边，数数多少人。"有人喊："一百五十人。"

　　赛玉"嗯"了声说："好，一百五十人，你就当队长，你们的任务就是分散在墙头儿上，在金兵距离院墙六十步的时候，你就射箭，一定要射得准，不能浪费箭，可以往人多的地方射，这样射中的把握性大些。我记得在我小的时候，经常和大人一起上城守关。守城，有这么几种方法，第一就是弓箭，那么第二呢？是石头。金兵到了墙下，我们就用石头砸。还有第三种，就是石灰。最历害的就是石灰。石灰怎么用呢？这样用，我们在墙上放上水桶，水桶里有水，旁边放一桶石灰面儿，金兵太多的时候，我们往金兵身上泼一瓢水，抓一把石灰撒下去，石灰遇水就会变烫，能把金兵的皮肤烫伤烧烂，若是石灰迷了眼，也能把眼睛烧坏。你们这些不会射箭的人，负责砍石头，撒石灰。听明白没有？""听明白了。""呀，这牛夫人真牛啊！""那是，黑虎星的老婆肯定也是老虎……"

　　赛玉又说："还有，金兵来了，我们就会家破人亡，所以人人都要参战，女孩子也不例外。我从小就参加守城，许多次了。但是女人，不象男人那样有武艺，有力气，不能与金兵直接交战。不过，力所能及的事，女人还是能做的。比如搬石头，运水运石灰。帮助男人们观察敌情等等。这几天，我也研制了一些东西，最适合女人用的，就是这个荷包。女人都会做罢？你们今天回去，每人做一个，装什么呢？辣椒面儿。胡椒粉，金兵爬墙头的时候，只要一点儿点儿，撒他脸上，辣了眼睛，立马儿就没能耐了，跑都找不着北了。这时候一砖头砸下去，就玩儿完了。"

庄丁们都挺兴奋，纷纷叫好。这时岳云骑着马手持双锤走进院子，来到台前说："婶儿，不让打呀，我这双锤不是白练了吗？"

赛玉说："不白练，大侄子武艺高强，打打杀杀没问题，金兵若来个几十几百的都不在话下。要是来几千呢？咱们这些乡兵庄丁，出去打就是送死，我们的目的不是消灭金兵，而是守住村庄。保护你娘和奶奶，保护乡亲，拖延时间，等候总兵衙门的救兵。你的任务就是守住院子，看住大门。如果金兵冲进来，不打也得打。"

岳云点头说："明白了。这您放心，只要侄儿往这门口儿一站，进一个，死一个。"

赛玉叫："岳云，你挑二十个庄丁，以后就负责守门。""岳云遵命，听婶儿的。"岳母，李氏点头称赞。

牛爷在相州总兵衙门门前下马，将缰绳交给侍卫说："卸了鞍子，赶紧喂料饮水。"又对中军官："中军，总兵大人在吗？""总兵大人在里面。"中军说。

牛皋走进总兵府，刘总兵正在看地图。牛爷近前抱拳行礼："牛皋参见总兵大人。"

刘总兵直起身："牛将军，又探亲来啦？""总爷，这次是公事。"牛皋说。

刘总兵诧异的问："公事，你们不是在太湖剿匪吗？"

牛皋说：“是，只是那天晚上，抓了一个金兵密探，经过审讯得知，金兵已经占领了金陵，皇上与大臣出逃，岳元帅命学生往北巡访，在牛头山找到了万岁，万岁爷筑台拜将，封我大哥为武昌开国公文武兵部尚书，都督大元帅。总领天下兵马。元帅令牛皋前来运粮，对了，这有书信。元帅说，由总爷出面行文天下，令各州省总兵节度，元帅，去牛头山勤王，”书信交刘总兵。

刘总兵拆信看过，叫：“中军，给牛将军准备酒饭，”

刘总兵坐案急书，写完后，叫：“中军，照单预备马车粮草，不得有误。”中军官接令去了。

刘总兵继续书写，一连写了几张，折叠好，装入几个信袋封好。叫：“中军，速派快马加急，送到各州府总兵衙门。”中军接信，领命去了。

厅上摆了餐桌，饭菜端了上来，刘总兵请牛皋坐在桌旁。端起杯说：“牛将军鞍马劳顿，满饮此杯。鹏举升了大元帅，给咱相州争了光，而且，通知各省勤王的信函由本总兵来发，这是鹏举对我相州府的回报啊。”

牛皋点头：“岳大哥说，勤王的兵马哪的都有，需要有个明白人统一指挥。总爷是当仁不让啊。”

刘总兵笑着说：“没看错人，鹏举有良心，知道报恩。”“大哥还说了，勤王兵马到齐之后，放三声信炮，然后再连续放炮，有几万人马，就放几声。”牛皋说。“鹏举真是帅才。”刘总兵叹道。

这时，旗牌官惊慌的进来说：“总兵大人，牛将军，不好了，马跑了。”

刘总兵问：“什么马跑了？”

旗牌着急的说：“牛将军的马，拉倒马桩跑了。派人去追，没追上。”“派人去找，快去。”

牛皋脸沉了一下："不用追了，我知道跑哪儿去了。""去哪儿了？"

牛皋深情的说："它是回家了。看它媳妇儿去了。它媳妇儿也怀孕了，跟我媳妇儿前后脚儿。"

刘总兵悔道："是我的不是了，不应该让你吃这顿饭，应该回家看看。现在还来得及，你回去一趟。""不用了，大敌当前，十万大军的粮草，迟到一天，就有可能满盘皆输。请总爷派人去一趟我家，带着马鞍子，把马牵回来。""带马鞍子干什么？"

牛皋喝口酒说："我的马不让生人动，带着鞍子它认识，会跟回来。"

刘总兵喊："中军，派人去汤阴县永和乡，把牛将军的马牵回来。"

刘总兵感慨的说："牛将军，今天你一个人，就决定着我们大宋的江山归属。真是国之栋梁啊！"

乌骓马快速奔跑，来到路口，在永和乡的路牌处拐弯儿，向家的方向跑去。

牛皋家院子经过翻修，盖了一个很高很大的门楼。乌骓马站在门前看了看，有些犹豫……掉头向村外跑去。

岳母，李氏，赛玉正在一起吃午饭。

李氏对赛玉说："弟妹，姐真服你了，能指挥那么多男人"

赛玉得意的说："大嫂，小妹从小是在边关上长大的，一打仗，我就往城墙上跑，帮着守城，有胆小怕死的，我过去就教训他们，有时候还踢他们。很多兵后来不怕金兵了，但还是怕我。对了，我还有一身儿战袍呢，我自己做的。还没穿过呢。"

　　李氏惊问："真的，妹妹，你现在穿上，给嫂子看看。""那多不好意思呀。""有什么不好意思的，你没听说呀？有个女将梁红玉，指挥十几万人呢。我看妹妹也有这方面的潜质。做将军，做元帅，都不为过呀。这样，你穿上战袍，回头让娘封你为咱村的大将军。"

　　岳母问媳妇："你说得是登台拜将。"

　　赛玉点头："我试试，嫂子说行，我也觉得行。我去穿。"起身向角门走去。

　　李氏提醒说："妹妹，走路慢点儿。你现在有身孕了。"又对婆婆说："娘，赛玉妹妹真是个能人儿，天生的女将军。"

　　岳母也认同："她在边关长大，见的多，识得广，虽然不会武，不能上场撕杀，但是，守城御敌对她来说，还是挺内行的。就象农户，种了一辈子地，鼓捣庄稼就手拿把攥。道理是一样的。"

　　李氏羡慕的说："大宋朝有个梁红玉，也没准儿再出个戚赛玉。""戚姑娘脑子活，点子多，而且实用，象那个麻辣粉，很多人辣过眼睛，可是没有人能想到还能守城。按照她的法子，我计算过，咱们村至少能抵挡三五千的金兵。"老夫人说。

　　"我回来了。"赛玉穿着一身儿战袍走过来："婶儿，大嫂，好看吗？"

　　赛玉这身打扮，真把岳母和李氏惊住了。岳母惊问："你是赛玉姑娘？"赛玉笑道："婶儿，您别装不认识呀。"

　　李氏鼓掌说："太美了，太威风了！再带个护腰，就更好了。对，嫂子这儿有，我给你拿去。"跑进屋去。一会儿功夫，手里托着护腰和一把宝剑出来。

　　李氏说："来，嫂子给你系上，对，别太紧，你肚子里有宝宝了。妈呀，真好看。姐再送你一把宝剑，女人用的剑叫坤剑，姐给你挂上。娘，您看，咱家出了女将军啦！"

岳母笑道："巾帼不让须眉。梁红玉也不过如此，对啦，谁再提梁红玉，我跟他急。"

李氏跟着说："我也是。赛玉妹妹，你看娘多喜欢你呀，以后别叫婶儿了，就叫干娘吧。娘，您说呢？"

岳母乐得什么似的："当然愿意了。不知道赛玉姑娘……"

赛玉忙跪拜："干娘在上，受女儿一拜。"

岳母扶起说："快起来，快起来。你已经有身孕了。""把干去了，就叫娘。"李氏说。"娘。""哎。"

"咣当"牛家的院门发出响声，好象似被撞开了。赛玉站起身说："谁砸我家门呢？"从小门过来一看，登时就愣住了。

乌骓马走进院，径直来到马厩，隔着马槽与里面的骒马亲呢。赛玉惊道："乌骓马！牛皋的马。"

李氏，岳母，岳云走了过来。岳云指着马说："二叔的马。回来看媳妇儿来了。""马回来了，人呢？"赛玉着急的说。

岳云也纳闷儿："是呀，马回来了，牛呢？"李氏瞪了岳云一眼："别瞎说。"

赛玉急出了眼泪，走到马跟前，摸着马的脖子说："瞧瞧，出了这么多的汗，你媳妇儿挺好的，怀上你的宝宝了。你怎么跑回来了？你的主人牛粪呢？他怎么没回来？他怎么了，你怎么哭了？牛粪出了什么事了？"

乌骓马一边吃草，一边亲昵骒马。赛玉抱了一抱草，放在马槽里，又去提了一桶水，让马饮水。她的眼泪已经止不住了。

李氏过来安慰："妹妹，别哭……""他的马回来了，人没回来，一定是牛粪出事了。"赛玉"呜……"的哭出声儿来。

李氏安慰说："妹妹先别着急，二弟福大命大，不会有事的。他大哥常说，二弟是福将。"

　　赛玉走到窗下，坐在台阶上发呆自语，："牛粪啊，你的马门回来了，你怎么没回来？我的命怎么这么苦啊，怎么刚嫁给你，就要守寡了。我这枝鲜花，没有了牛粪，可就完了。"

　　李氏走过来说："妹妹，别说那些不吉利的话，二弟他不会有事的。要是真有事，他大哥也不会不通知咱们，让马回来。"

　　"但是马和人是在一起的呀？马和人不可能……"赛玉要钻牛角尖了。

　　院外传来马蹄声，由远而近来到门前，有人在外面问："这是牛将军府上吗？"赛玉一捂脸说："大嫂，送信儿的来了。"岳云出门问："是，你们是干嘛的"

　　门外是两个士兵，其中一个抱着马鞍子。士兵问："哪位是牛夫人？"李氏指着赛玉："台阶土坐着的。"

　　士兵过去磕头说："给牛夫人请安。夫人，牛将军的马脱缰自己跑回家来了。我们是来牵马的。""脱缰跑回来，那牛将军呢？"李氏急问。

　　士兵说："牛将军来相州府押解粮草，小人喂马，不小心让马跑了，牛将军说马想老婆了，准是回家了，让小人过来牵。牛将军说这马不认生人，让我们带着马鞍子过来，说马认识它的东西，您看。"

　　赛玉破涕为笑，站起来走到马跟前说："乌骓马呀，别老想老婆，我会照顾好它的。你就好好的跟着牛粪吧。"把马拉过来，交给士兵，士兵将鞍子搭上扣好。

　　赛玉问士兵："牛皋现在在哪儿呢？"士兵说："牛将军在总兵衙门与刘总兵吃饭，等候粮草装车，将军说军情紧急，就不回家了。夫人，马我们牵走了。"

赛玉忙说："两位兄弟稍等。"进屋拿了一两银子出来，交与士兵说："两位兄弟买碗酒喝。"士兵拱手："谢谢夫人。"牵马出去了。

踏实了。赛玉假装什也没发生，得意的笑了。这时，岳云追到门外喊住两个士兵："请问二位大哥，知道岳元帅现在在哪里吗？"

士兵互看一眼说："小爷，这是军事机密，我们不知道。"二人上马牵马，飞快的向村外跑去。

赛玉抱住岳母和李氏说："娘，大嫂，吓死我了。""谁不是呀？这个牛皋，到了家门口儿了，也不知道回家打个招呼，马也不看好了，让家里着多大急呀。"岳母说。

赛玉咬牙说："这个牛粪，还不如牲口有情有义呢。"李氏笑着说："妹妹，二弟以国事为重，不顾小家。他这是效仿古人，三过家门而不入。"

赛玉叹一声说："他以国事为重，让我受了多大的刺激呀，臭牛粪。"李氏看着赛玉说："妹妹左一个牛粪，右一个牛粪的，你就直接说你是鲜花不就结了。""大嫂……"

第三十三回 赛玉擂战鼓 牛皋收王爷

　　刘总兵和牛皋吃完饭，正在喝茶聊天，中军来报："大人，粮草已经照单装车完毕，请大人验收，一共 100 车粮，50 车草，已在城外等候。牛爷抄起双锏说："出发。"刘总兵站起来说："贤契的马还没回来。""不等了，迎着走会碰上的，总爷。军务在身就不呆了，告辞。"牛皋出了总兵府，来到城外粮队前，认真点过数，一车不少。中军对牛爷说："牛将军，另外给您调拨的两千士兵跟随护粮，您看看够不够？""够了。""好了。"中军拿着货单让牛皋签字。牛爷签了字，命今粮队出发。

　　一阵马嘶鞭响，粮队车轮滚动，浩浩荡荡的上了官道。牛皋肩扛双锏大步流星的往前走，他老远就看见前面有士兵牵着乌骓马迎面走来，马来到跟前，不好意思的抖了下脑袋。牛爷接过缰绳。认镫上马并对马说："伙计，认识家了，看见你老婆了？应该的，它还怀了你的儿子呢，以后啊，把金兵打完了，咱哪儿都不去了，就在家守着老婆，陪着孩子，我给你盖间大房子，冬暖夏凉的，好好的享福……"乌骓马一声长嘶，悲悲切切，掉头向前走去。

　　粮队经过一个路口，边上有一个木牌上写着：孝弟里永和乡。牛皋勒住乌骓马，把头扭向家的方向极力望去。

　　远处，赛玉也骑在马上观看，只是泪水糊住了她的眼睛，只看见一匹黑色的马和马上的人影儿。她忍不住痛哭起来。她坐下的马也在用蹄子刨着地、几次欲冲都被赛玉勒住。

　　牛皋看见赛玉的身影，把英雄泪挂在腮边。乌骓马前蹄抬起踢踹几下，落地向粮队前面跑去。

　　看着牛皋远去的背影，赛玉把泪水咽进肚子里……

前边不远处有一个人，

高高大大威风凛凛，

路过家门又不相见，

他就是我的夫君。

屁股底下坐着的是乌骓马，

怀里面揣着是天下的人。

你从眼前走过，

却没有和我亲亲。

看着你匆匆远去，

我心痛泪如井喷。

你留下一个看似坚强的背影，

你的手却捂着滴血的心。

真的好想好想你呀，

我的夫君。

希望你能平安归来，

我的夫君。

送走牛皋，刘总兵发令："中军，通知兵马司，迅速集结五万精兵，粮草同时备齐，三天内必须就位。

大路上，金兵将领雪里花豹与副将张兆奴带兵急进，探马报："将军，前面发现宋军粮队。"雪里花豹问："多少车马？"探马报说："马车一百多辆，押粮的军队有两千多人，雪里花豹大喜："哈哈，天上掉羊肉的好事，劫了他的粮草。"副将张兆饭拦住道："不可，将军，四太子命我们去汤阴县抓岳飞的老娘，如果在这里劫粮，势必惊动当地驻军，我们现在处于宋军的腹地，不但粮草得不到，还可能全军覆没。完不成任务，回去也是死，望将军三思。"

雪里花豹说："便宜他了。传令，进庄稼地隐蔽，放粮队过去。"金兵散开钻进了高粱地。

牛皋警惕地观察四周。大声喊着："孩儿们打起精神来，前面的加快速度，后边的跟紧喽。"

藏在高粱地里的金兵副将张兆奴用手一指说："哎呦是牛南蛮，跑这么远拉粮草来了。"雪里花豹攥着拳头说："算他命大，要不然今天就把他剁成肉酱了。"

牛皋前后跑动催粮车加速，粮车去远了。雪里花豹率兵走出庄稼地，加快速度向永和乡扑去。

岳家大院里，庄丁正在训练刀枪，弓箭。石头碎砖码上墙。在正房的房顶上，戚赛玉叮嘱四个女兵说："你们四个，一个人站一个方向，要盯紧了。大道，小路，庄稼地，小树权都不能放过。发现情况不要喊，知道吗？要镇定别慌。"女兵说："知道了。"

"夫人。"一女兵说："我总觉得那边好象有人过来，看不太清，好像都在动，有很多人。赛玉马上警惕的问："在哪儿？指一下。"一招手叫："你们仨过来，都好好看看是人吗。"一女兵说："是，好象都哈着腰。是金兵吧？"

赛玉也看清了："肯定是金兵，州府的人马，不会从这里走，也不会鬼鬼祟祟的，敲盆儿。"

"铛铛铛……急速的敲盆声响起，庄丁都跑了出来，赛玉在房顶上大喊："大家注意，金兵来了，都不要慌，按原定的位置各就各位，快点炮。"一庄丁用火把点燃的火炮，火炮连续飞向空中爆炸，庄丁飞速上墙，弓箭手站住位置，庄丁手里拿着石头。水桶，石灰面摆好，女兵们手里握着荷包，躲在女儿墙后。

院子中央，公子岳云全身披挂，骑一匹白马，手握双锤。身边有二十个庄丁，手持兵刃已拿好架势，岳母，李氏走出屋，爬梯子上房站在赛玉身边，小岳雷也爬上梯子，到房檐儿，喊声娘，被母亲拽了上去。

听到炮响，哈腰行进的金兵直起身来，雪里花豹大喊："包围岳家庄，活捉岳飞老娘，冲啊。"金兵冲向岳家大院。雪里花豹朝院子方向大声喊："岳家的人听着，我是大金国上将军雪里花豹，奉四太子之命来请岳老夫人，请老夫人自己走出来。"见没有声音又喊："村里的人，你们马上开门投降，不要反抗，否则的话，岳家庄寸草不留。我再说一遍，开门投降。上去砸门。"

金兵向大门冲来，临近大门时，墙上的弓箭手突然站起来放箭，不少金兵中箭，剩下的跑了回去。张兆奴说："将军，看来他们有防备。"雪里花豹命令："强攻。他们都是老百姓，弓箭手也不多，给我强攻。"金兵蜂拥而上来到墙下，墙上的砖头石子儿，水和灰面儿纷纷落下，金兵又退了回来。副将张兆奴大喊："分散开，不要扎堆儿，搬梯子上墙。"金兵攻到墙下，竖梯子往上爬，墙上往下砸石头，金兵被砸的头破血流，一个金兵持盾牌爬梯子上墙，墙上的一女兵探出头来，"嗨"了一声，金兵挪开盾牌往上看。女兵手指一捻，金兵被辣椒面辣了眼，掉下去在地上打滚。房顶上，齐赛玉与李氏，岳母神情凝重的看着庄丁们在抵抗。四个女兵手持单刀站在旁边。有女兵用手一指叫："夫人，看那边宋军来了。"赛玉看了看说："不错，是刘总兵的人马，岳云听令。"院了里的岳云扭头问："是什么事？我都快急死了。"赛王说："岳云，我喊岳云听令，你应该说末将在。知道吗？"岳云说："好好好，快点儿从来。"赛王喊："岳云听令。"岳云说："末将在。"本帅命你打开院门，斩杀金将不得有误。""得令。打开院门。"岳云纵马出门，挥锤打杀。金将张兆龙问："你是何人，来将通名。"岳云回道："吾乃岳飞之子岳云，你是何人报上名来。"张兆奴说：吾乃金国副将，张兆奴，伸过头来受死。岳云嘲笑说："你才是个副将，有没有正的让我打？"张兆奴大怒："小南蛮口出狂言，吃我一刀，上前就砍，岳云左手锤上撩，搪开番将大刀，右手一锤，将张兆奴打死。站在房顶的赛玉喊道："岳云好样的。娘，您看，岳云一锤就把那个大将打死了。"岳母高兴的说："好孙子。"

见副将被打死，雪里花豹大怒，催马上前举大斧就砍。岳云用锤接斧，两个人你来我往几个照面，番将手软，被岳云一锤斩杀于马下。

号角吹响，宋军杀到。刘总兵命令："堵住所有出口，全歼金兵。"

房顶上，赛玉一挥宝剑发令："所有的男丁出去追杀金兵。"庄丁们呐喊着冲了出去。"击鼓助威。"赛玉发令后，见四个女兵已经下房，就自己来到东南角的女儿墙处，擂响战鼓。助威鼓响，宋军人人争先，个个奋勇，岳云左右驰骋，锤起锤落，杀得真是痛快。很快，宋军大胜，五千金兵全军覆没

刘总兵门前下马，走进院内向房上行礼："给老夫人请安。"岳母在房上赶紧说："刘大人辛苦，快扶我下来。"女兵扶岳母下了房，岳母说："刘大人，老身有礼了、"刘总兵赶紧说："老夫人，下官救援来迟，让老夫人受惊了。"赛玉和李氏下房，李氏给刘总兵行礼说：拜见刘大人，总兵大人辛苦。"刘总兵说："下官职责所在，应该是下官给夫人行礼才是。这是牛夫人吧？相州府上上上下下都知道，大材女，而且还能领兵。""总兵大人过奖了。"刘总兵说："夫人堪称我大宋的梁红玉第二，相州府衙门准备给夫人录册，享七品俸禄。待奏明皇上，封个官阶也好服众。

岳母感激的说："刘大人今天亲自带兵驰援永和乡，全村上下感激不尽呐！"刘总兵说："老夫人，夫人，这是下官职责所在，应该的。"岳母说："刘大人总是下官下官的，折杀老身了。""老夫人，夫人，您还不知道吧？当今皇上高宗皇帝祝台拜将，您

儿子岳鹏举，已经被封为文武兵部尚书，总领天下兵马都督大元帅了，是刘光世的上司了，岳母笑着说："又升了？"刘总兵说："何止又升了，还封了开国公呢，所以保护大元帅的家是我的责任。牛夫人，我马上就要去牛头山勤王护驾，保护老夫人的事就交给牛夫人了，这期间庄上可以招募一些乡民成立民兵队，我在相州府给你们注册八百人的名额，专门负责保护帅府。粮响兵器，随后就会送来，牛夫人费心了。""国家兴亡，匹夫有责，谢谢刘大人。"

粮队继续前进，牛爷向上看了看天儿后高声喊："加快速度，要下雨了。"探马来报："报将军，前面有个路口，下路口不远处有一个很大的庙宇，可以避雨。"

牛皋命令："前边带路，进庙休息。"

前面的建筑并不是什么庙宇，而是一座宫殿式的建筑，大门已经破败，门上挂着的匾额已经倒了过来，院子很大，有许多的房屋，牛皋命军士拆掉门槛儿，粮车赶进院内整齐的排列好，上边用油布遮盖严实。雨下来了，牛皋大喊："避雨，趁下雨赶紧吃干粮喝水，休息一会儿，雨停了赶路。"士兵们坐在殿内，廊下，避雨吃干粮，喝水，睡觉。不一会儿雨停了。

雨刚停，就有一个青年壮汉，手提一条大棍，从后院气冲冲的走到前殿，指着里面大喊："有管事的出来。"牛皋走了出来问："谁呀？这么大声说话。"大汉用棍指着说："你敢进我的王府，找打呢？"牛皋哈哈大笑说："嘿，小子，还没有人敢跟我这么说话呢，你打一试试。"

大汉上前抡棍就打，牛皋举铜接招，两个人打了十几个回合以后，大汉越战越勇。牛皋身穿铠甲，脚下略显笨拙，被壮汉飞起一脚踹倒在地。大汉喝道："绑喽。"有几个人上前把牛皋擒住。见此情形，军士欲拔刀上前相救，大汉用大棍抵着牛皋的脖子喊："谁敢动？"士兵们都不敢动了。

大汉指挥手下："让他跪下。"几个人用力按牛皋，牛皋硬挺着说："孙子让谁跪呢？你敢让爷爷跪，留神你满门抄斩。"

大汉过来，抬脚照牛皋屁股踢去，并大声吼道："你敢称爷，给我跪着就满门抄斩？告诉你，就是当今的宰相来了也得尊我一声爷，你算什么东西？"牛皋跪在地上大喊："小子，看清楚，我乃当今大宋国，武昌开国公……"大汉笑了："就你呀？"牛搞接着说："武昌开国公兵马大元帅……"大汉踹了牛皋一脚说："接着编，往大了说。"牛皋说："大元帅岳飞帐下先锋官牛皋。你敢打大宋的将军，劫持军粮，反了你了。"大汉哈哈大笑，原来你是岳飞的手下，算你是个好汉，给他松绑，殿内说话。"

两人走进大殿，原来是座宫殿。士兵搬过两把椅子，二人坐了。大汉问牛皋："你就是那个黑虎星牛皋？嘿，这要搁以前我这暴脾气，我斩了你。到了皇上那儿，你也就是个冤死鬼。吾非别人，吾乃开国公汝南王郑恩之后，郑怀是也，是世袭的王爷，你应该尊我一声千岁爷呀。"牛皋"哦"了一声说："郑王爷，失敬失敬，不过你这个王府可够破的？"

郑怀说："唉，某不愿为官，对这世袭的王爷也不感性趣、牛先锋这粮草往哪儿拉呀？

牛皋说："小王爷有所不知，现在金人入侵，皇上落难，岳元帅在牛头山护驾，我奉命押解粮草，刚才下大雨，不能赶路，所以进殿避雨，望小王爷海涵。"

郑怀问："金兵打来了？"牛爷说："是，这次非同小可，生死存亡就在此一战了。王爷是功臣之后、按理说应该耀祖光宗才是，怎么会把王位给辞了？"郑怀说："奸臣当道，民不聊生，王爷不做也罢，落个自在。""刚才看王爷的身手，远在牛皋之上。这要是用在战场上，肯定是一员虎将，完全可以建功立业，青史留名，将来恢复世袭王位。福荫子孙，又能为祖宗争光啊。"

郑怀点头说："将军说的是，受教了。牛将军，小王意欲与牛将军结为兄弟，然后随将军押解粮草去牛头山，不知将军意下如何？"

"牛皋高兴的说："高攀了，恭敬不如从命。"郑怀说："将军大为兄，郑怀小为弟，拿酒来。"家人跑去后院，抱来一坛酒和几个碗，碗摆桌上倒满酒。郑怀端起一碗酒递给牛皋说："牛大哥。"牛爷举着酒碗叫："郑兄弟。"二人干了。

郑王爷喊："来人，杀猪宰羊，犒赏三军。"

粮队出发了。郑怀骑马提棍，与牛皋并肩而行。车队至一山口，忽听一声锣响，前面闪出一标人马，有几百人。为首的是一个骑白马持银枪的小将，挡住去路叫喊："留下粮草，放尔等过去，如若不从就留下作鬼。"

郑怀对牛皋说："大哥，压住阵角，小弟去会他。"上前举棒就打，小将枪接，两人大战三十回合未分胜负，牛爷见状，上前喊道："二位稍歇，吾有话说。小兄弟，看你武艺不错，小小年纪怎么做了草寇了？"少年说道："少废话，留下粮草放你过去。"牛皋自报家门说："小兄弟，吾乃当今大宋朝武昌开国公兵部尚书都督兵马大元帅岳飞帐下正印先锋官牛皋。岳元帅现在牛头山保驾抗击金兵，你身为宋人，又有一身武艺，正应该趁此机会建功立业，怎能甘心做贼？何不与我一起去岳元帅帐下，共保宋室江山。"

小将听牛皋一番言论，慌忙下马，拱手道："原来是大名鼎鼎的牛先锋，失敬失敬。"牛皋下马说："不敢不敢，请问小英雄高姓？"小将说，吾乃开国东正王之后，姓张名奎，因当今朝廷腐败，故此落草，如不嫌弃，愿与牛将军一起去岳元帅帐下效力。"

　　牛爷大喜："好兄弟。这位是开国公汝南王郑王爷的后代，叫郑怀，是我兄弟。小王爷，以后你我就是兄弟相称如何？"张奎下跪拜道："小弟张奎拜见牛大哥，郑二哥。牛皋，郑怀亦跪拜，结为兄弟。

　　行程不能耽搁，牛皋命令车队出发。张奎对牛皋说："大哥，小弟山上有些粮草，家什，待小弟收拾一下马上下来。"牛爷说：兄弟快去，军情紧急耽误不得。"

　　张奎飞马上山，不一会儿，有偻啰赶着几辆马车下山，车上装着粮草和几十坛酒。牛皋下令出发。

　　粮队开拔。速度明显加快。当粮队走到一片树林的附近时，被一群人马拦住了去路。为首的是一个二十岁左右的青年，此人生得虎背熊腰，手中握一杆虎头大枪。他纵马横枪上前大声喝问："谁是牛皋？"

　　牛皋上前问道："你是何人？敢阻挡官军粮队，找死呢？"来人问："看来你就是牛皋了。我听说你是黑虎星下界，特来会会上仙。胜我手中枪，让你过去。否则留下粮草。

第三十四回 高宠当先杀四将 牛皋断后遇兀术

张奎大怒，上前挺枪就刺，来人不慌不忙，用枪一拨，然后“嗖嗖”几枪，张奎顿时就冒汗了。旁边的郑怀见张奎有些不支，忙上来帮忙，抡棍侧击。二打一。没想到，几个回合以后，也不是个儿。牛皋急挥锏上来助阵，三打一，还是顶不住。正在危急之际，没想到对方主动跳出圈外叫道：“不打了。”

大家住了手。牛皋三人已喘粗气。对方说道：“露露手艺就行了。我非别人，乃是开国大将高王爷之后，姓高名宠，今天是想会会黑虎星的。”

“又是一个小王爷，我牛皋今天怎么了，踫到的都是少王爷。”牛皋说。

高宠说：“我奉母亲大人之命，来牛头山勤王，听说牛将军解粮经过此地，特来等候，小弟有意与牛将军结为兄弟，不知可否？”

牛皋忙说：“你当大哥。哈……太愿意了。大哥，我们都是兄弟。这是汝南王之后郑怀。东正王之后张奎。”

四人下马跪拜结为兄弟。

起身后，高宠，张奎，郑怀叫：“牛大哥。”

牛皋回道：“高兄弟，张兄弟，郑兄弟。粮队出发。”

粮队向牛头山进发。探马来报：“报牛将军，牛头山已被金兵六十万人马团团围住，营寨纵深有十几里地。”“再探。”

牛头山岳飞帅帐正在议事。施全出列提醒说：“元帅，牛头山已被金兵七十万人马包围，牛将军的粮草既便能来，也很难上山。元帅应早做准备。”

岳飞渡着步说：“嗯，计算日期，牛将军的粮队这两三天就能到达。金兵连营纵深有十几里，粮草不但很难运进来，还有可能全军覆没。我们应提前做好接应的准备。众将听令，余化龙，杨虎，施全，王贵，吉青为一路，听炮响下山，往左踹营。何元庆，董先，张显，汤怀，周青为一路，听炮响下山往右踹营。其余众将，随本帅打中路，接应牛将军粮队上山。”“遵命。”

粮队已经接近牛头山了。牛皋命令停止前进，原地休息。牛皋，高宠，张奎，郑怀坐在一棵树下议事。

高宠自告奋勇说：“大哥，我打头儿，冲开一条路硬往里闯。”牛皋思考了一下：“高宠兄弟开路居前，张奎兄弟带一千人马护左，郑怀兄弟一千人马护右。为兄断后。一定要注意，不要恋战，粮队不准停下。另外，冲营前，点一堆烟火，山上看见烟火，肯定会想到是粮草到了，必定会下山接应。兄弟们看呢？”“没问题。”

牛皋站起来说：“好，兄弟们各自准备。烟火一起就冲营。高宠兄弟，就看你的了。”

一堆干柴堆起，放上树叶，牛皋勤住马头大喊一声：“点火。”几名士兵持火把点着干柴。柴堆着火后升起烟柱。

见烟起，高宠一马当先，冲向金营，金兵蜂涌而出。高宠大枪扎挑扫砸……金兵成片倒下，缺口打开，粮队跟进，张奎，郑怀，左右冲打，防止金兵靠近。牛皋断后，阻击追上来的番兵。

兀术接报，说有宋军粮队闯营，马上召集众将到帅帐。兀术下令：“金花骨都，银花骨都，铜花骨都，铁花骨都四位元帅，”“末将在。”“命尔等挡住宋军粮队，不能放他们上山。”“遵命。”四人出帐去了。

牛头山上。岳元帅与众将正在向山下瞭望。有军士报：“元帅，金兵寨后有烟火。”

岳飞点头道："嗯，二弟不傻。一定是粮队到了。注意观察。"士兵又报："报元帅，金营后寨大乱，有喊杀声。"

岳飞大惊："哟，二弟这是生吃呀！众将听令，按既定方案出击，接应牛将军。"

"遵命。杀……"施全引一路人马下山向左冲杀。何元庆领一路人马下山向右冲杀。岳飞枪尖往前一指，飞马冲下山去。其余众将也奋勇下山，冲击敌营。

阵中，高宠枪舞梨花，金兵成片倒下。金，银，铜，铁四大元帅拦路交战，均被高宠桃下马。金兵汹涌如潮，高宠奋勇如舟，粮队跟进。张奎，郑怀，左右奋力抵挡，车夫扬鞭抽马，牛皋在队后招架金兵，督车快进。双铜上下翻飞。

高宠正杀得起劲，兀术从侧面杀出，大喊："小南蛮，休得逞狂，吃本王一斧。"上前就砍。高宠瞧都不瞧，大枪一磕，震得兀术险些摔下马去。自喊一声："小南蛮历害。弓箭手，射死他。"番兵弓箭手聚拢过来，朝高宠瞄准。这时，岳元帅拍马赶到，一通枪扎剑砍，将弓箭手杀尽。岳飞对高宠喊道："吾乃岳飞。将军何人。"高宠报道："小将高宠。是牛皋的义弟。"

岳飞调转马头说："高将军，随本帅上山。"言罢杀向前去。高宠及众将奋力杀出血路，粮车开始上山。

兀术被高宠大枪震了一下，正有火没处发，忽有探报："四太子，牛南蛮过来了。"兀术听罢大喊："牛南蛮？给本王截住，不能让他上山。本王要把他碎尸万段。"提斧杀了过去。

牛皋被金兵团团围住，奋力死战，左冲右突也出不去。此时又有兀术冲过来喊："闪开，牛南蛮，你的死期到了，拿命来。"挥斧玩儿命猛砍，牛皋招架了几招后，已无还手之力了。兀术奋力挥斧，并喊："牛南蛮，你死定了。"

牛皋边抵挡，边大叫："想不到，我牛皋今天会死在这里了。大哥，二弟不能陪你了……"

牛皋放弃抵抗，大喊一声："住手。"金兵被镇住了。牛皋双铜归左手倒提，右手抽出宝剑，架在脖子上，大喊："大哥，下辈子我们还……"

兀术举着大斧定住了。

"二叔，休要惊慌，少要害怕，侄儿岳云来也。"岳云人到锤到，金兵纷纷倒地，四散奔逃。岳云来到近前，叫声："二叔。"牛皋大喜，收了宝剑，手握双铜，开始打杀金兵，边打边喊："大侄子，那个使斧的就是兀术。哈……命不该绝。"

岳云直奔兀术，一锤打在兀术肩上，兀术败走。叔侄俩人一路打杀，来到山上。岳飞接着，牛皋叫："大哥，看谁来了。"岳云下马磕头，叫声："爹爹。"

岳飞见岳云问："云儿，你怎么上牛头山来了？""爹爹，孩儿一直都想找爹爹来打金兵，只是不知道爹爹在哪儿。半月前，金兀术派元帅雪里花豹和副将张兆奴偷袭咱村，被二婶带领庄丁击溃。孩儿将雪里花豹和张兆奴打死。又有刘总兵带兵前来，剿灭了金兵，孩儿听到刘总兵说，爹爹在牛头山保驾，孩儿就出来了找来了，半路上，孩儿打死了汉奸刘豫的儿子，救了一名巩姓女子，巩家就将孩儿招为女婿。孩儿就给了信物订了亲。完了就赶来了。恰巧，又赶上二叔和粮队冲击金营，就跟二叔上山了。"岳云说。

牛皋在一旁说："大哥，老子英雄儿好汉，大侄子的锤法不得了，我跟兀术大战三十余回合，只打个平手儿，大侄子上来也就两三锤，就把兀术打伤了。"

岳帅大爽："二弟，粮草运到，大哥就去了一块心病。这个功劳非同小可。功劳薄上已经给你记上了。"

"大哥，运粮上山，功劳最大的要数这三位兄弟。来，这是高宠，郑怀，张奎。这三位兄弟都是本朝番王的后代。听闻皇上被困牛头山，就随兄弟一起过来，勤王护驾打金兵。高兄弟，张兄弟，郑兄弟，这是岳元帅，也是咱大哥。""拜见元帅，拜见大哥。"三兄弟与岳飞见礼。

岳飞拱手道："三位少王爷，劳苦功高，好，请三位少王爷随本帅面圣。"

岳帅与三位英雄来到玉虚宫，进殿给皇上磕头后起身。

岳飞上前奏道："万岁，这三位护粮有功，理当封赏。"高宗说："有功既赏。你们以前是什么官职？"

高宠上前一步："启禀皇上，臣祖上高怀德，因此是世袭王位。沒有官职。"张奎奏道："启禀皇上，臣是开国东政王后代张奎，"郑怀奏："启禀皇上，臣是开国汝南王后代郑怀。"

高宗叫李纲问："李爱卿，封他们什么官呀？"

李纲奏道："启奏万岁，三位都是功臣之后，且护粮有功，理当封赏。现在大战在即，可先封统制之职，在岳元帅帐下效力，等日后战事平息后，再世袭祖上官职吧。""准奏。"

出了大殿。岳飞对三位说："三位殿下，暂且屈尊，日后复继王位。""谢元帅。"

等在外面的牛皋走过来说："大哥，我这三个兄弟初来乍到，对这里的一切都不熟悉。就让他们跟我一起住吧？""可以，照顾好三位兄弟。"

牛皋又说："是。对了大哥，兄弟押粮草这半个多月，是吃不好，喝不好，有家不能回，今天刚踏实下来，我想和三位兄弟喝口儿，放松放松。你可别斩我。"岳飞笑道："批准，但不许嚷嚷。"

　　牛皋帐内，中间放一个饭桌，牛皋与三位兄弟席地儿而坐，倒酒开喝。

　　牛皋报欠的说："兄弟，这军营不比王府，条件艰苦，吃得也不行，你们哥几个就入乡随俗吧。哥已经可惯了，平时吃饭基本上都和士兵一块儿吃，不搞特殊的。""大哥放心，即来之，则安之。"郑怀说。

　　牛皋感叹道："兄弟，大哥上辈子积了德了，今天遇见了你们三个贵人。对。名符其实的贵人，要是没有兄弟们的相助，别说粮草，小命儿都没了。"

　　张奎举杯说："应该谢谢大哥，要没大哥，空有一身本事，不能杀敌报国，辱没祖宗。小弟敬大哥。"

　　牛皋放下酒杯："大哥以前呀，觉得本事可以了，没想到，跟高兄弟比起来，也就是几个照面儿的手段。高宠兄弟，枪挑金番四个元帅，那才叫那什么，怎么形容？勇冠三军啊。"

　　"二叔"，岳云进来，挨着牛皋坐下说："二叔，你们喝酒呢？怎么不叫小侄呀？"

　　牛皋笑着说："你爹定的规矩，喝酒杀头，我们这是偷着喝的。大侄子，这三位也叫叔儿。"

　　岳云挨个叫："叔叔好。叔叔好。叔叔好。"

　　牛皋挨个介绍："高叔儿。张叔儿。郑叔儿。"

　　岳云点头。抄起牛皋的酒杯说："高叔儿，张叔儿，郑叔儿，侄儿岳云，敬三位叔叔一杯。"酒干了。

　　牛鼻乐道："你小子一眨眼儿就起来了，武功比二叔还高，还是二叔教得好吧。"岳云一撇嘴说："二叔，您教的？您的脸皮越来越厚了，您用双铜，我用双锤好吗。"

　　牛皋指着岳云说："你个臭小子，喝酒跟谁学的，你敢说不是二叔教的？"岳云承认说："喝酒啊？是，是您教的。只是没教好，我还没醉过呢。什么时候教我醉一回呀？"

　　牛皋："那就对了，别学二叔，喝酒误事，对了，听说是你婶儿指挥打退了金兵，怎么回事？""我婶儿呀，还真比您强。人家从小就在藕塘关和士兵一起守城，她的招儿多着呢。什么砍石头，泼水散石灰，撒麻辣粉儿。我都是第一次听说。都绝了。""果然是不得了。"牛爷说。

　　岳云告诉二叔："可不是。现在都远近闻名了。连总兵刘大人都佩服，还给二婶儿封了个七品官。享朝廷俸禄呢。"

　　帐外有人喊："岳公子，元帅有令，公子速去帅帐。"岳云起身："高叔儿，张叔儿，郑叔儿，您慢慢的喝，小侄有事先走了。"

　　岳云离开牛皋大帐，走进帅帐，见了爹爹，问道："爹，叫孩儿有什么事？"

　　岳飞指着旁边的一位青年将领："云儿，这是韩世忠元帅的公子……"

　　韩公子抱拳："韩彦直。"岳云回礼："岳云。"

　　岳飞告诉岳云："韩元帅平了洞庭水寇，韩公子又斩了金国大太子，刚被皇上封了将军。彦直，回去报韩元帅，不用来牛头山了，可于两江口设水寨截杀金兵，捉住兀术，就是天大的功劳。云儿，你送韩公子冲过金兵大营。出去后，等勤王的兵马，待刘总兵到后，你再回来。"

　　"是父帅。彦直兄，奉爹爹令，送韩兄闯营。我在前，你在后。"岳云说完，两人出帐，上马下山。韩彦直追上岳云说："岳兄错了，是你送我，我在前，你在后。"

　　两人下山，岳云纵马跑到前边，大喝道："金兵闪开，岳家小爷送人啦，挡吾者死呀。"

韩彦直在后也喊："客人串门儿该回家了，别挡路啊。谁挡谁死啊。"拍马前冲。

岳云喊："韩兄，小弟是奉命送客的，你别往前去呀，跟我后边就行了。"两兄弟乍乍呼呼，枪挑锤砸，如入无人之境。打出金兵连营，至大道收住马。

韩彦直勒住马说："岳兄，真英雄也，小弟想与岳兄结为兄弟。意下如何？""小弟也想结交韩兄。那咱就拜。"岳云下马，韩彦直也下马，二人撮土为香，跪地磕头……

韩彦直起身上马说："兄弟，愚兄告辞了。"岳云拱手说："哥哥慢走。"韩彦直飞马而去。

远处的大路上烟尘弥漫，岳云上马观瞧，大队宋军浩浩荡荡的开过来。岳云飞马上前。见到刘总兵，赶紧下马，跪下给刘总兵磕头。"小将岳云拜见总爷。"

刘总兵惊道："岳云，你怎么来了？快起来。"岳云起身上马："总爷，父帅命小将在此恭候总爷。"

刘总兵指着他说："好你个岳云，偷着跑出来了。你胆子够大的。看把你奶奶心疼的，天天都睡不好觉。我那天跟你娘说你爹在牛头山保驾，是不是让你听见了？幸亏你没事，这要是有个三长两短的，本总兵还要落埋怨。"

岳云认错说："是小将的不对。不应该偷着跑出来。不过您看，这不是没事吗。""好孩子，随你爹。你放心吧，我马上发加急给你家里，让他们放心。""谢谢总爷。"岳云说。"你怎么在这儿呆着？"刘总兵问。

"奉父帅将令，送韩元帅的公子闯营出来的。父帅说等看到总爷来了以后再回去。"岳云说。

刘总兵担心的说："回去很危险，不用回去了。""对了总爷，父帅说，定好了决战的时间后，放三声号炮，炮响后，三日后开战。”岳云说。“明白了。”刘总兵说：“闯营要小心，不要纠缠，去吧。”“谢总爷，小将明白。”岳云手舞双锤，杀入敌营，只有少数金兵阻拦，被岳云锤死，一路很顺利冲过敌营。上了牛头山。

原来金营中正在发丧。四太子兀术率领众将，为大王兄的遗体举行入敛仪式。兀术哭道：“王兄，你死得好惨呀！王弟一定为你报仇，夺取宋室江山。杀死岳飞，杀死韩世忠。来人，将大太子收敛。送回国去安葬。”“是”。众番兵番将抬尸首去了。

这时有探马进帐报：“四太子，粮草解到，安放在何处？请四太子定夺。”

兀术看了地图说：“可在西南小山上安置粮草。”

哈密嗤劝道：“四太子，西南小山目标太过明显了，若被宋军偷袭，则我军危矣。”“哈军师，小山虽不隐蔽，但山势凶险，易守难攻。”兀术说。“但是那里山地狭窄，驻军不会大多。”军师说。

兀术发狠说：“无妨，把粮草放在西南小山上，就是为了引诱宋军来攻，我的十二辆铁滑车，已经布置到位了，何惧宋军来袭。最好岳飞能来。”

哈军师赞道：“四太子真是神人也。有了铁滑车，就可以高枕无忧了。”“军师，铁滑车我们自己不能造吗？”兀术问。

哈军师介绍说：“四太子，铁滑车据说是宋军元帅韩世忠的老婆梁红玉发明的。最初设置在两狼关，那次是因为他们守关的大炮炸膛了，把关炸塌了，铁滑车就没用上，被我们得到了。他们一共有二十辆，有些炸坏了，我们的匠人维修之后，方凑了十二辆，造这种车难度太大。造价也高，两千斤的铁，咱大金的技术达不到这么高。”

“这个车的效果试得怎么样？”兀术问。

哈军师说："试过，效果非常好，用牛试的。把牛轧烂了。"

兀术拍手说："好，要能把岳飞引过去就好了。轧死他。"

宋军勤王兵马陆续到达。刘总兵正在听中军汇报。中军说："大人，到目前为止，各路人马已经到齐了。共有一个元帅，三个节度使，四个总兵，共计三十八万人。"

刘总兵发令："命令，放信炮。先放三声，尔后去连续放三十八声。""遵命。"

岳飞升帐点卯，众将排坐两边。中军官进来报告："元帅，勤王兵马已到齐，共计有三十八万人。"

岳飞点头说："好。各位将军，勤王兵马已经到位，我军兵力达到五十多万人，可以与金兵决战了。今天，本帅修了一封战书，哪位将军自告奋勇，去一趟金营下战书？"

众将你看我，我看你，没人抻头。岳帅弹了弹战书、见没有反应，正要点名，牛皋站起来说："元帅，没人去，那我去吧……"

第三十五回　牛皋下战书 高宠挑滑车

牛皋出列说："元帅，没人去，那我去吧，谁让我是先锋呢。"王贵拦道："二哥，你不能去，你去不是自投罗网吗？大哥，依小弟之见，下什么战书啊，直接打不就完了。"

岳飞摇头："此次战役，是我大宋与金番的生死决战，所以要打出我宋军的气势来，在精神上压倒他们。二弟主动请缨，真乃大英雄也。大哥谢过。张显，给牛将军换上文人衣服，体面点儿。""是。二哥，请。"

牛皋拱手说："大哥，各位兄弟，牛皋有一事相求。""二弟说。"牛皋说："高宠，张奎，郑怀，三位兄弟是我在山下拉来的，与我情同手足，我若回不来，望兄弟们多多照顾。""二哥放心，都是自己兄弟。"施全说。

岳飞叮嘱说："二弟，此次做特使去金营下战书，要收住嘴。不要惹恼兀术。到时候可以认怂。只要回来，就是头功。"

牛皋一身文人打扮，显得有些傻气。他骑在马上，哼着小曲顺山道下山，晃悠着来到金营寨前。守寨的番兵见了牛皋后非常慌乱，有拨刀的，有拉弓……

牛皋"哈哈"大笑："瞧你们这帮孙子吓的，牛爷爷今天不是来踹营的，是来下书做特使的。快去通报，告诉兀术，来迎接天朝特使。"

守寨军士一路小跑，"报……"进入兀术大帐："报四太子，今有宋军岳飞手下特使，牛皋牛南蛮来下书，请四太子迎接。"兀术愣了："牛南蛮，特使下书，让本王迎接？胆子太大了。传进来。"

番兵来到寨门喊："传宋军特使牛南蛮进见。"牛皋装听不见。番兵提醒："牛南蛮，叫你呢。"牛皋怒骂："龟孙子，怎么说话呢？叫牛爷爷什么呢？牛爷爷是天朝特使，得请，明白吗？你们番邦小国这点儿规矩都不懂啊？"

小番又去帅帐通报，出来后喊："四太子请宋朝牛爷爷进见。"牛皋手一指："前面带路。"

牛皋随小番来到兀术帅帐前下马，撩帘进帐，见到兀术坐在帅案前。军师哈密嗤坐在旁边。牛皋抱拳拱手："四太子，久仰久仰。四太子身体可好，肩伤好啦？"兀术大怒："牛皋，你见本王为何不跪？"

牛皋笑道："下跪？凭什么，你只是个番国的太子，还是四太子，我是天朝的特使，我凭什么跪你？如果你能站起来，我们可以互相见礼，那才合规矩。"兀术站起来叫："牛将军。""四太子。"牛皋回礼。"牛将军请坐。"牛皋坐下说："谢坐。你看看，这多好，你说请，我说谢。"

"牛将军，我们两国正在交兵，是敌对国，这个时候你来做特使，难不成是来讲和的？"兀术问。

牛皋摆手说："不是，我大宋是天朝大国，一眼望不到头，兵也多，将也广。况且牛某人也是有头有脸儿的，来做使节，绝不会是来讲和的。现如今，我大哥岳飞，已经被封为武昌开国公，文武兵部尚书都督兵马大元帅了。奉元帅将令，来做特使，是来下战书的。你敢接吗？"

兀术嘲笑说："牛将军有胆量，岳南蛮也有胆量。你们宋朝皇帝被我七十万大军包围在小小的牛头山上，已是瓮中之鳖了，这时候还敢下战书？真是不知天高地厚啊。"

牛皋摆手说："两国交兵，是输是赢，不打不知道，赢的称王，输的是臣，你赢了，金殿你坐，你输了，滚回老家去。"

"呀"。军师哈密嗤站起来，抽出刀，抵在牛皋脖子上说："我先宰了你，送你回老家。"

牛皋装作没事似的继续说："今天下战书，我军数十员猛将，没人敢接，他们都认为金人不讲信用，战场上明的不行，就玩儿阴的。我不信，我说四太子不是那种人，所以我来了。看来你们还真是这样。四太子，论武功，我不是你的对手，你要杀我，可以在两军阵前单挑儿。可以名正言顺的杀我，这样死在你手里，我心服口服。谁让我学艺不精呢。这叫什么？你堂堂金番四太子，搞这种下三滥的把戏，我真是瞧不起你。以后记住了，想杀，拿刀就杀，别光比划，甭说废话。有一天，哈军师，我若杀你的时候，绝不说废话。弄坛子酒来，我一边喝酒，一边看你杀我，死了也是酒鬼。"

哈密嗤请示兀术："四太子，牛南蛮杀过我们许多人，有不共戴天之仇，杀了他，为死去的人报仇。"

牛皋伸脖子："行，让你杀，哈军师，你杀，杀了岳飞手下大将，你的功劳可不小呢。我今天来是送信的，是特使。但这只是我一半的身份，已经完成了。现在呢，我的身份变了。知道不？""变了什么身份？"哈密嗤问。

牛皋笑道："我现在开始变成了你们的特使了。要不然回信谁送去？你哈军师，你敢吗？对了，你的鼻子是不是当年打潞安州，被陆总兵给割了，我给你出个主意，我认识一个神医，是水泊梁山的人，人称神医安道全。他会给人接鼻子，有机会我帮你说说，帮你接一个，放心，接完了跟真的一样。还能往好看了整呢。四太子，我大宋有句名言，叫做两国交兵，不斩来使，你们番国没这个说法？"

兀术摆摆手，哈密嗤把刀收回，坐在一旁。牛皋摸着肚子说："正事办完了，该吃饭了。""三日后决战。带牛将军去吃饭。牛将军，你我战场上见，到时候你我决死一斗，你别怂了不敢应哦。
我一定劈死你。"

　　牛皋点头："有可能，富贵有命，生死在天，谁打死谁都正常。
谢谢四太子。只要有酒喝，随你怎么吹吧。"

　　小番引着牛皋来到一帐内用餐。有酒有肉，有人伺候。牛皋喝
了一坛酒，吃了一个烤羊腿，自语道："兀术请我喝酒，够意思，
有机会也请他喝一顿。来而不往非礼也。嗯，今天喝酒不违军纪，
大哥斩不了我，得多喝点。小番，上酒……"

　　牛爷酒足饭饱，晃悠着走出帐，来到马桩前，解下缰绳扒上马，
往山上走时，嘴里还哼哼着小调：

　　　"二爷我做特使到了金营，

　　　兀术这孙子笑脸相迎。

　　　约定了三天后宋金决战，

　　　喝了酒吃了肉我醉得不行。

　　　关键是喝多了不犯军令，

　　　这恃使当的还是真成……

　　　哼，不错。"

　　牛头山上。众将正在指指点点的往山下看。牛皋上山朝大家挥
手，下马时腿软摔了个屁墩。众兄弟们上前问候："二哥，没事
吧？"牛皋掏出书信，交给岳云："大，侄子，这是兀术回批的战
书，交给你父，父帅。告诉你父帅，就说二叔喝，喝酒了，让他来
斩我。喝了，金番四太子，四太子，兀术大元帅请我，我不喝？不
行，咔嚓，就得杀。再说了，办的是公事，不喝酒，啊？那不是傻
子吗？"众将："哈……二哥有面儿。"

牛皋："有什么面儿？破，破被褥，没里儿没面儿。兀术那个龟孙子，非要请，不喝不让走，还求我，让以后在阵前放，他一马儿……"王贵关心的说："二哥，今天有点高啦！"

岳飞看完兀术回批的战书后说："中军，放三声信炮，通知外围部队，三日后决战。"

"咚，咚，咚。"炮响三声。

兀术帅帐。哈军师进帐叫："四太子，小王爷金弹子来了。"

金弹子进帐跪下磕头："拜见四王叔。"

进来的这个十四五岁的少年，是兀术的侄子。"王侄起来。你怎么到阵前来了？"兀术问。

长得高大威猛的金弹子回："四王叔，我大金重兵围困宋朝皇帝老儿，侄臣怕王叔把宋军杀尽，故连夜赶来阵前，想斩几员宋将，免得以后后悔。"

兀术喜道："真是我大金的好男儿，王侄一路辛苦，就在帐中休息吧。"

金弹子说："四王叔，侄儿来到阵前，是要上阵杀敌的，我要亲手杀几员宋将，也验证一下侄儿所学，不用休息了。"

兀术："王侄不知，王叔已与宋军约定，三日后决战，你来的正好，可助王叔一臂之力。"

金弹子："王叔，侄儿闲着也是闲着，先去阵前逗逗宋军，顺手打杀几个。"说罢，出帐去了。

兀术赶紧叫："哈军师，点一万人马，与小王爷出阵。"

金蛋子率兵出营，冲山上呐喊叫阵。

岳飞聚众将，来到山下排兵佈阵。两军阵前，岳帅问："何方妖孽在此喧哗？"

金弹子手握一对大锤，大声喊叫："宋军听着，吾乃金国老狼主嫡孙，完颜金弹子。今天闲着没事，杀几个宋朝大将当下酒菜儿。"

岳飞说道："本帅已与金番四太子约定了决战日期，今天不打，你回去吧。"

"你们定的决战，跟本王子没关系，本小王只想拿几个宋兵宋将练练手。放心，怹的不打，我知道有个什么黑虎星牛皋，叫他出来，跟小王爷过过手儿。"

宋阵中，王贵手指牛皋："二哥，点你呢。"牛皋不屑的说："他？小屁孩儿。"

金弹子喊："牛皋，出来呀，怹啦？出来让小王爷领教领教黑虎星的手段。小王就不信邪。"

牛皋提锏出阵说："你叫金弹子？你历害，我不能跟你打，你四叔儿刚请我喝了酒，酒劲还没过，我若杀了你，不仗义。"

金弹子用锤一指说："怹啦？我听说你喝醉了以后长功夫，专杀我大将，小王爷今天也伸头让你打，不敢打就给本小王磕个响头，饶你不死。"

牛皋大怒："龟儿子，不理你还来劲儿了？知道爷爷酒后杀人，就跑远点儿。牛爷爷可不论什么金蛋子儿银蛋子儿，照杀不误。"拍马上前，举锏直砸顶门。金弹子用锤一托，锏打锤上，震得直咧嘴。大叫："不好，这是个生蛋子儿。"返回本阵。

金弹子哈哈大笑："牛先锋，徒有其名，禁不住小王一锤。听说宋军有个使锤的叫何元庆，敢出来碰两锤吗？"

何元庆大怒，举双锤冲上前，与金弹子对锤，只十几个回合，败下阵来。

金阵中兀术大喜："王侄真神人也。有吾侄，何愁宋朝不灭。"金弹子说："也是个浓包，听说还有个用双锤的岳云，敢出来吗？"

岳飞出阵叫："番奴，岳云在此。"上前交战。双方大战三十余合……岳云有些体力不支。

金阵中，兀术对军师哈密嗤道："军师，已经过午了，王侄连战三阵，久战恐体力不支，鸣金收兵。"

岳云，金弹子各回本阵。

回到阵中，金弹子问兀术："王叔，干嘛收兵啊？那岳云已经体力不支了，再加点力就打死他了。"

兀术安慰说："王侄，你连战三阵，已经很长脸了。先吃饭，吃饱喝足，歇会儿再战。凭王侄的手段，定能将岳云斩首。只要斩了岳云，决战的胜算就大多了。"

宋军收兵回营，岳云一人独自坐地上犯愁。牛皋走过来问："怎么了，大侄子，不高兴啦？"

岳云用石头划着地说："二叔，实话实说，金弹子确实在侄儿之上。他的力气太大了，不敢和他碰锤，这点儿就吃着亏呢。"

牛皋说："是，叔儿仔细看了，论武艺，你不在他之下，包括何元庆，金弹子的优势就是力气大。这点儿有点儿象唐朝李元霸。"

岳云点头："是，他打我，我不敢接，只能躲闪。我打他，他不闪，用锤一搪，就震的我胳膊疼。就想跑。"

"大侄子，叔儿观察了半天，确实，再打下去必死无疑。可是你又不能跑，叔儿刚才想了一招，下午定斩金弹子。"牛皋说。"什么招儿？"牛皋神秘的说："抓土扬烟儿。只是这是个娘们儿招儿。""抓土扬烟儿？"

牛皋继续说："拳法中有一招儿，叫抓土扬烟儿。是败中取胜的招式。大侄子可以试试。""侄儿不明白？"

　　"抓土扬烟儿，是用手抓土，当你处于劣势时，被人打倒在地，你就顺势在地上抓把土扬出去，迷了对方的眼，你不就能反败为胜了吗。"牛皋说

　　岳云不解："您说的拳法中的抓土扬烟儿，这我知道。可在马上，手里有双锤，怎么抓土啊？"

　　牛皋哈哈一笑："傻孩子，比叔儿还笨。把锤扔地下，不就行了。""锤就在地下，管什么用，不明白？"

　　牛皋又说："踹一脚，让它在地上滚一圈。"岳云踹了一脚大锤问："踹了，这管什么用？"

　　牛皋笑着说："地上是干土，当然不管用啦。你在地上撒泡尿，把锤在尿里滚一下……"

　　岳云恍然大悟："明白了，谢谢二叔。"

　　酒足饭饱之后，金弹子出来叫阵："岳南蛮，出来，与小王再战几合。定让你上西天。"

　　岳云出阵，懒洋洋的说："打了那么长的时间，也不歇会儿。你不累呀？"

　　金弹子狂妄的说："打死你也不用歇着，今天要把你们都打死。"

　　岳云大怒，飞马上前挥锤就扫，金弹子锤挡，岳云抡锤砸头，金弹子向上抬锤，岳云不敢碰锤，匆匆几锤后，有些累了，开始喘粗气。金弹子大叫："岳南蛮，不出三招，要你的命。"大锤砸下。岳云不敢接，只能躲闪，金弹子得意忘形，又是几锤。打得岳云火起。大叫："金弹子儿，我跟你拼了。"举锤向金弹子脑袋砸去。金弹子笑道："来呀。""珰"的一声响，两锤相碰，岳云大锤上的干泥土被震下，迷了金弹子的眼，岳云第二锤直击金弹子心口，

金弹子口中喷血，死于马下。岳云得胜，返回本阵。宋营中一片欢呼。

"啊……"兀术咆哮。

岳飞大喊："兀术，本帅约你后日决战，你违约在先，金弹子是个孩子，他的死，你有很大责任，尸体你抬走，回去哭吧。诸位将军，回营喝酒。"众将大喜："哈……今天能喝酒了。"

金阵中，兀术对哈密嗤说："军师，准备铁滑车，本王引岳飞上山，把他碾成肉饼，方解心头之恨。"

兀术提大斧出阵叫："岳飞休走。今天本王要与你分个上下高低。"

岳飞回身道："既要战，本帅奉陪，"放马上前，与兀术交战。兀术施展大斧，急抡猛砍，战至三十余合，不分胜负。宋阵中，有一将心中火起，持枪出阵叫："元帅，杀鸡焉用牛刀。小将高宠代劳了。"上前连出几枪，吓得兀术魂飞魄散，大呼："小南蛮历害。"转马就跑。高宠大叫："哪里跑？"兀术只得回战，两三个照面，实在扛不过，只得打马急跑。高宠不甘心，边杀小番，边追兀术。兀术打马上了山坡，高宠后面紧追。兀术上到坡顶，立马站定回过身来。小番们推着铁滑车在坡上准备往下放。高宠不知，只顾追赶，军师哈密嗤小旗一挥，一辆铁滑车咕噜咕噜的滚了下去。正在山腰处的高宠急勒马，见铁滑车冲下来，不知何物，又无处躲，只好用枪扎地，挡住铁滑车。

山上的哈军师见高宠挡住了铁滑车，马上命令："再放一辆。"又一辆铁滑车滚下来。

高宠见又有铁滑车滚下，发神威，用枪一挑，将第一辆车挑下山坡。此时，第二辆车到，高宠又用枪挡住。

山上的哈军师喊："再放一辆。"

山腰处的高宠见又有车下来，又发神威，将第二辆车挑下山坡，紧接着用枪挡住第三辆车。

哈军师又喊："接着放……"铁滑车一辆接一辆的滚下山。

高宠进退不得，只得奋力将铁滑车一辆一辆的挑下山。

一番兵报告："军师，就剩最后一辆了。"

哈军师："你们几个，推着下去，跑起来。"几个小番推着最后一辆铁滑车往山下放。车速越来越快。哈军师喊："快，还得快，还得快……"

第十二辆铁滑车太快了，高宠用枪挡，枪弯了，再用力，马瘫了……铁滑车从高宠身上碾了过去。

哈密嗤："将小南蛮的人头，挂在营寨前的旗杆上示众。"

山下金营的旗杆上挂着高宠的人头。番兵大喊："小南蛮死啦……"

山上的宋将意欲下山，被元帅喝住："都不许冲动，"众将叹息。突然，牛皋大喊一声："高宠兄弟。"冲下山去。

山下，牛皋冲到番营前，打杀了几个小番后，来到旗杆下，一锏将旗杆打倒，接住高宠人头。抽剑割了捆绳，扭头欲跑，被冲出来的金兵团团围住。

岳飞见状大喊："下山接应牛皋。"众将军冲下山，杀散金兵，护牛皋上山。

牛皋下马，坐在地上，抱着高宠人头大哭。有军士拿来布单，将人头包上。

牛皋坐在地上："高宠兄弟，你死得好惨呀，哥对不起你呀，我一眼没瞧见，你怎么就跑出去了。怎么就回不来了。"

　　众兄弟跟着落泪。岳飞叹口气："兄弟们，先回营休息吧。大家安慰牛皋后离去。岳飞拍拍牛皋："二弟，别哭坏了身子，大战在即，还是以战事为重。"

　　中军报："大帅，丞相李大人来了。"岳飞回身："相爷。"李纲说："元帅，圣上有旨，小王爷高宠为国捐驱，可先在山上暂行安葬，待战事结束了，运回番国，按王爷规格办。其后代享番王待遇。"

　　岳飞抱拳说："尊旨。谢万岁，谢相爷。"李纲回去了。

　　岳飞扶起牛皋："二弟，回营歇吧。""是大哥。"牵着马边哭边走边走。这时，大牛走过来报："二爷，小将已探明，高将军是被铁滑车轧死的。""什么叫铁滑车？"牛爷问。

　　大牛说："铁滑车是当年梁红玉发明的，重两千余斤，是守城守寨用的。当年梁红玉造了二十辆，由于两狼关的大炮炸膛，炸毁了几辆，还剩下十二辆，本来金兀术是用来守粮草的，后因兀术挑元帅决斗，是想把元帅引上去，没想到高王爷出阵，着了兀术的道儿。二爷也别太难过了，这也是命中注定。"

　　牛皋瞪眼说："什么叫命中注定？唉，你说粮草，那山上是金兵的粮寨？""是啊。"

　　牛皋突然的省道："大牛，带上你的弓箭队，多带火箭，跟我出发。"急上马提锏，向小山方向跑去。

　　大牛带弓箭队紧追着牛皋的马，跟着上小山。

　　牛皋冲上山，有番兵上前阻挡，被牛皋挥锏打杀，番兵围战牛皋，牛爷不惧，左冲右突。大牛趁机指挥弓箭手往上冲并开始放火箭，一枝枝火箭从山腰儿射上来，有的射中番兵，有的射在草垛上，弓箭队冲上山，四处放火箭。倾刻间，粮垛，帐棚，树木，都着了，甚至小番的衣服上也着起了火。金兵放弃抵抗，四处逃窜。

大火熊熊，粮垛开始瘫塌，见大局已定。

牛皋一声令下："撤。"

第三十六回　牛头山兀术跑路 元帅府赛玉训兵

　　山上众将领正在隔山观火，非常兴奋，牛皋率弓箭队回到山上，下马坐在地上放声大哭："高宠兄弟呀，你死的好惨啊，哥哥我替你报仇了。你不要怨哥呀。"

　　岳飞蹲下劝说："二弟，别哭了。兄弟们，牛将军烧了金兵的粮寨，立了大功，本来此次决战，只有五六成的胜算，这下不用算了，必胜无疑了。兄弟们，金兵没了粮草，那他们会怎么办呢，只有一个字，"王贵抢着说："跑啊。"

　　岳飞点头："王贵兄弟说得对，跑，只要有了这么一个念头，军心就会乱，他们只能跑了。而我军呢，吃饱喝足，两个字，追杀。"坐地上的牛皋止住泪水，回头说："四个字，追上就杀。"

　　岳帅发号施令："王贵将军，命你下山，买头猪回来，今天祭旗。明天开战。""遵命。"王贵上马下山去了。牛皋站起来问："不买只羊啊？"岳飞说："好，牛皋听令，命你下山，买只羊回来祭旗。不得有误。"

　　牛皋上马往山下跑去。

　　山王贵一马下山，飞骑至金兵寨前，大喊："王贵爷爷买猪来了。"番兵出来阻挡，被王贵探身抓住一个小番脖领，转马上山。至山腰，正遇牛皋下山。

　　牛皋见王贵问："三弟，回来快呀，哪买的猪啊？"王贵说："山下草地上，有的是。""有羊吗？"牛爷问。"猪羊都有。"

　　牛皋手一抖，峨嵋刺从袖中弹出，趁与王贵错镫时，出手用峨嵋刺点中小番咽喉。收了峨嵋刺，冲下山，至金营大喊："牛爷爷买羊来啦。"抄起一小番，担马背上上山去了。

　　回到山上，王贵将小番扔地上。报："元帅，猪买来了。"

吉青一指小番说："王哥，买只死猪啊？"

王贵下马，蹲下一看，大怒："好你个黑炭头，大黑牛，玩儿我。"上马下山。至山腰，见牛皋上山，即拔剑在手，问道："二哥，羊买来啦？够快呀？"

牛皋用手一指："是，山下草地上有的是，还不要钱，"

王贵问："肥的瘦的？让兄弟看看。"

牛皋勒住马，让开路，身子侧过去说："不肥不瘦，回去看。你想再买赶紧去，放羊的该回家了，正打折呢。"

王贵无奈收了宝剑，跑下山去，金营门前又捞了一个番兵，回山缴令。

牛头山上，大旗迎风招展，鼓乐号角齐鸣。"岳飞抽出宝剑，剑指天空，大声喊："杀猪宰羊，祭旗……"

两小番被推跪地，刀斧手将二人斩首，首级供桌上……

岳飞端起酒碗，众将士亦端起酒碗。岳爷喊："将士们，宋金决战，杀金兵。"众将士："杀金兵……"

兀术帅帐。哈军师奏报："四太子，西南小山粮草被烧，对我们很不利，我们只有两天的粮草了。""都是本王的不是，暴露了粮草大营。后悔莫及呀。"兀术悔道。

哈军师说："四大子，其实这也是个意外，宋军若没有高宠挑了滑车，也不会有现在的局面。马上要开战了，凭我大金的七十万人马，胜算还是蛮大的。只是没有了粮草，造成了军心不稳，久必生变。所以我们应该想好退路。"

兀术两手一摊："撤吧，打肯定是不行了。没有粮草，士兵没了斗志。不甘心啊！多好的机会呀。"

哈军师进言道："刚才来报，宋军在我营前抓走了几个人，当猪当羊杀了祭旗。我们是不是也搞个仪式，以稳定军心？"

兀术："搞，做个样子。今晚祭旗，明天开始悄悄的撤退。派人去宋营抓猪抓羊，拿来祭旗。"

哈军师摆手说："不行，宋军戒备很严，恐怕抓不来。"

兀术想了想说："那就抓几个中原人来祭旗。"

哈军师又摆手说："老百姓早跑光了，也不好找了。"

兀术忽然想起："唉，那不是有个张邦昌和王铎呢么？一个当猪，一个当羊，杀了祭旗。"

哈军师拦道："不可，四太子，他们俩曾经一个是宋朝的宰相，一个是兵部尚书，为我们做过不少事，应该留着，不能杀。"

"两个大奸臣，本王平生最恨的就是奸臣。出卖自己的国家，杀害本国的百姓，这样的人，人皆可诛。以前我们是利用他们，才管他吃管他喝。现在已经没有利用价值了，就别浪费粮食了。我们粮食也紧张。现在他们最大的价值，就是做猪做羊了。"兀术说。

哈军师点头："倒也是。早年听说，有一次武举科考，就是岳飞枪挑小梁王那次，他俩发过誓，说如果做了亏心事，愿在异国为猪为羊，任人宰杀，那今天也算成全他们了。"

兀术："有这等事？报应，这样我们就不用不好意思了。不是本王要杀他们，这是天意，天意不可为。那心里就踏实了。来人，传张邦昌，王铎。"

帐外喊："四太子有令，张邦昌，王铎进见。"

张邦昌拐着腿走进大帐，王铎跟随。二人跪倒："臣张邦昌，王铎拜见四殿下，愿殿下千岁千岁千千岁。"

兀术手往上一托说："张丞相，王尚书平身，赐酒。"有军士用托盘端着两杯酒过来。张，王，一人拿起一杯。张邦昌问："四殿下，这酒……"

兀术笑道："二位大人，金宋两军就要决战了，请二位大人来，是有求二位大人，请干了这杯酒。"二人干杯。兀术继续说："张丞相，王尚书，成人之美，善莫大焉，听说你们发过誓，对国不忠，愿在异国为猪为羊，被人宰杀，本王今天就成全你们俩。绑喽。"

张邦昌："四殿下，这是怎么说的，臣现在是大金的臣民，为大金办事呀，殿下……"

兀术指着二人："张邦昌，王铎。张丞相，王尚书，今天，岳飞抓了我们的士兵，当猪当羊杀了祭旗，现在，本王也要祭旗，苦无猪羊，只好把二位当猪当羊了。"

"四殿下，臣对大金可是忠心耿耿啊……"张邦昌说。

兀术愤恨的说："本王平生最恨奸臣，想你张丞相，身为大宋的大臣，一人之下，万人之上，尚且叛了亲爹认干爹，尔等亲爹都敢卖，实不如狗。今天让你们当猪当羊，也算是抬举你们了？来人，拉出去，杀了祭旗？"

张邦昌，王铎被推到旗杆下跪倒，见金兵正在列队，刀斧手站在身旁，不由得想起当年武举科考校场。张邦昌跪地发誓的情景。愿在异国为猪为羊任人宰杀……唉，善恶到头终有报，只争来早与来迟

岳飞升帐。众将领齐聚帅帐听命。"诸位将军，今夜寅时造饭，卯时下山，牛皋，王贵，张显，汤怀，施全，吉青，郑怀，张奎八位将军，下山后，直接打穿敌营，接应勤王兵马。其余众将，开战后，先不要冲敌营盘，而是尽量往前压缩敌阵，以使其腾出地方，容我军下山布阵，待大部分人马下山后，再发起全面攻击。何元庆，岳云，董先，杨虎四位将军，率一万人马，在双方开始交战之后，直接向北冲击敌营，冲出后，返身截杀，注意，是截杀，这样，金

兵一定会阵形大乱，造成自相踩踏，兵多的优势反而成了劣势，还有，每个士兵，要带一天的干粮，仗可能要打一天或两天，清楚了吗？"岳帅布置完后问。"清楚了。"

东方欲晓。高宗皇帝率众臣前来观阵。岳元帅手持令旗跪拜请旨："臣岳飞，今天与金人决战，请皇上恩准。"高宗："准。"

岳飞起身命令："点炮，出击。""咚咚咚……"一挥令旗，牛皋率先冲下山去。几个兄弟率队伍呐喊着跟着冲下山。

岳元帅再挥令旗。何元庆，岳云等也冲下山去。

岳飞将令旗插在后背，上马提枪，率众将冲下山去。宋军大队人马，如洪流滚滚，冲下山去。

山下，喊杀声起，牛皋挥锏，王贵抡刀，狼牙棒，钩镰枪……众将齐心合力，杀条血路，向外冲杀。何元庆，岳云等众将冲营，砍砸金兵。岳元帅率众将跑马圈地，射杀番兵。大队人马源源不断的下山。

牛皋奋勇当先，抡舞双锏，专砸金兵脑袋。王贵大刀果然威武，一砍就是一片。宋军人人奋勇，各个英雄，所到之处，金兵一片哀嚎。终于杀透番营，与相州节度使，督军刘光世汇合。"总爷，开始啦。"牛皋兴奋的和刘督军打招呼。转脸又见藕塘关总兵金节，叫声："姐夫，妹夫拜见姐夫。""妹夫免礼。"

牛皋对刘光世说："总爷，大帅命我等在外挤压敌阵，先不要硬冲，待金兵自相踩踏，阵营大乱时，再发起全面攻击。"

刘督军："好，各位元帅，总兵，拉开阵形，围堵番兵，赶羊入圈。"

牛皋挥锏大喊："杀金兵……"王贵，张显，汤怀，施全，吉青，张奎，郑怀又杀入敌阵。

刘光世耀马挥枪向敌冲去。金节挥刀砍劈金兵。

金营阵中已乱作一团，士兵互相踩踏，推搡，将军被番兵挤得活动受限，无可奈何。

哈密嗤对兀术急道："四太子，部队乱了。今天要悬。"

兀术被士兵挤得行动受限，他对军师喊道："全力向北突围。"

哈军师喊道："四太子，部队已乱，现在只能以人为单位全面撤退了。能跑出去多少是多少。如果不跑，自己人会被自己人踩死。士兵们，全力向北，跑回去有赏。"大批的金兵开始向北跑了。

兀术觉得军师说得有道理，跑是正确的，打下去所有的人都会死，而跑出去就能活，活着的人多，未来就有希望。"哈军师，岳飞从外面挤压我们，我们人多的优势没有了，反而成了劣势。就听军师的，全力向北撒腿，能跑就跑。"兀术说。

岳飞在阵中，枪舞如银蛇，边战边喊："敌兵已经大乱，兄弟们冲上去各自为战，杀……"

何元庆，岳云，董先，杨虎杀出敌阵，返身截杀敌兵。何元庆大喊："不要放走金兵，抓住兀术。"

番兵已经崩盘了。宋金双方百万大军混战，血流成河。兀术抡斧奋力拼杀，砍杀宋军。牛皋双铜如风车，轮番打砸，正杀得性起，迎面撞上了兀术。兀术见牛皋杀来。心中大怒喝一声道："牛南蛮，昨日没杀你，今天定要将你斩首，方解吾恨。拿命来。"大斧斜劈下来，牛皋双铜架住，兀术撤斧横扫，牛皋拍马跑开。兀术欲追，已被无数混战的士兵阻路。军师哈密嗤跑过来喊："四太子，我们输了，快跑吧。"："不，大金不会输。给我杀。"兀术近乎疯狂了。哈密嗤挡住兀术说："四太子，我们是输了，你看……"

兀术四下一看，宋军越来越多，渐渐的围拢过来。"殿下，快跑吧，再不跑就来不及了。来人，保护殿下，向北跑。"

有金兵金将过来，保护兀术向北，杀出一条血路，冲了出来。出来后，刚想喘口气，有宋军何元庆，岳云率兵杀了过来，众番将上前，奋力抵挡，保护兀术撤退。

大阵中，岳飞杀得性起，遇迎面打了过来的牛皋会合。牛皋大喊："大哥，金兵败了，我们赢了。""看见兀术了吗？"岳爷问

牛皋点头说："看见了，我还和他交过手呢，他虚晃一斧跑了。"

岳飞一笑说："兄弟，你在这里指挥，我去追兀术。"说罢，杀入人海中。

金兀术带番兵冲杀，冲破何元庆，岳云的阻挡，向北而去。

岳元帅杀出阵，见到到何元庆，问："金兵跑出去多少？""十万左右。"

岳云过来请示："爹爹，兀术也跑了，要不要去追？""别追了，前面有韩元帅的大军，留些功劳与韩元帅。这个口子一定要堵死，多杀金兵，""是。"岳云舞双锤冲上去堵杀金兵。

有藕塘关总兵金节率兵杀过来，遇见岳飞施礼："大帅，金节不能下马了。"岳飞命今："金总兵快堵住山口，全歼金兵。""大帅，瞧好儿吧。"金节开心的说。

刘光世督军围剿金兵，金兵越来越少，宋军已占上风。见到岳飞，刘督军抱拳向元帅施礼："大帅。""恩师。"

众节度使，总兵杀聚过来，见到元帅施礼："参见元帅。"

岳飞说道："各位帅爷，总爷，辛苦了。此次牛头山会战，我们赢了。……"宋军沸腾了，欢呼声响彻云宵。

岳飞又说："各位元帅，节度使，总兵大人，托天子洪福，我们打败了金兵。请各位大人上朝面圣。"

　　牛头山一战，金番被打得失去了元气，高宗皇帝给岳飞所部的将领放了长假。大路上。众兄弟兴奋的聊着，侃着，看着风景向汤阴县而来。

　　行至一个路口，岳飞勒马对大家说道："各位兄弟，征战多年，与家人聚少离多，如今，皇上让我们门回家待命，也好，有家有业的直接回家吧，没家没业的光棍儿，找你们二哥报道，听说牛二嫂训练了不少女兵，各个貌美如花，都是材女，专门绘你们预备的。"

　　汤怀大声说："大哥，那还等什么？赶紧着吧，先到先挑。"飞马向前跑去了。众兄弟都开始暗自加鞭，跑了起来。只有岳飞，牛皋，王贵，吉青没跑，吉青用鞭子指着前方喊："你们这些个光棍子，快跑呀，狼多肉少，晚了的吃不上啊。"

　　岳家院内。岳老夫人，李氏，坐在桌前看女乡兵训练。戚赛玉挺着肚子在指挥。女兵们列队看齐。一女兵报告："报告团练使，女兵队集合完毕。"

　　赛玉走过去说："嗯，大家练得很辛苦。女兵，也要站有站相，也要站出个姿势来。要有气质。还不错。你，胖玲子，怎么还这么胖？让你少吃，减十斤肉。你看你，半个月一点儿没减。这要让你上墙守城，还不把墙压塌了。"

　　一个十六七岁的姑娘，是够胖的。胖玲子低着头，不好意思的说："姐，人家已经开始忌嘴了，减了一斤多了。"

　　一女兵调侃说："是撒完尿以后吧？"另一女兵说："再多蹲会坑儿减得还多呢。""哈……"

　　赛玉严肃的说："不许笑，你那时候和现在比，好象还没这么胖，怎么越让你减，你反而越长啊？你说你，长得还可以，要是没这身肉，还真是个俊妞儿。你呀，有点儿自尊，拜托啦。"

　　"姐，这和自尊有什么关系？"胖玲说。

赛玉指着她说："我再说一遍，为你好，你也不小了，该嫁人了，但是，象你这种胖的没边儿的女孩子，稍微有点儿出息的小伙子都不要你，要你的也肯定是个丑八怪。"胖玲子低头说："丑八怪就丑八怪，找堆牛粪也行啊。""贫，再贫就开除你，牛粪，你再不争气，我就真让我们家牛粪娶你做妾。大家都听好，下午上厨艺，解散。"女孩子们都跑了出去。

赛玉叫："玲子，你过来一下。你去告诉一下王贵媳妇儿，吉青媳妇儿，晚上吃饺子，让她们过来吃。"胖玲子："嗯，遵命。""还有，别忘了带擀面棍儿。"赛玉叮嘱。"知道了，团练使。"胖玲子去了。

赛玉走到桌边，手托着腰。端杯喝了口水。

岳老夫人心疼的说："闺女，快坐下歇会儿。瞧你，挺着个大肚子，把这帮丫头片子训练的服服贴贴的，真难为你了。"

李氏笑着说："娘，这叫能者多劳，我也想当团练使，可又没那么大的能耐。弟妹，你真有两下子。"

岳老夫人说："没想到，这舞刀弄枪的，以前都是男人的事，原来女人也能干。老听说有个梁红玉红帅，一直都不信，这你看，眼膜前儿的这不就是巾帼英雄吗。"

"娘，今儿晚上吃饺子，肉准备好了吗？"赛玉问。"准备好了，上午就给送来了。放在井里冰着呢。"老夫人说。

王贵媳妇儿秋兰和吉青媳妇儿秋菊，拿着擀面棍儿走进院儿。秋兰，秋菊叫："亲娘，姐，嫂子。"

岳老夫人："快过来坐下，瞧瞧，你们俩也显怀了，有三个月了吧？""有了。姐，吃饺子呀？擀面棍儿带来了。"秋菊说。

岳老夫人挨个指着说："看看，明年呀，我这院子里就成帮大队的了。你们三个，多给我生。牛皋媳妇儿，咱们找的下人有眉目了吗？"

"娘放心，这些日子，我正观察着呢，到咱家来的人，一定要知根儿知底儿。必须要勤快，还要老实。聪明伶俐。管家也找好了，这几天就过来。"赛玉说。

岳老夫人"嗯"了声："那好，现在家里人多了，事也多了。"

媳妇李氏说："娘，人太多了，您不烦呀？"

岳老夫人摆手说："不烦，不烦。不管是你们的孩子，还是下人，丫环，娘都当是自己的孩子。"

李氏指着堂妹说："不知道她俩怀的是男孩还是女孩儿，您给看看。"

岳老夫人用眼照了照说："你这俩妹妹还看不出来。牛皋媳妇儿带相，是个男孩。"

女兵们陆续走进院子。一女兵报："团练使，女营的人都到齐了。您发令吧。"

赛玉手一指："去俩人，把井里冰着的肉拉上来，放在案板上，"两个女兵来到东南墙边的井台旁，把肉从井里提上来，放在案板上，解下了绳子。两张桌子上，放了四快案板，四把刀。赛玉站起来："上四个人，一人一把刀，把肉切成四块，一人一块，"四个女兵分肉。一人一块儿分好。

赛玉："先把肉放平，切成大片，或碎块儿，堆在一起，然后用刀剁，剁肉馅时，肉会沾刀，可在肉上洒点儿水。肉馅一定要剁碎，要均匀，不能连丝。肉馅剁完后，撮入盆中，刷案板，一定要刷干净，然后切葱，葱要切成细沫。注意，是切不是剁。完了切姜，姜要切细沫，切完后，葱沫，姜沫，放在盆里肉的上边。切韭菜，韭菜要择洗干净，捋齐，用一只手掐住，用刀切细沫，切完备用。好，现在味肉馅，肉里放酱油，放香油，用筷子搅拌，然后，视肉的干湿度，以及菜的含水量，决定是否往肉馅里打一点水。然后再搅拌，由于我们今天放的韭菜会杀出水来，所以打馅的时候就少加点儿水。最后放盐，盐是关键，不能放多，放多了，盐会压住肉的香味。但也不能少，盐放少了，肉发酸，不好吃。拿不准的，一定要尝一下，记住，尝馅用舌尖添一下就行了，不要吃一大口生肉，尝完了要漱口。也可以先煮一个饺子尝尝。一切准备完毕，把韭菜放盆里，和肉馅一起搅拌，要朝一个方向搅。好了。"

第三十七回 女兵学厨艺 牛皋当坏人

赛玉来到桌案前，检查肉馅："好的，还不错。现在和面，面已经准备好了，四盆面，上四个人，和面是用水和面掺合成团儿，叫面团儿，一般来讲，一斤面，用半斤水，现在，每个盆里有二斤面，碗里有一斤水，水往面里倒是有讲究的，不能一下全倒进去，一定要分八次倒入，。现在，倒第一次水，好，把沾了水的面打散。好，倒第二次水，把湿了的面打散，好，倒第三次水，把湿面打散，倒第四水，打散，好，倒第五次……好的，水全倒进面里了。现在盆里的面变疙瘩了，可以揉面了。对，面成团儿了，把盆边上沾的面清理干净，手也弄干净，继续揉面，用力，多揉会儿，当你感觉面滋润了，面的表面有湿润感，表面光滑，就揉好了。现在，我来检查一下，好嗯，基本上做到了盆光，手光，面光。现在，在面上盖一块干净的湿布，湿布一定拧干。面省着就可以了。"

赛玉回到桌前坐下，对岳老夫人说："娘，您看怎么样？姑娘们学的挺快吧？"

岳老夫人说："真不错，娘都忌妒了，生早啦！"

李氏夸道："妹妹快成仙儿了，什么都会，听说二弟是黑虎星下凡，你是什么星啊？""白虎星啊。胖玲子说。"胖玲子，你这个死丫头，别什么都张嘴就来。"李氏说。

胖玲子辩道："怎么了？夫人，他俩一个黑虎星，一个白虎星，多般配呀。噢，不对，女人不能比喻成虎，那不成母老虎了吗。什么呀，我没那意思，我的意思是说我们团练使历害。啊，也不是历害，是有本事。"

赛玉指着胖玲子："我是母老虎，我吃了你。"大家都笑了。"好了，干活。会捏饺子的过来几个，你们这些人做剂儿，擀皮儿……"

　　女兵们有做剂儿的，有擀皮儿的，有捏的，也有什么都不会的……有说有笑，非常开心。

　　赛玉起身讲：“捏饺子，将饺子皮放在四个手指中间，四个手指弯曲成坑儿状，皮儿自然成盆儿形，馅放皮儿中间，要抹一下，让馅与皮儿贴紧，皮从底下往上合，上下对齐，皮儿要盖住馅，然后从一头捏起，要捏八下，捏出八道褶来，饺子捏好后，一定要立着放，不能仰着放，也不能趴着放。听懂没？”

　　一女兵说：“蛤蟆跳井，不懂。”一女兵问：“团练使，不太懂，干嘛要捏八下呀？五下儿，六下儿不行吗？”“是呀，九下儿呢？”

　　赛玉讲道：“捏几下都行，只要皮儿裹着馅，不破不漏就行。但是，捏饺子是有讲究的，饺子的形状，就象人张着的嘴，人的嘴最美的时候就是笑，标准的笑是露八棵牙，所以捏饺子捏八下，出八道褶，代表的是八棵牙，笑口常开的意思。明白啦？”

　　女兵悟道：“明白了，唉，团练使，我捏的饺子站不住，老是肚儿朝上。”“肚儿朝上是捏的褶小，松散，不挺实，所以立不住，不合格。”赛玉说。“不耽误吃不就行了？”女兵说

　　赛玉指着她说：“如果让你四仰八叉的躺着好看吗？饺子不能躺着放，不吉利。如果形容人摔跟头，躺的地下了，是不是叫摔了个仰巴脚子。”

　　岳老夫人说：“还有这么多讲究呢？”

　　李氏赞道：“赛玉妹妹说得头头是道的。有道理。”

　　赛玉来回走着溜说：“我现在检查一下你们干的活儿。会擀皮儿了，就要加快速度，标准的速度是一个人擀皮儿，供三个人捏，老话说，一个人供仨，去了就当家，意思是说，你嫁人以后，婆婆看你干活麻利，就让你当家了。所以说，一个人供仨，去了就当家。

唉，你，饺子不能呛着放，一定要顺着放，朝一头放。不能脸儿对脸儿。""团练使，这也有讲究啊？"女兵问。

赛玉继续说："饺子捏得了，必须顺着放，这叫顺脚儿，呛着放，朝哪个方向都有，叫呛饺，预示着抢嘴的来了。也就是说，可能你刚捏完了，下锅煮上了，串门儿的就来了。客人得先吃吧，客人吃饱了，你没的吃了。不能呛着放。"

赛玉正在指导女兵，突然院外传来一阵马蹄声，人来的还不少。赛玉急忙抓紧桌上的宝剑命令："有情况，抄家伙，保护老夫人。"女兵们放下手里的活儿，兵器架土取了武器。将老夫人和李氏围住。"准备麻辣粉子。"赛玉提醒女兵。

女兵们有的持单刀，有的拉弓箭，有的从荷包里掏纸包，警惕的盯着大门。

马蹄声近，有人喊："下马，就是这个院儿。""咣"，门开了，一个大汉进门，前边的几个女兵，不由分说，用力抛出手中的纸包，大汉顿时就捂脸大叫起来。赛玉大惊："牛粪，快住手，是我们家牛粪。"

王贵，吉吉进门大叫："婶，大娘，嫂子，媳妇儿，我回来了。"岳飞与二十几个兄弟进院，一齐给母亲请安。"

岳老夫人："快起来，孩子们，快起来。"

赛玉着急的："玲子，快弄盆水，给二爷洗眼睛。"

牛皋捂看脸说："什么玩艺儿，再把我眼睛弄嘻了。"胖玲端盆水过来："二爷，赶紧洗，晚了就嘻了。不好受吧？"

牛皋怒道："又呛又辣，谁给你们出的这个母主意？给二爷玩儿阴的。"

胖玲子小声的："二爷，这个母主意，是你家那个白虎星出的。""这个母老……"牛皋嘴又闭上了。

众兄弟们哈哈大笑，女兵们也笑了。

岳云，张宪进院，给娘和奶奶磕头。岳云叫："奶奶，我回来了。娘，二婶儿。他叫张宪，是我的好哥们儿。"

岳老夫人高兴的说："起来。你这个孙子，走了也不跟家里说一声儿。"赛玉也说："是呀，瞧给奶奶急的。哭了好几天。""回来了，这不是没事吗。"岳云拍着肚子说。

老夫人说："没事怎么都好。吉青，王贵，看看你们俩的媳妇儿，长得白白胖胖儿的，天天跟我这吃，跟我这喝，你们俩呀要当爹了。以后呀，别再整天跟那二百五似的了。"

"谢谢大娘。""谢谢婶。"吉青，王贵说。

老夫人发话："赛玉，多摆几张桌子，让孩子们都坐。让你的人再多和点面，没肉了就做鸡蛋馅的。让大家都吃上。我就不干了，我回屋去歇会儿。"李氏，秋兰，秋菊扶着老夫人回屋去了。

牛皋洗完眼睛，又吐了几口："什么玩意儿，又麻又辣。"

胖玲子："这是我们女人对付坏男人的暗器。"

"你们把二爷当坏人啦？还别说，挺管用，武艺再精，也禁不住这一包儿麻辣粉儿。"牛皋笑着说。

桌子拼摆好了，椅子也摆够了，岳帅招呼大家入座："兄弟们，坐，在家里就别拘着了。"

戚赛玉上前向岳飞行礼："岳元帅，汤阴县孝弟里永和乡，民兵团练使戚赛玉，拜见元帅。"

岳飞忙说："平身。弟妹不用多礼，你的事迹大哥都知道了。已经上了刘都院的功劳薄了。当个团练使，真是大才小用了。"

赛玉谦道："大哥过奖，谢谢大哥。胖玲，找几个男丁，让他们去买东西，鸡鸭鱼肉酒，要多买，。姐妹们，今天大家都辛苦辛苦，让前方的将士们，在家里吃顿踏实饭，告诉厨房，有什么能用的，都先做了上桌。再有，提桶水来，让大家洗洗手，擦把脸。"

六张方桌拼成的台面，大家围坐四周，多数人略显拘谨，眼睛直勾着女兵看。

张显对汤怀道："二嫂真能个儿，挺着个大肚子，还这么张啰。""是，二哥这傻东西，哪辈子修来的，娶了又漂亮又能干的媳妇儿。"

张显眯着眼说："你看这些女兵，各个都漂亮，也不知道都许了人家没有，我怎么觉得咱哥俩也该划拉一个了。""还真是，咱大哥是先成家，后立业。咱们是先立业后成家。甭管是先成家后立业，还是先立业后成成家，掰着手指头算，也该轮到咱了。"汤怀说。

张显小声的："要不然跟二哥说说，让二嫂给咱哥俩拆对一个，两个，一人一个。按说咱们跟二哥是亲师兄弟，应该让哥们儿挑才对。"汤怀撇嘴："挑，你再挑花了眼，你没看呀，这些女兵各顶个的俊。"

牛皋过来，拉把椅子坐下后，问："你们嘀咕什么呢？又编排我呢？""哪能啊，我俩……"张显欲言又止。

汤怀一拨拉张显说："你呀，想吃又怕烫，有什么不好意思的，二哥是谁呀？咱二哥。二哥，兄弟有个事，你看，王贵，吉青，都有媳妇了，而且现在都开始趴窝孵蛋了，咱可是亲师兄弟，数数这岁数，二十好几了，。你帮着求求二嫂，好怠给凑合一个。感激不尽，二哥，感激不尽。"

张显附和着："是呀，二哥，都是兄弟，不能有厚有薄。"牛皋坏笑问："看上哪个了？""哪个都行。闭眼不挑。"张显说。汤怀也说："是，不挑，现在眼睛都花了。"

牛皋点头说："行，我给问问，成不成不保准儿。""准行，二哥发话，不可能不行。二哥是谁呀，在家里想急么躺就怎么躺的主儿。二哥，拿出爷们儿的派头儿来，回去跟二嫂说，给张显挑个女兵当媳妇儿，二嫂还敢不听。"张显拍着牛皋说。汤怀献策说："二哥，硬的不行就来软的，那什么，求求二嫂，见驾，见驾。"

牛皋指差汤怀："呸，憋死你，剩下也不给你们，二哥我还留着娶二房。"

张显说汤怀："瞧你这张嘴，刚喝了尿啦？泡汤了吧？算了，这年头，阎王好见，小鬼难求，咱呀，还不求你了，直接找你们家鲜花。"

牛皋一指张显："你敢，我让你光一辈子，成了也给你搅黄了。不过话又说回来了，兄弟的事，二哥不管谁管？"张显往凑了凑："那是，那是，谁让你是二哥呢。"

牛皋揉了下眼角："今天就看你俩的表现了。谁表现好，就先紧着谁。""怎么表现？"张显问。

牛皋指着他俩说："给二哥倒酒，倒的多的，算表现好的，先挑。"

一桶水放在花池子边上，一个女兵拿把水瓢倒水，大家洗手，擦脸，后重新入座。

赛玉带着女兵们和面，切菜，摊鸡蛋，擀皮儿，捏饺子。她一边指挥，一边叫道："吉兄弟，西屋里有酒，你去搬。"吉青起身去拿酒，一会儿的功夫，抱了两坛子酒出来，王贵接过一坛，放在桌上开封，给大家倒酒。

岳飞站起来："兄弟们，仗打完了，终于可以在自个儿家中吃顿消停饭了。来，端起来干一个。"自己先干了。大家干杯。

赛玉和大家一起捏饺子。胖玲子问："姐，这就是岳元帅呀？好威武啊！赛玉姐，你跟岳元帅熟吗？"

赛玉得意的说："当然了，拜把子兄弟。"

一女兵惊讶："真的！姐，帮个忙，让岳元帅给签个名。"

　　"这有何难，一句话的事了。"赛玉指着女兵说："不过你呀，与其要签名，不如找个他手下的兄弟嫁了，那你就能跟岳元帅称兄道弟了。"女兵犹豫着说："行吗？他们都是将军啊？"

　　赛玉笑道："有什么不行的，象你们这样儿的，都是我亲手挑的，全是人中凤。姐姐我只是不吐口儿，他们都在那装，我要是发话，他们得排着队过来求姐来。你们没注意，他们的眼睛老往咱这边瞄啊。"女兵说："还真是。""所以说呢。有没有想试试的？你们有谁愿意嫁给我这些兄弟，跟姐说，姐给你指婚。"

　　岳飞放下酒杯说："这次牛头山会战，我们打了大胜仗，打残了金兵。我们这些兄弟，现在能坐在家里喝酒，说明我们还活着。可是，我们有十几万的士兵，在这次战斗中阵亡了。他们，是我华夏的儿女，我们的兄弟，做为三军统帅，我很愧疚。"起身来到院中，单腿跪地，将酒撒在地上。众将起身，也来到院中跪地祭奠阵亡将士。牛皋起身端杯，见杯中无酒。就抱起酒坛，跪下，将酒坛举起喊道："孩儿们走好。"将酒坛摔碎。

　　女兵们感动的流泪……

　　一女兵说："好感动啊！""刚才还觉着他们各个都是凶神，没想到也这么有人情味儿。"

　　赛玉感概的说："岳元帅爱兵如子，对部下如手足，所以才有这么多人跟着他。""噢……"

　　赛玉对女兵们说："饺子捏完了，把桌子收拾收拾，我们就坐这儿吃。你们，把饺子端进去，让厨子开始煮。煮熟了先给老夫人夫人端过去。给元帅和兄弟们煮肉的，我们吃素的。胖玲子，去西屋搬坛酒，咱们女兵也喝点儿。""咱女的也喝酒？"女兵们惊讶的说。"酒壮怂人胆。"赛玉笑了。

岳飞端着杯说："兄弟们，慢慢喝，今天不用担心点卯了，也不会出敌情了。但是，还是老规矩，不斗不灌，能者多劳，喝多了自己躺地下睡。大哥带个头儿。"一饮而尽。

大家开始推杯换盏，热闹起来。几个女兵端着大盘饺子过来，摆在桌上。

王贵吃了一个饺子说："大哥，吃饺子，肉馅的。"

张显让牛皋："二哥，吃饺子，头锅饺子末锅面。"

汤怀也显勤儿说："二哥，饺子就酒，越喝越有。我给二哥满上。"

岳飞对牛皋说："二弟，问问弟妹，有没有素馅的？"牛皋："嗯。"起身来到女兵桌前问："戚姐姐，有没有素馅的，鸡蛋的，大哥吃素的。""大哥吃素的，不吃肉？"赛玉问。

牛皋答："是，大哥戒荤了。说不灭了金兵，接回俩皇上，就不吃肉。"一女兵说："有素的，是鸡蛋的，叫厨子先煮锅素的，咱也能先吃上了。"

."嗯，告诉大哥，稍等会儿，马上就煮素的。"赛玉说。

牛皋回桌坐下："大哥，有鸡蛋的，马上就煮。"

赛玉看着手下女兵说："姑娘们，学学那些男人，不要怕，爱谁谁，别看他们都是战场上打仗的主儿，回到家里也是人，你们呀，该说话说话，让这些男人心里痒痒，你们不喝酒的可以以水代酒。装会喝。来，姐妹们干一杯。""干。"

岳飞手下的这帮兄弟，光棍居多，坐在这里喝酒.，也就是表面上假装豪爽，心里痒痒的跟什么似的，眼睛时不时的往女兵这边看……

赛玉告诉女孩子们说："姑娘们，岳元帅手下这些大将，都是当今大宋朝响当当的人物，姐给你们一次机会，跟我去给元帅敬酒，你们把酒倒满，水也行，敬酒时，胆子要大，跟姐学，姐干你们也干，明白吗？"

女兵们点头："明白。"

赛玉起身，来到岳帅跟前，叫："大哥，各位兄弟，。"

女兵也叫："大哥，各位兄弟。"

赛玉训斥女兵："大哥，兄弟，也是你们叫的？大哥，各位兄弟，你们在前方保家卫国，驱鞑虏，卫华厦，劳苦功高，我们后方的乡亲，姐妹，向你们致敬。敬你们一杯。姐妹们，干。""干。"

众兄弟鼓掌。

女兵回桌坐下。一女兵说："姐，你让我们跟着，话都让你说了，我们都没机会张嘴。"

天色渐暗，有庄丁院内点灯。

赛玉说："没说没说吧。主要是让你们过去近距离看看，元帅这帮兄弟都长什么样儿。除了王贵，吉青，都是单身青年，你们看上的哪个小哥哥呀，大哥哥呀，就告诉姐，包姐身上。"

胖玲子调皮的说："姐，我怎么看谁都帅呀？除了二爷。"

赛玉马上回应说："二爷说要你了吗？"

胖玲子马上改嘴："说错了，我说错了，姐……"

赛玉指着胖玲子说："我最担心的就是你，你是我招来的，来的时候还不这样，管饭就胡吃海塞的。是，这么多男人，你都看着好，那人家就不挑啊？到时候别人都有了主儿，就让你落单儿，哭吧你。"

胖玲子也来劲了说："瞧姐这解气劲儿的，实在不行，我就跟了二爷，呛你的行。"女孩子们都笑了。

牛皋喝酒，张显，汤怀争着倒酒献殷勤。

牛皋攥着酒杯说："你们这两根儿棍儿，别竟显勤儿了，让我慢慢喝行不行？"

岳飞提议："今天大伙卸了甲胄，换了便装，坐家中饮酒，索性换个气氛，文人一把，行个酒令儿如何？"

施全马上附和："好，赞成。大哥说得是，助助酒兴""施兄弟，你出题。"岳爷说。

施全想想说："弟兄们难得休闲一回，我想呢，仗打完了，回到家中喝酒，就以用回字作韵，作诗一首。由牛二哥做监酒，谁先来？"

岳飞看看左右说："没人说话啦？张显兄弟，你先来，你是本地财主。"

张显把酒咽了说："好，我先来。回字韵是吧？有了：饺子就酒头一回，喝完我就到处吹。出生入死千万次，何时抱得美人归。"

牛皋一拍桌子："好，张显兄弟诗作得好，有吃有喝有打仗，条件好了想媳妇儿，人之常情。作得好，我喝。"干了一杯后又醒悟："不对呀，是大家喝。"

诸葛英站起来说："挨着的，往下接。汤怀兄弟，你家也是本地豪绅，标准的高富帅，尽尽地主之宜。"

汤怀一抹脸说："逼上梁山了，我也来一首"数载征尘号角吹，一战奏得凯旋回。醉酒忽听女人叫，肯定做梦哪有谁。"

牛皋笑道："哈哈："汤兄弟打仗勇敢，睡觉就想娘们儿，人常说，心里想什么，梦里梦什么，这就是作梦娶媳妇儿。不过，你今天做的不是梦，你刚才听见娘们儿说话，还真是有娘们儿说话。我看你是看见那边的女人，丢了魂了。喝酒，喝酒。"汤怀喝了一杯。

诸葛英用手一指："吉兄，该你了。你也算是地主。哼两句。"

吉青反驳道："什么叫哼两句呀？作诗，还要那么多讲究，听着"功成把家回，家里人都没。独坐月光下，喝酒爱谁谁。"流了几滴眼泪。

牛皋安慰说："吉兄弟别难过，都一样。你看王贵，张显，汤怀，二哥，好多兄弟，家中都没人了。你的诗好，感动人，不过你也不用独坐月光下，有酒的时候叫二哥帮你喝。而且你现在也有媳妇了，还有这么多的兄弟，所以你得喝酒。"吉青干了。

诸葛英伸出大姆指说："没想到，牛二哥现在也懂诗了。那就别客气了，该二哥了。"

牛皋咽口唾沫说："好吧，就来首七言吧。""呦，够酸的，二哥会数数儿了。"施全说。

"天生的。听着"自幼习武不知疲，上马何惧战鼓催。南征北战千万里，梦中经常把家回。"牛皋念罢，岳帅伸出大姆指点赞。

施全解道："做梦回家看媳妇儿，二哥说实话了，不过，看得见摸不着，不是干着急吗？不切实际，喝酒。"

牛皋指着施全说："你们这些光棍儿蛋子，活该光着，想的机会都没有。"喝了一碗。

第三十八回　将军行令饮酒　女兵对诗招亲

　　诸葛英站起来说："施兄怼了监酒，那你就来吧。"施全说，好吧，来几句就来几句。夜间号角吹，金兵把我追。梦中惊坐起，营帐被雪堆。

　　牛皋指着施全："喝酒喝酒，什么诗啊，没有回。"施全反问："没有回吗？"牛皋说："可不是吗？就二十个字儿，一个回也没有."　"不会吧，我再走一遍，怎么没有回呢？夜间的号角吹，金兵把我追。梦中惊坐起，营帐被雪堆。没出门儿，不用回。哈……"牛皋不满的说："什么叫没出门儿不用回呀？"施全笑道：大家本来就在屋里坐着呢，所以用不着回。"牛皋纳闷儿："诗还可以这么作吗？"

　　女兵桌上。队长小翠儿问："赛玉姐，这些人还会作诗呢，了不起。以前总觉得他们常年在外，多单调啊，现在看他们活得还挺洒脱的。哎姐，你看那个叫张显的，他老往我这瞧，看得人心慌意乱的。"赛玉说："心慌、不是慌吧？跳不跳啊？"翠儿说："怎么不跳啊，快到嗓子眼了。""所以说，这就叫一见钟情，说明你喜欢上她了，想嫁了。"赛玉说。"不是没有，姐，就是心跳。"翠儿慌着说。

　　赛玉告诉她："女人呀，都有这么一天，叫情窦初开，春心萌动，你何不也行一令，跟他对对诗，让他见识见识，咱女人也不光是刷碗做饭洗衣服的呀，翠儿说："我可不敢。"

　　赛玉鼓励说："你有什么不敢的，他们这些男人除了岳元帅以外，都是猪八戒走道看课本，假弄斯文。你要是一张嘴呀，把他们就都给闭了，刚才姐不是说了吗？酒壮怂人胆。"翠突然说："你说酒壮怂人胆，我没试过，是真的吗？姐、给我杯酒，你命令我喝，我壮壮胆。"赛玉倒了一杯酒大声说："小翠儿听令。翠儿站起来："小翠儿在。"赛玉说："本团练使，命令你把这杯酒喝了。不得有误。"遵命。"把酒干了。赛玉命令："翠儿。代表女兵去敬岳元帅。"小翠儿端着一杯酒，来到男桌叫："岳元帅，小女子刚才酒壮怂人胆，才敢过来敬您一杯。干了。"岳飞说："姑娘……"赛玉喊："大哥，她叫小翠儿，翠队长。"岳飞说："翠姑娘、谢谢翠姑娘，谢谢家乡父老。小翠干杯后说："元帅，小翠儿见这些将军哥哥，个个能文能武，打心眼里崇拜，斗胆凑个热闹，行个酒令，您看……"

岳帅高兴的说：好，翠儿姑娘行酒令，大家鼓掌欢迎。"翠儿说："刚才听了几个大哥哥行的酒令，回字韵。小翠儿想步张显哥哥的诗韵行一令。"岳帅说："啊，有难度。"

"女子闻诗把头回，"翠念了第一句。众将齐说："回，贴谱。第二句是吹。"翠接着念："喜看金秋细柳吹。"众将："好，第三句是次。""显山露水头一次，"众将齐呼："深奥。""男儿行令醉不归。"小翠儿念完后，众将齐说："四句都对，还真是嘿，在家喝酒还真是头一回。""张显哥哥，小翠儿献丑了。"张显伸出大拇指对姑娘说："诗对的好，念起来上口儿。岳元帅指着张显摇头说："你呀，让我怎么说你？"

赛玉站起来到男宾桌前说："张显兄弟，翠妹妹的诗，你觉得怎么样啊？张显说："好，好，才女，大才女。""酒该谁喝呀？"张显说："兄弟喝。"张显喝酒。赛玉问："我们的姑娘长得如何呀？""才女，美才女，大美才女，第一……，""不会说话了？打仗时也怂吧？"赛玉追问："喜欢吗？"张显低头不敢说话。赛玉和小翠儿回到桌前坐下。

"姐，酒真能壮胆。""好样的，出口成诗，厉害了。不过呢？"赛玉把话顿了一下说："你要是真心喜欢张显，我去说。"小翠儿把脸捂上了。

岳飞对兄弟们说："看看人家这首诗，诗味儿浓，意境深，这才叫诗。不过呢，从诗中看，"岳帅小声对张显说："他看上你了。兄弟表个态吧。"张显一愣说："不会吧？没听出来啊。我倒是愿意，万一人家没这意思，我不是下不来台吗。大哥，我现在身上热，心跳得快了。"岳帅笑道："一见钟情，快，身上有什么可以做信物的，快拿出来，现在就定了。"张显犹豫着："这万一……""兄弟，你没听懂翠姑娘的诗啊，快找信物。"岳飞催着。"大哥，宝剑行吗？"张显摘下佩剑。岳飞一手拿过来叫："二弟，把这把剑交给弟妹，就说是信物。"牛皋接过宝剑说："信物给我老婆，你这是要在我家里插足啊……"岳飞大笑："不是给弟妹，是让弟妹转交。""哦，吓我一跳，我哪儿争的过你呀。"牛皋拿着宝剑走过去交给赛玉说："戚姐姐，这是张显的宝剑，说是信怕。"放下桌子上返回。赛玉拿着这柄宝剑叫："翠儿，翠队长、宝剑、这可是张显的信物，要不要啊？谁想要啊？没人要就退回去。"翠儿伸手把宝剑抓了过去，害羞的低下头。

岳飞"哈哈"大笑说："恭喜张显兄弟。"众将举杯祝贺："恭喜恭喜。"

女兵桌上，芝子姑娘站起来说："这么容易呀，不行，我也得抢一个，姐，也给我一大碗酒，我也壮壮胆。"赛玉给她一大碗酒，芝子姑娘喝了以后说："再满。"有女兵给倒满酒。芝子端着酒来到男桌前说："小女子芝子……"赛玉说："是芝子队长。"芝子说："小女子也行一令，元帅准否？"岳帅说：芝姑娘、大家欢迎。"众将鼓掌。"姑娘请。"芝子说："小女子步汤公子的诗韵和一首，献丑了。"众将说："好。"芝子念道："汤在盆里烫可吹，喜过喉咙莫吐回，吾抓盐粒儿撒进去，随口难调咸怪谁。"

岳帅大笑："哈哈哈哈，妙妙妙，汤兄弟，大哥替你做主了，把你的宝剑也拿出来。"

众兄弟都愣了，互相瞧着，汤怀也不知所措，岳飞说："牛先锋听令，本帅命你缴了汤怀的佩剑。""遵命。"牛皋过去摘了汤怀的佩剑交给岳帅。岳飞说："芝姑娘，本帅为你做主，这是汤怀的佩剑，是他给你的信物，你收好。"

芝子接过佩剑连说："谢谢元帅，谢谢元帅。"岳飞笑着说："以后叫大哥。""谢谢大哥。"芝子姑娘回到女兵桌，将宝剑放在桌上、洋洋得意对小翠儿"哼"了一声。小翠儿说："得意什么呀你？跟人学变狗毛。"芝子说："就学了，你怎么着啊？

赛玉笑着鼓掌，有女兵说："笑什么呢？随便哼几句诗就招了亲了，那么容易？"赛玉说："容易，你去试试？"

岳帅举酒杯说："汤兄弟，恭喜恭喜，哈哈，又了了大哥一件心事，你们这些人也要抓紧。"何元庆叫："大哥，你们这是搞什么鬼呀？怎么稀里糊涂的就定了亲了？""是呀大哥？"

大家都没弄明白是怎么回事。岳飞说："你们呀，让你们多学文化，你们呢，除了打仗就是喝酒，现在看见了吧，你们连这些姑娘都不如，还有你们俩，张显，汤怀，信物都送出去了，自己还糊涂着呢，丈二的和尚摸不着头脑。"王贵说："是呀大哥，怎么通过这首诗就知道人家姑娘看上他了？"岳帅说："看看翠姑娘的这首诗和芝姑娘的这首诗，写的多明白。""看不懂。"王贵说。

岳飞解释说："翠姑娘的诗是：女子闻诗把头回，喜看秋风细柳吹，显山露水头一次，男儿行令醉不归。再看看枝姑娘和汤怀的这首诗，汤在盆中烫可吹，喜过喉咙莫吐回，吾抓盐粒撒进去，随口难调咸怪谁？这两首诗与彰显汤怀的两首最后一个字都是一样的，显出两位姑娘的才思敏捷，文词宽泛，而我们呢，只注意两个首诗的最后一个字和整句诗的内容，却没有注意两首诗每句话的第一个字，这两首诗准确讲叫藏头诗，姑娘们把诗的真正的含义都放在了第一个字上，翠姑娘诗的意思是。女爱显哥，芝姑娘的诗中表达的是汤喜吾随。明白了吧？"

听岳帅一讲，众兄弟真服了："瞧人家的诗，深了去了。""这不就是中大奖了吗？"这俩小子走了桃花运了。""才女，才女啊……"

岳帅说："关键是人家的诗不是提前写的，而是脱口而出。惭愧，两个姑娘灭了我数十员大将。翠儿，芝子，你俩过来。"翠和芝子拿着宝剑过来说："参见元帅。""叫大哥。""大哥。""翠儿，芝子，"岳飞说："你们这四首诗，大哥想给书写成画送给你们，可愿意？"翠儿和芝子忙说："愿意。谢谢大哥。"

回到女桌。赛玉说，翠儿，芝子，你们俩既然定了亲，就是岳老夫人的干女儿了，我去请娘出来，你们准备拜干娘。"起身进屋。

屋内，岳母，李氏三姐妹，岳云，张宪正在聊天，赛玉问岳云："这位公子是谁呀？"岳云说："这是张所大元帅的公子。叫张宪，我们是好哥们儿，来见过二婶儿。"张宪抱拳说："拜见二婶儿。"赛玉忙摆手说："张公子，免了免了。娘，恭喜您又得了干女儿。""谁家的姑娘啊？"赛玉说："张显和汤怀定亲了，女方是芝子和翠儿，您现在到院子里坐一下，让他们给您磕头，正好秋兰秋菊也没正式拜过，就一起拜吧。"岳母高兴的说："是不是还要准备个红包啊？"李氏说："不用娘，都是自家人。"岳母说："好好，那我换件衣服。"李氏说："不用那么麻烦了，晚上有点凉了，"岳母又说："不换衣服倒不碍事，我寻思着红包还是应该有的。"李氏笑着说："娘，媳妇替您发吧，每人一袋面，一袋米，比红包实惠。"秋兰一听马上说："我姐真会算计。"秋菊也说："可不是，红包是红包，米是米，给红包米也要。李氏指着她俩说："你们这个秋兰，老那么的矫情。得亏嫁的是财主家。还不知足，搀娘出去。"秋兰，秋菊搀着岳母出屋，坐在太师椅上，牛皋及兄弟们都站了起来。赛玉，秋兰，秋菊，翠儿和芝子站成一排，赛玉喊："姐妹们跪，叩拜干娘。"姐妹们边磕边说："叩拜干娘。"岳母乐的合不拢嘴儿，连说："都是好姑娘，都是好女儿，快起来吧，媳妇儿，发红包发红包。"李氏说："娘，没准备红包，每人发一袋米一袋面代替红包了。"坐在女桌的胖玲子不满的说："都是姐妹，怎么他们拜干娘不让咱拜啊？"女兵说："他们都是有主的，是岳元帅的人了。"胖玲子站起来说："我也是岳元帅的人，我也拜，不要面不要米还不行吗？"胖玲子跑到岳母跟前，倒地就拜："干娘大人在上，受女儿玲子一拜。"岳母高兴的说："好好好，又多了一个，认了。"众女兵一看，也都站起来，忽拉一下、跑过去就磕头："拜见干娘。"老夫人连说说："好好好，都收了，都收了。"赛玉看着这些女兵也无计可施了，只好说："你们这帮丫头片子，挺会钻空子的、你们给我听好了，认了干娘，就必须嫁给岳家军的人，听明白了吗？""明白。"女兵说。

赛玉站起来说："既然拜了干娘，也要拜大哥大嫂。大哥，大嫂，请过来坐。众姐妹听令，拜见大哥大嫂。"女兵们跪拜："拜见大哥大嫂。"岳飞起来说："谢谢你们，谢谢各位姐妹。"李氏也站起来说："秋兰秋菊，扶娘回屋去，晚上天儿凉了。"

赛玉招呼女兵："你们都过来坐下，听我说，以后咱们都是手足姐妹了，既然认了干娘，就是岳家军的人了，所以我要给你们找婆家了。当然了，不愿意的可以退出，还来得及。"女兵们答："愿意。""那就好办了，明天，也就是过了今晚，我准备办一个招亲大会，采用抛绣球的方式，抛绣球，懂吗？就是你们每个人拿一个红绣球，站在台上，把绣球抛给你喜欢的那个人，明白吗？自己的爷们儿自己选，所以要多看看这些人，哪个是你喜欢的那款，到时候就选哪款。

有个女兵说："赛玉姐，都太帅了，还有没有像牛哥似的那款呀？"

赛玉指着女兵说："找我拧你嘴呢？芝子，翠儿，你们回家通知老家儿，明天过礼后就成亲。"芝子说："啊，太快了吧？"

赛玉说："是，军人的时间不属于你，不属于我、也不属于他自己，而是属于国家，所以必须快。"赛玉说完，来到了男桌儿说："大哥我说件事儿，兄弟们，临时决定个事儿，张显，汤怀，你们明天与女方家过礼。然后成亲，喜事就在这个院办，入洞房的时候回自己家，同时呢，我还要办一场招亲大会，招亲大会采用的是抛绣球的方式，女方站在台上，男方站台下，如果你喜欢台上的女人你就往前站，假若她也喜欢你，就把绣球抛给你，你接了亲事就成了，而且当场结婚当场办事。"众兄弟说："好，好二嫂。"

岳家院内，张显，汤怀都是文官打扮，喜气洋洋的正在与新娘拜天地，对拜后，被人簇拥着出大门，回到自己家入洞房，来宾们开始吃喜宴。

门前宽宽的街道上搭起了台子，台下放着椅子，岳元帅及兄弟们喝完喜酒，来到台下就坐

周围有很多看热闹的人在热烈的讨论。台的一侧立个木牌，上面写着：岳家军招亲大会。

岳飞对众将说："你们看张显，张怀刚回家媳妇儿就娶了，羡慕吧，你们也要抓紧、今天的机会难得。这些姑娘都是你们二嫂亲自选拔，亲自训练的，条件很好。"施全说："可不是吗？天上掉馅饼，砸他们俩脑袋上了。"

　　岳飞笑道："兄弟，不是馅儿饼，是仙女。为什么让他俩先美了呢，也是有原因的，他俩是本地人，大家都了解，所以是香饽饽。不过你们的材料，也都汇总交到牛皋媳妇儿手里去了。现在这些女孩儿人手一张。你们呢，也都有他们的个人资料，也都了解了，喜欢就大胆上，不要推让，就象战场上要抢着立功、不过战场上立功机会多，像今天这样相亲的机会，没准儿就这一次。兄弟们，过了这村儿就没有这店儿了。"

　　旅全大声说："大哥说的对，兄弟们别跟我抢啊。""真紧张，见了金兵都没这样过。"有人说。

　　在台后面，姑娘们围着桌子坐着，她们每人手里拿个绣球，绣球是红色的，上面系着一根红绸带，很漂亮。

　　赛玉在向她们作动员："你们都别紧张，瞧给你们吓的，听我说。你们今天算是赶上了，这是个好机会，看见翠儿和芝子了吧，进洞房了、现在的女人找男人，都是父母之命，媒妁之言，不管你愿不原意，都得嫁狗随狗，嫁猪随猪。"有个女兵插话说："还是姐命好，嫁牛随牛了。"

　　赛玉哪瞪着眼说："再贫给你除名你信不信？好好听着，你们的材料都看了吧？"有个女兵说："看了，我和我爸妈研究了一宿呢，我们觉得都行。"赛玉说："那好，现在挨着个的按号上。看准了再抛，抛给谁跟谁走，明白吗？在台下划有一条线，站在前面线里的，一定是喜欢你的，一定要抛给站在线里面的人，不要瞎抛。如果抛给一个已婚的男人，那你就跟人家做小吧。"胖玲子说："做小的怕什么？能给岳元帅做小的，我也愿意。"一女兵说："可不是，抛给牛哥，做小的就做小的，怎么了？"

　　"你给我闭嘴。"赛玉说："反了你了。来，一号跟我上。"带女兵上来。赛玉站在台上说："我宣布，招亲大会现在开始，这是我们的女一号，男士有喜欢的站到前面来，就站在线内，站在外面的不算。"

施全，赵云，周青，何元庆，孟邦杰……台下线内站了十多个人，他们有的害羞，有的推搡，后边有不少人起哄。

赛玉对一号姑娘说："看看，有这么多人喜欢你，这待遇了不得了。绣球在你手里，你想跟谁就抛给谁。"一号女兵说："我不敢。"台下的男士纷纷举着手要绣球。

赛玉说："看准了抛，不抛就淘汰了。"姑娘慌忙把绣球抛出，然后马上捂脸。绣球下落，施全伸手欲接，又有些不好意思，被周青和赵云两人同时抓住。两人你拉我扯，谁也不撒手。赛王向下伸手要绣球说："两个人同时接了不算。"拿过绣球又给一号。

赛玉命令："看好谁往谁那儿抛，别扔那么高，女一号说："丢死人了，让两个男人抢。"赛玉严肃的说："什么叫让男人抢啊，这是争，跟谁不跟谁，权力在你手里，.男人多证明你有实力，快点儿抛。"

女一号说："算了吧，太难了。我念首诗吓唬吓唬他们，站起来，把绣球扔台上念道："田间粪一堆，四周不吃亏，深耕进地里，招来麻雀飞。"念完趴的赛玉耳边说："打一个人名儿。"转过脸去。

赛玉朝台下说："瞧瞧我们女一号的水平，出口成诗。这首诗里呢，暗藏着她喜欢的那个人的名字，哪位高人能出来帮解一下？"底下的都摇头。看看，抢绣球的能个儿呢？一来文的动脑子的活儿。就全不行了。"

岳飞站起来说："不论是本村的，还是外村的宾客。只要能解此诗。赏一两银子。前排就座奉如上宾。有菜有酒。"

岳飞坐下后，有一老者走过来说："老朽不要赏，只图元帅这口酒。

第三十九回　赛玉办大会招亲 胖玲抛小牛绣球

岳帅手一让："前辈请。"

老者说道："此诗挺有意思，以粪作引，田地里堆一堆粪，四边又不吃亏。粪是肥，翻到土地里，农家称之施肥。施了肥的地，长出了粮食，就招来了家巧儿。我分析，姑娘诗里说的人一定姓施。至于四周不吃亏，那就好解释了，因为施肥一定要施得均匀，边边角角都要施到，这里又暗含着一个全字。所以此人应该叫施匀或施全。浅见。"

"施全何在。？""施全在。"岳飞说："你媳妇，领走。"

赛玉拧了一把女一号："贼丫头，连姐都唬了。"

女一号捂着脸下台。施全跑着追去了。

赛玉回头喊："二号，二号上来。"

二号姑娘扭捏着上台说：："姐，我害怕。"

赛玉训道："怕还上来？站好。兄弟们，二号大美女，喜欢的人往前边站。好，看好脚下的线，站外面的不算。妹妹，抛。"

姑娘一抡胳膊，绣球没抛出，手又缩了回来。台下的男士都伸手接，什么也没有，引来围观人群一阵大笑。

赛玉瞪着眼说："你想急死我呀？"

女二号将绣球扔在台上说："我也念首诗吧。"

赛玉说"行"。大家听好喽，二号美女也要作个诗迷，让大家猜，你们听仔细。"

女二号念道："小江滚滚起波涛，有个方球水上漂。所幸地滑摔跟头，没湿衣服没伤腰。"念完下台去了。

　　赛玉朝台下说："姑娘们都怎么了，全会打诗迷了。我也糊涂了。有谁听出来了，她喜欢的是谁？"

　　岳飞问坐在旁边喝酒的老者："前辈，请帮解一下。"

　　老者摇头说："老朽一时也难解出。有些不合逻辑。"

　　这时，有一个学究打扮的人过来说："拜见元帅，小人是邻村的何秀才，斗胆一解诗迷。解好了，请元帅赏杯酒喝。"

　　岳帅高兴的说："赏你一坛儿。请坐。请解。"

　　何秀才思索后说："此诗若从文字表达的角度看，前三句，每句话都属病句。不合常理，比如说，小江滚滚起波涛，江，怎么叫小江呢，应该叫大江，长江，属用词不当，第二句，有个方球水上漂，更不对了，球有方的吗？第三个儿，索幸地滑摔跟头，沒湿衣服没伤腰，也不能用索幸，应该是庆幸才对。那么这首诗，若想读着通顺，就要修改三个字，才能成为一首念着顺口的七言绝句。这首诗，是自有诗已来，第一首错字迷诗，实属罕见。可以断定，此诗的迷底是三个字。也就是说，她中意的那个人的名字是三个字。叫……"

　　众人互看互问：："三个字，谁呀？""听着"

　　何秀才说："诗中第一句小江滚滚起波涛，可以改成小河滚滚起波涛，那么这个人定是姓何。第二句有个方球水上漂，应该改成有个圆球水上漂，第三句的病句索幸，应该改成庆幸，这样改了三个字，分别是河圆庆。"

　　岳帅大笑：："何秀才解得精辟，喝酒，完了事去领奖品。何元庆出列。""何元庆在。"

　　岳飞手一指："命你抓住二号，院内成亲。""遵命。"

　　何秀才喝着酒说："岳元帅，今日有幸观摩岳家军招亲大会，真是开了眼界，想不到，元帅手下的女兵文才都这么好，让我等读书人无地自容啊。"

　　岳飞拱手说："何秀才过谦了。自唐以来，诗词盛行，文豪诗圣层出，家喻户晓者比比皆是。到本朝，更是有过之也。诗人词人撞肩擦背，只是文强武弱，令人深恐。"

　　解诗老者说："非也。文强，且看这些女子出口成诗，底蕴深厚。而武更不弱，大元帅手下，哪个不是顶天立地的大英雄，所以，文强则武更强。有了岳家军，国兴，民兴，百姓之幸啊！"岳飞抱拳："谢谢前辈抬爱，二位请。"

　　这时，牛皋走过来坐下说："大哥，里边都忙完了，这儿怎么样？成几对儿了？"

　　岳飞说："二弟辛苦了，这里形势大好，施全，何元庆已经牵了。""嘿，太好了。"

　　台上，戚赛玉喊："三号，三号上来，抓紧时间。"三号上台："姐，我也不抛了，念几句得了。"绣球扔台上。"你也会作诗？怎没听说过。"

　　女三号带着羞说："诗不会，瞎说几句还是来的来的。嗯，夜中忽惊起，屋中漏大雨。有人来修房，随木掉水里。"念完了站定，脸朝着天看。

　　岳飞对老者，何秀才说道："二位先生，帮解一下。""老朽卡顿了。"老者说。"深奥，深奥。"何秀才说。

　　岳飞见二位解不出来，只好说："好，本帅试解一下。此诗第一句就不妥，与刚才二号所作诗迷相似。第二句亦然。既，夜中忽惊起，应改作梦中忽惊起。有人来修房，应改作有人帮修房，第四句的随木掉水里，有一定的欺骗性，深奥就深在这句话上，实际呢，简单也简单在这句话上。一个木字，底下加上四点水，念个杰字。加上前面的梦和帮，此人就是孟邦杰。孟邦杰，别就别慎着了。"孟邦杰大笑着站起来："谢谢了大哥……中奖啦！何秀才赞道："元帅解的好。"

牛皋不奈烦的说："什么玩意儿，怎么又弄上诗了？""四号上台。"赛玉喊。

女四号上台，扔了绣球，对赛玉说："也仿几位姐姐，作个诗迷：绿豆开水下锅煮，汤不红来能解暑。熟了以后虽叫汤，盛到碗里稠如卤。"

众人你看我，我看你。元帅秀才互看，都摇头表示不懂。元帅站起来说："遇到难题了，本帅也不能解，哪位高人能帮解一下。本帅有赏。"

一个戴围裙，拿勺子的厨子上前问："元帅，我是咱家的厨子，能说吗？"

岳帅用手一让说："来，英雄不问出处，解得好，赏一坛酒。"

厨子过来，手里晃着勺子，一边走一边说："将军儿早识刀枪，木匠儿早识斧凿，瓦匠儿认识灰铲，厨子儿会颠炒勺。元帅，小人若答上来，不用大帅奖励，小人只有一个请求。""讲。"厨子说："小人想去当兵打仗，杀金兵。""不准。"

厨子说："是。术业有专功。不过，我祖传的独门绝技，煮绿豆汤，从来没教过人，姑娘怎么知道的？可着相州府，能煮出豆青色儿绿豆汤的，也就我一个人，噢，明白了，平时你老往厨房跑，原来是偷学我的独门绝招啊。"

女四号晃着脑袋说："世上天难事，只怕有心人。"

厨子解道："这首诗，基本上没有人能懂，专业性太强了。绿豆汤，人人都喝过，但是没人知道怎么煮，这位姑娘就懂，因为她偷了我的技法，煮绿豆汤，分凉水下豆和开水下豆，凉水下豆，煮熟后的汤是土红色。而开水下锅，煮出来的汤是青绿色，也叫豆青色。绿豆煮熟后，稀的叫汤，稠的叫粥。这首诗词，暗含着一个青色或绿色，叫绿的名字没听说过，那就是一个青字，汤如卤，证明这锅汤稠了，汤稠了叫什么，叫粥。所以这个人的的名字叫青周。不知道有没有这个人？"

岳帅点头说："有道理。青周，倒过来念叫周青。去领赏。周青兄弟，人是你的。"周青兴奋的蹦了起来："谢谢大哥，谢谢师傅。哈哈，轮到我了。"窜上台，抱起四号下去了。

赛玉朝后台喊："姐妹们，加快速度，不用叫号了，往上走。"

女兵们挨个上台，多数是抛绣球，男士接住，一对一对的新人牵手了……观众欢呼鼓掌祝贺，秀才频频点头，老者叹道："岳元帅，见此情景，老朽也想参加岳家军啦。"大笑不止。

赛玉往台下看，男士的坐位已经没人了，刚要松口气，回头见胖玲子正在往台上走，赛玉赶紧过去拦道："玲子，别上了，没人了。"

玲子愣了："啊，没人啦，那我怎办呀？"赛玉解释说："没人了。下次吧。""那不是剩下了吗？没人要啦？"玲子急着说。赛玉安慰她："以后还有机会。"

玲子不听："不能这样呀？到我这儿没人啦？呜……"她哭了。"别介，妹妹，妹妹……"赛玉也没了磨了。

台下，一家丁进来向牛皋报告："二爷，外面有一个姓牛的统领要见二爷。""叫他进来。"

大牛进到场内，给岳飞磕头："小人拜见元帅。"

牛皋介绍："大哥，这是牛统领，曾经是大哥的人。弓箭队的，跟我一个姓，牛统领。"

岳飞点头说："知道，牛统领起来。"大牛起身，又向牛皋施礼："拜见牛先锋。"

牛皋摆手说："不打仗了，哪儿还有什么牛先锋。你不是回家了吗？""是，小人回到家后，才知道家里已经没人了，父母都不在了。小人又不会干农活，心里想还是跟着牛先锋，所以就又赶回来找牛将军了。"大牛说。

牛皋高兴的说："好啊。正好，大哥，这样吧，你弟妹现在是身怀六甲，不方便了，我看这乡兵就让大牛管吧，这也是他的特长。"

元帅批准说："可以，你就代理团练使吧。"

大牛感激的说："谢大帅，谢先锋。"

台上的胖玲哭着说："不行，今天我必须选，今天不选，我这一辈子都抬不起头，见不得人了我。"

赛玉肯求她说："好妹妹，真没人了，下次啊，下次让你先选。让你先上。"

胖玲子不依不饶的说："不下次，今天宁可做妾，我也得选。我看姐夫就挺好的，牛粪就牛粪了，我就抛牛粪了。我给他做二房。"

赛玉急着说："呦，姑奶奶，别呀，姐对你可不错呀，别往姐家里插一腿呀。好妹妹，姐求你了。"

胖玲子急了："我也插粪堆，你让我上去，我豁出去了我，我没脸活了，没脸见人了，我也是拜了干娘的，找也是元帅哥哥的义妹我，我，我，我就要你们家里的牛粪了我……"奋力抛出绣球。

台下的牛皋正在与大牛说话，大牛见有东西向牛皋砸来，叫声："先锋小心。"一拉牛皋，伸手抓住来物一看，原来是个红绣球。所有人都愣住了。

赛玉见胖玲抛出绣球，捂着脸哭着说："你个胖玲子，你个没良心的，你跟我抢爷们儿，我哪点儿对不起你了？你第三者插足你……"

胖玲子愣住了。牛皋哈哈大笑。所有的人都笑了，鼓掌欢呼。赛玉不敢看，接着哭："你个臭牛粪，你有二房了，没想到啊，你人丑心花，是我看错了人啦。可惜呀，我这朵鲜花呦……"

牛皋下令："牛团练使，你媳妇。"然后用手指台上的赛玉摇头大笑。：

赛玉从指缝偷看，见台下的是大牛拿着绣球，立马儿破涕为笑。牛皋大笑。岳飞大笑。所有的人都笑……

赛玉抓起两个绣球，向牛皋砸去……

岳家院内，一对一对的新人拜天地成亲。老人笑，孩子跳，喇叭吹，新人嘻俏。猜拳行令的好不热闹。

牛皋家房子多了，高了，院子也大了。花池，枣树，青石铺地，还有一架葫芦。院子中间放着一个大石桌，旁边有椅子和石凳子。赛玉坐在椅子上，胖玲给她捏着肩。

赛玉对胖玲说："玲子，这几天懂事了，嗓门儿小多了。有长劲。""姐，不是近朱者赤吗？跟什么人学什么人，跟着姐学姐，老跟姐在一块儿，让我喊我都喊不出来了。老话说的好，没结婚就是孩子，结了婚就是大人了。是大人，就要有大人样儿。而且我现在什么身份呀，姐姐的义妹，老夫人的干女儿，岳家军的媳妇儿，岳元帅是我大哥……"胖玲子得意的说。

赛玉笑了："行了，别吹了，那天要不是大牛偏巧儿在那儿，他接了你的绣球，你说你怎么下得了台？你呀，真得好好谢谢大牛。是他救了你。否则你可就跌了面儿了。"

玲子探头瞧着赛玉的脸说："姐，说反了，谁跌面儿呀？是我们家大牛救了姐好不好？姐办的招亲大会，要是给姐夫招个二房回来，大家准说你借着办招亲大会的名义，给自己家里谋福利。"

赛玉用手一戳她的脸说："行了，好了伤疤忘了疼，等我生完孩子再收拾你。瞧你这身肉，赶紧给我减肥，要不然，保不其生不出小牛仔来。"

"减着呢。这几天光喝凉水了。唉姐，你说怪不怪，这一结婚，真是不一样了，以前总是想少吃，少吃，总是控制不住，现在不了，不知不觉的就少吃了。我本来就不应该这么胖。我要是变得象姐是的，也是个大美女呀。那我们大牛一定觉得找对人了。脸上有光啊。"

赛玉点头说："自尊心，这就是自尊，这就是爱情的力量，无所不能的力量。当你不知不觉的，主动的为一个男人做一件事的时候，一定是从心底里喜欢他。玲子，房子住的惯吗？"

玲子高兴的说："惯，挺好的。我们家大牛说了，说姐夫对他可好啦，现在又收留了他，给他房子住，他特满意。他还说，你以后呀，要把姐姐姐夫当亲人一样，要早起呀，对了，等嫂子生儿子的时候，要好好的照顾嫂子。大牛他挺有良心的。"

赛玉嘬着牙说："你可够酸的，刚结婚几天呀，就张嘴你们家大牛，闭嘴你们家大牛的，眼里都没谁了。瞧给你美的。就欠让你当二房做妾。""姐干嘛狠呆呆的……"

院外人声嘈杂，玲子正要去看，大门开了，施全，何元庆，周青，孟邦杰等携妻走了进来。

"二嫂。"众兄弟见礼。当了媳妇的女兵们跑过来喊："赛玉姐。"赛玉起身问："你们这是……"

施全说："二嫂，我们兄弟是来谢媒人的。一点小礼，不成敬意。"大家把礼物放桌上。

赛玉不好意思的说："瞧瞧，自家兄弟姐妹，哪儿用那么多礼儿呀。怎么样，你们觉着，我给你们找的媳妇满意吗？""当然了。""太满意了。"

赛玉又看着女兵们问："姐妹们，你们呢？不满意的退回来。"

"姐坏。"

玲子叉着腰说："这是谁呀？敢说我姐坏，我拿了你。"女兵故作吃惊的说："呦，大胖玲子，几天没见，神气了。""那是，以后少胖玲子胖玲子的叫了，听见没？""呵，叫你什么？"女兵问。

玲子神气的说："叫夫人，我们家大牛姓牛，叫牛夫人。""呦，哈哈……玲珰挂牛脖子，也响起来了。对了，团练使夫人，夫人，练使夫人。"

玲子头往上抬着说："茶喝后来艳，团练使怎么了，现官不如现管。"

赛玉笑指着她们："你们呀，见了面儿就掐。都有婆家了，以后该装就装着点儿。"

施全抱拳说："二嫂，今天我们哥几个来谢大媒，也是来告别的。""你们要走？"赛玉问。"是二嫂。我们这些人，出门在外许多年了，现在也该回家看看了。"施全说。

何元庆也说："是，以前我们没走正道，不好意思回家。现在不一样了，可以挺直腰板儿回去了。"

赛玉点头赞许："是，应该回家看看了，做为男人，功名，事业，家庭，你们都有了。好，衣锦还乡，孝敬父母，传接后代，不留了。"

"二嫂，我们明天早上一早儿就走，就不过来说了。"施全说。

赛玉抱拳拱手说："好，不留了。祝兄弟们"马上加一鞭，铜铃震山川。脚踏金镫响，人唱凯歌还。一路顺风。"

一个女兵说："玲妹妹，你的团练使大牛哥，管不着我了，我好难过呀。"

　　一女兵拉着胖玲的手说："玲妹妹，照顾好咱姐。"说完哭了，赛玉坐着犯了会儿愣，也流泪了。人都走了。

　　玲子劝着赛玉："姐，别伤心了，这不是还有妹妹呢吗？这帮没良心的，一嫁人，拍屁股就走，惹我姐生气。姐，玲不走，还有大牛。"

　　赛玉摸着胖玲的手说："姐是高兴。"

　　岳家的院子和牛家的院子是通着的，牛皋每天都过来给老夫人请安，与岳大哥坐在院子里喝茶聊天。

　　"二弟，弟妹快生了吧？"岳爷关心的问。"快了。""你的生完了，跟着是这帮兄弟，会出溜儿出溜儿的生出一大出溜儿来。二十年以后，可就热闹了。"

　　牛皋点头说："那个时候，就是他们的天下了。没咱老哥们儿什么事了。全看孩子了。"

　　"二弟，"岳飞说："我有一个想法，趁现在没有战事，应该去往西北走一趟，熟悉一下那里的地理环境，对地形，地貌，气候有个初步的了解。日后可能用得上。只是现在老娘身体不好，你那里弟妹又面临生产，脱不开身。"

　　"是，离不开。关键是大娘的身体让人担心，我们班家里倒不要紧，生孩子的事我一点儿忙儿也帮不上。"牛皋说

　　屋里传出老夫人的咳嗽声。

　　牛皋担心的说："婶儿又咳嗽了。唉，要知道就不让赛玉怀孕了，让她伺候婶儿。"

　　岳飞无奈的说："二弟，一切顺其自然吧。家里现在找了一些下人，人手儿够用。"牛皋挠着头说："咱们这些人，常年在外，想尽孝道都很难呀。"

岳飞叹道："古人说，父母在，不远行。各行各业都行，唯军人不行。我等兄弟，自打一出生，命就不是自己的了。家，可以舍，国不能舍。""是，忠孝不能两全。""愚兄还算幸运，有机会侍奉老母，此生无遗憾了。"岳飞说。

牛皋点头说："大哥挺让兄弟们羡慕的。我们是没机会了。王贵，张显，汤怀，我们这些兄弟，要干事业，要出人头地，十年了，也算是功成名就，立业成家了，可是呢，连跟老家儿说一声的机会都没有了。只能每年烧纸的时候，念叨念叨啊。"

岳飞深情的说："牛婶儿，王叔儿，张叔儿，汤叔儿，都是挺开明的人，他们培养孩子，从小要有志向，有理想。义父，岳父，徐县令，刘总兵，宗元帅，李丞相，都是贵人。"

"大哥，等婶儿的身体好了，我们去西北。正好儿，连我爹我娘的坟也迁过去，让他们叶落归根吧。"

二人正聊，大牛跑进来："元帅，二爷，朝廷来人了。说有密事。""快请。"

一中年男子匆匆走进院，跪下磕头："拜见元帅。小人是朱相的家人朱义。""平身。"朱义爬起来："谢元帅。"眼瞄牛皋。

岳帅告诉他："这是牛将军，但讲无妨。""是元帅，朱相让小人给元帅送来一封密信，朱相说，请岳元帅早做决断。"掏出信交给岳帅。

岳飞手一让说："请坐。你把情况讲一下。"拆开信看信。

朱义坐下说："元帅，自打元帅回乡后，皇上不听李相留在金陵的建议，李相就告老还乡了，而临安节度使苗傅和总兵刘正彦，力荐皇上定都临安。迁都之后，苗节度，刘总兵二人阴谋造反，软禁了皇上，准备废除帝位，二人均分天下。如今，所有的大臣都见不到皇上，所以朱相命小人来请岳帅勤王，剿灭叛逆。请岳元帅定夺。"

第四十回　黑虎星孤胆锄奸　牛先锋两番讨封

岳帅把信收起来说："嗯，清楚了，请朱相放心，本帅照办就是了。取十两银子来。"丫环从屋里出来，交给岳帅一锭银子。

岳帅将银子交给朱义说："当做路费。要小心行事。"

朱义跪拜："谢元帅。小人告退。"起身出去了。

岳飞看着牛皋说："二弟，这事不太好办，苗，刘二贼挟天子以令天下，我等纵有千军万马，又有何用？而且现在，我们也无兵可用。此事又不能大张旗鼓，万一惊动了四方，各路勤王兵马都聚临安，皇上会有性命之忧啊。"

牛皋沉思一会儿说："要依兄弟我，管他什么朝廷啊，皇帝的，不在其位，不谋其政。打仗时武将拼命，不打仗了就下岗，这个皇帝老儿也忒不是东西了。你看现在，咱自己家的事还顾不过来呢。"

"二弟，"岳飞说："作为臣子，食君禄，报君恩。我们兄弟自小立志报国，不就是要活得轰轰烈烈吗？大哥想啊，这件事，只能智取，不能强攻。需要一个胆识过人，能说会道儿的大将做内应，方能成功。"

牛皋不自谦的说："嗯，要说胆识过人，能说会道儿的大将，除了兄弟，你还能找出谁来？"

岳飞摇了摇头："那可是龙潭虎穴，不单要有胆有识，能说会道，还要能吹能哨，左右圆滑。"

"这我都行。甭看兄弟文化不高，可是嘴皮子利嗦。而且我去还真合适，谁都知道我喝了酒以后爱摔咧子，对谁都不满，所以更能让他们相信我是他们的同伙。"牛皋说。

岳飞思考后说："让吉青与二弟同去，做个帮手儿。"牛皋摆手说："不用了。人多了反而会引起怀疑。"

岳飞同意道："好的二弟，这样的话，我会送信给韩世忠元帅，让他出兵城外策应。我已经让朱义通知了朱相，到时候御林军也会从城内反起，这样就万无一失了。""兄弟告辞了。"牛皋起身向角门走去。

牛皋回到自家院内喊："大牛。"大牛从西屋里跑出来："二爷，大牛在。"

牛皋附耳道："大牛，二爷带你去干件大事，从你的人里，挑二百个强壮的……"

大牛跑出去了。

牛皋回到屋里，赛玉正靠着箱柜躺着，和几个姑娘聊天，见牛皋回来，姑娘们叫了声："二爷"，出去了。

牛皋问媳妇："干嘛呐，和儿子聊天儿呢？"

赛玉指着牛皋说："这小子跟你一样，也是个练武的，会拧旋子了。"

牛皋得意的说："那是，你也不看是谁的儿。戚姐姐，我这几天要出趟远门儿，去办点儿事，要走十几天。"

赛玉关心的问："十几天，那么长时间，到哪儿疯去呀？""不是疯，是大事。"牛皋说。

赛玉指着他说："你能有什么大事？除了喝酒，就是吹牛侃大山。不能去。"牛皋认真的说："真不是闹着玩，真是大事。"

赛玉急着说："说话别大喘气。""护驾，勤王护驾。"牛皋小声说。

赛玉"噢"了一声说："那么大的事？那我不问了。""大牛跟我一块去，带二百个乡兵。"

赛玉不同意："哟，别让他们去呀，这不是去送死吗？他们都是老百姓，都是乡里乡亲的，死了残了的，到时候怎么交待呀？"

牛皋自信的说："不会的，我自有安排。你好好养着，看好儿子，我走啦，哎，亲一下。"

赛玉笑道："你真会抓机会，以公谋私啊，好吧，就算是为国献身吧。"亲了牛皋。

牛皋出屋门来到马厩，解下乌骓马，拍了拍已经大肚子的骒马。拉马到院中，上好鞍镫，出大门上马，来到村口见到了大牛。大牛的乡兵已经集结完毕。牛皋一挥手，示意跟着，拍马向前跑去。大牛率乡兵紧随其后，向临安进发。

经过十天的行军，牛爷和大牛带着乡兵，来到临安附近的一个小树林内隐蔽休息。牛皋告诉大牛："大牛，到了临安，我先进宫去，你们在城外候着，要派人盯着大路，如果发现韩元帅的人马过来，你们就先他一步，赶到宫门外叫门。一定要站好位置，不要叫韩元帅的人靠近。"

牛皋嘱咐好了大牛，单人匹马进了临安。来到午门外，牛皋在城下大叫："城上的人听着，我是牛皋，有要紧的事要见两位王爷。快开城门。"

城门上。苗，刘二位王爷正在聊天，看见城外的牛皋一个人在叫门，观察了一会儿，苗傅说："这个人叫牛皋，是岳飞的手下，一个人，让他进来吧。"刘正彦向下喊："打开城门，放他进来。"

城门打开，牛皋进城下马，步行上了城门楼。见到苗傅，刘正彦。牛皋抱拳施礼："牛皋拜见二位王爷。"

苗傅用怀疑的目光看着牛爷问："牛将军，今天怎么有闲情，到临安来了？"

牛皋傻笑道："王爷，牛皋现在已不是什么将军了。我和我们一帮兄弟，早就在太行山落草了，做了山大王了。""牛大王，失敬失敬。"苗傅说。

牛皋一摆手："嗨，大王是自己封的。不过，人马还算整齐，有个七八万人，都是在牛头山保驾时的原班人马。前些日子，岳元帅去山寨喝酒，现在我岳大哥对狗皇上很不满。有很多牢骚。说打仗用咱，无事下岗，我们兄弟也都不满。岳大哥还提到了两位王爷，说做的好。不过，岳大哥还说，现在不能着急废了皇帝，应该留着赵构，利用他来挟制天下。然后逐渐撤换大臣，安插亲信，由其是象韩世忠那样的元帅，一道圣旨割去兵权，再立个元帅，兵权到手，号令天下时，就没有人敢不服了。当然了，如果岳飞能有好处，他会与二位联手的。"

刘正彦满心欢喜的说："那没问题，如果岳元帅能合作，到时候天下均分。"

牛皋高兴的说："哈哈哈，王爷爽快，是干大事的主儿。王爷，怎么不给咱老牛弄口酒喝？跑了好几天的路，难受死了。"

苗傅伸手一让说："里边儿，里边儿现成的。牛大王请。"三人进了城楼内，坐下开始饮酒。

酒过三旬，牛皋酒劲上来后开始胡侃："王爷，你知道怎么着？在太行山，兄弟们一听说软禁了狗皇帝，都拍手叫好，连着三天三夜，就一个字，喝。赵构这个狗皇帝，该，这孙子，什么泥马渡江，骗人的，据我所知，金兵追他的时候，他跑进庙，没地方藏，看见有一匹马，就是泥捏的那种，他就爬上去了，他爬到马背上，在马上用湿手蹭，手脏了，把泥抹脸上，装他妈的泥马泥人，追他的金兵也眼瞎，愣没看出真假来，金兵走后，赵构衣服上的水把泥马浸湿了，泥马倒了，他就编了个泥马渡江的故事。当地的老百姓都知道，那也不是什么江，就一条河，最深的地方也就到肚子这儿。是个人都能过来。"

苗傅骂到："这就是他妈的忽悠老百姓啊。"

牛皋干了一杯酒："可不是，要不然，现在那么多义军揭杆而起造反了，不得人心。二位王爷，你们干了一件大好事，大快人心的大好事。青史留名啊。哈……"

苗傅端着酒杯敬酒："到时候牛大王过来，是王，是帅，你随便挑。"

三人正在痛饮，有士兵进来报告："报大人，外面有一小队人马，在宫外扎营。""何处人马？"苗傅问。"好象是哪个山寨的倭兵。""去打探清楚。""是。"士兵跑出去了。

"牛大王，我觉着岳元帅说得有道理，看住了赵构，然后发几道圣旨，什么韩世忠啊，刘光世啊，兵权都给他拿下，派上我们的人，往后一切就都水到渠成了。"苗傅说。

"二位王爷，以后有用的着牛某的时候就打个招呼，我的人打仗没问题。嗨，酒没了？""酒有。牛大王真是海量啊。"刘正彦说。

士兵进来报告："报大人，外面的人是牛大王的人马。"

牛皋一愣："我的人马？我去看看。"起身出屋到墙头儿，刘正彦，苗傅也跟了出来。牛皋探身往下看了看说："是我的人，都是我的卫队。他们怎么来了。"他朝下喊："牛元帅，牛元帅。你怎么跟来了？"

大牛在城下大声说："启禀大王，二大王不放心，让臣下山保护大王。""行，你们就在城外守着，不许进宫搔扰。"牛爷说。""尊旨。"

牛皋用手一拍二位肩膀说："二位王爷，喝酒。"三人入内坐下继续喝酒。。

牛皋介绍说："这个牛元帅，是我收的一个孩子，对我忠心耿耿。跟了我许多年了。专门负责我的安全。这些兵都是弓箭手，不打仗，我走哪儿都跟着，粘人着呢。"

刘正彦赞道："这是牛大王德高望重，又爱兵如子，士兵忠诚，就是必然了。"

牛皋点头认同："是，士兵就是这样，你对他好，他就肯定玩儿命。人心换人心。"

士兵又进来报："大人，外面来了许多的人马，象是韩世忠的队伍。"苗傅站起来说："坏了，韩世忠来了。"

又有士兵报告："大人，是韩世忠的人马在扎营。"

牛皋站起来说："二位大人，有牛皋在，怕他韩世忠。"与苗傅，刘正彦走出屋，来到墙边。

牛皋朝城下叫："牛元帅，何处来的人马？""大王，是韩元帅的人马。怎么办？"大牛问。

牛皋提醒说："不要用山寨的称呼，恢复原职，布阵。""得令。布阵。"大牛一声令下，士兵列阵，箭搭弓弦。

韩世忠耀马提枪出阵："前方何处兵马，敢挡本帅的路？"

大牛高声回答："韩元帅，小将乃是大宋朝正印先锋牛皋将军麾下，步兵弓箭队统领，与先锋同姓，奉岳元帅将令，护驾守城，任何人不得靠近宫门。"

韩元帅大枪往旁边一拨说："牛统领，本帅前来勤王，请你让开。"

大牛抱拳说："韩元帅，小将奉命行事，且官职卑微，您若有话，可说与牛将军。小将只听牛将军的命令。"

韩世忠朝城上喊："牛将军，本帅前来见驾，请打开城门。"

牛皋在城楼上说："韩元帅别来无恙。本先锋也是奉命护驾，皇帝一切都好，韩元帅请回吧。"

韩世忠继续说：“牛将军，本帅既然来了，就要见圣上一面，否则是不会走的。”

牛皋只得说：“韩元帅稍安勿噪，待本先锋奏请皇上定夺。”回身对苗，刘二位道：“王爷，韩世忠带了有五万人马，恐怕不会轻易的就回去，要赶快想个办法，时间长了，惊动了各镇总兵，都来勤王护驾，那局面可就不好收拾了。”

苗傅有些慌了，忙问：“牛大王有什么好办法？”

牛皋略思考一下：“我认为只有一个办法，这是岳元帅出的主意。挟天子以令天下，传圣旨，令韩世忠退兵。”

刘正彦忙问：“圣旨，皇上肯写吗？”

牛皋笑道：“皇上写？咱自己写。假传圣旨，赶紧的，写好圣旨，让一个大臣去宣读，量他韩世忠也不敢抗旨。”

苗傅伸出大姆指说：“高，牛大王真是高。一道圣旨，不但退了韩世忠，同时也诏告天下，也就不会再有人来勤王了。”

刘正彦进一步说：“然后再发一道圣旨，夺了韩世忠的帅印，到那时候就高枕无忧了。”

苗傅发令：“来人，去找苗贵妃，写一道让韩世忠退兵的圣旨。让朱相去宣读。”

苗贵妃是苗傅的女儿，按照父亲的意思写了一道圣旨，盖了御玺，她把圣旨交给朱相爷。朱相托着圣旨出了宫殿，走下台阶，向午门走去。

城下有士兵报告：“王爷，朱相去宣旨了。”

牛皋马上朝城外喊：“牛统领，保护钦差。”

“遵命。列队，保护钦差大人。”随着大牛一声令下，弓箭手成两列纵队散开，直至城门下。

苗傅夸道：“牛大王的手下，真是训练有素啊。令行禁止，佩服。”

这时，城下有人喊："打开城门。"城门打开了。

牛皋哈哈大笑："令行禁止，到此为止吧。"双手抓住苗，刘二人的头，往中间一合，"呼"的一声，两个脑袋撞在一起，两人登时就晕了。此时，牛爷袖中抖出峨嵋刺，一下刺中刘正彦腹部，拔出来后，又抵住苗傅的咽喉。

城下，城门打开，大牛的乡兵冲进宫门，迅速贴着墙根开弓四射，直上城楼。韩元帅率兵杀进午门。

城楼上，叛军士兵与牛皋对峙，大牛冲上，一通乱箭全部射杀……

牛皋命令："大牛，割下刘正彦首级，押苗傅去见韩元帅。"

宫院内，杀声渐息，大牛提着刘正彦人头，押着苗傅下了城墙，来到韩元帅马前。牛皋下城墙见到韩世忠说："见过韩元帅，末将已将刘正六彦斩首，活捉苗傅，请元帅发落。"

韩世忠发令："立斩。永绝后患。"大牛将苗傅斩首。

牛皋命令："大牛，叛乱已平，城外扎营侯旨。"率乡兵出城去了。

韩世忠又令："中军官，带人将苗傅，刘正彦满门抄斩。击鼓上朝。"

临安城外，乡兵扎营完毕。牛皋忙与大牛清点人数，二百人一个不少，悬着的心终于放下了。

牛皋兴奋的说："大牛，派人去城里的大饭馆订酒饭，送过来，今天大吃大喝。"

大牛高兴的什么是的说："好嘞。你们几个，去城里，找个好点儿的饭馆订餐，让他们送过来。二爷，咱们干嘛不直接去饭馆吃，还费事往这儿送？"

牛爷笑道："我也想，但是这儿不比咱家，喝多了撒泼打滚儿没人管，可这是哪呀，这是京城、要是在临安城里撒酒疯儿，闹出点儿事来，巡逻的都敢砍死你，象二爷这个级别的，在京城满大街都是，一抓一大把。今天的活干得漂亮，露脸儿了。给咱的乡兵争光了，更主要的是，没给岳元帅丢人。哈……"

大牛后怕的说："二爷，刚开始布置的时候，您猜怎么着？咱们这些人吓的，脸儿都绿了。没见过这阵仗儿，就是不行，紧张。"

"我也紧张，都是老百姓，让他们做军队的事，我心里也没底。万一撕扒起来，都死在这，我也没脸回家了。咱们的人没受伤的吧？"

大牛："没有，咱们的人冲进去直接贴墙，分两侧上了城楼，主要是韩元帅的人和叛军打，再加上二爷的擒贼先擒王，叛军群龙无首，很快就完蛋了。"

两人正在说话，一个太监走过来喊："皇上有旨，牛先锋进宫见驾。"

"公公辛苦了，公公请先行。"牛爷转身说："大牛，等酒饭送来，招呼大家饱餐一顿。然后好好休息，不要到处走动。我去见驾，跟皇帝老儿要酒喝。"

牛皋随公公来到午门前下马，马匹兵器交与侍卫，进午门直接上殿，见了皇上叩头："微臣牛皋见驾，吾皇万岁。"

高宗："牛爱卿平身。赐座。"牛皋起身："万万岁。"

高宗传旨："赐宴。"有太监抬一桌酒菜放在牛爷面前。牛皋起身："谢万岁。"

高宗摆手说："牛爱卿，就不用老起来了，尽管吃，尽管喝。今天咱们君臣好好的痛饮一回。朕这几个月真是憋坏了。"

牛皋"呵呵"笑了："皇上，您是自找的，怨不得别人，当初我岳大哥怎么说的，是不是说苗傅和刘正彦的话不可信？结果呢，放了我们的假，用了奸臣小人，您差点儿断送了大宋江山。"

高宗悔恨的说："朕也常悔，遇见事不想想后果，不想想谁可靠谁不可靠，不分忠奸，自酿苦果。"

牛皋大口喝着酒，吃着肉，一点不拘束的说："皇上，不瞒您说，朱相派人送信给我大哥，大哥给我怖派活儿，臣还真不想来，是岳大哥老是兄弟呀，兄弟的，以社稷为重吧，以天下黎民百姓为重吧，咱们做臣子的，要为皇上分忧。我这才出山的。"

高宗叹道："岳爱卿文才武略，真是国之栋梁啊。"

"何止是我岳大哥呀，他儿子岳云，在牛头山保驾，也是个不怕死的主儿。"牛皋说。

高宗点头说："岳云小小的年纪，就为国出征，可敬可佩！"

人们常说饱吹饿唱，牛皋几杯酒几块肉下肚，话就多了："还有我岳大婶儿，身体多病，连炕都下不来了，那老人家还惦记着我们这些人，怕我们走歪路，就在岳大哥身上刺了四个字。""什么字？"高宗问。

"精忠报国"这四个字，这四个字，少说也得扎几百针吧？要我，宁可挨棍子，也不让扎。想着都害怕。人家我大哥就不怕。我们都不敢看。"牛皋说

高宗很感动："要封，要封。"起身到御案前，提笔写了几个字，放下笔，拿起纸走回来坐下说："牛爱卿，朕题了四个字，拿回去代朕传旨吧。"牛皋接过一看，纸上题写着"精国夫人"四个字。牛皋忙跪下谢恩："吾皇万岁万万岁。"起身坐下接着喝酒。。

高宗传旨："疾风知劲草，国难识忠臣。牛爱卿平叛有功，封左都督，御前行走。赐虎符。"太监递上虎符，牛皋接了，跪下谢恩："吾皇万岁万岁万万岁。""平身。""谢万岁。"起身坐下。

坐下后，牛爷端起一杯酒："万岁，您封了臣左都督，臣谢万岁，敬您一杯。"一扬脖干了一杯。高宗笑了。

牛皋借着酒劲继续聊："万岁，臣有一点儿不明白。封都督，为什么是左都督，而不是右都督？官儿的事臣不懂。"

高宗笑道："官职分正副，左丞相，右丞相，左为正，右为副。封牛爱卿为左都督，是都督这个位置最大的。"

牛皋悟道："明白了，谢万岁，臣以为，封臣为左都督，还应该封个右都督。"

牛爷与皇上聊天，就象聊家常。皇上封了左都督，是正都督，心里当然高兴，可是都督就一个，怎么能显出正副来呢，所以想让皇上再封个右都督。而高宗也再想，封了牛爱卿左都督，肯定还要封个右都督，于是就说："牛爱卿，你还想让朕封个右都督？"

牛皋把一大杯酒咽下，呛了一口，听皇上一说，以为皇上又封他为右都督，赶紧跪下谢恩："谢万岁。"

高宗疑惑的问："怎么又跪了？"

牛皋笑着说："刚才万岁封臣为左都督，现在又封臣为右都督，臣理当谢两次。"

高宗无奈的说："牛爱卿钻了朕的空子。左右都让你占了。"

牛皋明白是自己听错了，只能将错就错了："万岁，您是皇上，您不封臣，您可以收回。臣是看空着个位子，哪天您封了别人，封个忠臣还好，万一又封给了奸臣，整天老算计臣，那以后累的是臣，倒霉的是万岁。"

高宗只得顺水推舟："朕金口玉言，就依牛爱卿，封你为左右都督。位列三班。"

牛皋站起来奏道："万岁，臣不习惯上朝，站不住，每天还要喝口儿，所以，还是兼做我的先锋，为万岁冲锋陷阵，更能发挥特长。"高宗点头："就依牛爱卿。""谢万岁。"

高宗也喝着酒问："朕听说，牛爱卿带来的二百人，都是乡村的民兵，不是军队？"

牛皋奏报："臣带来的人，都是本村的乡兵，是微臣的老婆，组织村里的男女村民。成立的民团，一边种地，一边练兵，战争期间负责保卫村庄，后来，相州节度使刘大人给下拨了军器。这些乡兵还跟金兵打过仗，还抓过奸细。"

高宗惊讶的问："几百人还敢跟金兵打仗？"

牛皋邪呼着说："呦，打得还挺历害呢。牛头山会战前，金兀术派兵偷袭本村，想抓岳老夫人做人质，派了五千人马，两员大将，进攻永和乡，被我们的乡兵打退了好几次，直到刘总兵的援兵到达，把金兵全歼。"

高宗晃脑点头："奇也，妙也。大战之外的大战。"

牛皋奏道："这次与微臣前来护驾的民团团练使，与微臣多次南征北讨，立过不少战功，在汜水关射杀了金番老狼主的女婿，是个人才。"

高宗继续问："朕有一点儿不明白，那些女兵，手无缚鸡之力，无武功，如何打得了金兵？"

牛皋又奏："皇上，我老婆赛玉姐姐说，女子参战，不为杀敌多少，只为鼓气，可以造成全民抗金的氛围，激励全体将士，精神上的力量比杀几个金兵要大得多。而且她们也有秘密武器。""什么秘密武器？"

牛皋告诉皇上："麻辣包。臣还吃过亏呢。我家赛玉姐姐在藕塘关长大，从小就参与守城，她训练女兵有一套，"

高宗赞道："想不到，我大宋还有如此的奇女子？"

牛皋得意的说："她训练这些女兵，也是一举两得的事。队伍中的将领许多人都是单身的大龄青年，常年在外，戎装裹身，也没有个家，当这些光棍听说臣的村里有漂亮的女兵，放假都不回家了，全都去了汤阴县。赛玉姐姐特意举办了一个招亲大会，忽拉一下子，这些女兵一个不剩的都给娶走了。都是香饽饽。"

　　高宗感动的说："该封，该封。"

第四十一回　乡兵吃御宴　赛玉受皇封

牛皋假装拦着："别，别介皇上，您千万别封，她要是超过臣去，臣在家就更没地儿呆了。这还整天说鲜花插的牛粪上了呢。"

高宗笑着起身，来到御案前，提笔写了几个字。放下笔，拿起纸抖了抖，过来交给牛皋。牛皋一看，上面写了几个字：巾帼赛玉夫人。牛皋赶紧跪下谢恩："吾皇万岁万万岁。"爬起来。

高宗传旨："汤阴县孝弟里永和乡民兵，救驾有功，赏白银一千两，布五十匹，酒二十坛。团练使大牛升副统制之职。牛夫人戚赛玉封巾帼赛玉夫人，领四品俸禄。钦此。另，牛皋救驾有功，赏白银五百两，锦缎十匹，封左右都督。钦此。"

牛皋跪拜谢恩，起身又奏："启禀万岁，臣率乡兵日夜兼程，由汤阴赶到临安救驾，所需盘缠均为自费，每天啃干粮，预计来回银耗五百两，现在，乡兵驻扎城外，无法开火造饭，只能点些外卖，也需报销。"

高宗再传旨："乡兵来往费用，报五百两，所点外卖为御用，朕出。另，准汤阴县乡兵奉旨游京城一天，钦此。"

牛皋再跪谢恩："谢万岁。"

回到乡兵营盘，牛皋下马，大牛接着。

大牛恭喜道："二爷，吃了御酒，飘着香味儿就回来了。"

牛皋大笑："皇上单独请二爷，酒肯定喝的是好酒。大牛，接旨。大牛接旨。"

大牛愣住了："啊，大牛接什么旨？"跪下了。

牛皋宣读："汤阴县孝弟里永和乡民团牛团练使，训练乡兵有方，救驾有功，升副统制。钦此。"

大牛连着磕头："谢二爷，谢二爷。"

牛皋提醒醒说："也要谢皇上。""是，也谢皇上。"

这时，两辆马车赶进营盘，一太监喊道："牛将军，这是皇上赏的御酒二十坛，布五十匹，白银一千两，来往车马费五百两。请签收。"

牛皋一指说："大牛，点下数，签收。"大牛过去点了数，签了字。

太监又说："牛将军，另赏将军的锦缎银两随后就到。乡兵的赏赐交接完了，小人向皇上复命去啦。""公公慢走。"

大牛看着赏银布匹说："二爷，这都是皇上赏的？"

牛皋点头说："是呀，一千两银子，二十坛子酒，五十匹布。另有五百两不是赏赐，是咱们这次从汤阴到临安的路费，另外，今天你叫的这顿外卖大餐，是算皇上请客，是御宴。够吃不够？不够赶紧接着点，反正皇上出钱，不吃白不吃。"

大牛高兴的说："刚才兄弟们说想吃鱼，我寻思没那么多银子，没敢要。"

牛皋发话："赶紧去，加四十条鱼，四十只鸡，二十盆鸡蛋汤。""好嘞。"

牛皋站在乡兵中间开始训话："孩儿们，今天一定要吃饱喝足，明天就回家了，不过，你们这些人中，大多数没出过远门儿，今天，我们来了就不能白来，二爷请示了皇上，皇上恩准我们回家之前，可以游览临安城。记住，是奉旨游览…""谢谢二爷……"乡兵欢呼起来。牛皋摆手说："应该谢皇上。""谢皇上……"

牛皋指着马车说："大家看见没有，车上装的是皇上赏的布，酒，还有银子。更重要的是，马车上插着黄旗，酒坛上有御赐的字样，这对于一个乡兵来说，是一件非常值得骄傲的事，是很大的荣誉。明天，在京城转圈的时候，大家一定仔细看看京城的景色。以后就没有机会了。""是，听二爷的。""谢谢二爷。"

　　岳飞家的院子里。桌子上放着香炉，水果，点心。炉内燃着几柱香。岳飞身穿孝服，坐在桌子旁，他抬眼望着天空，表情很痛苦。

　　"婶儿……"，牛皋哭着跑进院，跪下爬了几步就放声大哭："婶儿"，你怎么不等牛皋回来呀？让牛皋看一眼您再走啊。婶儿……您待牛皋就象亲儿子，一样，牛皋没能送您一程，是不孝啊。牛皋不是东西啊。呜……想孝敬您，没机会了，婶儿唉……"

　　王贵，张显，汤怀，吉青穿着孝服走进来，见牛皋跪地下哭，汤怀马上过来搀扶。

　　王贵问："二哥，二哥回来了？"过来帮扶。

　　吉青生气的说："二哥，大娘走了，今天都三七了。你也是，管他什么狗皇帝，他的死活有咱大娘重要吗？你就那么想立功？"

　　岳飞怒道："吉青闭嘴。不准胡说。你这是找死呢？娘什么时候走，老天说了算，不是人力所能为的。你二哥是去为国除奸，是大忠，为我们乡兵扬名立万是大智！二弟起来。"

　　张显难过的说："二哥，给大娘烧点儿纸吧。"

　　牛皋从桌上拿了一摞烧活，单膝跪地，在碳盆里烧纸。一边烧纸，还一边念叨："婶儿"，您收钱，牛皋给您捎钱来了。您在那边，可别舍不得花，没有了，就告一声儿，我们这边有的是，您就放心吧。一切都有您大侄子呢。对了，我娘比您去得早，我这些年净在外边跑了，一直也没顾得上，她挺苦的，您老人家干儿子，干闺女多，他们给您捎的钱也多，您要是花不了，您就给我娘点儿……对了，婶儿，大侄子这次去临安救驾，顺便给您讨了封了，那构皇帝老儿给您题了字了，这就是圣旨，也给您捎过去。您收着吧。"从怀中掏出圣旨和题字，就往火盆里放。站在一旁的张显手急眼快，一把抓了过来。

　　张显一拍牛皋的手说："二哥，哭糊涂啦，圣旨也烧？"

牛皋站起来，擦了擦眼泪说："噢，是糊涂了，大哥，二弟向皇上讨的。一道圣旨和皇上的亲笔题词。"

岳飞从张显手里拿过圣旨，交给牛皋，跪地说："二弟，你是钦差，你读吧。"

牛皋打开圣旨念："奉天承运，皇帝诏曰。封岳老夫人为精国夫人，钦此。"

岳飞："吾皇万岁万岁万万岁。"起身接过圣旨，打开仔细看过，又看了高宗的题字后，陷入沉思。众兄弟围过来看圣旨。

岳飞把圣旨交给牛皋说："二弟，烧了吧。是你给讨来的，由你烧吧。"

牛皋急着说："大哥，不能烧啊。这是皇帝亲口封的。亲笔题写的精国夫人。是耀祖光宗的东西，能名垂千古啊。"

岳飞叹道："兄弟，娘去了，该做的都做了。这个世上，已经没有精国夫人了。精国夫人，驾鹤西去了……"低头抽泣。牛皋把圣旨和御题放进火盆……

"二叔，回来啦？。"岳云和张宪走进来，岳云哭着说："二叔，奶奶没了……"

牛皋拍了拍岳云的后背："大侄子，不要哭，你一哭，爹娘都难受。张宪，多开导开导他。"

"是，二叔。咱去屋里吧。"与岳云进屋去了。

牛皋收住眼泪说："哭也哭了，纸也烧了，说点儿正事吧。大哥，这次皇上给乡兵赏了五十匹布，二十坛酒，一千两银子，来回车马费报了五百两，还赏了一顿御宴，临走还奉旨游览了京城。大牛在这次行动中，表现的很好，皇上亲自提拔他为副统制。皇上赏的东西，全由大牛去发。论功行赏。兄弟没插手。"

大家脱下了孝服。

岳飞点头说："好，乡兵们应该得赏，大牛也该升职，都是好样的。""皇上还赏了二弟一些银子和几匹缎子，本来想孝敬孝敬婶儿的，婶儿这一走，……唉，那就让大嫂代收吧。"

岳飞摆手说："二弟，留着自己用吧。我替娘谢谢你了。"

王贵指着牛皋说："二哥，你这是拍大哥的马屁呀？别拿大娘说事，既然是送大嫂，那你弟妹也得有份呀。是不是兄弟们？""是，没错。"

牛皋瞪眼问："都谁说是呢？你？你……"汤怀赶紧摆手："二哥，我可没说。"

牛皋把汤怀拉到一边说："老兄弟没说，好。咱大嫂和五弟妹，一人一份。汤兄你结婚，二哥也没出份子，今天算补上了。"

王贵见状马上改口说："二哥，闹着玩呢，真是闹着玩呢。"张显也说："可不是，我结婚的时候，二哥也没给意思意思呀？"

吉春出头为牛皋拔份说："去……都一边去。把二哥当什么人了？当年的山大王，那可是仗义疏财的主儿。你们想，都是兄弟，二哥能有薄有厚吗？"

牛皋指着王贵，吉青："凭你们几个，狗屁都甭想，二哥这是看弟妹的面儿上，就一人一份儿吧。拿上来。"

大牛肩扛手抱胳膊夹，搬进来几匹布，王贵，张显忙上前接手，放在桌上。

牛皋郑重的说："记住了，这可是皇上赏的绸缎，一定要交到媳妇儿手里，"

大牛给岳飞施礼："大牛拜见元帅。"

"平身。"岳帅说："大牛，以后都是兄弟，好好干。团练使的职务就让你媳妇当吧。你负责全面的工作。主抓全县的乡兵。"

"谢大帅。"大牛出去了。

牛皋坐下说："大哥，遗憾的是，皇上没赏二弟御酒。理由是兄弟老醉酒。说就不赏了。什玩意儿？醉酒证明我喝酒，喝酒的人哪有没醉过的？是有不醉的，他不喝他醉什么？要这样，下回有事，我还不管他了。"王贵手一摊说："御酒喝不上了。"

这时，大牛抱个大酒坛子进院说："二爷，御酒。兄弟们说，护驾论功，二爷最大，所以，这御酒二爷应该先喝才对，非要让末将搬一坛过来给二爷尝尝。"

牛皋大喜："嗯，懂事。二爷还真馋酒了。"

岳帅用手一指说："大牛，兄弟们人多酒少，你去西屋再搬几坛酒给弟兄们，就说是本帅赏的，让大家喝个痛快。""谢谢大帅。"

张显拿来一摞碗，摆在桌子上，开坛倒酒。

牛皋递给岳帅一碗："大哥，节哀顺便，喝御酒。嗯，好喝。大哥，你们喝着，我回家看看。还没进家门儿呢。你们几个，陪大哥喝酒。"

王贵推着牛皋说："赶紧吧你，二嫂想你了。我们陪大哥，酒就不给你留了。"

牛皋指着王贵的鼻子说："你呀，这一娶了老婆，就变得抠抠缩缩的了，哪儿象个财主，整天出来蹭酒，瞧让媳妇儿管的……吉兄弟，看着他点儿，别让你姐夫喝多了，他现在怕老婆了。"回自家院去子。

牛皋进到屋里，见赛玉正靠箱子坐着，两个丫环陪着聊天捏腿。见牛皋进来，两个丫环起身叫声："二爷。"出去了。

牛皋放下包袱问："戚姐姐，还没生呐？"

赛玉晃晃头："牛粪，大夫说还得一个月。你刚回来呀，没伤着吧？"

牛皋一摸擦胸脯说："没有，你看，这不是全须儿全尾儿吗。"
"咱村的乡兵没事吧？"

牛皋一扬手说："没事，二百人，一个不少。都给带回来了。"
"谢天谢地。这下就放心了。"

牛皋兴奋的说："这些乡兵，给咱村儿挣脸了。也给你挣脸了。连构皇帝都说乡兵办得好。还赏了乡兵五十匹布，一千两银子，二十坛御酒。还给大牛升了职。做副统制了。现如今，你的乡兵已经扬名四海了。大哥说，让大牛抓全县的乡兵，让胖玲子做团练使。"

赛玉笑眯了眼："瞧给你美的，跟吃了蜜蜂屎似的。"

牛皋得意的说："可不光是吃蜜蜂屎了，那一坛子御酒，顶多少蜜蜂屎呀！你是没看见，我们在临安城，奉旨绕城一周，多神气呀，给这些小子们乐得屁颠儿屁颠儿的。屁眼儿都合不上了。"

赛玉报怨着说："净顾你们美了，你这一走，我在家整天惦记着，由其是这些乡兵，在临安要是真打起来，还不让人家跟踩蚂蚁似的，就是去垫背。"

牛皋不同意这么说："嗯可不是，不能这么说，我带他们去，可不是让他们去打仗的，而是给了他们一个扬名立万的机会。没让他们跟我进宫，就让他们在外面接应。然后赶在韩世忠前面进宫，又不参与撕杀。所以一个都没伤，又立了头功。"

赛玉深情的说："这么说，我叫你牛粪，还真是糟踏你了。"

牛皋"呵呵"的笑着说："没有，牛粪恰如其份。看看粪堆上有什么？有圣旨。戚赛玉接旨。"

赛玉也笑了："接你个牛粪。擦屁股纸当圣旨。""真是圣旨。"

赛玉摆着手说："真的假的都不接，拿来我看。""别动，你挺个大肚子，行动不便，坐接便坐接吧。"牛皋说。"听你的话，怎么那么捌扭啊。拿过来。"赛玉伸手要。

八牛皋站起来："戚赛玉接旨。可坐接。"

赛玉只是笑，没当回事。

牛皋站起来，从怀中掏出圣旨宣读："奉天承运，皇帝诏曰。戚赛玉训练民团有功，且为军中将领办招亲大会，解决将士后顾之忧，实乃我大宋之女中豪杰，赐封巾帼赛玉夫人。领四品俸禄。赐朕手书一幅，钦此。"

赛云玉笑着说："你个牛粪，假传圣旨，该当何罪？"

牛皋把圣旨卷上说："好，你说是假的，我烧了去。还有五匹锦缎，和圣旨一块烧。还有赏银，我也扔了去。"

赛玉惊叫道："你给我站住。臭牛粪，拿来我看。"牛皋将圣旨交给赛玉。赛玉仔细看后突然喊："牛粪，你冒充钦差，该当何罪？"

牛皋没听明白："什么罪？""过来，我告诉你。"牛皋贴近赛玉。赛玉深情的在牛皋脸上亲了一口。

牛皋大笑："表现好，再奖励你一样东西。瞧，这是皇帝亲笔题写的。"拿出题字打开，赛玉看罢说："不行，我得谢恩。"爬起来要跪。

牛皋拦着说："算了吧，谢什么恩，别吓着我儿子，过些日子，把这幅字装裱一下，挂起来，在做一块匾，也挂起来。"

赛玉半疑惑半得意的问："粪哥哥，这真是皇上的亲笔呀？"

牛皋一愣："哟，今天怎么这么温柔啊？酸……这还有假，我是看着构皇帝写的。当时我跟构皇帝喝酒，讲了你的乡兵，和女兵抗金的事，又讲了招亲大会，构皇帝感动了，提笔就写，我还直拦着，拦不住。算了，让他写吧，给他个机会。"

赛玉用眼一撇牛皋说："臭得性，喘上了。"

牛皋继续侃道："我还问构皇帝，既然封了赛玉夫人，给她几品呀？构皇帝说，五品吧。我说，您千万别给高喽。构皇帝说，五品算高吗？我说，甭管几品，别超过臣就行。最好比臣低点儿。构皇帝说，那四品？我赶紧说，谢万岁。四品拿下了。”

赛玉又亲了牛皋一口。

牛皋大笑："谢姐姐赏。构皇帝还说，牛爱卿救驾有功，封你个什么官呢？我说您别费劲想了，别超过我岳大哥就行了。皇帝说，封你为左都督吧。我说谢皇上。我问皇上，封臣左都督，是不是还有右都督啊？皇上说，有啊。封了你左都督，你还想当右都督？我说谢万岁。哈……皇上说让我钻空子了。就把左右都督都封给我了。瞧……"从腰间拿出两块金牌。

"牛粪哥哥，你真棒。"赛玉又亲了一口。

牛皋继续侃道："构皇帝说，赏你白银五百两，锦缎五匹。我说谢万岁，银子领了，布就不要了。构皇帝问，为什么光要银子，我说，臣与岳飞，王贵，张显，汤怀，吉青，六个人住在一个院儿里，我们都是过命的兄弟，有福同享，这绸缎拿回去肯定是要分的，五匹布，六个人，不够一人一匹，所以就不要了。但情领了。万岁说，噢，是不合适，那朕就多出点儿血，赏你十匹吧。"

赛玉又亲了牛皋一口。

赛玉怯怯的问："牛哥哥，你真是这么说的，皇上不生气？"

"呵呵。"牛皋说："生气？高兴还高兴不过来呢。这时候，除了皇位，你要什么他都给。这才显示出他的价值呢。他想让你知道，你救驾，值。而且，他跟我聊天儿，不用动心眼儿。说我和别的大臣不一样，心直口快。我叫他皇帝老儿他都乐。他还让我留在京城，说位列三班。我说去你的吧，我还回去等着生儿子呢。不过皇上放心，国家有事，臣还做先锋，皇上有事，臣还来。给构乐得……"

赛玉大笑。又亲了牛皋一口。

牛皋接着说：“构皇帝说，所有的人都想入朝为官，你为什么不想？我说，万岁，今天臣救驾，升了臣的官儿，明天说错了话，又能一撸到底，现在我媳妇儿怀揣六甲，就要生了，臣还要伺候月子呢。所以得先回家。什么时候回来也没准，这虎符已经给臣了，您不收回去了吧？”

赛玉摸着牛皋的脸说：“真敢说呀，粪哥哥。”

牛皋妄形的说：“人逢喜事精神爽，他高兴的时候，你就指鼻子骂他，他也乐。皇上也是人。”

“粪哥哥，锦缎给玲子一匹吧。她也很辛苦的。”赛玉说。“行，你打赏吧。你给胖玲子，别人也挑不出来，我要是赏了大牛，就有闲话了。”“那你搬一匹过来，放炕上，等玲子过来给她。”寒玉说。

牛皋来到屋外，将桌上放的缎子搬进屋后，抱一匹到里间，放在炕上，对赛玉道：“这锦缎可是好东西。花多少钱没地儿买去。还有银子，五百两。全交戚姐姐，这是赏银，收好了，你快生孩子了，什么都别自己干了，多找几个人伺候，别心疼银子。”

赛玉用眼飞了牛皋一下：“傻东西，银子是好东西，但它是你拿命换来的，能不花就不花。古人说过，常将有日思无日，莫待无时想有时。现在过紧日子不要紧，以后花钱的地方儿多着呢。你把你用的留够了，出门在外不能空着手儿，吃别人的，喝别人的不算是男人。”

牛皋摸着媳妇的脚说：“瞧瞧，戚姐姐是天下最好的媳妇儿，懂事理，明大体……”

“哟，姐夫回来啦。”胖玲子进院儿喊了一嗓子。

牛皋下炕走出屋子，来到院子里。从东屋出来两个丫环，一个开始扫院子，一个进了屋。

　　牛皋指着玲子说："你这个胖玲子，怎么还这么乍乍呼呼的？""姐夫，这趟玩儿得好爽啊？我们家大牛呢，怎没回家。""你们家大牛现在事多了，还没忙完，你去进屋一趟，你姐找你。"牛爷说。

　　玲子指自己鼻子说："我，有事呀？嗯，是不是快生了？"进屋去了。

　　"二爷。"大牛走进院子叫了一声。

　　牛皋问："嗯，忙完啦，皇上的赏赐都分下去啦？""都分了，所有的人都是份，但还是这次有功人员分得多，在家没去的意思了一下，酒大家都喝了。"牛爷问："有不满意的吗？""没有。都高兴着呢。要说不满意的，就是那些留下的人，他们说下次有这了事，应该轮着去。"大牛得意的说。

　　玲子抱着一匹布从屋里走出来，高兴的说："姐夫，这是姐赏我的。听说是供品。"

第四十二回 喝杏花元帅题诗 见黄河都督感慨

　　"可不是吗，这是锦缎，上供给皇上，皇上赏赐给大臣。不过，这可不是赏给你的，只是让你领一下。"牛爷说。

　　玲子一甩脑袋："那我不管，姐给我的，赏大牛的应该姐夫赏。大牛，跟姐夫要。"

　　牛皋笑道："你这个胖丫头，结婚以后胆子大了，嗓门也高了，记住了，别满处嚷嚷去。""小声点儿，抱着一大捆布，还大声嚷，你这不管不顾的，再吓着我儿子。"大牛提醒说。

　　"哟，你也快当爹啦？""是，二爷。"大牛美滋滋的说。和玲子进屋了。

　　玲子进屋，放下布又出来说："谢谢姐夫了。""谢你姐去，谢我干嘛？""谢谢姐夫提拔我们大牛啊。"玲子说。

　　"那是他自己干出来的，应该的。"牛爷接着说："还有件事，也提拔提拔你，给你也升职，你就做团练副使吧。"玲子高兴的蹦了起来："谢谢姐夫了。"

　　牛皋严肃的说："别光顾美了，你以后管的事多了，要用点心，全村的乡兵由你主抓，女兵方面还要招一批，好好培训，但选拔要严格，素质要高，咱村女兵的事，皇上都知道，都叫好儿。一定要重视。"

　　玲子信心满满的说："姐夫放心，我要公开招慕，要考试，还要面视。保证高标准严要求。"

　　牛皋挥手："去，回屋去吧，别贫了，大牛累了，别让他干活了。"

　　牛皋来到岳飞院内，哥几个还在喝酒。桌上有了酒菜。牛皋坐下，端起杯接着喝酒。

　　牛皋看了一眼王贵说："还不错，给我留着呢。"

"小心眼儿。这么大坛子酒，得有二十斤，一顿哪儿喝的完呀，你以为都象你是的，喝酒玩儿命。"

牛皋看看桌子："嗯，有菜啦，那就不客气了。还真饿了。这些日子，每天都赶路，啃了三十来天的干馒头，没吃一顿正经饭。今天能享受御酒了。来，大哥，喝着。"连喝两碗。汤怀拿起酒壶给牛皋倒酒。酒倒多了溢了出来。

牛皋急着说："哟兄弟，小心点儿，这是御酒，可不能糟蹋。"说着，趴桌上赶紧用嘴吸。吸完了说："还行，一点儿没糟浅。这酒是拿命换来的，不能便宜了土地爷。"

张显不屑的说："二哥耶，什么时候变得小家子器了？你说这御酒好，我怎么喝着也是那味呀，都一样。没喝出好来。""兄弟，喝酒堵嘴，酒量不行就多吃菜。大哥，我刚才看了，我家鲜花儿身体挺好的，也有人照顾。大哥这儿，婶儿的事也办完了，你看，哪天出去散散心，我也借机会给老家儿的坟迁走。"牛皋说。岳飞同意了："行，准备好，三天以后出发。""干嘛去？带着我呀。"吉青问。"带大哥出去散散心，往西走。"牛皋说。"我们也去。"王贵，张显，汤怀都要去。

岳飞想了想说："张显，汤怀，你俩就不要去了。新婚燕尔，多陪陪弟妹。吉青，王贵，你两个要去，回去先跟姨妹请示请示，批准了去，批不准就别勉强。"

吉青笑道："大哥，还用请示？我可不是怕老婆的人。这点儿小事我还做不了主？"

牛皋指着吉青："拉倒吧你。你俩的媳妇儿，都是我们家鲜花儿的徒弟，她教出来的，专治你们这俩叫驴。对了，酒都要少喝，喝多了酒味儿大，影响孩子。"

王贵用筷子戳着桌子："说嘴打嘴。你别说别人。徒弟历害，徒弟的师父不是更历害。"

　　酒足饭饱，大家都散了。牛皋回到自家院内。叫了声："大牛……""二爷，什么事？"大牛从屋里出来问。牛皋告诉他："大牛，元帅要出去考察，我陪着去。你也去。""好嘞。我去准备。""别着急，今天不走。"牛皋嘱咐大牛："明天你去县里，找那办红白喜事的，你就说迁坟，带他们去我娘的坟地，其于由他们办，规矩他们懂。然后再去……对，有图纸，我爹的坟地，在这张图上标着呢。坟地的北面有个镇，去镇上也找开寿衣店的，让他们把坟起了，事情办完了，就去黄河渡口，等着就行了。带上两个人。""好的二爷，肯定办妥。"

　　牛皋进了屋对赛玉说："戚姐姐，我过两天和大哥出去一趟，就手儿把我娘和我爹的坟也迁走。我爹生前说过，他喜欢在西北过那种与世无争的生活。现在有条件了，就给他办了吧。这次出去，大牛也去，家里的事多的话，就多找几个人，胖玲子现在是团练副使了，比以前忙了。"

　　赛玉满不在乎的说："行了，你走你的，就别操心了。我肯定要找人的。倒是你们出去要小心，多带几个人，多带点儿银子，穷家富路啊。"

　　牛皋笑了："鲜花真会心疼人了，我要上炕啦，还用不用先见驾了？"

　　赛玉斜了一眼说："你呀，以后记着，回到家以后先洗洗身上洗洗脸，今天就算了吧，你现在是有身份的人了，别老弄得真跟粪堆似的。"牛皋点头称："是，今天实在是太困了。"

　　赛玉挪了挪地儿："你就先躺下吧，那也要先听我说完再睡。听我说啊。我想呢，把咱家的房子翻盖一下，盖高点儿，盖大点儿，再多盖几间。""盖它干嘛，又没几个人，我又老不在家。"牛皋是困了。

赛玉怕牛皋睡着了，就蹬了他一脚："你现在是都督了，我好歹也算个诰命了，这皇上给的赏钱，要是不花，多亏得慌啊。你瞧人家王贵，张显，汤怀家的房子，都挺气派的，就咱家寒酸。"

牛皋差点睡着了："咱家以前没房，当年是徐知县帮着给盖了几间房，后来岳大哥当了元帅，县里改造帅府，咱家又沾了光儿了。也是，现在有条件了，按照级别，盖成岳大哥家那样的房子，也不算超标，"

赛玉点头说："这个我懂。我先去县里申报，让县里规定标准，出方案，按理说应该有补贴的。""盖吧，应该盖。困了……"

岳飞，牛皋，王贵，吉青，四人四骑，一阵狂奔后，放慢了速度，边走边聊，不觉进了山西境内。。

岳飞看着周围的山山水水，不禁感概道："人说山西好风光，景色真的不错。土地肥沃，百姓纯补，真是人杰地灵啊。听说前朝的女皇武则天，就是山西人。"王贵摇头说："女皇帝，没听说呀？"

岳飞说："武则天是山西人，还有关羽关圣人，也是山西人。"王贵兴奋的说："关羽关云长啊，我最崇拜了。我喜欢青龙偃月刀，就是学的关老爷。"

四兄弟放马又跑了一阵，再放慢了速度。

岳飞指着四周说："这是交城县地界了。交城县还有一个说法，说是交城有山有水，却是一个穷地方，因为交城的水浇不着交城的地，却能浇到文水县的田。所以有个歌谣说，交城的山，交城的水，不浇交城浇文水。不知是真是假，没有考证过。"

吉青也看了看周边的地形说："我没有地域意识，可能来过山西，但一般都是路过，为生活所迫，从来没有象今天这样仔细看过。”“我只知道有个五台山，传说杨五郎在那里出家当了和尚。”牛皋说。

岳飞点头：“五台山是文殊菩萨的道场，佛门圣地，能在五台山出家，也是个好归宿。只是杨家一门忠烈，最后的下场，让后人叹惜呀。”

牛皋不以为然的说：“杨家将也是，要我看就是糊涂蛋，保什么皇上啊？上太行山，自己称王，凭那七个儿子的本事，自己当皇帝，也不是难事呀，让几个奸臣捏着玩儿，也不敢反抗，窝囊。有武艺，没脑子。”王贵指着牛皋：“你有脑子，你看看咱兄弟里头，有说你有脑子的吗？”

牛皋瞪着王贵：“好，我没脑子，我给你那匹缎子，你给我送回来，你不送，我堵你们家门儿要去，你看我有恼子没有。”王贵耍赖说：“不给，拉出来的屎，撒出来的尿，你还能收回去呀？”

岳飞晃了晃马鞭说：“不要妄评先人，是非功过，自有后人评说。”“大哥，快中午了，咱是赶路，还是打尖吃饭呀？要是赶路，天黑之前，能赶到杏花村酒坊，那能包吃包住。”牛皋问。

岳飞向前一指：“那就抓紧，兵发杏花村。”王贵，吉青率先向前冲去。岳飞，牛皋快马向前追去。

王贵，吉青在一个三叉路口停下，岳飞，牛皋也跟了过来收缰住马。王贵问：“二哥，走哪条路啊？”“我也不知道啊，我又没来过。唉，那边有个放牛的，过去问问道儿。”牛皋往前一指。

王贵策马过去问：“小爷们儿，指个道儿，往杏花村怎么走啊？”牧童手一指：“往前走，还有十里地。”“好的，谢谢啦小爷们儿。”“您别客气。”放牛娃说。

王贵拍马向前跑去。岳爷，牛皋，吉青也跟了上去。跑了一阵，见前面道边立着一块大路牌，上面有字，王贵的马已经跑过去，被岳爷叫了回来。岳飞站在路牌前，念道："借问酒家何处有……美，美哉。"王贵转马回来说："大哥，一个木牌，美什么？"

岳飞解道："借问酒家何处有，牧童遥指杏花村。这不是跟古诗上说的一样吗！偏巧不认路，那儿就有个放牛的给指路。诗如画，画如诗，未喝先醉了。"

牛皋笑道："大哥变书呆子了。你怎么知道那个放牛的，是真放牛的，还是假放牛的？还没准是酒坊雇的人专门在那儿指路呢。"

"不论怎么说，创意也是好的，见了牧童，就想到杏花村，就想喝酒，驾……"岳爷开始加鞭。

杏花村果然不同凡响。街道干净整洁，家家户户的门上都插着酒旗。酒家门前，有小二在招揽客人。

岳爷等在一家酒店门前下马，小二迎过来招呼："几位爷，里边请。"王贵很直接的问："有好酒吗？"小二笑着说："瞧您说的，您到杏花村，想喝次酒，您还不如要我的命呢。没地儿给您找去。本店规矩，甭管是路过，用餐，还是住宿，本店都有品尝酒，先尝后买。"

岳飞拍板："就这儿吧。马喂料饮水。"

小二热情的说："这您放心，上好的饲料，干净的井水。您里边坐，楼上有雅座。"

牛皋告诉小二："找一个大点儿的房间，把行理搬上去。"小二赶紧招呼人搬行李喂马，招待客人。

几位爷捡个位子坐下，小二端来四杯酒，放在桌上说："大爷，这是品尝酒，免费的。"

牛皋端起酒杯喝了一口说："好酒，不错。都尝尝。"每人端起一杯品尝。品尝后点头称赞。

掌柜的出来抱拳见礼：“各位大爷，本店可以在店内喝酒，也可以露天饮酒，您是在室内，还是在室外？”

岳飞想了一下说：“我看外面的环境挺好的，就在露天吧。我喜欢野餐。”

掌柜的说：“好嘞，一会儿天黑了，我给您点一堆篝火，现在兴这个。我们用的木柴都是果木的，烧起来有一股清香味。不呛人。”

岳飞点头致谢：“辛苦了，弄盆水，我们洗把脸。”

掌柜的说：“有，等您坐定以后，就给您准备好，保证盆静水清布巾蒸煮。”

很快，在店外的空地上，摆着一张八仙桌，四张靠背椅，不远处，立着四个脸盆架，有盆有布巾。岳爷等过去洗手洗脸，尔后在桌前坐下。

掌柜的出来问：“大爷，我们的酒分大坛儿小坛儿，您要大坛儿的，还是小坛的？”

“大坛儿。”吉青说。“有什么讲究吗？”岳爷问。掌柜的介绍说：“当然小坛儿的好，小坛儿密封好，不跑酒，储存时间长，口感柔和润滑，属高端消费。大坛酒是零卖酒，喝多少，打多少，是大众消费。”

“好不容易来一趟，喝好的。菜也要特色菜。只是不要太多，够吃就行了。”牛皋说完，王贵点赞道：“二哥会过了。”

牛皋笑道：“你请客，当然给你省着点儿了。”“怎么又我请客？噢，一人一碗饸烙面你请客，喝名酒吃大餐我出银子，我傻得没边儿了。”

牛皋笑了：“你是大财主，富可敌县，你忘啦？在太行山那会儿，山寨上没辙的时候，不是老上你家要救济吗？”“得得，我看呀，你是娶了媳妇儿以后，变抠了，知道银子是好的了。”王贵挤兑牛皋说。

牛皋摆手说：“不行，比不了你。这么着，这顿饭吃完了以后，你把账结了，这是最后一顿，完了还是老规矩，财务统一，每人出十两，我管账。”

岳飞和吉青都笑了。“我同意，就这么办。”吉青先举手赞成。

王贵瞪了吉青一眼：“你个楞头青，你乐了，你可是蹭了好几顿儿了。”“不寒碜，谁让我穷呢。”吉青手一摊说。

王贵指了指牛皋，指了指吉青：“你们呀，得，说是说，逗是逗，兄弟我既然是公认的财主，今天就拿出富人的派头儿来，这顿饭，畅开吃。多少都算我的。完了我再出二十两，这回满意了吧？”

牛皋点赞：“嗯，够意思，不愧是十里八乡的首富。你要早这么说，出门我就不带银子了。”

小二端托盘过来：“大爷，酒到，先上四坛儿，不够喝您招呼一声。”又一个小二过来：“大爷，菜到了。”

掌柜的过来：“几位爷，喝我杏花村的酒，最讲究的是器皿，不知道您几位喜欢用什么样的酒具？酒器有壶，碗，杯，闷儿，盏。耀州窑的壶，建窑的盏，均窑，定窑，龙泉窑，喜欢什么窑口儿的用什么窑口儿的。”

岳飞摇头：“喝酒还这么讲究，文气一点就好，随便来吧。”“我要大碗。”吉青说。

掌柜的说：“这位爷文气十足，用杯是最好的。文人喝酒，称为品。品酒，品的是韵，品的是味道，品的是酒的内涵和真谛，这其中，有大悲，有大喜，有现实，有人生。品世间自然万象，喜，怒，忧，思，惊，恐种种。而用大碗者，喝的是性格，勇猛，豪放，宣泄，无忧无虑，喝的是现实。酒香与否可不计，大碗方显英雄本色。”又对牛皋问：“您二位呢？”

牛皋忙说："噢，我俩，我俩是文人，用杯，用杯。"

掌柜的说："好的，稍等。"去店里了。

吉青疑惑的看着他们说："合着就我是大老粗儿是吧？"

王贵看着旁边说："你以为呢？"

不大功夫，掌柜的端着杯，碗，壶过来，放在桌上。

掌柜的介绍："几位爷来着了，我店新进了一批酒具，是耀州窑的瓷器。您看这把壶，设计的极其巧妙，从上面看，没盖没口，翻过来看，口在下面，从下面把酒倒进去，翻过来，壶嘴朝上，就能倒酒了。是不是很巧？这样的设计，能给我们在饮酒时增加乐趣。而且卫生，干净，防止落入灰尘。您几位慢用。"回店里去了。

岳飞招呼："来，喝着吧。到酒乡了，喝着美酒，闻着酒香，听掌柜的讲了饮酒之道，才觉得人活着，有许多遗憾，今天补上还不算晚。"

吉青自语道："你们都用小杯，就我用大碗，是不是略显粗鲁啊？"王贵憋不住笑了："不是粗鲁，是老粗儿，大老粗儿。带你出来都跌份。"

吉青招手叫："掌柜的，拿个酒杯来。"

掌柜的拿个酒杯过来，问道："爷用小杯习惯吗？"吉青晃头头："爷用大碗才不习惯呢。"掌柜的笑着说："给您满上。大碗有大碗的乐趣。小杯有小杯的奥妙。这样的酒碗，一碗能顶十杯，您一口给干了，那您是把酒当水喝了，小杯则不同，这杯酒您分三次喝，喝到嘴里，不要马上咽，先用舌头上下搅一下，舌底，牙根，上膛都涮到了，再慢慢咽下，您就感觉到了，酒和水的区别了。您试试。"

岳飞品了一口酒点头说："啊，果然奇妙，仅一小口酒，就满口留香，如饮琼露。"王贵也品了一口："真的嘿，原来喝酒是这样喝的。这么一比，咱以前是把衔酒当马尿喝了。"吉青亦点赞："不错，嗯，不错。"

岳爷谢道："掌柜的，受教了。喝了许多年的酒，刚知道喝酒需品。品酒，既品人生也。"掌柜的说："大爷过奖了，您慢用。"回去了。

岳飞心情好了许多："兄弟们，有美酒，有明月，再点堆篝火，今天是不醉不休啊。"

天黑了，小二点了一堆篝火。兄弟们推杯换盏，品酒赏月，侃聊威武的曾经，仿佛又听到了沙场助威鼓响……忆起亲人，时而又伤心落泪，不由得又令人感慨。热血男儿，也有七情。纵有海量，亦有醉时，卧在草地上，望着星空斗转，酒劲儿上来，非常兴奋。岳爷忽诗兴大发，叫声："掌柜的，有纸笔否？"

掌柜的过来问："大爷，您是要……"

岳飞坐起来说："酒劲儿来了，想写几笔。"

两个小二抬来一张桌子放稳，桌上放着笔，墨，纸，砚。纸已铺开，上压镇纸。小二研了几下墨，闪在一旁。

掌柜的手一让："大爷，准备好了，请留墨宝。"

岳飞起身来到桌前，提笔舔墨，挥毫写了一首西江月。写完后大笑，躺在地上。

掌柜的拿起题诗，对着火光念道："西江月。青山明月杏花，酿出玉液流霞。开坛酒香醉三家，将军歇兵驻马。元帅留下符印，都督不要乌纱，满朝文武不回家，醉卧西江月下。"

来到渡口，又看见了黄河，牛皋的心底里泛起了沉浆。就是在这里，父亲给他讲了破釜沉舟的故事，鼓励他向前走，不要回头。现而今，十年过去了，一切都早已物事人非，但黄河水黄依旧，记忆也不会磨灭。

几位爷勒住马。看着令人胆寒或又令人振奋的黄河之水，无不感叹。岳爷指着河的上游说："太白诗曰，黄河之水天上来，不身临其境，很难体会到，放眼望去，果然是来自天边。""太壮观了，好吓人呀。"王贵说。

大牛骑着马从一边跑过来，抱拳施礼："大牛给掌柜的请安。""大牛，渡船安排好了吗？"牛爷问。"二爷，船找好了，但是船老大说现在不能过河，一者可能上游下大雨，水急浪大，加上有风，现在渡河有很大风险。再者就是既使现在过了河，也赶不上宿头，所以明天一早过河最合适，当天就能到长安。小人听了艄公的建议，安排了明天渡河。前面不远有餐饮客栈，条件还不错。房间已经安排好了。""好，客栈休息。"

早霞映红了河水。稍工也很卖力气。渡船靠岸了。牛皋，岳飞，王贵，吉青牵着马匹下船。大牛和两个乡兵也牵马下船。大牛付了船资，大家上马，边走边聊。

牛皋介绍说："过了黄河，就是陕西地界了，虽然只隔一条河，条件就差多了。"

王贵不理解的说："二哥，你也是，你说咱家那儿条件多好，找块风水好的地方，把牛叔儿牛婶儿合葬，将来上坟都方便，干嘛还要迁到这地方来呀？显着荒凉。"

岳飞很理解："叶落归根吧。人这一世，无论走到哪里，最后都想回到他出生的地方，成长的地方，战斗过的地方，曾经辉煌过的地方，因为他熟悉这里的一草一木，从这里出生，从这里走出去见世面，最后再回来，这就是轮回。"

大牛对岳飞道："大掌柜，二掌柜，我们跑起来吧，慢了晚上就到不了长安了。"

　　牛皋大喊：“哥儿几个，跑起来……”七匹马开始狂奔，直指长安。

第四十三回 岳飞吟唱满江红 牛皋喜得胖小子

　　夕阳西下，晚霞映红了长安城。岳爷等牵着马在街上走。王贵，吉青边走边看。路边有不少小贩，有的摊位前立着牌子。牌子上写着菜谱。

　　王贵边看边念："肉加馍。羊肉泡馍……"

　　牛皋过去问一摊贩："老板，这附近有客栈吗？"

　　摊主手一指："您往前去，这条街上门脸儿大的，都是客栈。"

　　"谢谢啊。"

　　挑了个门脸儿大的客栈停下，见门上有一匾，上书：西望长安客栈。门前有伙计张啰，见牛皋一众过来，赶紧上前："呦大爷，您几位，您住店吗？用餐也可以，本店餐住一体。"

　　牛皋抬头看了一下字号说："餐住一体。也住店，也用餐。"

　　小二向店里喊："来客人啦，"店内跑出来几个伙计。接过马缰，帮卸行理。

　　牛皋告诉小二："安排两个大房间，最好是里外间儿的那种。要能在客房里吃饭。""有，没问题，您请。"小二前面带路往里走。

　　掌柜的接着，他手里拿着一串钥匙，带着几位爷上楼，一边上楼梯，一边说："几位小心，楼梯有点儿陡。"上了二楼拐弯，开锁推门，牛爷等进屋。掌柜的又打开隔壁一间房门，大牛带两个乡兵走了进去。

　　牛皋对掌柜的说："掌柜的，你给弄点吃的。象这个肉夹馍，羊肉泡馍，拉面什么的，弄几样，量大点儿，我们吃的多。"

　　掌柜的点头哈腰的说："您情好儿吧。绝对都是正宗的味道。"下楼去了。

　　王贵赞道："行啊二哥，可以呀，老江湖了。"

牛皋摆手："这不算什么。当年是从陕西出去的，走了小半年，什么事没经过。""这几样都是陕西特产吧？"王贵问。"是，风味儿面食。今天吃的可不是饸饹面。敞开吃，算我请客。"牛爷说。王贵竖大姆指说："难得，今天二哥大方一回。"吉青拍了王贵一下："一般说，二哥请客，三哥出钱。"

王贵没反应过来："你做东，我掏钱？"牛皋认真的说："是呀，还没跟你商量呢。"

伙计端着个大托盘进屋，把托盘放桌上，托盘里放着几个大碗和小盆。伙计将大碗摆在桌子上，小盆也放桌上，拿托盘出去了。

牛皋从筷子筒里拿出一双筷子，指着桌子上道："大东家，少爷们，吃吧。"起身去床上的褡裢里摸出一坛酒，坐下后打开，倒了一茶碗，开始喝酒，也不让人。

吉青咽口唾沫："二哥，一人儿喝上了，也不让让？"王贵指考牛皋："不够意思，还是杏花村，你偷了一坛儿酒啊？"牛皋笑着说："干嘛偷啊，给钱了。你给结的账。这几坛酒背的还挺累呢。"吉青大喜："几坛儿？还有呐，"起身去拿酒。牛皋说："分着喝，俩人喝一坛儿。"

吉青拿酒回来说："你那包里还有呢，到时候独闷儿呀？""哪能啊，那是给我爹我娘圆坟的时候用的。"

王贵指着牛皋："你这个牛粪，吃了回扣了，这要在队伍里可是要砍头的。""呵呵，咱这是吃土豪。"

"二爷"。外面大牛在叫。牛皋出来："大牛。"大牛说："二爷，我去了一家寿材店，事办好了。您说怎么那么巧，掌柜的说，正好有块坟地，风水很好，是去年一个财主订下的，没想到等到墓修好了，那个财主他爹又活过来了，墓地就用不着了，所以就低价转让了。他们店铺里的棺材也不错，掌柜的说，用一口棺材合葬就行了。您觉着呢？""行，就这样。时间定了吗？"

　　大牛点头说："定了，明天一早儿，当场钉棺入葬，他们是三包一条龙，墓碑连夜雕刻。""办的好。等等。"牛爷回屋，拿出一坛儿酒，对大牛说："给兄弟们，喝完歇着吧。""是，二爷。"

　　牛皋回屋坐下。"事办成啦？"岳爷问。"妥了。正好有个现成儿的墓地，是个财主给他爹订的，没想到买了墓地以后，他爹又活过来了，所以就低价转让了。明天一早儿入敛就埋了。"

　　"那这个墓地的风水确实挺好的。兄弟们，明天出门儿，把所有的东西都带上。"岳爷说。"是大哥。噢，大东家。"吉青改嘴说。

　　墓已修好了，用砖砌的。墓的后面有个坡道，棺木由后边放入，封上土就算下葬了。大牛给人家结了账。寿材店的人走了。

　　大牛跟牛皋说："二爷，全齐了，这个墓修得真不错，整体是个官帽形。供果摆好了，您给上柱香，磕个头，就算完事儿了。"牛皋接过点燃的香，跪下磕头，把香插进香炉。然后打开酒坛儿，倒了两碗酒，摆在坟前后说："爹，娘，皋儿给您送回来了。这里是长安，很繁华的，什么吃的都有，想吃什么就吃什么。孩儿现在有钱了，当了官了，也娶媳妇儿了，您快有孙子了。"开始烧纸，边烧边落泪。

　　岳飞上前，拉起牛皋，叫大牛过来安慰，大牛把牛皋拉到一边。岳飞点燃三柱香，跪在地上说："牛叔儿，牛婶儿，您二老放心吧，牛皋是岳飞的兄弟，我一定会照顾好他的。"把香插在香炉内，祭了一杯酒，磕头后起身。王贵，吉青过来祭拜。

　　王贵哭道："牛叔儿，牛婶儿，王贵磕头了。"拿起一摞烧纸，边烧边说："叔儿，婶儿，您收钱。还有，您喝酒。这是山西杏花村带来的，好喝着呢。"端起一杯酒一饮而尽。然后倒酒又说：

“再给您二老满上，您喝。”扬脖子又干了。干了以后，拿酒坛又倒。旁边的吉青一看，赶忙跪下，将王贵倒的酒端起来说：“叔儿，干娘，吉青也敬您一杯，您喝酒。”吉青把酒喝了。喝完后，手端着酒杯又倒一杯酒说：“叔儿，干娘，孩儿再敬您一杯。”又干了。吉青伸手又拿酒坛，见王贵正在抱着坛儿喝，吉青一把抓过酒坛儿，晃了晃，把空酒坛儿摆好，磕了头后站起来。

岳飞发令：“上马。”

一望无际的黄沙，在风的催动下跳起了尘舞。破败的城墙绵延起伏，露出黄土的墙头上长出了荒草。岳飞兄弟收缰住马，手指着远山，眼观着近景。感叹长城之雄伟，华厦之辽阔，沙漠之荒凉，古代将士之艰辛。

“那座山，就是贺兰山了。秦汉往矣，连城墙都苍桑破败了。”岳帅叹道。“这就是古战场啊！当年的人也真是够苦的。”王贵惊叹。

“是。茫茫沙漠，寸草不生，连个人影儿都看不见。真可谓千里鸟飞绝，万经人踪灭呀。”岳飞说。

王贵失望的说：“我们都跑三天了，甭说人影，鸟影儿，兔子影儿也没有啊？”

岳飞心情沉重的说：“无数的先人，抛家舍业，万里戍边，把命留在黄沙里。多少将士，在这种恶劣的环境下，驱除鞑虏，卫我华厦，值得吾辈崇敬，景仰千秋啊。兄弟们，祭怀古人，饮马边关。”纵马向前跑去。

大家在城墙脚下下马，步行上了烽火台。来到城墙上，从这里眺望贺兰山，脸上都添了几分凝重。“大牛，摆酒。”岳帅说。

"是。大掌柜。"乡兵将一块毯子铺开，酒具摆好，倒满酒，岳爷端起一杯酒，脸朝外凝视着远方。牛皋等也都端起一杯。岳飞举着酒杯念道："秦时明月汉时关，万里长征人未还。但使龙城飞将在，不教胡马渡阴山。自秦汉以来，多少优秀的华夏儿女，戍边在这不毛之地，终身不归，多少将士，为保国民之安康，永眠在长城脚下，今，岳飞及众兄弟，来此祭奠先人，望前辈英魂，保我大宋国盛民强，千秋永固。"将酒洒入尘埃。众兄弟坐下，大牛带乡兵去警戒。

牛皋心里很不是滋味儿："大哥，听完你说的话，这酒好象咽不下去了。"吉青说："我也是。""古时候的人也够实诚的，在这里呆一辈子，理解不了。"王贵说。

岳爷喝了一杯酒，王贵又给满上。大家都干了。岳爷端着酒杯站起来，走到墙边，喝口酒，吟出一首词来："怒发冲关，凭栏处，潇潇雨歇。抬望眼，仰天长啸，壮怀激烈。三十功名尘与土，八千里路云和月。莫等闲，白了少年头，空悲切。靖康耻，犹未雪。臣子恨，何时灭。驾长车，踏破贺兰山缺。壮志饥餐胡虏肉，笑谈可饮匈奴血。待从头，收拾旧山河，朝天阙。"

吉青喝着酒说："咱喝的是酒，大哥喝的是墨。张嘴就是诗。听不懂。"

王贵笑话吉青："笨，这还听不懂？饿了吃鞑子肉，渴了喝鞑子血。不过，吃肉还行，哪天抓几个，杀了吃红烧肉。""大东家，有人来了。"乡兵喊。

众兄弟赶紧站起来，手握剑柄。远处，一支百人队伍的宋军跑了过来，为首者大声问："上面什么人？"

大牛回答："军爷，我们是大宋的臣民，做生意的，顺便来看城墙。"

军官严历的说："不行，这是军事重地，任何人都不能驻足。""是军爷，稍待就走。"大牛说。军官命令说："不行，马上下来，这里很危险。金兵经常过来抓人，抢劫财物。赶紧下来。"

岳飞忙说："兄弟们，别给下面添麻烦。收。"起身往下走。

大家上马，边聊边走，突然，不远处横插出一队宋军。拦住去路。为首将领喝道："什么人，到此何干？"

大牛上前："将爷，我们是买卖人，办完事，在此看风景。"

将军问道："一望无际的沙漠，有什么好看的？八成是奸细吧？""怎么可能，我们是给祖宗迁坟，才来到这儿的。"

将军手持大棍一指："胡说，谁家的祖宗愿意迁到这里来？全都下马，带回军营。"

宋军士兵的刀箭对准了岳飞兄弟。

牛皋上前说："将军，看着眼熟，很象多年前的朋友？""别套词，带走。"宋将说。"将军可姓王？"牛爷问。宋将看看牛皋："姓王又如何？""要是加个进字呢？"牛皋问。

宋将一愣："正是王进。你是？"牛皋大笑："哈……王叔儿，我是牛皋，不认识了，牛提辖的儿子？"

王进转脸热情的说："噢，牛贤侄。长胡子了，认不出来了。""我也是。不敢认了。王叔儿也老了。您怎么到边关上来了？"牛皋问。

王进摆手："唉，一言难尽。贤侄，这些都是你的朋友？"牛皋应道："是。这是岳大掌柜，大东家。"王进见礼："岳大掌柜。牛贤侄，跟王叔儿回军营，咱爷儿俩好好聊聊。"

牛皋推辞说："王叔儿，我们还要赶路，有重要的事。还有生意要做。"王进道："贤侄，你不了解这里的气候，天说变就变，看这天儿。沙尘暴就要来了，沙尘暴一来，遮天蔽日，很危险的。

风暴过后，你们来时的路就看不见了，生人根本走不出去。快跟王叔儿去军营。"

　　回到营中，进了大帐，王进招呼大家："“随便坐。上茶。边塞条件艰苦，比不了关内，水质也不好，牛贤侄，你这几个朋友贵姓？"

　　岳飞抱拳："姓岳。"王贵："姓王。"吉青："姓吉。"

　　牛皋介绍说："王叔儿，这是岳大掌柜，是东家。我们都是合伙人。外面的三个是伙计。这些年没见，您怎么到这个鬼地方来了？"

　　王进叹道："唉，别提了，那年跟爷们儿分手后不久，高俅那孙子就派人找到延安府，为了防止被算计，自己就主动申请来边关了。谁想这一来就是十年。不过，苦点儿就苦点儿吧，总比成天提心吊胆的活着强。""王叔儿现在带兵呢？""作个副将。""副将？"牛皋问。"是，也就这样了。不会有多大出息了。""将军呢？"牛皋又问。

　　王进苦笑道："将军？在这儿没人爱当，让谁来谁都不来，副将全管了。来人，给他们的马喂料饮水。""谢谢王叔儿。"

　　"你们今天怎么到这里来了？父母还都好吗？"王进关心的问。"父母都过世了。小侄这次是给二老迁坟回陕西的，这几个明友是帮忙的。正好办事顺利，就往这里走走，看看古迹。"牛皋说。

　　"没什么可看的，都思一望无际的沙漠，荒芜人烟。牛提辖这么早过世，真是可惜呀。"王进说。

　　"王叔儿，这里经常有金兵过来吗？"岳飞问。"是，经常有小股的金兵过来抢劫，所以不让人靠近城墙。关键是金兵什么都抢。有人抢人，有物抢物，防不胜防。"王进说。

岳飞关心的问："您的人马不是很多呀？"王进介绍说："应该配制一万人。副将只能带三千。大股的金兵一般不会过来，有一两次来过万人左右，和我交过手。没占到便宜，现在不来了。上万人的队伍来到这儿，开销很大，得不到便宜就是赔。小股的金兵，一般是抢财物，抢妇女。"

牛皋告诉岳飞说："王叔儿武功历害，王叔儿曾经是东京八十万禁军教头。""哦。久仰，久仰。"岳飞抱拳说。

王进出帐看了看天气，回来说："贤侄，叔儿不能留你了，马给喂了，你们赶紧走，我派两个人给你们带路。""谢谢王叔儿。不用麻烦了，我们能回去。"牛皋说。"不行。"王进说："你有所不知，这种地方，风一刮，所有的痕迹都没了，很容易迷路。不留了。"

牛皋等出帐上马，与王进告辞，跟着两个带路的士兵跑了起来。

一阵狂奔之后，带路的士兵放慢了速度、对牛皋说："牛爷，前面的路好走了，上路一直走，二十几里有个小镇，有住宿客栈，我们就送到这儿了。"

牛皋掏出一块银子，扔给一士兵："多谢，回去转告我王叔儿，后会有期。"即拍马向前，岳及兄弟们紧随，绝尘而去。

到家了，大家在岳飞家门前下马。岳飞挥手说："兄弟们，都回家吧，好好歇两天。"

牛皋和大牛走到家门口，把缰绳交给大牛。推门进院，胖玲正在和两个姑娘聊天，见牛皋进院，马上站起来："姐夫，回来啦？我们家大牛呢？"

牛皋用马鞭一敲桌子说："天天儿天的大牛大牛的。你眼里没谁了？""那当然了。"胖玲得意的说。

　　大牛牵着乌骓马进院。胖玲赶紧过去帮着解下大牛身上的包袱。大牛对玲子说："这里有点心，二爷给买的。"牵马去了马厩。

　　玲子调侃的说："姐夫买的，那也是你背回来的呀。"

　　牛皋坐下靠着椅背说："瞧瞧，都是大牛惯出来的。我发现这女孩子一结了婚，就都概不吝了。你姐怎么样了？"

　　丫环端了一盆水，放在盆架子上，牛皋过去捋胳膊洗脸。"挺好的，生了。""啊，生啦！男孩女孩？"牛爷惊问。"当然是女孩儿了。想要男孩儿，下次吧。老二肯定还是女孩儿。女孩随爹，还真是。"玲子说。

　　牛皋呆了："怎么是女孩呢？这不是给我一闷棍吗？"

　　"长的不象我姐。"玲子又说。"那就更不好了。女孩长的要象他爹，那可就……"玲子接着说："可不是象他爹吗，就瞧那个黑劲儿，那鼻子，而且还带胡子，哎呦，够瞧的。一眼活儿，一个字，丑。"

　　大牛过来说媳妇："别瞎说，二爷丑吗？就是黑点儿。"玲子仔细看了看牛爷说："也是，姐夫要是长的白点儿，还真是个白马俊男。"

　　牛皋扔下布巾："我非让大牛好好收拾你不可。"胖玲子满不在乎的说："大牛啊，他收拾谁呀？他是你徒弟，我是我姐徒弟，你说谁收拾谁？得了，快去看你儿子去吧。"

　　牛皋转喜："你这个大肥丫头，拿二爷开涮。"欲进屋……被玲子在门口拦住："不能进，姐夫刚回来，不能马上进屋，拿笤帚扫扫身上，抽打抽打再进去。小孩子娇气。"有丫环过来，拿笤帚为牛皋扫身上。用布在身上抽打了几下。"行啦。"牛皋撩帘子进屋了。

　　大牛抱来草料喂马后，走过来说媳妇："你呀，管得真宽。现在越来越事妈了。"

玲子一插腰说：“怎么了？团练副使，大小也是个官。事无巨细，这是本官职责所在。”又对两个女孩说：“这个就是二爷，今天刚回来，现在孩子已经出生了，家里的环境你们也熟悉了，愿意干，明天开始干活。”“愿意愿意。”女孩说。

玲子说：“那好，东边那排房子，左边的第一间，你俩住，每天跟我吃饭，就是工钱可能不多，你们看见了，二爷是个军人不是财主，我只能保证你们能吃饱饭，累不着，不挨欺负。”“谢谢大管家姐姐。没有工钱都行。”女孩说。

玲子点头：“为了便于管理，给你们取个小名，好记。你叫花儿。你叫香儿。小花儿小香儿。”“知道了，管家。”花儿说。“管家姐姐，那我们就回去了，明天一早儿来。”香儿说。

胖玲子说：“行。女孩子，自己手使的东西自己带，以后看需要，也会有一些福利的。回去吧。”花儿，香儿起身：“谢谢管家姐姐。”出去了。

牛皋一听说生的是男孩儿，已经有点忘乎所已了。他抱着儿子，边看边乐，在屋里转圈。

赛玉脑袋上蒙着布巾，坐在炕上很得意：“瞧给你美的，不知姓什么了。”牛皋一愣：“真是的，姓什么来着？我姓什么来着？”

赛玉认真的说：“忘了吧？以后记住了，你随我儿子的姓儿，我儿子姓什么，你就姓什么。”

牛皋笑道：“知道了。嗯，还真是，他姓牛，我也应该姓牛。嘿，我怎么那么笨呢？”

赛玉摸了牛皋的脸说：“没有想象的那么难看。看几天就顺眼了。”

牛皋点头说：“儿子随妈，小子，你妈长得好看就行啊，你还变呢。那不是说，男大十八变，越变越好看吗？你不只十八变，兴许二十四变呢。”

赛玉也乐了：“还七十二变，那是你牛家的祖宗。”“七十二变，牛家的祖宗，谁呀？”“牛魔王。”

岳飞坐在靠墙的椅子上喝茶。夫人背靠床头坐着，手扶在鼓起的肚子上。岳飞说：“二弟生了个儿子，这回遂了心愿了。他就想要儿子。”

夫人笑着说：“赛玉妹妹也想要男孩儿，她老说，可别生女孩，万一要长得跟她爹似的，可就了麻烦了。”

岳飞笑了：“这两口子。岳云，岳雷呢？干嘛去了？”“成天不着家。去村外麦场上练武去了。雷儿让张宪教他枪法。晚上吃饭的时候才回来呢。”“这孩子，练武有天分。”岳飞说。“是，遗传吧。”

岳飞关心的问：“你肚子里的也不小了？让人帮着看过了吗？是男孩还是女孩？”“有说男孩儿的，有说女孩儿的。不知道谁说的准。我倒是想要个女孩儿。将来你不在家的时候，也能有人跟我说个话儿，聊聊天。男孩子就不行，整天玩儿。”夫人说、

“是。”岳飞说：“光生小子了，再有个女孩儿就全活儿了。你还是多找几个下人使唤吧。甭管怎么说，你也是元帅夫人。”

“正找呢。胖玲子负责给找，昨天一下就找了四个女孩。都挺好的，还给取了名字，叫春，夏，秋，冬。赛玉那院两个叫花儿，香儿。这个玲子，以前还小瞧她了，这些日子跟着赛玉长了本事了。那派头，象个大管家。”夫人说。“是象。”

夫人又说：“赛玉说，把咱家的南房，从前面打门，让乡兵住进去，每间住四个，八间房就是三十二个人，就算是帅府的卫队了。

安全问题就解决了。""是，弟妹是个心很细的人，是个奇女子。"岳飞打开包袱，放在李氏面前说："吃点心，这是从长安带回来的。""跟了你这么多年，还是第一次往回买吃的，跟二弟学的吧？"

牛皋抱着儿子在屋内走溜儿，乐得嘴都合不上了。赛玉小声说："儿子睡着了，别晃了。把他给我，哦，乖儿子……"

牛皋坐炕上，搂着妻子的肩说："戚姐姐，谢谢你。"

赛玉纳闷儿："谢我什么？我还想谢谢你呢。你说你吧，虽然说是一堆牛粪，可是能养着我这枝鲜花呀。我们现在有家有业了，还不是全靠牛粪营养足啊。"

牛皋呵呵的说："戚姐姐，你这是夸我呢，还是夸我呢！"

赛玉关心的问："你们这次出去，一个多月，都去哪儿了？爹娘的坟都迁好啦？""迁了，挺顺的，而且坟地的风水也很好。我们这次出去，最远到了贺兰山。上了古长城的烽火台，巧的是，还遇到了老熟人，我爹的同事王叔儿。王叔儿……""王叔儿怎么了，是干什么的？"

牛皋甩着头说："以前是延安府的提辖，受迫害，跑到边塞去了，在那里一呆就是十几年。才是个副将。""没本事呗。""本事？大得很，胜我十个。放在岳家军里，也是数一数二的。真是生不逢时啊。四十来的，至今还是单身，想起来就让人心酸。这世道，太不公平了。"牛皋说。

"人生就是这样，凭你有多大的本事，有多大的抱负，还要有机遇，要跟对人。象岳大哥这样，有本事，讲义气，任人为贤的元帅，跟上了就是福气。"

牛皋沉思着："还真是。"

第四十四回 玲子招工 王进休假

　　胖玲子忙了一上午，面考了一些女子，都不太满意。她现在要招的女孩的标准，不单看长相岁数，主要还是机灵劲儿和反应能力，毕竟是给帅府和都督府招工，家住本地知根知底是必须的，手勤和勇敢兼备才是最理想的。

　　"玲子姐，玲儿姐……"一个女兵跑了进来。

　　玲子从屋里走出来说："什么事，急头白脸的，叫魂儿呢？我教你多少回了，进门说话声要小，要文静，你要是改不了，一辈子只能做外勤了。"

　　女兵赶忙检讨："玲儿姐我错了，我这不是老把你当偶象，言谈举指全方位的效仿，总是学不象。我下回注意。"

　　"效仿我？"玲子说："我是象你似的进门就喊吗？不会说话。再不长记性，亲兵都不让你当了。什么事？""玲儿姐，有一个大姐前来应聘了，让她进吗？"亲兵问。

　　玲子在桌前坐下，端起茶杯："传。"

　　一个三十岁左右的女人走进院，给玲子请安："民女给大管家请安，见过大管家。""嗨，叫什么呢，谁是大管家？本姑娘官居团练副使，朝廷命官。你哪的人呐？"玲子问。"本县王家村的。"女人说。

　　玲子点头："王家村的，那你应该姓王。嗯。长得有一眼。家里几口儿人呀？""小女子姓王。一口儿人。是单身。"女人说。

　　玲子把她照了一眼："认识字吗？""小女子以前在寺院里抄过经书，经文，认些字。"女子说。

　　玲子诧异："你是出家人？""是，也不全是。小时候因发大水，父母双亡，被人收养，后来养父母死于瘟疫，小人无依无靠，就寄宿在寺院里修行了十几二十年。因去年战乱，寺院被烧，民女就还俗了。"女子说。

玲子又问："你叫什么名儿呀？""民女自幼失去双亲，后又到寺院，在寺院里都叫法号，本名已不记得，只是出生在王家村，全村人都姓王，所以别人叫民女王姐。"女人说。

玲子不高兴的说："王姐，来了就跟本官充大，谁介绍你来的？""没人介绍。前几天有个远房亲戚，说将军府这里用人，民女就来应聘了。"王姐说。"嗯。多大了？"玲子问。"大管家，能不问岁数吗？"女子问。

玲子摆手说："必须问。不说也得比划一下。我们招人，也是有岁数限制的。"王姐左手伸个二，右手伸个八，又改成七后，赶紧缩了回去。

玲子马上摇头说："呦，太大了。都八十二了，你来养老啊？不行不行。""大管家，不是八十二，看反了。"王姐说

玲子笑了笑："噢，糊涂了。二十八也不行，我们这里只招二十以下的，你都三十来的了，不行。""大管家，二十八不到，二十七行不？"王姐问。

玲子摆手说："你的条件不行，我们招人，虽然是给将军府，帅府招下入，但是这里干活的人，还要参加训练，你恐怕吃不消的。""大管家，我身体很好，什么苦都能吃，岁数不是问题。"王姐说。

玲子向外挥手说："你不是问题，我是问题，回去吧。""大管家，您高抬贵手，我没地方去，民女可以不要工钱，有地方住就行。"王姐说。

玲子抱拳说："王姐，王大姑，本官叫您一声大姑，大姑，您回去吧，是本官求您了。""好吧，麻烦你了大管家。唉，我是：

未曾出门已傍徨，三言五语更心伤。人生过半天过晌，阿弥陀佛心也凉。草民告退。”王姐叹着气说。

　　屋内，赛玉正趴在牛皋身上揪他胡子，听到外面的对话，从牛皋身上翻下来说：“牛粪，喊玲子进来，叫那个女人先留步。”

　　牛皋出屋来到院里叫：“胖丫头，你姐叫你。”又到大门外喊：“大姐留步。”转身进院。王姐听到喊声。转身稍愣，回到大门口站下。

　　玲子进屋叫：“姐。”赛玉坐起来说：“玲子，这个女人看着挺好的。”玲子点头：“是，就是岁数大了，奔三了。”

　　赛玉商量着说：“留下吧，看着挺可怜的。我看她又懂诗文，长相也不赖。”“好吧。听姐的。”玲子说完出屋，来到桌前坐下，冲王姐叫：“哎，你进来。”王姐走了进来。。

　　玲子指着凳子说：“你坐。刚才请示了夫人，就是我姐，替你说了好话，破倒为你降低了条件，你就留下吧。咱这儿有规矩，所有的人都有小名儿。你前面有两个了，一个叫花儿，一个叫香儿。花香四季，到你这应该叫小四儿，可是你岁数大，叫着不好听，就叫你四姐吧？记住了，是官称儿，别真把自己当四姐了。”王姐忙点头：“是，谢谢副使大管家。”

　　玲子撇嘴说：“听着憋扭。行了，今天回去准备准备，明天来吧。”“副阿使管家，求你个事。”王姐说

　　玲子问：“什么事？”“我现在是无家可归，身无分文，没有地方去，今天就上工可以吗？”王姐说。

　　玲子想了想：“看来你是穷得叮当乱响了，好吧，你就住那间北房。挨着夫人那间，我给你一套被褥。瞧，招了你，本官还赔了。记住啊，勤快点儿。以后夫人，就是我姐，就由你负责了。大牛，

把柜子里的那套被子，褥子拿出来给四姐。"王姐站起来说："谢练使。"

玲子指着王姐："你别老练使练使的，你叫着不憋扭，我听着可憋扭。""是，练使。不是，副练使。还不对，练副使……使副练使……"王姐嘴也乱了。

玲子纠正说："团练副使是朝廷命官，团练副使。记住喽。""是团练，副使。"

玲子瞪着眼："打住，你是嘴笨呀，还是装嘴笨呀？"大牛抱出被褥，交给王姐，又转身回屋去了。

玲子指着大牛说："这是我男人，朝廷命官副统制。全县的民团都归他管。以后见了叫将军，听见没有？""听见了，练副使。以后见了叫将军。"

牛皋回到屋里，听的面的对话觉得挺逗。赛玉笑着说："这几天玲子有点二百五了，嘴里老说着，倒是真认真负责。喊她进来。我有话说。"

牛皋下炕出屋叫："胖丫头，练副使，你姐找你。"

玲子不满的说："姐夫，下官也是有名有姓有官职的，别老胖丫头胖丫头的叫了。不符合朝廷礼制。"牛皋笑了："不乐意了？""那可不是，人有脸，树有皮，我跟赛玉姐拜过，论起来还是大姨妹呢。不过呢，公是公，私是私，我跟姐夫同朝为官，还是称官职吧。"玲子说。

牛皋大笑："哈哈，好。团练副使，屋里请。""想着把那个副字去掉。倒霉就倒这副上了。"玲子说完撩帘子进屋。"姐，有事呀？"

赛玉拍炕让坐："我听你管那个新来的人叫四姐，怎么论的？""先来的四个在帅府，叫春，夏，秋，冬。咱院也招四个，我给取的叫花香四季。前两个一个叫花儿，一个叫香儿，到她这排在四上，花，香，四，季，是这么排下来的。她岁数大，叫四儿不合适，就叫四姐。"

赛玉摆手说："不好，起这些小名儿，小丫头片子的叫着没事，叫着玩儿。这个王姑娘比姐岁数都大，起个小名儿就更不合适了。我刚才听说她姓王，就叫王姐吧。"玲子点头："行，听姐的，就王姐吧。"玲子出去了。

牛皋进屋说："鲜花姐姐，下人多了，你就闲着了。抽功夫帮写封信。""写信？呦，外面有相好儿的啦？"

牛皋笑了："我哪有那个能耐，我想给陕西延安府种经略公写封信，我们这次去边关，是隐瞒了身份的，为的是不给前方将士添麻烦，没想到遇见了王叔儿，我们也没挑明身份，王叔儿常年在塞外，也不知道我们的身份。也不知道大哥是元帅，现在回来了，应该给王叔儿说明一下，写信的意思是告诉他们，我们化装考察的目的，并对王叔儿表示感谢。明白了？"

赛玉手指一掐牛皋的脸说："明白了，懂事。象王叔儿那样的人，任劳任怨，扎根边关，值得尊敬。但是现实当中，没人关心他们的苦楚。甚至都没有晋升的机会。象你说的，在那么重要的地方守卫国土，十年如一日，代理将军的副将，而且还不是没本事，实在太不公平了。让岳大哥出面，把人要过来，一个王叔顶十个牛粪呢。"

牛皋摆手："谁说都不算，岳大哥不可能出面要人，那样会和延安府结怨的。况且，边关的确重要，有王叔儿镇守就安全。换个人可能就完了。我想啊，王叔儿老实，又不爱唠叨表白自己，所以也就不被重视。"

赛玉琢磨着说："是，这封信我写，我得好好的措措词，我要让延安府知道，当朝的大元帅，左都督，右都督都得管王进叫一声王叔儿。"

牛皋点头：“对，就是这个意思。你先措着，我上东屋躺会儿去。”“去吧。”

“姐，没跟姐夫那个吧？我进来啦。”玲子带王姐走了进来。

“姐，这是刚来的王姐。王姐，这是我姐，都督夫人。”王姐一蹲儿：“见过夫人。”玲子说：“王姐今天就不走了，让她专门负责姐这屋。”

“玲子，辛苦你了，大牛回来了，你赶紧回去吧，王姐，坐。”赛玉摸着炕沿说。“那我歇会儿去了。”玲子出去了。

“谢谢夫人，站着就行。您吩咐。”王姐说。

赛玉又摸着炕沿说：“王姐，我没那么多的事，你坐，我跟你聊聊。”王姐侧身坐在炕沿儿上：“谢夫人。”

赛玉好奇的问：“王姐，刚听你和玲子说话，说是在寺院里修行了十多年，是真的吗？”“是，十岁出头儿就去了寺院为尼。直到去年，寺院毁于战火，又还俗了。”王姐说。

赛玉关心的问：“看王姐也老大不小的了，以后有什么打算呢？”“出家多年，早已万念俱灰，四大皆空了。现在若能有个温饱，也就知足了。”王姐说。

赛玉很感兴趣：“王姐在寺院十多年，读书识字，诵经抄写，也应该有收获吧？喜欢哪一类的书啊。除经卷以外的？”“唐诗中的绝句，和现在的诗词。只是喜欢，不精。”王姐说。

赛玉高兴的说：“喜欢就好。以后我跟你有的聊了。哎，你喜欢谁的诗……”

黄龙府金殿内。兀术正与哈密嗤聊天。“哈军师，此次伐中原，损失了几十万人马，元气大伤，看来图霸中原无望了。”哈军师叹道：“此次损失确实不小。应当汲取教训。”

兀术不解的问："军师，此次牛头山决战，本来胜券在握，怎么一下子就兵败如山倒了呢？""有两个方面。第一是我们的粮草被烧，导至军心涣散。第二是宋朝君臣一心，集全国之力，同仇敌忾，这样的大宋是很难打败的。所以我们要想办法，贿赂宋朝的官员，为我们所用，这样我们就会事半功倍，宋朝就会不攻自灭。"哈密嗤说。

兀术点头说："有道理。我记得当年抓徽钦二宗的时候，随来的四个大臣，有三个不怕死的，让父王给杀了。还剩下一个没杀，现在到哪去了？""四太子说的这个人叫秦桧，当年要杀他的时候，他跪地求饶，所以没杀他。现在好象贬为庶民给流放了。"哈密嗤说。

兀术说："找找。找回来给他许愿，给他金银珠宝。""这个秦桧有材，是个状元，就是怕死，正是我们需要的人。我马上派人去找。"哈密嗤说。

兀术点头："抓紧时间办。这几天本王心里烦躁，准备去狩猎场散散心。"

中堂的两肩门开着，牛皋坐在八仙桌旁边喝茶。边看着院子里的胖玲子在招慕女兵。有十几个女孩在争着报名。

胖玲子拍着桌子："一个一个的来行不？再这么乱，我一个人都不要了。"指一个女孩儿说："你坐下。其余的排队。"女孩坐在玲子对面，其余的人在后面排队。

玲子坐下喝口水："渴死了，净跟你们着急了。你为什么要参加民兵队呀？"

女孩说："国家兴亡，匹夫有责，保卫家乡，当巾帼英雄。学习穆桂英，争当花木兰……"

　　玲子拦道："得得，想做花木兰，是不是想做花木兰她妹妹呀？别跟本官这乱侃"

　　女孩说："花木兰的妹妹，花幼兰？也行啊。给一个象罗成那样的白马青年当妾也挺好啊。"

　　玲子翻着白眼说："你想在帅府当妾，还是在都督府做小啊？就你？当丫环都轮不上你。目的不纯，不符合条件。你趁早儿，赶紧回家去吧。回去吧。"女孩不服的说："怎么不符合条件，我姐都说我条件比她好，到你这儿怎么就不行了呢？""你姐，你姐是谁呀？"玲子问。

　　女孩说："我姐谁？我姐……姐夫是何元庆。你敢说我不行？我姐说了，我妹肯定行，你瞧我们那里有个大胖玲子，长得丑着呢，也让岳家军的小官给要了，你比那又丑又胖的大胖玲子强多了，所以我就来了。"

　　牛皋刚喝进嘴里的水笑喷了出来。

　　玲子大怒："呀呀呀，你姐，你姐，我撕烂你姐的嘴。你知道我是谁？""不知道。""我丑吗？"玲子问。女子恭维着说："不丑，浓眉大眼，白白胖胖的，真富态！"

　　玲子指着女孩的鼻子说："我就是你姐说的那个又丑又胖的胖玲子，我是团练副使大人？你敢辱骂朝廷命官，扰乱科考秩序？来人，给我赶出去。"一旁闪出丫环小花儿，小香儿，拿着鸡毛掸子炕苕帚来哄赶女子。女子赶忙点头哈腰说好话："练使姐姐，小女子有眼不识泰山，不知道您就是玲姐姐，姐姐大人有大量，我错了，我错啦。要不然给姐姐磕一个，姐姐看在姐姐的份上……"

　　玲子坐下："行，不看你姐，你姐有什么好看的？我只看你姐夫的份上，你就磕吧，磕了就收了你。我坐好了。磕个头你也不吃亏，我是官，你是民，民见官接理是得下跪的。磕呀。""真，磕呀？"

　　玲子手一挥："不磕就往后秒秒。下一个。"女孩赶忙跪下："练使姐姐在上，小杏磕头了。"

　　玲子一愣："你叫杏？桃的妹妹。起来吧。先把你这顿打记下。记住了，你姐跟我也是拜过的，你给姐磕一个，姐也受得起。小花儿，给她登记。下一个。"

　　门外传来马蹄声，有人在门前下马。丫环小香儿出去问："请问，您找谁？"大牛从屋里走出来叫："王将军，您怎么来了？二爷，王将军来了。"

　　牛皋从屋里出来，见是王进，赶紧上前："王叔儿，哎哟王叔儿，稀客稀客。您怎么找到这来了？""大名鼎鼎的黑虎星牛皋，谁人不晓啊。""王叔儿，客厅坐。"

　　翻建以后的房子阔绰多了。宽敞的客厅，客厅中摆着条案，八仙桌，太师椅，左右两排椅子。中堂之上，挂看高宗皇帝的手书：巾帼赛玉夫人。

　　牛皋赶紧让座："王叔儿坐。秋天过了，天凉了。看您穿得不多呀？上茶。"

　　王进坐下说："不凉，跟西北比起来，中原就暖和多了。回到中原，感觉风都是热的。贤侄，听说你这院子和岳元帅挨着？"

　　牛皋点头说："是，而且还是通着的。墙上有个小门，过去就是岳大哥的家。"

　　小香儿端着托盘进来，把茶杯放下以后出去了。小花端来一个碳火盆，放在地上。

　　牛皋关心的说："您喝茶。王叔儿，您是调防了，还是解甲归田了？"

　　王进高兴的说："都不是，是放假了。这要感谢贤侄呀。""我？"王进说："是贤侄写的那封信。"

牛皋稍愣："那封信？信里是说我和岳元帅去西北考查防务，对王叔儿的帮助表示感谢。因为当时我们的身份是保密的，对王叔儿也隐瞒了，回来觉得不应该，需要说明一下。而且这封信是您侄媳妇给写的。"

王进一拍脑袋："明白了，我说怎么让我回来休养呢？还升了将军，原来都是贤侄和岳元帅使的劲儿。"

牛皋糊涂了："我不明白，我们没帮什么呀？"

王进深有感触的说："贤侄认为没说什么，可是我上面的长官就不这么看了。只要你管我叫一声王叔儿，长官马上就会当成事了。想想啊，当朝的大元帅和大都督，都叫一声王叔儿，这些人就该琢磨琢磨了。他得揣摩揣摩我和贤侄是什么关系，这年头，关系比什么都好使，这不是，放我大假了，还说等我回去调到延安府任职。不过呀，等歇完了，还是去边关，这些年，我对那里还真是有情怀的。自认为在那里能体现人生的价值。"

牛皋兴奋的说："这么回事。关系方面的事不太懂，管他呢，叔儿既然回来了，就彻底放松放松。今天侄子陪您踏踏实实的喝，您可是我心中的大英雄。也可以说是您把我带出来的。您稍等。香儿，叫厨房炒菜，烫两壶酒。"

赛玉在屋里。耳朵很尖，听到外面的说话声，知道是那个叫王进的边关副将来了。

"王姐，你把这个火盆端到客厅去，那间屋子平时不用，冷着呢。噢，顺便帮我看看那个人长什么样，个有多高，岁数有多大。"

"是，夫人。"王姐端着火盆出屋，来到客厅，叫了声："二爷，将军。"把火盆放地下后，用眼瞄了一下王进。

　　王姐出来看见小花儿，就对她说："花儿，夫人屋里的火盆，端到客厅了，你再给生一盆儿。对了，夫人让问问，屋里来的是什么人？""知道了，我就去王姐。哦，来的是二爷的叔儿，姓王。"

　　见王姐回到屋里，赛玉问："来的是什么人呀？""姓王的将军。说是从边关来的。"王姐说。

　　赛玉点头说："姓王的，一定是叫王进。唉，人长得怎么样？""还行，高高的，壮壮的。就是不象二爷那样活泼。看着略显老诚，不乍呼。"王姐说。

　　赛玉笑着说："有本事的人，从来都不乍呼。他曾经是东京八十万禁军教头，武艺高强，现在镇守边关，挺历害的。连金兵都不敢跟他嗞捣。你没问问他的岁数？""那我敢问呀？"

　　赛玉想了想说："那你去帮我去问问他今年多大了。""问人家岁数干嘛？羞死人了。"

　　赛玉："你不知道，连当今皇上，都知道我是军媒。我听说王将军去年还是单身，这一年中不知是否有了家眷。人挺可怜的，你不觉得可怜呀？去，帮着问问。多大年龄，已婚否？""我又不是媒婆，而且我也是单身，怎么张得开嘴呀？"王姐说。

　　赛玉突然想起来："哟，忘了，王姐也是单儿，瞧这脑子？这么好的男人，怎么也不能便宜了别人呀？王姐，我突然觉得你俩好象挺般配的。我给你们说说？""夫人，皇上都给您题匾了，怎么还那么没溜儿呀？"

　　赛玉鬼笑着说："别不好意思，过这个村儿就没这个店儿了。怎么着，愿不愿意，摇头不算点头算？"

　　客厅里的桌子上，酒菜已摆上了。牛爷说："香儿，去把岳元帅请来，就说二爷请他喝酒。""是"。香儿出去了。

牛皋端起杯说："王叔儿，先干一杯。""等岳元帅来了再喝。"

牛皋一摆手说："我大哥没那么多的事，我们哥几个在一快，从来不计小节，他就是当了大元帅，还是把我们当兄弟一样，不挑吃，不挑喝，来王叔儿，先干一杯。"

"好你个牛皋，客人没到，你先喝上了。"岳飞跨进客厅。王进起身欲跪："王进拜见岳元帅。"

岳飞伸手一托："王叔儿，在家里别那么多礼儿，快请坐，您什么时候到的？""炒菜之前，大哥坐。"牛皋伸手让，岳帅坐下。

牛皋端酒杯说："王叔儿，这杯酒，牛皋，还有我大哥，为王叔儿接风洗尘。干了。"

岳飞端杯说："王叔儿，此次去西北，人生地不熟，幸亏王叔帮忙儿，岳飞表示感谢，敬您一杯。"

王进端起酒杯："大帅为国操劳，密访沙漠，王进所做不足挂齿。"三人一饮而进。

岳飞深情的说："王叔儿在边关上一呆就是十年，很令晚辈感动，如果我大宋所有的将领，都能象王叔儿这样任劳任怨，何愁国不宁，民不安呀。"

牛皋很佩服的说："是啊王叔儿，十多年呐，内心得多强大呀。对了，叔儿，您这次回家休假，没带婶儿回来呀？"

王进苦笑说："丈母娘不给生。贤侄，王叔儿遭奸贼陷害，背景离乡。远在边关，与风沙为伴，堆雪做屋，十年不卸甲，夜夜听狼嚎，自已认命，算了，就不要累赘别人了。"

门外，王姐端着托盘倾听。她推开门，进屋朝岳帅打招呼："元帅吉祥。二爷，夫人让送来的点心。"放在桌上，转身离去。

岳爷提醒牛皋说："二弟，你看王姐的眼圈红了。""没注意呀。"

岳帅点头说："知道了，她一定是在门外听了王叔儿的话，被感动了。女人心软。""对呀，大哥，你看王姐和王叔儿是不是挺合适呀？"牛皋大喜。"嗯，还真是。"岳爷说。

牛皋马上说："王叔儿，王姐也是书乡门弟出身，只是因灾害，战乱，在寺院长大，很有教养，脾气也与王叔相象，我觉得挺搭的。"

王进摆手说："贤侄，岳元帅，好人，就更不能连累了。"

第四十五回　王姐嫁叔 岳飞接诏

岳飞劝道："王叔差矣，人有三灾六难，熬过去了，就是苦尽甘来，不要对过去耿耿于怀，要往前看。您现在是边关大将，要有自己的家庭，要有子孙传承。这个世上，不能总是让好人受屈，无后吧。"

牛皋点头说："王叔儿，我大哥说得对是，古人不是说，那个不孝有几个，无后为大吗。娶个老婆，生一堆孩子，将来老了，也是个乐儿呀。"

岳飞笑了："如此说，今天的酒，就是喜酒了。晚辈也破回例，为王叔儿做媒，咱们都是战场上真刀真枪的玩主儿，不弄虚的，王叔儿，这件事就这么定了。您有什么贴身的物件，做个信物？"

王进抱拳说："恭敬不如从命了。谢元帅。我这儿有个玉蝉。"从腰间解下一个王佩交给岳飞。又道："全凭岳元帅做主了。王进从命就是。"

岳飞接过玉蝉："王叔儿，这可是好东西，汉八刀啊。二弟，交给王姐。"

牛皋接过玉蝉说："齐活了。唉，结婚是两个人的事，为什么总是让男人送东西呀？"

牛皋乐呵呵的出了客厅，来到屋内。王姐站起，叫声："二爷。"

牛皋笑道："王姐，大喜啦。"王姐登时脸就羞红了。

牛皋提着玉蝉上的红绳问："王姐，这是什么？""玉蝉。"

牛皋赞道："王姐真是见过世面的，这玩意儿我都不认识，送你的。""不行不行，大贵重了，不能要。"王姐摆手说。

牛皋大笑："哈……可不是我的。这是那个八十万禁军教头，现在的边关大将送的。是信物。给你的。"王姐捂脸不敢接。

牛皋逗着说："这可是岳元帅做的媒，人家拿祖传的宝贝做信物，接还是不接？我数一二三，你不伸手，我就给别人了。那儿都排上队了。一，二……"赛玉一拉王姐的手，王姐顺势抓住玉蝉。

赛玉乐道："王姐，郎才女貌，一对儿鸳鸯啊。"

牛皋手一摊说："得，这回二爷瞎眯了，本来是王姐，现在变王婶儿了。平辈儿变晚辈儿了。王婶儿。"

牛皋手握着拳回到客厅，岳爷看着牛皋的手问："怎么，没接？"牛皋笑着松开手："王叔儿，美女爱英雄啊！"

岳飞大喜："王叔儿，成了。二弟传令，王贵，吉青，张显，汤怀，大牛诸兄弟，携家眷，参加王叔儿的婚礼。现在就办。"

牛皋提醒说："大哥，职业习惯了。这也传令？这要请，要下帖子。"

岳帅一拍脑袋说："噢，下请帖。"

王进站起来抱拳恭身："谢谢大帅，谢谢贤侄。"

岳飞一挥手："实打实，也不讲究了，俗套全免，准备宴席。腾腾地儿，摆桌子。"

牛皋走出客厅喊道："玲子，玲子。"玲子从屋里跑出来。""姐夫，什么事？"玲子问。

牛皋掰着手指头说："三件事。吩咐厨房，准备几桌婚宴，马上。在客厅摆桌子，马上。然后跟你姐找婚服，打扮新娘。""哦，知道了。谁结婚呀？这么着急？"

牛皋笑着说："你婶儿。对了，请王贵，吉青，张显，汤怀，加上大牛，带家属参加婚礼。"牛爷说完回到客厅。坐下说："军人，干事就要快，赶前不赶后，等一会儿，王叔儿就是新郎了。"

王进觉得不可思议："麻烦贤侄了。王叔儿怎么好象做梦似的？幸福来的太快了！没做梦啊。"

岳帅关心的问：“王叔儿，听说您是汴梁人，家里还有人吗？”“早就没人了。当年，父亲被高俅害死了，我和老娘逃了出来，后来娘也去世了，估计房子也早没了。这次还乡，就是想在汴梁买几间房，将来养老用。”

岳帅想了想说：“是这样。王叔儿，您家房子的事，就交给晚辈来办吧。我写封信给开封府，让他给查查王叔儿的祖宅，若没人住，归还王叔儿就是了。若有人住，让他腾退。”王进起身：“谢大帅。”

岳飞摆手说：“本份。应该的。岳飞身为兵部尚书，兵马大元帅，维护边关将士的利益，也是职责所在。”“大哥说得对，不能让边关将士有后顾之忧。家若保不住，还保什么国？”牛皋说。

门开了，几个家丁搬桌子进来摆放，有人扛着椅子进来。

在赛玉屋里，赛玉和玲子为王姐比划婚服。

赛玉拿着一件说：“这件合适。”“这也太快了吧？刚说的事，这就扮上了。”王姐说。

赛玉认真的说：“嫁给军人，就要抓紧，不能拖。把这件衣服换上。”“王姐，本官真不想让你穿这套婚服，你看你，没穿婚服，你是王姐，这一扮上，变王婶儿了。让本官怎么开口叫啊？”玲子说。

王姐也笑了：“怎么叫随你。要从二爷这论呢，你就叫叔儿叫婶儿。你要把我当娘家人，你就叫大姑。”“乱了乱了。算了吧，就叫你婶儿吧。本官的辈降的也太快了。”玲子说。

王姐点玲子说：“你这个本官的称呼也得改。”“改什么？”玲子纳闷儿了。“下官，以后不能自称本官了，只能称下官了。”王姐说。“这也改？”

赛玉打量着王姐："王姐姐真是美人模子刻出来的，配王叔儿那样的英雄好汉，也属实至名归了。嗯，我突然想作诗了。啊，有了：

瑞雪红装喜鹊啼，花生大枣不去皮。

靓女俊男谁都爱，孩子生他一大堆。""好……"

赛玉："好什么好，你看人家张显，汤怀媳妇儿，肚子都挺起来了，你看你，人还那么胖，肚子不见涨。"玲子一摸肚子说："姐眼拙了，有啦。"

客厅桌椅已经摆好。王贵，张显，汤怀，吉青进屋，与王进见礼。

岳飞左右看了看："人来的差不多了吧？"大牛报说："还差夫人，岳云和张宪。"

岳帅挥手说："岳云，张宪和咱们有代沟，随他们吧。夫人过不来，我闺女整天哭闹，非得她哄，别人谁哄也不行。""大哥，给我侄女取名字没有？"牛爷问。"取了，叫岳银瓶。"

见屋里人越来越多。大牛大声张啰："女眷，都去里屋坐。"秋兰，秋菊等女眷进里屋去了。岳飞等一干兄弟，都坐在正堂。院里院外放起了鞭炮……

婚礼开始，新人王进，王姐互拜后，将新娘子扶进了内厅，揭开盖头，有秋兰秋菊张啰坐下入席。女人们开始叽叽喳喳了。厅外王进与岳爷等推杯阔论，热闹……

天色渐暗婚宴散，岳飞喝的有点儿多，被搀扶着回去了。牛皋与王进进入醉态，还在此划着，聊着，最后伏桌而卧。

赛玉屋里，赛玉抱着孩子，与王姐坐在炕上深聊，花儿姑娘进来，抱走了孩子。两人聊着聊着，倒炕上进入梦乡。

　　风和日丽，阳光明媚。牛家大门前，王姐坐在一辆大马车上，车上装着新人用的物品，王进与岳帅，中皋正在话别。岳帅掏出一封信说："王叔儿，这是给开封府的信，您收好。路上不要住客栈，有几处军需驿站，专门接待往来的军官。王叔儿，一路顺风。王姐，照顾好王叔儿啊。""谢谢岳元帅，一定的。"

　　玲子来到车前："王姐婶儿，再见了，有时间过来玩儿。""一定过来，再见了，侄媳妇儿。"

　　王进上马，拱手告别。驭手挥鞭，马车向村外去了……

　　玲子晃着脑袋："这事闹的，刚来的时候，我给她取名叫四儿，后来叫她王姐，现在怎么稀里糊涂的我成她侄媳妇儿了？""你可不就是侄媳妇儿吗？你排排，咱二爷是人家大侄，大牛是二爷的兄弟，你是大牛的媳妇儿，可不就是侄媳妇儿。"花儿说。

　　玲子抱怨着说："合着我忙前忙后，累的四脚朝天的，连个本家儿都不算？""姐，本家是姑奶奶，从夫人那论，将来倒是能当个姨娘，那也得等王婶儿有了孙子以后了。但要从二爷这论，你就是个标准的侄媳妇儿。哈……"

　　玲子大怒："气死我了，我是团练副使，朝廷命官，成了她侄媳妇儿了？我不服。"指着远处又说："当初是我招的你，是你求我的，要知道现在有这出儿，当初就该让你给本官磕一个"

　　赛玉忍不住笑了："好啦玲子，就认了吧，你看姐不也改嘴了。""便宜她了，应该跟她要改口儿费。"玲子说。

　　夜里，大雪纷飞，大地被盖的严严实实。

　　大牛，家丁和丫环一大早就起来扫雪。玲子在两个院子里来回走着指挥。岳云，张宪，也在铲雪。

　　玲子喊道："把雪都铲到外面去堆起来。"她走出院，又指挥乡兵扫雪。人多好干活儿，雪逐渐成堆，露出地面儿，大家都很兴奋。小孩子们开始打雪仗。

　　牛皋端着茶杯从屋里出来把茶杯放桌子上，裹了裹棉袄坐下。听到屋子里传来孩子的哭声，他喊道："大牛，你儿子哭了。回屋看看去。"正在扫雪的大牛回道："玲子回去了。"

　　院子里的雪被打扫干净，基本上都堆到了院外，只有花池和树坑里堆着小堆儿的雪。

　　牛爷喝着茶，从院里往外看，见雪球在门口左右横飞，孩子们叫喊着，欢呼着："打金兵啊，杀呀……"雪仗打得非常激烈。"

　　这时，岳雷蹦进院子，又回身站在门坎上朝外面瞧了瞧，跑到院子里说："二叔，快帮着杀金兵。不行了，他们人太多，还有大孩子，拿大雪球砸我。"

　　牛皋摇头说："不能帮，小孩儿的仗小孩儿打，大人不能上手。""他们人多，我打不过他们。"岳雷说。牛爷手一指说："你个怂屄。"

　　岳雷辨道："不是怂，他们大孩子砍得远，我没办法。"

　　牛皋放下茶杯说："噢，敌强我弱。好吧。二叔给你做件兵器，专门打雪仗用，有了家伙，就能打赢了。""还有打雪仗的兵器？"岳需惊问。"有。""二叔儿，赶紧做。"岳雷急着说

　　牛皋欲起身又坐下说："呦，不行，不好，酒瘾上来了。家里没酒了，昨天就没喝，我得去县城买酒去，等二叔买回酒来，喝完了就给你做。"

　　岳雷不高兴的说："那得什么时候呀？现在就做，做完再去买酒。"

　　牛皋捂着嘴说：“岳雷呀，你不知道，二叔有一毛病，不喝酒手就哆嗦，什么也干不了，就连上阵杀敌打金兵，也必须喝了酒才行。不行，我要先去买酒，受不了了。”

　　岳雷忙说：“二叔，我家有酒啊。要不侄儿给您拿一坛儿去。”

　　牛皋假装的：“哟，对了，你们家有，瞧二叔这脑子。不过喝你家的酒多不落忍呢，你又是个小孩。”“没事，我去给您拿酒。您赶紧给我做。”岳雷说。

　　牛皋赶紧说：“行。有两坛儿就够，别拿多了。唉，别让你爸知道啊。”“放心吧。”岳雷穿小门拿酒去了。

　　牛皋起身，来到柴垛。劈好的木柴码放的很整齐。扒拉几下，从里面抽出一根竹子，回桌前坐下。这时，岳雷捂着肚子跑了回来，从怀里拿出两坛酒，放在桌上说：“二叔，够了吧？”

　　牛皋点头说：“够不够就它了，算你小子有孝心。你爸没看见吧？”

　　岳雷摇头：“没有，父帅没在家，找吉叔叔聊天去了。”

　　牛皋用手一指：“去窗台儿上把我的剑拿过来。”岳雷过去拿来宝剑。牛皋抽出剑，拿起竹子问岳雷：“这是什么？”“竹子。”

　　牛皋点头：“对，竹子。看二叔怎么做。这根竹子比较粗，要劈成四瓣。一刀下去，两半了。再把两半竹子各劈一刀，瞧，四根了。你拿一根儿，过来。”来到雪堆旁。

　　牛皋拿着竹板比划看说：“看着，手持竹板。往雪堆上一拍，看见了吧，粘上一块雪来，抡起来，抬脚，啪，往鞋底子上一磕，雪就飞出去了。二叔给你做个示范。你去，站墙根儿去。”

　　岳雷来到墙下站立，看着二叔。牛皋用竹片在雪上一拍，粘起一块雪，往后退了几步，朝岳雷瞄了瞄，抡起竹板，抬起腿，猛的往脚上一磕，雪块“嗖”的飞出，直奔岳雷。岳雷急躲，雪块打在墙上。牛皋接连几下，雪块"嗖嗖"的飞来，打在岳雷身上。岳雷赶紧捂脸："二叔别打了。大历害了。"

牛皋回到桌边叫："花儿，把酒收进去。"

"哎。是二爷。"小花儿从屋里出来，把酒拿进去了。岳雷回到桌旁，挑了一根竹板问："二叔，这根怎么样？""行，这根儿不错，有了兵器，也要练练，打的准，才能有用。你去对着墙练练，一会儿就熟。"牛皋说

岳雷抱拳："谢谢二叔。"来到雪堆前，"叭叭"的练了起来。

牛爷看了一会说："嗯好，练的不错了。越来越准了。""那我现在要打他们，肯定白玩儿了。"岳雷兴奋的说。

牛爷挥手说："去玩吧。香儿，把岳雷送的酒烫一壶，炸盘花生米……"

岳雷走出院门，一帮孩子正堵在一头等着，见岳雷出来，他们马上喊："岳雷出来啦，打呀……"

岳雷不慌不忙，站在雪堆旁，突然发射雪块儿，"叭叭叭"打得这帮孩子直捂脸。纷纷后撤。岳雷兴奋了，转过身，又朝另一方向的女孩子们身上打。女孩儿们往远处跑。一女孩儿喊："岳雷，女孩子你也打？"

岳雷举拳："哈……我要当大元帅。我是元帅。"有个男孩儿在远处问："岳雷，你用的是什么兵器呀，这么历害？让我看看行吗？"

岳雷举着拳说："我是元帅，你要是我的兵，本帅就发一支给你。"小男孩跑过来："我是你的兵，你是元帅，大元帅。""光说不行，见了元帅要跪拜。"

小男孩跪下："拜见元帅。""平身。"又有两个男孩过来拜岳雷："拜见元帅。"

　　岳雷得意的大笑："哈……起来吧。在这儿候着。"进院朝二叔做个鬼脸儿，抓起桌上的竹板出来说："排队，发武器。一人一根。"发给每人一根，孩子们接过细瞧。

　　岳雷随即发令："众将官听令，杀金兵……"几个孩子挥舞竹板到处打，两侧的孩子，大人纷纷躲避。孩子们高喊："杀金兵……"

　　冬天过去是春天，牛家的院子里也变的花红柳绿，生机盎然。

　　外面马蹄响，一军士进院磕头："拜见都督。小人是刘都院的亲兵，奉差来请都督，刘都院请都督赴宴。"递上请柬。

　　正在抻筋的牛皋放下腿，接过请柬说："起来吧。"看了看请柬问："今天下午？""是。"

　　牛皋掏出一块银子给了士兵："回禀刘大人，准时到。""谢都督。小人告退。"士兵走了。

　　牛爷甩了两下腿，从角门走到岳大哥家。叫声："大哥。"坐在椅子上。

　　岳飞从屋里出来问："二弟，什么事？一大早的。"坐在牛皋对面。

　　"大哥，说个事。节度使刘大人下了请柬，约今天下午去喝酒，大哥去不去？""二弟，你去吧，大哥就不去了。你也知道，大哥不爱应酬。代我向恩师问好。""行，那我就一人儿去了。"牛皋回到自家院内，进屋里拿出佩剑，来到门外。大牛已将马匹备好。牛皋上马出村去了。

　　进了相州府衙门大堂。牛皋与刘大人互相见礼。

　　"见过恩师。"牛爷抢先施礼。"牛都督。现在可不是从前了。恭喜恭喜呀！"刘光世亦抱拳回礼。

　　"恩师，您永远是我们的恩师，包括我大哥，永远是您的学生。今天您这是请我喝酒啊？"牛皋问。

　　刘光世笑道："这顿酒早就该喝，而且应该办几桌，请点儿人热闹热闹。只是这，嗨，没时间呀。最近呢，终于忙过去闲下来了，能踏实的坐着了。我一琢磨呀，还是少跟那些混官场的人来往。说话还得防着谁。就咱俩，不受约束，说什么都行。过来坐。今天呀，畅开儿喝。这里不是藕塘关，金兵不会到这里来。来，先干一杯。"倒满了两杯酒。牛皋不客气，先干了一杯。

　　刘光世干了杯中酒说："牛头山一战，金番伤了元气，这两年消停多了。临安救驾，贤契孤身犯险，力擒二贼，真乃英雄气概，同僚们聊起来，也都伸大姆指啊。""不值一提，恩师过奖了。"

　　刘光世关心的问："老家儿的坟迁走啦？""是，迁走了。让恩师惦记了。"

　　刘光世点头说："行，也算尽孝了。最近忙什么呢？""现在就是逗逗孩子，没什么正经事了。"

　　刘光世"嗯"了一声："贤契，时势造英雄，你们在家歇了几年了，千万不要荒废了所学。今后必有大用。""是恩师。从不敢懈怠。细想起来，虽说是时势造英雄，但如果没有恩师的提携，也不会有学生的今天。学生就是一匹好马，没有恩师的那什么乐的，怎么说来着？也是白搭。"

　　刘光世笑着说："千里马常有。""对，伯乐不常有。马虽好，没有伯乐，马不如驴。是吧。"

　　"贤契，这一阵子忙过去了，想散散心，出去打猎，你也去。"刘光世说。"去哪儿打猎？"

　　刘光世说："去山西。""行，正好，打点野味，给孩子他妈补补身子。"

　　刘光世问："你是男孩，女孩？""大胖小子。地下跑了。"

刘光世端起酒杯说："男孩好，将来效仿老子，为国出力。贤契，今天就别回去了，住驿站，明天一早出发。"

"圣旨下，岳飞接旨。"随着喊声，钦差走进院子，岳飞从屋里出来跪地说："臣接旨。"

"奉天承运，皇帝诏曰，武昌开国公，文武尚书都督大元帅岳飞，及所有部属，官复原职，即刻来京。钦此。"钦差念完，把圣纸交与岳飞。岳飞接过圣旨："吾皇万岁万万岁。"站起身来。

钦差嘱道："请岳元帅即刻赴京，告辞。"

岳飞坐下，仔细看了圣旨后叫："云儿。"

岳云从屋里走出问："爹。圣旨让干嘛？"

岳飞站起来说："通知王贵，张显，汤怀，吉青四位叔叔，做好准备，一个时辰以后起身。你和张宪做前站，安排驿馆食宿。大牛。"大牛跑过来："大帅。"

岳帅吩咐："大牛，二爷不在家，你在家等二爷，二爷回来，告诉他本帅去临安面圣。""是，大帅。"

岳家门外。大牛为元帅备马，玲子在一旁帮忙。王贵，张显，汤怀，吉青一身戎装，牵马等候岳飞。

吉青问大牛："大牛，什么急事，这么赶啰？""我也不清楚，是皇上急诏。"大牛说。

吉青自语说："金兵打来啦？""肯定是有事。一切都有可能。"大牛说。

王贵叨唠着说："这个构皇帝，没事的时候连理都不理，现在有事就是急茬儿。"

岳飞全身披挂，提着大枪从门里出来，对王贵说："兄弟，食君禄，报君恩，精忠报国，是大哥一生的志向。我们兄弟，为君，为国，也是为我们自己。就不要有牢骚了。王贵，吉青，张显，汤怀。上马，方向临安。”

村里的乡亲们都出来了。王贵等的家属，抱着孩子向亲人招手。”赛玉，玲子带着乡团兵丁列队送行。场面悲壮，热烈。赛玉带头念起了岳飞的词，满江红：“怒发冲冠……”众女兵们齐诵：“怒发冲冠，凭栏处，潇潇雨歇。抬望眼，仰天长啸，壮怀激烈。三十功名尘与土，八千里路云和月。莫等闲，白了少年头……”

战马穿过人群，由慢变快，驰骋起来……

第四十六回 王贵做先锋 牛皋闲家中

岳飞兄弟一路风尘，马不停蹄的赶到临安。至午门下马，有守城将军通报。高宗上殿。岳飞率众将进宫，给皇上磕头。"众爱卿平身。赐坐。"高宗说。

"谢万岁。"五兄弟坐下。

高宗发话："岳爱卿，此番回朝，复职大元帅，日后再行升赏。""谢万岁。"岳飞说。

高宗问："岳爱卿，同来几位将领？"

岳飞答："回万岁，这四位是王贵，吉青，张显，汤怀。与臣同村居住，所以同来。还有小将张宪，小儿岳云正在安排驿馆。一共六位。"

高宗发旨："岳爱卿，所有将领官复原职，速来京。""是，臣坐帐以后马上通知。"岳飞说。

"岳爱卿，今有九龙山杨再兴，大湖戚方等贼寇造反，岳爱卿可领兵十万，前去剿灭。岳爱卿，先剿哪一路啊？"高宗问。

岳飞奏说："臣以为，应先剿杨再兴，再灭戚方。"

"诸位爱卿，马到成功。赐酒。"高宗说完起身退朝。

帅帐内，王贵等兄弟及岳云，张宪分坐两侧。岳帅进帐叫："中军。""中军进帐："中军在。"

岳飞发一支令箭："发加急，召施全，杨虎，何元庆等诸位将军，火速来临安听命。""遵命。"中军接令箭出去了。

岳飞命令："诸位兄弟，挑选精兵十万，待众将到齐，祭旗出征。""是。"

牛皋下马进院。见大牛正在给小马刷毛。就乐着说："马驹子长得够快的，几天没见，又长大了一圈。"

大牛过来，接过马缰说："可不是吗，天天长，都能骑了。"马驹跑过来，跟乌骓马蹭了几下，跑回马厩。

牛皋指着马背上挂着猎物说："大牛，这野味儿是两份，给元帅家一份，咱留一份。"

"嗯。"大牛摘下一些猎物去了岳家。丫环小香儿出来，拿笤帚给二爷扫身上。

大牛从小门儿回来说："二爷，跟您说个事，您走了这几天，元帅和王贵他们都去临安了，让二爷回来也去临安。""去临安，怎么回事？"牛爷问。大牛说："皇上下了旨，所有的人都官复原职，赶去临安见驾。元帅说让我在家等二爷，和二爷一块赶过去。"金兵入侵了？"

大牛摆头说："具体情况不清楚。肯定是打仗的事。不过，我倒是听了一耳朵，钦差小声跟大帅说的，说有个叫杨再兴的造反了，贼势不小，没听仔细。"

牛皋大笑："杨再兴？哈，哈……他造反啦！那就更不能去了。幸亏二爷不在家，在家也不能去。天意，天意呀。""为什么不能去？"大牛问。

牛皋笑道："你不知道吧？我和杨再兴有八拜之交，我带兵去剿他，我是打呀，还是不打呀。"

众将到齐．，岳飞升帐坐在帅案前，众将分坐两侧。施全起身报："大帅，除牛先锋外，所有将领都到齐了。"

岳飞向大家介绍："今有九龙山杨再兴，太湖戚方作乱，本帅奉旨讨贼，现已集十万精兵，先剿杨再兴，再灭戚方。由于正印先锋有事未到，需要另选先锋，哪位将军愿作先锋？"

王贵站起说：“王贵愿做先锋。扫平九龙山。”

吉青站起说："吉青愿做先锋，斩杀杨再兴。"

岳飞左看右看说："两位将军都要做先锋，也不能都做先锋。谁做先锋？可以商量，两位谁做先锋？"

王贵起身说："大哥，二哥不在，按顺序理应王贵接替先锋。"

吉青也站起说："大哥，吉青多次做过先行，如今二哥不在，吉青做先锋最合适。"

"大哥，王贵候命。""元帅，吉青先行。"二人互不相让，众将大笑。

王贵指着吉青："嗨，跟我争上了。你怎么老跟我作对呀？""我还说是你跟我作对呢？不行就比武。"吉青说。

岳飞一攥拳："不用比武，猜钉壳。"

王贵，吉青伸出拳头，嘴里喊："猜钉壳，猜钉壳，壳……""包子，赢了。你输了，你不行。还跟我争，差远了。"王贵得意的说。

岳飞抽出令箭："王贵听令，命你带五千人马为先行，直发九龙山。"

王贵接令箭："得令。"出帐去了。

岳飞又抽一支令箭："余化龙听令。"

余化龙站起："余化龙在。""命你带五千人马，为二路先锋，接应王先锋。""得令。"余化龙接令箭出帐去了。

岳飞又令："岳云听令。""岳云在。""命你押解粮草，不得有误。""得令。"岳云接令出帐去了。

岳飞发令："诸位将军，随大队进发九龙山。"

王贵带领队伍行军，时不时的看看先锋旗上的"王"字，很是得意。自语道："哼，每次都是黑二哥做先锋，好事都让他占了，又立功又娶媳妇儿，又升官，今天轮到王贵啦，哈哈哈。兄弟们，加快速度。”

探子来报："报先锋，离九龙山还有十里了。"

王贵举着大刀说："再辛苦辛苦，一鼓作气，拿下九龙山再吃饭。"士兵们士气高昂，欢呼雀跃。转眼间，来到九龙山下。王贵到山前叫战："山上的反贼听好喽，本将军是当今大宋兵马大元帅，岳飞麾下的正印先锋官，人称金刀大王的王贵，我命令尔等赶紧下山投降，免得死无葬身之地。"

话音刚落，就听山上三声炮响，有一彪人马下山，来到近前，为首的头领，白盔白甲骑白马，持银枪，正是杨再兴。

杨再兴喝道："什么人，敢犯吾境，活得不耐烦啦？"

王贵指着杨再兴问："你就是杨再兴啊？吾乃岳元帅麾下大将，人称金刀大王的王贵，赶紧下马投降，投降免死。"

杨再兴笑道："噢，你就是岳飞手下，人称赛关羽，号称金刀大王的金刀大王吧？"王贵回道："正是本尊。"偻啰们哈哈大笑。

杨再兴手一挥说："你走吧，我不跟你打。"

王贵喝道："不打就是不敢打，不敢打就投降。免得玉石俱焚，死成肉片儿。"

杨再兴又挥挥手："你不配与我的枪过招，我杨家枪是天下第一枪，要打，也要来个使枪的。"

王贵笑道："杨家枪，噢，你是杨家的后代？你杨家什么时候成了第一枪了？那我王家还是天下第一刀呢。你的枪杀过几个金兵啊？我这口刀可是斩了上万金兵的人头了。若说兵器的辈分，我的青龙偃月金背无敌大砍刀，肯定是祖宗了。你的杨家枪只能算晚辈呀。"

杨再兴用枪指着说："念你打过金兵，不跟你计较，离我九龙山十里下寨，不要在我山下扎营，否则，我给你烧个干干净净。去吧。"

王贵见杨再兴不战，以为不敢打："嗨，我想起来了了，差点儿让你给朦了，你家祖宗出名儿的不是枪啊？""不是枪，是什么？"杨再兴问。

王贵嘲笑道："哈哈哈，你家祖宗用的是刀啊。就是这把刀，金刀令公啊，金刀令公杨继业。就是这把刀。"

杨再兴怒了："信不信我捅死你？"

王贵进一步说："你杨家有本事的，都不用枪，你的五老祖杨五郎用的是斧吧？没有降龙木就瞎了。倒是你的祖宗杨六郎用枪，可是呢，连个女的就是你祖奶奶穆桂英都打不过。穆桂英可是用刀啊。你杨家的枪就是个摆饰。你不打就算了，跟你打，我金刀大王王贵还嫌丢人呢。"

杨再兴忍无可忍，飞马过来，照王贵心口就刺，王贵举刀相迎，几个回合以后，王贵已经开始喘了，再几下，已无还手之力了。怂了。

杨再兴了边打边说："你就是个耍嘴皮子的，我用十枪，就扎死你。让你尝尝杨家枪是酸是咸。五枪，六枪，七枪……"王贵慌了，大喊道："岳大哥快来救我，兄弟这回要完了……"

杨再兴发狠道："天堂有路你不走，地狱无门闯进来，叫也没用，接着吹，硬就硬到底，你死就死在嘴上。八枪，九枪……"杨再兴的枪太快了，王贵已无还手之力了。

危急时刻，有一将冲来，拨开杨再兴的枪，大叫道："余化龙在此。"王贵赶忙跑回本阵，掉转马头喘粗气。余化龙接住杨再兴，双方大战三十余合，杨再兴越战越勇，余化龙有些不支了。这时，杨再兴却收枪回马，不打了。

杨再兴用枪指余化龙："离开我九龙山十里以外去扎营，否则烧你营寨。"上山去了。

王贵向余化龙道谢："幸亏余兄弟来的及时，吾命差点儿休矣。"

余化龙叹道："不是兄弟来的及时，而是杨再兴不想下狠手。杨家枪名不虚传。"

第二天。岳元帅大军到达。王贵，余化龙路边迎接。

岳飞见了王贵就问："王先锋，和杨再兴交过手儿啦？"

王贵答道："交过了，杨家将果然了得，小弟能搪他二三十枪，但取胜费劲。"

余化龙亦报说："小弟与他战了三十余合，不占便宜。"

岳飞命令："先锋前去叫阵。"

王贵率兵来到山脚下，冲山上叫战。杨再兴带数百偻兵下山。他用枪指着王贵："手下败将，还有脸来叫阵？你营中有枪使得好的，出来一个。"

宋阵中，汤怀跃马而出，大叫："吾乃汤怀。"上前就是几枪。杨再兴不慌不忙出枪。拨，打，刺，挑……几回合后，汤怀料不能胜，返回本阵。

杨再兴笑问："还有使枪的吗，两个一块上也行。"

小将张宪出马，一连几枪。被杨再兴躲开后喝问："来将通名？""吾乃岳元帅麾下，统制张宪是也。看枪。"拍马出枪，两人战在一起。

两人大战五十余合，不分胜负。张宪见不能取胜，退回本阵。

"还有没有会使枪的，出来一个？"杨再兴喊。

岳飞出阵报名："本帅岳飞。杨家枪果然是天下名枪，只是可惜了。""可惜什么？"

岳飞叹道：“可惜杨家世代忠良，大宋国栋。而杨将军揣绝世武功，竟甘心为寇，与大宋为敌，岂不是让祖宗蒙羞。本帅劝将军，拨乱反正，归顺朝廷，共保宋室江山。”

“我杨家世代忠良，为国效命，赴汤蹈火，保宋抗辽，到头来，屡遭奸臣陷害，家破人亡。杨某劝岳元帅早日醒悟，反宋称王，你我联手，灭宋朝如砸蛋。岳元帅意下如何？”杨再兴说。

岳飞无奈说道：“既然杨将军决意反宋，就是与岳飞为敌。今天只能刀兵相见了。”“正合吾意。今天你我单挑儿，大战三百回合，先退者为输。”

岳飞同意道：“可以，只是杨将军已战两阵，此时再战，略显不公，明天再战如何？”

杨再兴满不在乎：“你若怕了，就不用打了。”

岳飞言道：“好，现在就打。众位兄弟，退后。本帅与杨再兴兄弟单挑儿决胜负，任何人不许上前助阵。”

“遵命。”

岳飞，杨再兴各催战马，枪对枪，杆儿对杆儿的打了起来。双方你来我往，大战一百余合，不分胜负。

宋阵中，众将小声议论：“杨再兴的枪法确实好。”“确实不错。”“打了一百多回合了。”

这时小将岳云来到阵前观战。吉青问岳云：“大侄子，你不是押粮草去了吗？”“是呀，回来啦。”“还够快的。”

岳云看了一会儿说：“吉叔儿，看我爹好象有点儿手慢了。”“是，打了一百多回合了。今天是一战分胜负，谁先回谁输。而且说好了是单挑儿，不许我们帮忙。”

岳云说：“噢。叔叔们尊守将令，不能上前，当儿子的不能做壁上观呀？常言道，妻贤何愁家不富，子孝何须父向前。我就不信杨再兴这么历害。”随即提双锤出叫道：“父帅稍歇，待孩儿擒他。杨再兴，吃小爷一锤。”上前就打。

杨再兴闪过，拍马出圈，用枪指着岳飞说：“无耻岳飞，竟然使诈，用车轮战。呸，枉你还做了元帅，有本事来攻山，定叫你十万大军有来无回。”拍马上山去了。

岳飞大怒：“来人，把岳云绑了。”

岳飞在帅帐前下马，扔掉马鞭，进入帅帐喊：“擂鼓升帐。”三通鼓响，众将齐集帅帐。岳帅发令：“带岳云。”岳云被绑，进帐跪下。

岳飞喝道：“岳云，违我军令，擅自出战，令本帅失信于杨再兴，丢了我岳家军的脸面。刽子手，推出去斩。”刀斧手进帐，推岳云往外走。

吉青出列：“刀下留人。元帅，岳云年幼，不懂军令，不应斩首。”

施全出列：“大帅，大帅禁令是在战杨再兴之前，而岳云押粮回营，是在元帅与杨再兴大战百合之后，故岳云不知元帅军令，可谓不知者不怪，请大帅开恩。”

王贵亦说：“是，不知者无罪。”“大帅开恩。”众将求情。

岳飞发令：“如此说来，情有可原。放回来，明日阵前，交杨再兴发落。”

九龙山下。宋军阵前，岳云被五花大绑推出，宋军士兵大喊：“杨将军听好，昨日之事，元帅已经查清，是公子岳云，押解粮草回营，不知元帅有禁令，出于孝心才出阵的。本来元帅要将其斩首，是众将力保，所以未斩。现将岳云捆绑阵前，元帅说，由杨将军发落。”

杨再兴来到山腰："狡诈岳飞，弄这苦肉计，自家的事儿，自家处理吧。"

宋军士兵接着说："元帅说，岳云生死，全在杨将军一句话。让他死，阵前立斩。"

杨再兴坐在地上："就饶他不死。打他四十军棍。"

"遵命。杨将军有令，打岳云四十军棍。"士兵喊毕，阵中闪出行刑官："杨将军，现在行刑，请杨将军数数。来人，打岳云四十军棍。"

军士上前，将岳云接趴在地上，两个持棍的军士立在两边。行刑官喊："打。一……"

杨再兴见状，马上站起来喊："停。住手，真打呀？算啦算啦，我信了，放了岳云，叫你们元帅说话。"

岳飞来到山脚下，向杨再兴道谢："谢谢杨将军饶过犬子，吾等可再战。"

杨再兴没动窝："岳飞，我与你大战一百余合，已经够了。你赢不了我。听说你手下有个姓牛的第一猛将，是黑虎星下界，让他出来跟我打。黑虎星，让我见识见识。我还白虎星呢。"

岳飞解释说："杨将军，黑虎星是老百姓编的，牛将军是先行官，这次因故没来，无法满足将军提出来的要求。"

杨再兴站起来说："那你就来攻山吧。你要抓紧呀，我山上的粮食只够吃三年。"上山去了。

岳飞无奈道："回帐议事。"

帅帐内。岳飞与众将议事："兄弟们，这杨再兴找茬不打了，各位有什么高见？"

"大哥，他不打，咱就攻山。我打头儿。"何元庆说。

岳飞摇头说："不行，杨家几代人都在边关守边，守城守寨很有心得，若硬攻，恐怕损兵折将也未必攻得下来。"

王贵出列说："大哥你看，二哥就知道成天的满世界吹，到处侃，连九龙山的叛匪都知道他是黑虎星下界了。看，麻烦来了，杨再兴单挑儿二哥，二哥这不是白给吗？幸亏他没来。大哥，赶紧写信，让他千万别来，来了就陷的这儿了。"

岳飞思考下说："牛先锋不来，杨再兴不下山，我们耗不起。不要说几年，几个月都很难坚持。看来还是急召牛先锋，来了再想办法。中军，派快马去汤阴县，请牛先锋火速来营前议事。"中军出去了。

牛家院内。赛玉坐在桌旁喝水，小花在旁边做针线。牛皋坐在窗下的台阶上哼着小调。儿子牛通正拿根小棍儿胡抡。

牛皋站起来，来到马厩看马，小马已长成大马，见牛皋过来，抖了一下脖子，牛皋伸手，挨着摸了摸三匹马的头。他回头叫："儿子，过来看看马。"牛通跑过来，牛皋把他抱起来，让他摸马头。并挨个儿给他讲。"这个呀，是马爸爸，这个呀，是马妈妈，这个就是儿子啦，就象你一样，是爸爸妈妈的儿子。等你长大了，就能骑着到处跑了，冲啊，冲啊，多威风啊。"

小牛通萌萌的说："爸爸，我长大，要杀（仨）金（精）兵。"

牛皋拍着孩子的屁股说："好小子，有志气，快点儿长。"把孩子放地下，让他玩去了。

这时，远处传来马蹄声，来到门前停下，有信使进院，见到牛皋下跪说："给牛将军请安。小人是岳元帅派来的信使。"

牛皋坐下说："起来讲话。""谢将军。"

赛玉站起来说："花儿，领孩子进屋。"小花领牛通进屋去了。赛玉也回屋了。

信使抱拳说："将军，元帅有令，命将军火速赶到九龙山大营。"

牛皋站起来问："剿匪战况如何？"

信使说："启禀将军，此次出征，由王贵将军做先锋，余化龙将军做接应，结果都被杨再兴打败，第二天，元帅大军到达九龙山，又有汤怀，张宪两位将军出战，也打不过杨再兴。后元帅亲自出马，并约定单挑，不许别人助阵，元帅与杨再兴大战一百多合，未分胜负，偏巧公子岳云押粮回营，不知元帅禁令，上前助阵，杨再兴一看，扭头上山，不打了，说元帅失信。元帅大怒，将岳云绑在阵前，叫杨再兴发落，杨再兴放了岳云，但却不下山了，说要单挑元帅帐下号称是黑虎星的第一猛将，元帅无奈，只好发加急，请将军出马。"

牛皋笑道："你回去吧，跟元帅说，我随后就到，"信使走了。

牛皋哈哈大笑："逗死人了，王贵做先锋，好，让他尝尝做先锋的滋味儿。都以为先锋好当，又立功，又娶媳妇儿，怎么样，蹚上吃炮仗捻儿的了吧。这不是，还得请二爷出山。唉，想歇几天，都不得安生。没办法，能者多劳吧。"

赛玉走出来说："吹吧你，人家张宪，余化龙都打不过这个杨再兴，你去了，还不是白送死吗？要这样，你还真别去。"

小花儿也出来帮腔："是呀二爷，装病。"

牛皋指着自己鼻子："装病？就凭二爷，顶天立地的汉子，宁可让人吓死，也不能让人打死。"花儿笑了："二爷，说反了吧？"

"什么说反了？"花儿说："宁可让人吓死，也不能让人打死，是不是反了？"

　　牛皋琢磨了一下说："啊，我是那么说的？不可能。我宁可让他打死，也不能让他吓死。王贵，吉青，这帮兔崽子，平时老拿黑虎星当笑料，没少挤兑二爷，这回二爷给他来个耗子撩门帘儿。"花儿问："什么意思呀，二爷？"

　　牛皋"嘿嘿"一笑："露他一小手。二爷我要活捉杨再兴。"

　　赛玉一本正经的问："花儿，给二爷预备酒菜儿了吗？"花儿说："不到饭点儿呢。二爷，偷着喝了吧？"

　　牛皋指着小花儿："你个臭丫头，以为二爷说胡话呢？大牛，准备行理，备马。"又对赛玉道："我的巾帼夫人戚姐姐，这回可不是吹，这回呀，让整个岳家军都看看，牛皮不是吹的，马快不是推的，泰山不是砌的，二爷不是……二爷不是……"

　　胖玲子出屋："二爷不是白的是黑的。"

　　牛皋伸手一指："你这个胖丫头，敢说二爷啦？"

　　玲子装傻说："姐夫，你不是作诗呢么？"

第四十七回　黑虎星回营　杨再兴归宋

赛玉担心的说："我怎么觉得越来越害怕呀？心跳得历害。"

牛皋笑着说："怕就对了。你是鲜花，当然离不开牛粪啦。"

赛玉琢磨着说："小花儿说得对，还是装病吧。要是万一有个意外，让我们这孤儿……""呸呸呸……说什么呢？哪来的意外？没意外。"牛皋傻笑着说。"这哪有准儿呀？"

牛皋神秘的对赛玉小声说："媳妇，放心吧，杨再兴是我把兄弟。"

赛玉用手锤着牛皋说："啊！你个臭牛粪，你怎不早说呀。吓死我了你。"

大牛将乌骓马拉到门外，扣锁雕鞍，行理拴牢。身系包袱牵马等候。玲子在一旁，牵着儿子的手，在和大牛惜别。街上，已有不少乡亲来送行。赛玉，花儿，香儿，带着孩子送牛皋出来。岳雷，岳廷，岳震，岳银瓶也来送二叔。牛皋摸了摸岳雷兄妹，摸了摸儿子牛通，抬腿上马。胖玲子给大牛整理铠甲，带着哭腔儿嘱咐："注意安全。"

牛爷夹马向前跑了儿步，又调头转了一圈，喊声："大牛。"向前跑去。大牛上马加鞭，跟着牛爷出村上了官道。身影隐在尘埃里。

看着丈夫远去的背影，赛玉心中吟道：

"鲁莽直肠率真，

终年东讨西奔，

乌骓踏雪浅埃尘，

妻守空房何忍。

冷暖冬夏四季，

男儿本色赤心，

吾牛天生一根筋，

何时鞑虏消尽。”

牛皋来到军营，大步走进帅帐喊道：“大哥。兄弟来了。”

岳飞站起迎接：“二弟，你可来了。”“遇到麻烦啦？”牛爷问。“二弟坐。还真是遇到麻烦了，这块骨头很难啃。”岳帅说。牛皋一愣：“骨头，不就是山贼吗？还能比兀术历害。”

岳飞手一摊：“这个山贼，可不是一般的小贼，他叫杨再兴，是我朝金刀令公杨继业的后代，这杨再兴枪法绝伦，而且杨家将几代人镇守边关，守城护寨是强项，经验丰富，所以，单打独斗很难取胜，全面攻山也恐徒劳。大哥实在没招了。”

牛皋关心的问：“我们这么多兄弟都不是他的对手？都谁跟他交过手儿？”

岳飞介绍说：“先锋王贵。也就几个照面。余化龙，张宪，也都不能取胜。就是愚兄，跟他大战一百余合，也没分出来胜负。关键是他还不打了。也不知道他听谁说的，咱军中有个上界下凡的黑虎星，非要会会。他现在不跟别人打，也不下山了。所以就派人把兄弟找来，想想办法。”

牛皋想了想说：“大哥，这杨再兴若是杨家将的后代，兄弟去了也是白给，上去就是送死。”

岳飞摆手说：“大哥并不是让二弟跟他去打，是想把他引下山，这样老耗着，咱耗不起呀。”

牛皋摇头说：“诓他下山，有关道义。所性豁出去了，跟他打，大不了让他打死。这样吧，明天我跟他打，让他赢。”

　　岳飞解释说："二弟，不是大哥非要让你送死，我是这样想的，明天你向他挑战，他只要下了山，不用你跟他打，我们在四周做好准备，兄弟们一拥而上，把他围住，不放他上山。"

　　牛皋晃了晃脑袋说："不好，不交手怎么知道他历害。咱不能让他吓死。我跟他打。大哥，开战之前我要和兄弟们聚聚，好几年没见了。万一回不来了，不留遗憾。"

　　岳飞郑重的说："聚聚可以，可不是诀别。没那么严重。"

　　"知道，大哥，你给他下个战书，约他明天决战。就说黑虎星来了，跟他单挑儿、"

　　几年没见了，身为二哥的牛皋一通乍呼，跟每个人都打招呼。不过，兄弟们都知道，牛二哥今天要找杨再兴单挑儿，而且没有人认为他能打败杨再兴活着回来。所以心里都很沉重。

　　帅帐里拼成的长桌上摆着酒菜，兄弟们分坐两侧，岳飞坐顶头，牛皋挨坐一侧。王贵与牛皋对坐。

　　岳帅开口说话："兄弟们，今天总算到齐了，好长时间没凑一块儿了。今天我们喝个团圆酒，大家干一杯。"

　　王贵端杯冲着牛皋说："二哥，你来晚了，你得自罚三杯。"

　　牛皋笑道："喝酒总嫌少，最喜欢的就是被罚。"连干三杯后又说："我也敬你一杯，王先锋。"众人笑了。

　　岳飞告诫牛皋说："二弟，不要多喝，一会儿还要出战杨再兴呢。""大哥，那杨再兴，兄弟肯定是打不过了，多喝点儿酒，枪扎身上不觉得疼。这也沒准是最后一顿儿了。临了儿临了儿的，喝个够吧。"

　　王贵不屑的说："二哥，要我说啊，咱不跟他打，不赏他那脸。""兄弟，听说你做先锋，跟杨再兴过了招了？""也算打了，也算没打。试了试手儿，基本上没动真格的。"王贵说。

牛皋纳闷儿说："这是怎么说的，按理儿说，他知道有个黑虎星，也应该知道有个赛关公金刀大王啊？怎么不打你这个赛关公金刀大王呢？"

王贵"啊啊"的："是啊？是啊？

吉青笑了："可能是一听说赛关公金刀大王的名号，就吓尿了吧。"众人哈哈大笑。

牛皋诚肯的说："你给二哥传授传授，怎么才能也算打了，也算没打？二哥也学学。""啊，啊当时我在山下叫阵，杨再兴下山，问我是谁？我说我就是赛关公，人称金刀大王的王贵。他说，噢，你就是那个人称赛关公，金刀大王王贵的金刀大王吧？我说正是本尊，他说不敢打。"牛皋大笑。众兄弟都笑了。

王贵夸道："他的枪使得确实好，二哥你真不是他的对手，别跟他打。"

牛皋点头："连你这个金刀大王八都说他武艺好，那二哥肯定输了。不过呢，我既然是黑虎星下界，也不能枉了这个名头。硬着头皮也要上。是不是兄弟，啊？金刀大王八。"

王贵琢磨着说："金刀大王八？捌扭，二哥，你是不是骂我呢？"

牛皋笑着说："没有啊，不是你自己说的，你就是那个号称金刀大王王贵的金刀大王吧么？"

王贵省悟道："这个杨再兴真不是东西，敢绕着圈骂我。二哥，只要你打赢他，王八就王八。"

牛皋端起酒杯说："大哥，兄弟们，来日方长，有的是机会。干啦。"

探子进报："报元帅，杨再兴下山，叫牛将军出战。"

牛皋对探子说："告诉杨再兴，马上到。王贵兄弟，以前咱俩最好，我再跟你喝一杯。"抄起酒坛，与王贵一蹾，咕咚咕咚的将一坛酒喝光了。王贵看着牛皋显出一种生离死别的表情，急的流出眼泪，将酒喝了。

牛皋站起来晃了几下叫："备，备马。"醉步出帐，有士兵扶其上马。摇晃着出营。众将上马，跟了出来。

岳爷出帐叫："施全。"施全转身："大哥。"岳爷吩咐："保护牛先锋，不行就搞人海战。""放心吧，大哥。"

两军阵前，杨再兴跃马横枪，不可一世。对面的牛皋在马上，左，右，前，后晃着，几次差点摔下来。杨再兴大喝一声："来将通名？"

牛皋也不答话，两眼腥松的往杨再兴的旁边看。马也往边上走。真醉了。杨再兴又问："来将通名？问你呐？"

牛皋侧着脸问："问……我呢？我就是你要找的，找的，黑虎星。天上下来的。牛，牛，干嘛？你杀我，我呀？杀呀。对了，你是杨家将，杨……对，杨家将，专杀怂人的杨……"趴马上睡着了。马也立那儿不动了。

杨再兴也懵了："你这哪是来交战的，气死我了。我要打死你，我都觉得现眼。"扭头拍马上山去了。"

大牛从阵中跑出，抓住马缰，把马牵了回来。众将松了一口气。施全下令："收兵。"

帅帐内。岳帅肘放案上，双手抱头自语："二弟呀，大哥不应该呀，不应该答应杨再兴，把你叫回来。虽然说，大哥知道杨再兴的为人，不会真下狠手，但也怕有个万一呀。万一你要有个三长两短，以后大哥都没脸见人了。二弟呀……"

大牛扶着牛皋进帐。两人摔倒在地上。大牛坐起来，牛皋躺在地上不动。

岳飞起身哭道："二弟呀，大哥对不起你呀……"众将进帐，见大哥哭二哥，都笑了。

大牛爬起，过来扶元帅。"大帅，二爷没事，是睡着了。""睡着了？"大牛指着说："是啊，您听，打呼噜呢。"

岳飞愣了："那，杨再兴呢？""杨再兴见二爷醉成这样，一生气回山上去了，也可以说吓跑了。"

岳飞大喜："这么说，牛先锋打赢了？""嗯，打赢了，没动手。"

岳飞拍拳击掌说："那也算赢了，按规矩，谁先不打了，谁就输了。二弟，你赢了。""要这么说，可不是杨再兴输了。"大牛说。

岳飞大喜："兄弟，输赢都不要紧，没事就好。这么说，大哥也赢了。杨再兴，大英雄也。"施全问道："大哥，你怎么断定，二哥不会有事？"

岳飞回到帅案前说："杨再兴是名门之后，武艺高强，他要挑战牛先锋，无非就是为了争强斗胜，而且，他也不会斩杀岳家军的人，否则，第一个死的应该是王贵。"

王贵不服的说："怎么可能？他比我强点儿，这我承认，但也不致被他杀了。我是谁？"

施全赞道："大哥，杨再兴今天主动撒了，说明我们胜了一阵。二哥这招儿无招儿胜有招儿，果然管用。"

"是。"岳飞走到牛皋身边，蹲下拍了拍牛皋的脸说："二弟，高深莫测，高深莫测呀。"

九龙山上聚义厅。杨再兴生气的坐在虎皮椅上自怒道："气死我了，他这不是耍我吗？这怎么算？"

　　旁边一小头目说："大王先撤，大王输了。其实，大王应该把他抓上山来，拿他作人质，逼岳飞退兵。"

　　杨再兴有些后悔："也是，怎么就没往那儿想。本大王还以为这个黑虎星是什么凶神恶煞呢，原来是个酒鬼。"

　　小头目说："大王，明天还去叫阵：他若没喝酒，就跟他打，他若还喝得烂醉，就不管他真醉假醉，抓回来再说。"

　　杨再兴点头："嗯，对。"

　　山下阵前。杨再兴大叫："你们那个黑虎星呢？给我出来。昨天阵前装醉，欺骗本大王，好不要脸。今天不管你是真醉假醉，一定要分出个上下高低来。"

　　宋军中，牛皋夹马从阵中走出，身体在马上前仰后合，嘴里念叨："杨，杨再兴，是吧？黑虎星在此。"一拍胸脯。又说："你往这扎，让你打，让你扎，来……"又跟昨天一样，趴在马上。

　　杨再兴怒道："又跟昨天一样，跟我装醉，什么狗屁黑虎星？小的们，绑上山去。"一群偻啰上来把牛皋拉下马，用绳子就捆。捆完了就往山上拽。

　　宋军将士欲上前解救，杨再兴的枪尖点在牛皋的咽喉大喝："都不许动……"宋将只得退后。偻啰把牛皋抬上马背，押上山去了。杨再兴收枪，也上山去了。

　　到了山上，偻兵把牛皋从马上拉下，他趴在地上睡着了。杨再兴命令："把他捆马桩上，不老实就打。"

　　岳飞帐内，所有的人都闷了。

　　岳飞有些后悔的说："牛将军被掳上山，是本帅的失误，当务之急，是要先救回牛将军。本帅准备和杨再兴谈判，只要能放了牛将军，什么事情都能答应。哪位将军，去山上找杨再兴谈判，哪位愿去？"

王贵出列："若无人去，王贵去吧。"

岳飞稍迟疑了一下说："你去？好吧，记住了，多说好话，不要激火，你抓紧时间吃饭，本帅马上修书，饭后上山。"

牛皋被绑马桩上，一觉醒来，睁眼见被绑，马上大叫："杨再兴，放开我，捆我干嘛？不认识呀？"

两个偻啰拿着棍子走过来说道："认识，你不就是黑虎星吗？我们认识，棍子不认识。打。"俩人一左一右，用棍子朝牛皋肚子上就打。

牛皋大叫："杨再兴，忘恩负义的东西，你敢打你爷，快放我下来。"

两个偻啰又是几棍子。一偻兵道："别喊了，大王说了，喊就打。我们大王怕吵，好静。你要老老实实的呆着，免得吃皮肉之苦。"

牛皋酒有些醒了："噢，我忘了，你们去，报杨寨主，就说我是他大哥，让他快过来见我。"

偻兵笑道："哈哈，你是大王的大哥，那我还是你大爷呢。"又打了几棍子。

牛皋无奈，绑在后面的手用力挣了几下，一只手从袖子里抽出峨嵋刺，掉过来，用尖部将绑绳划断，绳子脱落，抽出双手，抓住两个偻啰，问："杨再兴在哪儿。"

偻兵当时就吓傻了："爷爷饶命，大王在聚义厅吃饭。"

牛皋两手一合，把偻兵头对头撞晕。哈腰捡起峨嵋刺收好，背手走进聚义厅。

聚义厅内，杨再兴吃完饭，正在虎皮椅子上打盹。桌上有酒有肉，牛皋坐下，倒酒喝了两杯后说："杨兄弟，大哥来了，有酒有肉的也不让让。"

杨再兴睁开眼："你怎么跑到这里来了。来人。"一群偻啰冲进，拔刀对准牛皋。

牛皋端起一杯酒，一饮而尽。倒上酒说："杨兄弟，大哥来了，不管吃，不管喝，人还绑的马桩上，打了我几十军棍，不仗义。"

"你谁大哥？"再兴问

牛皋笑道："你大哥，牛皋，你忘啦，当年科举在东京，还有罗延庆？咱仨不是兄弟？"

杨再兴站起来："嗯，是，原来是大哥到了。我说呢，怎么不跟我打？原来是大哥让着小弟呢。这么多年了，大哥这脸胡子，真是认不出来了。大哥上座。来人，切盘牛肉。上酒。"

牛皋喝着酒说："大哥没跟你打，为什么，不单单咱是哥们儿。一动手儿，输了丢人。就是赢了兄弟，脸面儿上也不好看。我只能喝酒，喝的大醉，不省人事，这是最好的办法。怎么着兄弟，跟哥下山吧？"

杨再兴摆手说："下山，不想了。占山为王，日子过得挺舒坦的。"

牛皋撇着嘴说："拉倒吧你，象兄弟这种身份，名门之后，肯落草为寇，打死哥也不信。"

杨再兴低头说："现在已经是寇了，没有回头路了。"

牛皋眼一瞪："谁说的，看你哥哥我，在太行山也落草当过大王，现在呢，不也是朝廷命官吗？兄弟，你出身将门，世代忠良，占山为王岂不辱没了祖宗。"

杨再兴叹息看说："大哥，小弟将门之后不假，有一身武艺也不假，可你看现在，奸臣当道，好人难存。高俅，童贯，张邦昌，一个接一个，真令人寒心，而那些忠臣良将，最后都成了牺牲品，下场凄惨。”

牛皋耐心说道："兄弟，既有忠臣，定有奸臣。做忠良，就不惧奸佞。不能因为有奸臣在，我等就自毁前途。人来一世，自小奋发，为的就是有个好的前程，扬名立万，封妻荫子。才不负所学。你说呢，兄弟？"

杨再兴不语。

见杨再兴心有所动，牛皋趁机说："兄弟，山下的岳元帅，与愚兄有八拜之交，军中所有的将领也都是兄弟相称，不分先后，岳大哥一视同仁。为了你，险些将自己的儿子斩首，足见你在他心里的地位。本来韩世忠元帅那儿有大炮，想让岳大哥拉几门来，轰你的山寨，岳大哥没要，因为他根本就没想过攻山，这还不够意思。"

杨再兴双掌一亮说："大哥说的我都信，可是你说，兄弟这面子……怎么拉得下来呀？"

牛皋大笑："嗨，你是我兄弟，等于跟岳元帅也是兄弟，兄弟之间，还有什么没不开的，什么下的来下不来的。这样，我让岳大哥山下摆香案，你我携手，下山结拜，结拜完了大摆宴席，这不是皆大欢喜吗。老实说，你这是给大哥面子，大哥脸上有光啊。哈……脸都热了！兄弟，烧了山寨，随哥下山。""那小弟就听大哥的。"再兴说。

"这就对了。还有，如果兄弟能当着人说一句话，大哥就心满意足了？"牛皋说。"说句什么话？"

牛皋不好意是的说："你就说，黑虎星名不虚传。"

杨再兴点头称是："真是，大哥真是黑虎星，名不虚传。"

牛皋笑着说："呵呵，对，就这么说。"

杨再兴发令："来人，山上所有粮草，食物，器具，全都搬下山，所有人马山下列队，放火烧山寨，归宋了。"

随着几声炮响，偻兵大队人马下山，杨再兴手持火把，看着偻兵在各处点火，大火起时，他将手中的火把抛向聚义厅。

山下的宋营寨前，岳元帅与众将往山上观看。山上突然火起，觉得不可思议，正在纳闷儿时，见有偻兵到山下列队。牛皋，杨再兴牵手下山。来到岳飞身前跪下叫："大哥。"岳飞赶忙跪下："二弟，再兴兄弟。"众人也都跪下："杨兄弟。"

岳飞站起身说："欢迎再兴兄弟归宋，兄弟们，为杨兄弟接风，发酒发肉，犒赏三军。"士兵们高兴的跳起来欢呼……

帅帐内摆上了宴席，几十位将领围坐。岳飞坐主位，牛皋，杨再兴分坐两边。大家开始畅饮，侃聊，好不热闹。这时，中军官进来，交给岳爷一封信。岳爷拆开看过，脸色稍变。它在牛皋耳边低声说了几句。又与再兴喝酒。牛皋紧喝两杯酒，放下杯，离席往帐外走，出门前，向大牛使了个眼色，大牛起身跟了出来问："二爷，什么事？"

牛皋下令："紧急集合，带上人跟我走。"上马向营外跑去。

"遵命。"大牛跑回营帐，拿了腰刀，弓箭，集合队伍，跑出大营。

营外，牛皋正在巡视队伍，有军官报："先锋，五千人马集结完毕。"牛皋点头。

大牛率弓箭队赶到："二爷，弓箭队到齐。"

牛皋铜往前指："孩儿们，情况紧急，方向临安，开拔。"队伍出发了。

帅帐中，岳飞继续与众将饮酒。

　　王贵憋不住说："杨兄弟，愚兄那天与你恶语相问，别介意啊。""怎么会呢，王兄用的是激将法，兄弟怎能看不出来呢？"再兴说。吉青"呵呵"一笑："三哥会用激将法啦，有长劲。"

　　王贵端着杯说："什么叫有长劲，分跟谁比，这点玩意儿，要跟你玩，且使呢。要不然大哥问谁敢上山找杨兄弟谈判，哥哥我自告奋勇的要去呢。""谈判，谈什么？"再兴问。

　　"找你谈判，放牛二哥呀。杨兄弟，我有一点儿不明白，你说你英雄盖世，武艺高强，怎么会让这个臭屁股嘴给说降了呢？哥哥要是知道你耳根子那么软，我也去劝降你归宋。早就没事了。让二哥捡漏儿了。哥哥我是先锋，第一个到的，他是最后一个到的。你怎么把功劳便宜他了？"王贵说。

第四十八回 牛皋勤王 再兴立功

杨再兴说："这也是无巧不成书，兄弟只是想会会上界下来的黑虎星，不知道黑虎星就是牛二哥，这牛二哥知道我是杨再兴，所以让着我不跟我打，我把他绑到山上，也没认出二哥来，还让手下打了他几十军棍，后来他喊兄弟，说是我是你大哥，我还说呢，你谁大哥呀，再充大哥还打你，后来他说我是你大哥牛皋，我才认出来，可不是牛皋牛大哥吗？"

王贵不明白："他怎么成你大哥了？"杨再兴说："当年在东京科考的时候认识的，拜了把子，他老大，可不是我大哥吗？"

岳飞闻听忙问："什么，杨兄弟把牛先锋给打了？坏了，这么说他身上有伤。不好？"再兴询问："怎么了大哥。"

岳飞说："刚才接到密报，说有反寇率倭兵向临安进发，怀疑是去攻打临安，本帅已经派牛先锋去临安勤王了，他身上有伤不宜做先锋，应该马上派人接应。"杨再兴说："大哥莫慌，小弟愿去接应二哥。"

岳帅说："好，杨兄弟，点五千人马接应牛先锋，杨再兴站起来说："得令。"出去了。

岳飞对大家说："兄弟们，酒宴记下，以后再补。速回本营集结队伍，明天兵发临安。"

．牛皋催兵赶路，探马报："报先锋，叛军刚到临安城下，正在安营。""此地离临安还有多远？"牛爷问。"报先锋，还有十五里．"牛爷又问："后军离此多远、""报先锋，二路先锋杨再兴率五千人马离此还有二十里。"

牛爷命令："大牛，放慢行军速度。"大牛不解的问："二爷，每回咱都赶着走，今天干嘛慢下来呀？"牛爷说："那贼兵有七八万之众，咱就五千多人马，去了不等于送死吗？这回我也玩个计谋，这样，等会儿两军对阵，你们离得远一点，等着不要靠前，我撤退，你们也后退，如果敌将来追，你们就撒丫子。"大牛说："二爷，咱不用跑，我的弓箭队射住阵角就行了，牛皋说："今天不用，今天不叫跑．，叫诱敌深入，后面不是有杨再兴吗？给他个机会，大牛说："哦明白，二爷真仗义，您诈败，把立功的机会让给杨将军。"牛皋说："你小子脑袋好使，这是临安，天子脚下，在这里打一仗胜似在边关打十仗，有了功劳圣上看得着，瞧得见，所以今天二爷就不争这份功劳了。大牛做好准备，我去叫阵。

牛爷出阵，来到贼兵营前叫阵。贼营中有一将冲出大声喝问："来将通名？"牛皋喝道："何方倭啰？敢挡牛爷爷，活得不耐烦了？"贼将报名："吾乃太湖二大王罗刚，有名有姓的留下脑袋，没名没姓的滚远点儿。

牛爷大怒，挥铜上前照面就打，罗刚举刀相迎，只几个照面，牛爷体力有些不支，开始逐渐后撤，罗刚见状，步步紧逼，一刀狠似一刀，牛皋支撑不住又往后撤，嘴里还骂着："太湖反贼，水里的水寇不在水里呆着，跑岸上来干嘛，远离水池还不干死你王八蛋。"罗刚更怒，一刀比一刀狠，牛皋阻挡不住，开始边打边跑，罗刚催马追赶牛皋。牛爷大喊："孩儿们快跑。"大牛带着队伍撒腿就跑，罗刚带偻兵紧追，突然，牛爷的队伍从中间分开，让出一条路来，杨再兴率兵杀到，只见他大喝一声："何方水寇如此猖狂，吃吾一枪。"人到枪到，罗刚慌忙抵挡，被杨再兴枪拨马下，士兵上前给绑了。偻兵见主将被绑，当时大乱掉头就跑，杨再兴趁势在后面追杀。此时水寇营中冲出一员大将，自称："吾乃太湖三大王郝先是也，何人大胆……话没说完，杨再兴马到，虚晃一枪，错马时一把抓住郝先，扔在地上。士兵过来绑了。牛爷大叫："好。"

杨再兴头也不回杀入敌阵，牛皋在后督军冲杀。杨再兴杀至城门，贼贼戚方正在城下骂阵。杨再兴大喝一声："杨再兴在此。"

一枪刺过去，戚方急闪。再兴转把用枪柄横推，戚方落马，被宋军绑了。牛爷立马大喊："投降免死……偻兵纷纷跪地投降。

杨再兴收马提枪来到牛皋旁边，牛爷大喜："杨兄弟力斩三将，真乃白虎星啊，哈哈哈……大牛，收缴武器，将偻兵集中看管，待大帅来了发落。来人，叫开城门。"士兵跑到城门下叫："打开城门。"

城上守城的将领问："你们是哪路人马？"士兵在下面回："我们是岳元帅的手下先锋牛将军的人马，快开城门。"

城上的守军说："牛将军，非常时期，请牛先锋城外驻马，等岳元帅到了再开城门。"

牛皋拍马来到城门下，腰间掏出虎符大喊："城上的人看清楚，吾乃左右都督牛皋，这是御赐的虎符，赶快下来磕头。"

城门大开，守城将领出来跪地磕头说："小将拜见都督，小人不知是牛……""啊，行了。大牛，弓箭队上城。"大牛的弓箭队进城门上城接防。牛皋，杨再兴进城上了城门楼。

来到城门楼上，杨再兴问：大哥，身为都督，不在朝廷伴驾，情愿东征西讨做先锋，太少有了。"牛皋笑道："兄弟，大哥若在朝中伴驾，就大哥这脾气，几天就得被贬。还是在外打仗踏实，而且哥这心里总觉得有点儿事放不下，原来老天早就有安排，等的就是兄弟呀。"杨再兴叹道："大哥表面看似憨直，其心里真是高深莫测呀。""哈……"牛皋说："岳大哥也这么说。"

岳飞率大队行军。探马来报："报元帅，临安战事结束，牛将军杨将军已经接管城防。""大好了。"岳飞说："部队停止前进，就地扎营、张保王横，随本帅速去临安。"岳帅说罢，打马向前，张保步行在前，王横步行在后，紧跟岳爷，快如闪电般来到临安城下，岳飞收马，看了看张保，王横一前一后说："二位贤弟的脚力，果然了得！"自此，岳飞军中便有了马前张保，马后王横一说。

　　牛皋，杨再兴走出城城门迎接。牛皋说："大哥来的好快呀。"岳帅说："你们更快。二弟你身上的伤没事了？"牛搞一愣："什么伤？""你不是让杨兄弟打了四十军棍吗？"岳飞说。牛皋满不在乎的说："嗨、我这皮糙肉厚的，打几下伤不着。大哥，杨兄弟威武啊，单枪匹马力擒三将。功劳大了，"

　　大牛把贼将，戚方，郝先，罗刚押了过来。三个人跪下磕头。岳帅说："三位好汉，国家正在多事之秋，用人之计，若归顺，往事可不究。本帅视为兄弟。"戚方说："我等愿降，跟随大帅鞍前马后。"岳帅命令："松绑。二弟，杨兄弟，进宫面圣。三人骑马进城至午门前下马，留下马匹，交了佩剑，进宫殿拜见皇上。

　　高宗坐殿："众爱卿平身。""吾皇万岁，万万岁。"赵构说："岳爱卿心系社稷，为国操劳，实乃我大宋的忠臣良将。"

　　岳爷介绍说"万岁，这位是我朝杨家将传人杨再兴，今天救驾皆凭再兴一人之力。"高宗甚喜："朕听说杨爱卿立擒三将，真虎将也。"

　　牛皋奏说："皇帝老儿赶紧封个官儿吧，臣等着吃御宴呢。"高宗笑看说："牛爱卿，你当多大官儿，你也不像个官儿。""不是封我，是封再兴兄弟。"高宗摇头说："杨爱卿的官职，朕封不了。"牛皋说："您是万岁，怎么封不了？"高宗两手一摊说："都督有两个，一个左一个右，现在左右都让你一个人当了，朕两手空空，还怎么封啊？"牛皋埋怨说："当了皇上还磨叽，不就是想要回一块牌儿吗？杨再兴听旨。"杨再兴赶忙跪下，不知所措。"皇上有旨，封杨再兴右都督之职，准御前行走，钦此。从腰上解下右都督虎符交给杨再兴，杨再兴愣了，看了看高宗，高宗点头说："官封了，御宴就免了。牛爱卿的嘴朕可受不了。赐御酒 100 坛，牛爱卿回去喝吧。近日洞庭水寇又卷土重来，地方上奏本告急，岳爱卿可速整人马前往剿灭。""臣尊旨。臣等告退。"

出了午门，岳飞对牛皋，杨再兴说："两位都督，兵发潭州。

西北狩猎场，兀术与一众兵将弯弓搭箭，纵马围猎动物，野鸡，野兔，梅花鹿等被猎杀。

哈密嗤跑到兀术面前喊道："四太子，这几天打到不少猎物，该回去了。"兀术一边放箭一边说："可以了，往回走，随走随打。"

兀术与哈密嗤分开向前跑去。兀术带着一路往回返。行至一处，见路上有两个小番，押着一个被捆双手的女人，正在往前走。兀术马快，一闪而过。出于好奇，他勒转马头又跑了回来问"你们押的是什么人？往哪去？"兀术问。士兵答："中原人。送洗衣房，他偷东西被抓住了，长官让送的。"你是中原人，来这里干什么？"女人跪下说："四太子救命。"兀术一惊："你认得本王？"女子说："四太子，奴家王氏，丈夫是宋朝的状元秦桧，当年随皇上，太上皇来到大金，二帝去了五国城，我夫妻就流落此地。"

真是踏破铁鞋都难找，今天居然在此踅上了。"你身犯何罪？"兀术问。王氏流着泪说："四太子，奴家是被冤枉的。奴家流落此地，为了谋生，就做些缝补拆洗的活。前日有两个长官拿一堆衣物来洗，洗完不给钱，奴家去要，长官生气了，反污奴家是贼，就把奴家卖给妓院了。"

闻此言兀术大怒，喝问军士："可有此事？"军士忙回说："四太子，不关我的事，我们只奉命行事，别的一概不知。"

"来人。"兀术指着军士说："跟他去认人，把那两个军官立即斩首示众。"说完，从马背上探身，抓起王氏，把她横担在马背上，拍马加鞭往前跑。。

王氏趴在马背上实在是难受，她请求说："四太子饶命。"兀术说："谁要你的命了，我要你的人。"王氏喊："我快死了。"

此时兀术才想起来王氏被绑着双手。他勒住马，将王氏搬过来坐在马背上。从马靴中掏出匕首、割断王氏的绑绳，收起刀纵马加鞭，双手搂住王氏。王氏脸朝上，靠在兀术的怀中。兀术两眼发直惊道："哇，秦夫人真是个大美人儿啊！"王氏抬腿掉了个方向，横坐在马背上，双手紧抱着兀术的腰。扎在他的怀里。

回到牛皮大帐前，兀术住马，一托王氏，王氏下马时，故意没站稳，摔个屁堆儿。兀术命侍女："带她去洗澡更衣。"

王氏坐在浴盆里，心中一阵纠结，刚才还在被送往妓院的路上，现在转眼就享受到了王贵妃的待遇，变化太快了。细想想，流放在金番十几年了，过的是非人的生活，别忘了，曾经可是人人羡慕的状元夫人啊。今天的遭遇本来想死的心都有了，怎么偏巧会蹦出个四太子来。命运转换的太快了。四太子人高马大，威武雄壮，就这一点，比自己的那个矮小疲弱的丈夫要强上百倍。有生以来，这还是第一次坐在浴盆里，不用自己动手，旁边有四个侍女伺候。刚才还在紧张的她，现在可以放松了，可以尽情的享受一下了。

兀术脱去了铠甲，少了些许威猛，倒是多了一些柔肠。王氏被侍女扶出来，跪地给兀术磕头说："谢谢四太子，四太子大恩，小女子无以为报。"兀术伸手拉起王氏，让其挨着坐，王氏假推辞："小女子怎敢。"兀术搂住王氏说："夫人，陪本王喝酒。本王征战沙场，走北闯南。从不在女人身上用心，今天见了夫人以后乱了神了，夫人真是太美了，可以说见了夫人的男人，如果不动心的话，那一定不是男人，不想得到夫人的男人算不上好男人。夫人你觉得本王算不算男人？"

王氏轻声细语的说："四太子不是一般的男人，而是小女子心中的大男人，可遇不可求并为其献身的大男人。"

兀术笑问："夫人说的是心里话？"王氏叹道："没想到，杀人如麻的四太子。竟然如此的怜香惜玉，小女子除了感动还是感动。"兀术也感慨的说："刚才你还是一个沙漠中的村妇，现在却变得如此的娇艳，如此的风情，本王心都酥了，过来吧。"搂住王氏的腰往怀里抱。

王氏"哎呦"一声说："你刚才把奴家放在马背上翻来滚去的，肯定是闪了腰了，奴家都坐不住了。"

兀术说："不好意思，是本王粗鲁了。靠着本王。"王氏靠躺兀术怀里。兀术与王氏互相抚摸，把酒言欢。

"四太子。"有侍女进来报说："有个叫秦桧的人求见"。"有请。"兀术说。秦桧进帐磕头："拜见四太子。"

王氏靠在兀术身上说："四太子，这是臣的丈夫秦桧，他是宋朝的状元郎。"

兀术摸着王氏的脸说："秦爱卿平身。请坐。"秦桧起身，对躺在兀术怀里的老婆视而不见。兀术说："赐酒。"侍卫搬小桌子放在秦桧跟前，桌上摆着酒菜。"秦状元，本王意欲宋朝议和，放你回去做两国的议和大使，你可愿意？"王氏忙说："四太子，我丈夫是状元郎，做双方的议和大使是最合适不过了。秦桧站起说："臣秦桧愿为大金，为四太子效犬马之劳，从此以后臣就是四太子的人，一切以四太子马首是瞻。"

兀术大喜："好，拿本王的手书去五国城，跟徽宗皇帝要圣旨，然后就回中原吧，记住一定要让皇帝老儿在圣旨上写上你的官职。你放心，他肯定会往高了写。"递过书信。秦桧接信跪拜道："臣一定尽心尽力为四太子办事，臣告退。"出帐去了。

王氏扎到兀术怀里撒娇的说："四太子，臣妾是四太子的人了，臣妾不回中原，""夫人，本王也舍不得你走，但本王也不愿你在北国受罪，你属于中原，你回去以后助本王赢得宋室天下，本王一定封你为皇后。"兀术说。

王氏一翻眼皮说："得了吧，你说的好听，到时候就不认账了。""本王可以发誓，来，咱俩发誓。"

兀术与王氏面对面跪着发誓："本王若夺得宋室江山，一定娶王氏为妻，封为王后，否则让人踩死。"王氏发誓说："臣妾王氏，一定助四太子打下宋室江山，否则，死后遭万人唾弃。"宣誓完，两人抱睡在一起。

秦桧回到临安，至午门外候旨，太监通报。高宗上朝，宣秦桧进见。秦桧进宫见驾叩拜：臣，前状元秦桧见驾，吾皇万岁。""平身。""万万岁。"秦桧起身。

"秦状元，你不是在金番吗？"高宗问。"启禀万岁，近因金番老狼主欲和我大宋讲和，所以放微臣回朝。万岁，臣这些年番国伴驾，无一日不思南朝，只是二帝被囚五国城坐井观天，臣就是有返回逃跑之心，也不能单独回来。对于金国老狼主要议和的请求，臣特意去了五国城，得到了太上皇的恩准方才返回。皇上。"掏出书信托起。太监娶了书信交与高宗，高宗看完放在御案上说："秦爱卿，你在金番伴驾多年，忍辱负重.精神可嘉。封礼部尚书，随朝伴驾，日后还有升赏。"秦桧磕头："谢皇上，吾皇万岁万万岁。"

潭州城外，岳飞大军开始安营扎寨，地方官员前来迎接岳帅。众将进城，百姓欢呼雀跃，欢迎岳家军。

岳飞升帐。牛皋，杨再兴坐在左右两侧。中军进来报："元帅，有潭州节度使徐仁求见。""哪个徐仁？"岳帅问。中军报："是汤阴县徐仁徐大人最近晋升潭州节度使。"岳飞点头说："徐节度是本帅的恩师，此场合不宜相见，稍后再请私会。请牛将军去和徐大人解释一下。"

牛皋出帐，见到徐人说："恩师，牛皋有礼了。"徐仁抱拳拱手说："牛都督，高升啦，恭喜恭喜。"牛皋对徐仁说："恩师，岳大哥说。您是我们的恩师，这个场合不宜见面，您进去得磕头吧，大哥哪儿受得起呀，大哥说等闲下来再和您私聊。""谢谢大帅，牛都督，下官告辞了。""送恩师。"牛高说。

岳帅看了案上的名帖说："有请潭州总兵。"旗牌喊："大帅有令？潭州总兵张明进见。"潭州总兵张明走进大堂，给元帅磕头请安。

岳帅欠身说："张总兵请起。请坐。"张明起身说："谢大帅。"坐下后，见牛皋进来，又要起身，被牛爷按住。牛皋坐在张总兵对面。

"张总兵，请介绍一下贼寇的情况。"张总兵说："大帅，洞庭水寇杨幺自称为皇上，两个兄弟称千岁，还有宰相，有军师元帅，有水军步军马军共计四五十万人，手下能征惯战的不下千人，发展势头很猛，元帅大军若再晚来两日，恐怕潭州城已被攻破了，前段时间有王宣抚史率兵进剿，结果大败而归，王宣抚使险些丧命。所以岳元帅应该仔细应对才是。"岳帅谢道："张总兵辛苦了。"张明站起来说："谢大帅，末将告退。"

牛皋站起来，换个地儿坐下说："大哥，这洞庭水寇发展得快呀，前些年咱们征剿的时候，他们跑的连影儿都找不着，怎么一眨眼就蹦出四五十万人了？"

岳爷说：“养虎为患了，这次一定要彻底剿灭，方可收兵。中军，上报朝廷，我大军已部署到位，潭州城无忧，待各总兵人马到位，与贼决战。”

高宗接岳飞奏报，非常高兴，立即传旨：“岳爱卿兵行神速，收复湖广指日可待，传旨工部，发御酒五百坛，由礼部加封，田思中做御使，解往潭州岳飞军中，犒赏三军。”

田思忠接旨，在工部领酒装车，押解到礼部准备由礼都加封。他指挥着将御酒抬进礼部院内，有管事的问：“大人，这酒是干什么用的？”田御使说：“御酒是工部发货，由礼部加封运往潭州岳元帅大营。”管事说：“大人，我家老爷去兵部议事需要一天，晚上才能回来。“田思忠说：“既然秦尚书不在，那就先放这儿吧，等待大人回来加封，明日送往前线。”“田御便慢走。”管事送走田御使，回来数酒坛：“一坛，两坛，三坛，四坛……”正在数着，秦桧夫人王氏从内院走了出来。

第四十九回　牛都督出营一天　罗延庆送兵十万

王氏问管事："哪儿来这么多酒？""夫人，这是工部奉旨发往潭州岳元帅军中的御酒。按规定，由礼部验货加封，才能运出。现在秦大人不在，故此将酒放在院里，待秦大人回来，过目加封，明天运往前线。"

王氏狡猾的笑了笑说："酒放这儿，你去忙吧。天助四太子。"

拉御酒的马车足有三十辆，酒坛用绳子捆扎。坛子上贴着红纸，纸上写着"御酒"二字。还有十几辆车，拉着御赐物品。驭手们挥鞭赶马，车队向潭州进发。

田御使骑在马上与车队同行。这时，一辆大车跟上来，在与田御使并行时，赶车的驭手问："田大人，这御酒往哪儿运呀？"

田御使说："打听那么多干什么？看好你的马，别一会儿惊了，毁了御酒，你脑袋就没了。"又一赶车的过来问："田大人，您喝过御酒吗？"

田御使说："喝过。每次送酒都喝。干什么吃什么。"车夫问御使："大人，我们能尝尝吗？小人经常出来送酒，还不知道御酒什么滋味呢。"

田御使问："想喝呀？""是，谁不想喝呀。"田御使说："那好，到了以后，交割完了，让你们也尝尝御酒。""谢谢田大人。"

岳飞升堂与众将议事，中军报："大帅，有御使田大人，解御酒劳军。"

"快请。""""有请田大人。"中军喊完出去了。田御使进府拱手："大帅，工部田思忠拜见岳元帅。"

岳飞起身说："御使请坐。""岳元帅，这是工部发放御酒的清单，御酒五百坛，另有粮油绸缎，请元帅验收。"田思忠交上清单。

岳飞谢道："田大人辛苦。牛将军，前去验收。"

牛皋起身，来到帅府外，五百坛洒已经卸车，摆在地上。牛皋数数儿，并检查封印后，对押运头目说道："看过了，五百坛，原封的。"签了字又说："御酒，好东西，我先闻闻什么味。"抽出宝剑，撬开泥封，掀开盖，用鼻子闻了闻："嗯，不愧是御酒，香，香啊。"这时，车夫头目走过来问："将军，验过了？""验过了。"

车夫头目说："将军，我们这些人，常年在外跑，送过不少次御酒，可是从来没喝过，不知什么味儿，这次运的多，能让我们也沾沾皇恩吗？"

牛皋笑着说："想尝尝，行啊。反正也不够喝，你们有碗吗？"

车夫们马上说："有。"几个青年车夫从怀里掏出碗，在坛中舀酒，车夫头目说："都尝尝就行了，别撒开了喝。大家分着喝。"后边的车夫也跑过来，举着碗……突然，先喝酒的几个车夫倒地打滚，口吐白沫，吓得别的车夫扔了碗。有七八个喝了酒的车夫倒地死了。车夫头目喊："酒里有毒，别喝了。"

牛皋蹲下，看了看死去的车夫，大怒道，："你个狗皇帝，老子拼命给你打天下，你还千方百计的害你爷爷。"抢起双铜，将五百坛酒全打碎了。

砸了酒坛，牛皋进帅府，一把抓住田御使骂道："你个狗屁御使，是那个狗皇帝让你来害我们岳家军的？我打死你。"

岳飞喝道："二弟住手。怎么回事？""这个王八蛋，送来五百坛酒，全是下了毒的。说，谁让你下的毒？"牛皋指着他问。"下毒，怎么会呢？"

　　牛皋抓住田思忠脖子说：“怎么会，喝了御酒的七八个车夫，都死了。狗皇帝，你的心也太狠了。”

　　岳飞忙制止说：“牛将军冷静。田御使，酒可能有人动了手脚。”“没有啊，是下官亲自去工部监督装坛，又运到礼部加封的。不过，在礼部遇到点麻烦，由于礼部尚书秦大人去兵部议事，所以这五百坛子酒在礼部院子里放了一宿，第二天才加封启运。”田思忠说。“秦尚书？”岳飞深思。

　　田御使说：“秦尚书是前状元，陪徽，钦二帝在金番伴驾，最近刚返回临安，被封为礼部尚书，其妻王氏被封为二品夫人。按说不会有问题。”

　　岳飞点头又摇头说：“看来朝中有内奸，这是要将我等致于死地呀。牛将军，毒酒放在哪里？要保存好。”“砸了。全砸了，毒酒留着干嘛？”牛皋说。

　　岳飞发火道：“酒是证物，没有了证物，你说酒有毒，皇上信吗？”“他要毒死你，你还要留证物，跟他打官司呀？直接杀上京城，剁了狗皇帝，不就得了。”牛皋说。

　　岳飞大怒：“牛皋，胡说八道。来人，将牛皋推出斩首。”军士进来绑牛皋。

　　田衔使忙起身：“慢，大元帅，牛将军不能斩，两军未战，先斩大将，于军不利。这件事，依下官看，牛将军应该有功，砸了酒坛，自然不可取，但是他确实是救了将士们的性命。等同救了咱大宋，毒酒事件，下官会禀报皇上。请元帅开恩，放了牛将军。”众将：“大帅开恩。”

　　岳飞发话：“将牛皋免去先锋，赶出军营。”牛皋一抖身子，气哼哼的出去了。

　　吉青不懂就问：“元帅，打碎酒坛，救了大家，为什么生这么大的气呀？”

岳飞气道：“能在酒中下毒的，定非等闲之辈。朝中若有此等内奸，祸害要比洞庭湖几十万水寇大得多。田御使，回去复命吧。等本帅平了水寇，再回朝清查内奸。再兴兄弟，把牛先锋找回来吧。”

牛皋出了大营，纵马跑了一阵，见路边有一个酒馆儿，即收缰下马，马拴桩上，进到酒馆里坐下。小二过来问：“军爷，您吃点什么？”“喝酒。”“军爷，小店没有酒。”小二说。

牛皋大怒：“胡说，开酒铺子的没有酒？骗爷爷呐？”小二忙解释说：“军爷，小店真没酒卖，您另换一家儿喝吧。”牛皋站起：“放屁。”来到柜台内，眼看鼻闻，确实只有空瓶空壶。牛皋又蹲下找，从柜门儿里提出一个酒坛，打开闻了闻，是酒。掏出一快碎银扔柜台上，回到桌边喊：“拿个碗。”小二拿了个碗过来放在桌上。

牛皋指着小二说：“有酒不卖，不怕爷砸了你的铺子？”“军爷，冤枉小人了，开酒店的不想卖酒，那是傻子。谁不想赚钱呢？只是最近世面上不太平，小店儿不敢进酒。”“为什么不敢进酒？”牛爷问。

小二说道：“军爷，这洞庭国中有好几十万人马，要吃要喝，经常到小店里来翻，有什么拿什么，由其是酒，见了就拿，咱这官府呢，也过来管，不让小人卖酒肉给洞庭国。您说，我们这买卖可怎么做？可是呢，你不做还不行，你不开业，政府不答应，洞庭国也不答应。非要搞个假繁荣。这年头儿，没办法。”

牛皋指着坛子问：“藏这坛子酒，是给谁留的？”“是给那些非要喝酒，没有就砸店的人准备的。对了军爷，您赶紧喝，我们这个地方，洞庭国的大王经常派人来巡查，您是军爷恐怕不安全。”

　　牛皋点头说："你放心，没你事，喝完我就走。你这坛酒劲够大的？""是，这坛儿酒一般来说，够十人量，卖的时候还要兑水。军爷还是少喝，早些离开此地。"

　　牛皋摆手说："怕什么？爷现在已经不是军爷了。小二，你店里有什么吃的？""没有，现在不敢开张，沒厨子。连掌柜的都不来。小的是看店的。"小二说。

　　牛皋想了下说："算了，没有就没有吧。"抱起酒坛子把酒喝干。又问小二："酒钱够了吗？""够了。军爷您慢走。"

　　牛皋出走店，解缰绳时，手眼都不好使了。小二出来帮忙，扶牛皋上了马，递上马缰后，马上返回店内。

　　乌骓马开始向前慢走，牛皋在马背上左晃右晃，磕睡上来，在马背上睡着了。马继续走……这时，迎面过来一队偻兵，偻兵头目见牛皋正在马背上睡觉，就喊一声："是宋军，绑了。"偻啰们把牛皋拉下马，五花大绑捆了起来，然后横搭在马背上，押解上山，将牛皋绑在旗杆上，用绳子绕了几圈后，偻啰散去。

　　山寨上有个王府，王府大门上有匾、匾书"长沙王府"四个字。王府内，长沙王罗延庆正靠在椅子上打盹。偻兵进殿报："报王爷，抓住了一个宋军将领：现在捆在旗杆上。"

　　罗延庆没睁眼问："宋将，审了吗？是不是探子？""不象是探子，倒象是个逃兵，喝醉了酒，被我们抓了。"偻啰说。

　　罗延庆说："审审他，姓什名谁，出来何干？宋军有多少人马？一定叫他开口。""王爷，他醉得不省人事了，没法审。"偻啰说

　　罗延庆喊道："喷水。""是。喷水。"偻兵出殿，叫过几个偻啰吩咐："王爷有令，审问这个宋军。用水把他喷醒。"一偻啰端着一瓢水，喝了一口，喷在牛皋脸上。牛皋醒了。"你是什么人，叫什么名字？"偻啰问。

牛皋看了看身上："你们是什么人，敢绑牛爷爷？""我们是洞庭国治下，长沙王府的人。你快说，你姓什名谁？"偻啰说。

牛皋怒道："洞庭国，长沙王？没听说过。快把牛爷爷放了，饶你不死，若有半个不字，把你们碎尸万段。"偻兵头目乐着说："呵，真不怕死呀？兄弟们，打。"两个偻兵站在牛皋两侧，抡棍子打了十几棍。偻啰问："说不说？别自讨苦吃。"

牛皋挣了几下说："你爷爷是大宋朝岳元帅手下的先锋官牛皋。你个狗屁长沙国的偻啰，敢打朝廷命官？""嘴硬，打，打他这个朝廷命官。"又一顿乱棍。

牛皋瞪眼说："小子，敢打爷爷，小心你满门抄斩。"偻啰头目说："你们接着打，我去报王爷。"偻啰走进王府，向王爷报告："王爷，这个人在严刑之下，拒不招供。只说是岳飞手下先锋官，叫牛皋。""叫什么？"罗延庆问。偻啰说："姓牛名皋。"

罗延庆说："问问他，认不认识本王。"偻啰来到旗杆下，喝了一口水，喷在牛皋脸上。牛皋醒了。"牛皋，王爷问你，认不认识王爷？"偻啰问。"

牛皋吐口唾沫说："呸，什么狗屁王爷，你爷爷不认识。""你们接着打。"偻啰头目又进王府报告："王爷，小人问那牛皋，认不认识王爷，他说不认识，还骂王爷，小人让人接着打。"

罗延庆骂道："笨蛋，你说王爷，他当然不认识啦。告诉他本王的大名。"偻兵出殿，来到旗杆下，又往牛皋脸上喷了一口水问："王爷问你，认不认识罗延庆？"

牛皋一愣："罗延庆，哪个罗延庆？""长沙王罗延庆，前朝大名鼎鼎罗成的后代罗延庆。现在是我们洞庭国长沙王府的王爷。"偻啰说。

牛皋大笑骂道："罗延庆？孙子，什么时候当了王爷了？你把你大哥绑这儿，你做缩头乌龟，快出来磕头。罗延庆……"罗延庆从府中出来说道："原来是大哥。快松绑。快。"偻啰赶紧给牛爷松绑。

罗延庆拱手："不知大哥驾到，有失远迎，恕罪，恕罪。大哥，里边请。"罗延庆，牛皋走进殿内。

罗延庆问："大哥，打伤了吧？上点药？"牛皋摆摆手："不用，皮老肉厚，禁打。也怪了，最近挨了两次打了。"

罗延庆没听懂："两次，还让谁打了？""杨再兴。""再兴，三弟？他在哪儿？"罗延庆问。

牛皋叹道："跟你一样，也是聚众造反，为了收他，我故意让他拿上山，挨了他一顿打。他居然不认识我了。也是我当时喝醉了，两军阵前又不能明说，你说哥哥冤不冤呢？今天，你看，犯你手里了，又是一顿打。"

罗延庆忙解释："是兄弟的不是，不过大哥，样子确实变化挺大的。胡子都老长的了。怨不得再兴兄弟认不出。大哥，你也在宋军中吗？""是啊。还有杨再兴，你也过来吧。""没想到。三弟也归宋了。"罗延庆说。

牛皋点头："是，哥哥为了他，费了老鼻子劲了。降宋之后，皇上封了他为右都督。兄弟，别犹豫了，现在正是你建功立业的时候，你有多少人马？""不下十万。"

牛皋劝道："二弟，你罗家是名门，为后人仰慕。到了本朝，又出了个罗延庆，凭你的本事和家世，怎么能在杨幺这个反贼手下称臣呢？你看那杨幺，用抢来的钱招兵买马，自己称帝，已经激起民愤了，兄弟真犯不上为他卖命。听哥哥的，反杨归宋，日后拜将封侯，也是手拿把儿攥的事。"

罗延庆点头说："我听大哥的。我现在怎么办？""兄弟既然归宋，哥就放心了。你暂时还做你的长沙王，不要让杨幺察觉。等到两军决战的时候，反戈一击，兄弟就是第一功劳。"

罗延庆说："大哥，提醒岳元帅，决战之日需防杨幺的水军。在洞庭湖里，杨幺有十万水军，不可小视。""知道了。这下杨幺死定了。"牛爷说。

罗延庆笑道："大哥，刚才醉那样儿，现在还喝不喝了？""当然了，酒逢知己千杯少啊。醉了就醉吹。不能便宜了你。"罗延庆也笑了："那哥儿俩是，话得投机量也高啊。来呀，上酒。"

罗延庆送牛皋出王府，牛爷上马，告别罗延庆后拍马下山。下山后两腿一夹，乌骓马跑了起来。

牛爷来到韩世忠帅府门前下马，对门前的侍卫道："去通报韩元帅，牛皋求见。""牛将军，您稍候。"进去通报后返回说："牛将军，元帅有请。"

牛皋将鞭子交给侍卫，正要进府，韩元帅已经迎了出来。见到牛皋，抢先打招呼："牛都督，稀客，稀客。""韩元帅，牛皋有礼了。"二人进了帅府、分宾主落座。侍从上茶。

韩世忠端起茶碗说："都督请。""还真渴了。"牛爷说。"昨天岳元帅行文寻找都督，都督为何事出来呀？"

"嗨，只因那皇帝老儿送来的御酒里下了毒，是牛某将酒坛子全打碎了。大哥说朝廷有奸细，你把酒坛子全打碎了，没有了证据，到皇上那没法对质，一生气就轰我出来。我怕什么，此地不留爷，自有留爷处。大不了了去临安，每天点卯上朝，做我的左都督。"

韩世忠摆手说："因为这事。嗨，不值当的。岳元帅也是一时的火气。你刚出营他就后悔了。这不是四下里到处找。对了，你和岳元帅是兄弟，我和岳元帅也是兄弟，那咱俩也应该是兄弟，今天必须拜，摆香案。"

牛皋笑问："韩元帅，那牛皋不是就高攀了吗？""哪里，兄弟之间讲话爽快，无拘无束，我就攀个大，当大哥。"韩世忠说。"那我就是兄弟了。"

香案摆好，二人跪下焚香磕头，义结金兰，起身重新坐下。

韩世忠说："牛兄弟，听大哥的。回队伍去，现在大敌当前，自己兄弟不能呕气。""是大哥。兄弟这次出营，说起来也是天意。在道儿上喝酒喝多了，糊哩糊涂的被叛军抓了，押我去了长沙国，挨了好几顿军棍。"牛爷说。"啊，打坏没有？"

牛皋得意的说："没有。不过，这顿打挨的值。你猜怎么着？打我的那个长沙国的王爷，居然是我的结拜兄弟罗延庆。三言两语，就把他的十几万人马收了。哈……大哥，这事弄的，天意呀！"

韩世忠拍案叫："太好了，那罗延庆勇冠三军，有万夫不挡之勇。收了他，就等于拆了台柱子，胜算就大了。"

"大哥，兄弟既然拜了大哥，那就送大哥一份见面礼吧。在洞庭湖中，有叛贼的一支水军，表面上看，水寇只有二三十条船，其实在湖里的芦苇中，藏着几百条大船，计有十万水军。正好，这十万水军就当是礼物送大哥了。"牛爷说。

韩世忠大喜："好兄弟，有好事想着哥哥。哥正发愁呢，你说这仗打起来了，我的上千条大船没的干呀？哈……兄弟，天意……"

"谁呀？"韩夫人梁红玉一身戎装，迈着方步走出来问："谁来啦？"

韩世忠说："夫人，来，介绍下。这是我兄弟牛皋。兄弟，这是你嫂子。"牛皋起身："嫂夫人，小弟拜见嫂子。"

梁红玉摆手："罢啦。你是牛皋？你就是当今大宋朝无人不知，无人不晓，吼声如虎，行走如风，鼎鼎大名，如雷劈耳的那个上界黑虎星下凡的牛皋？我兄弟？哎呦，今天可是见到真人儿了。兄弟，三生有幸啊！"牛皋糊涂了。

梁红玉示意韩世忠让座。韩世忠起身，梁红玉坐下说"牛弟，姐有一事，要向你请教。""嫂子说。"

梁红玉摆手："叫姐，姐听说，皇上给你夫人，我弟妹题了匾了？""是，皇上亲笔。"梁红玉问："是六个字？""是，六个字。"梁红玉又问："巾帼赛玉夫人？""啊对。"

梁红玉怒道："这个构皇帝，这不是拉一个，打一个吗？怎么能这么题呢？这不是挤兑我梁红玉吗？"

牛皋愣了："听不明白，嫂子怎么这么说？""叫姐。"梁红玉说："赛玉，赛玉，不懂啊？""懂啊，就是赛玉呀。"

梁红玉拍桌子说："这不是欺负姐呢吗？""怎么欺负嫂子了？"

梁红玉更正说："叫姐，姐是谁？梁红玉。皇上封她赛玉夫人，赛谁呀？赛玉……赛我梁红玉呀？有那么干的吗？"喝了一口水又说："兄弟，姐不是埋怨弟妹，都是构皇帝搞的鬼，等姐哪天面圣，得质问质问他，凭什么？"

牛皋不好意思的笑笑，用手一挡说："嫂子，啊姐，别介，您误会了，皇上封的巾帼赛玉夫人，不是赛红玉。赛红嫂啊姐，是我媳妇儿，您弟妹，她叫赛玉，戚赛玉。"

梁红玉惊讶："啊……哟，嗨，丢人了，丢死人了……"起身跑里面去了。

第五十回 洞庭湖岳飞逢急 小商河再兴遇难

　　韩世忠指着梁红玉的背影说："别搭理她。更年期。"

　　牛皋笑了："嫂子性格豪爽，率真，真是女中豪杰。"

　　韩世忠说："牛兄弟，你呀，还是赶紧回到岳元帅那里，为兄知道你面子上过不去。大哥呢，派人送你回去吧。就当你是被我抓了，把你押回去。好吧。"

　　牛皋笑着说："大哥怎么那么多的花花肠子。"

　　正聊着，梁红玉捏着一张纸出来，一边吹着墨迹，一边说："牛兄弟，写好了。这是我给弟妹写的几句诗，就算拜了把子了。你以后不许叫嫂子。""叫什么？""叫姐：管他叫姐夫。"梁红玉说。

　　言谈举止中，牛爷心里明白，红姐在家里是老大，韩大哥怕老婆，得，同病相怜吧。"哎，知道了。姐，姐夫。"牛皋说。韩世忠用手指着梁红玉，无奈的摇头。

　　梁红玉见墨迹干了就说："姐给你念念：

　　"妹是戚赛姐梁红，双玉同映在军中。

　　姐虽指挥兵百万，不及妹牵一红绳。

　　姐愧姐愧，妹行妹行。哈……好诗。"

　　韩世忠指着她说："不害臊，你能指挥兵百万？吹也有个边儿呀。""怎么了，怎么了，百万兵怎么了？你有吗？你要有百万大军，看我能不能指挥？"梁红玉很矫情。

　　韩世忠问："一红绳是什么意思？""牵红线，不懂啊？哎牛兄弟，听说戚妹妹给前线的将士说了一千多对儿了？"梁红玉问。"哪有那么多。也就几百对儿。"

　　梁红玉佩服的说："那也很了不起了。姐这首诗，直接发到相州府总兵衙门，让他们转给戚妹妹。"

韩世忠站起："兄弟，别耽搁了，赶紧回营去吧。等这一仗打完，在听她胡咧咧吧。"

牛皋拜别梁红玉，和韩世忠走出帅府。见到正在等候的公子韩彦直。韩元帅介绍："这是小儿韩彦直，送兄弟回去。"

韩彦直将乌骓马的缰绳递过来说："牛叔叔请上马。"牛皋上马，告别了韩世忠，与韩公子打马一阵急行，来到岳家军大营。

潭州帅府内。岳元帅正在与众将议事。中军报忽报："报元帅，牛将军被韩元帅抓住了，给送回来了。""噢，抓住了，押上来。"众将笑了。

韩彦直押牛皋进帐。韩彦直上前报："大帅，小将韩彦直，奉父帅将令，押送牛将军回营。""小将军辛苦。"岳帅说。"元帅，人已解到，小将告退。"转身出去了。牛皋生气的坐在椅子上。

岳飞过来拍着牛皋的肩："二弟，是大哥的不对，大哥赔礼了。""罢了。"众兄弟上前安慰。

杨再兴关心的问："二哥，这几天去哪儿了，到处找都找不到。"

牛皋得意的说："找我，哪儿找去？我去的这个地方，你们能找着？""什么地儿？"吉青问。"匪窝儿，洞庭国长沙王府。再兴兄弟，在九龙山挨了你一顿棍子，这次在长沙王府，又挨了一顿棍子，你说哥哥怎么这么倒霉呀？"

杨再兴问："长沙国，谁打的？""咱兄弟，罗延庆。这兔崽子，不问青红皂白，先来一顿杀威棒。"牛皋说。杨再兴兴奋的问："你见到罗延庆啦？"

牛皋靠在椅背上说："见到了。"又对岳帅说："大哥，这长沙王见了兄弟我，二话不说，降宋了。十几万人马，都交给兄弟了。这个功劳可要记上。"

岳飞大喜："真的？二弟，盖世之功，盖世之功啊。这么说，二弟出营，乃是天意啊！"

牛皋傻笑道："肯定是天意，你以为这黑虎星是吹出来的。还有，洞庭湖有十万水寇，几百条战船，他们藏在芦苇荡里，也让兄弟给解决了。"岳飞惊问："还有十万水军？"

牛皋不屑的说："是啊，兄弟把它做个人情，送给韩元帅了。咱就别都占着了。我还答应，支援韩元帅一些水军将领呢。"

岳飞马上说："有，有。阮良，耿明初，耿明达听令。"阮良及耿氏兄弟："末将在。""三位将军，去韩元帅帐下听令。""遵命。"三位出府去了。

中军进报："元帅，有贼人严奇之子严成方前来叫阵，单挑儿公子岳云。"

岳飞点头说："知道了。何元庆。""末将在。"何元庆出列。"命你带三千人马，岳云为副将，迎战严成方。""遵命。"与岳云出了帅府。

何元庆，岳云点齐三千人马，来到两军阵前，见贼军中有一员小将，年方十三四岁，手持双锤，正是严成方。

岳云出阵上前问："谁是严成方？"严成方出马，双锤一蹭："本公子严成方，你是何人？"

岳云上下打量严成方："吾乃岳云。你也用双锤？""当然，今天就是与你比锤的。"

岳云问道："既然是比，就有输赢，输如何，赢又如何？""输了就是武艺不精，又能如何？"严成方说。

岳云拿着劲说："那比个什么劲儿？和你比锤，小爷输了，给你磕仨响头，以后永远不在阵前叫板，你若输了，归顺大宋，敢应吗？"严成方笑道："应又如何？不信你能赢我。我还没输过呢。"

岳云夹马上前："那就打，看锤。"抢锤就打，严成方举锤相迎，两人打在一起。双方士卒呐喊助威，战鼓咚咚擂响。

两小将大战百余合。岳云喊："累了，可以歇会儿了。"虚晃一锤，掉马头后撤。严成方越战越勇，哪容放过，拍马从后面追来。岳云回身搪了两锤，转身就跑，严成方夹马追来。两马来到无人处，看看临近，岳云突然来了个腋下飞锤，严成方急躲，掉下马去。

岳云回马，来到严成方跟前下马，扶起严成方。"愿赌服输。"严成方说。

"严公子，岳云想与公子结拜为兄弟，不知可否？"岳云说。"正合吾意。"严成方跪地说："大哥在上，受小弟一拜。"岳云也跪地同拜。

磕了头就是哥们儿。岳云站起身说："好兄弟，你暂且回营，在双方决战之时归宋，既是功劳。"严成方点头："小弟听哥哥的。"岳云说："哥哥跑你追，各回个营。"

二人上马，双方比划几下，岳云拨马往回跑，严成方从后面追。二人且追且打，来到两军阵前，各自归阵。双方收兵。

岳云回到帅府向父帅禀报："父帅，孩儿与严成方大战一百余合，败走至无人处，用腋下飞锤将其打落马下。后来我们俩拜了把子，结为兄弟，并约定，于两军决战之时，率兵归宋。"

岳飞拍案："好，这下就胜券在握了。"

这时，中军报："元帅，各路总兵，节度人马已经到位，共计有二十八万人马。"

岳飞命令："命各镇总兵，在指定位置扎营，等候号令。"中军出去了。

旗牌来报："元帅，有一个自称是密使的人求见。""带上来。"

一老年男子进入帅府，跪下磕头，然后环顾左右。叫声："元帅。""起来说话，但讲无妨，没有外人。"岳帅说。

密使说："元帅，小人是杨幺手下元帅伍尚志的家人，伍老爷有密信一封给元帅。"掏出一封信，吉青接过交给岳帅。岳帅拆信看过说："回去告诉你家主人，本帅应了。"密使离去。

岳飞高兴的说："兄弟们，时机成熟，十拿九稳了。这个伍尚志是杨幺手下的大元帅。杨幺为拉拢伍尚志，要把自己的女儿嫁给伍尚志，临嫁之时女方拒绝了，说要由本帅证婚方嫁，原来杨幺这个女儿，不是亲生而是收养的。而且他女儿的亲生父亲正是本帅的亲娘舅。当年，舅舅舅母被杨幺所害，杨幺把表妹收养。如今把她嫁给伍尚志。表妹表示，只有表哥做主才肯嫁。伍尚志信中表示，只要本帅同意将表妹嫁给他，就助我军平叛。这真是，大宋洪福齐天呀。"

中军进报："大帅，内应传出消息，说杨幺请来一位高人，正在训练一个阵法，叫五方阵法。让我们小心。"

岳飞一挥手说："嗯，用不着了。兄弟们，五方阵，无非就是金木水火土，五阵合一阵，而现在，罗延庆，严成方，伍尚志，已经降宋。五方阵已不攻自破。众将官，今夜三更造饭，五更点卯，明天一战，扫平洞庭水寇。"

天将亮，岳帅与众将来到阵前，对众将发号施令："牛皋，杨再兴听令，命你二人，带五千人马，接应罗延庆，一起从南面金阵攻入，向敌阵中冲击，不得有误。何元庆，余化龙，命你二人带兵五千，从西北火阵，与严成方会合，向中央土阵攻击。其余众将，总兵，各自为战，只要将敌阵打乱，我军就能全胜。点炮。"

炮声震天，战鼓擂响，三军将士向敌营盘发起攻击……杀声四起。

岳飞指挥各路人马攻击向前，敌营大乱，宋军将领，人人奋勇，各个争先。

岳飞正欲纵马向前，忽探马来报："元帅，元帅，报元帅，据探报，金番四太子兀术，纠集了两百万人马犯境，前锋已离朱仙镇不远了，望元帅定夺。"

"再探。"闻报后，岳帅心里一震，兀术此时来犯，可谓是乘虚而入。现在主要兵力都集中在潭州，北面空虚，若被金兵占领几座城池，再想夺回来就要负出很大代价。现在人都派出去了，手下无将可用，他心急如焚，紧盯着阵中，希望有将领马上出现在眼前、

双方交战，宋军将士奋勇杀敌。牛皋，杨再兴，罗延庆，施全，吉青率兵合围五方阵的阵中，也就是中央土阵

"军政司。"岳帅突然喊了一声。"在。"军司官跑过来。

岳飞下令："命你快速集结人马，五千一队，多备几队待命。不得有误。"

岳飞继续发令："传令各镇总兵，节度使，战斗结束后火速兵发朱仙镇。张保，王横。随本帅进阵，若遇到本部将领，叫速来见。"挺枪杀入敌阵。张保，王横左右相随，抡开大棍，打杀贼兵。岳飞正在冲杀。牛皋忽从一侧杀了过来。张保看见大喊："牛将军，快过来，大帅在这里。"牛皋听见喊声，抡双锏杀条血路飞马过来。

岳飞见到牛皋马上就喊："二弟，快，快杀出阵，领五千人马去朱仙镇。"

"干嘛那么急呀？"牛皋问。"金兵来犯，快去，尽量当道扎营，阻住金兵。快去。"

"牛皋明白。"他奋力杀到阵外大叫："军政司。"军正司马上应道："在，牛将军。"

牛皋急令："给五千人马，跟我走。""有。你们，跟牛将军走。"牛皋率人马向朱仙镇进发。

岳飞枪扎剑砍，倭兵纷纷倒地。这时，杨再兴杀了过来，被王横撞见，王横大喊："杨再兴将军，元帅有令，向元帅靠拢。"杨再兴杀到元帅身边听令。

岳飞急令："杨贤弟，快出阵，情况紧急，速领五千人马，去朱仙镇，驰援牛先锋。"

杨再兴嘴应马动："遵命。"舞大枪出阵急喊："军政司。快，点五千人马，跟我走。"

军政司官指挥："快，你们，跟杨将军走。"杨再兴带兵向朱仙镇进发。

岳飞又杀入阵，见儿子岳云正打得起劲儿，赶紧喊叫："岳云。火速出阵，点五千人马，驰援朱仙镇。不得有误。"

"得令。"岳云舞双锤杀到阵外，领了五千人马，向北去了。

岳飞大杀一气后，对张保，王横道："大局已定，回帅府。三人出阵。回到帅府。

岳飞坐定，有降将严成方来见，给元帅磕头："小将严成方，弃暗投明，望大帅收留。"

岳飞抽令箭说："贤侄请起。现军情紧急，金兵入侵中原，你可速带五千人马，去朱仙镇，接应岳云。"

严成方接令箭说："得令。"出帅府领兵去了。

罗元庆进入帅府叩头："罪将罗延庆拜见元帅。"岳飞起身扶起说："罗贤弟请起。现金兵侵入中原，情势危急，以后有时间再聊。罗兄弟马上带五千人马，去朱仙镇。"

罗延庆抱拳："遵命。"出去点兵了。这时，又有将领回来缴令，也都被派了出去。

中军进报："元帅，韩元帅通报，已全歼洞庭水寇，斩杀匪首杨幺。元帅，我军完胜。另外，有降将伍尚志，王佐等候见。"

"请。"

牛皋带兵向朱仙镇进发。杨再兴督军急赶。小将严成方带人马赶路。

牛先锋前后跑动，督促加速："孩儿们，加快速度。快。"

有探子报："报牛先锋，前方发现金兵，离此还有八里地。"

牛爷命令："停止前进。布阵，守住大路，不可妄动。"夹马向前迎敌。

金兵大队正在快速行军，见有宋军挡道，金将命部队停止前进。挡路宋军将领正是先锋牛皋。金将高声喝问："什么人，来将通名？本将军不斩无名鼠辈。"

牛皋出马上前报名："吾乃大宋朝，岳元帅麾下先锋牛皋。你是何名何姓何东西？有名有姓的报上名来。本将军不管你是鼠辈，狗辈，挡路就宰。专杀无名鼠辈。"

番将大怒："吾乃大金国四太子帐下首席先锋，雪里花东是也，看刀。"番将挥刀照头就劈。牛皋举锏相迎。两人战至十余合，又有一番将杀出。番将叫："雪里花南来也。"牛皋力敌二将。雪里花南喊道："大哥，这是牛南蛮。"雪里花东说："知道二弟，杀了他。"兄弟俩力劈牛皋，牛皋只能硬扛，同时怒骂："孙子，俩人打一个呀？"话音未落又一番将喊着出来："雪里花北来也。"雪里花东喊："兄弟们，这个牛南蛮是大金国的仇人，决不能让他跑了。围住他。"这时，又一番将赶到，大叫："雪里花西来也。牛南蛮，我们今天要杀猪杀羊啦。"四柄大刀朝牛皋乱砍。牛皋穷其力抵抗，但已力尽。牛爷边挡边叹道："年年做先锋，今天把命扔。岳大哥，我玩儿完了。"从马上摔了下来。四番将围上来道：

"牛南蛮，你也有今天呀？""大哥，就牛南蛮这点怂本事，怎么能杀我们那么多大将呢？""费那话呢，先杀了再说。不留后患。"四将一齐举刀。牛皋闭上了眼睛……

"杨再兴来也。"杨再兴跃马挥枪，手起枪到，将雪里花东挑于马下。三番将同时叫："大哥……"

三兄弟大怒，举刀来砍杨再兴。牛皋迅速爬起，抓住兵器。跑回本阵。这时，乌骓马也跑了回来，牛皋上马。

杨再兴力战番将三兄弟。雪里花西大喊："为大哥报仇……"音未落。已被杨再兴刺中咽喉。其余二将拼命上前，被杨再兴一一斩于马下。

此时，金兵阵中大乱："南蛮历害，快跑……"杨再兴近杀金兵，在乱军中左冲右突，如入无人之境。金兵队型已乱，开始向后跑。杨再兴一路追杀。不远处，有一个小木桥，金兵绕上木桥逃跑，进入金兵大营。

杨再兴住马观看，自语道："怪，前面就是金兵大营，为什么往桥上跑？这不是舍近求远吗？不管他，超近路去踹金兵太营。"再兴纵马抄近路向金营冲去。不过，前面的路看着平坦，但却不是路，而是一条河，名叫小商河。河道已被淤泥塞满。再兴不知缘故，战马一跃进入泥中，被泥陷住。再兴提了几下马缰，马已动弹不得……

河对面的金营中，正在指挥布阵的兀术见杨再兴陷入泥里，即大声命令："放箭……"

可怜杨再兴，陷入泥中，动弹不得，身中数十箭，成了活靶子……"

牛皋赶到，眼见兄弟丧命，悲痛欲绝。下马跪在地上，大声哭喊："杨兄弟……"

金兀术看见牛皋，马上下令："是牛南蛮，射死他，放箭。"

牛皋起身，挥铜拨箭并往后退。虽有箭射中前胸后背，但幸有锁子甲护身而不能伤。这时，岳云赶到问："二叔，怎么回事？"

牛皋指着对岸："岳云，从桥上绕过去，给我杀。"岳云来到河边，见杨再兴陷在泥里，身中数十箭，心中大怒，绕过小桥，杀入敌阵踹营。金阵中兀术大喊："围住岳南蛮……"

第四队严成方赶到，牛爷命他接应岳云。严成方也杀入金营。罗延庆兵到，舞枪冲入金营大开杀戒……

元帅大军到。命鸣金收兵。岳飞下马扶起牛皋。

杨再兴遗体放在一块木板上。有军士为其拔出箭簇，擦洗血迹。岳爷脱下英雄氅，盖在杨再兴身上。摘下头盔，单腿点地，泪满腮边："再兴兄弟，你是杨家将中最杰出的代表，华厦大地最优秀的子孙，是岳家军的骄傲。岳飞为有你这样的兄弟而自豪。只是兄弟呀，你青春早逝，未享受一天的皇恩福禄，大哥我心里愧疚啊。杨兄弟，愿你的英魂，保佑大宋，保佑岳家军消灭金兵，收复中原，直捣黄龙。迎回二圣，兄弟呀……"

牛皋跪地痛哭："兄弟呀，杨兄弟呀，我……"

岳爷起身命令："点炮。""咚咚咚……"为杨再兴送行。

"杨家将再兴一杆枪，

卫吾华厦打遍东西南北永留芳。

杀得金兵闻风丧胆惊神鬼，

却使得后人常常泪洒在小商……"

岳飞升帐，聚众将正要议事。忽报有钦差到，即率众跪迎，钦差打开圣旨宣读：“奉天承运，皇帝诏曰。赐岳飞尚方宝剑一口，行先斩后奏之权。札符三百道，有功者可先行授职，钦此。”岳飞接过圣旨札符：“谢皇上，吾皇万岁万万岁。”众将起身。钦差告辞。

岳飞手拿札符喊：“罗延庆，严成方，伍尚志，杨钦，王佐，花普方，呼天保，呼天庆，徐庆，金标，授统制之职。”“谢元帅。”

“一人一张。”岳爷给每人发了一张札符。

探子进报：“报元帅，朝中赵太师近日因气愤发病而死，由礼部尚书秦桧拜相。”：“知道了。”“报……”探子报：“元帅，有金番小将叫阵。”

“哪位将军出去应战？”岳爷问。“呼天宝愿往。”“呼天庆愿往。”呼氏兄弟出列。“好，就命二位兄弟出阵迎敌。”“遵命。”呼氏兄弟出阵迎敌。

金兵阵前，一员手持双枪的小将，耀武扬威的骑着马做往返跑。小将叫陆文龙，人称双枪陆文龙。。

呼氏兄弟来到阵前，大喝道：“来将通名？”“吾乃小王子陆文龙是也。你等何人，通个姓名？”呼天宝上前：“吾乃岳元帅麾下大将呼天保是也。”“吾乃呼天庆是也。”

陆文龙笑道：“原来是哥儿俩。你们回去一个，免得死绝户了。”呼天保大怒，举刀上前就剁。陆文龙左手枪一撩，右手枪出，只一合，将呼天保刺于马下。呼天庆见兄长落马，拍马上前。大叫：“陆文龙，拿命……”话音未落，已被陆文龙挑下马。

探子急跑进帅帐："报元帅，呼天保，呼天庆两位将军不敌陆文龙，已经阵亡了。"岳飞大惊，从椅子上站起。岳云出列："父帅，孩儿愿去战陆文龙。"

张宪，严成方，何元庆出列："末将愿意出战陆文龙。"

岳飞考虑后说："你四人去战陆文龙，可用车轮战法，轮番上阵，不要硬拼。"四将出帐。

岳飞叫："中军，派人将呼氏兄弟安葬。""是。"中军出去了。

岳帅听着营外战鼓咚咚，时紧时松，很是不安。随着鼓声渐息，岳云等四将返回。岳云说："父帅，陆文龙武艺高强，双枪神出鬼没，我等车轮战法也难取胜。""今天休战，歇会儿去吧。"四将出帐。

中军进报："元帅，朝中秦太师派统制王俊押粮到寨，前来报功。""传进来。"

王俊进帐磕头："给元帅请安。小将王俊，奉命前来军中督粮，解粮路上，蹚到牛皋将军粮队正与金兵交战，牛将军战败，被金将追赶，被小将救下，并将金国大将斩首，有首级为证。"

岳帅验证后问："牛将军到何处去了？""报大帅，牛将军又去另一处催粮了。"王俊说。

"好，王将军的功劳记在功劳薄上。"岳飞说。"谢元帅。"王俊出去了。

中军报："报元帅，有新降统制王佐家人求见。"

岳飞传令："有请。"一老者进帐磕头："小人给元帅磕头。""起来说话。"老人爬起来说："元帅，小老儿是王佐将军的家人，刚才主人留下一封书信，让小人交与元帅。"递上书信。岳飞接过书信："下去吧。"老人出去了。

第五十一回 王佐断臂赚文龙 牛皋讲史抽汉尖

岳飞打开书信："大哥，小弟王佐，初来乍到，即封为统制，却并无寸功。实羞愧也。今，弟自愿断一臂，去投兀术，如弟若有不测，望兄能照顾弟的家小，将其送回老家安置，拜谢。弟，王佐。"

岳飞站起来，手锤桌案："胡闹。王佐兄弟，何必这样苦自己呢？愚兄自会有破敌之策，你如此学要离刺庆忌，谈何容易，弟手无缚鸡之力，而兀术力能拔山，怎么能行刺成功？到时候白搭了性命，唉！"坐在椅子上。

.牛皋押解着粮草回营，与粮官进行交接。粮官点完数，牛皋签字后，牵马向帅帐走去。

帅帐里，岳飞正与韩元帅，张元帅，刘元帅议事。牛爷进帐，与各位元帅打招呼："大哥。呦，韩大哥，张元帅，刘元帅。有礼有礼。"

张，刘二元帅抱拳："牛都督。"

牛皋说："大哥，三处的粮草全都到齐，已经交割了。"

岳飞关心的说："二弟辛苦，听说路上遇到麻烦了？""没有啊。噢，半路遇上了运粮官王俊，被金将鹞眼郎君追杀，兄弟出手救了他，鹞眼郎君的首级让他带回来了。"牛皋说

岳飞一惊："那王俊怎么说他救了你呀？是他斩的敌将首级。来人，传王俊。"外面："传王俊。"王进跑进帅帐："参见元帅。"

岳飞问："王将军，牛将军说是他杀了番将，救了你，你怎么说是你杀了番将，救了牛将军呢？"王俊翻脸说："嗨，牛将军，你不能忘恩负义呀。我救了你，你倒反咬一口，什么人呐？"

牛皋怒道："谁救谁，有几千个士兵作证，而且，你还可以和我比试武艺，看看你有没有本事救本将军。"王俊哑口无言了。

这时，帐外传来一阵喧哗声。岳飞问："外面什么事？"中军报："大帅，有士兵要退粮返乡。说是吃不饱饭。"

岳飞不信："岂有此理。竟有此事？传吏官。"外面喊："传吏官。"吏官小跑进帐，跪下磕头："小人吏官钱自明拜见元帅。"

岳飞怒问："钱自明，士兵为何吃不饱？""这……元帅，这不怪小人，小人是奉命行事。""奉何人之命？"岳爷问。钱自明说："小人是奉新来的督粮官王俊将军之命，每斤少给三两发放。"

岳飞火冒三丈："大胆，竟敢苛扣军粮，来人，推出去斩。"有刑官带人将钱自明捆绑，押了出去。

岳飞问王俊："王俊，你可知罪？"王俊辩道："元帅，小人也是为长远打算呀。省下粮食也是为了预防万一的。"

岳飞一拍帅案："王俊，顶冒军功，苛扣军粮，论罪当斩，念你是秦丞相派来的人，饶你不死，来人，重打四十军棍，赶出大营。"刑官带人将王俊押出，掀翻在地，一顿暴打后拖出军营。

冬天到了，夜里下了一场大雪，牛皋一夜没睡冒雪巡逻，检查各营营帐，督促士兵及时清理帐顶上的积雪……

天亮了，牛爷并未回帐休息，依旧到处巡视，指挥士兵铲雪。多年的经验告诉他，每逢雪后，营区的雪必须清理干净，否则天晴雪化，一片泥泞，会带来很多麻烦。

帅帐内，四位元帅在围着火盆烤火。牛皋进帐："大哥，大哥，二位元帅。""牛兄弟，过来烤烤火。"韩世忠说。"牛都督坐。"刘元帅拉过一把椅子。"二弟辛苦了。坐下暖和暖和。"岳爷关心的说。

牛皋坐下说：“大哥，各营都起来扫雪了。道路都清了。”

“牛都督做事，总是亲历亲为，实在是军中的楷模呀。”刘元帅说。

牛皋坐在火盆旁边：“习惯了。小时候，我家住在土坡上，冬天一下雪，第一件事就是把上下坡的雪扫干净。大哥，前些日子，陆文龙天天叫阵，最近怎么听不到动静了？”

韩世忠说：“没人搭理他，天气又冷，他也懒得出来了吧。”

“有可能。”

中军进帐报：“元帅，王佐将军回来了。”

岳飞站起来：“快请。”站起来往外走。王佐进帐单腿跪地：“拜见大哥。”

岳飞扶起并介绍：“王佐兄弟，这几位是韩元帅，张元帅，刘元帅。”王佐点头：“拜见各位大帅。”

岳飞拿起王佐的空袖筒，深情的问：“伤好啦？”“是，让大哥担心了。”

岳飞拉过一把椅子，让王佐坐下。王佐道谢。岳飞问：“兄弟，你去金营数月，大哥担心死了。天天去寨门外张望，唯恐挂出你的人头来。真那样，大哥可真对不起你了。”

王佐说道：“兄弟断臂去金营，本来是想刺杀兀术，但那兀术每天事很多，手下跟的也紧，而且，兄弟又没有武功：再断了一只手，根本不可能杀得了兀术。这只手算是白搭了。这趟也白来了。而且，万一两军混战，死在乱军之中，我这个汉奸的罪名就洗不掉了。”

岳飞摇头说：“不会的，兄弟想哪儿去了，有各位元帅作证，也不会有那天。”

王佐说：“是。因为兄弟是个残废，金兵都叫我苦人儿。可以在营中行走。偏巧有一天，遇到了一个中原女子，跟她聊天后得知，原来她是陆文龙的乳娘。这乳娘告诉我，这个陆文龙，原来是潞州节度使陆登的儿子，当年潞安州失陷，陆登殉国，遗下未满周岁的陆文龙，被金兀术收养，后来，陆文龙长大，练成武艺，随金兵来到中原，与我军交战，但是他不知道他是大宋的人，不知道自己的父母是谁，所以才在阵前斩我大将。小弟知道这个内情之后：就想方设法的接近他，后来和他熟了，就成了朋友。就天天给他讲中原的故事，最后告诉他，他是陆登的儿子，他的杀父仇人正是兀术，他哭了，他知道了自己是宋朝人，决定反金归宋。"

岳飞大喜："贤弟，你是说陆文龙来了？"

王佐往帐外看了看说："是啊，人就在帐外。陆文龙，还不进来拜见元帅。"

陆文龙背插藤条，进帐跪倒在地说："罪将陆文龙拜见岳元帅。拜见各位元帅。"

岳飞上前，拔下藤条扔在地上，扶起陆文龙说："贤侄，不知者无过。既知身世，回归大宋，就不必自责了。今后在军前效力，为父母报仇，耀祖光宗才是正道。"

韩元帅说："陆贤侄认祖归宗，实乃我大宋之洪福啊。"

岳飞转身对王佐："王兄弟，你这条胳膊断得值了。王佐断臂，一定会永留青史，贤弟，带文龙去换上大宋的服装。""是。文龙，去换衣服。"

"中军，拿一百两银子，派人把陆文龙的乳娘送回乡。"岳飞说。"是，大帅。"

兀术与哈密嗤在大帐内烤火。有军官来报："四太子，有人看见苦人儿和陆文龙殿下，带着乳娘出营去了，已经两个时辰了，还没回来。"

兀术大惊："哈军师，快去陆文龙的帐中看看。"哈密嗤出帐，来到陆文龙帐前，撩帘入内查看。见箱子已空。赶忙回到帅帐报："四太子，陆文龙和苦人儿跑了。"

兀术骂道："忘恩负义的东西，我养了他二十年，说跑就跑了。气死我啦。""四太子，不必太在意，臣荐一个人，必能大败宋军。""何人？"哈密嗤说："赵王曹荣的儿子，曹宁。此人年青气盛，比陆文龙更狠几分。如果曹宁来到阵前，定能打败宋军。"

兀术："快传本王旨意，速调曹宁。"

金营阵前，有一员番将，白盔白甲，白狐围巾，骑白马握银枪。正是曹荣之子曹宁。他来到宋军营前叫喊："宋军听着，出来几个有本事的，小爷爷等的不耐烦了"

岳元帅在帐中正在议事。中军报："元帅，金兵有一个叫曹宁的前来叫阵。"

"曹宁，兄弟们，谁出去看看？"岳爷问。"金彪愿往。"统制金彪出列。"徐庆愿往"。统制徐庆出列。

岳飞嘱咐："二位将军小心应战。""得令。"金，徐二将出帐。

两军阵前。双方布阵。金彪，徐庆出阵。

金彪喝问："来将通名？""吾乃金国大将曹宁，你们是何人？""吾乃岳元帅麾下统制金彪。""吾乃徐庆，拿命来。"说罢，徐庆举刀就砍。谁知曹宁枪快，徐庆的刀刚举起，肚子已被刺中，翻身落马。金彪大怒，拍马上前，叫道："敢杀吾兄，……"举棍来打，早被曹宁刺中咽喉。落马而死。

宋军中出来士兵，将二将的尸体抬回营中，放在帅帐外。士兵进帐："报元帅，金彪，徐庆两位将军均已阵亡。"

岳飞大惊："曹宁如此历害，连斩我两员大将。"有小将张宪出列："元帅，小将去战曹宁。""准。"

张宪出帐上马，来到阵前问："谁是曹宁？"

曹宁出阵："吾乃曹宁，你是何人？""吾乃岳元帅麾下张宪是也，识趣的，下马投降，免得死无葬身之地。"

曹宁笑道："黄口小儿，如此狂妄，看枪。"出枪与张宪战在一起。两人战约五十余合，张宪料不能胜，拨马回阵。

张宪进帐说："元帅，曹宁果然武艺高强，小将不能取胜。"

岳飞问陆文龙："文龙，你可知曹宁的来历。"

陆文龙说："小将与他不熟，只知道他自幼在贺兰山练武，出招凶狠，列金番第一猛将。既便小将与其交手，也占不到便宜。"

岳飞点头说："嗯，既如此，兄弟们，近日不要与他交战，避其锋芒，看好寨门就是了。"众将退出。

牛皋坐着没动："大哥，今天是再兴兄弟的百日祭，二弟想去营外祭奠一下。""去吧。替大哥也烧点纸。"

牛皋："嗯。"了一声起身出帐，来到自己营中。大牛走过来叫："二爷。""大牛，这半年你跑哪去了？"

大牛说："二爷，回来以后，我就去军政司找人，咱以前的老人儿都散了，我只好随大队行动了。现在，我已经联络到了一些以前的兄弟，他们也愿意跟着二爷，但是我没有权利要人，还得二爷出面，找元帅要令牌，才能把人找回来从新编制。"

牛皋点头同意："行，你还跟着我吧。哪儿也别去。人呢，由我去要。""二爷出面儿就没问题了。"

牛皋嘱大牛："大牛，你去准备点儿香，烧纸和酒，供果，今晚上用。""二爷，这是祭哪位神呀？""杨再兴，今儿个整一百天了。""知道了。"

夜晚，牛皋和大牛出营，找了块干净地方，铺上一块布，放上一些馒首之类的供果，摆上两个酒杯。大牛掏出一捆纸，抖开弄散，拿几张点燃，余下的交给二爷。二爷拿着一张一张的烧，嘴里念叨："兄弟，哥看你来了。哥给你烧钱来了，你收啊。咱哥俩，本来是一个白虎星，一个黑虎星，没想到，你这么早就归天了。我想啊，这天上也有奸臣，残害忠良，你上了天，一定要在玉帝那替哥说说好话，先别老早巴急的来收哥哥。大哥要替你报仇呢。"烧完纸，牛爷又抽出几支香点燃，插地下。继续道："兄弟呀，神三鬼四，你上天了，是神，神仙要三柱香。你上天吧，哥送你了。"拿起酒坛，倒了两杯酒，又道："兄弟，哥跟你认识二十年了，没在一起喝过几次酒，今后也不能在一起喝了，哥对不起你呀！干了这杯吧，哥替你喝。"

大牛一旁劝道："二爷，天晚了，该回去了。"

牛皋坐在地上说："大牛，你先回去。我再坐会儿。和我再兴兄弟说会儿话。""二爷，要早回呀。"

牛皋一边叨叨，一边喝酒，慢慢的开始醉了："兄弟呀，你走的太早了。你救了哥哥我，却把哥哥我扔下了。哎，兄弟呀，你看天上，一轮明月照当空，让为兄，想起兄弟杨再兴。那些个番将有，雪里花东西南北，你把他，各个捅个大窟窿。兄弟呀，要是你在，何惧曹宁啊。"

牛皋端起酒坛，咕噜咕噜的一气灌下又说："杨兄弟，哥该回了。"起身欲上马，又回身把地上的酒坛抓起，然后一手扶鞍上马，拍了拍马屁，马向前走去。牛皋醉了，不看方向，不知不觉来到金兵大寨门前。守寨金兵大喊："什么人，站住别动。"

　　牛皋一惊，发现走错了方向，自语道："坏了，走错地方了。"但回马已来不及了。只得硬着头皮往前走。边走边说："孙子，岳元帅手下牛皋不认识呀？"

　　金兵惊道："抓猪抓羊的来了。小心。""抓什么猪，抓什么羊？"一个番兵问。金兵头目说："宋军拿咱的人，当猪当羊杀了祭旗，要小心。牛南蛮，这是大金营寨，你干什么？"

　　牛皋大笑说："瞧给你吓的那个德性。我们大宋今天过节，岳元帅念你们出行辛苦，让本先锋送坛酒来给你们。还不谢谢岳元帅。是我送过去，还是过来个人拿？"

　　番兵头目对一士兵说："别让他过来，你去拿过来。"

　　一番兵走到牛爷马前，伸双手接酒坛。牛皋顺手一把抓住番兵胳膊，拉起担在马背上，酒坛子抛给金兵，拍马离开金营。

　　来到一处空地，牛皋将番兵扔在地上，下马抽出宝剑，抵住小番的咽喉："问你一个事，老实讲，讲明白了，放你回去，讲不明白，我就……"用剑一比划。小番求道："牛爷爷饶命，你问什么，小人照实回答。"

　　牛爷问："你们军中，那个叫曹宁的什么来历，为什么他姓中原的姓氏？""牛爷爷问的是这几天叫阵的那个曹宁大将军吗？他是赵王的儿子"

　　"赵王是谁？"牛爷问。"赵王叫曹荣。"

　　"曹荣，是以前的那个两淮节度使曹荣吗？""是爷爷。曹荣当年献了黄河，投了大金，四太子封了他为赵王。"金兵说。

　　牛皋点点头说："好的小子，本来应该放你回去，可是你回去也是个死，不如爷爷杀了你吧，这样你还算是战死的。还能得点抚恤。"一拉剑，结果了小番，回营去了。

　　帅帐内。岳飞聚众将议事。中军报："元帅，那曹宁又出来叫阵了。"

　　岳飞摆手："别理他，关紧寨门，让他喊去。"

　　"大哥"。牛皋站起来说："兄弟去会会曹宁。"岳飞惊道："二弟，那曹宁出枪极狠，不可应战。""兄弟自有办法战他。"牛皋出帐去了。

　　岳飞起身："兄弟们，与牛将军观敌瞭阵。"众将出帐上马，随牛皋来到两军阵前。

　　"谁是曹宁？"牛爷问。曹宁上前报号："吾乃金国大将曹宁是也。你是何人？"

　　"吾乃是当今大宋朝，武昌开国公，文武尚书都督……"牛爷顿了一下。"官还不小呢？"曹宁说。

　　牛皋继续报："天下兵马大元帅……"还是个元帅？"

　　"岳飞麾下正印先锋官，牛皋是也。""大喘气呀？那么大的名头，差点把爷吓着。你就是那个人称黑虎星下界的牛皋？看你一把年纪了，杀了你恐怕让人笑话。还是回家抱孙子去吧。"

　　牛皋笑道："你说让爷抱孙子，大牛，带孙子。"

　　大牛领着两个七八岁的小孩儿走出来。牛皋在马上探身，从小孩儿手中拿过一个木疙瘩说："曹宁，本将军今天不打你，也不骂你，只让你看看这样东西，认识就算你赢。怎么样，这个物件，认识吗？"扔了过去。

　　曹宁接过："这谁不认识，这玩意儿叫尜尜儿。"

　　牛皋问："会玩吗？""用鞭子抽打。"牛爷伸手，曹宁把尜尜儿扔了回来。

　　牛皋接过说："这是小孩儿玩儿的玩艺儿。叫尜尜儿。它还有个学名儿，知道叫什么吗？""不知道。"曹宁摇头。

牛皋举着看了看说："叫汉尖。这玩意儿汉朝就有了，开始的时候是两头尖，在地上能转，名字叫汉尖。后来逐渐演变成一头尖了，而且转得更稳当了。就是现在这个样儿。汉奸，知道吗？"

"不知道，头一次听说。"

牛皋告诉他："汉尖，做为玩具，就是物品的名称。但要比喻人，就是另一个意思了。""比喻人，什么意思？"曹宁问。

牛皋继续说："身为大宋的人，背叛了大宋，投降了金番，反过来帮着金邦侵略大宋，杀害宋人，这种卖主求荣的人，就是汉奸。就要被抽被打。"

大牛指挥两个小孩，开始在地上抽尜尜儿。手上抽，嘴里喊："抽汉奸，打汉奸……"

曹宁不解的说："你们这些南蛮，净完这种小儿的把戏。这能管什么用？"

牛皋指着曹宁："如果你做了汉奸，孩子们天天儿在你家门口抽汉尖，难道你就没有想法？"曹宁嘲笑说："他抽他的，与我何干？我又不是宋朝人。能有什么想法儿。"

牛皋追问："如果你是宋朝人呢？你为鞑子出战，杀我宋兵宋将，难道不是汉奸吗？""我自小儿生在大金，长在大金，从来没来过宋地，说我是汉奸，是不是很可笑？"

牛皋怒道："难道你的家世，你一点儿也不知道？你家老子曹荣，本是我大宋的两淮节度使。当年贪生怕死，献了黄河，引金兵入宋，被兀术封为赵王，你舅舅刘豫，黄河渡口总兵，与你爹一块降金，做了汉奸，被兀术封为楚王。你爹现在在金国，为金番当狗，难道不是汉奸？你身为宋朝的子孙，帮助金番侵我大宋，杀我大将，难道不是汉奸？"

牛皋挥手示意，大牛将两个小孩儿带走了。

曹宁急道："你胡说，我爹是大金的王爷。怎么会是宋朝的节度使呢？"

牛皋嘲笑道："那是你自己不知道，你可以问问你身后的那些金兵，谁人不知，谁人不晓？就你不知，就你不晓。我看你呀，整个儿就是一个大傻……"

曹宁调转马头，揪住一个金兵问："说，他说的是真的吗？"金兵摆手摇头，不敢说话。曹宁大怒，将其提起，用力摔死。伸手又抓一个金兵问："说，不说也杀了你。是不是真的？"

金兵求道："将军饶命，牛爷爷说得是真的。老王爷的确是宋朝的两淮节度使。当年他和你舅舅刘豫一起献了黄河，投降大金，四太子封你舅舅为楚王，老王爷为赵王。我们四狼主最恨不忠不义之人，所以前几年把楚王给杀了。"

曹宁怒问："既恨不忠不义之人，为什么不杀我爹？""四郎主说，小将军武艺高强，日后必有大用，所以不能杀赵王。"金兵说。

曹宁大怒，摔死小番，挥舞银枪，往本阵番兵身上乱扎，金兵留下几十具尸体，全跑回营去了。

曹宁扔枪下马跪在地上，仰天长叹："想不到，我曹宁英雄盖世，却是汉奸，让人抽打……汉奸，我是汉奸……"

第五十二回 宋金决战金仙镇 岳飞困锁临安城

牛皋下马走了过来说："小子，你爹是汉奸，你不是汉奸，不知者无过。回归正道，何时都不算晚。起来，见过岳元帅。"

曹宁趴在地上，一个劲的磕头。牛皋将其扶起来说："别自责了，起来吧。"

"曹宁，你个逆子"。赵王曹荣领兵来到阵前说："你给我回营去。四太子对你我父子恩重如山，不要听他们的花言巧语，挑拨离间。"

曹宁站起来，捡起银枪上马，来到曹荣对面问道："爹，我想知道，你是不是大宋的两淮节度使？""是怎样，不是又怎样？"

曹宁又问："是不是你把黄河送给了金番？""是……又怎样？""扑"。曹宁出手一枪，正捅进曹荣的心口。曹荣落马死了。

曹宁下马跪在地上，仰天道："曹家的列祖列宗，曹宁我不忠，不孝，不仁不义，没脸活在这个世上了……"调转枪头，扎进自己的胸膛。

岳帅叹息："也算是一条好汉，与阵亡的将士葬在一起吧。"

后人有诗叹：

"浑身是胆武艺精，忽作汉奸落骂名。

大义灭亲杀生父，命运不济叹曹宁。"

冬去春来，柳绿花开。金兵营寨里，军师哈密嗤挥舞令旗在演练阵法，兀术在旁观看，频频点头。

"四太子，阵法已经演练的差不多了。管叫那岳飞有来无回。"哈密嗤说。兀术点头问道："哈军师，这个阵法为什么叫双龙咬尾阵呢？"

哈军师解道：“四太子，我这个双龙咬尾阵，是由一字长蛇阵演化而来，在外面看，一定以为是一字长蛇阵，若打阵，必先打头，打尾，打腰。让我自顾不暇。这种阵法已流传千年，早就不新鲜了。我们这个双龙阵，是两个长蛇阵组成的。而且头尾相接，故称双龙咬尾阵。是独创。没人认识，万无一失。”“军师辛苦了。”

在一处高坡上，岳帅，罗延庆，诸葛英正在观测金兵演练阵法。

岳飞问：“延庆兄弟，你是将门之后，应该识得此阵。”“我家祖上确实传有兵书战策，兄弟也研习过行兵布阵，但是今天金兵这个阵法有些看不懂。平地着，很象是一字长蛇阵，但金人不会弄一个人人皆知的长蛇阵，来让我们打。所以阵里一定另有玄机。”

岳飞又问：“诸葛英兄弟，你是孔明的后人，一定以研究阵法见长。你分析分析。”

诸葛英说：“大哥，延庆兄弟说得有道理。一字长蛇阵是老阵法，金兵摆出长蛇阵，一定是想让我们认为是长蛇阵，可能是圈套。由于金兵人多阵大，在这个坡上很难看清，我们应该搭个瞭望台，仔细观看后再下结论。”

岳飞认同：“可以，组织人，立即搭台。”

人多好干活儿，十数丈高的瞭望台半天儿就搭完了。岳飞，诸葛英，罗延庆，在台上观察，诸葛英画了阵图。

回到帅帐，岳飞聚众将议事：“诸位将军，金兵布了一个奇怪的阵，已经给我们下过战书了。本帅严令，任何人都不准出战，违令者军法从事。近几日，罗延庆，诸葛英两位兄弟，每日高台观阵，画了图纸，现在先让诸葛英兄弟讲解一下敌阵的布局。”

诸葛英拿着图说：“元帅，近几日，小弟与罗兄弟观看金兵演阵，发现了一些端倪，小弟认为，这次金兵布的阵，不是一般的长蛇阵，而是用两个长蛇阵组成的，一个新的阵法。这两条蛇，头尾相交，可重叠，可分开，相互扶头咬尾，所以，打头时则头后有尾，打尾时则尾后有头。阵型不易被打乱。因此，此阵法仅凭想象，就能知道，其中有许多变化，这的确是一个新的阵法。"

岳飞点头渡步说："诸葛兄弟，延庆兄弟，这几天辛苦了。兄弟们，金兵的双蛇阵，诸葛兄弟已经画了图纸，此图人手一张，限三天，每人都要记熟图中标出的形状，位置，不得有误。诸葛兄弟，此阵图送各位元帅，总兵人手一份。""是。"

牛皋进帐报："大哥，兀术又派人来下战书了。""让他进来。"

军师哈密嗤进帐说："大金国四狼主殿下军师哈密嗤参见宋朝元帅。奉四郎主之命，特来下战书。"

岳飞手一让："哈军师请坐。"接过战书。哈军师说："既然接了战书，就要应战。"

岳飞笑道："当然。哈军师，本帅已经知道你们的阵法了。"哈密嗤大惊："已经知道了？说来听听。"

岳飞拿起一张图说："我军中，有一个将领，是汉朝孔明的后代，深通阵法。观看了几天以后，画了一张图，交给本帅，本帅一看，一眼就瞧出来了，这不就是一字长蛇阵吗。差点让你吓着。我们老祖宗玩剩下的玩意儿。说实话，你们也就仗着人多，若少个二十万人，破你的长蛇阵，应该不费吹灰之力，早让你滚回老家去了。"把图交给哈密嗤。

哈密嗤接图看了后说："岳元帅历害，你就批复个日期，我好回复四狼主。"

岳飞拿起笔说："你给我五天时间，五天以后决战破阵。"哈密嗤接了批文说："好，五天以后，不得反悔。"

岳飞挥手说："送哈军师。"哈密嗤起身告辞欲走。一旁闪过牛皋拦住说："哈军师，今天落我手里了，我是杀你呢，还是杀你呢？""牛将军，两国交兵不斩来使。你们大宋没这规矩？"牛爷笑道："瞧你这孙子吓的。我今天不割你鼻子，也不削你耳朵，我请你喝酒。""多谢牛将军，公务在身，改天，告辞，告辞。"跑出去了。众将一阵大笑。

岳飞传令："中军，通知各位元帅议事。"

哈密嗤回到牛皮大帐。对兀术说："四大子，今天见到了岳南蛮，他应战了。批复五天以后决战。""好，这个岳飞，终于敢决战了。宋军现在有多少人马？"哈军师说："四太子，宋军还是六十万人，兵力没有增加。""他六十万，我七十万，他攻，我守？我们占优。岳飞这些年，打过几次胜仗，有些忘呼所已了。"哈军师："是，他犯了兵家大忌。骄兵必败。"

兀术关心的问："他对我军的阵法怎么看？""不懈一顾，说这是一字长蛇阵，是老掉牙的阵法。"

兀术提醒说："这几天不要演练了，免得被他识破。他若不敢打了，我们耗不起。""四太子放心，我们双龙咬尾阵，不用时是合着的，用时才分开，连我自己有时候都分不清。""好。"

在岳飞的帅帐里，牛皋，韩元帅，刘元帅，张元帅围坐在一起商讨军情。岳帅说："三位元帅，牛都督，今天兀术的军师哈密嗤下了战书，本帅批准了五日后决战，各位大人有什么高见？""大帅，双方对峙已久，虽有小战，但各有伤亡，解决问题，必须一战。"韩帅说。"大帅，从人数上，我军不占优，所以应该从细节入手。"刘帅说。"不过，天时，地利，人和都在我方，胜算还是有的。"张帅说。

韩世忠分析："天时，地利，人和，确实挺关键。但是，人数上的劣势也是个软肋。由其是在我攻敌守的情况下。要是能够做到出其不意，攻敌不备，赢面才会大。"

岳飞点头："出其不意，牛都督有心得。"牛皋笑道："出其不意，是我牛家的传家宝，顺着韩元帅的话说，元帅不是约了五天后决战吗？咱不会提前一天，提前两天也行啊。这样就打他个措手不及。"刘元帅说："对，牛都督说得有道理。这样就能多几成儿把握。"

韩元帅也赞成："兵者，诡道也。牛都督的主意好。"

岳帅点头："我看可以。因为约定是五天以后，从文字理解上看，算上今天第五天就可以算是五天以后，按常人的算法应该是从第六天开始，所以第五天发起攻击也不算违约。"牛皋也说："大哥说得有道理，牛头山会战约战是三天以后，没定具体哪一天。很难判断是第三天，还是第四天。这次确定五天以后，也没有准确日期，但是为了防止金兵有所准备，我们可以提前一天，几天或者明天就打，只要打赢了，把他打跑了，消灭了，他也没地儿说理去。""牛都督说得有道理，可以提前打，只要把金兵打乱，人多反而倒没有优势了。"刘帅说。

岳飞说道："我们先分一下工，韩元帅，负责打左侧蛇头。左侧蛇头在里，蛇尾在外，不要管他蛇尾，只打蛇头。张元帅，负责打右侧蛇尾，刘元帅，与韩元帅协同，从左侧插进，只负责将两条蛇分开。不让其合拢。本帅负责外面这条整蛇的蛇头，蛇尾，蛇身。"

韩世忠担心的说："如此布置，大帅的兵力有些少。""韩元帅不用担心，只要是各位元帅进展顺利，一定会大获全胜的。"岳帅说。

韩元帅兴奋的说："太期待了，双方一百多万人的大战，那是何等的壮观啊！期待，太期待了。"

岳帅说："一定要多预备干粮，战斗可能要打两天，三天，或更长时间。一旦打起来，就停不下了，所以，每个士兵要带几个馒头。这样，我们就能坚持至少两天，金兵肯定是撑不住的。总攻时间定在四天以后，也就是第五天的丑时。要多预备干柴点火，这天夜里月光也会很亮。一定会打他个出其不意。"

韩世忠深受触动："大帅，历史性的时刻到了。这一仗，足以让我们这些参与者，留名青史了。哈……"

岳飞站走来拱手说："各位元帅，拜托了。""大帅放心。"牛爷和三位元帅出帐去了。

"大帅，有特使张大人，奉御旨前往金番看望二帝，现在帐外候见。"中军进来报告。"快请。"

张大人进帐与岳帅见礼，岳帅让座。

"岳元帅，下官是本科新科状元，今奉御旨前往金番看望二帝，久闻元帅大名，特来拜见，以了平生夙愿。"特使说。

岳爷谦道："大人过奖。大人，看你年纪不大，既中状元，本应在朝中为官，不应该去北番做御使呀？"

"元帅，唉，中了状元，也未必就能做官，不奉承，不送礼，有学问也没用啊。岳帅，下官此去金番，要过金营大寨，还求大帅派人去与那金人沟通，有了通行证方可过去。"特使说。

岳帅看着特使，心里很纠结。他小小年纪考中了状元，一定是从小刻苦攻读，十年寒窗，好不容易熬出了头，又孤身一人被派到北番做特使，而且可能永无归期了。岳爷不免心伤。思考后叫："中军，去请汤怀将军。

汤怀进帐叫："大哥，传唤小弟何事？"

岳爷介绍："五弟，这是御使张大人，奉旨去金番看望徽，钦二帝。去金番需过金营大寨，大哥决定派你护送张大人过境。送走特使后，你就不要回来了，在外围观查战事，待双方决战时在与我会合。"

"知道了大哥。御使大人，请。"

　　汤怀与张特使上马出营，来到金营寨门前，对守寨士兵说："五乃宋将汤怀，奉命送天朝特使去金番探望吾朝皇上太上皇，望开门放行。"

　　"哦，稍等片刻，我去通报。"番兵说完，跑着去了兀术帅帐："报四太子，有宋朝特使奉旨去五国城看两个老皇帝，报请发放路条通行。"

　　兀术发话："带进来。"

　　番兵跑回来打开寨门，带汤怀二人来到牛皮大帐。汤怀与特使入帐，抱拳说："宋将汤怀见过四太子。今有我天朝特使奉旨去五国城，请四太子放行。""放行。"兀术把一张路条交给汤怀。

　　"谢四太子，告辞。"汤怀与特使出帐上马，由小番带路，三绕两绕来到北面寨门，守门军士看了路条放行。

　　汤怀是个有心人，当他走进金营大门时，就开始用心记录去兀术帅帐的路经，默念几遍，熟记在心。出寨后，在内衣上撕块布，咬破手指，画了路线图，塞在铠甲里。

　　两人往北走了四十余里，被一队番兵拦住去路。金兵喊：什么人，到此何干？"

　　汤怀上前答："吾乃宋将汤怀，奉命护送天朝特使去五国城。这儿有四太子的路条，请放行。

　　"汤南蛮，你回去吧，让特使过来。"番兵喊。

　　汤怀对特使说："张大人，只能送到这里了。""谢谢汤将军。"张特使过去，被番兵拥走了。

　　汤怀掉转马头往回走，忽觉腹中空空，想找地儿吃饭，却看不到人烟。因为打仗，人都跑光了。出来时，岳大哥嘱咐他，不用回营，等到决战开始再与队伍会合。不过，刚才路过金番大营时，记了兀术帅帐的方位并画了图，这个情报很重要，应该极时把图交给岳大哥。只是金兵大寨十几里的连营，又有战阵阻路，硬冲肯定过不去。绕道走吧，要多走几百里。不过，刚才是送特过路，送完特使返回，也是有正当理由，而且手上还有兀术发的路条，应该可以原路返回。

汤怀快马加鞭，来到金营寨门前喊："番兵听着，吾乃汤怀，刚送完天朝特使回转，欲借路返回宋营，这里有四太子发的路条，快开门放行。"

"汤南蛮，你的路条是过寨去金，不是返回去宋。你等着，我去请示四太子。"番兵跑去了。

"报，四太子，汤南蛮返回，欲借路回宋寨，小人不敢做主，是否可以其通过。"番兵跑进大帐报。

兀术对哈密嗤说："这个汤怀是岳飞的兄弟，是个忠义之人，让本王佩服。放行。""遵命。"

小番跑回喊道："四太子有令，放汤南蛮过去。"

寨门打开，汤怀进入金兵大寨，拍马穿营时，金兵让出路来，心里计算着离金寨南门不远时，两腿一夹，正要提速，忽见一队人马挡路，汤怀正要挥枪冲杀，前方人马已经开弓等候。并推出路障绊马索，汤怀只好调转马头，这时他才发现，已经无路可走了，四周都是弓箭手。

"活捉汤南蛮……"

军师哈密嗤拍马而出，他大喊："汤怀，你已经无路可走了，下马投降。"

汤怀心里明白，反抗已经没用了，被抓也不丢人，只是大战在即，一旦金兀术拿他做人质，会给岳大哥的计划部署打乱，甚至会影响战斗的结果。算了，人生自古谁无死，但不能死在金人的手里。大哥二哥，各位哥哥，汤怀不能陪你们了。

为了防止金兵射箭，汤怀双手把枪平举后，往地下一扔。趁手往下放时，抽出佩剑，……

"报，四太子，哈军师截住了汤南蛮，正准备射杀。"探子跑进大帐报告。

兀术传令："命令，放汤将军过境。""是。"

探子走了，兀术有些不放心，马上喊："备马。"

"报，哈军师，四太子有令，放汤将军过境。"探子传达兀术将令，但为时已晚，哈密嗤只好命令士兵让路。这时，兀术快马赶到，见汤怀胸插宝剑，即站在路边喊："来人，护送汤将军返回宋营。"三个小番跑过去，一人牵马，两个人分站汤怀两侧，小跑着把汤怀送出大寨。兀术抱拳相送。

来到宋军寨前。牵马小番喊："奉四太子将令，送汤将军回营。说完撒腿跑了回去。

正在巡营的牛皋闻声赶到，见到汤怀，悲声喊了一声："兄弟。"见汤怀欲倒，赶紧从马上跳下扶住。把他抱下马来。"兄弟，汤怀兄弟……"牛爷哭喊着。

汤怀躺靠在牛二哥怀里，掏出那张血图说：兀术帅帐，交给大哥。二哥，照顾我儿子……

牛爷抱着汤怀大声哭喊："五弟呀，兄弟交情重如山，沙场舍命二十年。我大你小你先走，当哥哥的我怎么那难……"

黎明前，韩元帅坐马提枪，背后是黑压压的士兵。刘元帅，张元帅也带着自己的部队进入指定位置。

岳飞与众将骑马站在队伍的前面。

时辰已到。岳元帅发令："何元庆，岳云，严成方，张立，张用，张奎听令，尔等带兵五万，炮响后，由左侧攻打蛇尾，不得有误。罗延庆，张显，吉青，王贵，施全，孟邦杰，尔等带兵五万，由右侧攻打蛇头。牛皋，余化龙，伍尚志，罗刚，周青，梁兴，带兵五万，专打蛇腰，勿必将两条蛇腰斩断。不得有误。"众将："遵命。"张保，王横，随时做好准备，与本帅攻打兀术帅帐。点炮。擂鼓。"

咚，咚，咚。三声炮响，战鼓落锤……

韩元帅一挥枪："杀鞑子……"率兵攻打敌阵。

刘元帅举枪："杀……"率部向敌阵猛冲

张元帅挥刀砍杀……

何元庆，岳云，严成方……向敌阵冲去……

罗延庆，张显，王贵……向敌营冲去……

牛皋，余化龙，张宪……向敌营杀去……

平静的朱仙镇突然喊杀连天，成了屠场。宋金大战开始，兵对兵，将对将，枪舞银蛇，锤打流星，刀劈血浅，铜打扑扑……

哈密嗤手持令旗，指挥变阵，双方士兵有如潮水，涌向左，涌向右……金兵被斩。宋军亦伤。何其惨烈。

晨阳如火，战斗亦如火，有宋军士兵边舞刀，边啃馒头……金兵饿的捂肚子……

牛皋从阵中杀出，大喊："大哥，金兵阵法操练娴熟，冲不散，想办法打掉兀术帅旗。"转身又杀入阵去。

岳飞喊："张保，给我铁雕弓。"马前张保递上弓箭。岳帅开弓搭箭，箭似流星，射落兀术帅旗。

岳飞大喊："兄弟们，该我们出击啦，攻击目标，里外长蛇阵的蛇腰，一定要打折他，出击。"众将向前冲去。岳飞夹马欲冲，忽听有人喊："元帅……"

岳帅回头，见飞驰而来三匹战马，马上三人在喊："元帅。"

岳飞勒住马问："三位何处人士？"

"小将乃是狄青之后狄雷。"举起手中双锏。"小将樊成。来杀金兵。""小将关玲，岳云的义兄。"

岳飞大喜："三位英雄来的正好，这是金人的双蛇阵，正前方是蛇腰，可直接杀进去，照直打，一定要把他打散。打进去之后向右转，找到兀术的牛皮大帐放火烧。随本帅上。"三位小英雄，追随岳帅杀入敌阵。

阵中，岳云，何元庆，严成方，狄雷，八柄大锤，上下翻飞，打得金兵喊叫哭豪。形成一景，史称八大锤。

牛皋东冲西杀，冲破敌阵后，直奔兀术帅帐。狭路相逢，正遇兀术。牛皋大叫："兀术休走，快下马投降，饶你不死。"

兀术大怒："牛南蛮，本王今天定要将你斩首。"抡斧照牛皋就劈。牛皋上前招架。几个照面，牛皋招架不住，自言道："唉哟妈哟，孙子够狠。"躲过一斧后，夹马就跑。兀术紧追猛砍，终于有一斧砸在牛皋背上。但牛皋没落马，反而回头喊："孙子，追来呀？"

兀术收马，不敢追了。自言道："不能上当。这小子命大，怎么会没落马，难道真是黑虎星？"此时，罗延庆杀出，大喊："罗延庆在此，兀术休走。"上来就是几枪，兀术抵挡不住，打马就跑，边跑边说："罗南蛮历害。"

这时，有金兵金将上前挡住罗延庆撕杀。牛皋见状趁机返回，一路铜砸，正遇张显杀来。牛爷大喊："四弟，前面是兀术帅帐，钩倒它扔火里烧。"张显紧跟二哥，杀到兀术帅帐，奋力杀散王府待卫，在二哥的掩护下，张显的钩镰枪钩倒牛皮帐，并把它拉到火源处，牛皮大帐烧了起来。牛皋大喊："不好了，四太子让牛南蛮打死啦，快跑啊……金兵瞬间大乱，有人开始向北跑……

哈密嗤追上兀术说："四太子，我们败了，赶紧跑吧。""不能撤，战死也不能撤。"

哈密嗤劝道："四太子，留得青山在，不怕没柴烧。再坚持下去就必死无疑。来人，保护四太子。撤退。"

岳飞杀到阵中，见兀术大帐被烧，遂返身杀出，来到土坡上观阵。韩元帅，刘元帅，张元帅也从阵中杀出。来到土坡上。

韩元帅兴奋的说："大帅，金兵大势已去了。"

牛皋从阵里出来，来到土坡叫："大哥，韩元帅，金兵完了。看看，兵败如山倒啊！大哥，天快黑了，要点篝火呀。"

岳飞点头说："已经准备好了。传令，点篝火。"

火堆一堆一堆的被点燃。双方士兵在火光中撕杀，大惨烈了。而在这战阵之中，最亮眼的，是那八柄反光的大锤，上下翻飞，如八条金龙飞舞。

韩世忠赞道："八大锤威风啊！这场大战，将来会有人给编成故事的。"刘元帅说："就叫大战朱仙镇。"牛皋举起双铜说："再去凑凑热闹。"又杀进阵去。

天渐亮。兀术，哈密嗤，众金兵金将收住马。兀术说："军师，跑了一夜了，歇歇吧。清点一下人数。"哈军师说："四太子，不用点了，回来有五千多人。"

兀术惊问："什么，五千？七十万呀，就这么完了？本王还有什么脸面回去呀？"

哈军师劝道："四太子，胜败兵家常事，我们失败，不是我们无能，而是因为宋朝有岳飞。老实说，我们确实是打不过岳飞。但是我们可以除掉岳飞。""除掉岳飞？""是，四太子，你忘了？那秦桧可当了丞相了。只要他给我们办事，除掉岳飞不还不是易如反掌啊。"

兀术省悟道："本王忘了。好，多给他送金银财宝，满足他的一切条件。""是，已经派人去找秦桧了。"

天亮了。喊杀声逐渐的弱了下来。战场上尸横遍野，堆积如山。战斗结束了。

凤凰山下，堆起了无数的新坟。岳飞及众将祭拜，看着墓碑上的名字：杨再兴，汤怀，董先，金彪，徐庆，呼天保，呼天庆，陶进，王义，王信，贾俊，曹宁……岳爷心如刀绞：

"战事渐平息，
君也离我去。
为国尽忠大英雄，
血染中原地。
昨天尚言欢，
今却不见笑，
从此阴阳路两条，
兄轻把弟叫……"

岳飞回到帅帐。已有钦差在帐内等着宣旨，岳飞等跪接圣旨。

钦差打开圣旨："奉天承运，皇帝诏曰。岳飞兵退朱仙镇以南休整，待秋后粮足再议北进之事。钦此。"

岳飞拜呼："吾皇万岁万万岁。"岳帅，韩帅，刘帅，张帅从地上爬起。

韩世忠不解的问："这是怎么回事，怎么不打了，退回朱仙镇休整？"

刘元帅说："大帅，现在应该一鼓作气，完成扫北大业，迎取二圣还朝，怎么不打了。"

岳飞沉思后说："朝中定有奸臣作秽，以粮草不足为由，阻吾进兵。传令，所有各部，退至朱仙镇以南扎营。"

不打仗了，几十万大军无事可做，在岳飞的率领下，开始开荒平地。这一天，岳飞在地头儿巡视，不时与士兵打着招呼。见儿子岳云正提着两筐土经过，就喊道："云儿，过来。"

岳云放下土筐过来问："父帅，什么事？""云儿，我看一时半会儿的用不着打仗了，你和张宪先回家去吧。在家孝敬你母亲，教弟弟们练武。"岳飞说。

岳云答应："嗯。爹，这就走吗？""马上。"岳云放下筐，来到地头，上马走了。

上午干农活儿，下午几位元帅在一起议事。韩世忠说："大帅，朝廷怎么还不下令出征？"

刘帅说："是呀大帅，机不可失呀，只要你下令，我们决不含糊。"

张帅说："大帅，将在外君命有所不受。就是违抗了君命，我们剿灭了鞑子，迎回二圣，也能功过相抵呀。"

岳飞叹道："说着容易，做着难。现在粮草不足，朝廷又不给补充，总不能让士兵们饿着肚子打仗吧。况且，岳飞食君禄，受君恩，怎能违背圣意？唉，灭金番，迎二圣，不知何年何月了。"

"按兵不动，粮草不济只是借口。"韩世忠说。

"圣旨下"。众帅跪下接旨。

钦差读旨："奉天承运，皇帝诏曰。日前宋金和议，卓有成效，各镇元帅，节度使，总兵，返回本镇驻扎，岳飞仍驻朱仙镇。钦此。"众帅谢恩。钦差出帐。众元帅起身，均面露不快。刘元帅摊手说："得，扫北彻底没戏了。这叫什么事呀？"

岳飞拱手说："三位元帅，既有圣旨，就回去整训队伍，回防区吧。"元帅们告辞了。

叉路口，队伍向不同的方向开拔。韩元帅，刘元帅，张元帅告别。看着三位元帅的人马开拔，岳飞只能挥手送别。灭金番迎二圣，彻底不可能了。

冬天到了，牛爷顶着北风巡营、指挥士兵扫雪。

春天来了，柳枝吐绿，士兵们开始耕田播种。

秋天是收获的季节，士兵们开始收玉米，搓玉米。

岳飞在地头巡视，看着士兵收获丰收，满意的点头。

"元帅，圣旨下，请元帅回营接旨。"信官来报。

岳爷回到帅帐跪接圣旨。钦差宣读："奉天承运，皇帝诏曰。宋金议和，岳飞即速班师，回朝领赏。钦此。"

岳飞谢恩："吾皇万岁万万岁。"钦差走了。

岳飞站起来喊："中军，速传牛皋，施全进帐议事。"片刻，牛皋，施全进帐："大哥。"

岳飞请两人坐下说："兄弟，朝廷与金番讲和，诏队伍进京，大哥认为，朝中有奸臣在，部队决不能回京。大哥决定一人回去，帅印留在营中，由二位贤弟共同掌管。记住，无论有什么事情发生，都要以国家为重，决不可以造事。"

"圣旨下，岳飞速返回京，钦此……"帐外，钦差手持御牌宣旨。

岳飞继续嘱咐："二弟，施兄弟，照顾好咱的兄弟。"

"岳飞接旨，岳飞速回京面圣。"钦差帐外口宣。

圣意不可为，连下圣旨催岳飞返京，岳飞不敢抗命。来到十里长亭，与众兄弟告别。闻讯赶来的百姓夹道送行。岳帅含泪致谢告别。

一路上，又有钦差多次持御牌宣旨催行……

岳飞快马加鞭来到江边，上了渡船，过江上岸后，被一队锦衣卫接着。锦衣卫问："可是岳元帅？""正是。""有圣旨，跪接。"岳爷跪下接旨。

锦衣卫宣读："奉天承运，皇帝诏曰。岳飞身为文武尚书，兵马大元帅，不思报国抗金，按兵不动，掠夺百姓，贪扣军粮，辱打部下，着锦衣卫押解回京。钦此。"

锦衣卫不容分说，上前给岳飞钉了枷锁，收了军器，押上囚车，向临安而去……

金番的王府里，四太子兀术正襟危坐。外面有传令官喊："宋朝使节进见。"

秦桧携夫人王氏进府。秦桧拱手："宋朝使节秦桧拜见四狼主，郎主千岁千千岁。"王氏上前一蹲："拜见四狼主。"

兀术大笑："哈……贵使节请坐。秦夫人可去府内休息。秦丞相，关于议和的事，贵皇帝有什么要求啊？"

秦桧笑道："四狼主，皇上授权，所有条件都由本相说了算。按四狼主的意思，我已经传圣旨，把岳飞诏回抓起来啦。这回四狼主满意了吧？"

兀术点头："……好。明枪易躲，暗剑难防。弄死他。不留后患。""弄死他容易，但是不能操之过急。真的假的也得审几回，凑几项罪名，才好行事啊。"秦桧说。

兀术大方的说："秦丞相，需要什么你说话。金银珠宝，你畅开儿拉。"

第五十三回　黄龙府秦桧夫妻卖国　风波亭岳飞父子蒙难

秦桧点头："珠宝肯定要用，是个人的嘴都要堵，证人也要买，但是四狼主也要拿出诚意来，让我们大宋的皇帝满意啊。毕竟杀岳飞，还需皇帝点头，而且，狼主承诺的越多，本相的功劳就越大，在皇帝面前说话就越有根。让皇上觉得，岳飞的千军万马，真的不及本相的不烂之舌呀。”“有道理，秦丞相，本王承诺，将来打下宋室江山，你我平分天下。”兀术说。

秦桧说："这次来，主要是想了解一下，四狼主关于议和的条款，还要去看一下太上皇的状况，回报皇上。"“那好，本王明天派人带秦丞相去五国城。”秦桧站起说："谢四狼主。夫人就不跟着去了。"

兀术拍着胸脯说："可以，放心吧，我会照顾好你夫人的。"“谢谢四狼主。”

兀术拍了拍手，对从帐后出来几个女子说："秦丞相车马劳顿，很是辛苦。你们几个，一定要好好的伺候秦老爷。秦丞相，去休息吧。"

兀术回到内室，见王氏赤条条的躺在床上，他迫不急待的扒了衣服扑上去，趴在她身上……

兀术楼着王氏问："这些日子，想本王没有？"

王氏撒着娇说："怎没想啊。不想能千里迢迢的来到北国，跟你钻被窝呀。"“没忘了我吧？”

王氏一拧身子说："忘了，又想起来了。净说废话。光说有什么用，你要打下了宋朝，还用我往这跑？"“所以呀，要征服宋朝，就要除掉岳飞。要除岳飞，还要夫人助力呀。"兀术说。

王氏笑道："你这叫吃软饭，自己不行，指望着女人。"兀术也笑了："那也得看什么女人。能让本王吃软饭的女人，一定是本王喜欢的女人。能让两个男人吃软饭的女人，一定是了不起的女人。"“那是。臭德性。”

兀术告诉王氏："秦桧到五国城，去看宋朝的两个狗皇帝。其实，你们那个太上皇，徽宗皇帝早死了，你们可以把尸体带回去。也算立了一功。"“别介，别让人知道他死了。"“为什么？”

王氏分析说："那个高宗赵构，怕的就是这个老皇上回去，回去以后就多个皇上，一山不容二虎。所以你别说他死了，他要知道他爹死了，他就没得怕了，没后顾之忧了，就不用担心了，他就有可能让岳飞来攻打你们。所以不但不能告诉他徽宗死了，还得说太上皇身体好着呢。然后再给他个暗示，你解决岳飞，我解决你爹。"

"你这招狠，八成岳飞该死了。"

王氏说："我这次亲自过来，不光是想四太子了，还有一件事要办。""什么事？我给你办。"

王氏肯定的说："当然是你办啦。办好这件事，岳飞就必死无疑了。""我听听。"

王氏阴险的说："高宗他妈韦氏，韦妃，也在你们大金，我曾经见过她。你若能找到韦氏，做个交换条件，让赵构先杀岳飞，然后你放韦氏返宋，我想赵构不会拒绝吧。"

兀术大喜："哈……夫人，你够狠！本王越来越喜欢你了。"

王氏依偎着兀术："臣妾本温柔贤惠，为了四太子，只能发狠了。事成之后，可不能忘了臣妾呀。"

兀术说："本王若得到宋室江山，一定封你为皇后。""你还得发个誓我才信……"

秦桧回到临安，上朝见驾，给皇上磕头。

"秦爱卿，此次金番议和，成果如何呀？"高宗问。

秦桧奏报："万岁，此次金番之行，受到了金番国四太子的接见，金方谈了议和的条件，我方也申明了我们的条件。金番基本上都能接受。只是金方老狼主有所担心。""担心什么？"秦桧说："担心岳飞等主战派，随时会撕毁协议，向金方开战。"

高宗问："岳飞不是已经抓了吗？"秦桧说："是，岳飞犯有贪污罪，打骂士兵将领罪，且居兵自重，临阵不前，对敌国心慈手软。如果去年朱仙镇一战，能够直捣黄龙，早把金番灭了。而且，岳飞经常和部下说……""说什么？"

秦桧说："岳飞说，高鸟尽，良弓藏，所以鸟不能灭尽，要留一些。"

"太上皇龙体可好？"高宗问。秦桧奏报："太上皇龙体康健，每天吟诗作赋，说要养好身体，等着岳飞扫北成功，并让臣转旨皇上，封岳飞扫北王。"

听秦桧如此说，高宗沉思不语，他挥挥手，让秦桧退下。

秦桧回府，坐在堂上问家人："岳飞可曾认罪？"家人回："禀太师，不曾招供。""可曾用刑再审。"秦桧又问。"禀太师，那个大理寺正卿周三畏，不愿为官，挂印封金，畏罪潜逃了。"家人说。

秦桧大怒："通缉周三畏，封锁长江渡口。""是。"家人转身欲走。秦桧说："派人去杭州府，请万俟卨，罗汝楫两位大人过来。""是。"

朱仙镇宋军帅帐。牛皋，施全聚众议事。

吉青问道："二哥，大哥走了一个多月了，怎么也没个信呀？"

张显问道："是呀，不是说进京领赏去了吗？这么长时间了，早该领回来了。"

"领个屁。"牛皋说："是个人都能看出来，咱大哥整天嘴上说扫北扫北，迎取二圣，得罪了人都不知道。""得罪谁了？"吉青问。"狗皇帝，赵构。"牛皋气愤的说。"皇上？"

牛皋不满的说："天天嚷着迎二圣，迎回二圣怎么办？仨皇上啊。徽宗是他爹，只要不死，又不想当太上皇，理所应当当皇上。

钦宗呢，本来就是皇上，回来以后还想当，你说怎么办？""有可能。"大家说。

牛皋又说："那现在的狗皇帝不想让位，怎么办？唯一的办法，就是不能让二圣还朝，一辈子呆在北边儿。所以说，咱大哥天天喊扫北，迎二帝，这不是往狗皇帝心口捅刀子吗？你要真想迎回二圣，那就不应该退兵，一鼓作气，灭了金番，迎回二圣，那时候，三个狗皇帝争去吧。谁当皇帝是他们的事。现在倒好，惹火烧身了。"

余化龙说："大哥心无二意，身正不怕影子钭。"

牛皋指着上面说："化龙兄弟，话是这么说，现在已经不是身子正不正的问题了，太阳是斜的。"

众将无语了。

万俟卨，罗汝楫，两人来到相府，见秦桧磕头："小人万俟卨，罗汝楫拜见太师。"

秦桧说："万俟大人，罗大人平身，请坐。上茶。"万俟，罗二人起身，受宠若惊："谢太师。"

秦桧说："二位大人，本相听说有一年，二位大人押粮草到岳飞军前，因下大雨晚到了两天，被岳飞打了四十军棍？是真的吗？"万俟卨说："启禀太师，是真的。因为那两天雨下的太大，所以误了期限，被打了棍子。"

秦桧端着茶杯："我查过了，那几天确实是大雨磅礴，人畜难行，只延误两天，已经很难得了。二位也算是尽心尽力了，这四十军棍确实有点冤枉，而且影响了仕途。"二人起身跪倒："谢太师，谢太师。"

秦桧说："起来吧。现在岳飞已被部下检举，贪污苛扣军粮，孽待士卒，居兵自重，临阵不前，已经被关押了。"万俟卨解气的说：“该，罪有应得。报应。”罗汝楫伸出姆指：“太师拨乱反正，为民除害，小人拍手称快。”

秦桧认真的说：“今天，本相要提拔提拔你们，做个心腹，为皇上办事。”二人跪下磕头：“谢丞相。”

秦桧说：“起来吧。本来大理寺正卿周三畏负责审理此案，只是他不识抬举，挂印跑了。现正在通缉。本相今天上奏皇上批准，由你二人接替周三畏之职，审讯岳飞，务必要坐实他的罪行，让他伏法。”万俟，罗：“一定，一定。打也把他打死。”

秦桧说：“万俟卨，升任大理寺正卿。罗汝楫升任大理寺寺丞。这是任状。”二人又跪，磕着响头：“谢太师，谢相爷。”

秦桧起身，走到一张大桌子前，打开桌上放着的两个官皮箱的盖，指着满箱的珠宝说道：“二位大人，一人一箱。皇上赏的。”

万俟卨赶忙说：“孝敬太师了……”“搬走。”秦桧说。二人搬着宝箱出去了。

秦桧坐下：“传王俊。”王俊进来磕头：“拜见相爷。”

秦桧说：“起来吧。王将军，现在大理寺正卿换人了，你举报岳飞苛扣军粮的案子还要重审。另外，再加一条，滥杀无辜。杀人灭口之罪。也由你举报。”“杀人灭口？”王俊疑惑的问。

秦桧提醒说：“对，杀人灭口。他不是斩了粮官钱自明吗？”“哦，对对对，是斩了钱自明。杀人灭口。”

秦桧说：“你带上一百两银子，去钱自明家，告诉他家人，钱自明没罪，是被误杀的，现在给他平反了。这一百两银子，是对他家的补偿。他家自然会把这笔账，算的岳飞头上。肯定会到处说。”“是太师，小将一定办好，一定咬死岳飞？”

秦桧来到放珠宝的桌子前说：“王俊，你检举岳飞有功，这是圣上赏赐你一箱珠宝，搬走吧。”打开箱子盖让王俊看。

王俊大喜，转而殷勤的说："太师，小将有太师的照应就够了，这些就孝敬太师吧。"

秦桧挥手："拿回去吧。圣上的意思，你明白就行了。""谢太师，谢太师。"秦桧说："谢皇上。""是是，谢皇上，谢太师。"搬箱子走了。

王俊走后，又有家人进来报告："老爷，外面有人求见。""什么人？""他不说，只说是有密信要交给老爷。"

秦桧坐下说："让他进来。"来人进来就磕头："拜见老爷。四太子有密信一封，让小人亲手交给大老爷。"

"起来吧。"秦桧拆开信封，看完后说："知道了。去领一百两银子，回去吧。"来人谢过。

秦桧把信收起来喊："来人，备轿进宫。"

秦桧进殿。三呼万岁后向皇上奏报："万岁，大喜呀。"高宗问："秦爱卿，何喜呀？"

秦桧高兴的说："金国四太子，经过多方查找，终于找到了韦贵妃了，今天差人来送信，让派人去辨别真假。""嗯，真是喜事，派谁去合适呢，这朝中的人，大多数都不认识朕的母妃呀？"高宗说。

秦桧奏道："万岁，臣妻王氏可当此任。""好。就叫她去，封王氏为一品护国夫人。待迎回母妃，另行升赏。""吾皇万岁万万岁。"

金番的宫殿门前，鼓号齐鸣，千人列队，欢迎宋朝特使王氏。

进殿落座，兀术显得格外殷勤："夫人，为了金宋双方议和之事，不辞辛苦，往来奔波，实让吾等男儿惭愧。""四太子，本特

使奉皇上旨意，来认皇亲韦氏，若验明正身，即回去复旨。"王氏说

兀术热情的说："夫人为何如此着急？在我大金住些日子，再回去也不迟呀。""四太子，我家万岁爷听说找到了母妃，恨不得马上就想见到，所以着急着呢。

兀术点头："理解。请韦氏。"韦妃进殿。给兀术请了安。王氏走过去，在韦氏身边转了一圈，仔细辨认后说："韦贵妃，一品护国夫人王氏拜见韦贵妃。"

"你是……"韦氏愣住了。

兀术指着王氏："这是秦丞相的夫人，宋朝特使，专门为贵妃来的。"韦氏谢道："秦夫人辛苦了。"

王氏说："韦贵妃，宋金正在议和，等签了议和书，贵妃就能还朝了。"

兀术一拍大腿说："人认准了，没错儿吧？送韦贵妃去内宫休息，任何人都不许打扰。"韦氏出去了。

王氏站起来说："四狼主，本夫人也不能久留了。回去还有事要办。快过年了，年前办完了就踏实了。""对对对，正合本王心意。好，本王送你。"

通往南朝的官道上。兀术搂着王氏坐在豪华的马车里。马车的后面有马队，侍卫和乐队。

王氏告诉兀术："四狼主，和我朝谈判，其余条件都可以让，唯独杀岳飞这事，一定要咬着牙不能让。让高宗下决心，杀了岳飞以后，你就不用怕了。把条件往高了抬，随便张嘴要。那时候，高宗后悔都来不及了。"

兀术点头说：“夫人，你我真是相见恨晚呀。你说得对。给我几年时间，你们那边没了岳飞，我们这力又多生孩子，多养马，那时候踏平中原，就水到渠成了。”

马车在晃，王氏卧靠在兀术怀里。

高宗上朝，秦桧进殿跪奏：“万岁，臣妻护国夫人回来了。在金番，她与韦贵妃见了面，已经验明了正身，确实是韦贵妃。韦贵妃非常想念大宋，想念皇上。”“为什么不送回来？要多少钱物？金银珠宝，朕给。”高宗说。

秦桧奏报：“万岁，不是钱财的事，那四狼主说，送回贵妃，就失去了保障，包括议和。他认为岳飞是两国议和的障碍。”“岳飞的罪名都落实了吗？”高宗问。

秦桧上奏：“件件属实，人证物证都在，铁证如山。”“招供啦？”“招供画押，已结案。”奏桧说。

“去拟旨吧。”高宗说完，扔过来一个锦轴。

秦桧捡起来打开看了一眼，是空白圣旨，脸上露出笑容。

秦桧回到相府，传万俟卨进见。秦桧对万俟卨说道：“万俟大人，照着岳飞的笔记，写一封信，去汤阴县把岳云骗到临安来，和岳飞一起了结。”“是，太师。”

朱仙镇宋营中，牛皋手拄着双锏正在往天上看。施全走过来。“二哥，今天是大年三十了，天怎么这么阴呐？”“是啊，老有一种不祥的感觉。”施全点头：“我也是。”

牛皋说：“施兄弟，让弟兄们畅开儿吃，畅开儿喝吧。醉了，就什么也不想了。”

　　大年三十，秦桧与王氏穿着裘衣，坐在亭子下饮酒。万俟卨走过来请安："拜见太师，夫人。相爷，岳飞，岳云，还有张宪，何时上路？"

　　秦桧袖中掏出圣旨，撇在地上。万俟卨捡起。转身离开。

　　夜晚，京城的街道上，孩子们在嘻嘻打闹，放着鞭炮。

　　宋营。一堆堆的篝火在燃烧。士兵们喝酒，吃肉，猜拳……
　　一堆火旁，有一个大拼桌。牛皋，施全，吉青，王贵等将领围坐，他们没心思喝酒，全都忧心重重。

　　岳飞，岳云，张宪被押至风波亭，风波亭上有三根绳索……

　　天亮了，众将散去，只有牛爷一人托腮坐在桌旁。他望着天空中的乌云，心中非常的压抑。有一只大鹏鸟飞过，留下一声长鸣……

　　已经是正月十五元宵节了，村子里面很热闹。岳夫人李氏坐在院子里的圆桌边，手里捧着一碗冒着热气的元宵。
　　岳雷走进院子，叫了一声："妈。"坐在母亲对面。
　　岳夫人看着天说："你大哥和张宪走了一个月了，怎么也没个信呀？真让妈着急。""可不是吗。妈，今天是元宵节了，咱家也挂灯笼吧？赶明个我去临安探探消息。"岳雷话音刚落，有个家人进来报告："夫人，外面有个人求见，说有机密事禀报。"
　　岳雷站起来说："我去看看。"他来到大门口，见有一个道士，手持拂尘正往四下看。

“师傅，有什么事？”岳雷问。“有要事要见岳夫人。”

“您请。”岳雷把道大请进院：“妈，是个道士。说有要事相告。”

道士问岳雷：“请问公子，你是岳元帅什么人？”“我是他儿子岳雷，行二。”

道士看了看岳夫人和赛王：“那，这两位……”“这是我妈。这是我二婶儿牛夫人。”

道士说：“那就好讲话了。公子，夫人，我非别人，乃是大理寺正卿周三畏，岳元帅被陷害，正是由大理寺审理。那奸相秦桧让本官陷害岳元帅，周某不肯，就挂印封金逃出来了。因为被秦桧通缉，所以扮成道士。前来报信儿。”

岳雷急问：“我爸现在怎么样了？”

周三畏难过的说：“唉，岳元帅，被假圣旨传进京，就在大年三十的夜晚，岳元帅，岳云，张宪，都被秦桧害死了。”

内室传出哭声，岳云媳妇儿巩氏，哭着出去了。女儿银瓶放声大哭。

周三畏急道：“都别哭，我来送信，不是让你们哭的，夫人，你有几个儿子？”

岳夫人说：“还有四个，岳雷，岳震，岳廷，岳霖。还有个女儿。”

周三畏说：“岳夫人，赶紧商量，让能跑的儿子先跑，跑一个，是一个，周某告辞了。”扭头往外走。

岳夫人流着泪说：“恩公大恩，岳家永世不忘。”

赛玉站起来：“岳雷。赶紧换身儿衣服，揣着银子，跑。”

岳雷摆手说：“二婶儿，还是让弟弟们跑吧。”

“听二婶儿的，弟弟们都小，跑不了，只有你能跑，岳安，快给二公子换衣服。”赛玉说。

老管家岳安过来催道："公子，快点儿。"两人进屋去了。

赛玉叫："银瓶儿，去二婶儿那院，不许出来。""二婶儿，我要和我妈在一起。"银瓶说。

赛玉严肃的说："听话。把她带过去。"下人带银瓶出去了。

岳夫人叫管家："岳安，把他们的卖身契都拿出来。"

岳安从里屋出来，来到柜子前，拉开抽屉，拿出一打纸，交给岳夫人。

岳夫人对下人说："你们这些人，从现在开始，和我岳家没有任何关系了。岳安，给他们分银子，打发他们去。"把卖身契扔进了火盆。

岳安跪下说："夫人，岳元帅遭不明之冤，岳家遭此大难，小人怎能一走了之，小人虽然是个仆人，但也是个义仆，小人不走。"众丫环家丁跪下："夫人，我们不走。要死死在一起。"

岳夫人着急的说："为什么要死？能活的还是要活。"

朱仙镇宋军大营。士兵带一个人进帅帐跪拜。来人问："哪位是牛都督？"

牛皋欠了欠身："本都督牛皋。""都督，小人倪完。是大理寺的狱官。""倪完，起来讲话。"

倪完站起说："都督，小人倪完，是大理寺狱官。小人特来报告：岳元帅，岳公子，还有张宪，都被秦桧害死了。他还要把岳家满门抄斩。"

牛皋闻听，勃然大怒："传令三军，全军戴孝，攻打临安。"

众将冲进大帐："二哥，给大哥报仇啊。""把秦桧碎尸万段……"

施全举双手往下按着说："大家冷静，冷静。"牛皋气道："冷静个屁。"

“报……”探子报：“报都督，现在长江所有渡口都被封锁，船只被扣南岸，一定有大事发生。”

众将愤怒了，牛皋发呆的坐在椅子。

施全劝道：“二哥，要从长计议。”

牛皋看着众将说：“施兄弟，把能发的，都给士兵发了吧。大家散伙儿。”

第五十四回 施全行刺 秦桧暴亡

　　岳雷换了一身下人的衣服从屋里出来，他身上背着包袱，手提单刀。跪地给母亲和二婶儿磕头。

　　赛玉嘱咐说："雷儿，跑的越远越好。快走吧。"岳雷起身跑了出去。

　　这时，一个家丁跑进来报告："夫人，外面来了好多官军。""知道了。"话音刚落，有十几个士兵拥着钦差进院。"圣旨下，岳夫人接旨。"

　　岳夫人起身，离开椅子，跪在地上。家人下人也跪了。戚赛玉依旧端起茶杯喝茶。

　　钦差念圣旨："奉天承运，皇帝诏曰。岳飞身犯重罪，现已伏法，着将其家产抄没充公，所有人口解京待处。钦此。"岳夫人接过圣旨。

　　钦差看见戚赛玉坐在椅子上，大怒道："你是什么人，宣读圣旨你敢坐着。"

　　赛玉笑道："圣旨是给岳夫人的，又不是给我的。钦差大怒："大胆，你敢蔑视皇上。见圣旨就如皇上亲临，见皇上不跪就是欺君。"

　　赛玉站起来说："那也要看这个圣旨是真是假了。"来到岳夫人身边，拿过圣旨，用手扶起岳夫人。又回到座位上坐下，看了圣旨。突然拍桌大怒："大胆，竟敢假传圣旨，该当何罪？"

　　钦差指着赛玉说："你是什么人，敢阻钦差拿人？来人，绑了。""呀"。几十各官军进院就要拿人。赛玉站起来怒摔茶杯。只见大牛，玲子带着一队弓箭手，从角门里冲了出来，张弓搭箭，箭指钦差。赛玉回身坐下。胖玲子打开赵构亲笔手书题词道："这是万岁爷亲笔给我家夫人的题词，万岁有旨，见字如见朕。还不跪下。"钦差和官军都吓傻了，全跪下了。

赛玉起身，走到钦差跟前，转了一圈说："钦差，真钦差呀，还是假钦差呀？真钦差拿着假圣旨，那就是假钦差，冒充钦差，知道什么罪吗？咔嚓。""小人是奉命行事。"

赛玉说道："我记着皇上亲口跟我说过，以后见了圣旨，一定要先看真假，真圣旨，皇上都留有暗记，假圣旨肯定不会有。你跟本夫人面前自称小人，看来你只是个下人。你奉命行事，奉谁的命啊，秦桧吗，他造的假圣旨？那我可要去参一本了。对你这个狗腿子，我现在就可以打死你。""夫人，饶命啊。"

赛玉"哼：一声："我不用杀你，会有人杀你的，你假传圣旨，暴露了身份，你的主子能饶你吗？滚出去。滚。"

钦差爬起来往外跑，被胖玲子挡住："站住，让你滚，不是让你跑，滚。"钦差和军士们滚爬出去了。

秦桧带着家丁，藏躲在村外的小路林里。他往村子看了看说："你们都听好啰，人一押到这儿，马上就地正法，一个不留。"

钦差从院子里爬出来，站起来对手下说："把帅府围起来，谁也不准出来。"悄悄对一个军官说："我去报告相爷。你在这里守着。"骑上马跑到村外，进了小树林，见到秦桧报告："相爷，我们冲进帅府拿人，没想到有一个巾帼赛玉牛夫人，有万岁爷的亲笔题字，她出来挡横儿，她能看出来小人是假钦差，圣旨她也说是假的。而且，牛夫人手下还有弓弩手。小人不敢动手，请相爷示下。"

秦桧发狠道："箭在弦上，不得不发，通知御林军……"刚要下令，忽见一匹马从前面跑过，进村去了。正是牛皋。

秦桧问："他是什么人？怎么进村了。"钦差忙说："相爷，这是左都督牛皋，岳飞手下大将，连皇上都敢骂，他现在代管帅印，据说是上界黑虎星下凡，大宋第一猛将，是个硬茬儿。"

秦桧恩索了一下："去，叫人通知汤阴县，传皇上口谕，岳飞已伏法，赦免其家人，着令汤阴县押解发配云南。回临安。"秦桧上马走了。家丁们和锦衣卫出了树林。一家丁搂住假钦差脖子，匕首插进了后腰……

岳府门前，牛皋踹倒几个军士，进到院内，喊道："拽把椅子过来。"有家丁搬过椅子，牛爷坐下，双铜立在旁边又喊："来坛儿酒。"有家丁拿来酒壶酒碗，给倒满酒。牛爷喝了一大口。

新来的汤阴县令进院，给牛皋磕头请安："拜见大都督。下官是汤阴县县令，特来传皇上口谕。"牛皋喝着酒："说你的。"汤阴县跪着说："皇上口谕，岳飞已伏法，赦免其家人，着汤阴县押解流放云南。"

牛皋放下酒碗："汤阴县，起来吧。"大牛一招手，带着弓箭手出了大门，箭指官军说："牛都督有令，所有的人撤出汤阴县，违令者杀。"

官军狼狈逃出村去。

牛皋起身来到正堂，给岳夫人磕头说："大嫂，兄弟没有保护好大哥，我对不起侄儿们。"

岳夫人含泪说："岳震，岳廷，扶二叔起来。"

岳震，岳廷过来用力搀扶二叔。牛爷把两个孩子楼在怀里。

岳夫人叫管家："岳安，收拾东西，奉旨去云南。""嫂子……"赛玉难过的叫。

牛皋站起来说："大嫂，放心去云南，先躲开这个事非之地，到了云南，天高皇帝远，反而安全。这一路上，我会通知咱们的兄弟保护大嫂的。"

赛玉叫："岳震，岳廷，你们过来，这次出门，要学乖呀！不要和别人说你们是岳飞的儿子，记住没？"两兄弟："记住了。""还要看好小弟弟，不要单独出去玩。"赛玉说。

岳夫人伤心的说："他二叔，岳雷一个人跑了，现在也不知道去哪儿了？""大嫂放心，我会派人去找的。"

家丁搬出来的箱柜，包袱，摆了一院子。管家清点后，指挥家丁往外搬，全部装上马车。

装完车，岳安进院说："夫人，东西收拾差不多了。可以上路了。"

岳府门外，十几辆马车已经捆扎好了。岳夫人上了一辆拥车，丫环们几个人坐一辆车。略显拥挤。

赛玉送大嫂上了车，含泪告别说：""嫂子，你放心去云南吧，银瓶就跟着妹妹，妹妹会把她当亲闺女的。"岳夫人亦落泪："拜托妹妹了。妹妹保重。""嫂子保重。"

带有"元帅府"匾书的大门上。被贴上了封条。牛爷站在自家门口，注视着车队远去。回过身，看着自己家的大门门楣上"都督府"的匾额，摇了摇头，进院去了。胖玲子对门前的人说："你们都散了吧。"跟着牛皋进院。

小牛通已经是大孩子了，见牛皋进来愣住了。

赛玉告诉儿子："通儿，你爸爸回来了。"牛通依然犯愣。"这孩子，你不是天天找爸爸吗？爸爸来啦，叫爸。"牛通小声的叫了声："爸。"

　　牛皋轻煽了儿子一下："这个臭小子，连你老子都不认识了。""姐，姐夫，我回屋了。"玲子说。赛玉点头说："回吧。哎，你儿子呢？""噢，去姥姥家住了。唉，二爷，大牛呢？"

　　牛皋小声说："让他去办件事。大嫂一家去云南，我怕半道上秦桧搞鬼，让大牛去找韩元帅，让韩元帅派兵保护，过几天就回来。"

　　几个下人过来："给老爷请安。"

　　"罢了。"赛玉和牛皋进屋后，马上眼泪就下来了。牛皋搂住赛玉，强忍着悲痛说："戚姐姐，别难过，咱不哭。不能让那帮奸臣看笑话。戚姐姐，大嫂一家去云南了，我在家也呆不住，马上还得走。""我听说队伍不是散了吗？"

　　"嗯。"牛皋说："是我给解散的，这也是为了保护这些兄弟，可是有不少人不愿意走。没办法，我还得管，为了防止受迫害，就上了太行山。不过还是军队的编制，这样就不愁没有粮草，到哪要都得给。狗皇帝也是睁会儿眼，闭会儿眼。半兵半匪吧。"

　　丫环领岳银瓶进屋。赛玉伸手拉过来说："瓶儿，这是你二叔。""二叔。"

　　赛玉搂着银瓶说："银瓶，以后呀，就不要叫二婶儿婶儿了。""那叫什么？""叫干妈。"

　　银瓶看着婶儿问："干妈。银瓶以后是老管婶儿叫干妈了吗？"

　　赛玉说："是呀，有干妈在，没有人敢欺负你。""知道了。那管二叔也不叫二叔了，叫干爸。"

　　赛玉点头说："我们银瓶真聪明。叫干爸。叫啊。""干爸。"

　　牛皋摸着银瓶的头，眼睛温润了。"干爸，你哭了。"银瓶问。

　　牛爷扭过头去说："闺女，去玩儿吧。"银瓶出去了。

　　牛皋对赛玉说："戚姐姐，你在家带孩子，辛苦你了。我还要上山，山上有五六千个兄弟。大牛就不去了，还让他负责训练乡兵。

孩子也到了练武的年龄了，我会帮他找个师父。咱兄弟们的那些个孩子，也不能给耽误了。还有，汤怀兄弟临走的时候，把他的儿子托负给我了，我们认他做干儿子吧。"他搂住赛玉拥吻。赛玉紧紧的抱住他的腰。

牛皋挪开赛玉的手说："我走了。"他走到院外解马。认镫攀鞍，迎着西北风，头也不回的向太行山跑去。

在兀术的王府内。兀术与秦桧各自在议和书上签字。互换后，双方举杯庆祝。

兀术高兴的说："好，签了字，一切就都有了保障。秦大人，不要怪本王太贪心呀。本王多要点儿，里头也有秦大人一份不是。哈……"

秦桧笑着嘱咐道："四太子，议和成功，是宋金之间的大事，但是，最大的事，四太子可不要食言呀？"

兀术笑道："秦大人放心，韦贵妃随时都可以回去了。你们的徽宗皇帝的棺材，也准备好了。明天就可以启程。"

秦桧站起来说："谢谢四太子。按我们中原的规矩，入敛时我们是要验明正身的，今晚还要守陵，那就告辞了。韦贵妃就由本相的夫人陪侍吧。""秦大人请。"兀术目送着秦桧与随行人员出去了。

兀术对王氏说："秦夫人，请。"伸手接住王氏伸出的手。牵着进了内屋。抱起王氏扔在床上。王氏侧身托腮问："瞧给你得意的。怎么谢我？""怎么谢？人都是你的。"

在通向南朝的官道上。马车上载着巨大的挂有黑布的棺材，车边有穿孝服的宋军士兵扶棺。前面有人负责撒纸钱。路的两旁，有金兵的仪仗队，场面非常庄重。队伍的中部有辆棚车，车内端坐着韦妃。韦妃打扮的富丽堂皇，豪华贵气。在韦妃后面的棚车上，坐着秦桧夫人王氏。

秦桧骑着马四下张望。兀术纵马过来说："秦大人，可以走了。"秦桧一挥手，车队开始出发。吹鼓手开始吹奏，鼓号齐鸣，排场很大。

"秦大人，本王给足了你面子。"兀术说。秦桧笑道："四狼主，本钦差的银子，城池，也够丰厚了。哈……"

马车停下了，兀术指着前面说："秦大人，到宋界了，本王就送到这里了。让你们的人过来接。"

兀术转马往回走，来到王氏马车前对她说："宝贝儿，我会想你的，南边的事，以后就看你了。"王氏笑骂道："臭德性，赶紧滚吧"

兀术带着金兵走了。宋军锦衣卫跑到车队两侧。元帅张俊骑马过来拜见秦桧："张俊拜见秦太师。"秦桧发令："张元帅，出发。"

太行山上的校场上，士兵们正在操练。大殿内，牛皋与施全，王贵，吉青，张显，赵云，梁兴，周青，八兄弟正在议事。探马来报："牛大王，上个月，宋金签署了和议条款，金番放了皇上的亲妈韦妃。徽宗皇帝已经死了，尸体运回来了。""再探。"

吉青省悟道："我说高宗这个狗皇帝要杀大哥呢，原来他妈在金番呢，这是拿大哥换他妈呀。"

施全咬牙说："秦桧，张俊，万俟卨，罗汝楫，这一帮奸贼，他们卖国求荣，陷害忠良，吾必杀之。"

　　牛皋问："军中粮草如何？""粮草充足。周边各县的县令知道我们是岳家军，都很主动的送粮，有很多人想来入伙的，都给拦了。人太多了是个负担。由其是有很多老兵想回来。"周青说。

　　牛皋说："是，树大招风，兵马太多了，又成了枸皇帝的心病了。张兄弟，我要的酿酒师傅找到没有？"张显报说："二哥，找到了，三个人，他们一听说来咱山上酿酒，高兴着呢。现在已经开始购制傢伙了。"

　　牛皋笑了："好，以后咱山上喝酒就不用愁了。"施全站起来说："二哥，现在山上也没什么事，我下山去打探一下消息，顺便寻访一下公子岳雷的下落。"

　　牛皋点头同意："兄弟，下山要小心，你出去比较显眼，不要到大哥坟地去。那肯定有埋伏。""我知道。"

　　宫墙内。高宗大排宴席，秦桧，张俊，万俟卨，罗汝楫在坐。秦桧端起酒杯说："臣恭喜皇上，贺喜皇上。我们大宋终于和金番签了和约。从此再无战事了。各位大人，为大宋的长治久安，干杯。""干杯。"大臣们附和着。

　　张俊站起来说："万岁，太后归宋，更是可喜可贺呀。"

　　高宗甚喜："众爱卿，此次议和成功，太后荣归，诸爱卿劳苦功高。秦爱卿，你真是我大宋的擎天白玉柱，架海紫金樑啊。早知如此，何必打打杀杀的。得秦爱卿，胜十个岳飞呀。"

　　太行山的酒坊出酒了。这一日，牛二爷正与众兄弟品酒，忽探子上山报："报大王，有岳二公子求见。""岳雷？快请。"牛爷放下酒碗站起身，正欲往外走，岳雷已经进殿，扑通跪下磕头后放声大哭。牛皋流泪扶起。众兄弟也落泪心伤。"贤侄，把眼泪擦干，跟二叔说说，这些天去哪儿了？"牛爷扶岳雷坐下。

岳雷哭诉说：“侄儿逃出家，慌不择路，走了许多天，在山西无意中蹾到了宗方叔叔的公子宗良，他说去临安给爹上坟，我就和他一起往临安走，半路又结实了几个好汉，结拜为兄弟，后来又听说娘和弟弟们去了云南，侄儿也想去云南，只是觉得路途遥远，关卡很多，必有秦桧心腹把守，肯定是过不去。路上听人传，说二叔在太行山，侄儿就来找二叔了。侄儿想跟二叔借兵，去云南探母。”

牛皋点头说：“嗯行。给你三千人马，打二叔的旗号，沿途州府不会为难你，缺粮草就找他们要。”“谢谢二叔。”

太行山下。三千人马列队完毕。岳雷给牛爷和各位叔叔磕头后上马。抱拳向几位长辈告别：“二叔保重，各位叔叔保重。出发。”

空中的“牛”字大旗迎风招展，队伍向云南进发。

回到山上。又有探子报：“报大王，施大王下山以后，到了临安，打听到奸贼秦桧去灵隐寺上香，就在半路埋伏，想截杀秦桧。在一座木桥上，施大王堵住秦桧，砍杀了数名卫兵后，正要杀秦桧，不想那座桥年久失修，桥板已腐朽，施大王一脚踩翻，掉下山涧摔死了。小人还探到，那秦桧躲过一劫，但是受到了惊吓，精神慌忽，只要一有人说岳飞名字，就浑身哆嗦说胡话。”

牛皋命令：“再去探，一定要找到施大王的尸首。”“遵命。”

牛皋落洞说：“唉，施兄弟，不值呀，常言道，留得青山在，不怕没柴烧，你何必要去丧了性命呢？兄弟们，给他烧点纸，祭奠一下吧。”

校场上摆了一张条案，案上有供果香炉。牛皋，吉青，王贵，张显，赵云，周青，梁兴七位兄弟单膝跪地，烧香，烧纸……伤心后，众人收泪，唯张显大哭不止。兄弟们搀扶劝慰……

张显自此一病不起，兄弟们都很着急，郎中看了，药也吃了，就是不见好转。一天，吉青对牛爷说：“二哥，我看张显兄弟，这几天因想念大哥，伤心过度，身体很是虚弱，已经水米不沾了。”

牛皋伤心的说：“我看过了，现在连药也不喝了。”“这是中了什么邪了？”吉青问。

牛皋哀叹道：“将军难免阵前亡，若死在战场上，是我们的夙命也是荣耀，而在这太行山上，窝窝囊囊的死，实在是悲哀呀。”吉青点头：“是。咱们当年起兵太行山，难道说死了还要埋在太行山吗？”

牛皋眼含泪花：“人，就如同驴拉的磨，走到哪停，谁又能料？想当初，岳大哥，王贵，张显，汤怀，我们五个兄弟，一起练武，后又与众家兄弟结拜，南征北讨二十余载，不知道怕，不知道死。战场上，兀术的百万金兵能耐我何。撼山易撼岳家军难。没想到，几个汉奸，就把我们打败了。岳大哥没了，汤怀没了，张保，王横跟着去了。岳云，张宪，施全……唉。”

张显因悲伤过度，已经无力回天了。他的死对牛爷打击很大，一块儿长大的兄弟，一个一个的离去，最痛苦的是活着的。入殓以后，请了佛家的道场超度亡魂。众兄弟抬棺下山，牛爷命人将灵柩拉回麒麟村安葬。

春来暑往，来太行山入伙的人越来越多，不知不觉的又到了五六万人。因为牛皋纪律严明，无令不准私自下山，所以与地方上一直相安无事

一天，牛爷正在校场看士兵操练，忽有探子跑上山来：“报大王，最新消息，秦桧死了。”

牛皋闻听蹦了起来："秦桧死了？""是，自从施大王行刺秦桧以后，秦桧受到了惊吓，整天疑神疑鬼，只要一听到岳飞的名字就发狂，所以一直卧床，时间长了，斤身上长了疮。有一天，奸臣张俊来探望秦桧，无意中提到了岳飞，秦桧大惊，下床追打张俊，张俊跑了，秦桧见人就打，致使疮疱破裂，毒发而死。世面儿上还传，说秦桧死后，缠上了其妻王氏，王氏也死了。""再探。"

秦桧死了，王氏也死了。

牛爷在家门前下马，大牛从门里出来，接过缰绳叫："二爷，回来啦？""嗯。"玲子也出来叫："姐夫。"

牛皋上台阶说："胖玲子，嗯，瘦点了。"玲子叹道："瘦有什么用，成老太婆了。"

牛皋笑着进院，有几个男丁，丫环在院子里，见牛皋进院，全站在一边叫："老爷。"

牛皋站住说："别叫老爷了，不习惯，还是叫二爷听着顺耳。""是，二爷。"

客厅里，赛玉正在和岳银瓶坐着聊天儿、见牛皋进来，银瓶站起来叫："干爸。"

牛皋乐呵呵的说："哎，瞧瞧我闺女，都长成大姑娘了。听说你也练武呢？""当然了。"

牛皋又问："呦，练什么兵器？刀，剑，钩，刺？"银瓶不屑的说："谁练那玩意儿。"

牛皋笑了："呵呵，口气大，告诉干爸，练什么兵器？""保密。

牛皋摇头说："嘿……这丫头。"坐下问赛玉："通儿呢？""你儿子，跑了。"赛玉说。

牛皋纳闷的问："跑了！跑哪儿去了？""去云南找岳雷去了。""哟，长本事了。武艺练得怎么样啊？"

赛玉翻了一眼丈夫说："反正比你强多了。""比我强，了不得了。"

赛玉得意的说："当然了不得了。你也不看看他师父是谁。""谁呀？"

赛玉姆指往后一指说："东京八十万禁军教头，王进。"

牛皋有点不信："王叔儿？王叔儿有功夫教孩子们练武？""王叔儿解甲归田了。有功夫就来教孩子们练武，现在，孩子都长大了。王贵的儿子，张显，汤怀的儿子，一大帮子都起来了，都是我干儿子。又都拜了把子，几天前，这些孩子一商量，忽啦一下全走了。去云南了。就剩我和银瓶了。""哈哈……随他爹，长大了，就去闯吧。"

兀术坐帐，有探马报："四太子，宋朝丞相秦桧和夫人王氏都死了。""再探。"

兀术转脸说："哈军师，秦桧和王氏都死了，看来利用汉奸的这条道儿就堵死了。以后就要靠我们自己了。""是，四太子。不过，我们的目的已经达到了，现在宋朝满打满算，也没有几个能打的了。"

"那我们现在伐宋有把握吗？"兀术问。

哈密嗤说："四太子，这几天，我仔细算了一下，经过这些年的快生快育，我们的人口增长了不少，青壮年能出征的有六七十万。按现在的状况，攻打宋朝，有五十万足矣。"

兀术拍案叫："好。那就发兵五十万，不，六十万，一鼓作气，夺取宋室江山。"

第五十五回 赛玉传圣旨 牛皋下太行

高宗坐朝。有太监进殿报："万岁，探马来报，说番国正在谋划南侵，金番四太子完颜兀术已聚集了六十万人马，正在秘密操练，"

高宗大惊："兀术敢背信弃义？"有大臣奏："万岁，应早做准备，选将挂帅，做好防范。""兀术无耻。诸位爱卿，何人可以挂帅？"高宗问。

有大臣奏："万岁，兀术骁勇善战，以前我大宋，只有岳飞可以抵抗兀术，现在恐怕无人与以匹敌。"

闻听岳飞的名字，高宗皇帝大惊失色。他手指着屋顶喊："岳飞，岳飞来了……"突然手捂胸，口中吐出血来："岳飞，岳飞来了……"双眼一瞪，吓死了。

高宗驾崩，孝宗即位。大臣跪拜："吾皇万岁万万岁。"

金番校场，兀术，哈密嗤在检查部队的训练情况。兀术问："军师，训练的如何？""四太子，万事俱备，可以出征了。"

兀术大喜："好。哈军师，扫南伐宋，直捣临安。"

宋朝新皇孝宗正在看奏折。大监来报："万岁爷，张元帅求见。""宣。"张元帅进殿叩头："臣恭贺皇上荣登大宝。吾皇万岁。""张爱卿平身，赐座。

""万万岁。谢皇上。"张元帅起身坐下。

高宗问道："张爱卿，朕刚即位，金兵就来进犯，卿有何良策？"

　　张元帅奏道："万岁，想我大宋，能与兀术抗衡的，唯有岳飞。如今岳飞被奸臣所害，人心已散，若此时金兵来袭，如以石击卵。"

　　高宗："难道我大宋满朝文武，就没有贤臣良将？""万岁，现在当务之急，不是选良将，而是聚人心。"张元帅说。"如何聚人心？"

　　张元帅说："臣以为，大宋上下，都知道岳飞是冤枉的，是抗金的英雄，不奖反杀，其祸皆由奸臣而起，所以，首先要办的，就是将奸臣张俊，万俟卨，罗汝楫等下狱抄家，绳之以法。"孝宗："准。"

　　张元帅说："岳飞含冤而死，民众不服，万岁可下旨，为岳飞平反昭雪，重修岳飞墓，并赐建岳飞庙，供人祭拜。"高宗："准。"

　　张元帅奏："为岳飞平反后，皇上可下诏，赦回岳氏一门，派钦差迎回，命其子岳雷子袭父业，挂帅出征。定能剿灭金番。另外，还有太行山牛皋，德高望重，可重新启用，封赏所部。这样，全民凝聚一心，共抗金兵。"

　　高宗传旨："准。张爱卿，传旨，诏回所有被贬旧官，重新启用。将奸臣抄家……""尊旨。"

　　张元帅率兵抄没张俊的家产，抓捕张俊及全家。尔后抓捕万俟卨，罗汝楫及全家，抄没家产，并将秦桧家产悉数抄没充公……

　　高宗发诏："为岳飞平反诏雪，修坟建庙，赦回全家，回京听封。招回牛皋，及所有牵连官员，一律官复原职。"

太行山的凉亭下，牛皋，吉青，王贵，周青，赵云，梁兴，六兄弟正在饮酒。有偻啰来报："大王，山下有个钦差李大学士，前来传旨。"牛爷喝口酒："宣他上来。"

偻啰连跑带颠的跑到半山腰喊："大王有令，让他上来。"下面也有偻啰喊："大王有令，让他上来。"

钦差背着手在山下来回溜步。一偻兵跑过来说："李大人，牛大王有令，让你上去。"

李大人欲怒："什么，本官是钦差，前来传旨，竞敢不下来接旨，……算了，还是本钦差上去吧。"

钦差跟着偻啰上山，累的呼呼气喘，腿疼难直。到了山上，见牛皋等正在喝酒，即高喊："牛皋接旨。"牛皋装没听见。和兄弟们碰杯。"牛皋接旨。"钦差又喊。

牛皋不耐烦了："喊你妈什么喊？接你娘的旨。在牛爷爷眼里，皇帝？也就是一把炒黄豆。"

王贵不解："二哥，一把炒黄豆是怎么回事？"

牛皋笑道："不吃它，屁都不算。以前看在岳大哥份上，给他狗皇帝卖命，现在岳大哥死了，你那个鸟皇帝，下的鸟圣旨不管用了。放这儿也行，擦屁股。爷爷不会上那当了。是不是兄弟们？"

吉青应和着说："那是，这些年，兄弟们在太行山上有吃有喝，何等快活，看这位置，多好啊，北面是金，南面是宋，咱是太行国，两头儿吃，吃两头。"

王贵喝着酒说："狗皇帝想让我们全死光，黄鼠狼给鸡拜年。别理他：喝酒。"

李大人上前说："噢，各位将军有所不知，如今高宗皇帝驾鹤西游，孝宗皇帝即位了。"

牛皋大喜："死啦？呵呵……死了倒好。省得再祸害忠臣，只是没有机会当面儿骂他了。赵构，你个狗皇帝，你也有今天呐？该，你个绝户。"

李大人缓口气说："所以这道圣旨，是孝宗皇帝的圣旨，赶紧接旨吧，牛将军。"

牛皋挥手说："谁的也不接，他是皇帝，我还是大王呢，赶紧下山去吧。"李大人告诉说："牛将军有所不知，新皇即位，做的第一件事，就是将张俊等人捉拿入狱，然后给岳元帅修坟建庙，赦回岳氏全家，封岳夫人为一品夫人，公子岳雷袭父职，任大元帅，李某今天来传旨，也是请将军下山受封。"

牛皋又往下轰："歇菜吧。从徽宗到高宗，不全都是任用奸臣，迫害忠良，爷爷可不上那当。赶紧走，送客。"

李大人转身又转身说："牛将军，稍等。如今金国四太子兀术，领兵六十万，已经卷土重来，攻城掠地，先锋部队已接近朱仙镇，朝中虽有岳二公子挂帅，及一帮小将英勇，但若讲真刀实枪，能撑得住场面的，还得说是牛将军，在皇上那儿，牛都督可是举足轻重啊。"

牛皋烦着说："去，一边儿去。甭拍马屁。我们兄弟与金兵交战上百场，出生入死，不求升官发财，只求能好好的活着，见好就收了。如果今天下了山，不定哪天就玩儿完了，杆儿屁着凉大海塘了。不去不去。"李大人无奈，只得下山去了。

大学士李文升回到京城，上殿奏报："启禀万岁，臣奉旨去诏牛皋入朝，牛皋等不肯，请皇上定夺。"

孝宗也无计可施："朕素闻牛皋为人耿直忠义，一定是因为岳飞冤案，与朝廷结怨太深，这可如何是好？"

　　李文升上奏："万岁，臣以为，可以让岳雷去办。""岳雷这几天正在整束人马，马上就要出征了。"孝宗说。

　　李文升说："是，但是，可以问问他。有什么办法能请动牛大都督。他们是世交，面子足。""宣岳雷。"

　　岳雷进殿请安。磕头后起身。孝宗问："岳爱卿，队伍调配齐啦？""启禀皇上，队伍已备齐整，明天就可以出发了。只是我二叔，大都督副元帅牛监军尚未到位。不知何时能来？"岳雷说。

　　孝宗愁道："朕也发愁呢，李学士去太行山传旨无功而返，牛副元帅不下山，不知道岳爱卿有什么办法，能请牛副元帅下山。"

　　岳雷想了下说："是这样。臣有办法。臣肯请皇上两道圣旨，定能让牛副帅下山。""为何要两道圣旨？"

　　岳雷说："万岁，我那二叔是直肠子，平时很绉。连先皇都让着他，但他老人家有一个软肋，就是怕老婆。二叔在家，从来都是听二婶儿的，所以，第一道圣旨是给我二婶儿牛夫人，让她做钦差，去招二叔牛副帅。牛副帅绝对不敢不来。"

　　孝宗笑了："就依岳爱卿。传旨，封牛夫人一品赛玉夫人，领钦差，招安牛皋。"

　　岳雷拜谢："谢万岁。待大军出发后，臣会赶到汤阴县，请牛夫人传旨，后与大军会合。"

　　孝宗大喜："好，明日朕要为大宋的将士们壮行。"

　　官道上跑着两匹快马，白马上是岳雷，乌骓马上是牛通。兄弟俩穿林涉水来到汤阴。在立有"孝弟里永和乡的路牌处，拐入永和乡的乡路，进村来到牛都督府门前下马。有下人过来接过缰绳，有人迎二位进院。牛夫人赛玉正在院里晒太阳。

　　岳雷，牛通上前跪倒："岳雷拜见二婶儿。""妈。"

见到岳雷，赛玉夫人倾刻泪流满面："雷儿，你可回来了。快起来。通儿也起来。"

屋门开了，岳银瓶从里蹦出来叫："二哥，牛通哥哥。""妹妹……"岳雷声音梗咽了。

赛玉擦了泪水说："雷儿，坐，你母亲好吗？""好。弟弟们也都好。"

赛玉关心的问："什么时候能回来？""母亲在等爹的坟修好后，祭奠完了才能回来。侄儿和兄弟们都被朝廷封了官，向北开拔，奉旨抗击金兵。"岳雷说。

赛玉点点头："这是你爹的遗愿。只能由你们去完成了。雷儿，狠狠的打，一定要扫平金番，给百姓永久太平。""婶儿，我们赶回来，是传圣旨的。圣旨就不宣读了，您自己看就行了。"掏出两份圣旨，递给婶儿说："这第一道圣旨是给您的，孝宗皇帝封您为一品夫人，同时命您为钦差，招抚二叔儿。噢，还有钦差号旗。"牛通将号旗交给母亲。

赛玉笑着说："这是你想出来的主意吧？这些个孩子里，就你鬼点子多。"牛通说："妈，岳二哥现在是元帅了。别老孩子孩子的了。"

赛玉瞧了一眼儿子："呦，那你也升官啦？能跟在元帅身边，官也不小吧。""牛通兄弟是都统制。二婶儿，我妹妹还听话吧？您把她扶养大，岳雷替娘谢谢您了。"跪下磕头。

赛玉含泪说："银瓶，扶你二哥起来。"银瓶搀扶二哥说："二哥，快起来吧，又着我干妈哭了。"

岳雷嘱咐说："妹妹，要孝敬二婶儿。二婶儿，军情紧急，我和牛兄弟还要赶回去，二叔的事就拜托二婶儿了。"说完，岳雷，牛通转身出府，认镫上马，急奔而去。

赛玉叹道："这一晃儿，孩子们都长大成人了！"

　　大行山宫殿内。牛皋，王贵吉青六兄弟正在喝酒聊天儿。探子来报："大王，圣旨下。钦差让下山接旨。""圣什么旨，让他滚蛋。"牛爷说。"小人不敢。"

　　牛皋挥手说："你就说是牛大王说的，让他滚蛋。""那个钦差还说让牛大王滚下去接旨呢。"探子说。

　　牛皋大怒："什么人？这么大胆，给我绑上山来。""是个女人。小人不敢。"

　　王贵兴奋的说："哈，女的。弄上来，做押寨夫人。她这是自己送上门儿来了。""是个女人，姓什么，叫什么？"牛爷问。探子说："小人不敢问，看旗幡上好象写着是钦差，钦命一品赛玉夫人。"

　　牛皋听罢，一口酒喷了出来："坏了，坏了。她来了，是得我滚下去。这娘们儿，怎么当上钦差了？"

　　吉青无所谓的说："二哥，管她是谁，爱谁谁，让她滚，连个名儿连个姓儿都没有。让她滚。""对，让她滚，大不了回家再请安也就是了。"王贵说。

　　牛皋摸着脑袋："得了吧，我还是下去吧。兄弟们，下山接圣旨。"兄弟们都笑了。

　　赛玉夫人骑在马上喊："牛皋接旨。"牛皋跪下："牛皋接旨。"王贵，吉青，周青，梁兴，赵云，也都跪下。

　　赛玉并没宣读，她下了马，背手走着方步，低头问："你是牛皋？""啊是，牛皋。"

　　赛玉又问："知道什么是钦差吗？""知道。赶紧念吧。"

　　"你是吉青？""是二嫂。"

　　赛玉挨个儿说："王贵。赵云。梁兴。周青。""是，二嫂。"

赛玉开始渡步："本钦差……谁是二嫂？是钦差。""是，钦差。"

赛玉怒道："圣旨都敢不接？反了你们了。非要本夫人亲自出马？让皇上沒面子。"

吉青坦白说："二嫂，啊钦差，这都是二哥的主意。"

赛玉用圣旨敲了敲牛皋的头："起来吧。"牛皋爬起。吉青，王贵等也要起。

赛玉用圣旨挨着个儿的敲脑袋："你们五个跪着，没让你们起来了？牛副元帅，圣旨你来宣读。"把圣旨交给生皋。

牛皋接过圣旨说："吉青，你这个老东西，我手里有圣旨，想怎么念怎么念。王贵，你知罪吗？还要抓钦差，做押寨夫人。让你掌嘴你信不信？"

王贵举手说："信，我信。"吉青抬头说："二哥，你们两口子合伙捉弄兄弟呀？""可不是。快念吧。"王贵说。

牛皋大笑："你着急，我还真不急。"

吉青求道："二哥，行行好吧，许多年没跪过了，都老胳膊老腿儿了，坚持不了多一会儿。"

牛皋打开圣旨看了看："嗯，好。奉天承运，皇帝诏曰，岳飞予以昭雪，其部将官复原职，军前效力，封牛皋为大都督扫北总监军，兵马副元帅。王贵，吉青，赵云，周青，梁兴为镇北将军，钦此。"

吉青，王贵等磕头："谢谢二哥，谢谢二嫂。""谢皇上。"赛玉纠正道。"先谢皇上，谢二嫂。"

赛玉背着手："也要谢你们自己，你们看，这圣旨上说，是岳元帅的旧部官复原职，唯独你们几个封了扫北将军，得到了晋升。为什么？"

"不知。""不知。"

赛玉笑着说："因为你们手里有兵，现在，朝廷不单是缺将，而且缺兵。起来吧。""谢二嫂。"

吉青爬起来说："明白了，看来咱们在这里坚守还是对的。"

赛玉点头认可："因为你们这支队伍，是岳家军的老人儿。老底子。是唯一一支打过金兵的队伍，现在，皇上盼着你们，老百姓也在盼着你们，兄弟们，下山。"

牛皋发令："赵云，梁兴，上山整顿人马，运走粮草，烧毁宫殿建筑，不留后路。吉青，王贵，周青，你三人各带一万人马，打起岳家军的旗号，兵发汤阴。注意，沿途不许搔扰百姓和地方官员，违令者斩。"

赛玉笑了，牛皋也笑了，路边的两匹乌骓马正在亲昵，赛玉过去拍了拍马的脸说："你俩又团聚了，你们的儿子，和牛通去前线了。咱门回家。"

赛玉上了马，牛皋也上了马。赛玉一招手，不远处跑来几匹马，马上都是女兵。女兵们向牛皋抱拳："见过二爷。"牛皋大声喊："孩儿们，回家。"

岳家门前聚集了许多乡民，他们都翘首观看。一顶大轿进村落地，岳夫人李氏下轿。当她抬眼看着帅府大门时，禁不住老泪纵横。家丁上前，撕去门上的封条，告示，打开了尘封的大门。岳夫人进院，在桌边的椅子上坐下。下人都去撕各屋门上的封条，拆去钉门的板子，打开门通风。然后端盆打水搞卫生。

"妈……"女儿岳银瓶跑过来跪下磕头。母女俩抱头痛哭。身边的人也跟着落泪。胖玲子也过来磕头。

家人岳安报："夫人，牛二爷和牛夫人回来了。"

话音未落，牛皋和赛玉进院，单膝跪地："牛皋拜见大嫂。""二弟，二妹，快请起，二妹坐。"

"干爸，干妈。"银瓶叫。"哎。瓶儿。姐，瓶儿长大了。还给你了。"岳夫人含泪说："妹妹，十年养育之恩，不言谢了。"

赛玉坐下问："姐，临安那头儿的事还顺利吗？"

岳夫人点头："挺顺利的。你大哥的坟也修完了。庙堂也盖好了。奸臣张俊，万侯卨，罗汝楫也都抓了。噢，对了，皇上说，让军队上去一个将军，到大理寺监审，而且点名让二弟去。二弟，你辛苦去趟临安，审判那些奸佞。""皇上不说，我也要去临安，为那些死去的兄弟报仇。"牛爷说。

岳安进来报："夫人，二爷，吉将军带着人马进村儿了。"

王贵，吉青，等兄弟进院跪拜："拜见大嫂。""各位将军，兄弟免礼。"岳夫人说。

牛皋发令："王兄弟，吉兄弟，队伍村外扎营，休整饱餐，明日祭旗出征。兵发朱仙镇。"王贵，吉青等："遵命。"

吉青抱拳说："大嫂，小弟军务在身，先告退。"几位兄弟出去了。

牛皋说："大嫂，二弟明天赶去临安，要回家收拾行理，也不能久呆了。戚姐姐，你陪大嫂。"

岳夫人说："赛玉妹妹，你去太行山刚回来，也累了，先回去休息吧。等屋子归置好了，咱姐俩再聊。"

永和乡村口。队伍整装待发。帅旗下，放着条案，案上有猪羊果品供奉，香炉内香烟燎绕。路两侧，摆着几十口大缸。牛皋骑在马上前后巡视，查看大缸。一个士兵子正抱着大坛子往缸里倒酒，酒缸里泛着酒花。村口一侧，无数的百姓前来送行。

牛皋勒住马，从怀里掏出一个碗，大声喊道："兄弟们，我们岳家军，今天祭旗出征。从今天开始，我将带着你们上前线，为国效命。我常说，有福同享，有难同当。福，我们享了，在太行山这些年，我们吃着百姓的粮，什么事也没做。今天，鞑子又来了，该是共当国难的时候了，当兵吃粮，生死难料，我不强求每一个人。愿意跟本都督去杀金兵的，就是牛皋的兄弟，自己拿着碗，去缸里舀一碗酒，喝完了就走。"骑马到酒缸旁边，探身舀了一碗酒，回到原地。大牛也跑过去舀了一碗酒。士兵们纷纷拿碗盛酒。

牛皋对大牛说："大牛，你今天不要走，跟我去临安。""是二爷。"

士兵们人人都端着碗，看着牛皋，牛皋端碗到嘴边，扬脖喝干。士兵们也喝干了。

牛皋发令："点炮出征。"

送行的人群中，赛玉，秋兰，秋菊，玲子……眼含泪水，带着女兵们念诵起了岳元帅的满江红："怒发冲关，凭栏处，潇潇雨歇……"

王贵，吉青，往回跑了几步，跟自己的媳妇欲打招呼，却又止住，掉转马头，向远方跑去。

队伍向前进……伴着女兵的声音："三十功名尘与土，八千里路云和月……"

牛皋和大牛，纵马飞奔……

大理寺的大堂上，跪着张俊，万俟卨，罗汝楫，王俊，秦熺。

堂上，官复原职的大理寺正卿周三畏，坐在正中，两侧站着持棍的衙役。审训开始。

周三畏一拍惊堂木："王俊，你污陷岳元帅剋扣粮饷，罚打部下，受何人指使？"

王俊看看左右："没人指使，大人。"

牛皋风风火火的进来，一屁股坐在周三畏旁边，见到王俊后大怒，走过去揪住王俊脖领子就抽了一通嘴巴，打得王俊满嘴血。牛皋回坐。周三畏看了一眼牛皋，牛皋不好意思的说："噢，坐错地儿了。我应该坐边上。"欲起身。

周三畏赶紧的："不必，牛大帅也是奉旨审案，是钦差，理当主审。""呵呵，强宾不压主。"牛爷说。

周三畏审："张俊，你身为元帅，竟然与秦桧勾结陷害岳元帅，你是什么动机？""没动机，就是恨。"

周三畏问："恨从何来？""本帅做元帅的时候，岳飞只是我手下的一个小小的副将，凭什么这几年就跟本帅平起平坐了？到后来还指挥上本帅了。我就是恨。"张俊说。

牛皋大怒："打，打他二十个嘴巴，外加四十大板。"

众衙役上前，先抽嘴巴，后是大板，打得张俊大声嚎叫。

周三畏又审："秦熺，你仗着你干爹秦桧的势力，瞎编乱写史书，歌颂奸臣，丑化忠良，你可知罪？"

秦熺吓得："大……人，小小……人人知……"又摇头，又点头，又摆手，说不出话来。

牛皋命衙役："照打不数数儿。"衙役上前又是一阵嘴巴，一顿板子。

周三畏继续："万俟卨，罗汝楫，尔等身为大理寺正卿，寺丞，不能秉公办案，公报私仇，残害岳元帅父子，可知罪吗？"

万俟卨狡辩说："那都是秦太师让做的，再说了，这也是皇上的意思，杀了岳飞，金国才肯放韦太后回朝。我们就是听喝的。"

牛皋大怒："你们两个奸贼，当年押粮误了期限，本当斩首，是岳元帅心慈，才打了四十军棍，饶了性命，尔等却恩将仇报。打。每人四十个嘴巴，五十大板。"衙役们上前乱打，也不数数儿了。

　　周三畏宣读判决："张俊，万俟卨，罗汝楫，王俊，秦熹，陷害忠良，制造冤狱，不杀不足以平民愤，明天午时三刻，当众实施极刑。另有秦桧，伙同其妻王氏，勾结金番，坑我国民，陷害岳飞，理当问斩，虽其身已死，但刑不能免，掘坟挖尸，当众割首，供奉岳飞庙前，其骨抛于荒野，永无葬身之地……"

第五十六回　小爷宗良亮枪　老将吉青出马

　　法场被赶来看热闹的人围得水泄不通。台上官案前，坐着牛皋和周三畏。两人对视一下，牛皋点点头。周三畏喊："带人犯。"

　　衙役押着张俊，王俊，万俟卨，罗汝楫，秦熹，来到行刑台上跪下，刀斧手站立两旁。两口写着秦桧和王氏牌子的棺材抬到场中。牛皋起身，来到棺前，抡锏一通砸，将两口棺材打碎。人群中发出叫好声。

　　牛皋回到座位上说："周大人，宣判吧。"

　　周三畏站起身宣判："判决，将秦桧及其妻王氏斩首示众，立即执行。"刀斧手拉出秦桧和王氏尸体，实施斩首。围观人群欢呼。

　　周三畏宣读："犯人张俊，勾结秦桧，残害忠良，判斩首示众，立即执行。"话音未落，只见一中年男子出来说道："大人，张俊霸战了我家田产，害得我家破人亡，您让我先出口气以后再斩他吧？让他这么死了，太便宜他了。"人群中喊："不能便宜他，我也要出气。"

　　牛皋站起来抬手示意大家安静。牛爷说："大家说得对，不能这么便宜他。我记着当年武举科考时，张俊发过誓，他说他若有背天良，愿死于万人之口，那时候，听起来是个笑话，包括张邦昌，王锋，也起过誓。为国不忠，愿在异国变猪变羊，任人宰杀。后来呢，果然被兀术当猪当羊杀了祭旗。现在，该轮到张俊了，本都督发了善心，要帮助张俊实现他的诺言。把他绑在街上，由百姓自已处置他，但有一条，只准用口，不能用手。来人，把张俊拉出去绑在马桩上，让百姓出气。"衙役将张俊拖出去，绑在拴马桩上。

　　一衙役喊："排好了，不要挤，一个一个的来。"

　　中年男子过来："张俊，你霸占我家田产，害得我家破人亡，我要报仇。我吃猪蹄儿。"咬下张俊一根手指。张俊大叫。又一男子上前："奸贼，你害死了我爹，我今天要替他老人家报仇，我咬你的猪耳朵。"又一中年男子，手里托个碗，拿把剪子说："姓张的，你霸占我女人，还给了我一撩阴腿，害得我成了废人，驴鞭，牛鞭我都吃了也不管用，我今天要吃人鞭试试。"衙役催促："你快点儿，后面人都等着呢。"中年男子说："我要吃人鞭，给你绞下来，回去顿碗汤……""咔嚓"一声，张俊嚎叫。

众人等不及了，唯恐拉下，一下子拥上来，都张嘴咬……张俊瞬间就被啃光了。一老汉往地上看看，拾起一根骨头说："来晚了，骨头也行，拿回去喂狗。"

牛皋对周三畏说："周大人，我来宣判吧。静一静了，有句老话，为人莫做亏心事，古往今来放过谁？我宣判，将万俟卨砍了。将罗汝楫砍了，将王俊砍了，将秦熹砍了。人头供在岳庙前。执行。"刀斧手一通忙活，都斩了。

牛皋来到岳庙前，点燃三柱香插进香炉，跪拜道："大哥，兄弟给你报仇了，兄弟不能多陪，军情紧急，宋金又开战了，我要赶去朱仙镇。"起身走到周三畏身边说："周大人，我马上要往回赶了。这趟差事的粮马费，你大理寺可要出啊。"

周三畏点头致谢："一定一定。按规矩办。多谢牛大帅。""没功夫等了，本师要赶到朱仙镇去。"牛爷说。

周三畏抱拳拱手："那就不留牛帅了，粮马费我会转到军前帐上。"

"无所谓了。"牛爷走出法场叫："大牛。回去。"与大牛上马，往北去了。

看着牛爷远去，周三畏叹道："岳元帅，牛元帅，忠良啊！"

牛皋，大牛在都督府门前下马，大牛接过缰绳。牛爷告诉大牛："把马喂料饮水，马上还要走。"他进院回到屋里。。

赛玉从里屋出来问："牛粪，这么快就回来了？""嗯，直去直回，没耽搁。"他从桌子上拿过官皮箱，打开盖，拿出两张纸，递给赛玉说："你给填上，封大牛做都统制，胖玲子做团练使。"

赛玉看了看说："填上管用吗？"

牛皋点头说："管用，这是当年赵构狗皇帝给大哥的空白札符，填什么是什么。填完了过帅府一趟，我先过去。"

.牛皋出院门，进了岳府。"

岳府正堂，岳夫人，银瓶和丫环们正在说话儿。岳夫人说："银瓶，你干爸回来了，你还不去看看？"银瓶说："不用，干爸肯定会来看我的。"

牛皋走进院说："闺女说得对，干爸看你来了，可是呢，没带好吃的。大嫂，事办完了。"

银瓶起身："干爸，您坐。"

牛皋坐下说："时间紧，前方已经开战了，我到临安以后，来了个快刀斩乱麻，审什么审，每人打一顿，然后就斩了。完事就往回跑。"

岳夫人："二弟辛苦了。鹏举有你这样的兄弟，真是上辈子修来的。"

牛皋深情的说："二弟能给大哥做兄弟，才是上辈子修的呢。那临安满城的百姓，打心眼儿里拥护我们岳家军。大哥在那里享受人间香火，已经是神了。人们都说，岳大哥是如来佛头顶上的大鹏金翅鸟，是让如来佛召回去的。那可是人人都竖大姆指呀。"

赛玉，大牛和玲子进院来到厅内。岳夫人让三人坐。

"简单说两句。"牛爷倪："我还要赶路。大牛就不要去了，你留在家里，负责训练乡兵，保护帅府，我今天提拔你为都统制。

把札符给了大牛。记住，你听我指挥，谁调也不行。胖玲子，这些年，你也劳苦功高，提你做个团练使。负责帅府的安保。"

赛玉将札符给了二人。

赛玉告诉胖玲："帅府的西边，与张显家挨着的那个小院，你们搬去住吧。"胖玲子："谢谢夫人，谢谢姐。"

"二爷，我还是想去前线，家里有玲子就行了。"大牛说。

牛皋摆手说："不行，帅府的安全非常重要，必须要高度重视，而且我现在也不当先锋了，你可能会被派到别的地方去。别人不会用你，看你是个都统制，让你独当一面，或让你出战，一对一的不适合你，上去准死。在家做事，要好好的活着。好啦。该走丁。"

岳银瓶上前说："干爸，我想跟干爸去打金兵。"

牛皋摇头："你呀，在家歇着吧，军营可不是女孩子呆的地方。乖乖的在家陪你娘。干爸不在家，跟你干妈作伴。行了，得赶紧走了，大嫂，多保重。"

牛皋迈步出厅，走到院外，大牛跑到前面解缰绳，交给二爷。二爷上马，头也不回的向村外跑去。

宋军大营内，元帅岳雷升帐，中军报："总监军大都督副元帅到。"牛皋进帐。

岳雷起身离开帅案，单膝脆地："给二叔请安。"众小兄弟："拜见二大爷。"

牛皋走上前严厉的说："岳雷起来，你是元帅，怎能随便跪？二叔是副元帅。不能乱了规矩。"

岳雷起身笑道："二叔，您不是副元帅，您是父帅，侄儿是元帅，见了父帅，也得行礼不是。"

牛皋笑道："噢，二叔不是副元帅，是父帅，爱听，舒服多了。还有，你们这帮小兔崽子，拜见二大爷，军营里有叫二大爷的吗？

你们以后给我记着，你们是我的干儿子，以后都叫父帅。叫错了军法从事。听见没有？"众小将："是父帅。"

牛皋打横坐下。岳雷也坐下。手一比划，小兄弟们也坐下了。

牛皋问："情况怎么样？"岳雷介绍说："很焦灼。我们来晚了一步，金兵已占了朱仙镇。大小仗已经打了十余次了。""战果呢？"

岳雷说："互有胜负，金兵骁勇善战，猛将如云，我们虽说没吃什么大亏，也是歼敌一千，自损八百。""你那几个老叔儿呢？"牛爷问。

岳雷介绍说："吉叔儿，王叔儿他们都是长辈，尽量就不要再冲锋陷阵了。所以就不让他们参与点卯了。""队伍中的老人儿有多少？"牛爷问。"现在就是跟您在太行山的那老哥几个了。"岳雷说。

牛皋点头："我知道了。皇上虽然发了官复原职的圣谕，但很难让他们相信了。有可能多数人已经心恢意冷了。也有可能有些人或许是没收到通知。好吧，二叔来办，能来几个是几个吧。毕竟他们不欠皇上什么。信官。""信官在。"

牛皋说道："通知队伍中统制以上的老人儿，官复原职，于军前效力，所有人均有封赏。""遵命。"

"父帅，这子些日子您没在，我还真没底。您这一来，侄儿的心就踏实多了。"岳雷说。

牛皋说："是，正常。多历练，时间长了就好了。等那些老家伙们来了，我单独给他们编个营，就叫老军营。和你们这些孩子们比一比，看谁杀敌杀的多。""那还用说。老叔儿们肯定历害。"岳雷说。

探子进报："报元帅，有金兵大将士德虎前来叫阵。"

岳雷抽出一支令箭问："哪位将军出阵战那个土德虎？"宗良出列："宗良愿往。"

岳雷告诉牛皋："父帅，这是宗良，宗老元帅的孙子，宗方叔叔的儿子。"

牛皋点头说："噢，贤侄既出战，本监军为你观敌瞭阵。""谢父帅。"宗良出帐，

牛皋起身走到帐外，提锏上马出营。岳雷众小兄弟也各自上马出营，来到阵前。

宗良来到两军阵前，见一番将耀武扬威，不可一世。遂大喝道："呆，来将通名？"

番将报号："金国大将，土德虎是也。你是何人？"

宗良："小爷姓宗名良。看枪。"举枪就刺，土德虎舞刀相迎，战了十余合，被宗良挑于马下。宗良返回本阵。

"哪里走？"金营中冲出一将："小南蛮，与吾弟偿命来。"宋阵中，老将吉青出马，横在阵前喝道："何人如此猖狂？"

金将自报："吾乃大将土得龙，要与吾弟报仇。"

吉青横狼牙棒问："土德虎的哥哥。吾乃吉青，想去追你家兄弟吗？"

土德龙大怒："吉南蛮，拿命来。"举狼牙棒就打。吉青也不手软，也举狼牙棒敌住，两棒相交，叮当乱响。十几合，吉青一棒打在番将后背，番将落马。吉青回阵。宋军叫好。欢呼，吉青张开双臂接受。

岳雷枪尖一挥，宋军杀向金兵，金兵逃窜回寨。宋军大胜。

牛皋在帅帐内。与王贵，吉青，赵云，梁兴，周青，喝酒庆祝。牛皋说："吉老弟旗开得胜，可喜可贺。干一杯。""吉哥老将出马，一个顶俩。"周青说。

　　牛皋告诉吉青："不过兄弟，以后这差事先紧着让孩子们上。咱们现在都是老家伙了。"

　　吉青叹道："是呀，——老家伙了。时间过得太快了。一转眼，都三十年了。这个仗也不知道什么时候能打完？生早啦。"

　　周青亦叹："一代人有一代人的命。生早了是这命，生晚了还是这命。"

　　牛皋也感叹："小时候，只想着长大了以后，能建功立业当大官，现在呢，功也建了，业也立了，官儿也当了，可是总觉得憋扭，如果没有战争，没有名利场，我们在自己的家里，睡着热炕，喝着老酒，快活的过一辈子，那该多好啊。""二哥不要感慨了。今朝有酒今朝醉，明天没准地下睡。热炕头，这辈子都别想了。"梁兴说、

　　牛皋举杯说："来，老哥儿几个，今天醉了今天睡，明天有酒接着醉。"

　　两军阵前，有一番将骑匹骆驼，手持双锤出阵叫道："宋军听了，我乃金国元帅粘得力，昨天是谁杀了我的前锋？今天我把他砸成肉酱。"

　　宗良出阵："小爷宗良，拿命来。"举枪刺过去。粘得力举锤一挡，宗良手被震得一麻，退回本阵。

　　吉青出阵道："吉青在此，吃吾一棒。"举狼牙棒就打，几个回合，番将锤重，吉青退回。

　　粘得力得意的喊道："你们两个浓包，打不赢就跑，还有敢出来的吗？没人出来我就踹营啦。"

　　宋军中一将纵马出阵："番将休得逞强，韩起龙在此。"冲上前，举三尖两刃刀就劈，被番将几锤打回。

　　粘得力："哈……一窝不如……"

“鞑子，尝尝小爷的杨家枪。”杨继州上前："吾乃小将杨继州。看枪。"上前与粘得力对决，战二十余合，因体力不支退回本阵。这时，宋军一下上来五六个小将，围住粘得力战了半个时辰，也难取性。岳雷只好命令鸣金收兵。

回到帅帐，岳雷告诫众将说："番将粘得力力大无穷，武艺高强，我军用人海战也难取胜。明天，各位将军各司其职，护好本营寨门，防止金兵冲营。容本帅再想破敌之策。父帅，您看？"

牛皋摇头说："不好，闭门不出不是上策，倘若那番将粘得力踹营，谁能挡得住啊？明天，不行还是群狼战术，我就不信他不累。"

"二叔……"岳雷改嘴说：父帅，今天这么打，我们已经很丢面儿了，明天若还是不胜，该让人笑话了。"

牛皋不快的说："你这个岳雷，我和你爹一起从军以来，就没打过败仗，是长胜军，怎么到了你这儿，就不行了呢？不行的话，明天看二叔的，我亲自上。"

岳雷不同意："得了吧父帅，这冲锋陷阵的事，哪儿能让您老人家上啊。"

中军报："元帅，有多名岳家军老人儿来到营中求见。"

牛皋大笑着站起来："快请快请。"

陆文龙，关玲，樊成，严成方，狄雷，五人进帐。牛皋大喜，对岳雷说："这是陆文龙，严成方，樊成，关玲，狄雷。这是新元帅，二公子岳雷。"

陆文龙："见过元帅。"

岳雷忙打招呼："各位将军鞍马劳顿，辛苦了。"

牛皋告诉岳雷："他们都是岳家军的老人儿。不过呢，是老人儿中的少壮派，文龙，走，我给你们接风洗尘。"

宋金对阵，番将粘得力骑骆驼出阵。大叫："牛南蛮，出来。与本帅大战一百合。"

岳雷小声说："父帅，番将专挑父帅出战啦。"

牛皋摇着头说："一百合够呛。二叔顶多敌他三五十合。"岳雷偷着笑了。

宋军中，严成方举双锤出阵："吾乃岳元帅帐下严成方是也，番将，拿命来。"夹马上前，举锤就打，番将用锤一磕，震得严成方浑身一颤，免强打了十余合，回归本阵。

"狄雷在此。"狄雷出阵，："番将，比比力气。"兜头一锤，粘得力躲过，顺手用锤横扫，被狄雷用锤撩开。两人战有二十余合，狄雷返回本阵。陆文龙见状，提双枪出阵，喝道："吾乃陆文龙……"

"停。"粘得力喊："不要打了，牛南蛮，你出来，咱俩打。我听说你是宋军中第一猛将，杀我金国兵将无数，在金国，小儿听说牛南蛮名字，半夜都不敢啼哭，今天本帅倒要看看你的真本事。出来呀？"

宋阵中，众将把目光集向牛皋。

岳雷说："父帅，别听他的。收兵。""慢，是福不是祸，是祸躲不过。"夹马出阵道："鞑子，本监军牛皋在此。"

粘得力用锤指着牛爷说："你就是牛南蛮？还真敢出来？"

牛皋笑道："牛皮不是吹的，泰山不是堆的。我既能杀金兵，那肯定是有那个本事。但是我承认，我跟你打，就是找死，但我不是吓大的，不怕死，今天能死你手里，我也值了。我只想提个要求。"粘得力得意的说："快死的人了，你说。"

牛皋求道："呆会儿我死了，脑袋你拿走，尸体留下，能答应吗？""满足你。"

"多谢，我去和我的人告个别。"牛爷回过身来，在自家阵前说："兄弟们，爷们儿们。牛皋今天大限到了，记住每年的今天给咱烧纸啊。谁身上有酒？给点喝。"

有人马上摘下酒壶，扔了过来。牛皋接住三个酒壶，返回阵前说："粘元帅，本监军自小就有个夙愿，战死之前，一定要多喝酒，喝醉了以后，不觉得疼，另外呢，趴着死，趴着死什么也看不见，不恐惧。稍等，我把这几壶酒喝完。"说着，将一壶酒扔给番将，番将闻了闻，又扔了回来。牛皋接过扬脖干了一壶，把壶扔掉。又吹干一壶。开口说道："粘元帅，够意思，我再嘱咐我的人几句。"回过头，对宋军喊道："本监军与粘元帅单挑儿，任何人不准插手，一个要求，呆会儿我死的时候，敲一通追魂鼓。"宋军中已经有人哭泣了。

牛皋醉意上来说："粘元帅，身在沙场，总有死的时候，那还要看死谁手里，我……牛，牛皋，牛二爷，死在粘，粘元，帅手里，我值。我喝完这壶酒，我就死。我自己死，我不能让你打死，你那个锤太沉了，还不把我打个稀巴烂。"吹干第三壶酒。扔掉酒壶，醉眼腥松的，摘下双锏，一手举锏，照着自己前胸用力一锏……扔锏摔落到马下。掉地之后，脑袋往上抬了一下，嘴角流血，又趴下不动了。

宋军中有人呼喊："二叔……""父帅……"

番将骑骆驼围着牛皋转了一圈，下了骆驼，挂了双锤抽出宝剑，单腿跪地说道："牛南蛮，你也算英雄盖世了，以后就名留千古吧。"对准牛皋脖子，举起宝剑……突然定格了，粘得力眼珠瞪圆，口吐鲜血，慢慢的倒地……

第五十七回 牛都督巧遇武二爷 银弹子连斩宋三将

一一牛皋一只手平伸，将峨嵋刺插进番将腹中，并迅速抽回，起身迈着醉步往本阵走。宋军齐声喝彩，有士兵急忙过来扶人牵马……

在阵前观敌的岳雷挥枪大喊："擂鼓……"宋军向金兵冲杀过去。

牛通夹马来到父亲身边问："爸，没事吧？"

牛皋摆手说："没，没事，这叫出其不意，咱老牛家的传家宝。忙你的。"牛通举大棍向前杀去。

岳雷下马搀扶二叔："父帅……"

牛皋告诉岳雷："出其不意，出其不意，是我家的传家宝。"

宋军大获全胜，鸣金收兵。牛通下马过来说："我的亲爸耶，可吓死我了。"送父亲回帐休息。

金兀术听说粘得力元帅阵亡，叹了口气："唉，自出兵以来，虽有胜负，但是负多胜少，已经折了十几员大将。少了十几万人马，这帮小南蛮，也不好对付啊！"

哈密嗤安慰说："四太子，不用太在意一时的得失，况且我们也胜了几阵，现在最重要的是粮草。单凭我们自己的供给，运输，已经不能满足前线所需了。所以，臣认为，应该派出奇兵，劫掠宋军的粮草以充我军。"

兀术点头："军师说得是，多派细作，探明宋军粮草押运的时间，行程路线，抢来我用，而宋军无粮则必慌。""臣这就派人去探。"

帅帐里，元帅岳雷与牛监军议事。岳雷说："二叔，这段时间，连续两次粮草被劫，我军粮食吃紧了。"

"是。"牛爷说："兵马未动，粮草先行。金兵打劫粮草，说明他们粮食紧张，最好最快的办法就是抢。不用担心，二叔亲自去押解。""辛苦父帅了。"

宋金交战，拼的就是后勤。几十万大军，不可一日无粮。牛爷身经百战，无数次的押运粮草，算起来还真没失过手。

驭手扬鞭催马，牛皋跑前跑后的督车快进。"孩儿们，打起精神来，抓紧时间赶路，尽快把粮食运到大营。"牛爷喊着。"放心吧，牛元帅，耽误不了。驾……"吆喝着性口.。

粮队开始加速小跑起来。突然，山角处冲出一队金兵挡住去路。为首一员番将，手持大刀大叫："牛南蛮，吾乃金国大将土得彪是也，想活命的，丢下粮食赶紧跑，今天本将军只要粮草，不想杀人，快，快放下粮车。"

宋军护粮队布阵，迅速围住粮车。牛皋策马上前说："既然认识牛爷爷，就该躲远点，别来找死。今天爷爷正好相反，想杀人，"举铜冲上去就打。土德彪举刀相迎。双方打了三十余合，番将占了上风。土德彪喊道："牛南蛮，你的死期到了。"一刀紧似一刀，牛皋奋力抵挡，决不后退。土德彪越战越勇。大喊："牛南蛮，杀了你，给我俩哥哥报仇。"

牛皋闻听马上叫停："停，停下。先等等，等我问清楚。"

土得彪收刀说："问什么，可以让你死个明白。"

牛皋喘着粗气："你说你俩哥哥，谁是你俩哥哥？"

土德彪说："我大哥是土德龙，我二哥是土德虎。"

牛皋倒拿着铜伸出大姆指说：“土德龙，土德虎？好，名字取得真好，一龙一虎，加上你一彪。名字好。你俩哥哥是干什么的？”

土德彪说：“我大哥二哥都是大金国的将军。”

牛皋继续奉承说：“嘿，瞧你们这哥仨，真有出息，一门虎将啊。有缘分的话，以后给我介绍介绍，交个朋友。”“但是我大哥，我二哥都死了，我要报仇。”土得彪说。

牛皋惊呼：“死了？怎么死了，可惜，可惜了。怎么会死了？看你岁数不大呀，你哥哥也应该很年轻啊，不应该这么早就死了？”“是被你们宋军打死的。”

牛皋摇头说：“不会吧？怎么可能？”“是被你们宋军中的宗良和吉青打死的。”

牛皋更不信了：“不可能吧？吉青哪有那本事。他打死的是谁，你大哥，还是你二哥？但是甭管是你大哥，你二哥，你做为兄弟的，都应该替他们报仇。你要不杀死宗良和吉青，你就是狗养的。有仇不报非君子。我知道他们在哪儿。用帮忙吗？我带你去。”

土德彪省悟道：“牛南蛮，你太狡猾了。你拖延时间，我差点上了你的当。看刀。拿命来。”又与牛皋打在一起。十几合后，牛皋又扛不住了，大叫：“先住手我还是不明白……”

“这回不上你的当了。明白不明白都得死。”上前一连几刀，打得牛皋已无招架之功了。土德彪一点不手软，大刀围着牛皋的脑袋砍。正当牛皋奋力招架躲闪绝望时，只见一个老年行者，手持戒刀飞身上前，一刀磕开土德彪大刀，跟着上步一连几刀追砍，土德彪慌了神，大声问：“你什么人，通上姓名来。”

老行者：“阿弥佗佛。”突然单刀变双刀，“嗖嗖”几刀，把土德彪腿部砍伤，土德彪欲跑，被老僧扔出戒刀砍中，跌下马来，复一刀斩杀。

牛皋指挥士兵砍杀番兵，大获全胜后收队扎营。

牛皋下马，冲老行者抱拳施礼："多谢老神仙出手相助，敢问大师法号？"

行者戒刀入鞘说："拔刀相助，济弱除强。告辞了。"

牛皋上前说："大师留步，弟子有话说。"行者站住。牛皋说："大师，弟子姓牛名皋，宋军中拜副元帅都督总监军，今天押的粮草，关乎前方二十万将士的生死，幸得大师出手相助，方保安全。晚辈感激不尽。肯请大师营中稍坐，吃些点心，喝杯茶，以表谢意。不知肯否？"

行者想了下问："军中有酒否，若谢，有杯酒即可，有就跟你坐会儿。没有，老人家我还要去找酒坊呢。"

牛皋大喜："嗨，原来大师不忌嘴。那就好办了。大师，请入帐中喝杯水酒。来人，备酒。"与大师进帐，桌前对坐。

有士兵端来酒壶酒杯，倒满酒。牛爷端起一杯，递给行者，自己也端一杯说："大师，大恩不言谢。看来您也是道中人，先干一杯。"牛皋干了。行者也干了。

"好酒，味不错。这些年净喝土酒了。"行者说。

牛皋抱拳："痛快，大师，敢问大师法号。在哪个寺里修行啊。"

行者报号："姓武名松，排行第二，又叫武二。法号行者。"

牛皋大惊："武松？您是，梁山泊人称武行者的那个……武松，打虎的那个？""正是。人称行者武松。"

牛皋大喜："哎呦，老前辈，受牛皋一拜。"起身跪下磕头。

武松忙拦："牛元帅，千万别，你是帅，我是民。你是主，我是客，现在有酒喝，武松还要谢谢元帅呢。"

牛皋起身落座："前辈，晚辈可是听着武二爷的故事长大的，今天能见到真人，真是三生有幸啊。""牛元帅过谦了。"

　　牛皋好奇的说："在世面儿上，关于前辈的传说，版本很多，什么武松断臂擒方腊呀，什么疼死武松，吓死方腊呀。还有说出家当和尚了。也不知道真假。闹了半天，前辈活的好好的。胳膊也没断呀？前辈，干一个。"

　　武松点头说："是传得挺邪乎。不过，当时我确实是受了伤，胳膊上挨了一刀，于是我就借坡下驴，砍下了一个倭兵的胳膊，举着从人前跑过去，所以大家都以为我胳膊折了。因为找不着我的人和尸体，就被传成死人了。由于被传死了，反而活下来了。有些战场上活下来的，后来被奸臣害死了不少。这就是不懂进退的结果。"

　　牛皋伸出姆指："前辈说得是，功成名就，隐迹江湖，才是真正的高人。武前辈，再次感谢武前辈救了晚辈，救了军粮。武前辈不单是救了晚辈和军粮，而且还救了我前线的三军将士，救了大宋。这是盖世之功。晚辈理当上报朝廷，给予嘉奖。"

　　武松摆手说："算了吧，不用了。武松就是个传说，你现在跟谁说武松还活着，谁也不信。不过呢，牛元帅，你这坛子酒可是好酒，我可要多喝点儿。"

　　牛皋笑道："前辈畅开儿喝。前辈，书中说武二爷常醉酒，今天看，前辈果然是酒中仙呀。晚辈要与前辈一醉方休。"

　　武松干了一杯后："牛元帅，草民有一件事不明白，想斗胆问一句？""前辈请讲。"

　　武松放下杯："刚才牛元帅与金兵打斗时，我观元帅的铜法，应该是周侗周大师独创的天地阴阳铜，一百零八式，而且非常娴熟，怎么会落下风呢？"

　　牛皋惊呼："高人，前辈，真是高人。武前辈，晚辈用的的确是天地阴阳铜法，但是这套铜法，晚辈只学了天罡三十六式，没学地煞七十二式，没学全。"

武松解道："天罡三十六式主防，由三十六式化出来的地煞七十二式主杀。明白了，我说怎么观战时，牛元帅的铜只防不打呢？那我还是不明白，为什么不学全了呢？"

牛皋"嗨"了一声："当年，晚辈拜周大师为师，是在陕西，师父因为要去河北，晚辈的父亲那时候有病，就没跟着去，后来千里投师，来到河北麒麟村的时候，师父已经去世了。师父临走前，把铜法传给我大哥岳飞时，没传完就去了。只传了三十六式，后来大哥把三十六式传给了晚辈，所以晚辈只会这三十六式。让前辈见笑了。"

武二爷哈哈大笑："添酒，添酒。今天武松这顿酒不白喝了。论起来，你还是我师弟呢。"牛皋懵了："前辈，您这是，没喝多吧？"

"师弟，不瞒你说，我的师父，与周大师是把兄弟，你说那咱俩不是师兄弟吗？""前辈的师父是哪位？""鲁达，鲁智深。"武松说。

牛皋认同了："鲁提辖？鲁伯父。鲁伯父和我父亲是哥们儿，这么算还真是。"

"是，鲁提辖。我师父经常和周师父一起切磋武艺，周师傅学了我师父的八仙拳。我跟周师傅学了天地阴阳铜，和现在用的这趟滚龙刀。我以前也使过双铜，由于要扮成行者，所以才用戒刀。"武松说。

牛皋"呵呵"一笑："原来是这么回事，那牛皋就攀大辈儿了。前辈师兄，牛皋拜见前辈师兄。"挪身就拜。

武松伸手托住："牛师弟，别那么多俗套子，你我能聚是缘分。"

牛皋说："今天见了前辈师兄，真是牛皋的福气，前辈师兄，能否帮着师弟了一个心愿？""有何心愿？"

牛皋探头盯着武二爷："地煞七十二式。不教会了，晚辈师弟是不会放前辈师兄走的。"

武松大笑："那当然了，师弟的酒，我要多喝点儿，还要捎走一壶呢。师弟看好，我以刀代锏，地煞七十二式……"说着站起来，在帐中用刀代锏舞了起来。

牛皋起身，提双锏在后跟着学……

夜幕降临，帐内点灯，二人一会喝酒，一会起来练武。武松一遍一遍的教，牛皋认真的学……终于学会了。二人哈哈大笑，坐下又喝。

牛皋举杯："多谢前辈师兄。""不用，我还要谢你呢，如果你不学，这套锏法就只能进棺材了。而且这套锏法流传于世，也是了了周师傅的心愿了。"

牛皋摸着胳膊说："前辈师兄，学了地煞七十二式，觉得能耐长了十倍。""窗户纸一捅就破，你练了几十年的三十六式，已经精熟了，好怠变化一下，武艺就长一层。"武二爷说。

牛皋点头说："还真是。活到老，学到老。前辈师兄，喝……还喝吗？"

武松手往旁边摆："你把那吗字去掉。四十年了，就没和人一起喝过酒。今天痛快，师弟，是老天爷让我蹬上师弟，为老天爷干杯。"

牛皋放下酒杯："前辈师兄，当今武林，若提到醉拳，您若说排第二，没人敢说第一。现在世面儿上很多练醉拳的，可是怎么看，也不象是什么高深的武功。前辈师兄，能不能传个一招半式的？"

武松笑道："是，现在很多人练醉拳，手里拿把酒壶，走着醉步，嘴里念叨着，似醉非醉，这些个，都是假醉拳。能让人看出来的醉拳，都是假醉拳，所以那些自认为是练醉拳的，总是去当那个挨打的主儿。醉拳之所以叫醉拳，是因为人真的醉了，而不是装醉。

拳的招式是缘于八位神仙喝醉酒以后，出现的晃，跌，摔，爬，滚，蹬等非正常人的动作。有意识无意识的生成的击打招式，使人意想不到，一招儿制敌。多为败中取胜。比如说别人打你，你摔倒了，这很正常，打你的人，也觉得正常，他会认为你没有反抗能力，就过来或抓，或捆，或打，而你摔倒时，可以有很多选择，八仙里有个骑驴的张果老儿，你被打倒时，是趴地下的，然后害怕就往前爬，这叫张果老儿学驴。当敌方从后面过来抓时，驴突然撩蹶子。一招制敌。又比如，你是侧身倒地，你就学铁拐李，铁拐李有一条腿是残的伸不直，想爬着跑只能用一条腿蹬地，当敌人靠近时，弯腿突然蹬出，齐了，这叫铁拐李地上爬，一蹬一踹。当然，你也可以选择仰面朝天的摔倒，一腿弯，一腿直，这叫何仙姑懒卧云床……"

天亮了。粮队排列整齐，驭手，士兵各就个位。牛皋将一个布袋儿交给武松说："前辈师兄，这是一些散银，花着方便。""师弟，我用不着银子。"武二爷推辞。

牛皋抓着武二爷的手说："前辈师兄，小弟知道，师兄可以化缘，住寺院，但是那些地方太约束，不能吃，也不能喝。装点儿银子，想喝就喝，放纵放纵自己。况且这银子是师兄该得的。斩了金番大将，奖赏还是要有的。功可以不要，酒不能不喝。"将银子放武松手里。"牛师弟，愚兄告辞了。""师兄保重。"

武松去远了……

牛皋上马，督粮车前进

宋营寨门前，戚赛玉，岳银瓶引着几十辆大车入寨，车上拉着肥猪和酒坛。有探官急进岳雷帅帐报："元帅，一品夫人戚赛玉带汤阴县乡兵，为我们送来两百头猪，二百坛酒，正在交割。"

"二婶儿。"岳雷话音未落，戚赛玉，岳银瓶，一身戎装走进大帐。岳雷起身上前，单腿点地："侄儿拜见二婶儿。""雷儿免礼，看我把谁带来了。"岳银瓶上前："小妹拜见二哥。"

岳雷高兴的问："银瓶，你也来了，娘她老人家好吗？""好着呢，在家看孙子呢。"

赛玉告诉岳雷："这是咱们村发起的募集活动，全县都起来响应。一共集到了两百头猪，二百坛子酒。让我当代表送到前线来，乡亲们说，东西不多，是一份心意，大家都盼着岳家军多杀敌，多打胜仗。彻底扫平金番。"

岳雷激动的说："谢谢汤阴的百姓。岳雷一定不辜负乡亲们的希望，婶儿，您坐。"

牛皋乐呵呵的进帐："瞧瞧，我们家戚姐姐，又送酒，又送肉，也不说偷偷的给留一坛儿。"

赛玉笑看说："想得美。你身为监军，首先就是要以身作则，不能多吃多占。""得得得，算我没说。"

岳银瓶站起来悄悄的说："干爸，干妈是干公事，不能夹私，女儿可以呀，女儿自己花钱买的酒，孝敬干爸。"

牛皋大笑："好闺女，还是闺女疼老子，干爸没白疼你。"

银瓶背后的手突然举起，手里攥着两个小坛酒。在牛皋面前晃着说："两瓶，送干爸。"

岳雷，赛玉都笑了。

牛爷假装生气说："丫头，拿干爸打镲呐，你这瓶儿也太小了。""她干爸，不是瓶，再小也是坛儿。两坛儿酒。"赛玉说。

."是瓶儿是坛儿，也得够润嗓子的呀。"牛爷嘬下嘴。

银瓶不好意思的说："好吧，干爸不要，那就送我二哥。二哥不嫌少。"

岳雷笑着说："不少，二哥酒量小，能喝好几顿呢。"

牛皋伸手抓过酒瓶儿："算你有孝心，少就少吧，蚂蚁也是肉，总比没有强。"

赛玉对银瓶说："看你干爸，都成老小孩儿了。"

哈密嗤视察完粮寨，回到大营帅帐。兀术问："军师，最近粮草情况如何？"哈密嗤报："粮食已经解决了。我们连续劫了宋军几批粮草，暂时无忧了。"

兀术担心的问："粮草大营安全吗？""安全，绝对安全。"

兀术点头："一定要重兵把守，不可有失。"

哈密嗤满有把握的说："四太子放心，这些年我们重金打造的铁滑车，全部安放在粮草大营了。"

兀术担忧说："你那个铁滑车，总觉得不可靠，上次在牛头山，被宋将高宠挑下山去了。结果造成了粮草被烧，我军大败，前车之鉴可不能忘啊。"

哈密嗤说："四太子放心，这次的铁滑车，与上次不同，每辆车又增加了二百斤的重量，而且有二十辆。就是高宠又活了，也挑不动了。"兀术点头："那就好，必须要确保万无一失。"

侍卫进报："四狼主，小王爷到。"

一员高大威猛的小将进帐，给兀术叩头："臣侄银弹子拜见四王叔。"

兀术起身，拉起银弹子："王侄，长大成人了。快坐。"银弹子坐下问："王叔，战事如何？"

兀术叹口气："还没看到机会，本想岳飞死了，宋朝无大将，夺取宋室江山轻而易举。没想到，岳飞的儿子当了元帅，揪集了一帮小南蛮，所以吃了亏了。折损了十几员大将和十多万士兵。"

银弹子安慰说："四王叔不用叹气，臣侄这次来阵前，就是要杀尽宋军，替兄长金弹子报仇。"

兀术心情沉重的说："王侄，两军阵前，生死难料，这些宋将不仅强悍，而且诡计多端，你小小年纪，万一有个三长两短，王叔对王兄不好交待呀。"

银弹子满不在乎的说："王叔，侄儿看那些宋兵宋将，就象冬瓜西瓜，不放在心上。王叔，给侄儿五千人马，去宋营叫阵。"

兀术同意："可以，王侄一定要小心。"

宋军帅帐。岳雷，赛玉，牛皋，银瓶正在聊天儿。探子报："元帅，有一个金番小将叫阵，扬言要杀宋军。"

岳雷起身："通知所有将领，到阵前听令。"

银瓶也站起来："二哥，我也去。""你去干嘛？"

赛玉悄悄的告诉银瓶："后边跟着。"

两军对阵。

人高马大的银弹了手握两柄大锤，耀武扬威的在阵前溜马。

宋军中，各位老少将军都来到阵前。赛玉，银瓶也前来观望。

银弹子大喊："宋军听着，吾乃大金国小王子银弹子殿下，不要命的上来，跟小王爷过过招儿。"

岳雷环顾左石："哪位将军打头阵？"

老军营中一老将出马："周青愿战。"手持托天叉出阵。

银蛋子问："来将通名？"周青上前："吾乃大宋朝扫北将军周青。"上前挺叉就叉。

银弹子不慌不忙，锤往上一提，拨开托天叉，横扫一锤，周青低头躲过，两人战约三合，周青托天叉被大锤震飞。想转身跑已经来不及了，被一锤锤在腰上，落马而亡。

银弹子大叫："派有本事的出来。一下上俩也行。"

宋阵中冲出两位老将，大叫："赵云来也""梁兴来也。"二将一齐上，刀枪并举，砍扎银弹子。银弹子不惧，几个回合，将赵云，梁兴先后斩于马下。

银蛋子大叫："再来，一个两个的不解气。"

金兵帅帐。探子报："四狼主，小殿下连斩宋军三员大将。"

兀术大喜："天助我也。快，鸣金收兵。"

第五十八回　空锤砸死银弹子 二老丧命铁滑车

兀术大喜："好，天助我也。快，鸣金收兵。"

银弹子回营进账问："四王叔，干嘛收兵啊？儿臣正想斩杀宋军所有大将呢。"

兀术谨慎的说："王侄旗开得胜：也要见好就收。不要指望着一天就能打败宋军。那些南蛮，有时候不讲规矩，如果用群狼战，王侄可能要吃亏的。"银弹子不屑的说："多少人上也不怕，上一个，杀一个。上十个，杀五双。""王侄英勇无比，斩杀宋军三员大将，我想，这时候宋军的元帅正哭呢吧。哈……"兀术得意的说。

岳雷坐在帅案前伤心的落泪。中军报："报元帅，周青，梁兴，赵云三位将军，已经安葬在凤凰山下了。"

岳雷点头："嗯，牛父帅呢？""牛副帅伤心过度，回来以后与王贵将军喝闷酒呢。"中军说。

岳雷伤心的说："三位老将军阵亡，对老人家打击太大了。这老哥儿几个，都是当年在太行山聚义的老哥们儿，几十年不离不弃，一直走到今天。唉……"

"咚……"战鼓响，银弹子又来叫阵，只见他耀武扬锤，大叫："听说你们宋军中也有使锤的，出来送死。怎么，不敢呀？出来一个杀一个。出来呀？"

宋阵中闪出双锤小将余雷。他大喝道："银弹子休要张狂，余爷爷来敲你的蛋子儿。""通个姓名？""爷爷是大宋上将余化龙之子余雷。爷爷不管你是金蛋子儿，还是银蛋子儿，爷都要敲下你的蛋子儿。"挥锤上前就打。银弹子举锤相迎。四锤相碰，叮当乱响。大战三十余合，余雷败下阵来。金弹子得意，正要追杀，被狄雷接住。

"你是何人，报上名来？"银弹子问。

"吾乃大宋朝征西大将军狄青之后狄雷。今天要敲你的弹子儿。"上前与银弹子对锤，双方大战四十余合，狄雷料不能胜，拨马返回。银弹子纵马欲追，又被严成方摆双锤挡住。四锤相交，双方也不答话，各发狠力。宋军中，又有吉青，王贵上前助力，余雷，狄雷又出来助威，银弹子力战五将，越战越勇，五宋将回归本阵。

银弹子得意的说："你们这些南蛮，都是酒囊饭袋，凭你们还想挡我大金？做梦吧。我听说你们宋朝有个牛南蛮，是第一猛将，擅长装傻装醉杀人，让他出来，我要看看，看他怎么杀本王。"

宋阵中议论："这小子单挑二叔。"二叔刚给几个阵亡的叔叔下葬回来，回来就喝闷酒……""八成醉了，千万别叫……""是，哪能老那么走运呀……"

岳雷道："银弹子，牛将军出去办事了，还没回来。今天可以休战，等牛将军回来再战。"

银弹子嘲笑："什么没回来，是不敢出来吧？不出来不行，今天小王爷非要和他交手比试，他要不出来，小王爷就打烂你的营盘，杀个鸡犬不留。"

这时，牛皋骑着乌骓马，抱着个酒坛，在马上晃着来到阵前问："你是谁？喊爷爷干嘛？"

银弹子用锤一指："你就是牛皋？牛南蛮，把酒坛子扔了，过来受死。"

牛皋晃着说："打是打不动了，你爱怎么着就怎么着吧。""本小王爷不管你是装醉还是真醉，先送你归天。"夹马上前，举锤就打……

突然，宋军中冲出一员手持大号双锤的女将，挡在牛皋前面，原来是岳银瓶。

岳银瓶喝道："银弹子，休得逞狂，姑奶奶在此。"

银蛋子还真吓了一跳，他收锤仔细看："你是女的，姓什名谁？"

"吾乃大宋国武昌开国公，兵马大元帅岳飞之女，现元帅岳雷之妹，老姑奶奶是也。""老姑奶奶？"

岳银瓶应道："哎是。这个牛爷爷是我干爸，想杀他，得先问问姑奶奶答应不答应。"

宋军中出来一军士将牛爷的马牵回。

岳雷在本阵叫："银瓶，二叔回来了，你也回来。"

银弹子很纳闷儿："你是女的，怎么用这么大的锤？"

岳银瓶面无惧色："甭管男女，有多大劲儿，使多大锤。谁说女人就不能用大锤呀？"两锤一碰，"扑"的一声响。又问："历害吧？"

银弹子讽刺道："啊，好大的锤呀，历害，好怕呀。"岳银瓶说："吓着你了吧？怕？那还不滚回老家去。"

银弹子笑着说："你们宋军中没人了？派个女的出来，还拿着一对假锤吓唬人？哈……大搞笑了。"背后的金兵也都笑了。"哈……铁皮的……空心儿的。"

银瓶不服气的说："空心儿的怎么了，总比空手强。再说了，你别看是空心儿的，照样打死你。谁敢来试试？让我打一锤。"举锤往自己头上猛打一锤。"呼"的一声响，银瓶用手背摸摸头，装得挺疼。小番们哈哈大笑。

银弹子收了锤说："老姑奶奶不单笨，而且还傻。你拿对铁皮锤吓唬人，可能能唬住不知情的人，如果人人都知道你的锤是假的，谁还怕你？小王爷我今天不打你，让你打我，震也把你胳膊震折了。”

银瓶生气的说：“姑奶奶不信。就算我的锤是轻了点儿，一下打不死人，十下八下总能打死吧？有一回，我只用了三锤，就打死了一只鸡。只用三锤啊！鸡就死了，那可是一只大公鸡呀。你能比大公鸡还历害？

银弹子摆头说：“老姑奶奶的这个比喻不好。”

岳银瓶认真的说：“就是说你的脑袋比鸡脑袋硬？三锤打不死你？五锤六锤，十锤八锤呢？我就不信打不死你。姑奶奶这对大锤是一个老神仙送我的。他说打不死人，就包退包换。赔我银子。”

银弹子大笑：“就你这对锤，甭说七下八下，小王爷让你随便打，打累了，打不动了，小王爷也不会有事。”“姑奶奶不信，要是那样，我们大宋就完了。”“当然，我要杀了你们所有的人。”银蛋子说。

岳银瓶有点儿一根筋了：“那姑奶奶得试试。为了救我们大宋，我要打你一百锤。把你脑袋打烂。若是打不坏你，我们就投降。把大宋江山送给你。”“说话算数。”“那当然了。”

岳雷着急的喊：“银瓶回来。”

岳银瓶举着锤说：“那姑奶奶就打了？”“打吧，打累了为止。”

岳银瓶上前，举锤照银弹子脑袋就砸，“呼”的一声，大锤弹了起来，银弹子没有什么感觉。银瓶退后几步，很耐闷儿的看了看锤，又上前，照银弹子脑袋一连十几锤，银弹子依然不疼不痒。银瓶退后几步，看着大锤很不理解，自语道：“怎么回事，脑袋比大公鸡的还硬？”

银弹子大笑着说：“哈哈……打不动了就投降。”

岳银瓶喘着粗气："嘿，我就不信打不死你？再打一回。"上前用锤又敲打，一连几锤，……突然，岳银瓶抡圆了一锤，随着"呼"的一声响，大锤中冒出一团粉红色的烟雾，银弹子的眼睛被迷住睁不开了，而岳银瓶的大锤借反弹之力，一个向后回环再前冲，锤的前部锥刺刺重银弹子的胸膛，银瓶手往后一拽，收回大锤，双锤一合愣愣的说："谁说空锤打不死人呀？"银弹子胸口喷血，扔了锤，一手捂脸，一手捂胸："老姑……"摔下马去。

金兵大乱。岳银瓶借势向金兵杀去，岳雷大喊："银瓶回来……"

牛皋已清醒，用铜指看前方喊："众将官，接应银瓶。快。"

吉青举狼牙棒向金兵杀去。王贵挥舞大刀向敌阵冲去。狄雷，于雷，严成方，三人六柄大锤，向金兵冲去。众将齐声呐喊。一齐冲向敌阵。

银瓶锤轻，舞起来带风，锤轻虽砸不死人，但威摄力大，由其是她打死了银弹子，更使金兵胆寒。这时，五哥岳霖杀过来叫："六妹，别打了，快跟五哥出去。哥哥们断后。"往外冲杀。

天至黄昏，夕阳衬映，敌阵中杀声震天，其中，有八道蛇光跳跃，划着弧线，乃是八柄大锤，在上下翻腾的尽情飞舞……

观阵的岳雷对二叔说："父帅，常听老人讲，当年八大锤大闹朱仙镇，何等壮观，而今天情景又现，如诗如画，始觉传言不虚，令人陶醉！"

牛皋感叹道："是啊，当年我和你爹，也是站在这个地方……场面又重现了。八大锤又闹朱仙镇。可是你爹……物是人非了……唉。"

岳雷："父帅，我爹虽然不在了，但是他的精神还在，在激励着我们这些晚辈，激励着后来人。""千秋功罪，自有后人评说。"

　　一旁观阵的一品夫人戚赛玉，顺口吟出一绝："夕阳红彩映霞飞，号角惊天鼓若雷。儿郎奋勇杀金寇，朱仙再闹八大锤。"

　　岳雷赞道："二婶儿好文彩！侄儿跟几句：朱仙镇上八大锤，金银弹子变成灰。有吾父帅福星在，横扫金兵爱谁谁。"

　　牛皋大笑："哈……父帅醉如泥，莫提，莫提。"

　　"鸣金收兵。"

　　岳雷坐帐。有探子报："元帅，据侦查，朱仙镇一战，金兵死伤七八万。""死伤那么多，不会吧？"众将疑惑。

　　岳雷分析："完全有可能，众将冲金营，金营没有防备。造成大乱，几十万人一乱，互相踩踏，其景可想而知。为将者，一定要做到，敌临阵前而不乱，阵不乱，则敌自退之。此战之所以能胜，胜在银弹子带来的五千人马自行先乱，往回跑时，将自家大营冲乱，所以金兵自伤者多。"

　　严成方出列问："父帅，想问一下，银瓶妹妹用的什么招啊，银弹子怎么折的她手里了？"

　　牛帅摸着脑袋说："这一定她干妈出的歪点子。她那个大锤上有机关，你们没注意，锤头儿前面出来个犄角，实际上是根刺，他的锤大而空，所以能迷惑所有的人。实际上锤里有东西，一定是辣椒花椒磨的粉儿，那玩意儿，只要一点点儿，迷了眼睛，半个时辰都睁不开，这就类似我们练拳时练的一招儿，抓土扬烟儿。当年你大哥岳云，打不赢金弹子，向本帅请教，我就教了他一招，把金弹子打死了。"

　　严成方过来："呦，父帅，我得学学，当年云哥怎么不告我呀？"

　　牛皋吹道："岳云问我，说二叔，金弹子太厉害了，再跟他打，非让他打死不可。怎么办呢？我说，小子，地上撒泡尿，把锤扔尿里，就行了。他问，扔尿里管什么用，无非就是骚点儿。我告诉他，把锤扔尿里，滚一下，就沾上泥了，干了就是土，用你沾了土的锤往他脑袋上砸，他用锤一搪……就有了，哈……这就是出奇不意的玩儿法。"

严成方大悟："噢，撒泡尿，锤扔尿里滚一下，沾上来的是泥，干了就是土嘎巴，两锤一震，掉下来的是土渣，那肯定就迷眼了……高，高招儿！"

岳雷也赞道："确实高，原来取胜之道有许多呀。"

中军进报："一品赛玉夫人到。"

岳雷起身："二婶儿。"众小将："干妈。"

牛皋埋怨道："你来就来吧，又不是外人，还要报门子，这可倒好，我也得站起来。"

赛玉笑道："牛都督平身。雷儿，婶儿回去了，跟你告个别。""您干嘛这么着急回去，还不跟我二叔多呆几天？我妹妹呢？"岳雷问。

赛玉摆手："不啦，你们太忙了。在这有点儿碍手碍脚儿。银瓶在外边。银瓶，进来。"银瓶背插双锤，走进帐："拜见帅哥。"

岳雷也笑了："看你这俩大锤，怎么那么憋扭啊。""小妹，为兄想看看妹妹的大锤。不知行不。"严成方问。"那有什么不行的，给你看。"银瓶摘下递过去。

严成方看锤，余雷也凑过来看，众小将也可围了上来。

严成方看了大锤后大悟："噢，明白了。你这是假锤真刺，而且还有刃。前端类似峨嵋刺，带倒刺儿。锤上有四道棱，每道棱的前端都开了口儿了：又可以劈，又可以砍，又可以刺，就是不能砸，砸不死人，所以银弹子上当了。"

赛玉过来拿过一柄锤说："由于轻，任何人都能用，由于轻，速度就快，关键是这柄上的机关，一个钮是锁，平时不用，是锁着的。姆指前推，机关开锁，食指内扣，销子打开，锤的顶部有小孔儿，被销子锁住，里边的东西出不来，销子一开，你就用锤往敌人的脑袋上砸，只要一震，里面的麻辣粉儿就会出来，得，银弹子的眼睛里，就流麻辣汤了。谁试试？空锤，砸不死人？”历害。”

赛玉把锤交给银瓶说：“瓶儿，该回了。跟哥哥们告别。”银瓶跟各位兄长告别，跟干爸告别。跟干妈出去帐。牛通也去送母亲。

岳雷问二叔：“父帅，现在金兵伤亡已经十几万人了，我们是不是可以考虑与金兵决战了？”

牛皋点头：“条件基本俱备了。但是，前期准备一定要充分。第一，调动各州各镇兵马来朱仙镇。参加会战。第二，粮草要充足。运送力量要强。这次我们不只是打朱仙镇，而且要一直往北打，直捣黄龙府。第三，寻找金兵的粮草大营，烧了它，金兵没有了粮草，是必会造成恐慌。就无心恋战了。另外，西北地区金人防备较薄弱，可通知西北驻军，约定时日，同时进兵，金兵顾头不顾腚，我们就稳操胜券了。”

岳雷点头：“侄儿明白。”

被宋军踹营，金兵损失了不少人马。兀术心里很烦。银弹子是亲侄子，小小年纪就命损沙场，而目影响了士气，现在是进退两难。

“军师，我们还有多少人马？”兀术问。“四十七万。”军师说。

兀术搓着脸说：“向国内催兵，补充十万。”“已经催了，只是现在兵源匮乏，一时难以凑齐。”军师说。

信官进来报：“启禀四狼主，两位小殿下到。”

两个十二三岁的小将入帐，见兀术跪拜：“侄儿铜弹子，铁弹子，拜见四王叔。”

兀术探身说：“王侄起来。你们俩怎么来了？”"四王叔，父王让臣侄前来助阵。”铜弹子说。铁弹子说：“杀光宋军，扫平大宋。”

“助阵？你们才多大呀？”兀术问。铜弹子说：“四王叔，岁数大小不重要。”

兀术想了下说：“记得银弹子好象十四岁？”"孩儿十一岁。”铜弹子说。

兀术烦道：“胡闹，几岁的孩子能干什么？送死啊？”"侄臣铜弹子不怕死。”"孩儿铁弹子也不怕死。”

兀术摆手说：“不怕死也不行。既使大金国的人都打光了。也不能让孩子出战。再说了，你们来了也影响士气。哈军师，派人把他俩送回牧羊城。”"小殿下，回去吧。”哈密嗤说。

“四王叔，我不回去，我要杀宋军。”"我也不回去，我要杀牛皋。”两个弹子被两个侍卫带出去了。

兀术叹息：“唉，我大金快没人了……”

宋金两军在朱仙镇对垒时间已经不短了，大小仗几十起，互有胜负。这一天，岳雷与二叔在帅帐喝茶商讨军务。岳雷问：“父帅，昨天和今天陆续到了五路总兵节度的人马，我军已增到了四十万人，与金兵人数基本相当。近几天还会有三路人马到达，我军总兵为能达到五十多万人。超过了金兵的人数，我们应该确定决战日期了。”

牛皋点头说：“”是时候了，我看八月十五夜里就挺好。”

岳雷也认同：“父帅的想法与侄儿不谋而合。八月十五皓月当空，夜如白昼。金兵也会以为我们过节，而放松警惕。我们就打他个出其不意。”

探马进报：“启禀元帅，已经探明了金番粮草大营的位置，这是位置草图。”递上图后退出。

岳雷仔细看了地图，把图交给二叔。牛皋看后说："好，烧了它。金兵必乱。"

"中军，传令各营将军，到帅帐议事。"岳雷升帐。片刻，众将军进帐，两边站立。老将居左，小将居右。

岳雷说："各位将军，已经探明了金兵粮草大营的准确位置，本帅和父帅商量后决定烧了它。烧毁金兵的粮草，对我军与金兵决战获胜，起着至关重要的作用。本帅认为，此次行动，以夜间偷袭较为稳妥，容易得手。哪位将军擅长夜战，前去劫敌粮寨？"

吉青站起："吉青愿往。"王贵站起："王贵愿往。"

岳雷抽令箭说："王叔儿，吉叔儿，二位将军点五千人马，夜袭敌粮寨。务必将其烧毁。"

深夜子时。王贵，吉青率宋军悄悄的潜行。

山上的金营粮寨，粮垛整齐排列，黑压压的确实不少。

王贵，吉青在山下小声的商议了一下，然后叮嘱士兵，一定要小心，动作要轻，不可弄出声响来。吉青牵马在前，王贵在后，率队伍小心翼翼上山。突然，马腿绊到了绳索，一个铜盆当即滚下山去，发出很大声响。

"有人劫寨啦……"山上的番兵喊叫起来。

见暴露了，只能硬上了。吉青上马高呼："冲上去放火烧啊……"宋军向山上冲去。王贵在后，督军上冲。

山上金兵大喊："宋军上来啦，放铁滑车。"一辆铁滑车从山上放下来，速度很快，发出巨大的声响。冲在前面的吉青还没反应过来，已被碾于车下，后面的宋军见状，都傻了眼，王贵喊："快撤……"但已经来不急了，铁滑车顺坡而下，速度太快，山坡上的

宋军都被轧死了。只有少数还没开始上山的士兵躲开，撒腿就
跑……

第五十九回　牛皋巧破铁滑车 宋金中秋大决战

　　夜深了，岳雷和二叔正在等消息。探子报："报元帅，不好了，王贵，吉青两位将军，都被铁滑车轧死了，还死了三千多士兵。"

　　岳雷大惊："铁滑车？"探子说："是，铁滑车，一辆放下来，把在山坡上的人都碾死了。"

　　牛皋忽的站起来，冲出帐，骑马飞奔出营。一路急奔，来到山脚下，见到有三十多个金兵，已经在一辆铁滑车上拴了绳子，准备往山上拉。有个金兵喊："拴结实点，拉上山去接着用，有了铁滑车，何惧南蛮的千军万马呀。"另一金兵："铁滑车真棒，一辆下来，所有的南蛮都轧死了。"

　　牛皋大怒，冲过去，一阵铜打，打杀了所有金兵。然后下马，跪下大哭……

　　王贵，吉青阵亡了，牛爷的头上一夜之间多了许多白发。这两个人都是过命的兄弟。当年在太行山称王时的八个兄弟，如今一个都不剩了。王贵，施全，吉青，张显，汤怀，周青，梁兴，赵云。兄弟们，老哥对不住你们呀，你们走了，二哥我也想随你们一块走，但是我要也去了，谁给你们报仇啊。兄弟呀……

　　回到营帐中，牛皋捂着脸流泪。岳雷过来相劝，在一旁陪着掉泪。

　　牛爷在桌子上摆了三个酒杯，倒满酒，先喝了一杯，自言自言的哭着说："王贵兄弟，吉青兄弟，在营中，咱们关系最好，我总想着，等哪天打完了金兵，哥儿仨天天在一起喝酒，给孩子讲故事，可你，你们，怎么就突然走了，就没了，唉，大风大浪都闯过来了，怎么在小河沟儿里翻船了。是哥的不对，大意了。以前都是二哥做先锋的。王贵兄弟，吉青兄弟，二哥我，对不住你们呀……"

　　岳雷边落泪边劝："父帅节哀，别哭坏了身子。侄儿还要和父帅商量，怎么破铁滑车呢。"

　　牛爷端起一杯酒洒在地上说："二位兄弟，你们喝酒。二哥要替你们报仇，破了铁滑车。烧了金兵粮寨。把鞑子都杀光。"

　　岳雷现在也无计可施，毕竟铁滑车是什么，他从来没见过。"父帅，铁滑车是什么，怎么那么厉害？您有办法破吗？我听说，当年在牛头山，有个高宠能挑滑车？"

　　牛皋收住泪说："高宠啊，我的好兄弟。也要给你报仇。兄弟呀……对了，我不能哭了，我要报仇。中军。"

　　中军进来问："牛帅您吩咐。"

　　"速在军中找一些会做木匠活儿的人来。还有，派人去汤阴县永和乡，调都统制大牛前来听令。要带弓弩手儿。"牛爷说。"遵命。"中军出去了。

　　岳雷不解的问："父帅，找木匠干什么？""做柁。"

　　岳雷："做柁？""对，人字柁，""人字柁？"

　　牛皋点头："人字柁能治铁滑车，你没见过人字柁什么样，等做完了，你就明白了。"

　　中军领着几个军士进帐："参见元帅。""你们几个，会做木匠活儿？""会做。"

　　牛皋又问："人字柁，会做吗？""会做，那还不容易。"

牛皋"嗯"："有个问题，柁做好了，放在地上，怎么才能让它立着不倒呢？"

军士说："做两个，三个，固定在一起，就倒不了了。"

牛皋觉得有理："好，做两个并在一起。去做吧。记住，一定要结实，越快越好，有急用。对了，柁前部要做个坡出来，好让车轱辘能压上去。"

士兵疑问："元帅，车轱辘压上去，车就翻了。"

牛爷强调说："要的就是能翻车的柁。""噢，明白了。"

金营帅帐中。兀术，哈密嗤"哈哈"大笑。

兀术赞道："军师，铁滑车神器也。""四太子，这仅仅是放了一辆，就轧死四五千宋军，而且证明，铁滑车能确保粮草大营安然无恙，"哈密嗤得意的说。

兀术解恨的说："关键是碾死了王南蛮和吉南蛮，这可非同小可，非同小可呀！""是，王南蛮和吉南蛮当年随岳飞一起出道，是宋军的功勋老将，是影响很大的人物。什么时候在把牛南蛮弄死，那可就圆满了。"

兀术开心的说："快了快了，马上就快了。牛南蛮，你也快了。哈……"

趁着夜黑，宋军来到山脚下。两架房柁钉在一起，放在地上，柁上拴着十几道绳子，柁的两侧各站了十几名士兵，拉着绳头。

牛皋问大牛："大牛，你带了多少人？火箭够吗？"

大牛点头说："二爷放心，二百人足够了。箭也够用。没问题。""好，大牛，今天就看你的了。让你的人跟在柁后面，没有命令不要动手。"大牛说："放心吧，二爷。"

牛皋叮嘱士兵："孩儿们，动作一定要轻，不要打草惊蛇，抬起房栊上。"士兵们拉紧绳子，抬起房栊顺路往山上走，到了山腰发现地上有绊索，轻轻地解下，将绳子放在路边的一个铜盆里。

牛爷看了一下地形说："再往上抬点儿。抬房栊的士兵又往上挪了挪，将房栊放在地上。牛爷过来仔细检查是否放稳，又调了调方向，然后命令道："都往后退，离远点儿。"士兵们后撤。牛爷又叫："大牛，你的人做好准备。"大牛说："是，已准备完毕。"牛爷对一个士兵说："把那个盆扔下去。"士兵过去用脚尖一拨，铜盆就"咣当咣当"的滚下山去。

山上的金兵大喊："宋军劫寨来了，赶紧放铁滑车。"金兵将一辆铁滑车推出放下山去、铁滑车"咕噜咕噜"的滚了下来、

牛皋提醒士兵说："孩儿们小心、贴边站。"滚下来的铁滑车的内侧压上了房栊，形成了侧翻，掉下山去。宋军士兵随即发出痛苦的叫声。山上的金兵哈哈大笑的喊："辗死你们这些南蛮，哈哈……"

牛爷指挥士兵："孩儿们，喊叫喊杀。"士兵们立马儿"冲啊杀呀"的喊了起来，山上的金兵见状大喊："没全死，南蛮又上来了，快再放一辆铁滑车。"金兵又放了一辆下来，同样又翻下山去，宋军士兵又发出哀嚎声，金兵又大笑道："哈哈……，还有多少南蛮，都把你们碾成肉酱。"宋军又"冲啊杀呀"的喊了起来。山上金兵喊："坏了，南蛮太多了，怎么还有？"接着就把铁滑车一辆一辆的往下放，铁滑车一辆一辆的翻下山去，一个金兵喊："不好了。那个挑滑车的高南蛮又活了，铁滑车都被他挑下山去了。""接着放，上次十二辆把他轧死了，不信他今天能挑二十辆。""是十九辆，前天放了一辆。"

牛爷对大牛说："数着点儿，一共十九辆，放完了马上上。"铁滑车一辆一辆的翻下山。大牛数到十九辆后喊："放完了，兄弟

们上。"率先放出一箭，带头向山上冲去。弓箭队的乡兵边放箭边向山上冲。山上的金兵被打个措手不及，大牛冲上山又喊："放火箭，"火把点燃，引着火箭，火箭向流星射向金兵、射向草垛，射向帐篷……

牛皋纵马指挥宋军上山，不大功夫，将金兵全部杀光。此时，粮寨燃起大火，大局已定。牛爷命令："大牛收兵。"宋军往山下撤去。

牛爷看着大火，忽拍马向山下跑，赶上大牛说："大牛、点上火把，在山坡上找找，看看有没有王贵，吉青的遗体衣物。""遵命。"

牛爷又返回到山上，在火中穿梭查看火势后，立马观看，他大声喊道："兀术孙子，这回你完了。"

他放马下山至山腰，遇见大牛。"二爷，王将军吉将军的尸体已经碾没了，但是找到了盔甲兵器。"大牛说。"带回大营。"牛爷说完，下山去了。

官道上停着两辆大车，车上的棺木捆扎的很牢固。一辆车上的旗番上写着：平虏将军吉青。另一辆车上的旗番上书：平寇将军王贵。岳雷，牛皋帅众将送行。车轮转动，马车渐渐远去。岳雷搀扶着二叔"二叔。回吧。"

"老哥们儿都去了……"牛爷说。

永和乡，牛都督府院内，放着不少张桌子，桌子上放着案板，许多男女在做月饼。有包馅的，有磕模的，还有从屋里往出搬货筐的，桌子上的筐里，装满了烤好的月饼。

赛玉一边巡视一边说："大家抓点紧，今天一定要把这些都做完，记住，纸条不要忘了放。"姑娘们说："知道了。"胖玲子问赛玉："赛玉姐。月饼里放纸条管什么用啊？你说到时候一人家一吃的时候，吃出一张纸条，那谁还敢吃啊？"赛玉说："关键是纸条上的三个字。杀鞑子，要让人们都知道，杀金兵是所有的人都有份，大家都要行动起来，支援前线，彻底打败金兵，横扫北番，才能够永远的过上和平的日子，明天所有的人都要出发，去朱仙镇的周边，把我们的月饼送到每家每户，明白了吗？"明白了。"

赛玉走到胖玲身边说："准备干粮，明天一早儿赶往朱仙镇。

街巷胡同里，扮成商贩的村民假装卖月饼。他们敲开居民的大门，把月饼送到人们手里。凡是宋朝的子民，见了就送。

兀术坐在牛皮大帐里，挠着头说："哈军师，我们密藏的粮草被牛南蛮给烧了，没有了粮草，我们就危险了。""四太子，我已经派人去国内急调粮草，估计五六天就能到。这几天勒勒裤带儿，过几天就好了。"哈密嗤说。

兀术担心的说："这几天宋军在增兵，人数已经超过我们了，本王心里不太踏实。""是，宋军近几日增兵不少，但是并没占到绝对优势的地步，臣这几天也派人去国内征调人马，预计能有 10 万左右的补充。"军师说。

兀术叹气说："打到这个份上。本王心里不甘呐，前几天王兄派来的王侄铜弹子，铁蛋子，分明就是孩子，我完颜家已经没有成年的男性勇士可用了。""是，每次代宋都要损失几十万的男丁，现在适龄的男人的确是不太多了。"军师说。

"这仗还怎么打呀。"兀术无奈的说。"四太子，今天中原人过节，我们今天也过过节吧？"军师说。"

兀术问："今天过节，过什么节？"哈密嗤说："宋朝叫中秋节，每年的八月十五夜里，所有的中原人都看月亮。""看月亮，月亮有什么好看的。""八月十五的月亮又大又圆，宋朝的人盼望着家庭团圆，就像月亮那样，是一种美好的愿望，同时通过月亮传递出一种思乡念子之情，所以又叫相思日，中秋节还有一件事情要做，就是要上供，祭月亮。传说每到八月十五，在月亮又亮又圆的时候，会有一只天狗来吃月亮，月亮如果被天狗吃了，那夜里就永远是黑暗的了，所以中原人就做了这种叫月饼的食品，天黑的时候在院子里放张桌子，摆上这种月饼和一些水果，这叫上供，求天狗别吃月亮。"他拿起一块儿月饼让兀术看。兀术拿过来看了看，放在桌上。哈密嗤继续说："宋人认为天狗看见月饼，会把月饼当成月亮，因为有无数的月饼，天狗也就分不清月饼和月亮了，月亮就保住了，当然天狗有时候也会吃到月亮，月亮如果被吃了，大地就将永远是黑暗了，以后就不会有月亮了，所以当天狗吃月亮的时候，宋人们就敲盆儿敲碗儿弄出声儿来吓唬天狗，天狗一害怕，就把月亮吐出来。天狗吓跑了，月亮也就保住了，这时候人们就庆祝一番，开始吃月饼看月亮。有文化的人叫赏月，大多数人吃完月饼就睡觉。"

兀术摇着头说："这些宋人真会琢磨，不是说月有阴晴圆缺吗？你们又说天狗吃月亮？不过军师，既然今天是宋人的中秋节，那咱们君臣也过一次，先体验体验，等以后打下宋室江山，我们就年年都过中秋节了，哈哈……"

夜色降临后，月亮从东面的地平线上跳了出来。宋营开始造饭。将士用餐后，每人发了几个馒头。

午夜，一片云遮住了月亮，大地都黑了下来，这时，周边的村镇响起了敲盆儿敲碗儿的声音。

听到敲盆敲碗的声音，兀术问："军师，是不是天狗吃月亮了？"哈密嗤到账外看了看，又回来坐下说："什么天狗吃月亮，就是一片云彩把月亮给遮住了，这宋朝的人，真会瞎编故事。四太子，吃块月饼，不吃月饼不算过节。"

兀术接过月饼说："好，本王也尝尝宋朝的月饼。"掰开月饼刚要吃，见月饼里有一张纸条，忙问："哈军师，这里边是什么？"哈密嗤拿出纸条看了看念："杀鞑子。嘿，这些宋人也太坏了。"兀术大怒："明天把卖月饼的抓起来，砍头。"

王进家的院子里摆了张八仙桌，桌上放着月饼，水果，大枣和花生、王进和夫人王氏正在赏月。见有云遮月，即令小孙子敲脸盆儿。

云彩飘走，月亮出来，显得更加的明亮了。小孙子扔下脸盆儿跑过来问："爷爷，能吃月饼了吗？"王进说："天狗打跑了吗？""天狗打跑了，跑到老远老远的地方去了。"王姐说："我孙子把天狗打跑了，是有功之臣，赏月饼。"小孙子拿着月饼咬了一口，见里边露出一张纸条，就跟爷爷说："爷爷、月饼里有纸。"

王进拿过月饼掰开，取出纸条念："杀鞑子，杀鞑子？这是要动手啊。夫人赶紧给我找盔甲，我得扮上。"

王氏笑着说："瞧你，都六七十岁的人了，还能打呀？""国家兴亡，匹夫有责，人无分老幼、能搬砖的搬砖，能和泥儿的和泥儿，我是马上将，就得干马上的活儿，快点找。"王氏进屋去了。

王进去马厩牵出马，搭上鞍镫，勒紧肚带，墙边拿出一条大棍，比划一下，挂在马鞍上。

王氏抱出盔甲，帮王进穿戴好，王进手持大棍牵马出院，上马站在门前。小孙子说："奶奶，我爷爷好威风啊！"王氏说："那是，你爷爷以前是东京八十万禁军教头，边关大将，当然威风了。""奶奶奶奶，铁蛋长大了也要当大将军。"

院外，王进提棍立马。有街坊从家门探出头来问："老爷子，是要杀鞑子吗？"

王进大声说："老少爷们儿们，有种的就亮出家伙来，杀鞑子。

宋军阵前，元帅岳雷发令："狄雷听令。""狄雷在。"命你带一万人马，打响后，从阵里往北杀出，直奔两界口，守住山口，勿放金兵北逃。""遵命，"狄雷去了。

岳雷又叫："严成方将军听令。命你领兵一万，由东侧杀入敌营不得有误。""遵命。"严成方领兵去了。

岳雷再命："各总兵听令。按各自位置，集中攻打敌营西北和东北方向。最终形成合围。""遵命。""陆文龙将军，命你带两万人马，直接打入金营阵中，砍倒帅旗捉拿兀术。""遵命。""所有将军听命，牛父帅坐阵，众将官与本帅及所有人马成楔行攻入，打烂敌阵，进入敌阵后，可以各自为战，只管杀。"岳雷布置完人马后再叫："中军传令，点炮。"

信炮响，战鼓擂，几十万宋军分别杀入敌阵。皓月当空，夜如白昼，喊杀震天。

胡同里，王进身边已经聚集了不少百姓，他们有的拿着菜刀，有的拿斧子，还有的拿着炒勺，擀面棍。

王进喊道："老少爷们儿们，宋金的决战开始了，待会一定会有败逃的金兵跑过来，大家不要慌，不要乱，不要和金兵单打独斗，要三个人打一个，杀死为止，听见没有？""听见了，三打一，打死为止。"

有个邻居喊："王大爷，那边儿跑过来几个金兵。"王进说："不要慌，金兵一点儿都不可怕，看我先做个示范。"王进催马上前，划拉几棍，就打倒三四个，拨马转回又是几棍，又打倒三四个。"王进说："看见没有？不禁打。"拍马跑了回来。一街坊说：

"王大爷不愧是八十万禁军教头，打金兵就如碾蚂蚁呀。"王进又立马横棍站回原地。

牛爷坐阵观战，喝了几口酒后自语道："再坐会儿，金兵都杀完了，赶紧捞几个吧。"提锏上马向阵中冲去。牛爷边打边喊："抓猪抓羊的牛爷爷来了……黑虎星下凡啦，撞上就死了……"

牛爷猛打猛杀，此时前面有一将杀来，正是陆文龙。牛爷没认出来，挥锏就打。陆文龙挥枪隔开喊道："大帅是我，文龙。"牛皋哈哈大笑说："文龙啊，大水冲了龙王庙了，看见兀术了吗？"陆文龙说："没有，正在找呢。""我们分头找，你去那边，我往这边，别让兔崽子跑喽。"

兀术，哈密嗤，被宋军围裹着，他左冲右突，打杀宋军。有探子来报："四郎主，我们已经被宋军包围了。"兀术大声喊："所有各部，你们各自为战，全力突围。无论从哪个方向冲出去，只要回到大金国，本王都有重赏。"哈密嗤命令："所有人都往西北方向突围。众金将，金兵保着兀术杀条血路冲了出来。

第六十回兀术绝望被踩死福王狂笑正寿终

冲出包围后，兀术回头一看，只有几十个人跟随。兀术大叫："吾等回去，有何面目见人呢？"返身杀回阵中，复又杀出，带出来数万人马。

金兵兵败如山，挟着兀术，哈密嗤一路狂奔至两界口，被宋将狄雷挡住截杀，又伤了不少人马。

兀术无奈的说："军师，山口有宋军，硬冲是冲不过去了。唉，难道本王的命当绝此地吗？"哈密嗤说："四太子不用慌，早年老狼主跟臣说过，为了防止两界口失守，特意在山口的西北侧三十里外开了一条密道，非常的隐蔽无人知晓，可绕过两界口，回到牧羊城。四太子可领兵前去，臣在此领一千人马，缠住宋军。四太子快走。"

哈军师指挥士兵与宋军交战，狄雷率士兵死守山口。兀术趁机带领士兵，逃往西北走秘道，爬山越岭逃出了包围圈。

哈密嗤指挥着金兵强攻一阵后，主动逃跑，走密道绕过两界口向北逃窜。

牛皋率军追到两界口问狄雷："看见兀术了吗？""没有，和金兵打了一仗，金兵就撤走了，不知道去向。小将也不敢去追，唯恐失了山口，。"狄雷说。

牛爷命令："继续把守，不要放一个金兵过去。所有的人跟我来。"夹马冲过山口，后面士兵紧追。

各村各镇的乡兵，百姓都行动起来，手持着棍棒，围追散落的金兵。

几个金兵，跑进了一条空无一人的胡同内，被突然从自家门里冲出来的众多百姓包围，一阵乱打，全被消灭了。

一队金兵跑步横穿胡同儿，被一将拦住，正是王进。番将上前挥刀就砍，被王进大棍磕开，复一棍结果了性命。金兵大乱，正欲逃窜，被埋伏的居民逐个消灭。

兀术带残兵一路狂颠，到牧羊城下，命令城外扎营，然后拍马进城，下马上到城楼上，见到守城的元帅完颜寿，兀术问："王兄，城中有多少人马？""两万。"

兀术说："城外有 3 万，如果能再多几万就好了。王兄，国内能调动的人马还有多少？""没有了，底儿都在这儿了。那些番邦小国知道我们打了败仗，也不愿意出来帮忙了。"完颜寿说。

兀术叹道："王兄，我们只有固守牧羊城了，听天由命吧。"完颜寿点头说："四弟，不用悲哀，只要我们能守上一个月，那时候大雪纷飞，冰天雪地，宋军自然就撤了，只要给我们个喘息的机会，就能东山再起。"

第六十回　兀术绝望命丧 福王狂笑归天

兀术埋怨道："王兄，你怎么把两个小侄儿送到前边去了。他们还是个孩子。"

完颜寿叹一声说："国若亡了，孩子还有什么用。坐以待毙，还不如战死。"

从城上往下看，宋军就如潮水般杀到城下，与城外金兵形成对峙。双方射住阵角。南朝的部队还在陆续到达。宋军副元帅牛皋立马阵前。

兀术身边有番兵惊叫："四太子，小王子殿下在城外。"

远处，在宋军的阵后，铜弹子，铁弹子两个兄弟被宋军拦挡在阵外。两兄弟互相商议。铁蛋子说："三哥，牧羊城已经被包围了，我们回不去了。""四弟，只有杀进去了，我喊一备齐，咱就冲。准备，一，备，齐。"

城上兀术大喊："王侄儿，别回来了……"

宋军后营一阵大乱。铜弹子，铁弹子各舞双锤闯营。欲杀条血路回城。宋阵中飞出一将大喝道："小番休得逞强，牛通在此。"牛通胯下乌骓马，手提黄铜棍挡住去路。

铜弹子大声喊叫："吾乃金国三王子殿下铜弹子是也，挡吾者死。""吾乃四殿下铁弹子是也，我要踹营啦。"

牛通大笑："原来是银蛋子儿的兄弟。正好，小爷我还怕没有功可立呢。没想到你们兄弟俩，一个铜蛋子儿，一个铁蛋子儿，自己送上门儿来了。那小爷就敲了你个铜蛋子，骗了你个铁蛋子儿。

让你们家绝了种。"抡大棍就打。铜弹子和铁弹子举锤相迎，合围牛通。

牛通边打边说道："俩小屁孩儿还真练过。那就不算小爷欺负你们了。"将大棍使得呼呼带风，两兄弟有些招架不住了。铜弹子喊："四弟，你快跑，跑远点儿，别都让他打死。"铁弹子儿说："三哥，我不跑，要跑你快跑，杀进城去。"铜弹子："再不跑就完啦。"铁弹子："我和三哥一块儿死。"

"那就成全了你们吧。"牛通发威，一棍打在铜弹子头上，反手一棍，打在铁弹子背上。牛通的马往前跑几步，掉过头来亮个相。铜，铁弹子死了。

牛皋笑着大声喊："好小子，象你爹！"牛通翻了一下白眼儿说："象我爹?我爹有这两下子？""你个臭小子……"

城门上。完颜寿大怒，提起大刀下城楼。兀术欲拦没拦住。来到城下叫："开门。"策马出城，来到阵前。

宋军阵中闪出一将，高声喊："来将通名。""吾乃金国二狼主完颜寿。想死的报上名来。"

"吾乃宋朝大将欧阳从善，你们已是强弩之末了，赶紧投降，饶你不死，若吐半个不字，就灭你全城老少。怎么样？听人劝吃饱饭。倘若坠镫失脚，想后悔都难了。"

完颜寿怒道："不要说嘴。你我交战，不是你死，就是你死。挡吾者死。挥刀便砍。欧阳从善举大斧相迎，两人大战二十余合，完颜寿发力，一刀将欧阳从善斩于马下。"

一旁观战的陆文龙挺双枪出马，也不答话，直接就打。完颜寿举刀相迎，嘴里骂道："陆文龙，你个孽畜，敢跟我动手？我今天宰了你。"两人大战五十余合，不分胜负。宋阵中观战的牛父帅用铜一指："孩子们，一起上，围住他，不能让他跑回城。"

听牛皋一喊，完颜寿想掉马回城，被飞马上前的关玲截住，又被逼了回来。牛通，严成方，余雷等将，一齐上前，将完颜寿团团围住，完颜寿脱不了身，稍没留神，着了陆文龙一枪，牛通紧跟一棍，打得完颜寿脑浆迸裂，落马而死。

牛皋铜往前指，宋军蜂拥而上，砍杀金兵，只有少数小番逃散，

城上上的兀术顿足捶胸，已经站立不稳。他哭豪道："王兄王侄，你们都死了，完颜家没人啦，满打满算的，也就孤王一个人了。二王兄啊，你……这时候还逞什么能啊？你说，你说我还有什么脸面活在世上啊。"

城下牛皋大声喊："兀术，孙子，你瞧瞧，这一不小心，你家都让我给杀绝了，下来吧，给你家二狼主尸体收回去，还有，你们家的铜蛋子儿，铁蛋子儿。人死了，蛋子儿还能用。下来呀，别说你不敢，不敢就是孙子，王八蛋。你若投降，跪地下求饶，磕几个响头，本大帅饶你不死。把你当马养着。"

兀术在城上恨恨的说："牛南蛮，悔不当初，在牛头山就应该杀了你。"

牛皋骂道："孙子，杀牛爷爷，你得有杀爷爷的本事，你武艺没学到家，不如你牛爷爷，你怎么杀你牛爷爷。牛爷爷让你杀牛爷爷，你也杀不了牛爷爷。你敢下来，牛爷爷跟你单挑儿。"

兀术嘲讽说："牛皋，你这个人诡计多端，言而无信，你打不过，就来车轮战，狼群战。论单打独斗，你不是我的对手。手下败将，你牛什么？没有人帮忙，不出十合，定把你劈成两半儿。"

牛皋大怒："呸，吹你妈的吹，孙子，说大话不怕闪了舌头？爷爷几时和你交过手？要是交过手儿，爷爷还能让你活到现在？"

兀术指着城下说："有本事今天与本王单打独斗，不许别人帮忙，不分出胜负来，不能退出。"

牛皋铜指城上："好啊，谁先撤，谁是孙子。今天爷爷听孙子的。"回过头对宋军喊："你们都听好喽，本帅今天与金番元帅兀术单挑儿，任何人都不许插手，死生认命。凡违令者斩。往后退，给孙子腾地方。"宋军往后退出一箭之地。

兀术叹道："想不到，完颜家就剩我一个人了。唉，活着还有什么意思。没脸了。这牛南蛮，是本王的眼中钉，肉中刺，几次都差点杀了他，都让他逃脱了。今天，就是今天了，死活拉他做垫背。传令，打开城门，与宋军决一死战。"

兀术下城，提斧上马，命士兵出城布阵。布阵后，兀术来到阵前叫："牛皋，今天我们决生死，你我三十年的仇恨，今天就做个了结。"

牛皋略显惊慌："四太子，你……你怎么能这么说呢？没想到你还真敢下来。你胆大，你不怕死啊？"

兀术冷笑道："死，也要拉你做垫背。黄泉路上省得闷得慌。"

牛皋有些犯怵的说："你别这么说呀，太不够意思了。咱俩打可以，以切磋为主，点到为止。当然也是为了分出输赢。得，就算你赢了，我输了。干嘛非要谁打死谁呀？"

兀术自信的说："男子汉大丈夫，言而有信，体面做人，生死又何惧，无论是你死我活，还是我活你死，都会载入史册。"

牛皋不乐意的："你这意思就是说，今天我是死定了？好，看在这么多年交情的份上，看在当年在牛头山你请我喝过酒的份上，今天，我还你个人情，我也请你喝酒，喝完了，就谁也不欠谁的了。拿酒来。"

侍卫递过两个酒壶，牛皋接过一个拔开盖，往自己嘴里倒了几口，示意没事，扣上盖，扔给兀术。回身又接过一酒壶，趁机小声对侍卫说："传令开饭。"侍卫回阵。宋军士兵开始啃馒头。

牛皋举着酒壶说："四太子，这是本帅专程去杏花村买来的好酒，尝尝味道怎么样？"

兀术喝了一口说："不错不错，是好酒。"

牛皋得意的说："好酒吧？我们大宋有句话，男人不喝酒，枉在世上走。为将不喝酒，上阵就发抖，死前没喝酒，死了喂野狗。"

兀术有些不耐烦了："哪儿那么多费话，赶紧喝。"

牛爷说："四太子，问问你的士兵们喝不喝酒？临死前都是要喝酒的。"兀术回头看看士兵："他们不喝。"

牛皋又说："都不喝？我问问。你们这些小番听好。按照规矩，人在临死前，是要喝酒的，你们马上就要死了，有没有要喝酒的？不喝呀，不喝算啦。行，我问你们，听说过这么几句话吗？听好喽。牛皋一喝酒，金兵赶紧走，如果你不走，马上变死狗。听说过吗？"

金兵阵中开始骚动。有人说："是，每次牛南蛮一喝酒，咱就死很多人""看来今天死定了。"""宋军有五六十万人，我们才一万多人，……"""必死无疑了，我家七个男孩儿，就剩我……"

兀术对部下喊："不许乱，别听他胡说，今天他死定了。"

牛皋骂道："兀术，孙子，不定谁死定了呢。宋军将士听令，不许追杀逃跑的金兵，给他们让条路，让他们回家。兀术，三十年的国恨，今天该报了。"将酒壶摔地上，酒壶碎了，散落出来的是大米粒。

兀术大惊："你喝的不是酒？"

牛皋大笑道："呵呵……爷爷追了你一宿，肚子能不饿？刚喝了一壶大米粥，饱了。"回头问宋军士兵："孩儿们，吃饱了吗？""吃饱了喝足了，谁也不服了。哈……"

牛皋对金兵说："我的人已经吃饱喝足了，我再说一遍，牛皋一喝酒，金兵赶紧走，如果你不走，马上变死狗。"牛皋从身上摘下酒壶，打开盖，往嘴里倒了一点，示意是酒，然后喝了几大口，大喊一声："哈哈，牛爷爷喝酒啦……"金兵阵营开始乱了，士兵扔下武器四散跑了。

兀术大怒："牛南蛮，又上你当了，拿命来。"

牛皋扔掉酒壶，举锏相迎，斧锏相蹠，叮当震响，二人大战三十余合，牛皋占了上风。兀术惊问："牛南蛮，你的武功怎么长了？"

牛皋得意的说："孙子，不长敢跟你单挑儿，你以前遇到的是假黑虎星，今天是真黑虎星爷爷下凡了。"牛皋招式渐快，兀术抵挡不住，跌下马去。宋军欢呼。

牛皋下马，向兀术走去。突然，兀术一跃蹿起，用头把牛皋撞倒。牛皋倒地，喊了一声："哟，铁拐李摔跟头……"一腿弯屈，一腿蹬地躲兀术。兀术起身，猛的扑向牛皋，牛皋又喊："铁拐李摔跟头，一蹬一踹……"一脚蹬出，正踹在兀术小腿迎面骨上，兀术向前趴倒，又被牛爷另一条腿踹到前胸，摔出一丈多远倒地。牛皋起身，过去一搬，兀术趴在地上，开始挣扎……牛爷单膝压住兀术。

戚赛玉，岳银瓶，胖玲子来到阵前下马，玲子跑上前，踩住兀术左手。用弓箭射住兀术。兀术的两条腿不停的挣绷。牛皋一甩手，袖中抖出峨嵋刺，回头在兀术两只脚的脚脖子上一划，告诉他说："我先挑了你的大筋，你残废了。"兀术想用右手抓牛皋，牛皋將其按住，峨嵋刺用力一截，把兀术的手钉在地上。牛爷松了口气道："孙子，你残了，手脚都残了，没机会了，"

兀术嚎叫："牛南蛮，本王要杀了你，砍了你……"

牛爷摘下兀术的头盔，抓住兀术头发用力的扇耳瓜子。

这时有士兵报告："父帅，抓住了兀术的堂叔。"

牛皋发令："立斩。"

"报……父帅，抓住了番国的军师哈密嗤。"

牛皋发令："立斩。"

兀术发狠的喊："牛南蛮，我发誓，我要杀了你。"

牛皋大笑："哈……兀术，四太子，孙子，你刚才喝了爷爷的酒，你得给吐出来，来呀，拿马尿来。"士兵送过来夜壶。牛皋拿着夜壶对着兀术的嘴就灌。嘴里喊："吐出来，把我的酒吐出来……，吐。"

兀术张嘴作呕，吐出黄汤儿。

玲子赶紧跑开。赛玉，银瓶都乐了。宋军士兵们都大笑……

兀术喘着粗气："牛南蛮，牛……"

牛皋扔掉夜壶，伸手要了个酒壶，喝了一口酒后大声说："董先兄弟，王贵兄弟，吉青兄弟，二哥抓住兀术了。挑了他的大筋，废了他的手，你们的仇，二哥给报了。兄弟们，你们的仇，二哥给报了。再兴兄弟，再兴兄弟，二哥给你报仇了。高宠兄弟，汤怀兄弟，众家兄弟，你们的仇，二哥给报了。"

兀术疯狂大叫："呀……牛南蛮……"

牛皋把酒壶举起，大声的朝天喊："大哥，岳大哥，兄弟我抓住兀术啦，哈哈哈，大哥，看看呀，我抓住兀术啦！哈……大哥……"牛皋手举酒壶，面带笑容……福神归天了。

岳银瓶双锤按地跪下："干爸，干爸……呜……"

玲子跑过来跪地哭叫："姐夫，姐夫……呜……"

岳雷率众将赶到，下马跪哭："二叔……"

牛通跪哭："爸……"

赛玉将缰绳交给女兵，走过来扶起银瓶，又拉起玲子。对岳雷说："孩子们，起来，不要哭。"

赛玉将一只脚踩在兀术身上，一只手搭在牛皋肩上，另一只手取下丈夫手中的酒壶说："兄弟们都知道你是酒神，没有酒怎么行。"将酒撒在地上。放下酒壶，伸手又要。有士兵递过一壶酒，赛玉举起酒壶说："几十年了，宋金交兵，几十万的将士命赴黄泉，永眠地下。今天胜利了，一壶酒怎么够喝的？"酒慢慢的洒在地上。众将士摘下身上的酒壶，酒洒入尘埃。

岳银瓶用双锤砸兀术脑袋喊着："打死你……"

玲子脚踩兀术："踩死你……"

兀术死了。

赛玉对岳雷说："元帅，办你的事吧，我跟你叔儿呆会。说会儿话。"

岳雷起身说："是婶儿。"转身发令："严成方将军，速带两千人马，去五国城，迎接钦宗皇帝还朝。信官，加急上报朝廷，我军已平定北番，活捉兀术、哈密嗤，已经斩首。"信官飞马去了。

岳雷发令："众将听令，收缴所有马匹，军器，粮草等物，全部运回中原。"

晚霞映红了天空，夕阳中，赛玉与牛皋的背影沉浸在光圈里。

赛玉心声："牛皋哥哥，赛玉知道，你是天上的星宿，不是普通人。你下界来，是为了帮助大宋打匈奴，护苍生的。现而今，你的使命完成了，玉皇上帝召你回去了，所以，你是笑着走的。自古以来，人都是哭着来到这个世上，最后又痛苦的离开。没有人能笑着走。只有你，我的牛粪哥哥。赛玉知道，你很开心，没有痛苦，也没有遗憾。所以赛玉不哭，赛玉也要笑，笑着送你走。只是牛粪哥哥，赛玉不知道，没有了你这堆牛粪，赛玉这枝鲜花儿还能开多久？唉，我的牛粪哥哥……

看似痴呆憨傻，

平日嘻嘻哈哈。

南征北讨把敌杀，

从来不知害怕。

成年醉卧马背，

中原沃土为家，

大智若愚实堪夸，

终回灵霄殿下。”

圣旨下，岳雷接旨。岳雷率众将接旨。

钦差读："奉天承运，皇帝诏曰。扫北大元帅岳雷，迎钦宗上皇棺椁回京，钦此。奉天承运，皇帝诏曰。扫北众将，一同回京受封。钦此。奉天承运，皇帝诏曰。封扫北副元帅，大都督总监军牛皋为福王，回京安葬建庙，享人间香火。钦此。"岳雷等谢恩："万岁万岁万万岁。"

宋军大队人马班师还朝。众将士喜气洋洋。队中一挂大车上，放着一口大棺，棺材上竖着旗幡，幡上有字：迎接钦宗上皇归宋。"

队伍的最后，是一辆马车，车上放一口捆扎牢固的大缸，缸前立一牌，上写：赐封福王。车上竖一旗，旗上书写："福王牛"。赛玉，银瓶，玲子，牛通伴车而行。至一叉路口，马车停下。赛玉叫儿子："通儿。""妈。"

赛玉把一个包袱交给牛通说："通儿，这是你父亲留给你的锁子甲，收好了。""知道了。"

赛玉往外挥挥手说："去吧，追你岳雷哥哥去吧。"

“妈，那我上前边去啦。”牛通向前跑去。

银瓶，玲子护着马车拐上小路……

赛玉看着班师的宋军，双手合十祈祷，王师渐远……

赛玉低声吟唱：

看王师回朝浩浩荡荡，

赛玉我心中喜又悲伤。

喜的是从此后天下太平不再打仗，

大宋的百姓无忧无虑家有谷粮。

忧的是牛哥哥做福神阴阳两望，

你牛郎我织女天各一方。

但愿得天朝的黎民家家兴旺，

男女老少人人吉祥。

望福神施法力福佑华厦，

对得起子孙后代一柱香。

车轮吱吱，逐渐远去……完

作者简介

作者左文华，一九五四年出生于北京。儿时喜好文学，古体诗词。曾从事过数种职业，服过役，炒过股，现已退休。闲时养些花鸟鱼虫，吟几句诗，哼唱京剧，评点戏曲，亦做些修身养性的活动，搞些收藏。

www.ingramcontent.com/pod-product-compliance
Lightning Source LLC
Chambersburg PA
CBHW071955190726
48293CB00001B/26